青岛出版集团 | 青岛出版社

图书在版编目（CIP）数据

药门仙医/凤灵著.—青岛:青岛出版社,2021.11
ISBN 978-7-5552-9662-1

Ⅰ.①药… Ⅱ.①凤… Ⅲ.①长篇小说－中国－当代 Ⅳ.①I247.5

中国版本图书馆CIP数据核字（2020）第218735号

YAOMEN XIANYI
书　　名　药门仙医
作　　者　凤　灵
出版发行　青岛出版社
社　　址　青岛市崂山区海尔路182号（266061）
本社网址　http://www.qdpub.com
邮购电话　18613853563　0532-68068091
责任编辑　郭红霞
校　　对　耿道川
装帧设计　蒋　晴
照　　排　梁　霞
印　　刷　三河市良远印务有限公司
出版日期　2021年11月第1版　2021年11月第1次印刷
开　　本　16开（710mm×980mm）
印　　张　46
字　　数　886千
书　　号　ISBN 978-7-5552-9662-1
定　　价　89.80元（全3册）
编校印装质量、盗版监督服务电话　4006532017　0532-68068050

㊤㊥ 目 录

目　录 ㊥㊣

下册 目 录

第一章　求救无门

赤玄大陆，青云城，唐家大厅。

“大小姐如今修为尽失，日后如何接掌唐家暗卫，成为唐家少主？”坐在左边第一位的老者叹了一声，看着主位上的家主道，“家主，就算我们这些老骨头硬撑着将大小姐扶上少主之位，只怕唐家暗卫也不会服她啊！”

坐在右下方的一名中年男子眼中泛着精光，顿了顿，道：“大哥，为了我们唐家好，我觉得还是得尽早重选少主。至于宁儿，说句不好听的，她已经十四岁了，自从一个月前她一身修为尽失之后，人也颓废了，整日将自己关在房里不出门，想来日后也是没指望的。”

“是啊！虽说祖宗早有规定，唐家每一任都是由家主嫡系一脉第一个孩子继承少主之位，但现在大小姐这样……”

“够了！”一道低沉的声音打断了那人的话，主位上的唐家家主唐啸沉着脸道，“今天让你们来，不是商量重选少主，而是商量如何让宁儿的修为恢复过来！”

闻言，众人面面相觑，没人说话。

唐啸瞥了他们一眼，缓声道：“我听闻，无妄山觉灵寺中有一位得道高僧已修出圣人之力，能常人所不能，我想，若能寻到他，也许他会有办法。”说着他便站了起来，负手道，“我已经决定，明天带宁儿前往……”

他的话还未说完，就听外面传来惊慌的大喊声：“家主，不好了！大小姐不见了！”

听到这话，唐啸猛地一震，疾步往厅外走去，伸手揪住那被厅外的护卫拦下的婢女，高声喝道：“你说什么？”

婢女被吓得脸色苍白，但仍颤声道：“大小姐不见了，院里、院外都没找着……”

闻言，唐啸将她丢开，大步往唐宁的院子走去。

他心中担忧，快步如飞，一进院便直奔女儿的房间。

“宁儿！宁儿！”他大声喊着，四处寻着，却不见女儿的身影，只见那房间里桌面的棋盘上，用黑、白棋子摆成的“勿寻我”三个大字。

他脚步一晃，整个人跌坐在桌边的椅子上，怔怔地出神，喃喃低语：“她如今修为尽失，怎么会独自离开？会不会出什么事了？”

他猛地站了起来，高声喝道：“来人！来人！给我去找！务必将大小姐平安地给我找回来！”

与此同时，在离青云城约两天路程的一处山上，一间由土砖盖成的小黑屋里，一名浑身是伤的少女赤着脚，披散着头发，双手紧紧地抱着自己，缩在角落里。

她看着屋顶那扇小窗，眼泪直流，无助地喃喃低语：“爹爹，爹爹，宁儿好怕，宁儿好怕，爹爹，爹爹……”

“快点儿，把那两袋子东西提过来，从这里倒进去！”屋顶处传来黑衣人的声音。

她吓得身体直颤抖，声音带着恳求：“你们放了我，只要放了我，想要财宝、权力，我都可以让我爹爹给你们……”

一只只拳头大的老鼠被人从小天窗倒了进来，吱吱叫着，四处乱窜，吓得少女惨叫连连……

“啊！爹爹救我……救我……啊……走开！走开！别咬我，啊……救命，救命啊……呜……爹爹……救命啊……”凄惨的叫声带着无助和惊恐。她拼命扫落身上的老鼠，又感觉衣服里钻进了一只、两只……

她一边哭着、跳着，一边抖着身上破烂的衣服，企图将钻进衣服里的老鼠抖出去，然而随着蹦跳，她赤着的脚往地上一踩，便踩到那又软又热的带着粗毛的老鼠，那种感觉让她陷入了无边的恐惧与绝望。

“走开……走开……啊……啊……爹爹……爹爹救我……”恐惧、无助的尖叫声从那间小黑屋里传出，少女一声声地呼唤着。

然而回应她的，只有老鼠吱吱的叫声，以及怎么扫也扫不完的在她身上乱窜的老鼠……

那些倒了两袋子老鼠进去的黑衣人，听着小黑屋里传来的尖叫声，以及老鼠吱吱的声音，也是一阵毛骨悚然，虽说他们大男人不惧老鼠这种东西，但一只、两只还好，可两麻袋上百只老鼠，就是他们也头皮发麻啊！

实在是在屋顶待不下去了，那些黑衣人相视一眼后，便退到较远处的树下待着。

"这法子到底是谁想出来的？也太恶心了。"一名黑衣人说着，揉了揉手臂，只感觉鸡皮疙瘩噌噌地冒了起来。

"这唐家大小姐自小锦衣玉食，别说这上百只老鼠了，估计平时一两只都没碰见过，一下子上百只老鼠跟她做伴，她该不会被吓死吧？"另一名黑衣人忍不住问道。

另一名黑衣人听了，朝那间小黑屋看了一眼，冷漠地道："我们只管收钱办事，上面交代我们怎么做，我们就怎么做，有人要她受尽惊恐、折磨而死，那她就得受尽惊恐、折磨而死！"声音一顿，他又道，"就算她没被那些老鼠吓死或咬死，即使被那些老鼠咬伤不及时治疗，迟早也是个死。"

"怎么好像没声音了？该不会这就死了吧？"听到那尖厉的哭声好像停了，几名黑衣人不由得相视一眼。

"现在去看？"其中一人看向另外三人。

"一群老鼠和一具死尸有什么好看的？再说，这会儿就算死，也还没死透，等明天吧！明天再去看。"其中一人说道，眼中有着嫌恶——这会儿去看，估计等会儿就吃不下东西了。

这些黑衣人没有说错，那少女死了，是在无助以及恐惧中绝望地死去的，是生生被吓死的，至死都紧紧地抱着自己的身体，将头深深地埋在膝盖处。

唐家大小姐唐宁，死了。

但就在她断气的那一刻，在老鼠爬到她的头顶窜来窜去的时候，她又动了，她挥手拍落头顶上东西的那一瞬间，发出一声怒喝："该死的！这都是些什么玩意儿！"

唐宁蹿了起来，听着那吱吱的声音，不由得一呆，紧接着脱下身上那破烂的外衣，拿在手里拧成一股便朝那些老鼠抽去："敢骑到我头上撒野！我看你们是找死！"

她手里的那件外衣在这一刻成了她的武器，衣服一抽一甩，一只只老鼠飞了出去，撞到墙上后又摔落在地面，她挥动的力道并不算大，但胜在用惯性借力打力，那老鼠被一抽一甩的，没一会儿竟被拍死了一大半。

淡淡的血腥味在幽暗的小黑屋里弥漫着，吱吱的鼠叫声渐渐弱了下来，地上散

落了太多的死老鼠，其他老鼠见这人类太过凶残，一只只都缩到墙角去了，不敢靠近她。

“呼！”唐宁靠在墙上喘着气，手里拿着的外衣依旧拧成一股。

她一边喘着气，一边整理着脑海里冒出来的那些并不属于她的记忆。

唐宁，一个与她同名同姓的十四岁少女，在生命的最后时刻受尽了折磨，在极度的恐惧中绝望地死去。她脑海中最清晰的，是唐宁被关在这里，叫天天不应、叫地地不灵的绝望以及无助。

唐家大小姐唐宁死了，但她，二十一世纪隐世药门的至尊唐宁，活了。

她深吸了口气，缓缓地呼出，一边缓和着身上伤口的疼痛，一边也是为了缓和心中那股愤怒以及杀意。

“你放心吧！你的仇，我会替你报的，那背后之人是怎么害死你的，我会百倍奉还！”她轻声呢喃，目光中闪烁着冰冷的杀意。

她盯着那些缩到墙角的老鼠，又抬头看了眼屋顶的小天窗，暗自思忖：眼下自己应该怎么逃出去?

入夜，山上一片寂静，隐隐有蝉鸣声从夜色中传来。

那几个黑衣人在树下歇息着，而此时，在那间小黑屋中，唐宁双脚蹬着小黑屋的两面墙，在角落处借力一点点地往上移着……

当她从那小天窗钻出来时，月色正好洒在她身上，她深吸了一口外面的新鲜空气，伏低身子警惕地朝周围看着。

根据脑海中的记忆，她知道这世界是有修炼者的，以她现在的情况，绝对不是那些黑衣杀手的对手，于是她悄悄地爬下屋顶，借着夜色的遮掩迅速离开。

“有动静！”其中一名黑衣人原本在闭目养神，却突然睁开眼睛站了起来，提气往小黑屋掠去。

当那名黑衣人借着月光从天窗处看到小黑屋里空无一人时，他不由得惊呼一声：“不好！她逃跑了！”

闻讯而来的其他三名黑衣人错愕地睁大了眼睛，有些不敢相信地到屋顶去查看，果真看到里面空无一人，只有一地的死老鼠，不由得低呼：“老天！她是怎么逃的?她一身修为尽失，还一身的伤，是怎么从这里逃走的?”

“现在最重要的是不能让她逃了！”为首的那名黑衣人阴沉着脸，嗜血、狠厉的声音从口中传出，“她跑不远的，就算把这里翻过来，也一定要将她揪出来！决不能让她活着离开！”

“是！”另外三人也深知，若是真让那唐宁跑了，只怕他们几个人都得死！

四名黑衣人一散而开四处寻找。

而他们要找的那个人，此时正在十几米外的一棵大树上盯着他们……

唐宁屏息一动不动地趴在大树上，仿佛与大树融为了一体。

她身上沾满了泥土，将身上的血腥味掩盖住了，若不仔细看，根本无法发现树上有一个活生生的人。

看着那四名黑衣人分散开寻找她的踪影，她目光微闪，小心翼翼地从树上下来。

那四人皆是有修为之人，其中还有一个是炼气五阶的高手，以她现在的身体状况，自然不会蠢到与他们正面交锋，眼下还是先逃为妙。

她往下山的一处小道溜去，看到前面有一名黑衣人持剑四处观望时，迅速贴着树站直了身体，屏住了呼吸，握紧了手中那截尖尖的树枝，一个箭步猛然上前。

“谁……”那黑衣人察觉有人靠近，转身之际猛喝出声。

几乎是同时，唐宁已经扑上前一只手锁住他的脖子，握着尖树枝的那只手则狠狠地朝黑衣人的脖子处重重地扎去。

她的力道之大，让那截树枝尽数没入了黑衣人的脖子。刹那间鲜血溅出，黑衣人双目暴睁，带着不甘与无法置信倒了下去。

唐宁迅速在他身上搜了一遍，将他身上的有用之物往怀里一塞，猫着身子迅速往山下跑去。

“血腥味？”那名炼气五阶的修士闻到空气中散发的血腥味，仿佛想到了什么一般，猛喝一声，“不好！”

他疾步而行，顺着血腥味找到那名黑衣人的尸体，脸色不由得一变，咬牙喝道：“快发信号！调派人手！一定不能让她活着！其他人给我追！”

逃下山的唐宁听到身后天空的动静，回头一看，只见信号弹冲天而起。她眉头一皱，脚下步伐再度加快，一路不停地狂奔，只为活命！

听到身后传来追杀声，她当机立断跑入山坡下方的芦苇沟渠里……

“追！一定不能让她逃了！”蕴含着杀意的声音夹带着脚步声在小道上传开。

听着那声音由近及远，藏在芦苇沟渠中的唐宁依旧一动不动。

此时的她整个人平躺在沟渠里面，泥水铺盖住她的全身，她仿若一个泥人，屏住呼吸，只嘴里含着一截芦苇借以换气。

过了半炷香的时间，往前追去的人找不到她的行踪，又折了回来，与此同时，被信号弹召集而来的七八名黑衣人也来到这里。

“怎么回事？一个没了修为的弱女子，你们还叫她给逃了？你们是怎么办事

的！？”为首之人蒙着脸，声音阴沉，带着怒火呵斥道。

“我们按吩咐弄了上百只老鼠放进小黑屋里，当时她被吓得惨叫连连，后来连声都没了，我们以为她被吓死或者被老鼠咬死了，不想……不想她居然趁着我们不注意逃了，还杀了我们一名弟兄。”其中一名黑衣人低着头说道，怎么也想不到，那唐宁在没了修为又是那样的情况下，还有能力逃走，甚至杀了他们一个人。

“真是废物！”那为首的黑衣人怒斥道，“眼下最要紧的是先将人找到，若是让她从我们手中逃走，那将是我们七杀阁的耻辱！”

听到这话，其中一名黑衣人想了想，道：“我们追到这里便没了她的踪影，以她的脚程不可能快过我们的速度，我想她会不会又折回山上藏了起来？”

“那还等什么？赶紧找！若是找到，就地诛杀！”为首的黑衣人狠辣的话音一落，转身便往上山的方向走去。

“是！”其他人连忙应道，迅速跟上。

听着脚步声渐远，这一次，唐宁迅速起身，甩去身上沟渠里的臭水便往小道上跑去，嘴里低声咒骂道：“该死！我都多少年没这么狼狈了！七杀阁，这笔账，我唐宁记下了！”

半个时辰后，在山上以及几条小道都寻不到唐宁下落的黑衣人，皱眉看向先前那三人，问道：“先前路上的那芦苇沟渠你们搜过没有？”

闻言，那三名黑衣人一怔，继而摇头，道：“那里的泥水只有膝盖高，而且臭气冲天，她不可能……”

然而，话未说完，他自己便僵住了——他觉得唐宁不可能藏在那里，那唐宁莫不是算准了这一点？

“跟我走！”为首的黑衣人目光阴沉地扫了那三人一眼，当即大步折回。

也不怪他们大意没搜这芦苇沟渠，实在是这只有膝盖高的泥水，还散发着阵阵臭味，在他们想来，唐宁身为唐家大小姐，自小锦衣玉食，自然不可能藏到这臭味连天的沟渠里。

可如今，他们的人在山上大范围地搜索也没见她的踪影，很显然她并没有往山上逃。

“这里有未干的泥脚印！”一名黑衣人看着地上的脚印，伸手往前一指，道，“她应该是往那边逃了。”

“追！”

十来名黑衣人顺着脚印继续追杀唐宁，因夜色，他们一路为防错过她的踪迹，速度也慢了下来。

而此时的唐宁，看着面前的寺庙，不由得目光微闪。

前方无路，后有追杀，寺墙高筑，以她这小身板自然是翻不过去的。

于是她往后面而去，找到后门所在之处，利用匕首将关着的后门打开，溜进去后便迅速来到一个大水缸处，揭开盖子将整个人埋在水里。

一身污泥在水中清洗干净，身上的伤口碰到水，痛得她嘶的一声倒抽了一口冷气。她咬了咬牙，迅速跃出水缸，拧干衣服上的水便往寺中走去。

这寺院偏僻，隐于半山之中，香火并不旺盛，甚至可以说有些荒凉。

静夜之中，寺院中的僧人皆在熟睡，并不知有人偷溜了进来。

唐宁在寺院中转了一圈，见无路可逃，而且这里面也没有什么地方可藏身，眯了眯眼，脑海里飞快地转动着，下一刻，心头一动，在寺院里找了一套僧人的衣服，便钻进了一间禅房。

她就赌一把！赌那些黑衣人不敢将事情闹大，就算是追到这寺院来，也应该是暗中潜进来寻找，既然如此，只要躲过他们的暗中搜查，她自然也就能避过这一劫。

禅房中，她拉起湿漉漉垂着的头发，深吸了口气，一咬牙，手起发落……

约莫半炷香的时间后，她换上僧人的衣服，神色复杂地摸了摸光秃秃的头顶。就算是上一世，她也从没剃过光头，没想到重生到了这里，为了活命，竟给自己剃了个光头。

她将剃掉的头发和换下的衣服包成一团塞在怀里，出了禅房往火灶房走去。

她将怀里那一团塞进炉子里，又拿了些炭灰将脸上和身上的皮肤擦黑，同时也将那被老鼠咬出来的一个个牙印遮掩住，将眉毛画粗，简单地做了伪装，这才溜回禅房。

夜色下，寺院外面，黑衣人分成两批，一批在寺院外守着，另一批则悄然潜进寺院寻找。

为免惊动寺院中的僧人，他们只能暗中搜寻。不过，对他们来说，想要在这寺院中找一个少女，难度还是不大的。

只是让他们没想到的是，他们暗中在寺院中找了一圈，却没有发现唐宁的身影。

“怎么回事？难道她没躲进这寺院吗？”为首的黑衣人压低声音对身边的人问道。

“我们顺着那湿脚印寻来，她应该是往这边来的，可在这里面没有发现，会不会

是又从哪里逃了？”另一名黑衣人低声猜测道。

“又逃了？又能往哪里逃？是否还藏在这寺院之中？”为首的那名黑衣人皱着眉说道。

“那把这寺院里的人都杀了？”一名黑衣人试探地问道。

听到这话，为首的那名黑衣人深吸了口气，阴沉着声音道：“不，直接放火烧了这寺院，让我们的人注意盯着，若是她真藏在这里面，火一烧起来，藏不住，势必会现身！”

旁边的人眼睛一亮，当即应道：“好，我马上交代下去！”

为首的黑衣人手一挥，身后的众人迅速散开。

一会儿工夫，火焰从寺院中燃了起来。一时间，原本熟睡的僧人都被惊醒，衣服都来不及穿便跑出来，惊呼道：“不好了，走水了，快救火！”

禅房中的唐宁听见喊救火的声音，正想出去，却从门缝瞥见外面救火的僧人有的赤着上身，有的只穿着里衣，就没有一个是衣着整齐的。

她低头看了一眼，知道自己若是这样出去，那纯粹是找死，当下将身上的外袍脱下。看着被她绑得平平的胸部，她一咬牙跑了出去。

只见火光冲天而起，照亮了大半个夜空，她心下咒骂一声，当即惊呼道：“走水了，走水了，快救火啊……”

话音一落，她也迅速加入救火的队伍，提着水匆匆地往火光之中走去。

寺院里的僧人提着水慌乱地救火，火光照得天色如同白昼般明亮，暗处的黑衣人紧盯着四周，想看有没有那抹身影从哪里跑出来。

然而他们盯了许久，就连大半个寺院都烧了起来，也不见那唐宁的身影。

“她该不会被烧死在里面了吧？还是已经逃了？”一名黑衣人低声说道，心中忐忑，想了想，又道，“她被上百只老鼠咬，这一路还受了不少折磨，我估计，就算是现在没死，也活不过两三天。”

为首的黑衣人阴鸷的眼睛眯了眯，盯着那火光之处，良久才道：“撤吧！往上禀报，就说她已经死了。”

在他们看来，那唐宁是个活不了几天的人了，一个没有修为的女孩儿，一路被折磨鞭打，一身是伤，又被上百只老鼠咬过，他们就不信这样她还死不了！

为首的黑衣人用阴冷的目光扫向身边的几人，道：“记住，她已经死了，你们最好交代下去，让所有人都闭上嘴，否则都得给唐宁陪葬！”

其余黑衣人听了，心头一颤，当即道：“是，我们知道。”

“走！”

为首的黑衣人转身离去，其他人迅速跟上，悄悄离去，只留下身后一片冲天的火光……

寺院之中只有区区十几人，根本无法扑灭这冲天的火焰，大火一直持续，直到天色渐亮，才渐渐熄灭。

经过一夜的救火，寺院中连同方丈和唐宁在内的十几人，一个个脸上尽是被烟熏出来的灰黑色，身上的僧袍因提水而被溅湿，有的僧袍都被烧了一角，尽显狼狈之态。

然而他们好似没有注意到自身的狼狈，只是一个个怔怔地，双眼微红，泛着泪光看着已经被烧得只剩下空架子的寺院。

站在一旁的唐宁心下内疚不已——若非因为她，他们的寺院也不会被一把火烧成这样。

“师父，我们的寺院没了。”一名僧人哽咽着说道。

“唉！都打起精神来，人平安就好，寺院没了，我们再建起来。”方丈轻叹一声，安慰众弟子。

唐宁上前一步，看着方丈认真地道：“我会把寺院重新建起来的。”

方丈看着面前这个被烟熏得一张脸黑黑的小和尚，也记不得这是哪个弟子，便摸了摸小和尚的头，道：“阿弥陀佛，一切都会好起来的。”

在方丈的带领下，众人着手收拾寺院，大部分东西被烧没了，倒是一些锅和钵以及石头凳子还可以再用。

唐宁也帮着从废墟里翻找可以用的东西并堆放在一起。

看着面前这堆黑乎乎的东西，她心中很不是滋味。

纵使有心重建这座寺院，现在身无分文，她也办不到。

不对！她是没有钱，但她先前杀了那黑衣人时，从他身上倒是搜刮来一些金叶子。

“你们都过来。”方丈在这时唤道，招手让众人围过去。

众人相视一眼，便都走上前，恭敬地道：“师父。”

“寺院经此一遭，就剩下这些锅和钵了，如今寺里这样，也住不了人，从今天开始，你们便都下山去吧！”方丈轻叹道。

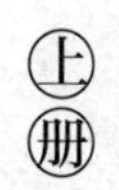

“师父！我们不走，就算寺院没了，但这里依旧是我们的家啊！”一名僧人跪在方丈面前，忍不住哭了起来。

“师父，我们要把寺院重建起来，把我们的家重建起来！师父，师父，我们不走！”众僧人流着泪说道，皆朝方丈跪了下去。

唐宁看着，几度欲张口，却不知该说些什么。

“阿弥陀佛。”方丈轻念一声佛号，看着跪在面前的众弟子，道，“新楼高筑，非一日之功，如今我们两手空空，又如何重建寺院？倒不如你们先下山去，挂单到其他寺院也好，四处化缘也罢，待来日时机成熟，再归山重建寺院，岂不更好？”

说着，方丈弯下腰，从脚边那堆黑乎乎的东西里拿起一个钵，缓步走到唐宁面前，将钵放在唐宁手中，道：“这个钵你拿着，下山去吧！”

唐宁看着手中黑乎乎的钵，想对方丈说些什么，却见方丈已经转身。

方丈对跪在地上的弟子道：“你们都起来吧！每人拿一个钵，都下山去吧！”说着，方丈走到一旁的石凳子处坐了下来。

将手中的钵塞入怀里，唐宁上前，拿起一个小陶罐，跑到水源处洗净后接了满满一罐子清水。

她双手抱着陶罐来到方丈面前，无声地将那罐清水递给方丈之后，便后退一步，双手合十，朝方丈行了一礼。

方丈捧着手中装满清水的陶罐，看着面前这个朝他行礼的弟子，微怔了片刻，便见那名弟子礼毕转身往外走去。

直到这一刻，方丈也没认出这到底是哪个弟子。

方丈目光朝其他弟子看去，这一看，又是一怔——二、四、六……十八，十八个弟子皆在，刚才那一个又是从哪里来的？

方丈低头看着手中的清水，不由得微微失神，只见陶罐中水光微晃，清澈见底的水中有着十几片金叶子……

数天之后，云中城。

繁华的城中大街上，十三四岁的小和尚手里拿着一个钵四处打量着这个热闹的城镇，眼中充满了对城中事物的好奇与兴趣。

小和尚精致出色的容颜叫街上的人频频注目，更有乐善好施之人往小和尚的钵里塞了馒头或瓜果。

这小和尚不是别人，正是从寺院离开的唐宁。

从寺院离开后，她找了些有解毒、消肿、消炎作用的草药捣碎，擦遍全身，又服下汁液，以防被老鼠咬伤处生出什么毛病来。

这两天，她身上被老鼠咬伤处已不再发炎红肿，但伤口还没完全愈合，身上更有那些鞭打留下的痕迹，一条条布满身体，到现在按到鞭痕还会隐隐作痛。

“得先弄些钱买药调理身体啊！”她低语，看着人来人往的大街，想着这钱到底从哪里出。

走了一段路，她便注意到有人跟着她，似不经意般一个回头，视线在两名鬼鬼祟祟的汉子身上掠过，她微垂下眼眸，眼底闪过一抹冷意。

虽说她这容貌是很出色，但毕竟是一个小和尚的装扮，本以为再怎么样也不会有那种人面兽心的人盯上她才是，却不想，这才进城没多久，她就被人盯上了。

她的步伐依旧不紧不慢，仿佛无所察觉一般，却是往人渐稀少的胡同里走去，一拐弯便失去踪影。

“人呢？”两名炼气二阶的汉子快步走进胡同，却没看到先前那个小和尚。

唐宁从他们身后走了出来，露出看似无害的笑容，问：“你们是在找我？”

“原来在这儿。”那两名汉子看到小和尚，相视一笑，道，“小和尚，乖乖地跟我们走一趟。”

说话间，其中一人上前，伸手便朝唐宁抓去。

看着那两名汉子，唐宁将手中的钵塞进怀里，揉了揉拳头，道：“那就得看你们的本事了。”

不多时，巷子里响起一阵惨叫声，却被大街上鼎沸的人声掩去……

唐宁整了整身上的僧袍，拂了拂衣袖，摸了摸怀里揣着的钱，这才一脸笑意地寻找药行而去。

巷子里鼻青脸肿的两人在她离开后，一瘸一拐地来到一处酒楼的厢房。

“二爷，那……那小和尚的修为在我们之上，我们……我们不是他的对手……”两人跪在地上垂着头说道，不敢去看阴沉着脸的主子。

“废物！”三十来岁、一脸阴鸷的男子抬脚便将两人踹翻，站了起来，怒道，“没用的废物！一个十三四岁的小和尚修为在你们之上？亏你们编得出来！”

被踹翻的两人连忙趴跪好，也不敢辩解，因为他们知道，他们说什么主子也不会信的，但那小和尚的实力确实远在他们之上。

“老许，你去把那个小和尚给二爷我掳来。”一脸阴鸷的男子眯了眯眼，一只手转动着拇指上的玉扳指，露出一抹阴邪的笑，对身边的中年男子道，“手脚轻些，别弄坏了爷的新玩具。”

“是。”中年男子应了一声，瞥了地上的两人一眼后，便迈步往外走去。

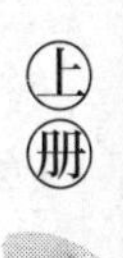

此时，城中最大的药商百草楼中。

唐宁买了些药材之后，便笑着问那药徒：“阿弥陀佛，施主，可否借你们后院的药具一用？”

“那个不行，我们后院的药具都是平时自己磨药、碾药用的，不能给外人用。”药徒摇头说道，又见小和尚那清澈纯净的眼睛正期盼地看着自己，他不由得挠了挠头，道，“我记得我们后院有套不用的药具，我帮你问问掌柜吧。”

唐宁眼睛一亮，道：“多谢施主。”

虽然她也不想冒用佛门弟子的身份，但她发现，这身份还真不是一般好用，尤其是心善之人，更因她是个小和尚而处处给予方便。

在药徒询问过掌柜，得到允许后，唐宁便来到百草楼的后院。露天的院子里有两名药徒在晒草药，她来到角落处的药具旁，背对着那两名药徒而坐，着手处理起先前买的药材。

虽对后院来了个小和尚感到诧异，不过两名药徒也没多言，只是专心地做着自己的事情，也没多留意那个小和尚坐在墙角做些什么。

前面，掌柜正在药柜前整理药材，听到脚步声知道有客人进来，便抬头看去。

只见一名容颜俊逸、气质出众的紫袍男子迈步走了进来。男子约莫二十岁，步伐沉稳，一身气息内敛，只是一眼，掌柜便知，这是一位炼气五阶的修士。

如此年轻的修士，定是出自名门贵族，因此掌柜连忙放下手头的事情，笑着迎上前：“公子里边请，看看有没有什么需要的。”

南宫凌云停下脚步，看向掌柜，道：“听说百草楼是云中城最大的药商，一些药师会将炼制出来的药物放在这里寄卖，不知你们楼中可有凝聚内息的药物？”

听到这话，掌柜一怔，道：“我们楼中倒是有一瓶固元液，此药液极为珍贵，只不过是给修炼之人巩固修为用的，不知公子所言的凝聚内息又是何种情况？”

南宫凌云微微凝眉，道：“我有一个朋友，一身修为在一夜间尽散，还无法再凝聚修炼，所以……”

他想到收到的消息，心情不禁有些沉重：宁儿从小天赋出众，如今一身修为尽散，也不知她能否承受得住这打击？自他前往学院修炼，已有四五年不曾见过她了，也不知她如今怎样？

“修为尽散？”掌柜微讶，继而摇了摇头，叹息道，“若是这样，固元液于公子的朋友并无作用。”

“有没有其他什么药能起到作用？”南宫凌云询问道。

掌柜摇头，惋惜地道：“修为散去还可重新来过，但若是无法凝聚内息，那估计此生是修炼无望了。”

南宫凌云在回来时就询问过学院的导师，如今见这掌柜所言与导师所说一样，心头不由得一沉。

“多谢施主了，药具我已经清洗干净了。”

一道声音传来，让南宫凌云不由自主地朝那声音传来之处看去。

只见一个小和尚面带笑意地对一名药徒说着话，那清脆悦耳的声音、让人如沐春风般的笑意以及那精致的侧脸，让人不由得眼前一亮。

唐宁察觉有视线落在自己脸上，便转头看去。只见一名紫袍华衣的俊逸男子站在不远处正盯着她看，当她看到对方的那张脸时，脑海中不由得掠过一幕幕画面……

青梅竹马、两小无猜的感情，他的维护，他的宠爱，一一在她脑海中掠过，那感觉就仿佛她亲身经历过一般，十分清晰。

画面最后定格在少年即将离开的那一天。

“宁儿，等我们种下的这棵玉兰树长到墙头那么高了，我便娶你当我的新娘。”

“好，我们拉钩，我长大了要当云哥哥的新娘……”

十五岁的南宫凌云，九岁的唐宁，两人在亲手种下的玉兰树前许下了诺言。

许是见两人相视无言，气氛有些奇怪，一旁的掌柜便笑着开口道：“小师父用好了？”

唐宁回过神来，想到已经死去的原主，再想到自己现在的处境，终是敛起心绪，露出一抹笑容来，走上前向掌柜道谢。

“多谢掌柜，已经用好了。”她双手合十，眉目轻敛地说道。

南宫凌云看着小和尚精致的容颜，莫名地觉得有几分熟悉。只是不待他细想，便见小和尚抬眸对他露出一抹笑容，微微点头，便往外走去。

他有些恍神，却并不记得什么时候见过这样一名小和尚。

出了百草楼的唐宁脚步微顿，回头朝楼中看去，轻叹一声，道：“故人相见不相识，香消玉殒有谁知……”

离开百草楼的唐宁隐隐察觉有一道如毒蛇般的视线紧盯着她。

她不动声色地朝周围看了一眼便迈步离开，往人群较密的地方而去。

暗处那中年男子见小和尚想溜，当即便追了上去，伸手想要将小和尚抓住，却因被人群一挤，让那小和尚避开了。

唐宁为避开身后抓来的那只手，身子微微往前侧，却又被在大街上跑动的小孩儿一撞，身体失去平衡往前扑去，一头朝前面那人怀里栽去。

然而未等她栽进那人怀里，她就感觉自己失去平衡往前扑去的身体被稳住了，而稳住她的，是一只按在她光溜溜的脑袋上的大手。

看着朝自己怀里栽的小身板，以及映入眼底被他一只手按着的那颗小光头，墨

烨眉头微皱，冷冽的目光朝人群中扫了一眼，视线落在那名闪躲着后退的中年男子身上。

见那中年男子钻进人群中消失了，他便也收回了目光，同时将掌心里那颗小光头往后推了一下，道：“放手。”

低沉的声音带着一丝威压以及拒人于千里之外的冷漠传入唐宁耳中，她便感觉自己的脑袋被人推了一下，连带着整个人后退了一步。

她稳住身体后，放开抓着对方衣袍的手，摸了摸自己的小光头，朝身后看了一眼，见先前追她的那人已经不见了，这才朝面前的人看去。

眼前的男人有着仿佛经过上天精雕细刻而成、堪称完美的五官，刚毅的脸部轮廓，神秘的黑瞳，紧抿着的薄唇，还有那一身仿佛与生俱来的尊贵霸气，着实让她狠狠地惊艳了一番，一时间竟不由自主地看呆了……

见一个小和尚竟对自己露出惊艳之色，墨烨脸色一黑，冰冷的目光扫过小和尚那眉目如画的容颜。

他正要离开，就见小和尚如同狡黠的狐狸般笑眯了一双眼睛。

“阿弥陀佛，施主，相逢即是缘，你是天眷之人，请大开方便之门，与佛结缘吧。”说话的同时，她摸出怀里的那个钵，笑眯着一双眼睛看着面前的男人——这浑身散发着王霸之气又生得一副天神容颜的极品男人，可是不多见。

“天眷之人？”墨烨脸色冷了下来，一身的冰冷气息比之前更甚，甚至隐隐蕴含着几分杀意，就仿佛面前的小和尚触到了他的什么禁忌一般，就连双眸也变得冷酷无情。

察觉对方气息的变化，唐宁目光微闪，心下微讶——她说的可都是好话，怎么像是踩到了他的尾巴似的，他一副想要杀人的样子？

原本要离开的墨烨此时反而迈步上前，一步步逼近面前的小和尚。他身上强大的威压散发开，让周围街上的人都感觉不适，纷纷避让。

偌大的街道一下子空出一大块地方来，中间只有那一身黑袍气息强大的男子，以及站在男子身后一米处的两名黑衣护卫。

此时那两名黑衣护卫也冷着脸，看向那小和尚的目光就仿佛在看一个死人。

男子强大的威压落在唐宁身上，让她感觉整个人都被对方身上的威压慑住，无法动弹。这一刻她清晰地意识到，眼前这个男人的强大，远超之前她遇见的所有人。

这一刻，她敛起脸上的笑容，目光定定地落在面前男人的脸上，第一次认认真真地凝神盯着他看着。

“天眷之人？你若说不出个所以然来，本君便要了你的命！”冷酷无情的声音自墨烨口中而出。森寒的肃杀之意让周围的人不由得为那小和尚捏了一把冷汗。

听到这话，唐宁不由得笑了起来，一双清眸闪过一抹神秘的光芒，看着面前的男子笑道："若我能说出个所以然来呢？施主是否便会与佛结缘呢？"

"那就要看你的本事了。"墨烨冷冷地说道，冷冽的目光盯着脸上带着自信神采的小和尚，微微皱眉，他觉得这小和尚有哪里不对劲，却又偏偏说不上来。

唐宁轻笑，瞥了一眼周围看热闹的百姓，便看向墨烨道："我说施主是天眷之人，那是因为千年也寻不到一位像施主这样的人。"

她的目光落在他俊美却又透着冷酷与霸气的容颜上，清朗的声音缓缓而出："施主通身紫气萦绕，又有真龙气势，本应是紫微帝星入命，却又偏偏撞上天煞孤星……"

"大胆！"

"放肆！"

墨烨身后的两名黑衣护卫冷喝出声，射向唐宁的目光犹如利刃。两人已经握住了腰间的剑，剑微出鞘，寒光乍现。

墨烨眯了眯冰冷的黑眸，眼中闪过一抹危险之色。他抬手示意了一下，身后的两名黑衣护卫便压下心中的怒火以及杀意，将微拔出的剑收了回去。

"继续。"

听到他冰冷而低沉的声音传来，唐宁不着痕迹地瞥了那两名黑衣护卫一眼后，便将两人无视了。

"本应是紫微帝星入命，却又偏偏撞上天煞孤星，犹如乌云遮月，孤煞之气遮掩了帝星的光芒。虽如今龙困浅滩，但终将破云而出，气运加身，比肩日月。"声音一顿，唇角微勾，她直视着他道，"如此命格，自然称得上天眷之人。"

墨烨伸手掐住了面前小和尚的下巴，倾身上前，冰冷的眸子盯着唐宁，声音一字一顿地传入唐宁耳中："是吗？天煞孤星入命，生为天咒之子，注定活不过二十五岁，你还说是天眷之人？嗯？"

他掐着她下巴的手加重了力道，掐得唐宁的脸和下巴都隐隐作痛，然而她只是神色平静地看着他，道："你当历常人所不能历之苦，尝常人所不能尝之痛，忍常人所不能忍之孤寂，天煞之命未破之前，刑克六亲，注定孤寂。"

看着他的脸色越来越黑，唐宁在他的威压之下强抬起手，在周围众人错愕又不可思议的目光中，啪的一声将他掐着她下巴的手拍落。

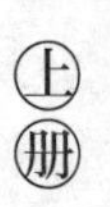

见他因她的举动而浮现一丝错愕之色，又生出杀意后，她揉了揉自己被掐疼的下巴和脸颊，不紧不慢地开口："不过……"

看着自己手背上那红红的手掌印，墨烨眼底如乌云翻滚，从没有一个人敢这般大胆地对他动手，若换成以往，面前这人早已人头落地，但这一刻，他却被这人口中

的“不过”吊起了胃口。

这小和尚年纪不大，但所言之事分毫不差，他确实很想知道，这小和尚口中还能再说出些什么来。

“千锤方成器，百炼耀新生，你本就是帝星之命，天咒之子自然是子虚乌有，更何况我观你也不是短命之相，但你二十五岁确实有一死劫，却并非无解。”

听着这话，墨烨目光微动，盯着面前的小和尚，仿佛在思量着什么。

倒是不远处的两名黑衣护卫，在听到唐宁的话后，眼中浮现一抹惊喜之色。两人相视一眼，大步上前，急问：“当真可解？怎么解？”

唐宁淡淡地瞥了两人一眼，又轻飘飘地移开了目光——她这人记仇得很，这两人刚才想杀她呢！

墨烨见这小和尚的神色，不由得眉头微挑。

这小和尚，第一眼给人的感觉就仿佛单纯无害、不懂世事，接触下来却发现单纯的只是表面，实则狡黠如狐，一肚子心眼儿还睚眦必报。但偏偏是这样一个不过十三四岁的小和尚一针见血地道破他的命格。

须知他是天煞孤星，天咒之子，活不过二十五岁的命格是皇寺高僧亲口所批，外人根本无法得知。但这小和尚所说与那皇寺高僧所言相似，又并非完全一样，这不禁让他怀疑，这小和尚所说究竟有几分可信。

“施主，不知可否将你的威压收回了？”唐宁露出笑容来，看着他问道。这一刻的她，又恢复了第一眼给人的感觉，单纯而无害，纯净而善良。

墨烨敛起一身的威压，盯着小和尚看了看，低沉的声音带着怀疑：“你真的是和尚？”

他注意到，这小和尚的言行举止并不太像佛门弟子，从小和尚口中出来的“施主”二字，仿佛只有被小和尚想起时才会提起。

闻言，唐宁微怔，继而露出大大的笑容来，摸着自己的小光头，笑眯着一双眼睛道：“我与佛有缘，是半路出家的。”

听了这话，墨烨倒没有怀疑，毕竟这小和尚看着也不像打小出家、遵守清规戒律的古板和尚。

也许是小和尚的话让他还算满意，他负手深深地看了小和尚一眼，唤了一声：“黑风，赏！”

后面的其中一名黑衣护卫走上前来，看了小和尚一眼，从腰间解下一个小袋子。

“赏他金币，把那个钵装满了。”墨烨淡淡地说道。

“是。”黑风只是微顿了一下，便从那小小的袋子里掏出一把金币放进小和尚拿在手中的钵里。

金币放入钵里时发出的清脆碰撞声，让周围的不少人眼睛都亮了起来，有的羡慕，有的浮现贪婪，有的浮现算计，一双双眼睛直勾勾地盯着小和尚手中的钵。

唐宁目光微闪，视线掠过面前男子一副看好戏的神情，落在了那个叫黑风的黑衣护卫手里的小袋子上：这玩意儿该不会是那种传说中的乾坤袋吧？

“啊！好多金币！”

“我这辈子都没见过这么多钱！”

…………

听着周围传来的倒抽冷气的声音，以及羡慕的声音，唐宁这才收回目光，视线落在手里沉甸甸的钵上。

不是薄薄的金叶子，而是金币，十足纯金的金币，每一枚都有着不轻的分量，满满一钵金灿灿的，十分耀眼。

这代表着一笔极为可观的金钱，但财不可露白，这么大一笔钱财在这一刻也代表着危险。

她知道这个男人是故意的，却并无反感，因为这是她赚回来的钱，也是她现在最需要的东西。

若换成上一世，想请她为人观气断吉凶，这么一钵金币还真是少了。

见小和尚抱着那钵金币在笑，那副没出息的样子让墨烨嘴角微抽，他淡淡地说了一句：“这半路出家的和尚果然不是什么正经和尚。”话音一落，他便转身迈步准备离开。

“等一下。”唐宁唤住了他。

“嗯？”墨烨停下脚步回身。

“施主还没有与佛结缘呢！”

听了这话，墨烨盯着小和尚看着，露出一抹冷笑，道：“你还真是不怕死。”

“我想，施主说的话应该会兑现才是。”唐宁笑了笑，并无惧意。

墨烨目光微闪，声音缓和了几分，却依旧显得淡漠：“说。”

唐宁上前说了几句，声音只够面前这一人听见……

“允了。”他深深地看了小和尚一眼，这才迈步离开。

黑风和另一名黑衣护卫跟在他身后。

走出一段距离后，黑风便听到他家主子的声音传来：“暗一，你去看着那小和尚，别让他死了。”

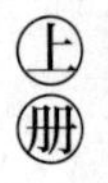

“是。”身影一闪，那名黑衣护卫迅速离开。

“黑风，交代下去，找一批顶尖的工匠过来。”

黑风一怔，不由得问道：“主子，找工匠做什么？”

“建寺院。”墨烨淡淡地说道，想到那个小和尚，眼底闪过一抹暗光。

另一边的唐宁，因心情愉悦，脸上也洋溢着笑容。今天，除了这一钵金币之外，她这两天一直惦记着重建的寺院总算是有着落了。

以那个男人的身份，她相信，既然他已经应下，那就会找人去将那寺院重新建起来，而这也是她如今仅能为那寺院做的事情了。

知道不少人盯着她手里的这些金币，她也懒得收起来，仅用衣袖遮着，便端着那钵金币往百草楼走去。

这些金币足够她买调理身体的药材了。

在这个世界，只有自身的实力变强，才能保护好自己，当务之急，她必须让自己可以重新修炼。

暗一奉命暗中保护，见那小和尚进了百草楼，便没跟进去，只在暗处守着。

哪知等了许久，也不见小和尚出来，他心中微动，当即进了百草楼，才知那小和尚已经从后门离开了，于是他又询问了那小和尚进来买了些什么，便回去向主子禀报。

另一边，唐宁在百草楼买了东西之后，又拐了几条巷子。却不想，当她以为甩掉了那暗中跟着她的人时，前面却被人挡住了。

“呵！没想到你一个小和尚还得爷亲自出马走一趟，你这面子也够大的。”一身锦衣的阴邪男子盯着前面的小和尚，目光落在小和尚精致出色的容颜上时，眼中闪过一抹暗光。

这小和尚远看精致出色，近看更是俊美如画，尤其是那双眼睛，清澈而纯净，仿佛不谙世事的懵懂单纯，着实让他看了心痒难耐。

唐宁目光微闪，见先前追着她的那名中年男子站在那锦衣男子身后，除了这两人之外，似乎还有实力强横的人在暗处守护着这锦衣男子。

她将那锦衣男子眼中赤裸裸的放肆以及邪恶自动忽视了，露出一抹笑容来，问：“施主找我有事？”

看着小和尚脸上纯净的笑容，阴邪锦衣男子目光恍惚，定了定神后，低笑一声，便一个箭步掠上前，伸手朝小和尚抓去：“真是个宝贝！”

那中年男子见锦衣男子掠上前朝小和尚而去，又见小和尚唇角勾起的那抹邪笑，不由得心头一惊，当即喝道：“二爷小心！”

唐宁在那锦衣男子朝她抓来之时，衣袖中的匕首便滑出落入她掌中，只见她步伐一移，手起刀落，便听到一声倒抽气的声音传出。

"嗞！"那锦衣男子抓上前的手生生被划了一刀。

这一刀快而狠，竟是顺着手腕切过，连带着将锦衣男子的手部筋脉一下割断了，猩红的鲜血顺着手腕滴落，血腥味也随之在这巷子里弥漫开……

唐宁没有给他们反应的机会，在伤了那锦衣男子的手腕后便猛地一踹对方的膝盖窝，那锦衣男子扑通一声单膝跪下的同时，她的匕首已经架在他的脖子处。

而同一时间，那名中年男子，连带那名暗处的人也来到了她面前，在这一刻慑人的杀气整个笼罩着她。

"别动！"她一声厉喝，匕首压着锦衣男子的脖子，一丝鲜血渗了出来，她眯了眯眼，盯着那两人，"退后！否则我就杀了他！"

被按压着单膝跪在地上的锦衣男子盯着自己无力垂下的手，眼底浮现出阴鸷与嗜血的神色。

他大意了，没想到一个小和尚，一个通身没有灵力气息的小和尚，居然给了他这么一刀，更没想到一个看起来很好拿捏的小和尚身手这般了得。

看着顺着手掌滴落在地面上的鲜血，他知道，他的这只手废了。

"小和尚，你放了他，我们便让你走。"那名从暗处出来的高瘦男子开口说道。

"退后！"唐宁盯着他们两人喝道，对方的修为威压落在她身上，让她的一身气血都在翻腾，似要压不住直奔喉咙而出。

那锦衣男子一只手被扭着反扣在身后，另一只手无力地垂下，脖子上还架着匕首，他没有回头，只是阴恻恻地笑了起来，吩咐道："你们退后。"

闻言，两人相视一眼，这才往后退出数米的距离。

唐宁警惕地盯着那两人，却不想，就在这一刻，那被她压按着的锦衣男子突然挣扎着撞向她，在让她手中的匕首微微偏离那一刻，他整个人猛地蹿了起来，被她反扣在身后的手挣开，凝聚出一股肉眼可见的气息朝唐宁拍去。

砰！在他拍出那一掌击中唐宁的那一刻，唐宁自知避不开，于是不退后反而迎上前，接下他那一掌的同时，手中的匕首也狠狠地刺入他的大腿，还重重地剜了一下，生生搅出一块血肉来。她那狠厉的模样，将那要掠上前的两人震住了。

"啊！我要杀了你！"那锦衣男子惨叫着，面露杀气。

那一掌击在唐宁的肩膀处，痛得她额头渗出了一层冷汗，一口鲜血涌上喉咙，又生生被她咽下。

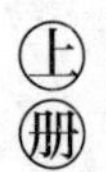

"再号一声，信不信我先废了你'第三条腿'！"冷厉的声音自她口中而出。

她脸上的狠厉，以及眼中的厉色，让在场的三人都不怀疑，这小和尚说得出做得到，毕竟就在刚刚还毫不犹豫地一刀扎入锦衣男子的大腿，而且狠狠地转动着匕首，一看就知是个心狠手辣的人。

“你敢！”

“你可以试试我敢不敢！”她把手中的匕首再度扎入锦衣男子的大腿，只是这一刀近大腿内侧。

那锦衣男子惊得紧闭上嘴，死死地咬着牙忍着剧痛，就怕这小和尚真的一刀切了他的“第三条腿”。

看着那锦衣男子身下流了一摊血，脸色惨白，已不见先前的阴狠之色，那不远处的两人心也紧紧地提了起来——他们奉命保护二爷，若是二爷真的有个好歹，只怕他们也难逃一死。

高瘦男子盯着前面的小和尚，深吸了口气，暗暗移步退至那中年男子身后，说道：“你别冲动，我们不对你动手，我们退后。”

然而高瘦男子的话音刚落下，一道袖箭咻的一声以迅雷不及掩耳之势袭出，朝前方的唐宁袭去。

唐宁虽然心有防备，但那被注入了内息的袖箭的速度绝非眼下的她可以避开的，她只觉握着匕首的手臂一痛，酸麻传至虎口处，手中的匕首也锵的一声掉落在地上。

她甚至来不及去捡匕首和扣住锦衣男子的喉咙，就见前方人影一闪，下一刻整个人就被一掌击飞出去。

砰！

她闷哼一声，身体摔落在地上，怀里的钵也顺势掉了出来。她浑身仿佛散了架一般，一口气卡在喉咙处不上不下，缓了一会儿那口气才缓上来，同时嘴角也溢出鲜血。

“给我杀了他！”已经被中年男子扶起来的锦衣男子眼带杀意盯着那狼狈地摔在地上的小和尚，想到被割断筋脉的手，想到身上被扎的那几刀，恨不得上前撕了那小和尚！

高瘦男子得令，上前便一掌朝地上的小和尚拍去，这一掌凝聚了灵力气息，对于一个没有修为在身的小和尚，他深信，自己一掌下去，这小和尚必死无疑！

唐宁见那一掌拍来带着一股肉眼可见的强劲气息，那一刻感觉到死亡离自己很近。求生的本能让她强忍着身体的剧痛就地一滚再迅速起身，避开了那一掌的同时迅速后退。

只是对方没有给她喘息的机会，一击不中又再度出手。

那扶着锦衣男子的中年男子见那小和尚居然能与高瘦男子过招，脸上不禁浮现出惊讶之色——他们都很清楚，这个小和尚并非修炼之人，可看小和尚那出手的招式和身法，却明显不像没练过的。

砰！两拳相击，高瘦男子下盘稳稳不动，唐宁则被震退一米多远。

她嘴唇微微泛紫，明显是中毒的迹象，额头渗出一层细汗，却仍咬着牙强忍着。

她在等，等药效的发挥，只有药效发挥了，她才有一线生机！

高级武技！高瘦男子盯着小和尚的目光浮现一层亮光，眼底更有一丝贪婪闪过——这小和尚没有修为在身，有的只是身法和武技，而且从小和尚出手的效果来看，绝对是高级武技！若是他能得到这高级武技，那……

想到这儿，他的目光落在小和尚的腰间——那里明显藏了东西！

他一个箭步掠上前，提气之时却突然察觉不对劲，就仿佛他体内的灵力在流逝一般，惊得他当场呆住。

也就在这么一瞬间，唐宁看准时机扑上前，同时拔下那插在她手臂上的淬了毒的袖箭，狠狠地扎进那高瘦男子的脖子血脉处。

“啊！”一声凄厉的惨叫骤然响起，因体内灵力流失而震惊的高瘦男子瞪大一双眼睛看着前方，整个人僵在那里，怎么也没想到，他堂堂炼气五阶的修士，居然会着了这小和尚的道儿……

“你……你……”那扶着锦衣男子的中年男子震惊地看着这一幕，甚至来不及相救，就见那高瘦男子倒了下去。

那锦衣男子此时也错愕地睁大了眼睛，不敢相信一名炼气五阶的修士就这么被杀了。

唐宁却没理会两人，而是第一时间从那高瘦男子身上搜出解药迅速服下。

锦衣男子回过神来，将身边的中年男子推上前，怒声咆哮：“杀了他！”

唐宁服下解药后，捡起一旁的匕首，蕴含着杀意的目光也落在那两人身上——打从一开始，她就没打算让他们活着！

也幸好她早前在百草楼中用买的药调配出了一些药粉以防万一，要不然今天还真得栽在这里。

只是那高瘦男子是因为运气才导致药效发作得快，这中年男子一直在看着，没有运气，想来一时半会儿药效还不能完全发挥，她握着匕首，咬了咬牙。

没有灵力护体，身体又被击了一掌，如今五脏六腑皆痛，就更不用说因中了袖箭上的毒而导致的无力了，纵是服下解药，但这身体想要打持久战也是不行的，眼下她只能速战速决！

她眼中闪过一抹坚定，握着手中的匕首朝那两人走去。

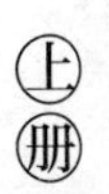

“杀了他！给我杀了他！”看到那小和尚握着匕首朝自己走来，锦衣男子不由得扶着墙后退，脸上难掩惊慌。

中年男子猛地跨步上前，挡住了小和尚的去路，一手成爪状，气势凶猛地朝小和尚的喉咙抓去。

唐宁打算先杀了那个锦衣男子，再来对付这个中年男子。当下，她身子一个急退，在那个中年男子朝她击来那一刻，猛掠上前，手中的匕首朝对方的下盘攻去，就在中年男子后退避开之时，她一个箭步上前，把手中的匕首狠狠地朝那个锦衣男子刺去。

锦衣男子一条腿受伤无法站直，一只手又无法抬起，只能一边狼狈地后退着，一边瞪大眼厉喝："你敢！"他企图以气势来震退那如杀神般的小和尚。

"我有何不敢！"唐宁冷哼道，手中的匕首划过对方的胸口。

因他的后退避开了致命的一击，她倾身准备再给他一刀，就在这时，后面传来了厉喝声："小秃驴，看杀！"

唐宁眼角瞥见那中年男子掌风凝聚着极强的杀意朝她拍来，若是这一刻她迅速闪避，也许能避开这一掌，但……她见那锦衣男子在腰间摸索着，拿出了一个类似信号弹的东西想要拔开，她知道，若是让他发出求救信号，那她就真的没有活路了。

当下她一咬牙，不去理会身后拍来的那一掌，而是握着手中的匕首，狠狠地扎向那锦衣男子的心脏处。

那正拿着信号弹放到嘴边咬开要发射的锦衣男子闷哼了一声，身体一僵，双眼不能置信地瞪得大大的。插在他胸口的那把匕首插入后还狠狠地转了一下，彻底断了他的生机。

"给我去死！"那个中年男子看到这一幕，一双眼睛泛红，一掌重重地拍落在唐宁的后背上。

砰！唐宁整个人飞了出去，撞到墙壁又跌回地面，一口鲜血从胸口涌起，猛地从嘴里喷出。

噗！一口鲜血喷洒在那先前掉落在一旁的钵上，刹那间，钵上的鲜血尽数消失，出现的是钵底的一道光芒……

在那道光芒之下隐隐有一个金色的"卍"字浮现，那"卍"字浮现之际，佛光更是如太阳光般耀眼，在天空绽放……

"你们看，是佛光！是圣佛显灵了！"

"佛光！好美的佛光！"

"天啊！我竟然看到佛光了！"

……

城中的百姓看到出现在天空之上的佛光，一个个虔诚地双手合十，跪了下去，朝那佛光所在之处拜了又拜。

而城中那些世家之人在看到佛光时，也是心中震惊：怎么会突现佛光？快！快去那佛光所在之处看看，是否有什么佛门的祥瑞之物出现！

各大世家主事的人都匆匆往佛光所在之处奔去，在他们想来，定是有什么佛门宝贝现世，因此都想抢占先机。

与此同时，在一家客栈之中，墨烨黑沉着脸看着自己手背上浮起的红点，脸色异常难看——他这手背被那小和尚拍了一下，回来之后便发痒刺疼，还冒起了数不清的红点。

“主子，要不我们还是上医馆看看吧！”黑风看着主子的手背，心里气得牙痒痒——那个小和尚也太可恶了，居然对他家主子暗下黑手！

“不用。”墨烨说道，听到外面大街上传出声声惊呼，便来到窗口，只见城中百姓跪了一地，而不远处的天空中则出现了一道金色的佛光。

“主子！”暗一快步进来，道，“主子，属下奉命暗中保护那小和尚，不料被那小和尚甩掉了，属下找了几条街也没找到人。”

听到这话，墨烨目光微闪，道：“那小和尚机灵着呢，应该不会有事。黑风，你去看看那里是怎么一回事。”他朝那佛光所在之处示意。

“是。”黑风直接从窗口跃了出去，往那个方向奔去。

“主子，你的手怎么了？”暗一看到墨烨起满红点的手背，不由得微讶。

“无碍。”墨烨淡淡地说道，抬起手看了一下自己的手背，而后将手负在身后，目光幽深地看着前方的佛光，也不知在想什么。

同一时刻，在那巷子里，准备上前结束唐宁性命的中年男子被那道佛光重重地击飞出去，撞到墙壁后砸落在地，身体抽搐了几下便断了生机，至死一双眼睛都瞪得大大的，似乎不明白自己怎么就死了。

唐宁看着那中年男子被光芒击飞出去断了气，自己却没受半分攻击，微怔了一下，咬着牙挣扎着想要起身。

但那一掌震伤了她的脏腑，血从她的嘴角不断溢出，她最终还是无力地昏死过去。

也正因此，她没有看到，就在她昏死过去之后，她面前的那道佛光咻的一声射入她的手心消失不见了，连同消失的还有她的那个钵……

一道身影缓步走进了巷子，看着巷子里血腥的一幕，无声地发出一声轻叹，缓步上前，来到小和尚的身边停下，目光在小和尚精致出色的容颜上停了停，最后弯腰将人抱了起来，直接扛上肩带走……

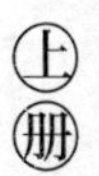

当城中各个世家的人赶到那巷子时，佛光早已经消失，而那巷子里只有三具尸

体以及一地的鲜血……

“老二！”一名中年男子看到那被杀的人，双眼暴睁，怒不可抑，“是谁！？是谁杀了他！？是谁！？”

周围的人面面相觑，心下猜测着这究竟是怎么一回事。

两天后。

昏睡中的唐宁是在一阵肉香中醒来的，哪怕还没清醒，但闻着那股肉香，肚子已经本能地发出咕咕的声音。

“肉……好香……”她忍不住呢喃出声，同时也睁开了眼睛。只是当她看到房顶时，整个人一怔，昏迷前的那一幕幕迅速回到脑海中。

“醒了？我还以为你还要再睡个三五天呢！”一道苍老却中气十足的声音传来。

她想起身，却发现浑身痛得跟散了架似的。

“躺着吧！五脏皆伤，若不是遇到我，你这会儿已经去见阎王爷了。”说话间，一名穿着灰衣的老和尚手里拿着一只鸡腿来到床边吃着。

看到这老和尚，唐宁目光微闪，问：“是你救了我？”

老和尚咬了一口鸡腿，笑得一脸猥琐，道：“不错，就是我救了你。救命之恩你想怎么报？”

唐宁看着这老和尚，他六十来岁的样子，白色的长眉垂着，一身灰衣朴素得毫不起眼，脖子处挂了一串佛珠，而腰间斜斜地挂着一个葫芦，若不是此时手里还拿着鸡腿在啃，满嘴流油，倒是有几分得道高僧的模样，只是此时在她看来，却显得有些不伦不类，甚是猥琐。

她强忍着一身的疼痛，从床上坐了起来，靠在床上看着他，道：“出家人不是常说救人一命胜造七级浮屠吗？怎么你这和尚开口就想挟恩求报？”

“不一样，不一样。”老和尚拿着鸡腿的手挥了挥，看着她似真似假地说，“你不一样。”

“怎么不一样？”唐宁问道。

老和尚盯着她看，突然笑了起来，道：“我说你怎么就剃了个光头呢？害得我刚开始还以为捡了个小和尚回来，哪知却是个小女娃儿。”

“形势所迫。”唐宁说道，见他吃得满嘴油光，便忍不住道，“你既然是和尚，怎么还破戒了？莫非你是个假和尚？”

“哈哈哈哈。”老和尚哈哈一笑，取下腰间的葫芦喝了一口酒，道，“我是酒肉穿肠过，佛祖心中留。”

他将鸡腿吃了，剩下一根骨头咬在嘴里，腾出一只手从怀里摸了摸，掏出一个小瓶子来抛给她，道：“把里面的药倒出来一颗吃了。”说完，他没再理会唐宁，便自顾自地往外而去。

唐宁倒出瓶中的药一看，药丸黑乎乎的，散发着药味，是用最简单粗暴的方法揉成的，不过，闻着药味，她知道这确实是疗伤的药。

吞下一颗药丸后，她轻呼出一口气，缓缓地闭上眼睛，想起当时的那道佛光似乎是从那个钵……

第二章　圣天金钵

对了，那个钵呢？她正想着，便感觉手上似有什么东西，抬起手一看，不由得一呆。

这不是她的那个钵吗？她很确定，刚才手里可是没有这玩意儿的。

她拿着钵细细地看着，见是原本的那个钵，只不过钵底多了一个金色的“卍”字。

似有所感，她的手心隐隐发热，只见一个金色的“卍”字浮现在她的手心中，散发着淡淡的金色光芒，手心的热量往她的身体里流动着，所过之处只觉身上的伤都渐渐地消失了……

“咦？”她眨了眨眼睛，直接跃起来，感觉身体确实轻松了很多，只不过手掌心里的那个“卍”字的光芒也淡了下去，直到最后消失在她的掌心之中，不留一点儿痕迹，就仿佛先前的一幕只是她的错觉。

心念一动，手上的那个钵再度消失了，她将手掌握成拳头，便察觉到一股力量在身体里流淌。

“我这算是因祸得福吗？”她喃喃低语，到最后忍不住笑了起来。

她伸手帮自己把了下脉，果然，身体约莫好了七成，身体里还多了一股力量，身上的伤全都消失不见了，不留一点儿疤痕。

次日清晨。

老和尚靠在窗口处，手里拿着酒葫芦喝了口酒，瞅了房间里那眉眼精致出色的小光头一眼，问："你接下来有什么打算？还有，你是哪家的小女娃儿？顶着这么个小光头，你还回得了家？"

"家是要回的，只是现在还不能回去。"唐宁说道，捣鼓着小包袱里的药材。

老和尚闻言，眼中闪过一抹精光，趴在窗口处笑得一脸猥琐，道："既然现在还不能回去，那你就跟着我混吧！"

唐宁朝他看去，挑了挑眉："你？"

"我四海为家，你不是现在还不能回去吗，那就跟着我四处去见识一下不是更好？"他声音一顿，一只手轻卷起一撇长眉，道，"更何况，你一个小女娃儿，又这么弱，不跟着我，指不定哪天被人杀了都不知道是怎么死的。"

听了他的话，唐宁似笑非笑地睨了他一眼，道："老和尚，你到底有何图谋？"

"呵呵呵，时机未到，说不得，说不得。"老和尚摇了摇头，笑看着唐宁道，"你放心，我不会害你的。"

唐宁深深地看了他一眼，走到窗口处道："我有事要忙，你先不要打扰我。"话音一落，她便将窗户关了起来。

听她也没拒绝，老和尚笑了起来，道："哈哈哈，好好好，你先忙，等你忙完了咱们也该走了，这寺院里的饭菜我还真有些吃不习惯。"说着，他便抱着酒葫芦离开了，准备去后山看看有没有野味。

老和尚走后，唐宁一整天都将自己关在屋里捣鼓调整身体的药，直到傍晚时分老和尚吃得满嘴油光地回来时，她依旧没出房间。

听着房间里的动静，老和尚在院中的石桌边喝着酒，不时瞄着那紧紧关着的房门，喊道："你这关起房门在里面捣鼓什么呢？这会儿天都快黑了，你也不准备出来吃点儿东西？我可是给你留了好东西呢！"

屋里静悄悄的，没有回应。

老和尚摸了摸脑袋，闻着空气中散发的药香味，眼中闪过一抹精光，道："我好歹也略懂医药，你要是有什么想不明白、弄不懂的，我也可以教教你啊。"

房间里的唐宁还是没理会他，自顾自地专心研制药。她不知道这个世界的炼制手法，因此用的还是上一世所掌握的提炼方法。

"成了！"她难掩欣喜地笑了，看着面前的小瓶子，眼中有着激动之色。

从十几种珍贵的药材中提炼出来的精华只有这么小小一瓶，她没有迟疑地将那药液直接喝了，而后到床上盘膝坐了下来。

她按照脑海中的修炼方法重新凝聚灵力气息。原本的一身修为已废，但在这一刻，她服下药液之后，原本无法凝聚的灵力气息再次可以凝聚。

更让她没想到的是，随着她重凝灵力气息，掌心处的那个"卍"字再度发热，

隐隐有一股能量从掌心涌起，往身体里流着。

随着那股能量的涌动，她一身的经脉仿佛也随之扩张起来，淡淡的佛光在她的经脉里流着，将她的整个身体包裹在其中，连带着整个人都散发着一股神圣不可亵渎的金色光芒……

在外面喝着酒等着的老和尚，原本懒散的神色突然一变，感觉到房间里的异动，当即跳了起来，大手一挥，一个结界便将整个小院笼罩起来。

他神情微凝，快步朝房间走去。

只见房间里的床上，那小和尚模样的少女盘膝而坐，浑身笼罩着一层金色的光芒，那精致的眉眼，出色的容颜，以及此时盘膝闭目的模样，竟让他隐隐感觉到她身上有一股极为强大的圣力。

看着这一幕，他心中激动，更多的是不可思议。

虽然早知她应该就是他要找的人，但看到这一幕，他仍觉得不真实，因为在找到她之前，他从没想过他要找的人竟会是个十三四岁的小女娃儿。

为防她出意外，老和尚在一旁为她护法，时刻注意着她的情况。

因她身上金色光芒的涌动，整个房间里弥漫着一股强大而慑人的气息，这股气息如同强者的威压，就连老和尚也在这股慑人的气息之下渗出冷汗来，笼罩着整个院子的结界也在这股气息之下隐隐浮现出波动。

当看到她身上的圣力伴随着灵力气息的流动而膨胀，导致她整个人仿佛被架在火上烤一般，全身通红，隐隐有爆体而亡的迹象时，老和尚惊得连忙出声："灵力不要压制，要感受它的存在，以心法引导往全身经脉流走，汇入丹田之处……"

唐宁听到那声音传来，正受煎熬的她也顾不得多想，当即按老和尚所说的去做。

随着心法的转动，她身上那股金色的光芒渐渐地敛入体内，而身体里的灵力也在流过扩张的经脉之后，尽数汇入丹田之处，这时她才缓缓地呼出一口气，睁开眼睛，看向面前的老和尚。

"怎么样？还好吧？"老和尚有些担心地问道，上前便将手搭在她的手腕处，为她探查体内的情况。

这一查，他不由得怔了怔，啧啧称奇："体内经脉扩张，灵力充沛自成圣体，日后修炼，常人所不能及也。"

见她一脸不以为然的神色，老和尚忍不住道："你可知这世间有能腾云驾雾的仙人存在？"

唐宁奇怪地看了他一眼，问："你见过？"根据她脑海中的记忆，腾云驾雾的仙人只在传说中，就算是出自世家贵族的她以前也没见过。

老和尚一只手捋着白眉，笑道："炼气强筋骨，灵师增寿元，筑基脱凡胎，御剑可腾云，金丹可为尊，执掌一方地，元婴寿三百，神魂游千里，飞仙古来稀，叩拜天门启。”他声音一顿，看着她笑眯眯地道，“你可愿随我一同前往仙人之地？”

唐宁听了，嘿嘿一笑，漂亮的眼睛弯成了月牙，那精致的小模样怎么看怎么讨喜。

就在老和尚心下一喜，以为有戏时，却见她一敛笑容，直接道：“不去！”

老和尚一口气卡在喉咙处，瞪了瞪双眼，道：“这可是天大的好事，你不识和尚我一片良苦用心！”

唐宁撇了撇嘴，道：“我看是黄鼠狼给鸡拜年，不安好心。”

既是修仙的世界，天地之大，有仙人的存在不足为奇，但让她现在跟着这老和尚去那仙人之地，她甚至可以预想到，指不定什么时候自己就因无力自保而被人杀了。

所以，在没有一定的自保能力之前，仙人之地她是不会去涉足的。

倒是唐家那里，她得回去一趟，就算不能在他们面前现身，也得想办法给这具身体的父亲提个醒。

只是她并没有想过要回唐家去，毕竟她不是原身，脑海中的那些记忆对她来说，就如同看了场电影，纵是感同身受，可要真正融入唐家，唤唐啸为爹，对她来说还是有些硌硬的。

但前身的仇她是一定会报的，将来唐家若是有难，只要她有能力，也一定会护着唐家，护着唐啸。

“你不跟我走，想去哪儿？回家？身体发肤，受之父母，你一个小女娃儿如今剃了个光头，你回去怎么交代？又让旁人如何看你？”老和尚瞪着她，又道，“佛门素来严守戒律清规，若是让世人知道你一个小女娃儿混入佛门，岂不是毁了我佛门清誉？”

闻言，唐宁奇怪地看了他一眼，道：“我一没佛前受戒，二没出家为僧尼，只是为求活命剃了个光头而已，怎么就成了佛门弟子？”说完，她瞥了他腰间的酒葫芦一眼，笑了起来：“再说，你一个喝酒、吃肉的和尚，哪里知道什么叫戒律清规啊？”

老和尚被她拿话这么一堵，竟是半句话都说不出来，只能干瞪着眼盯着她，半晌才泄了气般道：“那行，你接下来想去哪儿？我陪你去。”声音一顿，他看着她那张精致出色的脸蛋儿，拧了拧眉头，又道：“但你现在这模样，纵是不说，旁人也会认为你是和尚，所以你既然是以这副形象在外行走，就不得让人知道你是女儿身。”

听到这话，唐宁哂然，道：“这个没问题。”

本来她就觉得，以现在这副模样在外行走甚是方便，自然也不会特意去换回裙子，更何况让她穿着裙子顶着个光头？画面太“美”，她不敢想象……

"你给我留了什么好东西？在哪儿？"唐宁看向老和尚问道——一整天没东西下肚，这会儿她还真饿了。

"在外面的桌上。"他嘿嘿笑了起来，先一步往外走去，到了外面，便将那笼罩着院子的结界撤了。

唐宁跟着出来，正好看到这一幕，目光不由得微闪。

这老和尚来历神秘，修为也深不可测。她虽知道他对自己没有恶意，却不知他到底有何意图，而且看他的架势，是想一直跟着她？

收起心绪，她来到桌边坐下，隐隐闻到一股肉的香味，肚子里更是咕噜叫了一声。

"嘿嘿，饿了吧？吃吧吃吧！这些都是留给你的。"老和尚将那用荷叶包着的东西推到她面前，一副不用跟我客气的样子。

唐宁打开一看，嘴角却不由得一抽。

荷叶里包着的是两只烤得微焦的麻雀，还有两只鸡爪，以及一个鸡头和一个鸡屁股，不过像是用手扯下来的，完全不能看。

"嘿嘿，就抓了一只山鸡，所以我就把鸡头、鸡脚和鸡屁股拧下来给你留着了，后来看着好像少了点儿，就又打了两只麻雀，你将就着吃吧。这寺院里头，能有这样的肉吃就已经不错了。"他手里提着酒葫芦喝了一口酒，也不待她多说什么，便摆了摆手道，"和尚我先去睡一觉，明天一早咱们就下山，到了山下，想吃什么没有？"

唐宁看着他离开，只拿起烤麻雀吃着，麻雀再小，也是肉！天知道她到了这里之后，连肉末儿都没尝到过呢！

两只烤麻雀下肚，她依旧觉得肚子里空空的，于是又去灶房拿了两个馒头吃着，这才回房间歇着。

次日清晨，老和尚打着哈欠伸着懒腰走进院子，喊道："起床啦，起床啦！我们得走了。"

房间里静悄悄的，什么声音也没传出。

老和尚上前拍了拍房门："睡得比我还晚，赶紧起来了。"

然而房间里依旧静悄悄的，没有声音。

老和尚见没动静，心下隐隐觉得有些不太对劲，于是来到窗口处朝里看，这一看，不由得一呆："人呢？人上哪儿去了？"

他直接从窗口处跃了进去，却见房里连个人影儿也没有，上前手往床上一探，凉凉的床榻没有半点儿温度。

"这小崽子不会半夜就溜了吧？这是把我甩了？"他瞪了瞪眼睛，一只手揪着长长的白眉，又是焦急又是懊恼地一拍脑门，“糟了！那小狐狸叫什么名字？家住哪里？我还没问出来呢！这会儿上哪里去寻她？”

见床头处有一张纸，他忙拿起来一看，气哼哼地道：“什么叫有事要办不宜带着你？日后有缘再见之时，再报救命之恩？”

他将手中的纸揉成一团丢掉，同时一个跨步便往外走去：“想甩了我？门儿都没有！”

与此同时，青云城唐家大厅里，气氛有些压抑。

主位上坐的是唐啸，左下方坐着的则是南宫凌云。南宫凌云本是特意回来探望唐宁的，却不料，来到唐家才从唐啸口中得知，唐宁如今下落不明，不知去向。

“唐世伯，你也别太担心，也许宁儿只是出去散散心，过段时间就会回来了。”南宫凌云也只能这样安慰。

“若是她的修为恢复，独自一人在外，我还能放心一些，可如今她的修为在一夜间尽失，又一个人离家不知去向，我就怕她在外面……”说到这儿，唐啸停了下来，那最坏的情况他不想也不敢从口中说出，就怕成真了。

“宁儿吉人自有天相，一定会平平安安的。”南宫凌云看着他，又道，“如今宁儿不在唐世伯身边，唐世伯更应保重身体才是。”

唐啸点了点头，看着俊逸出众的南宫凌云，问：“你在外一切可都还习惯？这趟回来会住多久？”

“在学院修炼了几年，已经都习惯了，这一趟主要是因为听到宁儿出事才回来的，只是也不能多留，明天我便得赶回学院参加历练了。”微顿了下，南宫凌云道，“唐世伯，我能不能去宁儿的院子里看看墙边的那棵玉兰树？”

闻言，唐啸轻叹一声，道：“说起来，你当年去学院时宁儿才八九岁，你们俩也有四五年没见了。”他站了起来，负手看着南宫凌云道：“你倒还好，比少年时更成熟稳重，模样也没太大的变化，就算是几年不见，也还是认得出你，倒是宁儿，随着年纪渐长，模样、身段也都长开了，若是她在这里，估计你见了也认不出她来。”

说起宝贝女儿，他脸上难得地露出笑容来，道：“那棵玉兰树是你们一同种下的，这些年宁儿都是亲自照料的。你去看看吧，已经长得很高了。”

“好。”南宫凌云站了起来，点头应了一声，微行一礼后，往外走去。

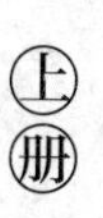

纵是几年没来，但南宫凌云还是按照记忆中的路，来到了唐宁的院子，看到了墙角的那棵玉兰树。

当年的小树苗如今已经长得比他还高。他看着面前这棵玉兰树，脑海里浮现出

当时栽下这棵树时对唐宁说过的话：玉兰树长成之日，便是他登门迎娶之时……

数年不见，昔日的青梅竹马之情也随着年纪的渐长而渐淡，他对她的记忆依旧停留在当年那个青涩却娇俏的小人儿上，因此当唐啸说唐宁的模样和身段已经长开时，他却想象不出长大的她会是什么样子的。

想到她如今不知去向，想到她一身修为尽散，他在心中不禁担心：她一个没有了自保能力的女子在外，会不会遇到什么危险？

“凌云哥哥。”一道轻柔的声音传来。

南宫凌云微怔，回头看去，只见一名穿着白色衣裙、容颜与气质都十分出色的少女站在院子的拱门处，如花般姣美的容颜上带着浅浅的笑意，美目溢着欢喜地看着他。

南宫凌云静静地看着那十三四岁的白衣少女，带着一丝矜持、一抹欢喜、一丝期待地朝他走来时，脑海中却在想着：这人是谁？

这少女能在唐家出现，应该是唐家的子弟，只是他对这少女并没什么印象。

见他负手盯着自己看，仿佛没认出自己来，唐霜不禁难掩失落地问道：“凌云哥哥不记得霜儿了吗？”

“你是唐霜？”南宫凌云微讶，这才认真地打量起她来。

对唐霜，他隐隐有那么个印象，小时候每当他来找宁儿玩时，宁儿身边总会跟着二房的嫡女唐霜。只是他印象中的唐霜还停留在那个总喜欢跟着他们，却又透着小心翼翼与讨好的小女孩儿上，因此乍一看到面前这亭亭玉立、姿态优雅的少女时，他还真没认出来。

她看着面前俊逸出众的男子，轻声说道：“是，我就是唐霜，凌云哥哥，好久不见。”

南宫凌云笑了起来，道：“几年不见，你都长大了，若是在外遇见，我还真认不出你来。”

本来打算要走了，如今看到唐霜，他微顿了一下，问：“说起来，小时候你与宁儿很是要好，可曾听说她在外面有什么朋友之类的？或者她有没有跟你提起过想去什么地方？”

听到这话，唐霜脸上的笑容微僵了一下，看着他摇了摇头，道：“没有，她平日里也没什么朋友，多数是自己修炼，只是后来修为没了，而且无法再凝聚灵力气息了，她便将自己关在房间里好些天，整个人就跟变了个人一样，见了谁都不说话。”说完，她脸上带着几分担心道：“她离开了这么久，派出去找的人也没有她的消息，我就怕她会不会想不开……”

这话一出，她有些懊恼地轻咬着唇，看着南宫凌云道：“凌云哥哥，我没别的意思，只是担心她。”

南宫凌云眉心微拧，道：“我知道了。我还有事，就不多留了。”朝她点了下头后，他便迈步离开了。

唐霜看着那抹离去的身影消失在视线中，脸上担忧的神色散去，反而露出了一抹意味不明的笑容，瞥了墙角的玉兰树一眼，便也转身离开了。

另一边的唐宁，此时正蹲在昏暗的角落处，听着周围压抑着的哭泣声，心下有些发蒙。

真是防不胜防啊！她天没亮就从寺院离开了，想着甩了那老和尚之后回一趟青云城看看，哪知半路上就被人用一个麻袋一兜头套住掳走了。

除了她，这地牢里还有二十来人，有几个是没有修为的普通人，其他的多数是炼气一二阶的人，除了有两三个三十来岁的男子，其他的都在十岁到二十岁之间。

哭泣的是几个年纪较小的少女。

也许是心中惊慌，情绪也有些暴躁，听着那几个少女一直在哭，其中一个三十来岁的男子上前便朝其中一名哭泣的少女狠踹了一脚：“哭丧呢！再哭信不信我先弄死你！”

被那男子一踹，那名抱着膝盖哭着的少女被踹倒在地，爬起来后不敢再哭出声，只是紧咬着唇，眼泪直流。

其他人见了，也不敢再发出声音，一时间地牢里静悄悄的，只有众人因不安而略显粗重的呼吸声。

唐宁瞥了那男子一眼，见他也没其他动作，便移开了目光，想着眼下这到底是什么情况。

这地牢里的人情况不一，她还真猜不出将这些人关在这里到底是想干什么。

她正想着，就听有脚步声传来，地牢的门也被打开。

这时，牢里一名较年长的男子壮着胆子喝问道：“你们是什么人？为什么掳我们来这里？你们……啊！”

唐宁只见眼前寒光一闪，那男人话还没说完，人头就已经被砍了下来，鲜血溅了一地。

众人惊得尖叫起来，纷纷缩到角落里。

看着滚落到自己脚边面带惊恐的人头，唐宁忍着想一脚踹开的冲动，默默地后退了一步——死人头，好难看。

“都给我闭上嘴！若是再吵闹，这就是下场！”那男人持着滴血的剑，冷冷地扫了牢里的众人一眼，伸手抓起角落里的一人便往外推，“出去！快点儿！”

正伸手推人的男人目光怪异地瞥了一眼一旁的小和尚，心下暗忖：怎么还弄了个小和尚来？

唐宁眨了眨眼睛，装作没看到那人盯着她的脑袋的怪异目光。她安安静静地站在那里，不吵不闹，不惊不慌，显得极为淡定，可那双清澈纯净的眼睛却又给人一种懵懂单纯、不知世事险恶的感觉。

她敛下眼眸，垂着脑袋静静地跟着众人一同出了地牢来到外面的空地上。只是虽然她想低调，可她泛着光亮的小脑袋还是让她在二十几人当中显得极为特殊，几乎是一眼看去，便叫人直接将视线落在她身上，不，是她光秃秃的脑袋上。

唉！这种备受瞩目的感觉，真叫她想念那如丝的长发啊！

"怎么还有个小和尚？谁弄来的？"其中一名佩剑的男子盯着那脸上黑乎乎却顶着个小光头的小和尚，莫名地笑了，走上前来到小和尚身边，伸手摸了摸那泛着亮光的脑袋，嘲讽地道："小和尚，你说你也没少念经拜佛，怎么还这么倒霉被掳来了呢？你们信奉的佛祖怎么就没保佑你呢？"

唐宁忍着想剁了那只爪子的冲动，微微后退一步，让那只在她脑袋上作乱的爪子摸了个空，这才一本正经地道："佛说，我不入地狱，谁入地狱？"

"哈哈哈哈！好一个我不入地狱，谁入地狱！"那佩剑男子仰头笑了起来，笑声一敛，阴恻恻地盯着这一脸不知惊惧为何物的小和尚，继续说道，"真是有意思！我倒要看看，这世间是否真有人不怕死！"

看着那男子转身离开，唐宁敛下眼眸。她现在想的是，这些佩剑的人有三四十个，而且看样子身手应该不错，她要怎么样才能在这些人手底下自救？

在她思忖间，二十多人的手全被绑在一根粗绳上，她也不例外。

让她意外的是，一个十二岁左右、头发乱糟糟的女孩儿也不知是有意还是无意，仿佛是受了惊吓般低着头退到她身边，被绑在她前面。

也许是这些人展现出来的杀意以及视人命如草芥的冷血让众人皆心惧，都不敢有所反抗，一个个只是不安地垂着头，不知等待着他们的又将是什么。

唐宁朝周围看了看，那些人都紧守着，也无其他动作，就好似在等着什么人到来一般。

看着这些身板笔直地站着、身上充斥着血杀之气的佩剑男子，她心下清楚，这些人只怕来历不一般，毕竟就算是唐家那样的百年世家中的护卫，在气势上也没有这些人凌厉。这些人就像一把把沾了血的剑，锋利慑人！

过了约莫一炷香的时间，她见那些佩剑男子一个个目带敬畏和向往地看向天空。她顺着他们的视线看去，只见天空之中竟有一人御剑飞来。

这是她第一次见到有人在天上飞，还是脚下踩着一把剑，看到这一幕时，她的脑海中不由得浮现出老和尚对她说过的话：筑基可御剑腾云。

这人已经是筑基期的修士，可以御剑腾云行万里！

她好奇且认真地打量着那名御剑而来的人。那是一名看起来七八十岁的老者，有些枯瘦，气色也不太好，就如逐渐干枯的树木，生机渐弱，以她的眼光来看，此人命不久矣。

老者一身宽大的衣袍，负手站在飞剑上迎风而来，衣袂飘飘，乍看之下还真有那么几分仙人风姿。只可惜那份仙姿让老者眼中的阴冷与高傲破坏了。

“啊！是仙人！仙人啊！拜见仙人，仙人救命啊！”那些被绑着的人看到天空中御剑而来的老者，惊喜之余更是扑通跪了下去，朝那老者叩拜着，祈求这在天上飞行的仙人可以救一救他们。

见那些人一个个都跪拜着，唐宁心下轻叹一声，为免站着显眼，便直接蹲了下去——能让她跪拜的人，估计还没出生呢！

这些人也是慌了神，也不想想怎么会突然间来个仙人？还向他求救？依她看，那老者跟那些佩剑男子就是一伙儿的。

“拜见老祖！”那些佩剑男子一个个单膝跪地，双手抱拳，低头行礼。

“嗯，起来吧！”稳稳地落地后，那老者淡淡地说了一声，目光掠过那些被绑在绳子上的人，视线在那尤为显眼的小和尚身上停顿了一下才移开。

老者将手一挥，在众人惊叹的目光中，一叶扁舟出现在空地处，渐渐变大。

“把人都带上来。”老者说完，直接转身上了那叶扁舟。

而唐宁等人都被推上了那叶扁舟。

至此时，还有一些人心存希望地哭求道：“仙人饶命啊！仙人……”

然而，那老者站在扁舟上只是负手冷漠地背对众人，仿佛没听见身后的哭求一般。

“闭嘴！”一名佩剑男子踹了其中几个人一人一脚，将握在腰间的剑微拔出一些，喝道，“再吵把你的舌头割下来！”

这威胁一出，众人顿时一静，缩在小舟上面如死灰，瑟瑟发抖。

唐宁蹲坐在小舟里，看着这只原本巴掌大的小舟变成足以装下七八十人的大船，心下惊奇。

只见那站在前面的老者喝了一声：“起！”小舟便腾空而起。

随着小舟飞高，仿佛有一层结界将整只小舟包裹着一样，小舟在半空中飞行着，直至没入云端。

小舟在白云之中飞行速度很快，但也足足飞了一整天，直到次日清晨，速度才渐渐地慢了下来，缓缓地停在一处森林上方的半空中。

那站在小舟前面的老者朝下方看了看，道："就是这个地方，先丢两个下去。"

唐宁听着下方传来的兽吼声，以及这一片一望无际仿佛没有出路的森林，眨了眨眼睛，神色微呆——这些人将他们抓来，又带到这森林处，莫不是要将他们当成诱饵喂凶兽？

根据脑海中的记忆，她知道这片大陆上有些森林是凶兽的栖息地，但这种地方危险重重，就算是大家世族也没人敢随便进。

可眼下，她该不会那么倒霉，被抓到这里准备投喂凶兽吧？

"不要，不要，我不要下去，我不要下去……"

"仙人饶命，仙人饶命啊……"

小舟最前面的两人被解开，两人使劲想往角落缩，仍被两名佩剑男子抓了起来，在惊恐之中被推下小舟。

"我不想死，不想死……"

"啊……"

看着那两个活生生的人从小舟中被扔下，唐宁脸色微凝，往下方看去，只见那两人被推下去后摔落在树木上，又从树木上滚落到地面上，缓冲力之下并没有摔死。

但就在那两人摔落在地上之时，一头凶兽也不知从哪里蹿了出来，嘶吼一声，便如饿虎扑食般朝那两人扑去。

"啊！救命……救命啊……"

"救命啊……"

那两人连滚带爬地跑着，只是没跑几步其中一人就被那头凶兽扑倒，生生被咬死。然后那头凶兽竟放下到了嘴边的猎物，转而扑向逃命的另一人。

见此，她目光微闪——这些凶兽竟是开了灵智的。

老者看着下方那头扑食的凶兽正四处张望，当即便道："将那些人全放下去，让他们吸引凶兽的注意力，你们跟着我绕到另一边的兽穴处。"他神色严肃地看着那些佩剑男子，交代道："听着，那兽穴里面的墙脚处生长着一颗红阳果，谁要是将红阳果拿到，我定记他一记头功！许他一个承诺！"

"是！"那些佩剑男子当即应道，神情激动。

一记头功，一个承诺，也许这便是改变命运的机会！哪怕知道下面的森林里凶险重重，但这一刻他们也敢豁出命去拼一拼！

那些佩剑男子将绑着的众人解开后，小舟便往下飞去，待到小舟停在两三米高处，那些佩剑男子便将众人一个个推下。

其中一个佩剑男子看着那小和尚，冷笑了一声，道："小和尚，你的地狱到了，下去吧！"

在那佩剑男子准备将自己推下之时，唐宁却深深地看了那佩剑男子一眼，之后自己便先一步纵身跃了下去。

就在唐宁跃下之时，一直跟在她身边的那名少女也连忙跟着跳下。

看到这一幕，那佩剑男子微愣了一下，继而冷笑道："还有人争着去找死。"

"吼！"

"嗷！"

兽吼声在那些人被推下后响起，先前被咬死的那两人散发出的血腥味，再加上这些被推下的人发出的惊呼声，一时间吸引来很多在这一带觅食的野兽。

小舟上的人都被推下后，小舟便绕向后面，也没人多看那些被推下去的人一眼，因为他们知道，在这凶险的兽林之中，那些人最后只会成为凶兽口中的食物，而那些人唯一的作用就是作为猎物引开那些凶残的凶兽……

唐宁是自己跳下去的，因此不似那些被人推下来的整个人失去平衡地摔在地上，而是稳稳地落在地上后便迅速往其中一个方向跑去。

以她现在的实力，与这些凶兽对抗就是找死，她还是三十六计，走为上计，至于其他人，纵使她有心想救他们，可也没那个能力啊！

"啊！"

"呜……我不想死……"

"吼！"

身后，凶兽的吼叫声以及一些惊呼声和惨叫声传来，让她不由得回头看去，这一看，目光不禁一缩。

只见两头凶兽正追赶着众人，有的人吓得腿软瘫倒在地，有的人边跑边哭喊，更有一名少女被一名三十来岁的男子一把揪住，往身后那朝他扑咬而去的凶兽口边扔去，好为他自己多争取一点儿逃生的时间。

那被男子往后扔去的少女被扑上前的凶兽一口咬住了肩膀，那凶兽生生将少女的一条手臂撕扯下来，皮肉分裂，鲜血飞溅，少女凄厉的惨叫声以及伸手求救的一幕，带给了与他们身处同一个境地的唐宁内心极大的冲击以及震撼。

她知道她得逃，也知道她不能去管，因为她没有能力去救，也救不了，甚至极有可能会搭上自己的性命，但这一刻，看着那些年纪不大的孩子在野兽群里绝望地求生，看着那一双双眼睛带着恐惧以及无助，她本应迈步疾跑的腿却沉重得如注入了铅一般，无法迈开。

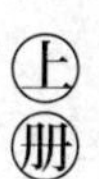

手心微微发热，体内那股神秘的力量在这一刻随着手掌心的发热在涌动，竟让她有一种不太受控制的感觉。

果然，下一刻她那发热的掌心就不受控制地抬了起来，像是有一股力量拉扯着

她回去救那些人一样。

脚步无法迈开，手也不受控制地涌起一股力量，她忍不住低声爆了句粗口：“什么玩意儿？这是想玩死我不成！”

话音一落，她折返而回，拔出小腿处绑着的匕首握在手中，先朝那个边跑边往回看的男人重重地踹了一脚，将他踢向一头准备扑咬一名少女的凶兽。

“啊！小秃……”那男人冷不防被踹了一脚，身体失去平衡往后摔去，咒骂的话还没说完，就已经被凶兽咬断脖子。

唐宁见那男人已死，当即朝那些乱跑的人大声喝道：“分散往林中跑！跑远些赶紧上树！”

话音一落，她有些不耐烦地朝那个一直跟在她身后的少女喝道：“跑啊！你老跟着我干什么！嫌命太长啊！”

那少女冷不防被她回头一喝，吓了一跳，本能地后退了一步，却并没有跑，而是摇了摇头，又指向前面朝她扑来的凶兽，说道：“凶兽来了。”说完，少女手一缩，连忙后退，闪到一旁去了。

唐宁没心思搭理少女，一回头见咬死那男人的那头凶兽沾了一嘴的血正朝她这里扑来，而另外的凶兽则分别朝那些往林中跑去的人追去，隐约间还能看见有的人跑得太慢被扑倒在地。

“吼！”前面那头凶兽嘶吼一声扑来。

唐宁怒喝一声：“来啊！我弄死你！”

比气势谁输谁？发热的掌心隐隐似有什么东西出现，她几乎是想也没想便在怒喝之时将手中的东西朝那头凶兽砸了出去。

当那东西被砸出之时，她才感觉到先前手心传来的触感好像是她的那个钵？

她正想着，就见那个被她砸出去的东西泛起一道光芒，瞬间变大，砰的一声朝那头扑来的凶兽砸下，钵口朝下，竟直接将那头凶兽整个罩在钵里。

看到这一幕的唐宁呆了呆，却是先冲着那名瘫坐在地上的少女喝道：“跑啊！不想死赶紧跑！”

那名瘫坐在地的少女颤抖着双腿爬了起来，感激地看了唐宁一眼，强忍着恐惧朝林中跑去。

唐宁也不知他们能不能活下来，但她能折回救他们已经算不错了，至于他们最终能不能活命，那就只能看各自的造化了。

她上前一只手贴在那钵上，感觉到钵里没有动静，正想着收回钵后就跑，余光却瞥见先前的少女站在不远处呆呆地看着她。

“你怎么还在这儿？”唐宁皱了皱眉头，“赶紧逃命去，这地方不能多待。”

“我……我跟着你。”少女摇了摇头，反而上前一步，紧跟在她身边。

唐宁瞥了少女一眼，道：“我可跟你说，我救人只救一次，不会救第二次的，你既然不逃，要是死在兽口之下，那就怨不得旁人了。”

“嗯。”少女握了握拳头应道，看了面前的小和尚一眼，这才垂下眼眸。

唐宁感觉掌心有一丝热热的力量在这一刻涌入身体，随着这丝热流涌入，手心处的烫热也消失了。

她看了看先前那些佩剑男子去的方向，眼中闪过冷意——他们将她掳来投喂凶兽，那她就让他们也尝尝被凶兽追的感觉吧！

往前跑了一段距离后，她低喝一声：“收！”

那个钵咻的一声缩小回到她手中，消失在她的掌心处。

同时，那头被困住的凶兽也猛地蹿了起来，低吼一声，奔着那两道身影追去。

唐宁拔腿就跑，那名少女也紧跟在她身后跑着，一路将那头凶兽引回它的兽穴。

原本追着猎物的凶兽在看到自己的领土来了一群人类时，如同被冒犯了的王者一般，仰头猛地发出一声咆哮，仿佛在呼唤另一头凶兽归来，同时低吼一声，凶残地朝那些人类扑去。

唐宁和那少女早已经找地方躲了起来。

而那些佩剑男子在听到兽吼声时回头，才看到那头凶兽已经朝这边跑来。一时间有人惊呼：“老祖，凶兽回来了！”

洞穴之中，那名老者正神情激动地将摘下的红阳果小心翼翼地放入一个冰盒之中，刚将冰盒收入乾坤袋中，就听到外面传来兽吼声以及惨叫声，当即快步往外走去。

他正要出洞口，就见一名佩剑男子被撞飞，尸体摔落在他面前，一头散发着嗜血凶残气息的凶兽露着尖锐的獠牙堵在洞口。

他惊得猛然后退一步，双手迅速凝聚起一股灵力气息，一道风刃就朝那头凶兽砍去。

这是一头七级凶兽，实力相当于人类的筑基修士，也正是因为如此，这次他来夺红阳果才会让人准备了诱饵，却不想还没能安全离开兽穴，这头凶兽就已经回来了。

风刃落在那头凶兽头上，却只留下一道浅浅的痕迹，根本伤不了它，更别谈致命了。

“吼！”一声怒吼，那头凶兽扑上前，朝那老者咬去。对于这个胆敢入侵它领地的人类，它只想将他撕成碎片吞进腹中！

躲在几十米外一棵树上的唐宁，看着那前面的一幕，显得异常兴奋。

因那头凶兽的咆哮嘶吼，另一头去追赶诱饵的凶兽也跑了回来。也许是因领地被入侵，两头凶兽的战斗力十分惊人，那几十名佩剑男子居然连片刻都不能抵挡，不是被撞飞，就是被直接咬死。

没一会儿，地上就都是那些佩剑男子的尸体，鲜血的气味在空气中弥漫开，引得凶兽越发凶残。

有几人负伤惊恐地逃走，不敢再在此处停留，甚至都没有想到他们的那个老祖还被另一头凶兽堵在洞穴中出不来呢！

同样躲在树上的少女，见唐宁居然不趁机逃走，反而躲在这里看得津津有味，不禁小心翼翼地伸手拉了下她的衣袖。

“干什么？！”唐宁没好气地回头，压低声音道，“说话就说话，别动手动脚的，看不出我是男的吗？男女授受不亲懂不懂？”

少女被她这么一说，微愣了一下，缩回手，小声说道：“我们不逃吗？这里不安全。”少女是担心那些人要是全死了之后，两人在这里会被凶兽注意到。

“要逃你自己逃，我还要再看会儿。”唐宁说道，没理会那少女，而是被前面兽洞中传来的声响给吸引了。

砰！因那头凶兽进入洞穴中，地方有限，这对老者来说施展起来更是困难，面对致命的凶险，他拼尽全力一战，最后甚至用了一张雷火符才将凶兽逼出洞中，同时自己也趁机逃出兽洞。

“老祖！”一名负伤的佩剑男子看到伤痕累累的老者，连忙唤了一声，想要上前，却又有些忌惮，因为原本追击他们的另一头凶兽在此时也转而盯上了他们的老祖，一左一右地挡在那里，似乎是不想让他逃了。

老者气喘吁吁，身上多处伤口渗着鲜血，比起先前在小舟上的高傲，此时的他尽显狼狈。

见带来的人大部分死了，又或者是逃了，就剩下为首的这人还在这里，他一咬牙，做了个决定。

“拿着！到森林外面等我！若等不到我，你便自行回去，将东西交给家主！”说话间，他将乾坤袋朝那佩剑男子抛了出去。

佩剑男子接过，看着老者，如发誓般道：“老祖放心！属下定不负所托，将此物交给家主！”

佩剑男子将东西塞进怀里，抱拳朝老者行了一礼后，便迅速逃离此地。

几十米外的唐宁见了，眼睛一眯，脸上露出一抹狡黠的神色。她当即从树上下来，悄然绕到了另一边。

一直跟着她的少女见了，也连忙跟上。

而那两头凶兽低吼一声，朝老者扑咬而去，在它们看来，这个人类才是它们眼下最想弄死的。

那名佩剑男子因负了伤，速度并不算太快，不时注意着周围的动静，防止突然间有凶兽蹿出来。

那佩剑男子一路狂奔，尽量远离那兽洞，但心下越发不安，就好似暗处有人在盯着他一样，可他朝周围看去，却又没看到人影儿。

因步伐匆匆，也因伤口在流血，一段路程下来，他气息已经乱了，体力也有些不支。就在他停下来准备歇一会儿包扎好伤口时，却被前面突然出现的人惊到了。

"是你！"惊疑的声音带着掩不住的错愕，他怎么也没有想到，这个小和尚居然还活着！

"呵呵，真是别来无恙啊！"唐宁笑眯眯地看着那佩剑男子，目光在他身上的伤口处掠过，一脸的笑，"只是你看起来怎么有些狼狈呢？"

佩剑男子警惕地盯着前面的小和尚，脸色一下阴沉下来——比起他现在身负重伤的狼狈，这小和尚身上却是一道伤口都没有，尤其是小和尚那一脸开心的笑意，在他看来就是赤裸裸的嘲笑、戏弄！

"你怎么没死？"在他想来，这小和尚早在自行跳下的那一刻就应该葬身兽腹，死于兽口之下了，可眼下还活生生地站在他面前。

能在那样的情况下活下来，还能不伤分毫，足见这小和尚并非外表看着那般简单！想到这儿，他本能地往后退了一步，做出防备的姿态，警惕地喝问道："你想干什么？"

"地狱无门，我进不去啊！"她笑眯眯地说道，伸手摸了摸自己的光头，道，"虽然我进不去，但是我可以送你进去。"

话音一落，她敛去脸上的笑容，身影已经疾步掠出，手中的匕首伴随着她极快的出手速度而在空气中划过一道凌厉的气刃。

锵！佩剑男子当即提剑一挡，兵刃相碰间清脆的声音传出。

他震惊于这小和尚身上迸发出来杀气的同时，更震惊于小和尚凌厉的攻击和极快的身法。

不同于他以往见过的身法，这小和尚的身法和攻击诡异不多见，若非亲眼所见，他很难相信使出这身法和攻击的会是一名吃斋念佛的小和尚！

"咝，啊！"佩剑男子倒抽了一口冷气，惨叫了一声，原本就被凶兽抓伤的手臂再次被那小和尚划了一刀，痛得他握着剑的手都在颤抖。

"好叫你知道，我的头可不是谁都可以乱摸的！"唐宁轻哼一声，再次袭上前。

此时，无论是唐宁，还是那名男子，或者是躲在不远处的那名少女，都没有发现，这地方除了他们三人，还有一人在暗处看着……

墨烨依旧是一身黑色的衣袍，一身气息尽敛，与平时不同的是，此时他脸上戴着一个黑色的面具，将容颜遮掩了起来。

他是得到消息，数天前这北山的凶兽森林里有异象出现，又因离得较近，故而前来一探。

不料他刚进里面不久，便听到凶兽的吼声不断，寻过来时，凶兽没见到，倒是看见了数天前见过的那个半路出家的小和尚。

这地方凶险异常，一个几天前还在青云城中、没有修为在身的小和尚是怎么来到这里的？而更让他没想到的是，这个小和尚居然没有丧命于兽口，反而还鬼鬼祟祟地跟着一名佩剑男子。

也不知是出于什么心理，他尾随了他们一路，这会儿见小和尚终于露面了，便在暗处看着。更让他没想到的是，这小和尚竟身手十分了得，两人一战，竟是逼得那佩剑男子步步败退，身上添了几处刀伤，而且刀刀都是落在那佩剑男子原本就有的伤口上。

“好叫你知道，我的头不是谁都能摸的？”听到小和尚的这句话，墨烨目光微闪，视线落在小和尚那泛着光亮的小脑袋上，莫名地想起了上一回这小和尚撞向他时，那光亮的脑袋就被他的大手按住过。

想起当时自己被小和尚拍了一下的手背，回去后没多久手背就又红又痒，再看到这面前的一幕，他唇角微微勾起，透着几分玩味，暗忖：这睚眦必报的性子，果然不是什么正经和尚。佛家弟子心性多是慈悲的，而这小和尚出手凌厉，招招狠辣，也不知是什么寺庙才容得下这样一尊杀神。

他正想着，只见小和尚一个凌厉的侧踢，那佩剑男子手中的剑被小和尚踢飞甩向半空的同时，小和尚抬脚就朝对方的下巴狠踹了一脚。

“噗！”佩剑男子被踹得面朝上喷出一口鲜血来，身体也失去平衡往后退着，也许是因身上的伤，再加上体力不支，见小和尚倾身袭来，转身便想逃。

哪知，佩剑男子刚跑没几步，已经被冰凉的匕首抵在脖子处。

唐宁蕴含着杀意的声音透着一丝冷冽传入佩剑男子耳中：“地狱的门开了，下去吧！”

唐宁的话音一落，锋利的匕首划过佩剑男子的喉咙，鲜血溅出。

佩剑男子只来得及闷哼一声，整个身体便僵住，双眼瞪得大大的，怎么也没想到，自己不是死在兽口，而是死在这小和尚手中……

在暗处看到这一幕的墨烨，面具下的眉头微微拧起，盯着那小和尚，眼中有着探究……一刀封喉，干净利落！

然而下一刻，他看到那小和尚的举动，嘴角又是一抽。

只见那小和尚从佩剑男子的尸体上摸出了个乾坤袋后便在那里一脸新奇地研究着，还道："这就是乾坤袋？这小袋子真的能装很多东西？"

唐宁欣喜地把玩着乾坤袋，打开一看，里面宝贝不少，不由得眼睛一亮："真是鸿运当……"

她兴奋地把手中的乾坤袋往上一抛，后面的话还没说出来，就发现乾坤袋……被抢了！

刚得到宝贝的惊喜还没散去，她就见眼前有黑影一闪而过，双手准备接住的东西就被抢了，一双漂亮的眼睛顿时瞪了起来，气沉丹田，怒喝一声："是谁？哪个龟……"

她转头看去，目光落在那一身黑袍、脸上戴着面具的人身上时，声音骤然一停，一口气生生憋了下来，转而露出一抹佛门弟子纯净温和的笑容来："阿弥陀佛，真是人生何处不相逢，没想到在这里也能碰见，施主真是与我佛有缘啊。"

真是倒了八辈子血霉，怎么在这样的地方还能碰到这煞星？唐宁朝被他抢去拿在手上把玩着的乾坤袋瞄了瞄。

抢？她应该抢不过吧？

打？她怎么可能打得过他？

拱手相让？她还没焐热呢！

她眼珠一转，笑眯眯地道："施主手中之物，请还给小僧吧！"说话间，她一个箭步上前，伸手朝那乾坤袋抓去。

墨烨听到小和尚的话，面具下的眉头微微挑起，见小和尚竟想趁他不注意从他手中抢东西，唇角不由得一勾，拿着乾坤袋的手便负到了身后，问："怎么认出我来的？"

唐宁抓了个空，不由得讪讪地收回手，看着他笑道："施主一身的尊贵气息与众不同，放眼天下估计也找不出第二个了。"

就他这一身煞气，她想认不出也难啊！

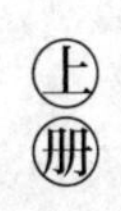

听到这话，墨烨瞥了小和尚一眼，总感觉小和尚这话并不像在夸赞他。

"你怎么会在这里？"目光扫了一眼地上的尸体，墨烨看向小和尚道，"佛门弟子不是不杀生吗？我看你下手倒是毫不犹豫。"

唐宁见他的手一直背在身后，看样子一时半会儿没想将东西还给她，而且也不

知他到底躲在暗处看了多久，于是便开口道："施主有所不知，小僧我本是安分守己的小沙弥，游历各地增长见识，却不料被这些人掳来当了诱饵。"

说着，脸上扬起笑容，双手合十，她又开始一本正经地胡说八道："所幸我佛保佑，死里逃生避过一劫，只是这人一路尾随而至，想要夺小僧身上的宝贝，小僧迫于无奈，只好拼死与他一战。"声音一顿，她看着地上的尸体轻叹一声，道："阿弥陀佛，死了也好，早死早超生，下辈子一定要投胎做个好人。"

墨烨似笑非笑地睨了小和尚一眼，若不是亲眼看到，还真会被这小和尚颠倒黑白的本事给糊弄过去。

"施主，小僧的袋子。"她朝他身后瞄了瞄，笑得一脸讨喜。

看着小和尚眉眼弯弯，一副讨喜的模样，墨烨目光微闪，并没有将乾坤袋还给小和尚，而是瞥了一眼那悄悄来到小和尚身后的少女，这才道："此处是险恶之地，不宜久留，既然你们已经脱险，那便顺着这个方向一路直走，便可出了这森林。"

"我的袋子……"唐宁还是不死心地说了一声。

墨烨扯了扯嘴角，冷笑道："不走？想跟我算旧账吗？"

唐宁咬了咬牙，一双眼睛盯着他，要是可以，还真想扑上去咬他一口，再将那乾坤袋抢回来。

可是，她没那个胆。这煞星可不是一般人，上回还想杀她呢！

目光盯着他背在身后的手，她心下叹了一声：这乾坤袋怕是拿不回来了，真是螳螂捕蝉，黄雀在后啊！白忙活一场啊！

见拿回乾坤袋无望，她也不再纠结，毕竟那玩意儿原本也不是她的，能得就得，不能得就算了，犯不着去惹毛这煞星。

于是她转而问道："那个……施主，从这里到云中城有多久的路程？"

墨烨瞥了小和尚一眼，眼底闪过一抹幽光，有些讶异于小和尚的心性。听小和尚问起路程，他勾了勾唇角，道："以你的脚程，最快也要走一两个月才能抵达云中城。"

闻言，唐宁嘴角一抽——她被掳来时也就坐了一天的小舟，这要是走回去，她得走上一两个月？

她目光一转，落在他身上，笑眯眯地问："施主，几天前我还在云中城见过你，如今又在这里碰见，想来你是有飞行的东西？不知你要回去吗？能不能捎我一程？我会给路费的。"

"你觉得我会缺你那点儿钱？"墨烨目光在小和尚身上扫了一眼，眼神是赤裸裸的鄙夷，"更何况，你还有钱吗？"

唐宁只感觉一口气憋在胸口，真想喷他一脸啊！

她怎么没钱了？这人真是看不起人！他手上还拿着她还没焐热的东西呢！那玩意儿本应是她的，却被他抢了！

她正要说话，只见他微侧了下身，朝身后看了一眼。

“赶紧走，有人往这边来了。”墨烨声音微冷，目光落在小和尚身上。

闻言，唐宁仿佛想到什么一般，当即便道：“那施主，我就先走了，后会无期。”话音一落，她当即便朝他所指的方向跑去。

后面一直跟着她的少女见状，看了墨烨一眼后，便也迅速跟着她跑了。

看着小和尚的身影消失在视线之中，他这才看向手中的乾坤袋。

能拥有乾坤袋的都非一般人，为了防止被人杀了夺宝，乾坤袋中一般会有神识印记，一般人还察觉不到，纵是实力相当的也无法将上面的神识印记抹掉。

利用神识印记可以寻找得到乾坤袋的人，若是没有本事将神识印记抹除掉，拿着这东西就如同拿着一个催命符。

瞥了那小和尚离开的方向一眼，他脚尖一点，朝另一个方向掠去，黑色的身影几个纵跃间便消失在密林中。

就在墨烨离开后不久，伤痕累累的老者来到这里，当看到地上那佩剑男子的尸体时，脸色顿时阴沉下来。

他上前检查了一番，确定那乾坤袋不见了之后，一身的杀气溢了出来。

“老夫费尽心思，拼掉半条命才摘到的红阳果，岂容他人觊觎！”他闭目凝神，不一会儿，目光看向林中的一个方向，当即提气追了上去。

而那方向，正是墨烨离去的方向……

对于这些，唐宁并不知道，她一路走着，直到树木渐稀，阳光渐足，隐隐可见出林的路之时，才停了下来。

“好了，要出森林了，你赶紧走吧！”她挥了挥手，对那一直跟在她身后的少女说道。

少女看了下前方的路，又看了看她，问：“你还要回去吗？那里面很危险。”

“这是我的事，不用你管。”唐宁不耐烦地说道，转身便往回走。

可谁知，她走了没几步，见那少女又跟了上来，当下火气就上来了，停下脚步回头便是一喝：“你够了啊！老是跟着我干什么？我都送你出来了，你还有完没完？”

少女被她吓了一跳，忍不住后退了一步，道：“我……我无处可去。”

“往前走就出了森林，怎么就无处可去了？”她皱了皱眉头，盯着少女道，“从地

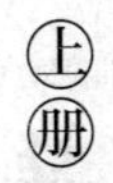

牢出来后我就注意到你了，你总往我身边钻，到底有何企图？”

少女沉默了下，垂下头没有说话。

见此，唐宁也没再多说，而是转身就走。

然而她刚迈出一步，衣袖就被拉住。

“放手！”她皱了皱眉，手一拂，将那少女甩开，便大步往前走去。

却见那少女跑上前，直接在她面前跪了下来。

“我跟着你没有企图，我只是想跟着你，因为你不一样。”少女认真地看着唐宁说道，同时伸手拨开了一直散落着遮掩了自己半边脸的头发，露出了戴着眼罩的右眼。

唐宁看到这一幕，没有说话，只是在心里吐槽：又是不一样？她当然知道自己不一样了，试问这天下间，上哪儿再找一个像她这样穿越重生到这修仙世界来的人？

然而让她讶异的是，少女扯下眼罩之后，露出来的那一只眼睛竟是蓝如星空般的美丽星瞳。

对上一世活在二十一世纪的她来说，乍看到少女的这只眼睛，只觉得美得不可思议，但对这个世界的人来说，这样的眼睛就是异类。

“我叫顾卿歌，从出生就拥有这只不祥的眼睛，我娘因生我而亡，七岁时唯一疼我的祖父也死了，我就被家人遗弃在狼谷，但我活下来了，因为这只眼睛让我可以看到别人看不见的东西。”少女声音一顿，看着面前的唐宁道，“地牢里被抓的那些人，我只在你的身上看到了生机，我知道只有跟着你我才能活下去，所以才一直跟着你，因为我想活下去。”

“我无路可走，无家可归，请你收留我吧！我可以为你做任何事，只求你让我留在你身边。”说完，少女朝唐宁重重地磕头。

唐宁眉头一拧，上前将少女从地上拉了起来，道：“你的眼睛很美，并不是什么不祥之物，更何况你不是说你这只眼睛能看到别人看不见的东西吗？这证明它是上天赐给你独一无二的礼物。”

她荡了荡自己空空的两袖，道：“看到没？我身上什么东西都没有了，值钱的都被那个黑心的人抢了，我养不起你这么大一个人。”

“你顺着这条路出去后，随便怎么样也不会饿死，走吧走吧！”她挥着手，示意少女赶紧离开，便往回走去。

少女听到唐宁的话，一时间呆住了，看到唐宁离开都没能缓过神来——从来没有人说过她的眼睛美，他们只会说她的眼睛是不祥的，是妖物托生，他们都讨厌她、嫌弃她、不要她，避她如蛇蝎，她甚至想过将自己的眼睛弄瞎，只是祖父活着的时候曾一再交代她，不可以弄瞎自己的眼睛，她才没狠下心去戳瞎自己的眼睛，如今竟有人对她说，她的眼睛很美，她的眼睛是上天赐给她独一无二的礼物……

眼泪止不住地从眼眶中涌了出来，少女又哭又笑，如同傻了一般。

等少女伸手抹去眼泪，看到那抹身影渐行渐远时，连忙跑着跟了上去。

唐宁很是无奈，感觉身后的少女就跟一块牛皮糖一样，怎么甩都甩不掉！

她停了下来，转身看着那跟在身后三步之外的少女，无奈地道："你到底想怎样？"她是真想直接给那少女一记手刀将少女劈晕，但又担心真劈晕了少女，估计少女会尸骨无存。

"我想跟着你。"少女低声说道，怕她生气不敢看她。

唐宁板着脸，没好气地道："我是男的，男的！还是个光头的和尚，你看到没？除了男女授受不亲之外，和尚也是不近女色的！所以我不可能让你跟着我！"

少女小心翼翼地看了她一眼，小声道："可是，你明明跟我一样是女的……"

闻言，唐宁一口气生生被堵住了，眯着一双漂亮的眼睛冷声道："你哪只眼睛看到我是女的？我明明就是男的！"

"我……我右眼看到的，你……你明明就是女的……"少女小声说道，被她的样子吓到了。

唐宁感觉如同一拳打在棉花上，一点儿也不得劲儿，她深吸了口气，缓和一下起伏的心绪，这才认真地盯着少女看了看。

少女见她紧盯着自己，也不知她在看什么，心下不安，手紧紧地交握在一起，关节微微泛白，大气也不敢喘一下。

半晌，唐宁收回了目光，视线再度落在那只漂亮的蓝色眼睛上，问："你真想跟着我？"

"是。"一怔之后，少女连忙应道。

"那就让我看看你的能力和本事。"唐宁看着少女道，"你去给我办件事，事情若是办好了，我便让你跟在我身边。"

闻言，少女微顿了下，继而郑重地点了点头，道："好，你说，什么事？"

唐宁勾了勾唇角，伸手一搂，将少女带到自己身边，在少女耳边低声交代道："我要你现在离开，去青云城唐家……"

"好，我现在就去。"少女应道，深深地看了她一眼，仿佛要将她的容颜映在脑海里，然后朝她跪下，磕了三个头之后便起身离开了。

唐宁看着少女离开，目光闪了闪，收回视线，转而继续往森林中走去——难得来一趟，岂能空手而回？

另一边，一路追着神识印记想要夺回乾坤袋的老者，突然停下了疾行的脚步，面色难看的脸上浮现出不甘与怒火——断了！那神识印记没有了！被人抹掉了！

能抹掉那神识印记的人，实力一定远在他之上，就算他现在再去追，哪怕追到，也无法从对方手中将乾坤袋夺回。

意识到这一点，他心中涌起浓浓的不甘与怒火。

那是一颗可以增长十年寿元的灵果，五十年开花，五十年结果，百年才有那么一颗，他为了那颗红阳果做了那么多准备，到头来却是为他人做嫁衣！

想到自己寿元将尽，又进阶无望，他心中又是焦急，又是悲凉。没有那颗红阳果，他只怕是活不了多久了……

与此同时，往森林中而来的唐宁采摘起了药材。她发现这密林之中有很多可用的药材，虽然不见得多珍贵，但对她来说大有用途。

也许是处于森林的外围，她在这里除了先前那两头凶兽，也就看见一些小蛇盘在树枝上吐着蛇芯子，以及一些蝉在枝头叫着，并没有遇见其他凶兽。

她边采药边深入，空气越发潮湿，树木也越发茂盛，抬头看去时，阳光无法透过繁茂的树叶洒入，因此地下的泥也带着水汽。

也不知是何原因，她越是深入，无论是蛇还是蝉，都没再见到，森林中静悄悄的，透着几分压抑气息。

唐宁抿了抿唇，注意着周围的动静，突然间目光一凝，落在一处杂草丛中，对上了一双嗜血的兽眼。

那头凶兽似乎也没料到一人一兽的眼睛就这么对上了，当即低吼一声，猛地蹿了出来朝唐宁扑去。而唐宁在看到那头凶兽的那一刻，转身借力爬上了一棵大树。

“呼！吓我一跳。”她坐在树上，拍了拍胸口。

她发现这些凶兽真是开了灵智的，居然懂得打埋伏？若她刚才没发现它，而是蹲下去采药，那不就被它一口叼走了？

“吼！”低吼声从树下传来。

唐宁才缓了一会儿，只见那头在树下的凶兽竟慢慢地后退着。

它想干什么呢？原本坐在树上的唐宁站了起来，一只手扶着树枝，一只手握着匕首，盯着下面那头凶兽，隐隐察觉有些不太妙。

果然，下一刻就见那头一直在后退的凶兽吼叫一声，竟是借着奔跑的力猛地一跃而上，朝树上扑来。

“该死！竟还上树了！”她低呼一声，当即朝下面跃去。

她刚落地，就感觉背后传来吼叫声，甚至没能从地上站起来，肩膀处就传来一阵剧痛。

那头凶兽攻击的速度快得让她连反应的机会都没有，她顾不得肩膀处的伤，当即就地一滚，只见那头凶兽锋利的爪子抓向她刚才所在的地方，爪子划过地面，留下几道深深的爪痕。

见血了，她眼睛一眯，一身的气息也在这一刻变得冰冷。从地上站起来后，她握着手中的匕首，不退反进，直接掠上前。

第三章　搭一下手

“吼！”那头凶兽吼叫一声，见那人类竟敢反扑过来，当即头微低，利用头上尖锐的角朝她撞去。

掠上前的唐宁在那头凶兽撞上来的那一刻，转身避开的同时，借着转身的力道把手中的匕首狠狠地朝那头凶兽的脖子刺去，却发现匕首根本刺不进凶兽的身体，都划不破它的外皮。

“吼！”那头凶兽一甩头，张开的兽口朝身侧的人类咬去。

却见唐宁一只手抓着它头上的角，猛地翻身就骑到了它的背上。

一只小小的蝼蚁也敢骑到它头上撒野！这对它来说无疑是一种冒犯！它嘶吼着用脚着地一甩，想将骑在它背上的人类甩下来踩死，却怎么也甩不下来，于是它狂奔着用力撞向前方的大树，企图将那人类撞出去。

可谁知，那人类骑在它背上拿着刀子乱扎，纵使扎不伤它，也将它彻底惹毛了。

至于唐宁，哪是拿着刀子在它头上乱扎，她明明是想扎它的眼睛，奈何手短扎不到，只能一边夹紧双腿稳住身体免得被甩出去，一边往前面移动。

“嘶啊！”被撞向前面的大树，树枝划过她被凶兽抓破的伤口，痛得她倒抽了一口冷气，原本就渗着血的伤口又涌出了血，让她的脸色也渐渐变得苍白起来。

“我就不信弄不死你！”她咬了咬牙，双腿夹紧兽身，身体坐直，手上的匕首也发狠地朝那凶兽的眼睛刺去。

“噭！”被锋利的匕首刺入其中一只眼，刹那间鲜血迸射而出，那头凶兽发出凄厉的惨叫，原本就发狠想将背上之人甩下来，在这一刻更是因剧痛而乱奔乱撞。

唐宁刺中凶兽的一只眼睛后，几乎没有停顿就朝它的另一只眼刺去。

鲜血溅出，两只眼睛皆残，那头凶兽发狂地一边号叫着，一边往森林的深处奔去。

砰砰砰……

“嗷……”

一伙儿在森林中的佣兵听到那凄厉的兽吼声，以及猛奔乱撞所发出的碰撞声，一个个面露诧异。有人微讶道：“怎么听着那凶兽的叫声如此凄厉？”

“不对啊！怎么好像朝我们这边来了？”另一人开口说道，瞬间警惕起来。

“来了来了！真的朝我们这边来了！”

“听兽吼声夹带的威压，凶兽的品级应该不低，大家警惕，准备战斗！”佣兵团团长当即喝道，手已经搭在腰间的佩剑上。

一伙儿人如临大敌般后背相对，一致面向外面地准备着。

随着那凶兽奔跑乱撞的砰砰声渐近，一头巨大的凶兽也随之出现在他们的视线之中，然而让他们错愕的是，那头让他们如临大敌的凶兽压根儿连看他们一眼也没有，就那么一路狂奔，从他们前面不远处过去了，顿时叫一众人看傻了眼。

“众位施主，搭一下手啊！”唐宁喊道。

只是那一个个汉子都傻了眼般看着，看着她被那头凶兽带往森林深处……

听着那声音渐渐远去，其中一人缓过神来，一脸错愕地道：“我刚才好像看到那头七阶凶兽上面骑着一个小和尚？我没看错吧？”

“你没看错，因为我也看到了，是个小和尚，好像还喊我们‘施主’来着。”另一人微愣地说道，想了想，问，“刚才那小和尚喊我们干吗来着？”

那佣兵团团长轻咳一声，有些尴尬地道：“我听着好像是喊我们搭把手。”

只是他们都看傻了眼，谁也没反应过来。

“这老兄可以啊！胆子够大！我都还没骑过凶兽呢，一个和尚倒是先骑上了！”旁边的一名汉子说道，摸了摸下巴，又道，“不过我看那和尚想活下来也够呛了，那头凶兽的眼睛好像是被刺瞎了，一路横冲直撞地往深处去。”

“行了，走吧！别在这里逗留太久。”佣兵团团长说道，让众人迅速整队离开。

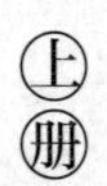

森林中兽吼的声音以及奔跑的动静传至很远，在森林中的墨烨听到这动静时，朝传来声音的方向看了一眼，也没多注意——在这凶险的森林之中弄出这样的动静，估计那人也是凶多吉少了，只是不知会是怎样一个倒霉蛋？

到了里面后，他发现有不少修士也来到这里，似乎也在寻找什么，看来各方的

人应该都知道前段时间出现的异象，才会来这里寻找。

森林中出现异象，只是不知会是天材地宝出现，还是神兽降生，唯一可以确定的是，此物定非同凡响，才能引得天现异象。

这样一来，一番争抢断杀必不可少。

此时，那个倒霉蛋唐宁整个身子低伏着，紧紧地趴在凶兽背上，手和脚都用力地抱紧身下的凶兽，防止被甩出去后被踩死。

一路狂奔，她只知道身上已经被树枝划破无数道口子，却仍强撑着。她知道若是松手，以这力道被甩出去的话，就算不死也得重伤。

然而下一刻，看到前方已是悬崖，脸色大变，她连忙喊道："快停下！停下！"

可这头凶兽哪听得懂她的话？它就算是双眼俱瞎，狂奔了一路，一身精力也还是极为充沛的，它只想将背上的人类甩下来弄死，因此在听到那人类的惊呼声时，以为那人类终于知道害怕了，奔得越发快了。

唐宁见前方是悬崖绝境，这凶兽仍不停下来，还发狂地边嘶吼边往前奔去，眼见这凶兽就要朝那悬崖跳下时，惊得再也顾不得会不会被摔死，连忙松开紧抱着凶兽的脖子的手，微撑起身子，猛地纵身朝一侧大树的树枝抱去。

"嗷！"四蹄踏空，身体往下方坠去那一刻，凶兽才知道是跳了悬崖，不由得发出一声不甘又惊恐的号叫声。

唐宁在那凶兽坠入悬崖的前一刻，纵身一跳抱住了大树的树枝，却又因冲撞的力道极大，连那树枝都受不住，树枝断裂的同时，整个人也因惯性而朝悬崖摔落……

"啊……"身体失重往下急坠而去，唐宁惊呼出声，只感觉劲风在脸上划过，吹得身上的衣袍呼呼作响。

就在她以为会直接摔落悬崖底时，整个人砸在了一棵生长在山壁间的树木上，背上的包袱带子钩住了树枝，整个人就那么挂在半空中晃荡着。

唐宁面朝下，看着下方弥漫着云雾、深不见底的悬崖，双手紧紧地抓住卡在身上的小包袱，深深地吸了口气，不敢乱动。

这所谓的小包袱，也就是她的外袍脱下来，变成了用于包采摘到的那些药材的临时包袱，因被她紧紧地绑在身上，就算是先前在那凶兽背上颠腾也没掉落，此时却钩住了树枝，幸运地救了她一命。

她抓紧了包袱，调整呼吸，一个用力，悬空的双脚借着力道一荡，想要夹住那树枝，却没能夹住，又垂落半空中。

"哑哑！"突然间，头顶传来了乌鸦的叫声。

她抬头看去，只见一只浑身乌黑光亮的乌鸦在她头上飞来飞去，冲她叫着。

她不由得一笑，道："乌鸦报喜？看来我是大难不死，必有后福。"

"呼！"她深呼一口气，再度借力一荡，这一次双脚终于夹住树枝，身体一翻，借着树枝的力道整个人从下面翻了上去，趴在那树枝上。

而那只乌鸦在听到她的话后，歪着头转动着一双黑溜溜的小眼睛盯着她看了看，最后拍着翅膀停在枝头。

她趴在树枝上，喘了口大气，看着停在前面的乌鸦喃喃地道："真是刺激，想当年我参加药门历练时都没这么玩过，要不是我命大，真是分分钟去见阎王爷。"

乌鸦没动，就那么站在前面盯着她。

"咝……咝咝……"

正准备往回挪的唐宁听到那儿传来的声音，不由得一僵，看向前面的乌鸦道："好像有蛇吐芯子的声音，你听到了吗？"

乌鸦一双黑溜溜的小眼睛朝上一翻，直接翻了个白眼儿，好像在说：这不是废话吗？你身后那么大一条七彩斑斓的毒蛇我能看不见？

唐宁没看见乌鸦翻白眼儿，因为她正回头看向身后。当看到那盘在树枝上、正朝她这里爬来的那条毒蛇时，她不由得一抽嘴角："真是祸不单行，我要收回先前的话，这老天就是见弄不死我，还要再派毒蛇来毒死我。"

正当她想着若是被毒蛇咬上一口多久会毒发时，就见那只乌鸦飞上前，爪子一抓，直接将那条十来斤重的蛇提到半空中撕成了两段。

那只乌鸦凶残又利落的模样让唐宁看得有些傻眼。

"你是凶兽？"唐宁看着那只乌鸦，觉得有些不可思议：一只乌鸦战斗力也这般惊人！

乌鸦没吭声，只是盯着唐宁光亮的脑袋看着，似乎有些好奇。紧接着它拍着翅膀飞上前，双脚站在唐宁光秃秃的头顶上，却突然脚滑了一下，从一边滑了下去。

看着那只滑倒后又扑棱着翅膀爬上她头顶的乌鸦，唐宁嘴角忍不住抽搐了一下。

谁来告诉她，这只乌鸦到底是从哪里冒出来的？

那只乌鸦在她头顶上蹲着，见过它将那条十来斤重的毒蛇撕成两段的凶残模样，她也没去惹它，而是先从树枝上往边上挪去。

直到双脚落地后，她才轻呼出一口气，伸手便朝蹲在她头顶上的乌鸦抓去。

乌鸦拍着翅膀飞走，落在她前面不远处的树枝上盯着唐宁，那高傲的小模样就好像在说：小样，凭你也想抓我？

"好歹你也帮了我一把，我就不跟你计较了。"她说道，摸了摸自己的脑袋，感觉被那乌鸦抓得还有些疼。

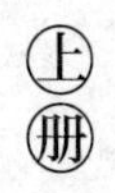

身上的伤口还在渗血，她便先在一旁坐下，拿出小包袱里的草药嚼碎后敷在伤口上，再简单地包扎起来。

乌鸦在那里歪着头盯着她，一双黑溜溜的小眼睛骨碌碌地转着，也不知在想什么。

唐宁见它也没攻击自己，只是一直盯着自己，便站了起来，打量着周围。

这是悬崖壁上一处凸出来的地方，周围藤蔓缠绕，壁上长满青苔，她想要爬上去估计是不太可能了。

她再往下看，云雾弥漫间，似有兽吼声从下方隐隐传来。

既然上不去，那也只能往下去了，于是她将包袱背在身上，双手缠上布条，抓着其中一条藤蔓便往下滑去。

“为什么说乌鸦是报喜的？”

突然传来的声音让正往下爬的唐宁手滑了一下，连忙抓紧藤蔓朝周围看了看。

见周围一个人也没有，她的目光不由得落在那只拍着翅膀跟着她的乌鸦身上，盯着它看了半晌，她问：“是你在说话？”

“就是老子在说话。你为什么说乌鸦是报喜的？”那只乌鸦拍着翅膀盯着唐宁，小模样煞是认真。

唐宁怔了下，心下想着：凶兽会说人话吗？好像不会吧？

她只是顿了一下，便笑道：“乌鸦是孝鸟，小乌鸦长大后懂得赡养它的妈妈，远古时候更有乌鸦为神鸟之说，只是因乌鸦喜食腐肉，所到之处必有血腥气味，渐渐地，乌鸦就被认为是不祥的象征，觉得乌鸦叫必是祸事到，其实不然。”

她想到先前第一眼看到这只乌鸦叫时随口说的一句话，便问：“你先前帮我，是因为我说了一句‘乌鸦报喜’？”

乌鸦听了唐宁的话，整个脑袋仰得高高的，那双黑溜溜的眼睛骨碌碌地转动着，仿佛在说总算有人懂得赏识它了。

因此听到唐宁的问话后，它便张开嘴叫了两声，然后道：“你是第一个说乌鸦报喜的人类。”

唐宁忍不住笑了起来，道：“原来如此。”她还真是误打误撞啊！

乌鸦拍着翅膀在唐宁面前飞来飞去，盯着唐宁看，像是在打量什么一般，半晌，用一副施恩的语气道：“人类，难得你这么有眼光！我决定了，我要跟你订契约！”

闻言，唐宁往下滑的动作一顿，瞥了那只乌鸦一眼，想着，她要是直接拒绝，这藤蔓会不会被它扯断？然后她摔个尸骨无存？

想了想，她轻咳一声，一脸认真地道：“虽然我也想跟你订契约，但是不能，因为你是鸟类，本就属于天空，不属于我。”

她要找一只强一点儿、厉害一点儿、有那种王霸之气的灵兽来订契约，最好是可以给她当坐骑、而不是想骑到她脑袋上的。

然而乌鸦听了，却是歪着小脑袋转动着黑溜溜的眼睛盯着她，似有感慨地道：“没想到人类中还有你这样的好人。”

唐宁听了，讪讪地笑了——忽悠一只鸟，她莫名地觉得心虚。

“这就证明，我的眼光还是不错的。”乌鸦得意地说道，盯着这个小光头人类，道，“反正我也要找个人订契约，而你显然很是不错，这年头像你这样的好人已经不多了，虽然你身无三两肉，弱不禁风了点儿，但胜在心肠不错，所以我还是决定跟你订契约！”

唐宁嘴角一抽——这只乌鸦嘴还真欠啊！

“不行。”她眼珠一转，一边顺着藤蔓往下滑，一边道，“我是佛门弟子，你是食肉之鸟，正所谓道不同不相为谋，再加上我弱不禁风，自己都保护不了，哪里能保护得了你？再说了，我还没听说过凶兽中有能开口说话的，你灵智这么高，一定不是凡鸟，我就更不能耽误你了。”

她往下看了一眼，居然还没能见到悬崖底，不由得喃喃低语：“怎么这么高？”

听她一直拒绝，乌鸦黑溜溜的小眼睛转了转，带着怀疑的语气问道：“你是不是不想跟我订契约？”

闻言，唐宁当即道：“怎么会？只是我是佛门弟子，众生平等，不能以契约之名将你囚禁在我身边，而且我觉得你值得更好的。”

“是吗？”乌鸦很是怀疑地问。

“是！”唐宁很是认真地点头应道。

可就在她的话音一落，就见那只乌鸦猛地一个俯身，尖锐的鸦嘴就朝她的胸口啄来。

“嗞！”尖锐的鸦嘴直接啄破了她胸前的衣服，生生刺入了皮肉，那股剧痛让她倒抽了一口冷气。

“该死！你干什么！”她怒喝一声，抬起一只手就朝那只乌鸦抓去。

可就在那一刹那，一道金色的光芒涌了出来，如耀眼的阳光般从悬崖底迸射而出，将整个悬崖底下以及上方的天空照得一片通明。

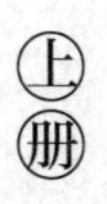

强烈耀眼的光芒自下方迸射而出，直射向天空，如同一道巨大的光柱般没入云端，照亮四方，惊动了八方强者！

森林之中的人在看到那一道冲天而起的耀眼光芒时，微怔了一下，紧接着眼睛一亮，纷纷朝那个地方而去。

如此异象，必有神物现世！一时间，八方强者都争先恐后地朝那个方向而去。

而在森林某一处的墨烨，在看到那光芒时，黑瞳微微一闪，身影一掠，也朝那个方向掠去。

哪怕是极为遥远的地方，也有强者看到那一道没入云端的耀眼光芒。

有人负手喃喃低语："这异象之地，会是何物现世？"

更有人站在山巅，抚着胡子"拧着眉头"低喃："最近接二连三出现异象，到底是福还是祸？"

未等众人赶到那处发着光芒的地方，那光芒便消失了，而在悬崖底下，唐宁和乌鸦正大眼瞪小眼，一动也不动地盯着对方……

"你是母的！"乌鸦尖着声音叫道，一双黑溜溜的眼睛愤怒地瞪着唐宁控诉道，"你骗我！"

"你们兽类才分公、母，我们人类是分男、女。"唐宁盯着面前的乌鸦道，"还有，谁骗谁了？你明明就是一只三足金乌，上古神兽，却弄成乌鸦的样子来骗人！再说了，我骗你什么了？是你自己上赶着要跟我订契约的，我都说了，我们道不同不相为谋，我不跟你订契约，你最后都直接用强了。"

她轻哼一声，抬头看了一眼悬崖上面。先前她被这只乌鸦咬了一口，痛得她伸手就想去掐它，谁知最后光芒大放，她也往悬崖下掉去，最后还是这只乌鸦拉了她一把。

这只乌鸦未经她的允许就擅自与她订下本命契约，要不是在订契约后她知道这是一只上古神兽三足金乌，她还真是亏得不能再亏了。

乌鸦被她这么一说，瞪着一双黑溜溜的眼睛，愣是说不出半个反驳的字来——谁让它还真是强行要与她订契约的呢？

现在知道这个小和尚分明就是个假的，还是只母的，再想到她先前说的话，它才知道原来她一开始就是在忽悠它！

"好了，赶紧走，刚才你弄出那么大阵势来，再不走我们都得有麻烦。"唐宁站了起来，拍了拍身上的草屑，朝周围看了一眼，便往前方走去。

契约都订完了，还能怎么样？虽然她好像占了不小的便宜，但她的初衷是与一头威风凛凛的老虎订契约好吗？

"本来就是你占了便宜！还想跟老虎订契约？老虎有我厉害吗？真是头发长见识短的女人！"乌鸦气哼哼地说道，话出口，又瞥了一眼她那光溜溜的脑袋，补了一句，"哑哑！你是个没头发的女人。"

唐宁脚步微顿，冷冷地扫了它一眼。

乌鸦本来还想继续说，却在看到她朝它扫来的目光时，脑袋不由得缩了一下，很没志气地别开了头，乖乖地闭上了嘴。

“就算再不满，你也得给我憋着！因为是你找上我的，而不是我找上你的！”唐宁声音微冷地说道，又盯着这只别扭的乌鸦道，“还有，人前管好你的嘴，若是让人听到你会说话，知道你是只上古神兽，那招来的只会是无尽的麻烦。”

“哼！知道了！”乌鸦轻哼道。已经跟她订了契约，它当然知道它这契约主的实力真的很弱，为了自己的小命着想，当然不会随便开口。

“过来。”唐宁伸出手示意道。

见此，乌鸦有些别扭地瞅了她一眼，这才拍着翅膀飞上前，落在她的手臂处。

“你是三足金乌，怎么会是乌鸦的模样？”唐宁问道。

见她好声好气地跟自己说话，乌鸦这才软了语气道：“我前段时间才破壳出来，力量被封印了，封印没解开前，我的真身无法显示出来。”

闻言，唐宁目光微闪，伸手摸着它黑亮的羽毛道：“从现在开始，你就叫小黑吧！”

“小黑？好草率的名字！我要叫小白！”乌鸦叫了一声，瞪了瞪黑豆般的眼睛。

“小白？”唐宁瞥了一眼它浑身黑亮的羽毛，戏谑地道，“你身上能找出一根白色的羽毛来吗？你叫小白不会脸红吗？”

“就是因为我不白，所以我才要叫小白！”

“不行，小黑比较适合你。”

一人一鸟渐渐走远，声音也随着身影的渐渐远去而消失在森林中……

在他们离开之后，数名修士御剑而来，在悬崖处寻找了许久，也没有看到有什么值得他们注意的东西。

“怎么就没影了？难道被人捷足先登了？”其中一人低喃道，目光朝不远处的其他修士看去，见他们也是一副在寻找的样子，心下又觉得这猜测不太可能。

他们在周围散开了找，也有人往悬崖底下找去。

一身黑袍、戴着面具的墨烨，站在悬崖上看着那云雾弥漫的密林。

这悬崖下方的森林也是高危之地，一般人根本不敢轻易涉足，这里面的凶兽大多是巅峰级别或者是达到圣兽级别的存在，稍不注意便会把命搭上。

先前那些御剑的修士多为筑基巅峰，其中有一两名是金丹修士，筑基巅峰的修士只在周围查看，而那两名金丹修士则到了悬崖下面寻找。

墨烨抿了抿唇，想了想，脚尖一点，也往悬崖下方找去。

师尊的大寿将至，他若是能寻到什么天材地宝拿回去给师尊当寿礼就极好，若是不能，就趁机看看能不能找到什么珍稀的灵药献给师尊。

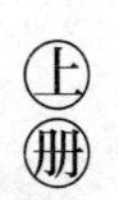

另一边，唐宁带着小黑在密林中转着，这里面云雾弥漫，视线有些不好，隐隐还能听见一些兽吼声传来。

“咦？这森林里居然还有竹林？而且灵力气息很是浓郁。”她诧异地看着前面的那片竹林，只见云雾缠绕着青翠的竹林，每一根竹子都挺直地生长着，那翠绿的颜色比起林中的任何树木都要来得喜人。

在周围飞来飞去的小黑见唐宁迈步就朝那竹林走去，不由得出声疾呼：“哎，等等……”

话音才出，它就见她已经迈步走了进去，身影也在那一刻消失。

它瞪了瞪黑溜溜的眼睛，嘟囔道：“果然，我就是挑了个坑货，迟早会被她坑死，怪谁呢？怪我自己吧！”

无奈，它还是连忙跟了进去，毕竟她若死了，它也活不了，所以它还是得紧跟着她，谁让它的实力比她强呢？

唐宁进了竹林不久，就发现里面遍地的尸骨，一时间不由得微愣。

“怎么有这么多尸骨？而且不仅有人的，连兽类的也有。”她蹲下查看了一番，见这些尸骨旁边还有兵器，也不知是死了多久的，全都只剩下一些骨头。

“我就知道这地方邪门儿。”乌鸦来到她身边，道，“不信你试试，肯定走不出这片竹林了。”

闻言，唐宁微蹙眉头，便按照刚才的路走去，却发现正如小黑所说，进得来，却找不到出去的路了，无论怎么绕都会绕回这里。

“结界？还是阵法？”唐宁微讶地低喃道。她可以肯定，这里定是被人布下了结界或者阵法。

见一时半会儿也出不去，她便在竹林中转着，看看有没有其他出路，却发现在竹林深处有一根极为漂亮的竹子。

“小黑，你来看看，这根竹子怎么跟其他的不一样？”她招手唤道，自己则上前盯着那根两指宽的青翠圆竹查看。

她伸手摸了上去，不禁喜上眉梢：“这手感还不是一般地好，拿来用应该也正合适。”

乌鸦盯着周围的竹子看着，也不知在想什么，一双黑溜溜的眼珠子直打转，听到唐宁的话后，便飞了过去，盯着她前面那根竹子看了看，一双黑豆般的小眼睛在下一刻露出惊奇又不可思议的目光，直朝唐宁看去，上下打量着她。

“你那是什么眼神？”唐宁伸手一弹它的脑袋，道，“不就是一根长得比较漂亮的竹子吗？你怎么一副大惊小怪的样子？”

乌鸦瞪着一双小眼睛尖声叫道："什么叫不就是根长得比较漂亮的竹子？这可是万年观音竹！你也不知走了什么狗屎运，居然连这样的宝贝也让你遇见了。"

"万年观音竹？"唐宁盯着手中的竹子看了看，很是怀疑地道，"这竹子还没一米长，就长了万年了？你不会弄错吧？"

闻言，乌鸦盯着她看了看，问："你到底是哪个山旮旯儿出来的，连这都不知道？"

唐宁嘴角一抽，得，让一只乌鸦给鄙视了。

"我刚才就想着这些竹子看着有些眼熟，还在想是什么竹，这会儿才想起，这片竹林里的竹子全都是观音竹！"乌鸦有些惊讶地盯着周围的竹子，又看了看被唐宁握在手中的那一根竹子，有些疑惑地道，"怎么这地方会有观音竹，还生出了这根万年观音竹？有些奇怪啊！"

唐宁古怪地盯着它，道："你不是说你前不久才破壳而出吗，怎么懂得比我多？"

"那是！你也不看看老子是什么品种！像我们这种上古神兽级别的，都是有传承的好吗？"乌鸦得意地扬了扬小脑袋，又奇怪地盯着唐宁道，"我就奇怪你是什么品种，怎么运气会这般逆天？才与我这只上古神兽订了契约，又碰到了万年观音竹，你到底是什么来路？还有，先前订契约时我感觉到你的神魂有一丝裂痕，难道你是夺舍的老妖精？"

唐宁摸了摸脑袋，心下微讶，她的神魂有裂痕吗？她怎么不知道？不过运气逆天她是相信的，谁让她本身就是一个异数呢？若不是运气逆天，她如何会穿越重生到这修仙的世界来？

她本身就是异数，因此就算是与上古神兽三足金乌订了契约，或者是碰到万年观音竹，她都没有太多的惊讶，比起跨越了多少个空间而重生来到这里，这些都是小意思。

见她没说话，反而露出莫名的笑容，惊得乌鸦瞪着一双小黑眼道："哑哑！你还真是夺舍的老妖精？"

闻言，唐宁轻笑道："行了，别在那儿瞎猜了，快给我说说这万年观音竹能干什么？"说话间，她摸出腰间的匕首，想着先将这竹子割下来。

然而，看到唐宁拿着匕首在那里割竹子，乌鸦受不了地拍着翅膀叫了起来："哑哑！老子快被你蠢死了！我怎么会觉得你是夺舍的老妖精呢？"

"吵什么呢？信不信我拔了你的鸟毛？"唐宁听到它在耳边哑哑地叫着，没好气地抬头瞪了它一眼。

原本还想说什么的乌鸦被她这么一威胁，顿时闭上了嘴，拍着翅膀飞到了一旁，

看着她在那里一下又一下地割着竹子的根部，一双黑溜溜的眼睛转了转，就那么看着，也不开口。

“这竹子还挺硬啊！我割了半天连道划痕都没有？”

她想着莫不是这匕首太小割不开，于是走到不远处拖了把大刀过来，朝那竹子的根部砍去。

锵！一刀下去发出金属相碰的声音，她握着大刀的手也被震得发麻，上前一步查看，发现竹子上依旧连道划痕也没有。

“这竹子刀剑不入？看来确实是好东西。”她心中隐隐浮现出一丝兴奋，越割不断，她就越想将这竹子弄出来。

乌鸦看了半天，实在是忍不住了，道：“万年观音竹坚硬无比，就是上等的宝剑也砍不断它，你拿着把破铜烂铁在那里砍，怎么可能砍得下来？”

闻言，唐宁瞅了它一眼，笑眯眯地道：“你明知我砍不断，所以就在那里看热闹？”

“是你不让我开口说话的。”乌鸦轻哼一声，傲娇地扬起了小脑袋。

“那你说说，要怎么才能弄下来？”她把大刀丢掉，问道。

“你看这些尸骨那么多，他们在没死之前肯定也动过这万年观音竹的心思，只是没本事拿不下来罢了，但是我就不一样了，我可是上古神兽三足金乌，我的火那是本命天火。”

“行了行了，知道你厉害了。你说，怎么弄下来？”

乌鸦瞅了她一眼，道：“回头出了这竹林，我要吃肉。”

“没问题！”她大手一挥，很是豪爽地应下了——谁让她也想吃肉了呢！这不说还不觉得饿，一说起肉，她肚子也饿了。

乌鸦听她应下，连语气都轻快起来，扑棱着翅膀道：“我以后天天都要吃肉！”

“行！”唐宁应道。

乌鸦飞上前，道：“你凝聚本命天火试试，以本命天火化为刀刃看看能不能砍下来。”

它一提醒，唐宁才想起，与它订契约后，她的体内也多了它的本命天火，当下便凝聚起火焰化为利刃朝那竹子砍去。

可就在这时，那竹子却瞬间化为灰烬，整片竹林里的泥沙突然往下陷去，突然出现的一个窟窿就如同一张大嘴，将这片竹林一口吞噬进旋涡之中，而唐宁更是连反应的机会都没有，整个人也往下面陷进去，被吞没在其中，失去了踪影。

“啊！”她的惊呼声还在空气中回荡，却很快被那轰隆的吞噬声掩盖。

“唐唐！”小黑一惊，几乎是想也没想便化成一道光芒进入她的身体，与她一同消失在泥沙之中……

地面的塌陷、竹林的消失只是眨眼之间的事情，那吞噬了整片竹林的窟窿在竹林消失之后也消失了，往下陷的泥沙也停了下来，渐渐地恢复如初，只是这一片平地寸草不生，少了先前青翠的竹林，以及唐宁和小黑……

森林中的修士听到那轰隆声后，不由得循着那声音传来的地方寻去。

而消失在泥沙之中的唐宁，只感觉身体一直在泥沙中往下陷，直到整个人摔落在坚硬的地面上。

“啊！”因那一摔正好摔到她肩膀处的伤口，痛得她低呼一声。

声音一出，她微讶，因为先前在泥沙之中她紧闭着嘴，以防吞进泥沙，这会儿才发现，掉落的地方是一处平地，而先前的那竹林居然也出现在这个地方。

“这是什么地方？”乌鸦化成一道光芒，出现在唐宁身边，一双黑溜溜的小眼睛四处打量，甚是惊奇。

“好像有结界。”她轻声说道，走上前，发热的掌心本能地抬起，手掌心处那个“卍”字化成一道光芒飞出，面前的结界瞬间被打开。

“咦？你手上那是什么？”乌鸦好奇地盯着她的手看，“怎么好像是佛家印记？”

“就是佛家印记。”她说着，看向前面，道，“你看，那好像是一座庙。”话音一落，她便迈步走向前。

“哎，你等等我啊！”乌鸦缓过神来，连忙跟了上去，在她耳边说道，“这地方邪门儿得很，又是结界，又是地下寺庙的，也不知里面还有什么，还是小心点儿好。”

唐宁走近，那原本紧闭着的庙门便嘎吱一声自行打开，倒是让她顿了一下。

而小黑更是缩到她的肩膀上，道：“这地方会不会有鬼魂？”

“庙再小也是佛门净地，你说的那些是接近不了这里的。”唐宁说着迈步走了进去。

只见一尊慈眉善目的观音佛像立在中间的案台上，而在案台前，一根青翠的观音竹横放着，泛着晶莹剔透的碧绿光芒，更隐隐有丝丝纯净的灵力气息自观音竹上弥漫开，充盈在这小小的寺庙之中。

“是观音大士的佛像。”唐宁看着上面那尊慈眉善目的观音佛像，目光微讶。

这世间有仙，也有佛，但腾云驾雾即为仙，成仙的修炼者多，而成佛，却只在上古时才听说过，至少近百年来不曾听说过有成佛的大能。

“这一根应该才是万年观音竹吧？”她走上前，来到案台处，看着那透着纯净灵力气息的碧绿竹子，伸手将它拿了起来。

就在她将万年观音竹拿起来的那一刻，手中的观音竹微微发烫，源源不断的画

面涌入她的脑海，一股强大的力量也随之涌入她的身体，让她浑身灵力狂涌。

一旁的小黑惊得尖叫出声："哑哑！唐唐！快松手啊！"它扑棱着翅膀想上前，却被那股强大的力量击飞出去，重重地砸落在庙门口。

看着唐宁整个人被那股强大的灵力气息包裹着离地浮起，双脚朝上头朝下的模样，它急得在庙门口跳来跳去："哑哑！完了完了！"

唐宁感觉身体里的经脉被一股强大的灵力气息塞满，几乎是本能地引导着体内的灵力气息归于丹田之处。

不同于上次灵力暴涨扩张经脉，这一次的灵力气息在她体内游走了一遍之后，尽数归入她的丹田，助她迅速地提升着实力品级。

前一刻还担心她会爆体而亡的小黑瞪着一双小眼睛，有些傻眼地看着在那里进阶的唐宁。

三阶、五阶……直到炼气期的九阶巅峰修为才停了下来，她一身的灵力气息也尽数敛起。

唐宁缓缓睁开眼睛，感觉到身体里比之前更浓郁的灵力气息，不由得看向手中的这根万年观音竹，想到脑海中多出来的一些传承，目光微闪。

"这世上就没白吃的午餐。"她盯着手中的竹子，无奈地轻叹一声，下一刻，手指凝聚了一滴鲜血滴落在万年观音竹上。

一道光芒闪过，她的脑海中多了一抹与这万年观音竹的感应。

"这宝贝认主了？"小黑飞了过来，盯着她手上的那根万年观音竹。

"有代价的。"唐宁看着那竹子道，"这不仅是万年观音竹，更是一件上等的仙器，里面自成空间。现在连乾坤袋都可以省了。"

"什么代价你都不亏，你的实力一下达到炼气九阶巅峰，还得了这么一件宝贝。还有，你身上好像多了一股圣力是怎么回事？"小黑盯着她看，隐隐感觉到她身上的气息与先前不太一样。

"应该是力量变强了。"她看着微微发热的掌心，以及那隐隐浮现的佛印，感觉接受了这万年观音竹里面的传承之后，掌心的这股力量变得更强了。

她心念一动，手心处的"卍"字光芒一闪，一个泛着金色光芒的钵出现在她手中。

"原来这是圣天钵，上古时期古佛手中的佛器，而这个'卍'字印记，则是用来收集功德力量的。传闻圣天钵现，仙佛重临人间。"她喃喃低语，因多了万年观音竹中的佛家传承，一并知道了她的这个钵和"卍"字的由来。

只是她怎么也没想到，因缘际会，竟会让她拿到了这样的佛门圣物。难怪那老和尚会盯上她，还想将她拐走，估计是早就知道圣天钵和这个功德"卍"字在她身上了吧！

“果然是烫手山芋啊！”她摇了摇头，心下很是无奈。无论是圣天钵还是万年观音竹，都是佛门圣物，如今都落在她手里，可以想象得到，她今后的日子是不会太平静了。

而在森林之中，几名金丹期的修士来到了先前唐宁所在的地方，看着那一片空地，以及泥沙明显有翻动过的痕迹，不由得相视了一眼。

一名中年修士脸色微凝，道：“这地方的泥沙是新翻动的，而且周围树木茂盛，这里却寸草不生，有些奇怪。”

“这下面莫不是别有洞天？”另一名金丹修士接话道，神识外放探查着，却又摇了摇头，“没有，探查不到有活物的气息。”

“可这些泥沙里有灵力气息，还是极为纯净的灵力气息。”旁边的一名金丹修士说道。

“我再看看。”一名老者走上前，蹲下查看了一番，伸手捏了捏地上的泥沙，隐隐感觉到这些泥沙被一股极为纯净的灵力气息覆盖着，正想着细查，就见一只手冷不防地从泥沙下面伸了出来。

那名老者被吓了一跳，迅速后退了一步，一只手落在腰间的剑上，还未来得及有所动作，就见一颗光亮的脑袋从泥沙下面冒了出来。

暗处的墨烨看着那颗从泥沙下面冒出来的脑袋，以及那张他并不算陌生的脸，目光不由得微闪：又是这个小和尚！

他盯着那个爬出来后正拍着身上泥沙的小光头，眼中闪过一丝疑惑：一个明明应该已经离开的小和尚，怎么会又跑到森林深处来了，还被埋在泥沙里面？

旁边的几名金丹修士见出来的是一个小和尚，不由得微讶。

其中一人问：“你是什么人？怎么从地下冒出来？”

“哑哑！”小黑也跟着从泥沙下面扑棱着翅膀飞了出来，抖落身上的泥沙后，见外面站着好几个金丹修士，当下闭上了嘴，费劲地在唐宁的头顶上蹲着，睁着一双黑溜溜的小眼睛盯着那几个金丹修士。

“乌鸦？”另一名金丹修士皱了皱眉，盯着那只乌鸦，明显有些不喜。

唐宁借着拍身上泥沙的时间，脑海中已经迅速地转了一圈。她轻呼出一口气，这才看向前面的几名金丹修士，神情不惊不慌，反而透着几分淡然与自在，反问：“你们又是什么人？我从哪里冒出来与你们有关系吗？”

听着那略显清冷的声音传来，几名金丹修士目光微闪，不由得再度打量起眼前这人。

这人看着也就十三四岁的年纪，穿着一身染着鲜血的破烂灰衣，手里拿着一根

像是被火烧过的黑竹，最耀眼的应该就是那光亮的脑袋了。

但眼下他们注意到的不是小和尚那光亮的脑袋，而是其身上那股气息，一股自然而然散发出来的、凌驾在他们之上的气息。

莫不是这小和尚的修为在他们之上？

几人想一探小和尚的修为，却发现无法窥透对方的实力，他们不由得心中一惊，收敛起探查打量的心思——此地乃是森林的深处，若无金丹期以上的实力，一般人根本不敢轻易涉足，而这小和尚一人来到这里，莫不是实力修为当真在他们之上？

若真是如此，此人的天赋就真的堪称鬼才！

没人知道墨烨此时心中的震惊一点儿也不比那几名金丹修士少，因为没人比他更清楚这个小和尚的实力修为了。

可眼下谁来告诉他，为什么这个举止淡然、眉宇间透着自信的人，竟是那个拿着钵向他化缘的小和尚？

此时的唐宁拿出的是身为药门至尊的气势以及自信，须知，上一世的她在药门中的地位尊贵非凡，一身上位者的气势与生俱来，举手投足之间尽显贵气。

身为药门至尊，她精通医、毒，擅观气测运，对药门的传承古武及暗杀技能无一不精。只可惜，上一世的她能观别人的气运，却独独看不透自已的，要不然也不会穿越重生到这修仙的神奇世界。

敛起心绪，她神色淡然地看着前面的几人。她很清楚，若是她在这一刻展现出来的气势和自信无法令他们信服，那下一刻她的处境就会瞬间反转，处于劣势，陷入任由他们宰割的处境。

“下来。”她淡淡地说了一声，抬手示意。

蹲在她头顶上的小黑便飞了下来，落在她的手臂处。

“阁下既是佛门弟子，怎么会在这里出现？”一名中年修士问道，目光紧盯着这个看起来不大的小和尚，还是很难相信这个小和尚的实力会在他们之上。

这地方明显有些不对劲。若是这个小和尚有问题，势必是那引起异象的宝贝落入了小和尚手中，就此放这个小和尚离去着实不甘，倒不如……一试这小和尚的深浅！

“素闻佛门弟子一身武技了得，难得在此遇见，我倒是想要领教领教。”那中年修士话音一出，一把泛着寒光的利剑已经夹带着凌厉的剑罡朝唐宁袭去。

暗处的墨烨见那名修士一出手便是杀招，凌厉的剑罡直朝那小和尚的面门而去，他眉头一拧，知道那小和尚是接不下这一招的，正想出手帮那小和尚一把时，接下来的一幕让他的动作停了下来。

凌厉的剑罡夹带着金丹修士的威压朝她袭来，唐宁只感觉心头血气翻腾，实力品级的悬殊让她有一种压不住的感觉。

可就在下一刻，小黑的声音在她的脑海中响起，紧接着她运起了体内的灵力气息，握着竹子的手一抬，以手中的竹子挡去了对方袭来的一击的同时，竹子一旋，以迅雷不及掩耳的速度直接击落对方手中的利剑，体内凝聚的那一丝功德之力在这一刻注入了手中的竹子，借由竹子击出。

两指宽的圆竹如利剑般击向对方的心脉，力道袭出，落在对方的心脉处那一刻，那名修士闷哼了一声，整个人猛地后退，一口鲜血也随之喷了出来。

"噗！"那名修士脸色瞬间变得惨白，竟站不住跌跪了下去，身子摇摇欲坠。

同时，唐宁的圆竹直逼那名修士的命门。

旁边的几名金丹修士看到这一幕，心头猛然大惊，见小和尚神情冷冽，眼中竟带着杀意，连忙开口。

"尊驾手下留情！"

"尊驾是佛门弟子，慈悲心肠，还请饶他一命。"

唇角微勾，露出一抹冷笑，清冷的目光淡淡地扫了他们一眼，唐宁道："谁告诉你们我是佛门弟子了？"她手中的圆竹应声而落，一击断了那名修士的生机。

看着那小和尚手中的圆竹一击敲落在那名金丹修士的命门，那名金丹修士闷哼一声，双目微睁，身体僵直，口中溢出鲜血来，整个人直挺挺地倒了下去。一瞬间的工夫，一名金丹修士就这么陨落了，而他们在一旁看着，竟是连阻止都来不及。

也不能说是来不及，而是他们压根儿就没想到，小和尚出手重伤了对方之后，还会在下一刻要了对方的命。

不是说佛门弟子不杀生吗，怎么这个是个例外？

这人说自己不是和尚？这世道，身体发肤，受之父母，除了佛门中人，又见过谁剃光头呢？

可这人实力深不可测，脾气又古怪，他们还真没人敢再去质疑这人的话，毕竟对修仙之人来说，一个实力低下的修士若是冒犯了强者，分分钟就会被诛杀，而旁人也不会说什么，因为在修仙的世界里，强者为尊，一切都是以实力说话！

"你们也想领教一番吗？"唐宁把手中的圆竹收回，看向那几名金丹修士。

"不敢。"几人拱手说道。

顿了下，那名老者问："敢问尊驾，如何称呼？"

唐宁看了他们一眼，以手中的圆竹为杖拄地而行，步伐不紧不慢地往林中走去，淡淡的声音自她口中而出，落入他们耳中："唐师。"

唐诗？唐师？几乎是本能地，众人觉得这人口中的那两个字应该是后面的两字。

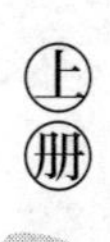

看着那抹身影渐渐远去，直至消失在他们的视线之中，也没有一人敢去阻拦。

其中一人看着面前的尸体，轻叹了一声，道：“我们与他也算相识一场，还是将他的尸身送回去吧！”

“只怕他的师门不会善罢甘休。”另一人说道，又看向那小和尚离去的方向，道，“而那位留下了名号，估计也是不怕被寻仇的。”

“此人实力深不可测，也不知出自哪个门派？一出手就是杀招，更是一招制敌，置人于死地且毫不留情，估计还真如此人所言，并非佛门弟子。”

闻言，众人沉默着，心中猜测着，可能这个小和尚真的如他自己所言，并非佛门弟子，因为除了光头，此人举止还真没有一点儿像佛门弟子。

而此时他们口中那个高深莫测的小和尚，强撑着走到无人之处，一口鲜血便喷了出来，整个人靠坐在大树下喘着气。

“好险！要是再来一个，我可就真的露馅儿了。”她拭去嘴角的鲜血，喃喃地道。

停在她肩膀处的小黑正要说话，小眼珠一动，看向那抹如同鬼魅般出现在唐宁面前的黑色身影。

唐宁还以为是那几个金丹修士跟过来了，一只手握着圆竹正要站起来，就见面前的人不是别人，正是那个明明长得很好看，却戴着一张面具的煞神。

“呵呵，施主，这是我们第三回遇见了，我想你一定不是跟我佛有缘，而是跟我有缘。”

而且一定是孽缘。

唐宁此时心下很是无奈，怎么会又碰到这煞神呢？她明明说了后会无期，这才过了多久，又碰上了。

她盯着他，莫名地笑了，道：“施主，你要回去了吗？顺便捎我一程吧！”

墨烨盯着这个笑眯眯甚至有些无赖的小和尚，若不是亲眼所见，很难相信这样一个小和尚有着先前那样杀伐果断、冷冽慑人的一面。

见小和尚嘴角带血、脸色苍白、气息微乱的样子，他扯了扯嘴角，道：“刚才不是还挺能装的吗，现在就不行了？连个金丹修士都杀得了，你还需要我捎你一程？”

“马甲”掉了！唐宁呆了呆，一时间脑海里一片空白——敢情刚才她强撑着用身体里那一丝收集来的功德之力击杀了一名金丹修士时，这一位就躲在暗处看着！

小黑在唐宁的肩膀上蹲着，听着两人你来我往地说着话，一双黑溜溜的眼睛不时地在那黑袍男子身上打转。

熟人？还是见过三次面，很有缘的熟人？

见小和尚那呆呆的样子，墨烨勾了勾唇角，问：“你不是说你不是佛门弟子吗？

叫什么名？哪里人？”

“你问这个干什么？”唐宁回过神来，一只手轻轻地顺了顺胸口。以她炼气期的实力，自然是抵挡不住那名金丹修士的威压的，但后来经小黑提醒，她才想起，与小黑订契约之后，她体内有上古神兽的威压。

也正是因此，她才能在那一刻用威压震住对方，一击取其性命。

饶是如此，动用了那一丝功德之力，又是在那样的情况下，仍叫她体内血气翻滚，气息逆流，才会喷出一口鲜血来。

“看你是个可造之才，既然你不是佛门弟子，只要身家清白，我可以收留你。”墨烨是真的觉得，此人年纪虽小，心性却是极佳，遇到危险时的反应力与气魄就是他身边的暗一与黑风都比不上，是个可造之才，若放在身边加以培养，日后势必成为一大助力。

然而听到这话，不仅唐宁愣住了，就连小黑也呆了呆，一双小眼睛朝唐宁看了看，腹诽：这戴着面具的人类哪只眼睛看到唐唐是需要人收留的？

“怎么？你不愿意？”见小和尚半晌没反应，墨烨眼睛微眯。

唐宁见了，不由得一笑，道：“我只是没想到你能看得上我啊，有点儿受宠若惊！”

“这么说，你是愿意了？”他声音缓和了几分。

“不是。”唐宁看着他，笑眯眯地道，“我知道你身份尊贵，但我也出身非凡，你若没有令我信服的本事，我又怎么可能心甘情愿听令于你？”声音一顿，见他要开口，她又道，“实力这一块且先不提，你还有什么是值得我俯首称臣、视你为尊的？”

脸上的笑容带着几分睿智、几分邪肆，她缓声道：“倒不如你先带我离开这里，我到你府上为客几天，若是你能让我心甘情愿地留下，那我自然是俯首称臣，敬你为尊，你觉得呢？”

墨烨瞥了小和尚一眼，道：“说来说去，你就只有一个目的，让我捎你一程。”

唐宁一笑，道：“其实我也只是给你一个可以让我俯首称臣的机会。”

闻言，墨烨的目光中闪过一抹异色，看着面前散发着自信与睿智的小小少年，他勾唇一笑，道：“好，那我便捎你一程！”

因他的点头应承，唐宁省了脚力，被他带着御剑而行，出了森林，直至次日的傍晚时分，两人来到一座小镇的客栈歇脚。

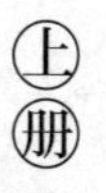

“一间上房。”墨烨进了客栈，便抛下一枚金币说道。

“不对。”后面的唐宁喊了一声，伸出两根手指朝掌柜比了比，“是两间。”

墨烨脚步微顿，瞥了唐宁一眼，对掌柜道：“一间。”说着，他迈步上楼。

掌柜看了两人一眼，连忙应了，唤来小二为他们带路，为他们的房间送上热茶水。

“今晚就在这里休息，你顺便处理一下身上的伤，再换身衣服。”墨烨进了客房便走到桌边坐下，倒了杯水喝着，看也没看唐宁一眼。

唐宁在房门外顿了一下，看了下房间，这才走到桌边坐下，道：“你又不差钱，怎么就两人挤一间房？莫不是怕我跑了？”

“你知道就好。”墨烨直言道，抬眸盯着唐宁，“难道你不是这么打算的？”

唐宁讪讪地笑了笑，道：“怎么会？我还要去你府上做客呢！”

“今晚我睡床，你可以打地铺，也可以睡那边的长椅，但有一点要记住，不要想着逃跑，若不然我打断你的腿再带回去。”他低沉的声音不紧不慢地传出，带着一丝威胁与警告，似真似假，让人无法分辨。

“施主，太过凶残不好，尤其是对待我这样的小小少年，很容易吓到我。”她笑眯眯地说道，其实一点儿也没被他吓到，反而道，“你放心，我不会半路溜走的。我让掌柜再开一间房，我就住你隔壁。你要是不放心，我把小黑押在你这里吧！”说着，她招了招手，道：“小黑，过来，晚上你就跟这位爷一起睡。”

“哑哑！”小黑尖叫了两声，抖了抖身上的羽毛，飞到唐宁身后藏了起来——它才不要跟这个人类待在一个房间里，谁知道会不会半夜被他掐死？

唐宁笑了笑，有些无奈地看着他，道：“我家小黑有些害羞呢！要不你还是自己睡吧！一个人睡一间房更舒服一些。”末了，她又保证道，“放心，我绝对不跑。”

也许是本来就不习惯与人住同一间房，墨烨在听到唐宁再三保证之后，深深地看了唐宁一眼，道：“我就信你这一回，若明天早上起来没见到你，可就别怪我不客气了。”

“那就明早见了。”她笑着出了房间，还为他关上了房门。

房门关上的那一刻，她脸上的笑意加深了，转身便对楼下欢快地喊道：“掌柜，再开一间房！再给我来只烧鸡、十斤酱牛肉！一坛上等好酒！全部记在那位爷的账上！”

房间里，墨烨听到房外的声音，嘴角扯了扯。

半路出家的和尚，杀人时就说不是佛门弟子，化缘时就说与佛结缘，吃肉、喝酒时估计已经忘了自己的头顶是秃的了。

楼下的掌柜听到楼上的声音，抬头看去，见是那小和尚在喊，怔了一下，问：“小师父，可还需要些素菜？”

“不用，照我说的那些上就可以了，快一点儿。”唐宁心情甚是不错地倚在围栏处等着，这么多天来她终于要有肉吃了，不容易啊！

“小师父，酒菜马上就上来，稍等片刻就好。”小二上了楼，给唐宁开了房间，倒上茶水后，便准备退出去。

“小二，再去成衣店给我买两套衣服来，还是记在隔壁那位爷的账上就好，明天一起算。”她笑眯眯地说道。

“好。”小二应道，看了唐宁一眼后，这才退了出去。

不多时，酒菜上桌，唐宁将房门关上后，这才招呼道：“来，小黑，这些是你的，吃吧！跟着我就是有肉吃。”

小黑早在闻到肉香味时就馋了，看到那盘子里的鸡肉和酱牛肉，它欢快地飞上前吃着，连话都顾不上与唐宁说。

酒足饭饱之后，唐宁泡了个澡，把肩膀处的伤口包扎了下，便穿上刚买的衣服往床上一躺：“呼！这回终于有种活着的感觉了。”

小黑也跟着躺在她旁边，小声地问：“唐唐，我们真的跟着那个人去他家？要是进去了出不来怎么办？”

唐宁伸了伸腰，道：“这一位出身尊贵，能去他府上住几天，权当去开开眼界了，有什么好着急的？再说，要真的溜了，就看这三遇的缘分，相信不用多久就会再碰到他，到时岂不更麻烦？”

她打了个哈欠，道：“睡吧睡吧！难得睡个好觉。”话音一落，她便闭上眼睛沉沉地睡去。

次日，中午时分。

唐宁跟着墨烨来到一座气势磅礴的大宅门口，看着那上面“烨王府”三个大字，不由得往旁边的人身上看了看——还真是个王呢！

“主子！”守门的护卫看到他，当即行了一礼，恭敬地唤了一声，不是唤“王爷”，而是唤“主子”。

只是话音落下之时，两名护卫还是用余光瞄了一下那与他们的主子并肩而行的小和尚。

“主子！”黑风从里面快步出来，当看到跟在他家主子身边的小和尚时，不由得眼睛一亮，“主子竟把这小和尚抓回来了？可是要下地牢？属下马上将……”

黑风的话还没说完，就被乌鸦的叫声打断了。

“哑哑！”小黑冲着黑风叫了两声。

若是黑风听得懂鸟语，便会知道，小黑正在骂他呢！

唐宁轻抚着小黑的头，轻笑道：“咱们不跟傻子一般见识。”

只是，很快地，她就笑不出来了，因为……

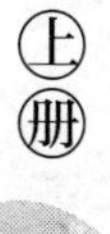

“哈哈哈！傻子！傻子！”小黑一得意，竟扬起脑袋便发出极为魔性的笑声，还连骂了两声“傻子”。

周围顿时一静，众人纷纷转头看向那只站在小和尚肩膀上的乌鸦。

魔性的笑声骤然停了下来，小黑似乎这一刻才反应过来自己露馅儿了，一时间僵在那里，一双黑溜溜的小眼睛瞪得发直，从表情看不出惊恐，但那还没来得及合上的嘴，以及那转来转去看向众人的眼睛，仍是叫人清晰地感觉到，它此时是一脸的蒙。

“这只乌鸦会说话？”黑风错愕地盯着那只僵着的乌鸦，一脸震惊。

唐宁是最先回过神来的，听到黑风的话后，便伸手将小黑抓在手中，对身边正打量着她的墨烨无奈地道：“我就担心这货肯定会忍不住，结果它一得意忘了形，还真的没忍住。”

墨烨挑了挑眉，也不说话。

“其实我家小黑是混血乌鸦，有一半鹦鹉的血脉，所以它忍不住时就会跟着学舌。”她笑了笑，又道，“也如你们所见，它并不是一只普通的乌鸦，而是一只灵宠，灵智已开。”

“可是这只乌鸦一身黑亮，连根杂毛也没有，也不像……”

黑风还要说话，却被墨烨打断了。

“行了，给他准备一间客房让他住下。”墨烨开口说道，迈步走了进去，没再去打量那只乌鸦和那小小少年。

导致森林中出现异象的机缘，如果他没猜错的话，应该是被这少年得到了，既然知道是这少年得到，那就没必要深究到底，毕竟每个人有各自的机缘，能得到是各自的运气。

若真没有什么机缘，一个小小少年如何杀得了那金丹修士？如何挡得住对方的实力威压？有些事情，知道就好，并不需要说出口。

“住下？”看着已经往里面走的主子，黑风愣了下，有些没反应过来：不是应该将这小和尚关进地牢吗？

“嗯，不错，我是你家主子请回来的客人，这几天就在府上打扰了。”她笑了笑，看向黑风。

见此，黑风招手唤了下人过来，让下人将唐宁带去客院后，这才往他家主子那里去，想去问问这是怎么一回事。他家主子不会忘记了吧，上回这小子还使了暗招让他家主子吃了个闷亏呢！

跟着下人去了客院，唐宁随意地打量着，发现一点，就是这里面居然没有婢女，上至护卫，下至小厮，全是男的。

想到这位煞神的气运，她心下了然：就他这样的，能熬过二十五岁就算好的了，娶妻生子什么的，那些离他太遥远了。

傍晚时分，黑风来到客院，喊道：“小和尚，快跟我走，主子要见你。”

唐宁打了个饱嗝儿，从里面走了出来——她只是让下人去厨房给她拿些吃的，没想到拿回来的东西都挺好吃，她一不小心吃得有些撑。

她瞥了黑风一眼，道：“走吧！”话音一落，她率先迈步而行。

黑风神色古怪地看了这个嘴角还带着一抹油光的小和尚一眼，想到上回小和尚说的话，便问：“小和尚，上回你说我家主子二十五岁的劫可解，到底是不是真的？怎么解？”

“天机不可泄露。”唐宁不紧不慢地说道。

黑风一听，连忙道：“你告诉我怎么解，我可以给你金币。”

唐宁摆了摆手，道：“谈钱就俗了。再说了，这可不是钱就能解决的事情。”她也不给他再问的机会，大步往前走去。

来到主院，看到那个在院中喝茶的男人，她目光微动。

原来他叫墨烨，是执掌帝国的帝皇第三子，纵然自小就天赋异禀，仍不得帝皇的宠爱，只因他命中带煞，活不过二十五岁，为天咒之人，六亲不得缘，注定孤苦一生。

任何一个帝王估计都不会喜欢有个这样的儿子在身边，因此他自小就被放出宫自立王府，一年到头也得不到一次召见，就好似那位执掌着这玄龙国的国主早已经遗忘了有他这么一个儿子一般。

而这，几乎是整个皇城的人都知道的事情。

烨王虽不得圣心，自小失了圣宠，可偏偏他本身实力强大，哪怕不靠宫中那一位，也能立于众人之上，在这势力错综的皇城之中也是众人敬畏的对象。

只是谁也不知他这一身深不可测的实力修为从何而来，更不知他师从何人，他身上就仿佛笼罩着迷雾，谁也看不透、窥不清。

收起心绪，她走上前在桌边坐下，问：“找我？”说话间，她自来熟地拿起桌上的果子吃着，一点儿也没有客人的拘束，反而自在无比。

黑风和暗一站在墨烨身后，看着这个在他们主子面前无比自在的小和尚，有些想不明白，这小和尚哪来的胆子。

墨烨看了唐宁一眼，低沉的声音从口中传出：“三天，三天之内，你若能从本王的府中离开，日后就算碰见，本王也不会为难于你；若是三天之内你走不了，那便留下来，成为本王的左右手，终其一生，奉我为尊。”

身后的黑风和暗一听到这话，不由得微愣：不是吧？这小和尚有什么好的，主子居然想留下这小和尚当左右手？须知，主子身边的左右手就他们两个，那可是打小培养起来的好不好？

一时间，两人看向小和尚的目光充满了敌意。

唐宁动作一顿，漂亮的眼睛带着诧异看向墨烨，问："你是认真的？"

看着那双清澈如琉璃般的眼睛，墨烨心头微动——一个狡诈如狐的小小少年，怎么会有一双这般漂亮的眼睛？

他将视线从那双眼睛上移开，端起茶水轻抿了一口，道："本王向来一言九鼎。"

"好！"唐宁当即应了一声，手也顺势往桌上一拍。

站在墨烨身后的黑风惊得眼珠一瞪，恼怒地盯着那全无规矩的小和尚：在主子面前也敢拍桌大喝？就这样没规矩的人，主子居然还想留在身边当左右手？主子到底看中这小和尚哪点了？

"要是我真的能离开，你以后再遇到我就不能找我的麻烦了。"唐宁不放心地再加一句。

墨烨勾了勾唇，似笑非笑地道："等你真有本事离开再说吧！"

"那就拭目以待吧！"她笑眯了一双眼睛，站了起来，道，"我就先回去了，若是无事就不要找我了。"说着，她便往回走去。

"这小子口气真大，他是不知道咱们烨王府是什么地方。"黑风冷哼一声，道，"主子，三天后这小子交给我收拾收拾吧！就他这脾气，要是放在主子身边，保准会给主子惹祸。"

墨烨把玩着茶杯，吩咐道："交代下去，让府里的人都提高警惕，别让他跑了。"王府内外三层的护卫，难道还真会盯不住一个小小少年？

"是！"黑风领命，应了一声后，便下去交代。

墨烨以为唐宁很快便会有所动作，却不想，余下的日子唐宁整天吃饱了就在府中四处闲逛，与府中的人闲聊，就好像已经忘了那个三日之约一样。

第一天如此，第二天也是如此，转眼间就到了第三天。

"他还没有动静吗？"墨烨修长的手指轻轻地敲着桌面，问道。

"没有，整天就是吃饱了睡，要不然就是在府里四处闲逛。主子，这小子该不会早就打定主意想留下来吧？"黑风忍不住问道，因为就没见那小和尚有半点儿想跑的迹象。

墨烨手指微顿，道："让人提高警惕，此人心智不凡，按捺着不动，势必是在寻找最合适的时机。"

他有种直觉，这小和尚不出手则已，一出手势必惊人，如今这小和尚按捺着不动，反而让他心中隐隐有种不好的感觉，就仿佛这小和尚要从他手中溜走了一般。

果然，到了晚上，他的这种感觉就成真了。

“主子！不好了！”暗一脸色难看地扶着墙走了进来，额头上还渗着冷汗，道，“那个小和尚当真不见了！”

第四章　逃之夭夭

房间里正在运气的墨烨听到这话，动作微顿，眼中闪过一抹幽光，知道那少年已走，便问：“府中的人怎么样？”

从感觉到身体无力时他就察觉不对了，只是没想到竟会栽这么个大跟头。

“府里的人……府里的人……”暗一垂下头，有些说不出口。

“说！”他声音微冷，喝了一声。

“如中了软筋散一样，全部瘫倒在地，无一例外！”

“黑风呢？”墨烨问道。

“他在客院被找到时，已经被打晕了。”暗一说道，想到整个府里的人居然都无声无息地被下了药，不禁觉得心底发寒。

那少年太可怕了！若是那少年对他们有杀心，如今府中之人的情况就绝非瘫倒无力这般简单了。

事到如今，暗一仍觉得不可思议，他们都是有修为在身的人，普通的软筋散对他们根本没有效果，就更别说对主子这样有实力的人了，可偏偏整个府里上上下下没有一人逃得过。

能将药用到这般境界，这个少年得多厉害？

墨烨收了运气的手掌，缓缓呼出一口气来，负手走了出来，看向外面漆黑的夜空，用低沉的声音十分坚定地说道：“此人绝非泛泛之辈！”

他这话是说此人一定是出身非凡，受过严格的训练和精心的培养，才能有如今这般本事。

一个十三四岁的少年，能在这么短的时间里调配出足以让一群实力高低不一的修士全都中招、还能无所察觉的药来，此人对药物的药性得有多精通？

至少他敢肯定，这玄龙国找不出第二个这样的人来，难道会是哪个仙门药宗的亲传弟子出来游历？

至于那个溜出王府的小和尚，不，也不能算是溜，她是自己打开大门走出来的，还贴心地帮他们关上了大门，至少外人是看不见王府里面倒了一片人的。

连夜出了城，借宿百姓家的唐宁，此时正躺在床上，双手垫在头下，轻笑道："这年头，跟什么人玩都不能跟玩药的人玩，分分钟让你中招你还无所察觉。区区一个王府就想拦住我？也不看看我是谁！"

也睡不着，她便翻身坐了起来盘膝修炼。那根观音竹被她放在双膝之间，随着她灵力的运行，观音竹上纯净的灵力气息也缓缓地与她身上的气息呼应着……

次日清晨，神清气爽的唐宁脸上洋溢着笑容拉开房门。

可是她脸上的笑容还来不及收起，就在看到门外那人时僵住了。

"你怎么在……"

"这"字还没出口，就见一条绳子如蛇般将她整个人捆住了。

"呵呵呵，找你可不容易啊！"老和尚一只手捏着长眉，笑得一脸和蔼，蕴含着睿智的目光在她身上打量了一圈，点了点头，"看来几天不见，你又有奇遇了啊？"

唐宁盯着身上的绳子，扯了扯，却越扯越紧，便看向他，道："老和尚，你这是做什么？弄条破绳把我捆成这样，捆鱼呢？"

"呵呵，可不就是捆泥鳅吗？！你滑不溜丢的，不拿这捆仙绳捆你，指不定什么时候又让你溜走了。"他眯了眯眼，笑得一脸亲切，"你也别挣扎了，这绳子是越挣扎越紧的。"

"不是，你捆我做什么啊？"唐宁没好气地问道。她这才从王府溜出来，怎么又被这酒肉和尚逮住了呢？

老和尚笑了笑，道："既然你不肯随我走一趟，那我只能把你捆回去了。你也别担心，我就是先让你去见见住持师兄他们，等回头你想回来，我再送你回来。"

"那仙人之地那么远，我这边的事情还没办完呢！这一走得什么时候才能回来？要不你先将我放了，我回去将事情办好了再跟你走一趟？"唐宁开口商量道。

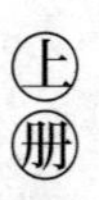

"不行，你鬼主意太多了，稍不留神就让你跑了，我这一回为了找你可是费了不少心思。"老和尚优哉游哉地说道，手中拉着绳子的另一端，道，"乖乖地走吧！"

那主人家见一个老和尚拿绳子捆着一个小和尚还牵着，不由得愣了下，上前问

道："大师，这是……"

"呵呵，施主不必担心，我这小徒顽劣，私自下山游玩，我正要将其带回去呢！"

在那户人诧异的目光中，唐宁被老和尚绑走了。

在旁人眼中，一个老和尚将顽劣的小和尚带回山上，并没有出格的地方，因此即使诧异，也没再多问。

唐宁知道挣脱不开，便也没再费心思，老老实实地跟着他离开。

来到山道处，见他抛出一个飞行器时，她这才道："老和尚，佛家不都讲究顺其自然吗？你这样将我带过去，又有什么意思呢？再说，你也知道我是女的，将一个女子这样捆到你们佛门中去，你不觉得这样很不妥吗？"

老和尚瞅了她一眼，道："本来和尚我也不想这样的，只是你这小女娃儿心眼儿太多，和尚我老了，玩不过你，省得哪天又让你给跑了找不到人，所以不管你愿不愿意，你还是先跟我走一趟吧！"

他看向天空，带着怀念和感慨道："我已经离开很多年了，怕再不回去，物是人非啊！"

"你要回去自己回去就行了，何必带上我呢？"唐宁说道。

老和尚笑了笑，看向她："你不是想知道我为什么要带你回去吗？走吧！路途还远着呢！路上我再慢慢告诉你。"说完，他伸手一拉，带着她一并上了那飞行器。

"哎！"唐宁低呼一声，整个人被扯着往前，稳住身体时，人已经落在那飞行器上了。

飞行器往上而去，没入云端后，便在云层间飞行，往远方而去……

坐在飞行器上，唐宁很是无奈地问："你倒是说说，为什么一定要带我去你们佛门呢？"这老和尚的实力远在她之上，她想要像上回那样无声无息地溜走估计是不太可能了。

"我万佛门位于长阳山的山巅，佛门弟子上万，故而有万佛寺之称。上百年前，就算是在仙人之地，我万佛寺也被各方仙人视为一方圣地，受万人朝拜，香火鼎盛，世人尊崇。"他声音一顿，微微一叹，"可惜自数十年前开始，因佛门圣经被盗，寺中修炼灵脉被断，数十年来再无一个佛门弟子的修为能突破达到金丹级别，就连筑基之境的也寥寥无几，偌大的佛门之中，能镇得住四方的佛门僧人也就只有那些老一辈的了。

"也正是因此，万佛寺的地位一年不如一年，寺中弟子也陆续返俗，到如今寺中的弟子不过千余。但这并不是最致命的，最致命的是当年我师父就说万佛寺百年内有一大劫，若是无法度过，万佛寺从此将不复存在。

“当年我师父耗费生机，算出我佛门一脉的生机就在玄龙国内，故而我才千里迢迢来到这里寻找，只是没想到一找就是十几年……”

说到这里，他看向才十三四岁的唐宁，缓声道：“我佛门救星自是与我佛有缘之人，你身负佛门大机缘，我相信我佛门的那一线生机就在你这里。”

唐宁听他讲了前因后果，不由得一呆——她还成佛门的生机了？

想到这老和尚说他在玄龙国一找就是十几年，她不禁有些同情他。

她这具身体才十三四岁，而她也就前段时间才在这具身体里重生，他却早在十几年前就在这里找了，能找到吗？

“可是你就算是现在带我过去，我也做不了什么啊！再说，你都找十几年了，也不差再等一年半载让我把这边的事情都处理完啊！”

关键是，她现在这么弱，过去能干什么？去了那等都是修仙者的地方，她活得过三个月？

“我等不了了啊！”他轻叹道，似低喃，声音轻得不能再轻。

就连坐在他旁边的唐宁，也因飞行器周围的风声而没能听清他在说什么。

“你说什么？”唐宁问了一声。

老和尚看着她，露出了和蔼的笑容，道：“你是天命异数，天道眷顾之人，将你带回去让住持们见见，让他们知道有你这么一个人，我也就放心了。”

闻言，唐宁看向他，道：“按你这么说，那你就更不能这样捆着我了。再说，现在都在飞行器上了，你总可以先松开我了吧？难不成你想一路都捆着我？”

“行，我这就帮你解开，但你要记着，不要想着溜走，想在我眼皮底下逃走是不可能的。”说话间，他手一动，将绳子收了回来。

唐宁揉了揉手腕，睨了他一眼，笑了起来，道：“不可能？上回我难道不是从你眼皮底下溜走的？”

“那是因为我没防备，这一次自然不同。”他取下腰间的酒葫芦喝了口酒，看着远方，眼中有着欣喜，“十多年没回寺里了，这趟回去，也不知还有没有人认得我？”

看着和尚眼里的期待和欢喜，唐宁笑了笑，趴在飞行器上看看蓝天白云，又打量着飞行器，问：“老和尚，你这飞行器怎么看着那么像个钵啊？”

“呵呵，这只是一件小小的法器，也就偶尔作为飞行之用，没有攻击力，防御力也不行，还是我的这个葫芦好。”他说着，又喝了一口葫芦里的酒，一只手捋着长眉，笑道，“这个葫芦可是当年我们师兄弟几个进佛门圣地历练时所摘的仙葫，这仙葫若是装酒，一次可装千斤，而且葫中自生灵气，可将普通的酒养成灵酒，越久越

醇。不仅如此，它还是件不错的防御仙器。当年我们能得这么一个，那可是福分！不过若是日后有机会，我带你去圣地走一趟，说不定以你的气运也能摘得一个仙葫。”话音一落，他将手中的葫芦抛了过去，“你尝尝这灵酒。”

唐宁接住，掂了掂手中的葫芦，感觉很轻，没什么重量，轻轻一晃，里面隐隐有水声涌动。她闻了闻里面的酒，果然是酒香扑鼻。她仰头往口中倒了一口，一口灵酒入喉，便感觉灵气在体内流淌，十分舒服。

“怎么样？”老和尚朝她挤了挤眉，一脸得意地问道。

唐宁一笑，将酒葫芦抛回给他，道：“确实是好东西。”不过她想到的是，这葫芦内有乾坤，又自生灵气，若是用来装炼制好的药丸之类的东西，岂不是更妙？

一路上唐宁都听着老和尚在那里说佛门这里好那里好，寺院中有哪些坐镇的人等等，听着听着竟渐渐地睡了过去。

见她睡了过去，老和尚笑了笑，取下佛珠缓缓地捏在手中，闭上了眼睛，轻诵起经文来。

他在那里诵经，唐宁没有看到，点点闪烁如同金子的佛光飞入她的身体……

当她醒来时，已经入了夜，而飞行器也停在下方的地面上，老和尚不知何时已经在河边烤着火。

“我居然睡得这么沉？”唐宁有些诧异自己睡了一觉起来居然是晚上了！

“你的神魂有缺，我可是给你诵了一路的经文，以功德之力才帮你修复好。”老和尚说道，撕下一块肉吃着。

唐宁上回就听小黑说过她的神魂有裂痕，不想这老和尚也知道，还帮她修复了。

“多谢。”她开口道谢，在他旁边坐了下来，问，“这里是哪儿？我们还有多久才能到？”既来之，则安之，既然都被他带到这儿了，那她先去看看也无妨。

“你要是从这里走回去，那路程可就远喽！可要从这里走去仙人之地，嘿嘿，估计你就是走上几年也……”带笑的话语还没说完，突然脸色一变，瞬间跃了起来，一只手将她提起就朝山坡推去，他道，“快去那边躲着！不要出声！”

唐宁被他的力道一送，瞬间到了十几米外的山坡处。看着老和尚严阵以待的架势，她当即敛起一身气息，侧身躲进了山坡处的一处小洞，又用身边的杂草遮住。

老和尚的实力深不可测，却也露出这般凝重的神色，甚至不怕她跑了，将她送出十几米外藏起，可见来人的实力定在他之上！

只是她的警觉性不低，却没察觉这周围有什么异样，以及有什么人出现，难道那人还离此地很远？

“哈哈哈哈……”

她正想着，一道如同魔音般刺耳的笑声便从天空中传来，周围的树木叶子发出沙沙的声音，就连风声也呼啸着，不过眨眼间的工夫，空气中便仿佛笼罩着一股压抑的气息。

唐宁只感觉那笑声似魔音贯耳，刺入神识之中，让她的脑海如被针刺入般痛苦，纵是她双手捂耳，也缓和不了半分。

就在下一刻，她看到那老和尚取下脖子上的佛珠往空中一抛，刹那间一道佛光迸射，化去了那如针般刺入人的神识的魔音。

“老秃驴！本座可是找了你很久！”阴沉而蕴含着杀气的声音自空中传来。

躲起来的唐宁朝夜空中看去，只见黑漆漆的夜色中，云层流转间，有一张人脸出现在上面，显得极为诡异。

“阿弥陀佛。”听到那声音，老和尚轻念了一声佛号，看向夜空中出现的那张扭曲的脸，道，“当年你断了佛门灵脉，夺了佛门圣经，没想到和尚我才到这里，你便又盯上和尚我。”

“哈哈哈哈！当年你杀了本座唯一的儿子，本座夺你佛门圣经，毁你佛门灵脉算什么？本座还要毁你万佛寺，让万佛寺永不复存！”狠厉的声音透着强烈的杀意与威压。

伴随着他的话音落下，威压化为风刃朝下方的老和尚袭来。

“你那儿子为练魔功，祸害了多少无辜女子？就算和尚我不杀他，也会有其他人杀他，像他那等恶人，这世间根本就没他立足之地！”老和尚话音一出，双手一翻，一股灵力气息涌起朝上击去，化去了那袭来的攻击。

“老秃驴，这世间恶人万千，你杀得过来吗？”天空中怒吼声如雷霆翻滚，强大的气流化成攻击，一道道地袭向下方的老和尚，引得天空中闪电掠过，狂风呼啸。

突然间，那天空中仿佛有一只大手伸出，如同一座大山朝下方的老和尚拍去。

“呼！”强大的气流呼啸声划过空气，砰的一声巨响，狠狠地击落在老和尚刚才所站之处，力道之大，生生将那里击出一道十几米深的手掌印。

因地面内陷，又近河道，水流往下汇去，很快汇聚成池。

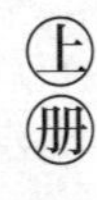

看着老和尚凌空而起，在夜空中与那强者对战的一幕，唐宁的心不由得提了起来。

这等强大的实力，便是修仙者吗？在玄龙国这里，就算唐家贵为一方贵族名门、坐镇之人也仅仅达到灵师而已，就算是放眼整个青云城，也找不出一名筑基强者来，

可天空中出现的那张巨脸，看似虚无，攻击却如真实的锤般致命，她毫不怀疑，拥有这样实力的强者，弹指挥手间便可将整个玄龙国摧毁！

呼！一记由气流凝聚而成的巨大手掌印以迅雷不及掩耳的速度拍在老和尚的背上。

只见老和尚口中喷出一口鲜血，整个人从半空中摔向地面，落入那注入了河水的手掌印池中，溅起了一大片水花。

看到这一幕，唐宁不由得惊呼一声："老和尚！"

那正欲往池中再击去的掌风骤然一停，他似乎没料到周围还有人。那云层之中的脸化成了一双血色的眼睛往下方扫视着，寻找那声音的主人。

唐宁惊呼出声后方觉不妙，看到那张脸化成了一双血色的眼睛在寻找，当即伸手抓了一把泥往自己脸上抹去，深呼了一口气后，纵身一跃掠出，朝那十几米外的手掌印池而去。

"一个小秃驴！"那天空之中的血色眼睛在看到下面的那抹光头身影时，哧了一声，阴狠的声音随之传出，"莫不是这老秃驴收的徒弟？那本座便送你们师徒一起下地狱！"

一道掌印从天空中拍了下来，强大的气流呼啸而起，挟带着致命的威压与杀气。

唐宁目光微缩，看到那道掌印拍下之际，当即大喊一声："小黑！"

只见一道金色的光芒自她胸口猛地蹿出，上古神兽的威压也在那一瞬间释放，那道金色光芒在火焰中化成一只巨大的火鸟飞向夜空，朝那拍下来的手掌印冲去。

那股上古神兽的威压连同火鸟身上熊熊燃烧的火焰烧毁了那巨大的手印，又朝夜空中那一双血红的眼睛奔去。

"哑哑！"一声鸦鸣强大而幽远，仿佛从远古而来，刹那间响遍天际，回荡在夜空中，熊熊火焰将那云层燃烧了起来，如同火烧云一般将整个夜空照亮……

"上古神兽！三足金乌！啊！"惊呼声自云层中传来，那双血色的眼睛甚至来不及收回，就被卷入火焰之中烧毁了。

从那火焰之中，愤怒而不甘的声音传来："本座是不会善罢甘休的！"

那声音渐小之时，火焰消失，在夜空中现出本体的小黑化成一道光芒回到唐宁的身体里，只留下一句有气无力的话："快走。"

唐宁也感觉到小黑此时能力的消耗，从那水池中冒了出来，一只手还拉着从水中捞起来的已经昏迷的老和尚。

将人拖上来后，她边摇边喊："老和尚，老和尚醒醒！"

见老和尚无反应，她连忙运气逼出老和尚腹中的水，看到他吐出一口水后还昏迷不醒，一咬牙，将他扶了起来迅速离开。

天空中惊现的火鸟再一次惊动各方的强者，当他们赶到那地方时，只看到河边的水倒流入一处手掌印形状的池内……

“这等巨大的手印，非常人可以办到，看来是有强者在此斗法。”其中一人在查看后，下此判断。

“只是不知是何方强者？又是死是活？”

只因周围只有斗法的痕迹，却无尸体，让人无从得知斗法之人谁胜谁负。

“这等强者之事，非我等可参与也，还是速速离去，免得惹祸上身。”又有一人说道，觉得斗法之人修为高深，远非他们能比，此地又无尸体，为免惹祸，还是离开为妙。

于是他们相视一眼，便各自散去……

另一边，唐宁扶着老和尚离开。她又不会腾云驾雾或者御剑而行，又没有飞行法器在身，只能一路扶着他而行。夜路难行，荒无人烟，她几次跌倒在地，又站起来继续走，目的只有一个，离那地方远些，免得有修士找来，又是一场麻烦。

她这一走倒是走了很远，直到看到云雾弥漫间前方的山坡处似乎有户人家隐隐还亮着灯火。

“老和尚，前面有户人家，你再撑一下，我们过去休息休息，到了那里我再帮你医治。”她吃力地扶着他，再度道，“你放心，有我在你是死不了的。”

子夜弥漫的云雾透着几分缥缈，也正因此，那户人家闪烁的灯火在这夜色中就似一盏引路的灯，让人一眼便能看见。

扶着老和尚往前走的唐宁脚步微微一顿，看着那户人家的灯火，眼底掠过一抹幽光。

也不知是入了深夜的原因，还是因为其他，这夜间的风微凉，吹得她汗毛都竖了起来。

只是微顿了一下后，她便扶着老和尚继续往前走。来到那户人家的门前时她停下脚步，听着里面隐隐传来的嘎嘎声，喊了一声：“施主，我等是在外苦修的佛门弟子，路经此地，不知可否让我们入内歇歇脚？”

屋里那不知什么发出的嘎嘎声停了下来，一时间也没有声音传出。

就在唐宁想着要不还是走吧，在外面的路边随便休息一下也行时，就听里面传来了女子的声音：“你们是佛门弟子？”

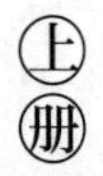

“是。”

反正就算她是半路出家的假和尚，也有一个真的佛门弟子在这里，虽然是半死不活的。

房门嘎吱一声打开，一名十七八岁的女子出现在唐宁眼中。女子模样清秀，身段玲珑，一身素淡的衣裙穿在身上，怎么看也不似一般的农家女子。

在唐宁打量那女子的同时，那女子也在打量唐宁。

见一个小和尚一点儿也不避嫌地盯着自己打量，女子不由得轻笑道："你这小和尚，既是出家之人，怎能这般看着我呢？！进来吧！"说话间，女子已经微侧过身体。

因对方的侧身，唐宁看到屋里放着一架织布的机子，摆设简单，除了这女子，并无他人。

"多谢施主。"她扶着老和尚走了进去。

"这老和尚可是你师父？他怎么了？"女子一只手端着油灯，一只手稍微护着火，将油灯放在唐宁身边，也将他们照了个通亮。

"我打点儿清水给你们擦擦吧！你们脸上有泥。"

"施主，不用麻烦了。"唐宁说道，却见女子转身就去了里间。

见此，她看向老和尚。路上她用灵力将两人的衣服都烘干了，去了身上的水渍，就是身上还脏了点儿，但这样至少在子夜中不会太冷了。

不过老和尚昏迷着，没有灵气护体，她还真担心他出什么问题，于是也顾不得去清理身上的泥土，先给他把了把脉。

眉头微微一拧，她拉开老和尚的衣服，就见他的胸口处浮现出一个瘀血一般的手掌印。见此，她从圆竹中取出一味药来，在掌心运力揉烂，将药汁滴入老和尚口中。

"水来了。"女子端着水进来，上面还隐隐漂浮着几片树叶子。

女子放下后，见小和尚盯着那水看，女子仿佛知道小和尚在想什么一般，道："这是我昨夜接的雨水，放心，是干净的。"

"干净的我也不敢用。"唐宁说道，目光看向那原本脸色就略显苍白的女子。

在听到她的话后，女子脸上浮现惊讶之色，正欲说什么时，门外传来了声音。

"妹妹，听说你家来客人了？"

听到外面的声音，屋里的那名女子脸色微变，连忙要上前去挡住门。

不料那声音传来之时，屋门也被推开了。

一名三十来岁的女人走了进来，目光看到屋里的两个和尚时，眼中闪过一抹喜色，道："居然是两位大师父啊，怎么就不上我家坐坐呢？"女人走上前，伸手就要去摸唐宁的脸。

"你来干什么？快走！"女子拉住那女人，想将那女人往外面推。

不料那女人反手一推，女子整个人就摔了出去，撞到角落了。

“看不出来啊，你平时假惺惺的，却想吃独食？”那女人眼神瞬间变得阴狠起来，身上阴风一起，模样也大变，“小和尚细皮嫩肉的，一身精气，定是好吃，而且听说吸了佛门弟子的精气血便可提升修为，没想到今天能遇到两个自己送上门来的和尚，哈哈哈哈！”

看着那一身阴风，笑得猖狂的女人，哦，不，应该称为鬼魂，唐宁眼中闪过一丝无奈，轻叹一声，道：“吃什么吃？你看我是那么好下口的吗？”话音一落，见那鬼魂的爪子变长朝她扑了过来，她取下腰间别着的圆竹注入灵力气息便朝前砍去。

“用一根竹子当武器？哈哈……”那扑上前的鬼魂狂笑着，甚至看到是一根竹子朝自己击来，躲都没躲，因为一般的东西根本伤不到她分毫。

然而让鬼魂没想到的是，她的笑声还没落下，那圆竹如同利剑一般击落，她的整个鬼魂都被击散，伴随着一声惨叫，咔嚓一声落在地上化成一堆白骨。

唐宁甚至连脚步都没移动，还是站在老和尚身边。她握着圆竹的手一转，轻轻地往圆竹上一吹，仿佛自言自语般说道：“我这竹子本身就有辟邪的作用，妖邪之物近不得身。鬼魂碰上我这竹子，只有魂飞魄散的下场。”

一旁的女子微惊，后退了一步，看到地上那堆白骨化成灰后消散在空气中，却又有点点光芒进入那小和尚的身体。

唐宁眼睛微亮，没想到灭了个鬼魂，还有功德力可以收啊！虽然少了点儿，但胜在可以积少成多啊！

“小师父！”那女子跪了下去，哀哀地唤了一声。

唐宁看了女子一眼，开口道：“你身上没有血气，显然是双手没沾血的鬼魂，放心，我不灭你。”

她从进来就知道这女子不是人，只是见女子身上并无血气，又没对他们起什么心思，自然不会多管闲事收了女子。

“不是，小师父，能不能求你为我超度，将我的尸骨带回家，让我不至于死无归所，飘浮在外？”女子磕着头祈求道。

“我自己的事情都管不过来了，哪有空去管你的事情？”唐宁摆了摆手，“这世间冤死的人不知有多少，像你这样的孤魂更是数之不尽，我要是都管，哪管得过来！”

“小师父，佛度有缘人，世间的孤魂我不知有多少，但小师父没遇见他们，而是遇到了我啊！小师父，求求你了，求你发发慈悲，度我超生，送我的尸骨回家吧！”

唐宁在听到女子说那句“佛度有缘人”时就微怔，目光古怪地盯着女子看了半晌，才问：“你家在哪儿？离这里远吗？”

那女子一喜，连忙道："就在离此一天路程的雁城，我郑家是雁城的一个小家族，家父郑重林，是郑家的家主，我是家中的独女，数年前因为恶人所害，尸体就被埋在这里，所以我回不去，阴魂只能一直被困在此，无法超生。"

听了女子的话，唐宁想了想，又问："这一带就只有那座雁城了？"老和尚的伤还得用药，就算是圆竹空间里有一些药，但不够齐全，还得进城去买。

"这一带还有一些小村落，但四面八方赶集的都是去雁城。"那女子小心翼翼地说道，也不知小师父答应了没有。

"行了，起来吧！反正我也要进城，既然顺路，就带你一程好了。"唐宁说道。

"多谢小师父，那……那我还需要怎么做？"女子站了起来，有些不安地问道。

"什么还要怎么做？"唐宁被女子问得一愣。

"小师父不是要为我超度吗？我……我可需要做些什么？"女子有些紧张地问道。她死时带着极重的怨气，怨气不散，才会凝聚成阴魂，只有得道高僧为她超度她才可以重入轮回，可听这小师父的话，难道不准备超度她吗？

听到女子的话，唐宁一怔，眨了眨眼睛，一本正经地道："哦，原来是这个啊！这个不急，先送你回家再说吧！难道你不想见一见你的家人之后再去投胎？"

天知道，她也就是个半路出家的假和尚，哪里会超度什么的？让她一棍子把鬼魂打得魂飞魄散她在行，但超度这种东西，她还没学过啊！

那女子听了，一脸惊喜，激动地上前一步："小师父说可以让我再见到爹娘？我……我可以吗？"

"可以，把你的骨灰带上不就行了？"唐宁道。

这又不是什么难事，就是挖尸骨难了一点儿。

挖尸骨……是了，还得挖尸骨呢！

她心思一动，看了看外面的天色，又看向那女子，笑道："反正天还没亮，要不你自己去把你的尸骨挖出来？"

"好。"女子欣喜地应道，"我现在就去挖。"说完，女子便往后面跑去。

唐宁看了那后面一眼，隔着一块布呢，黑漆漆的也看不见什么。她又看了下这屋子，猜想着这屋子应该是坟头吧？

想到这儿，她不由得摸了摸自己光秃秃的脑袋，看着不省人事的老和尚，莫名地笑了起来，道："老和尚，我可是带着你睡了一夜别人的坟头呢！你惊不惊喜、开不开心啊？"

待到天明之时，清晨的阳光缓缓自东边升起，驱散了晨雾和昨夜残留的丝丝冷意。

唐宁看着昨夜的屋子已经消失，出现的是一处被挖开的坟，以及摆在她面前的一堆白骨。她摇了摇头，轻叹道："没想到我也有一叶障目坐坟头，红粉骷髅伴天明的时候啊！"

看着面前的那堆白骨，她用火将之烧成骨灰之后，到不远处摘下几片巴掌大的叶子将骨灰包了起来，又用衣服将之包起来，弄成小包袱的样子系在身上。

这是因万年观音竹本身就有辟邪的作用，所以就算有空间，这些骨灰也不能放进去，若是放进去了，估计那女子也要被化成云烟。

"老和尚，我们走了。"唐宁将老和尚扶了起来，一边往山道走，一边道，"也只有等进了城，我才好去弄些药来帮你治疗，要不然这荒山野岭的，救命的药材是没有的，孤魂倒是有不少。"

"等进了城，我得去问问有没有飞行器。"她边走边嘀咕。扶着老和尚费力地走了很长一段路后，她坐下来歇着，喝了点儿水，又搓了些药汁让他服下，便听见有马车的声音从不远处传来。

"有车？"她眼睛一亮，连忙站起来看，只见不远处一名老汉驾着一辆驴车正往这边而来，驴车上装着柴火，看样子要进城赶集。

于是她连忙上前，来到路边将驴车拦下。

"阿弥陀佛，老施主，我师父病重无法行走，不知可否载我们一程？"她双手合十行了一个佛礼，询问道。

老汉看了看小和尚，又看了看倒在路边的老和尚，道："我是要去雁城，小师父可也是去雁城啊？若是同路，便与老汉一起吧！"

"是是，就是去雁城。"唐宁连忙应道，笑了起来，又道，"多谢老施主，我这就扶我师父上车。"说完，她连忙来到路边将老和尚扶了起来。

老汉见小和尚不过十三四岁，身形瘦小，扶着那老和尚甚是吃力的样子，便下了车来帮忙。将老和尚扶上车后，老汉道："小师父坐在后面守着你师父吧！这去雁城路还远着呢，估计得傍晚时分才能抵达。"

"多谢老施主。"唐宁道谢，便坐在了后面。

随着驴车缓缓地行走起来，她轻轻地呼出一口气——总算不用靠两只脚走到雁城了。

若是只有她自己还好，偏偏还有个昏迷着的老和尚，幸好遇到了赶集的老汉。

她缓了一会儿后，因路途还远，便与老汉聊了起来。

驴车晃晃悠悠地往前行着，路上她见有不少百姓也往雁城去，有的挑着担子步行，累了就在道边休息，有的坐着驴车，一辆驴车上坐满了人，有的百姓见她是个小光头，还笑着与她打招呼，甚至给她抛了两块干粮。

到了傍晚时分，驴车进了雁城，打听了郑家所在后，她便往郑家而去——她现在身上也没什么钱，只能先到郑家借住了。

她敲响了郑家的门。

来开门的是个老者，见外面是个小和尚扶着个昏迷的老和尚，便问："小师父可是要化缘啊？你稍等，我去给你拿点儿吃的。"老者心善，也没多问，便想着给两个和尚拿点儿吃的。

"老施主请等等。"唐宁忙唤住老者，露出一抹笑意，道，"其实我是受人所托，前来拜访贵府主人的。"

"小师父要见我家老爷？"老者微愣了一下，轻叹一声，摇了摇头，"小师父来得不是时候啊。"老者又仿佛想到了什么，问，"小师父是受何人所托？来此是为何事呢？"

唐宁想了想，便道："事关贵府小姐。"

"小姐？"老者一怔，忙道，"那快进来，我让人去禀报夫人。"说着，老者打开门请他们进来。

老者带他们往大厅去时，又让人去禀报夫人。

进了里面，唐宁见下人来回走动忙碌，有的在取下宅子里的红灯笼，准备挂上白的，还有的拿着白布往门庭上拉着，不由得微怔，问："府里新丧？不知是哪位？"

整府挂白，莫非府中主人去世？

"还没有，但是也快了，大夫说让准备后事，府里的人便先安排上，就只等我家老爷……呜呜……老爷才五十多岁，素日里也乐于行善，可怎么就……"老者说着说着，眼睛一红便哭了起来，边走边抹眼泪。

"是生了重病吗？"唐宁问道。

"前段时间一直好好的，可不知怎的，有天夜里吐了血，就一直昏迷，什么都吃不下，就是药灌进去了也会吐出来，整个人瘦了一大圈。城里有名望的大夫请了个遍，个个束手无策。"

将两人带到大厅后，老者抹着眼泪道："小师父，你先坐会儿，夫人一会儿就过来。"说完，老者便先往回走去，继续去门房守着。

感觉到身后的小包袱里动了动，她道："你别急，你现在是阴魂，若是靠近你父亲，于你父亲的阳寿有损，他若真的病入膏肓，你去了他死得更快。"话音落下，小包袱静了下来。

不多时，一位容颜憔悴的妇人红着眼眶由两名丫鬟扶着进来。

看到里面的小和尚，郑夫人暗暗打量，来到上位坐下后，这才问：“小师父说有我女儿的消息？小师父是在哪里遇到她的？怎知她就是我们郑家的女儿？”

因这几年也不是没人上门说有她女儿的消息，被骗多了，郑夫人已经不敢太轻易相信了。

唐宁看了下外面的天色，又看了一眼厅中的几名丫鬟，道：“夫人可否将下人先遣出去呢？”

听到这话，郑夫人微愣了一下，看了小和尚一眼，想了想，便示意道：“你们都到外面候着吧！”

丫鬟们应了声后便退了出去。

唐宁这才取下小包袱拿到前面，道：“夫人，这是你女儿托我带回来的。”

郑夫人将东西打开，见里面包着一些白色的粉末，一脸惊疑地道：“这……这是什么？”

唐宁本想想个好的说辞，免得吓到郑夫人，但想来想去也没想出个好点儿的说法，只好道：“这是你女儿的骨灰。”

郑夫人一惊，猛地站了起来，往一旁退了一步：“不！我不信，我不相信！”

唐宁见了，轻叹一声，对那堆骨灰道：“你自己出来跟她说。”这世间最令人悲伤的，莫过于白发人送黑发人，若可以，她也不想做这个送骨灰的人啊。

话音落下，只见唐宁的手往身边的茶水中画了个符，继而蘸起茶水往郑夫人面前洒去。

一阵轻风化开，那穿着素雅的鬼魂便显现出来。

“娘！”鬼魂哀哀地唤了一声，一身化不去的哀伤尽显，“女儿不孝，未能在爹娘身边尽孝，还害得爹娘为女儿担心，娘！娘……”鬼魂掩面轻泣，却又因无实体，已是无泪无痕。

郑夫人见女儿的身影出现在面前，声声哀戚，不禁上前想要去抱女儿。

“媛儿！”郑夫人扑上前，却抱了个空，一时间不由得红着眼眶呆愣在原地，“媛儿，你……你真的……”

“娘，女儿已经死了，回来的只是一缕阴魂，娘亲已经再也抱不到媛儿了。”鬼魂似哭似笑，看着张开手想要抱自己的娘亲，想起小时候扑在娘亲怀里撒娇，窝在娘亲怀里熟睡的一幕幕，一时间心酸难耐，又痛又悔。

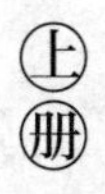

她当年外出，却在路上为恶人所掳，不只身上的财物被抢，那恶人还想玷污她，挣扎间她用石头打破了那恶人的头，那恶人一怒便将她杀了。

后来，那恶人竟再度回到当年杀她之地，却不料被另一名鬼魂吸了精元而死。她见那恶人已死，心中早就不生怨了，可如今回到家中，看到娘亲，她心中是又痛又

悔，如果当年没有外出，也许她就不会招来杀身之祸，此时就可以伴在爹娘身边，侍奉左右。

然而人生没有如果，已经发生的事情谁也无法改变。

她已经死了啊！从此阴阳两隔，她再也不能像以前一样搂着娘亲撒娇了……

唐宁起身走到厅门处，面向外面，背对着她们，听着身后传来的声声悲切的话语，不由得看向天空。

上一世唐宁本就是一介孤儿，从不知亲情为何物，她死了，应该没人会哭得这般伤心吧？

过了一会儿，身后的哭声停了，唐宁却听见扑通一声跪地声传来。

“小师父！”

唐宁转身，见郑夫人和女儿一起跪在地上，忙上前将郑夫人扶起来，道：“夫人这是做什么？快起来。”

郑夫人挣脱唐宁的手，继续跪着，道：“小师父，媛儿说小师父本领高强，是因为小师父她才得以回家。小师父，郑叶氏在此叩谢小师父送我女儿回来。”说完，郑夫人怀着感激郑重地向唐宁磕了个头。

“举手之劳而已，夫人不必如此。”唐宁说道。

“小师父本领高强，还请救救我家老爷吧！大恩大德，我郑家永世不忘。”郑夫人又朝唐宁磕头求道。

“小师父，求你救救我爹爹吧！小师父，求你了。”因老和尚伤重小师父都说能治，这鬼魂相信，只要这小师父愿意，她爹爹一定有救。

因为小师父不是一般人啊！一出手就能将阴魂打得魂飞魄散，还能将自己带回家，这鬼魂觉得，小师父一定是圣佛！

因要在人家家里借住一段时间，唐宁最后还是答应先去看看。

于是在将老和尚安顿在客房后，唐宁便跟着郑夫人去主院看郑重林。唐宁来到主院时，见那里有几名老者，几名中年男子，以及一些十几岁、二十来岁的年轻男子，也不知凑在一起商量着什么。

“大嫂，这位是？”一名中年男子看到跟在旁边进来的小和尚，不由得皱了皱眉。

“这位是得道高僧，我请他来看看老爷。”郑夫人说道，也没理会众人，便请唐宁进了主卧。

房间里只有一名二十来岁的年轻男子，看到郑夫人来了，起身迎上前扶着郑夫人：“娘，不是让你去休息一下吗，怎么又过来了？”

“衡儿，娘没事。来，快见过小师父。”郑夫人牵住儿子的手，对唐宁道，“小师父，这是我儿子，媛儿的兄长。”

“郑衡见过小师父。”因娘亲的话，郑衡也没多问，就朝一个看起来只有十三四岁的小和尚行了一礼。

唐宁点了点头，打量了面前的男子一眼后，便移开了目光，朝里面走去。

“小师父，这就是我家老爷了，还请小师父给看看。”郑夫人亲自给唐宁搬了把椅子让唐宁坐在床边。

见自家母亲对这小和尚如此恭敬，郑衡不由得细细地打量着小和尚，只见此人一身灰扑扑的衣袍，但面容五官生得极为出色，腰间别着一根黑乎乎的圆竹，脚上的靴子还带着泥，整个人看起来也就是个普通的佛门弟子，但偏偏那股不同于其年龄的气质，让人觉得有些神秘。

唐宁把着脉，又检查了一番后，便收回手，道：“还有救。”

郑夫人大喜，激动得语无伦次，双手合十，喃喃地念道：“阿弥陀佛，佛祖保佑，佛祖保佑啊！”

郑衡虽惊喜，却更多的是怀疑，因为城里有名望的大夫都说他爹只能准备后事了，这十三四岁的小和尚如何在简单地检查了一下后便断定还有救？

于是郑衡问道：“小师父，不知我爹是何病症？应当如何下药救治？”

闻言，唐宁瞥了他一眼，道：“谁跟你说你爹这是病的？”

郑衡一怔，问：“不是病是什么？”

“是毒。”

“毒？”郑衡错愕地倒抽了一口冷气，“可是城里所有的大夫都说我爹是病入膏肓……”

“别将庸医与我相提并论。”她淡淡地说道，走到桌边坐下，“不信你看看他的脚底。”

郑衡上前一步，查看他爹的脚底，只见那脚底处竟有黑紫色的细线似蜘蛛纹般蔓延开，他惊得后退了一步。

“怎么会……怎么会中毒？”他心中惊骇不已——有人要害他爹？是什么人？

屋外的众人聚集在这里是为了等郑重林咽气，谁知见他们带了个小和尚进去，又不让其他人进去，也不知在里面做什么。

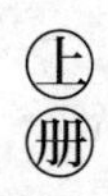

有人沉不住气地道：“进去看看吧？也不知他们在里面干什么。”

“也好，我也想见重林最后一面。”

众人说着，正准备上前，就见房门打开了。

“阿衡，你娘这是做什么？”先前那名中年男子上前问道，目光看向走出来的侄

儿，微微皱眉，有些不赞同地道，“大家都理解你娘的心情，但你娘也不能这样病急乱投医，让那么一个小和尚进去给大哥看病，这么小的和尚又懂得什么呢！？还让他进去打扰你爹，你明知你爹现在的情况……唉！”

“阿衡，你是大房的长子，你娘亲担心你爹，但也不能由着她胡来啊！”一名老者也摇了摇头开口说道，又担心地问道，“你爹怎么样？我想着再进去看他一眼。你说他才五十多岁，怎么就这样了呢！？他是我看着长大的啊！若是可以，我真想替了他去。”

“三叔公，我爹……”

郑衡的话还没说完，就见府里的老门房急急地跑了进来。

“夫人、公子，不好了，常家的那位爷来了，还带着好些人闯了进来，说……说要请公子去常家喝茶呢！”

“这真是无法无天了！”三叔公把手中的拐杖重重地往地上一拄，满脸怒容，“他常家欺人太甚！都给我吩咐下去，把他们给我狠狠地打出去！”

一听这话，几名中年男子相视一眼，微微沉思着。其中一人道：“不行啊，三叔公，这常家是城中的几大世家贵族之一，咱们家这等排不上号的小家族与他们家斗，那不就是螳臂当车，不自量力吗？”

“那也不能由着他们常家这般羞辱我们！常家那位的名声，整个雁城谁人不知？他三番五次地上门，还不就是盯上了……”话未说完，那名中年男子见郑衡脸色难看，不由得连忙顿住。

“哈哈哈哈！”一道猖狂的笑声传来。

同时只见一名穿着锦衣绸缎、二十五岁上下的男子大步走了进来，那男子五官出色，手里握着一把扇子，边走还边扇着风，一双略显细长的眼睛一进院便落在郑衡身上。

那男子赤裸裸的眼光如盯上猎物般，毫不掩饰，看得郑家的人一个个气愤不已。

郑衡脸色难看，目光落在那男子身上，也不知在想什么，也不说话，就看着那男子。

“阿衡，这些日子不见，我可是想你想得紧啊！”男子笑着走上前，手中的扇子轻轻地扇着，盯着郑衡那张并不算特别出色的脸，眼中闪过一抹志在必得的光芒。

“常五爷贵人事忙，怎么有空到我郑府来看我？”郑衡压下心中的怒火，问了一声。

“哈哈哈！我听说你父亲躺在床上奄奄一息，已经快不行了，所以我是给你父亲送救命的药来的。”男子拿出一个小瓶子在手里把玩着，“这可是我费了好多心思才弄来的，只要服下它，包管你父亲药到病除。”细长的眼睛一眯，笑得意味不明，男子说："如何？只要你答应跟了我，这药就给你了。"

"你无耻！"

"阿衡，你别信他！这常五就是想骗你！"

"阿衡，城里的大夫都已经说你爹不行了，你别轻信了他的话，你可是郑家长房长子，你爹要是没了，你可是要接替他的位子的！"

郑家的人一个个都紧张起来，担心郑衡会真信了常五的话，接了那药，然后跟了常五去常家。

郑衡盯着常五，又看了看常五手中的药，声音冰冷地问道："是你？对不对？"

旁人听不懂郑衡这话的意思，那常五听了却是微讶，继而笑了出来，道："不错，为了你，我可是费了不少心思。不过你怎么会知道的？这城中的大夫应该是查不出来的。"

常五坦荡地承认了，因为常五知道，郑家的人奈何不了自己。

房间里，唐宁听着外面的话，心下还挺诧异的，见在她身边的郑夫人紧紧地揪着手帕，喘着粗气恨恨地盯着外面，她不由得唤了郑夫人一声："郑夫人，你还好吧？"

"我没事，我只是……"郑夫人深吸了口气，回过头来看向唐宁，露出一抹苦笑，"小师父，不瞒你说，自打我家老爷倒下后，我就一直防着族人，我觉得他们一定会趁我家老爷倒下抢我们长房的东西，抢衡儿的家主之位。大夫说让准备后事，家族里的人就都过来守着，我想着他们一定是盼着我家老爷早点儿死，他们好欺负我们孤儿寡母。但是……"郑夫人轻拭了下眼角，眼中有着羞愧，道，"但是我没想到，我家老爷是中毒，更没想到，在常五闯入府里来找衡儿的麻烦时，族人会维护他，会站在他身边，我……我真的感到很羞愧，我竟那样怀疑他们……"

"夫人不必自责，因为夫人所说的，很多家族里都会发生。"唐宁一笑，道，"世人多贪恋钱财、权力，一般家庭尚有算计、纠纷，就更别提像你们这些家族了。不过夫人经此一事，也可看到族人的同心，至少发生在别人家的事情并没有在你们家发生。"她声音一顿，看向外面，又问，"这常五是什么人？他怎么会盯上令公子？"

"他是雁城八大家族之一常家的第五子，因此被人称为常五爷，品行不好，喜好男风，在雁城中名声可以说是极差。数月前衡儿从学院归来，路遇他强掳一名十四五岁的少年，出手救了那少年，还跟常五打了一架，自此这常五便隔三岔五上门来。"说起这事，郑夫人满是无奈与愤怒，"这等无耻之徒，甚至都不顾他常家的名声，一直无法无天，惹得雁城人人生厌，却又无人能奈他何。"

闻言，唐宁点了点头，道："原来如此。"

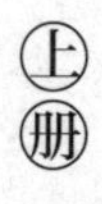

这时一名婢女悄悄地进来，将东西放在桌上，道："夫人，银针已经取来了，药也已经在厨房熬上了。"

"好。"郑夫人看向唐宁，问，"小师父，你看看这银针能不能用？这是我们家的药库里备着的，要是不能用，我再让人去外面买。"

唐宁打开看了看，点了点头，道："可以了，这些就行。"她拿着银针来到床边，道，"夫人，我先帮郑老爷解毒，虽无法一下便清除体内的毒，却可以让他清醒过来。"

闻言，郑夫人难掩欢喜地道："好好好！那还要我做些什么呢？用不用我在旁边帮忙？"

"让人取一盆清水来即可。"唐宁说道，在床边坐下，将银针打开准备解毒。

而外面的院中，听到常五的话，郑衡手一动，一把宝剑握在手中，身上杀气骤涨，灵力一涌便朝常五袭去："常五，今天我定不放过你！"

常五手中扇着风的扇子一顿，看着朝自己袭来的长剑，露出了无惧的笑意，往后退了一步，脸上露出邪邪的笑容，道："阿衡，我知道你是那学院里排得上名号的天才人物，论修为，我常五不是你的对手，但若是论其他方面，呵呵，我绝对是老手，什么时候你想见识一下我的厉害？我可以奉陪到底。"

几乎在郑衡把手中的长剑袭向常五的那一刻，常五的身后便掠出一名中年男子迎了上来，与郑衡交起手。

郑家的其他人原本没反应过来，此时后知后觉地一瞪眼："是常五这混账害的重林！"

"给我上！给我往死里打！"三叔公把手中的拐杖往地上重重地一拄，苍老的声音大喝道，让身边的人上前帮忙。

"打死常五那个混账！"

"你父母不教你做人，我们来教！"

郑家的人都气愤不已，被闯到家里来了，还到他们的主院挑事动手，口出秽言，这等无耻小人，若是他们不狠狠地收拾一顿，还当他们郑家无人了不成！

整个主院乱成一团，郑家这边的人不少，常五更是有备而来，双方打了起来，没一会儿便将整个主院院落里的东西毁得乱七八糟。

毕竟常家是雁城的大家族，常五的实力虽不怎么样，但常五带来的人都是好手，根本不是郑家的人敌得过的，一番打斗下来，郑家的人伤得七七八八。

郑家的人仍咬着牙在拼。

"我打死你这个畜生！"郑家的三叔公见郑家的人不敌，又急又气，六七十岁的他高举着拐杖便朝常五的头击去。

“老东西，你找死吗？”常五冷哼一声，一只手便拦下了那拐杖，抬脚欲往那老者身上踹去。

常五抬起的脚却被人狠狠地用竹子击了一下，痛得常五将手中拦下的拐杖推开，同时猛地缩回了脚。

“咝！”那一下直接敲打在常五小腿的骨头上，痛得常五抱着小腿直抽气，阴沉着目光朝那对自己动手的人看去时，却不由得一愣，有些错愕，有些不可思议：“小和尚？”

这郑家哪来的小和尚？来化斋的吗？还别说，这小和尚长得还真出色，那精致的小脸搭配着出色的五官，还真是令人……惊艳！

唐宁一只手握着圆竹，一只手扶着身体失去平衡往后倒去的老者，笑得纯净而无害：“怎么对老人动手呢？太失礼数了。”

“哈哈哈！都给我住手！”常五听了一愣，仰头大笑后，便挥手大喝让手下全都住手。

因常五的话，常府的人停下手来，郑家的人趁机退了回去。

但郑衡仍被那中年男子扣着。

“放了他！”

“快放了他！”

郑家的人怒喝，一个个鼻青脸肿的，更有的被打伤了嘴角，正溢着血。

因不敌对方，此时他们也没再强闯上前。

郑衡愤怒地盯着常五，因不是这中年男子的对手，双手被扣，手中的剑也已经落地。郑衡没想到，在学院中自己也算排得上名的高手了，竟连常家的一个护卫都打不过。

这就是名门贵族的底蕴吗？这就是他们嚣张的底气吗？郑衡心中充斥着浓浓的不甘与愤怒，此时却无可奈何。

常五大笑后，如发现新猎物般盯着小和尚看了一会儿，便看向郑衡，道：“阿衡，你要是点头跟我，你父亲还能活着，你们郑家这等三流的小家族在这雁城之中日后也将由我们常家庇护，没有人再敢找你们的麻烦，这样的好处我觉得你应该认真考虑考虑才是。”

“你休想！”郑衡怒喝道，“有种你就杀了我！”

“呵！杀你？我怎么舍得？”常五嚣张地笑道，眯了眯眼，又道，“既然你不肯乖乖地跟我走，那我就只能来硬的了。”

“带走！顺便将这小和尚也一并带回去。”常五看向一旁模样精致的小和尚，笑了起来，“没想到今天还有意外收获。”

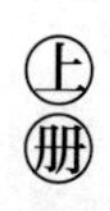

“衡儿、小师父……”郑夫人担心地看着他们，想要上前，却被郑家的人拦下了。

“放开我！”郑衡挣扎着，但手被紧紧地扣住了。

“没听到让你放开他吗？”唐宁手一动，圆竹往那中年男子扣着郑衡的手戳去。

那中年男子只感觉手一麻，下意识地便松开了郑衡，侧头看去，见是一名十三四岁的小和尚，一身灰衣，手里把玩着一根圆竹，浑身上下唯一显眼的，估计就是出色的容颜了。

“还愣着干什么？把这小和尚抓起来！”常五喝道，示意身后的人上前。

唐宁瞥了那些人一眼，目光落在常五身上，稍一打量，露出意味不明的笑容：“这位施主身上孽障不轻啊！”

她仿佛没看见那些上前来的护卫一样，缓步走上前，盯着常五道：“见你我有缘，我便帮你消一消孽根怎么样？”话音一落，她手中的圆竹已经戳向常五腹下一指之处。

“嘶！给我……给我把他抓起来！”刹那间，常五只感觉又酸又麻，那种感觉直达腹下三指之处，隐隐似有痛意。

其他的护卫扑上前，皆被唐宁击倒在地，常家那名中年男子见状，一个箭步掠上前，手掌握拳便朝唐宁击去。

然而中年男子挥出的拳头还没击到对方，那圆竹便击打下来，一转，往他胸口一撞，他只感觉一股内劲透过圆竹击入胸口，刹那间后退的同时，一口鲜血也喷了出来。

中年男子脸色苍白，当即不敢再上前。

郑家的人则看得目瞪口呆，一个个都没反应过来……

常五一只手捂着腹部，细长的眼睛闪过一抹阴狠，盯着前面的小和尚，喝问道：“你到底是什么人？”

一个小和尚，怎么有本事伤到他家一个炼气八阶的修士？

唐宁轻笑着，一个箭步上前，手中的圆竹一转，敲向常五的虎口之处，那被常五一直握在手心的药瓶，因虎口一麻松开手，落入了唐宁手中。

又被击打了一下，解药竟落入那小和尚手中，常五气得冲着身边的人破口大骂：“你们都是死人吗？”

那些人深知不是小和尚的对手，一个个低下头，不敢上前。

唐宁把玩着手心里的药瓶，看着常五，凉凉地道：“不走？莫不是想要我把你打骨折再走？若是你好这口，我倒也不是不能成全你。”说话间，她手中的圆竹抬起，看样子就要击落。

常五惊得本能地后退着。

“五爷，这小和尚邪门儿得很，我们还是先回去吧！”那被打得吐血的中年男子来到常五身边低声说道，警惕地盯着小和尚。

“走！”因下腹处隐隐发麻，又见自己的人不敌，解药也落入对方手中，真是偷鸡不成蚀把米，常五当下涨红着脸，衣袖一甩，一副羞恼的样子转身大步离开。

见常家的人败退而走，郑家的人好不容易回过神来，一个个面面相觑，仍觉得有些不可思议。

“多谢小师父，还不知小师父怎么称呼？”郑家的三叔公上前拱手向唐宁行了一礼，感激地问道——今天若非有小师父在，只怕他们郑家就得遭劫了。

唐宁看着老者，笑道：“唤我唐师便可。”

闻言，众人相视一眼，上前一步，拱手行了一礼：“我郑家多谢唐师搭救之恩，先前多有冒犯，还请唐师莫怪。”

对一个十三四岁的小和尚尊称唐师，众人并没有觉得不妥，毕竟对方的实力摆在那里，尊其一声“唐师”不为过。

“唐师，那药是否真是解药？”郑衡上前问道，担心的仍是他父亲的身体。

“我看看。”唐宁将圆竹别回腰间，打开药瓶闻了闻，笑道，“确实是解药，把这解药给你父亲服下，他体内的毒应该很快就能清了。”

众人听了，一个个大喜：“这么说重林还有救？太好了！”

“先前唐师帮老爷解毒，老爷吐出一口毒血后，已经醒了过来，只是因体内的毒还没完全清除，身体还很虚弱。”郑夫人开口说道，面带笑容，“三叔公、诸位叔叔，不如一起进去看看吧！”

“好好好！”众人连忙应道，跟着郑夫人一同往房间里去。

唐宁笑了笑，并没有跟着进去凑热闹，而是唤住了郑衡。

“唐师有事吩咐？”郑衡询问道，看着这个才到他胸口高的小和尚，很难相信其居然有那样高的修为，可以击败常家的家仆。

“常家的人定不会善罢甘休，你可有什么应对之策？”唐宁看着眼前的男子问道。想到常五居然会打这么一个男人的主意，她不由得又多看了他几眼，觉得他的容颜并非十分出色，但也算得上俊朗，不过估计真正让常五不罢手的，是总是得不到吧！

闻言，郑衡脸色微凝，道：“常家是雁城八大世家贵族之一，我郑家只是三流小家族，根本没有与常家对抗的能力，但事情已经弄成这样，所以我想跟族老们商量一下，前去拜访苏家家主，我郑家愿以每年一千灵石为供奉，求得苏家庇护。”

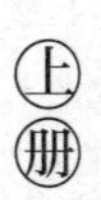

郑衡很清楚，以世家贵族的能耐，若想灭了他们郑家，只怕一夜间郑家就得在雁城里消失得无影无踪，既然如此，那就只有一条路可走，就是求得同为八大世家贵族之一的苏家的庇护，方有他们郑家的一条活路。

“哦？你确定苏家会愿意？”她很怀疑地问。

郑衡微顿了一下，道：“苏家同为雁城八大世家贵族之一，而且与常家多有不和。再一个就是，苏家家主的儿子苏言卿与我同在一家学院，他是学院里真正的风云人物。我相信，我若前去相求，苏家应该会答应的。”

唐宁点了点头，道：“嗯，你自有打算便好。”她交代了一下他父亲的身体需注意的一些事情后，便先行离开了。

回到客房看了下老和尚后，她便先出了门，准备将空间里的一些药材拿到拍卖行以物易物，将治疗老和尚的药先凑齐了。

询问了位置之后，她便直接往拍卖行走去。

而此时，拍卖行二楼的厢房里，一身黑袍、戴着面具的墨烨正看着账本。

一旁一名中年管事正恭敬地汇报着：“主子，近半年拍卖行的收入比上半年多了近一半，其中还有……”

管事在那里汇报，但那翻看着账本的人在无意间抬头，目光往下扫去时，瞥见了一抹并不算陌生的身影。

是那小子？那小子怎么会在这里？墨烨眼中闪过一抹讶异，继而唇角微微上扬，有些好笑——没想到那小子溜了之后竟又跑到这里来，还又让他遇见了！

这是第几回了？

“下去看看那小子来做什么。”墨烨合上了面前的账本，打断了管事的汇报，手指轻轻地在桌面上敲着。

管事愣了一下，顺着墨烨的目光朝楼下看去，只见一名十三四岁的小和尚正与拍卖行里的人不知在说什么，于是管事应了一声，便退了下去。

“主子，那小和尚才几天工夫怎么也跑这里来了？”黑风在管事出去后，便来到二楼的窗口处看着。

这拍卖行二楼厢房的窗口隔着纱窗，厢房里的人可以看到下面，但下面的人看不清厢房里的人。

墨烨瞥了黑风一眼，道：“你问我，我问谁？”

被他这么一问，黑风讪讪地笑了，想了想，道：“要不属下去看看？”

“你就待在这儿吧！免得他知道我在这里，又吓跑了。”他缓声说道，目光盯着下面，也不知在想什么。

此时，楼下，管事奉了命令下来，亲自接待面前这个十三四岁的小和尚。管事不动声色地打量了小和尚一眼后，和颜悦色地询问道：“我是这里的管事，姓丁，不知有什么能帮到小师父的呢？”

唐宁心下微讶——她就是以物易物换个药，怎么管事亲自出来了？

她不由得朝周围看了一眼，也没看到有异常的地方，便道：“丁管事，我这里有一株灵药，想要跟贵行易换药材。”说着，她拿出事先放在怀里的一株灵药，摆放在面前的桌子上。

丁管事看了看，笑道：“这是一株二阶的灵药，品相不错，不知小师父想要拿它换什么药材？”

第五章　一触即发

“一株伏灵子、一株紫叶草以及一株三角灵，而且我要新鲜未经炼制的。”她说出自己要易换的药材。

“呵呵，小师父的药虽是二阶灵药，但你要换的这三株都是一阶灵药，而且还是新鲜的，按照我们这里的易换价格，顶多只能换给你两株。”丁管事笑着说道，目光落在小和尚身上。

“二阶灵药不好找，但一阶的容易，易换三株一阶灵药相信你们拍卖行也不亏。”唐宁缓声说道。

“话是如此，但新鲜的一阶灵药就比较难寻。”丁管事笑了起来，又想到先前主子的异样，便道，“这样吧，小师父稍坐一会儿，我家主子正在行里查账，我去给你问问。”

唐宁还没说话，就见丁管事已经起身离开。

见下人送上茶水和精致的糕点，她喝了一口茶水后，又看了看那糕点，拿起一块闻了闻，咬了一口，津津有味地吃了起来。

楼上，一边听着丁管事的禀报，一边看着楼下如偷吃的猫儿般馋嘴的小和尚，墨烨唇角微勾，道：“换给他吧！”

“是。”丁管事虽诧异，却也应道，心忖：看来主子确定是认识那小和尚的。

回到楼下，丁管事便拿着三株灵药来到唐宁面前，放在桌上，笑道：“小师父看看这三株灵药的品相如何？”

唐宁在见到丁管事回来时，已经拭干净了嘴角，喝了口茶水端坐着，见丁管事拿着药，目光便落在那三株灵药上，查看了一番之后点了点头，道：“好，就这三株了。”说完，她又掏出一株二阶灵药来，笑道，“丁管事，把我这一株二阶灵药换成金币。”

丁管事微讶，继而笑了起来，道：“没问题。”说完，丁管事便挥手让人去取金币来。

却不想拿来的金币还装在乾坤袋中，丁管事目光微闪，估计是主子安排的，于是对这小和尚的态度越发恭敬起来，道：“小师父，这个乾坤袋是我们主子送你的，以后若是有什么好的灵药，可以拿到我们这里，给你的价格定不会少于外面。”

唐宁微讶，朝这拍卖行看了看，问：“这乾坤袋价值不菲吧？我就跟你们换了两株灵药还有乾坤袋送？莫不是……你们主子是我认识的人？”

话音落下，她想了想，我认识的人当中没这么慷慨的啊！

那位没那么慷慨的人此时正在楼上喝着茶，从容不迫地欣赏着小和尚惊讶又疑惑的模样。

站在一旁的黑风和暗一则相视一眼，搞不懂主子怎么还给那小和尚送乾坤袋？可他们看主子的样子，似乎送了乾坤袋出去心情还蛮好的。

而楼下，唐宁拿着乾坤袋，想了想，又从身上摸出一串佛珠递给丁管事，一本正经地道：“这串佛珠是我打小便戴着的，可以保平安，权当我的谢礼了。”

丁管事愣了下，便接了过来。

丁管事将小和尚送出了拍卖行后，看了看手中那平凡无奇的佛珠，没看懂这当中有什么特殊的，正在细看，手中的佛珠已经被拿走。

“他留下的？”墨烨拿着那串佛珠把玩着。

“是，那位小师父说，这是他打小便戴着的，可以保平安，如今当谢礼送给主子了。”丁管事回答道。

“打小便戴着的？”墨烨嗤笑一声，道，“听他鬼扯。”一个半路出家的和尚，打小便戴着佛珠？也就骗骗这些不认识他的人。

“暗一，远远地跟着，看看他在哪里落脚。”墨烨吩咐道，声音一顿，瞥了暗一一眼，“别让他察觉了。”

“是！”暗一知道主子的意思，当下便往外走去。

唐宁在城里转了一圈，先是定制了一套银针，又到药材行买了些药。

走到成衣店时，她摸了摸自己的头顶，这么些日子过去，刮掉的头发又冒出了些，已经微微感觉到刺手了。她想着留平头会是一副不伦不类的样子，觉得倒不如先剃着光头，等日后研究些可以快速生长头发的药液出来再说。

她进了成衣店，本想挑灰衣，最后买了几套青衣，至少颜色看着喜人，又转了一下，买了把剃刀，便往郑家走去。

暗一有了上回的教训，这一次不敢跟得太近，以免被察觉。看到小和尚进了郑家后，暗一又在附近打听了一下，这才回去向主子禀报。

“郑家？”墨烨把玩着手里的佛珠，道，“看来他是忙得很。”

次日，清晨。

郑衡与族老登门拜访苏家。

在得到苏家的应允后，他们回到府中，又碰见带着人登门的常家的人。

“你们来做什么？”郑家的人喝问道。

“呵！你们不必如此，我们知道你们寻得苏家的庇护，所以今天不是来找麻烦的，而是来请府上的那位小师父前去我常府喝茶的。”一名中年男子说道，目光盯着常家的人，笑得阴狠，“先别想着拒绝，这可不是奉我们常五爷的命令，而是奉我们常家家主的命令而来，我们常家请的是那个小和尚，就算苏家想管，这手应该也没那么长吧！”

“唐师是我们郑家的贵客，岂是你们想请就能请的！”郑衡沉声说道，“你们若想借机对付我们郑家，那就休怪我们郑家不客气！”

话音一落，郑家的护卫便涌了出来，一个个手里提着剑，剑拔弩张，气氛一触即发。

屋里，唐宁摸着自己的小光头，滑溜溜的手感总算比昨夜那微刺手的感觉好多了。

“小黑？”她唤了一声。

便见光芒一闪，小黑出现在她面前，拍着翅膀又爬上她的头顶蹲着。

唐宁轻笑道：“你怎么这么喜欢蹲我头上呢？”

“哑哑！你头上风景好，而且又光滑又明亮，我喜欢。”说话间，它已经收起翅膀，稳稳地蹲在她头上，俨然将她的头顶当成了它专属的位置。

闻言，唐宁笑了起来，道：“行，就让你待着吧！对了，你恢复得怎么样了？”

“哑哑！恢复是恢复了，不过现在我这么弱，也是跟你有关的，你要是修为提升得快些，我的实力也就能变强了。”

“你以为修行真的那么容易啊？我……”

话还没说完，她就瞥见院外护卫往外跑着，郑夫人更是匆匆进来。

“唐师，你快些从后门离开，先躲一躲。”

“出什么事了？”唐宁问道。

郑夫人焦急地道：“常家带着人来了，说要请你过府，还说是奉了常家家主的命令。现在衡儿他们在府外挡着，你赶紧从后门离开，要是被他们抓了去，可就麻烦了。”

听到这话，唐宁微顿了下，道：“夫人不必担心，我去看看。”说完，她便迈步往外走去。

看着小师父往外走去的身影，郑夫人微怔了一下，目光奇怪地盯着那只蹲在小师父头顶的乌鸦，想着：怎么会有只乌鸦？还蹲在唐师头上？莫不是唐师养的？

唐宁来到府门处，见双方剑拔弩张，不由得轻笑道：“不就是想请我过府吗？犯不着如此。”她走了出去，身后还跟着焦急的郑夫人。

“唐师，你怎么出来了？”郑衡脸色微凝。

唐宁笑了笑，道：“反正闲着也是闲着，既然常家家主想请我过府一叙，我也正好趁此机会去看看雁城八大世家贵族之一的常家是何等气派。”

常家的人听了，扯了扯嘴角笑了，睨着那小和尚道：“算你识相！”常家家主亲自发话，还没有谁敢不从呢！

“唐师！”郑衡唤了一声，上前一步来到唐宁身边，道，“我跟你一起去。”

闻言，唐宁看了他一眼，笑了笑，道：“不用了，你就留下吧！”见他还要开口，她接着道，“你父亲的身体还没康复，你在身边多照顾着，还有客院的那一位，也帮我照顾好了就行。”

“走吧！”唐宁朝常家的人看了一眼，便迈步往前走。

“走！”常家的人示意了一下，便带着唐宁往常家走去。

“衡儿，唐师会不会有事？”郑夫人担心地问道。

“先看看吧！实在不行我再去苏家一趟。”郑衡说道。以他们之力无法帮到唐师，万不得已，那他只能再求到苏家去了。

另一边，跟着常家的人来到一座气派的宅子前，唐宁停了下来，看到宅子上方乌云覆顶，不由得微讶，道：“没想到啊！”

“哑哑！灭族之祸！灭族之祸！灭族之祸！”

闻言，唐宁咦了一声，微微仰头看着蹲在她头顶上的小黑，道：“你也看出来了？”

“重要的事情说三遍，他们死定了。”小黑一双黑溜溜的小眼睛骨碌碌地转着，一副得意的样子。

小黑又以神识对唐宁道：“这是我们金乌一族的本事，话说三遍，福祸必现！”

“死鸟！鸟嘴里吐不出象牙！等会儿拔光你的毛烤来吃！”常家那中年男子盯着蹲在小和尚头顶的鸟，上下打量了一番后，皱了皱眉，“这不像鹦鹉，是乌鸦？”

小黑小脑袋一转，骨碌碌的眼睛盯着他看了看，而后高傲地一扭头，对唐宁道：“这等货色，老子才不跟他说话。”

唐宁已经习惯了它绷不住时开口说话，也知道它若是跟在自己身边，不可能一直忍住不开口，便也由着它了。

反正若有人问，她就说这是杂交的品种好了。

也没理会常家的那些人，她迈步走了进去，打量着常家的布局。

直到被带到大厅时，她才见里面的主位上坐着一名中年男子。

“你便是那小和尚！”主位上的常家家主在打量了唐宁一眼后，阴沉着声音一喝，一身上位者的气势尽现。

幸好唐宁不是一般的小和尚，要不然真容易被他这下马威吓到。

她自顾自地找了个位置坐下，这才道：“旁人都尊称我一声唐师，你也可以这般唤我。”

“放肆！”话音一出，他把手重重地在桌上一拍，发出砰的一声响。

唐宁依旧不惊不惧，从容不迫地看着那面带怒火的人，轻轻地笑了，道：“常家大祸临头，常家主还有心思在这里摆威风吓唬我一个小和尚，真是悲哀啊！”

“一派胡言！”见这小和尚不惊不惧，常家家主阴沉着脸站了起来，“我常家贵为百年世家贵族，能有什么大祸临头！”他盯着唐宁道，“区区一个小和尚，不守清规戒律，满嘴胡言，还将我儿打伤，今天若不好好教训你，你不知我常家厉害！”

“来人！”他阴沉着声音一喝，“将这小和尚给我捆起来，倒吊在府门口鞭打一百鞭！让众人都看看与我常家作对的下场！”

唐宁一笑，看着涌进来的护卫，理了理身上的青衣站了起来，看着常家家主道：“你一个当家的家主，这修为好像也才灵师巅峰吧？连筑基修士都不是，就想动我？”

她的实力虽然才炼气九阶，但她精通古武啊！真当她堂堂药门至尊是当着玩的？没个自保能力，她敢跟着常家的人来到这里？

听了唐宁的话，常家家主眼睛一眯，阴鸷地盯着这十三四岁的小和尚，道：“世家大族若非底蕴极为深厚的，皆无筑基修士坐镇，我常家除了我是灵师巅峰强者之外，更有筑基老祖在仙人之地修炼，别说是杀你一个小和尚，就是灭了郑家，这雁城之中也无人敢有二话！”

“哦？既然你这般自信，那就试试吧！”她取下腰间的圆竹，道，“我倒要看看，你们是怎么将我捆起来鞭打的。”

“你们退开！今天我便亲自教训这不知天高地厚的小和尚！”

话音刚落，常家家主便以手为爪袭向前——对付一个小和尚而已，还犯不着他用兵器。

另一边，拍卖行中，暗一进来禀报道：“主子，常家的人带着人去郑家，将那小和尚带走了。”

墨烨抿了口茶水，道：“那常家的家主不过是灵师巅峰修为，不是那小子的对手。”一个连金丹修士都杀得了的人，又怎么可能会栽在一个灵师手里？

一旁的黑风听了，有些不解地问：“主子，那个小和尚的实力没达到灵师啊！那常家家主是灵师巅峰，怎么会打不过那小和尚？”

级别相差的话，实力区别有多大，他们很清楚，很少有人能越级对战强者。

墨烨把玩着手中的茶杯，缓声道：“所以说这小子很是有趣，而且很是神秘。”

他们所在的这些地方，在那些仙人眼中便只是凡人之地罢了。

这里因灵力缺乏，资源不流通，很多人止步于灵师级别，但对一个家族来说，有一名灵师级别的修士坐镇，这个家族就已经算得上强大的家族了。

可这也仅仅局限于这凡人之地，若是到了仙人之地，别说是这些家族了，就是皇族也入不了仙人之地里一个小家族的眼。

也正是因为如此，在每三年一次的仙门挑选弟子时，这边的人才会那样期待。

想到这儿，他站了起来，道：“暗一，你去常家外面等着，将他请到一品楼来。”话音落下，他便迈步往外走去。

“是。”暗一应道，便也跟着出了拍卖行，往常家走去。

另一边，常家大厅里，常家家主脸色苍白地半跪在地上，一只手还抽搐着，盯着面前把玩着圆竹的小和尚，咬牙问道：“你究竟是什么人？”

若是普通和尚，怎么可能有这样的身手？莫不是仙人之地来的？

“我不是说了吗，你可以尊我一声唐师。”唐宁笑了笑，将圆竹别回腰间，道，“你放心，我不会杀你，因为不用我杀，你也活不过三天。”话音落下，她轻笑着转身往外走去。

护卫没一个敢拦着——一个连他们的家主都打趴下的人，他们拦着不是找死吗？

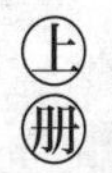

常家家主阴恻恻地盯着小和尚离去的身影，暗暗握紧了拳头：他就不信杀不了一个小和尚！

出了常府的唐宁回头瞥了一眼常府上面笼罩着的那层黑气，笑了笑，道：“自作孽，不可活啊！”

“唐师。”暗一从暗处走了出来，唤了一声。

看到暗一，唐宁微愣：“怎么是你？”脑海中灵光一闪，她问，“那拍卖行是你家主子的？”

“主子在一品楼等唐师，请。”暗一微侧过身，做出请的手势。

“啧啧，要不是算不出自己的命数，我还真想算一算我与你家主子到底有什么孽缘，怎么到哪儿都能碰到？”唐宁摇了摇头，十分无奈地跟着暗一往一品楼走去。

来到一品楼的楼下，她抬头看去，就见一身黑袍的墨烨坐在临窗口处看着她。

见此，她冲着他露出了一抹笑，这才迈步走上楼。

楼上的墨烨视线落在小和尚身上，见小和尚一身青衣干干净净，那光秃秃的头顶蹲着只乌鸦，还冲着自己露出一抹笑容，只感觉因那抹笑容，小和尚精致的眉眼看起来都柔和了几分。

墨烨目光微闪，就见那抹青色的身影已经迈步上楼，没一会儿便听到小和尚那清脆带笑的声音传来。

“施主，别来无恙啊！？”她一副自来熟的样子打着招呼，走上前便在墨烨的面前坐下。

“是那老和尚带你来的？”墨烨目光落在小和尚脸上，却见小和尚只是盯着桌上的糕点，便道，“这一品楼的糕点最是出名，想吃就吃吧。”

话音落下，他便见小和尚已经拿起一块糕点细细品尝了起来，见小和尚那馋猫似的模样，不由得暗自摇头：果然只是十三四岁的小子，这般贪嘴，分明就是一个还没长大的孩子。

只是连他自己都没注意到，他对这小和尚格外纵容。

唐宁吃了两块糕点后，见他倒了茶水推到自己面前，便接过喝了一口，脸上露出满足的神情，笑眯眯地道：“老和尚见我有慧根，又与佛有缘，便想度我入空门，这不，我前脚才出了你的王府，后脚就被带到这里来了。”

闻言，他皱了皱眉，问：“你是被抓来的？他想带你去仙人之地？”

唐宁看了他一眼，点了点头，又笑着问：“我早就想问你了，你一身实力深不可测，又能飞行，莫不是你去过那仙人之地？那边究竟是怎样的？是不是强者遍地？”

墨烨抿了口茶，目光看向外面的天空，道：“那里强者如云，弱者命不由己，强者主宰一切。”

他回头看着一脸好奇的小和尚，道：“那里不是你能去的地方。”

“我也没想去啊！我很爱惜生命的，可不想去送死。”唐宁又拿起一块糕点吃着，道，“老和尚实力很强，想带我去万佛门，我也没办法啊！”

墨烨深深地看了小和尚一眼，道：“既然如此，他受了重伤，你怎么不杀了他逃走，反而将他安顿在郑家，甚至费尽心思为他治疗？”

唐宁一笑，道：“我佛慈悲，普度众生，好歹我也算半个和尚，又岂能对老和尚下杀手呢？更何况他也并无害我之心，只有度我成佛之意，杀不得，杀不得啊！”

说话间，她将小碟里的两块糕点移到一旁，唤了一声：“小黑，下来尝尝，这个很好吃。”

小黑骨碌碌的小眼睛警惕地盯着墨烨看了看后，这才拍着翅膀飞了下来，蹲在桌角吃着糕点。

墨烨看着这个笑眯眯的小和尚，很难理解一个人怎么会有那么多面——冷静淡然、狡黠灵动、冷冽无情、神秘莫测！这小和尚还有多少秘密是他不知道的？

唐宁又吃了几块糕点后，问：“你怎么会这么大方送我乾坤袋？还有，你不是王爷吗，怎么还在这里开拍卖行呢？”

墨烨睨了小和尚一眼，不紧不慢地道：“你又不为本王所用，打听这么多做什么？”

唐宁一笑，道：“但我们可以成为朋友啊！你若是日后有什么需要我帮忙的地方，开口便是了。”

闻言，墨烨瞥了小和尚一眼，把玩着手中的茶杯，道：“本王的朋友可不是那么好做的。”

“那是，能与王爷成为朋友，绝对是我的荣幸。”她笑眯眯地说道。

听到这话，墨烨唇角微勾，抿了口茶水后，才问：“你打算回去吗？还是要留在这边？”

“我打算回去啊！就是路途较远，走是走不回去了，我又不会御剑飞行，所以想着买一件飞行器，这样一来我要去哪里也方便些。”

总是被带来带去的，别人御剑飞行一会儿就到了，可她不会，走又走不回去，她一直想回青云城，却不料离青云城越来越远。

“乾坤袋在这边都是极为稀有的东西，就更别说飞行器了。”他看着唐宁道，“你也不必费心去找了，这雁城没有飞行器，其他城镇也不会有卖的。”

唐宁微讶：“那么珍贵吗？”

“那本是仙人之地用的东西，在这边很少用得上，而且也容易招祸。”墨烨说道，见小和尚虽一脸诧异，那双白皙的手却又伸向糕点，拿起一块塞进嘴里吃着，嘴角不由得抽了抽。

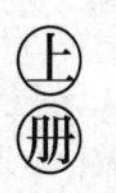

糕点这种甜食男人多数不怎么喜欢，偶尔吃上一两块配着茶倒是还可以，多吃就吃不下了，但这桌上的糕点多数入了小和尚的肚子，他真不知这种甜滋滋的东西有什么好吃的。

“别吃太多了，你若是喜欢，一会儿就让小二每样再给你装一些带回去吃。”话出，他自己都有些诧异，这样的话本不应该出自他的口，但他却自然而然地说了出来。

“好啊！谢了啊！”唐宁笑眯眯地应着，看着面前这个眼眸微敛盯着茶杯也不知在想什么的男人，心下暗忖：接触下来，这个人还是挺好的，就是倒霉了点儿，一身孤煞之气，估计身边也没什么朋友。

想到这儿，她想着既然是这样，他这个朋友她就认了吧！谁让他长着一副天人之姿，格外养眼呢？虽然冷漠了点儿，但胜在赏心悦目啊！

“小二，把你们楼中的糕点每样给我装两份带走。”她招手唤了一声，继而对墨烨道，“那个……王爷，我还要去拿些东西，一会儿就得先回郑家了，今天就不陪你喝茶了，下回有机会再聚。”

话音一落，她摸出一个药瓶递给他，道：“看在你是我朋友的分儿上，这个就送给你吧！”

“送本王药？”他打趣道，“你送的东西还真是特别，不是佛珠就是药。”

唐宁哈哈一笑，道：“这是我自己炼制的解毒丸，有钱也买不到的，一般人我可不送。”声音一顿，她露出一抹神秘莫测的笑容，道，“而且你最近有血光之灾，要是平时我也就懒得管了，偏偏你请我喝茶、吃糕点，我总得表示一下，发挥一下朋友的作用，你说是吧？”

“血光之灾？胡说八道！我家主子这么厉害的人，怎么可能会有血光之灾？”黑风有些不以为然地道。毕竟主子在黑风心目中如同神明，黑风还没见过有谁能伤到他家主子的，他家主子怎么可能会有血光之灾？

唐宁接过小二送上来的打包好的糕点，看向墨烨，道：“信不信由你，我反正是言尽于此了。你最近小心一点儿吧！这血光之灾你是避不过的。”

小黑拍着翅膀又落在她的头顶上蹲着，一双眼睛骨碌碌地盯着墨烨，却不敢随便开口叫唤。

走出两步后，唐宁又停下脚步，回头看了墨烨一眼，笑道：“三天之内，常家会有灭族之祸。”说完，她迈步离去。

墨烨眉头微拧，拿起面前的小瓶子打开倒出来一看，里面只有一颗黄豆般大小的药丸。

“这么小一颗药丸能顶什么用？”黑风见了不由得嘀咕道，“而且也太小气了吧？这瓶子里才装这么一颗。”

“主子，我让人盯着常家。”暗一开口说道。

“你还真信他啊？”黑风诧异地道，“那常家家主是灵师巅峰修为，府里也有多位灵师，他们家族还有一个筑基的老祖在仙人之地修炼，怎么可能三天之内会被灭族？”

“是真是假，三天之后自见分晓。”暗一看向黑风，道，“事关主子，不得不小心谨慎。”

听到这话，黑风这才一正神色，道：“嗯，谨慎一些总归没错。”

唐宁从一品楼离开后，便去拿打造的银针，又买了一些东西，这才往郑家走去。

郑家的人焦急地等着。

见小师父久不回来，郑衡已经准备再去苏家一趟了，不想还没走出大厅，便见小师父手里提着东西回来了。

“唐师！”郑衡快步迎上前，上下打量着小师父，“你没事吧？他们有没有为难你？”

“放心，我没事。”说完，唐宁递了一份糕点给他，“一品楼的糕点，给你们带的。”

郑衡愣怔地看着小师父塞过来的糕点，有些没反应过来。

常家的人气势汹汹地上门，没有为难小师父就让小师父离开了？这话说出去估计没人会信吧？还是小师父用了什么办法脱身？

见小师父往里面走去，郑衡连忙跟上，想问却又不知从何问起。

“你爹今天好些了吗？”唐宁问道。

“他已经能坐起来了，三叔公他们在房里陪着他。除了服下那解药，还按你说的调理他的身体，他的精神看起来已经不错了。”郑衡心中满是感激，若不是有小师父在，只怕他父亲这一关就过不了了。

“那就好，我先回客院看看，晚一点儿再去给你爹把脉。”唐宁说道，进了里面便往客房走去。

郑衡张了张嘴，其实他还想再问一下他妹妹的事……

唐宁回到客院，见房门开着，便走了进去，见到一名小厮正扶着老和尚给他喂水喝。

小厮回头，见是唐宁回来了，便道：“小师父回来啦！你师父刚醒。”

“嗯。”唐宁应了一声，道，“你退下吧。这里我来就可以了。”

“是。”小厮应了一声，扶着老和尚让他靠在床头后，这才退了下去。

老和尚靠在床头，复杂地看着唐宁，问：“你怎么没走？”

毕竟她本就没打算跟他去仙人之地，是他一意孤行想带她过去的，但他重伤之

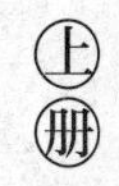

时，她没有抛下他一走了之，甚至他这条命还是她救的。

唐宁笑了笑，走到一旁坐下，道："我要是走了，估计你也活不成。不过我可告诉你啊，那仙人之地我现在是真不打算过去的，连你都被仇敌伤成这半死不活的样子，我要是过去，哪天不小心被人杀了怎么办？"她狡黠地一笑，又道，"所以等我的实力强一点儿，你说的万佛门我自然会去的，谁让我与佛有缘呢？你说是吧？"

听她这么说，老和尚呵呵笑了起来，道："好，既然你这么说，我也就放心了。"从她没有抛下他一走了之开始，他就知道她是个有情有义的人，既然她已经说了会去，那就一定会去。

"你是怎么击退他救下我的？"他目光落在那只蹲在她头顶的乌鸦上，问，"你上哪儿弄来的一只乌鸦？"

"嘿嘿，不是我击退你的仇敌，是小黑，它是我的契约兽。"唐宁笑眯眯地说道。

"哑哑！"小黑张了张嘴，开口叫了两声，黑溜溜的小眼睛盯着老和尚看了一会儿，便扭开了头。

老和尚听了，一怔，道："你与一只乌鸦签订了灵兽契约？"

见他一副错愕的模样，小黑骨碌碌的眼睛一瞪，拍了拍翅膀，张口便叫了一声："哑！老和尚，少看不起鸦，你的命还是老子救的呢！"

"能说话？哟！你是神兽？不对，你是金乌！"老和尚震惊地睁大了眼睛，因不可思议不自觉地坐直了，身体往前一倾，扯到伤口，倒抽了一口冷气。

"嗯，小黑是三足金乌，只不过它现在的实力并不强。"唐宁也没瞒着他，想了想，又问道，"老和尚，别人都看不出我是女的，你是怎么看出来的？"

老和尚盯着小黑看了许久，轻呼出一口气后，轻轻地靠回床头，道："你扮和尚扮得很像，但是在元婴修士眼里，仍能一眼看出你真正的性别来。"说到这儿，也许是想到了什么，他又道，"既然你想变强再去仙人之地，那我便给你指条路吧。"

元婴修士？唐宁正想着修仙的品级和元婴修士的实力，就听到他的话，马上回过神来，问："嗯？什么路？"

老和尚看着她，道："一个可以让你吸收知识，丰富自己，变强的地方。"

闻言，唐宁挑了挑眉，有些意外地看着他："你不打算跟着我了？"

"待我伤好，我去仙人之地给你寻一样东西。"他开口说道，见她一脸意外，不由得呵呵笑了起来，"舍不得我了？"

唐宁翻了个白眼儿，道："那是不可能的。"

"到时你就去天龙学院吧。那是这凡人之地最有名望的学院，里面聚集了各国各地的优秀子弟。天龙学院的藏书楼中有很多珍贵的藏书，其中不乏古籍。那里所培养的人皆是为仙人之地各个宗门三年一次的挑选弟子而准备的。这凡人之地有不少学院，但只有天龙学院才有资格让仙人之地的宗门挑选弟子。”

听到老和尚的话，她微讶，道：“天龙学院我听说过，那可是顶尖的学院，里面的弟子皆是天才人物。”声音一顿，她眼珠一转，笑盈盈地问，“你有后门儿？”

老和尚笑了起来，道：“呵呵，那学院的院长是我的故友。”

闻言，唐宁眉眼弯弯如月牙，精致的小脸上笑意更深，殷勤又贴心地扶着他躺下，道：“老和尚，你先躺着，躺下休息，我去让厨房给你熬粥，你等着哈！”

看着她脚步轻快地往外走去，老和尚苍老的脸上也露出笑容来，摇了摇头：“这孩子……”他缓缓地闭上了眼睛，脸上还带着一抹祥和的笑意。

唐宁心情愉悦地来到厨房，交代了人熬着粥，又去给郑衡的父亲探了一下脉，交代了一番，才回院中，见老和尚已经睡下了，便又往厨房走去。

她一直觉得自己对这片大陆的事情不是很了解，如今有了这样一个机会，自然是不会放过的，但在去天龙学院之前，她得先回唐家将前身的仇报了，这样才能安心修炼。

熬好了粥，她亲自端去给老和尚，让他吃下后，便又去隔壁的客房里调制药物。

次日，清晨。

郑衡来到客院，直接道明来意：“唐师，我已经将我妹妹的事情跟我爹说过了，我们商量着，想请唐师为我妹妹超度，让她可以重新投胎为人。”

“超度？”唐宁怔了下，笑了起来，道，“你们重新找个和尚超度不就好了吗？”

“唐师于我们郑家有大恩，又是唐师将我妹妹带回来的，我们家里的人都信任唐师，所以我们想请唐师为我妹妹超度。”他站了起来，郑重地朝小师父行了一礼，“请唐师应允。”

唐宁见此，有些无奈，倒不是她不肯帮忙，而是她不会啊！她就是一个假和尚，超度这种事情，她是真没学过。

“小唐，你进来。”房间里传来老和尚的声音。

唐宁眼睛一亮，对郑衡道：“你等一下。”话音一落，她便朝房间走去。

来到床边，她问道：“老和尚，你是不是会超度？要不你帮郑家那个姑娘超度吧？”

老和尚摇了摇头，笑道：“魂是你引回来的，你度她一度可以积下功德，这事还是得你来做。”

她双手一摊，很是无奈地道：“可是我不会啊！超度这种事情，我一个假和尚哪里会？”

“你不会没关系，和尚我教你。”他靠坐在床上，看着唐宁道，“超度亡魂，一般

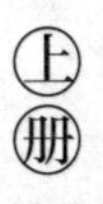

是用《往生咒》，以你的慧根，以及身具的佛缘圣光，超度亡魂比一般人要容易。”

“真要我来啊？那我用不用沐浴更衣、焚香漱口呀？”她笑盈盈地问道。

老和尚摇了摇头，笑道：“不用那么麻烦，你只需为那亡魂念上一遍《往生咒》即可。你仔细听着，我教你。”

闻言，唐宁便认真地听着。

当听到老和尚口中喃喃地念出的经文时，她目光微闪——看来就算时空不一样，这佛经的经文也是一样的——老和尚口中的《往生咒》与她以前接触过的《往生咒》是一样的。

外面的郑衡在等着，不时地看向客房，过了一会儿，见小师父走了出来，他上前唤了一声：“唐师？”

“就今天晚上吧，带上你妹妹的骨灰，我会为她超度，送她往生。”唐宁开口说道。

闻言，郑衡神色一喜，拱手行了一礼，道：“多谢唐师，我现在就回去跟我爹娘说。”

唐宁见他脚步轻快地往外走去，笑了笑，脚尖一点，跃上屋顶，朝常家所在的方向眺望。

只见常家的宅子上方乌云涌动，如今还没入夜更显汹涌，看来常家的灭族之祸就在今夜了。

常家若是积善之家，就算有劫难，也会有贵人相助，那自然就不会有灭族之祸了，只可惜常家上梁不正下梁歪，虽是百年家族，若有强者想要将他们灭族，一夜间覆灭又有何难？

收回目光，她盘膝在屋顶坐下，运行着体内的灵力气息开始修炼……

直到入夜，她来到主院。

主院里的下人已经被屏退，院里只有郑重林夫妇，以及郑衡，还有郑衡手里捧着的一个骨灰罐。

见唐宁进来，他们恭敬地唤了一声：“唐师。”

唐宁朝他们点了下头，目光落在郑衡捧着的骨灰罐上，看到那抹渐淡的亡魂浮现出来，便问道：“你准备好了吗？”

“唐师，容我拜别爹娘和兄长。”

声音传来，便见那抹魂影缓缓地朝他们三人跪了下去，磕了三个头。

“女儿以后不能在爹娘身边侍候了，请爹爹、娘亲原谅女儿的不孝。女儿这辈子最大的福分，便是当了爹娘的女儿，如果还有下辈子，我希望还能当郑家的女儿。”

郑夫人拭着眼泪，低泣着道："好孩子，你永远都是我们的好女儿。"

郑重林轻轻地拍了拍夫人的手，看着女儿，几次想要说话，但都仿佛卡在喉咙处说不出来，只是眼眶微红地望着女儿，久久无言。

谁能想到，当初出生小小一团的孩子，如今竟走在了他们前面，成了一抹鬼魂？每每想到这一点，他心中便难受不已。

"妹妹，爹娘你不用担心，我会照顾好他们的，你安心去吧。"郑衡开口说道。

唐宁看到那抹魂影再行了一礼后，便来到她面前。

"唐师，我准备好了。"她心愿已了，如今心中已无牵挂。

唐宁看了她一眼，双手合十，嘴唇轻动，喃喃地念着《往生咒》。

只见随着唐宁嘴里的《往生咒》念出，那抹阴魂的脚下浮现出一个散发着金色佛光的往生轮。

郑家的人看着那浮现出的往生轮，微怔——超度都是高僧沐浴更衣、焚香静坐后再念足多少遍的经文，不曾听说还能这般简单，还会出现这样一种景象。

往生轮缓缓地转动着，那抹阴魂也渐渐地消散，直到最后完全变成透明，消失在夜色中。

在那抹阴魂消失之后，唐宁看到，有点点金色的光芒涌入自己的手掌之中，掌心处隐隐有丝丝发热，那种感觉比之前所得到的能量还要强。这让她有些意外，没想到超度了那抹阴魂还能得到这么多功德力量。

"你们将她的骨灰安葬便可，我就先回去了。"唐宁说完，往外走了几步，脚步一顿，又回头交代道，"对了，今晚交代你们府上的人听到什么动静也不要外出。"

"是。"三人目睹了先前的一幕，心中震撼，对小师父更是敬畏，因此虽不知小师父这话是何意，却也应了下来。

另一边，常家主院，已经睡下的常家家主不知为何今夜一直心神不宁，翻来覆去难以入睡，好不容易睡过去了，却又被一个噩梦猛然惊醒。

"啊！"他惊呼一声，猛地从床上翻身坐了起来。

"老爷？你怎么了？"貌美的小妾也被他惊醒，连忙坐起来问道，因坐起来，一身雪白的肌肤也裸露着。

常家家主拭了一把冷汗，想到刚才的那个噩梦，脸色有些阴沉不定，一言不发地下了床，披上外袍就往外走去。

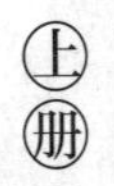

因此他也就没看到，就在他出了房门后，身后的小妾再次躺下睡着，没一会儿便如受到什么惊吓般面容扭曲，断了呼吸，死得无声无息。

"来人！"他站在院中，大喊一声。

然而回应他的是一片死寂。

那种不安的感觉再次将他笼罩，他微急，再次大吼道："来人！来人！"

然而他没有得到任何回应，就仿佛偌大的府里只剩下他一人一样，那种感觉诡异又恐怖，让他不由得乱了心神。

偏偏在这一刻他又想到了那小和尚的话。

灭族之祸，灭族之祸……这四个字一直在他脑海里回荡，惊得他出了一身的冷汗！

"不会的！不会的！快来人！快来人！"他跑进一个院子，直接上前将帐子掀开，大吼道，"起……"

在看到床里那人惊骇恐惧的面容，以及尸体都僵硬了时，他惊得后退了一步。

"死了？怎么会？"他不可置信，强压下心中的惊惧上前查看，只见那尸体浑身上下没有一道伤口，就仿佛是在睡梦中受到什么惊吓而死一样。

想到先前的那个梦，他脸色煞白，惊恐地往外跑去，却又猛然顿住，惊骇地看着前方……

只见天空之中出现了一张能量大网，就仿佛将整个常家都笼罩在其中一样，而在这张大网上还有点点光芒闪烁着，他盯着其中一个点，看着看着，竟觉得那闪烁的光点里面仿佛有着一个世界。

一个他熟悉的人在那光点中惊恐地跑着、呼救着，到最后在梦中被杀死……

"怎么会这样？怎么会这样？是谁？是谁？出来！"他惊恐地大吼着，手里拿着剑四处挥砍，毁得周围一片凌乱。

"我常家有筑基老祖在仙人之地修炼，你们怎敢！你们怎敢害我常家！你们怎么敢！"他怒吼着，大声地咆哮着。

可就在这时，一道声音传来："哧！"

听到空气中传来的一声嗤笑，常家家主双手握着剑，吼道："谁？出来！"

"你们常家如今也就剩下你一个人还活着了，看在你是常家家主的分儿上，我就让你死个明白。"那声音说道，带着轻蔑与不屑，"若不是你那筑基老祖，你们常家也不必遭此灭族之祸！"

"不！不可能！"常家家主挥着剑，正要怒吼出声，就看到面前浮现出一抹光影，画面之中，他们常家那位拥有筑基修为的老祖被人五马分尸而死……

血肉溅出，尸体成了五份那一幕，让他脚底冒起冷汗，浑身一软，整个人站不住地跌坐下去："老祖……老祖死……死了？"

"你也该下去陪他了。"

话音一落，跌坐在地上的常家家主只感觉有什么钻进了眉心，闷哼了一声，整个人便倒了下去。

一簇火焰从空中飞出，分出无数簇落入常家各处，熊熊火焰呼啸着燃烧而起，火光冲天，惊动了整个雁城……

而在拍卖行里，暗一正向墨烨禀报常家被灭族的消息。看到常家真的如唐师所言三天之内被灭族，暗一心情异常沉重，因为唐师说他家主子近日也有血光之灾。

黑风脸上也尽是担心之色，见主子把玩着手里的茶杯也不见着急，不由得道："主子，要不属下再去请唐师过来，问问他可有什么破解之法？"

饶是原本不服那小和尚，黑风此时也不得不心服口服——试问谁敢一口断言，三日之内一个百年家族会在一夜之间被人灭族？

"不用，我亲自过去一趟。"墨烨放下手中的茶杯站了起来，往夜色中走去。

黑风和暗一本想跟上，却被吩咐留下，虽担心他们的主子，不过想着就这么一会儿工夫，应该不会有什么问题。

墨烨来到郑府，正想着寻一下客院在哪儿时，一眼就看到那抹坐在屋顶的身影，当下提气掠上前。

唐宁见是他，不由得笑眯了一双眼睛，问："你怎么来了？"

墨烨站在唐宁身边，看着那冒着熊熊火光的方向，道："我来跟你道个别，顺便问问，日后我有事找你时，上哪儿寻你？"

闻言，唐宁一笑，想了想，道："我回去后处理好事情就会去天龙学院，到时可以在那里找到我。"

听到"天龙学院"四个字，墨烨看了唐宁一眼，低沉的声音传出："嗯，我知道了。"然后他手一翻，一块黑色令牌被他丢进唐宁怀里，"记住背面的印记图案，日后若是有什么麻烦，又找不到本王时，可到本王势力下的任何一个地方寻求帮助。"

唐宁拿着那黑色令牌看了看，见背面印着的图案是那拍卖行牌匾右下角的一个印记，当下便笑道："行，你的这份人情我记下了。"

墨烨瞥了唐宁一眼，没有说话，只是负手看着常家所在处熊熊的火光……

次日，唐宁打着哈欠出了房门时，就见郑衡以及他父亲郑重林两人在院里候着，两人看向自己的目光还带着敬畏与复杂。

"怎么？找我有事？"唐宁问道，来到桌边坐了下来。

"唐师，常家昨夜被人灭族了，火光冲天，足足烧了一夜才熄灭，偌大的常家全都化成了灰烬。"郑重林开口说道。

想到昨夜唐师交代他们的话，他们原本不明白，可从得知消息的那一刻，才知

道唐师话中的意思。

唐师是早就算到了吧，还是这事本就是唐师所为？一时间两人心中都有些复杂。

看着他们父子俩的神情，唐宁笑了起来，道："这事与我无关，不过昨日我去他们家里，看到他们家乌云罩顶，死气沉沉，就知道是灭族之祸了。"声音一顿，她倒了杯水喝着，又道，"祸由远处引，估计是他们那在仙人之地的筑基老祖惹来的祸事。"

闻言，父子两人相视一眼。

郑重林道："我郑家若非遇到唐师，只怕也是……"

唐宁看向两人，眉眼带笑地道："积善之家，自有贵人相助，你们只需明白，纵是实力强大、靠山雄厚，也切不可仗势欺人、为祸百姓，自然就能福延子孙。"

"多谢唐师教诲。"两人拱手朝小师父行了一礼，衷心地感谢道。

房间里，听到唐宁在院中对郑家父子所说的话，老和尚捋了捋长眉，笑得一脸欣慰。

这时，管家快步来到客院，禀报道："家主、公子，苏家家主来了，如今正在厅里坐着。"

闻言，郑家父子微讶，向唐宁拱手一礼后，不敢让苏家家主久等，快步往前厅走去。

苏家家主地位非凡，如今亲自到来，会有何事？

见他们离开，唐宁便往房中走去，陪老和尚聊聊天。

厅中，此时郑家父子正满脸错愕地问："苏家主说将灵石送回来，这是为何？"

"呵呵，世侄与我儿子本有同窗之谊，这灵石就不必了，以后若有困难，我苏家也定会相助。"苏家家主笑了笑，仿佛没有看到他们微讶的神色，又道，"其实我今天前来还有一事，听闻府上住着一位高僧，不知可否代为引见？"

听到这话，郑家父子才恍然，原来是因为唐师。

父子两人相视一眼，而后郑重林道："苏家主说的应该是唐师，只是我也不敢轻易做唐师的主，这样吧，我让衡儿去问一问，苏家主觉得呢？"

"好好好，那就有劳贤侄了。"苏家家主目光落在郑衡身上，言语也亲近了许多。

郑衡站了起来，行了一礼后，往外走去。

郑衡来到客院，唤了一声："唐师。"

正在客房和老和尚聊天的唐宁听到郑衡的声音，微讶，对老和尚道："我出去看看。你躺下休息吧，别坐太久。"

"知道了。"老和尚摆了摆手，便躺下休息。

“找我有事？”走出来的唐宁看向郑衡询问道。

“唐师，是这样的……”郑衡将苏家家主的来意向小师父说明，又道，“所以我父亲便让我来问一问，唐师可愿见一见苏家家主？”

听到郑衡的话后，唐宁笑了笑，道：“既然这样，去见见也无妨，走吧。”话音一落，她便迈步往外走去。

见此，郑衡快步跟上。

厅里，苏家家主正向郑重林打听这位唐师的事情。

只不过郑重林也不知唐师是否会同意见苏家家主，因此出于对唐师的敬重，不敢随意透露唐师的事情，更何况他所知的也并不多。

“父亲、苏世伯，唐师来了。”

郑衡的声音传来，厅里的两人皆站了起来。

苏家家主朝声音传来之处看去，只见一个十三四岁、长得精致出色的小和尚迈步走了进来。

看到那稚气还没褪去、容颜还没长开的小脸，饶是见过不少世面，苏家家主也愣住了。

“这……这位就是唐师？”苏家家主微愕地看向郑重林，问道。

郑重林哈哈一笑，道：“是的，这位就是唐师。”

唐宁听到这话，带笑的目光落在苏家家主身上，不动声色地打量着。

而苏家家主反应过来后，觉得自己有些失礼，连忙上前行了一礼，道：“苏成源拜见唐师。”

“苏家主不必多礼。”唐宁开口说道。

这时郑重林上前，笑着请二人先入座。

待坐下后，苏家家主才道：“今日冒昧前来，还请唐师不要见怪。”想到对方的本事，纵是见这位唐师年纪尚幼，他也没有因此轻视，反而越发敬重——小小年纪尚能如此，再过几年又将是何等惊人？

“苏家主找我有何事？”她直接开口问道。

“是这样的，我听说唐师金口能断吉凶，慧眼可识福祸，所以想请唐师过府一趟，还请唐师应允。”说话间，苏家家主站了起来，恭恭敬敬地拱手一礼。

唐宁却是一笑，不紧不慢地道：“有道是天机不可泄露，是福不是祸，是祸躲不过，一切顺其自然便可，又何必多究呢！”

闻言，苏家家主一顿，再度深深地拜下，道：“只要唐师愿为我苏家指点一二，我苏家上下感激不尽。”

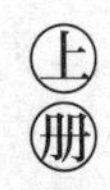

一旁的郑重林见此，想了想，也上前行了一礼，道："唐师，苏家在雁城也是素有善名的，每月初一、十五都会在雁城贫民区施粥。如果可以，还请唐师能应允。"

听到郑重林为自己说话，苏家家主心中顿生感激，又期待地看向那正坐着喝茶的唐师。

唐宁放下茶杯，站了起来，道："既然郑家主都这么说了，那我便跟你走一趟吧！"

苏家家主大喜，当即道："多谢唐师。"

八大家族所在的区域是雁城的贵族区，几人从郑家坐着马车半个小时就到了。

待马车停下，苏家家主对唐宁道："唐师，这里便是我苏家了。"

唐宁下了马车，看了看苏家气派的宅子，点了点头，便与苏家家主一同往里走去。

苏家家主先是请唐宁到厅中坐了一会儿，然后亲自带着唐宁在府中转了一圈，有些紧张地看着唐宁，生怕府里也有什么不好的地方，或者有什么灾祸之类的。

唐宁见他一副紧张的神色，不由得笑了起来，道："苏家主不必担心，你这府里很好，没有灾祸。不过近日会有归家之人，而且会有好消息传来，府中的气运也会因此而上升。"

闻言，苏家家主大喜，当即便朝唐宁拱手深深地一拜，道："多谢唐师，承唐师吉言。"他脸上难掩欢喜之色，又道，"唐师，我已经让人备了素菜，眼下已近正午，请唐师用了饭之后再回去。"

唐宁笑了笑，道："不用了，我还有事要做，就不在这里用膳了。"

她来此也就是替郑家卖个人情，事情办好了，自然也就不会久留，而且这苏家家主会找上郑家的门，估计城中其他的家族也会坐不住地上门，她还是回去准备启程离开吧。

听唐宁说还有事做，苏家家主也不敢强求，便朝身边的人使了个眼色。

不多时，便见一名婢女端着一个礼盒走来。

他将礼盒取过后打开，亲手送上前，道："唐师，我这里有一根千年人参，赠予唐师为谢礼，也想与唐师结个善缘。"

听说是千年人参，唐宁心头一动——千年人参珍贵非常，而且有市无价，用这礼赠她，可就重了啊！

目光在面前盒里的千年人参上扫过，见参须保存完整，参形、品相皆为上品，她顿了一下，便接过那千年人参，道："那我便收下了，作为回礼，我这里也有一物相赠。"

她手一翻，一个小瓶子便出现在掌心，道："这里面有一颗解毒丸，可解百毒。"虽说他的千年人参珍贵，但她炼制的解毒丸也是非常珍贵的，无论是什么毒，只要服下她的解毒丸，皆可毒除命保，可谓是万金难求。

苏家家主接过，并没有太放在心上，毕竟解毒丸品种千样，但真正能解百毒的极少。虽是如此，他也拱手道谢道："多谢唐师。"说完，他将解毒丸收了起来。

此时他万万想不到，在将来的某一天，就是这颗如黄豆般小小的解毒丸救了他一命……

唐宁回到郑家后，与老和尚商量了一下，便准备先回去，毕竟她又不像老和尚会御器而行，此行回去的路途还极远呢！

郑家的人知唐宁要先走，本想给唐宁备好马车和马夫的，不过最后唐宁只是让他们挑了一匹马当坐骑，便辞别了他们，独自一人踏上归程……

在唐宁离开后的第三天，老和尚养好伤，也离开了郑家，往仙人之地去了。

也就在当天，苏家久没回来的儿子苏言卿回来了，还带回来一个好消息：经过历练考核，他从学院中脱颖而出，得到了去天龙学院考核的机会。

也就是说，他有机会进入顶尖的学院。只要能进入天龙学院，那他就有机会入仙人之地的宗门，成为仙人宗门的弟子！

得知这个消息，苏家家主足足摆了三天的流水宴宴请城中各方势力，在宴上更是言明，曾有高僧一人，尊号唐师，金口玉言断定他家中近日有远归之人，而且会带回好消息……

此消息一经传出，雁城各方轰动，唐师之名也在世家贵族之间暗暗流传开。

对此，唐宁并不知道。她慢悠悠地骑着马，回头瞥了一眼那已经跟了她三天的人，无奈地道："你不去保护你家主子，总是跟着我做什么？"

黑风骑着马跟在唐宁身后，道："我家主子身边有暗一，我跟着你是为了以防万一，要是我家主子真的有什么大问题，你的医术那么好，我总得想办法把你掳过去为他治疗。"

"呵呵，你还真是实在啊！只不过当着我的面说要掳我，你是认真的吗？"唐宁翻了个白眼儿，十分无语地道。

听到唐宁的话，黑风一顿，双腿在马肚上一夹，驱马上前与唐宁并行，好奇地看着唐宁问道："我家主子说你连金丹修士都杀过，真的假的？"

"你说呢？"她睨了他一眼。

"你这身板，怎么杀得了金丹修士？听说那可是很厉害的修仙者呢。"黑风说道，

又在唐宁那小身板上打量着。

唐宁懒得搭理他，骑马扬鞭便往前奔去，马蹄踏起一路的尘烟。

后面的黑风见状，生怕被唐宁甩掉了，也连忙追了上去。

又过了两天，她来到一座城中，一路奔波露宿也没休息好，进了城便直接往客栈走去，准备好好休息一番。

黑风也跟在唐宁后头进了客栈，本以为唐宁是不会理会他的，谁知到了傍晚时分，在楼下吃饭时，却被叫上了楼。

“唐师，你找我？”他有些惊喜地看着面前的小和尚：这是不是代表这小和尚已经默许了他的同行？

然而，他哪里知道，唐宁若是想甩掉他，早就甩掉了，也不会让他跟到现在了。

“你去帮我打听个消息。”她开口说道。

“唐师想知道什么？你尽管说，我让人去查。”难得见唐宁会找他帮忙，他当下拍着胸膛便应了下来。

唐宁瞥了他一眼，道：“我要知道七杀阁的老巢在哪儿，还有这股势力的详细资料。”原主的身死，跟这股势力脱不了关系。

“七杀阁？这股势力我们以前调查过，我家主子手头就有他们的资料。怎么，是他们得罪过你，还是你想请他们杀人？”他略显兴奋地问道。

“你调不出这份资料？”唐宁挑了挑眉说道。

听着小和尚的语气，以及看着小和尚的神色，黑风本能地觉得，要是说自己调不出来，估计这小和尚就不会再让自己跟着了。

于是他嘿嘿一笑，道：“调得出，调得出，我可是主子的左膀右臂，调七杀阁的资料有何难的？你等着，我现在就去给人传消息，让他们将资料送过来。”说完，他也不担心小和尚会溜了，便出了门，往城中他们自己的势力所在地走去。

唐宁不知道的是，黑风不仅让人将七杀阁的资料送过来，还给他家主子送去了消息……

只是墨烨那边的情况不太好：他被两名金丹修士伏杀，纵是将两人击退得以逃生，但也伤得极重，还中了剧毒。

他服下了唐宁给他的那颗解毒丸，好不容易撑到回了落脚的地方，院门还没打开，便已经撑不住倒了下去。

暗一因收到黑风的消息，又见主子出去那么久都没回来，便想到外面等着，却不想听到外面的声响，快步上前打开门，便见他家主子已经昏迷倒在地上。

“主子！”暗一惊呼一声，连忙将他扶进院中，连夜命人请大夫过来为他诊治。

只是他的伤势过重，小镇上大夫的医术也不高，就算是包扎好了伤口，他仍昏迷不醒。

这可急坏了暗一，生怕主子有个什么不测。

暗一想到唐师，于是传了消息给黑风。

黑风收到消息时已经是次日了，得知主子受伤昏迷，他脸色变了变，第一个念头就是：把唐师打晕扛走送到主子那里去!

但念头一转，想到主子说唐师连金丹修士都杀得了，他一时间又迟疑起来，怕要是无法将唐师打晕扛走，到时候反而会被唐师打晕，而且要是唐师生气的话，到了主子那里不给主子治疗怎么办?

于是他想了想，最后眼睛一亮，连忙往客栈走去。

“唐师，已经有消息了！”

“哦？在哪儿？”唐宁问道。

“因为资料的保密性，他们送不到这里来，我们得过去拿。不过不用担心，不是很远，我们快马加鞭现在启程，晚上就可以到了。”他压下心中的紧张说道。

闻言，唐宁瞥了一眼他因紧张而暗暗握紧的手，虽不知他搞什么鬼，但面上神色不显，道：“那走吧！”她站了起来，看着他意味深长地道，“到时候我要是看不到我想看的，你可要把皮绷紧了。”

“不会不会，我骗谁也不敢骗你。”他连忙哈哈笑着道。

黑风迅速下楼结了账后，便带着唐宁一路快马加鞭，往暗一他们所在的小镇赶去。

一路上当唐宁停下来休息时，黑风都是一副迫不及待要赶路的样子。见黑风神情焦急，眼中难掩担忧之色，她隐隐猜到是墨烨出事了。

下了马将绳子系在树枝上，她便往林中走去，见身后黑风也系上马跟来，她脚步一顿，问：“你干什么？”

黑风一只手抓着腰带，听到唐宁问话，便道：“唐师不是要解手吗？我也正要解手，咱们一起啊！”

闻言，唐宁盯着他看了一会儿，露出一抹莫名的笑容来，道：“好啊！走，一起。”唐宁说着朝他招了招手，示意他跟上来。

黑风看着小和尚唇边那抹奇怪的笑容，有些摸不着头脑，但见小和尚招手唤他，便也跟着小和尚一起往前走。

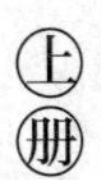

来到杂草茂盛的地方时，见小和尚停下脚步，他便一只手解开腰带，正准备掀开袍子拉下裤子时，却发现有些不对劲。

他侧过头，有些愣愣地看着那个以诡异的目光一直盯着他解腰带、脱裤子的人，

心底莫名地有些发毛，问：“唐……唐师，你……你总盯着我干什么？”

这小和尚总是盯着他，他也尿不出来啊！而且这小和尚那是什么目光，怎么那么诡异？

“没干什么，我就看看，你继续。”唐宁冲他露出一抹笑。

“看？看……看什么？我有的你也有，你看你自己的就好了。”略显紧张不安的声音落下后，目光往小和尚身下看了看，他暗想：莫不是这小和尚想比大小？

想到这儿，他不怕死地咧嘴一笑，道：“唐师，你才十三四岁，还没发育完全呢，跟我是比不了的！算了，为了不刺激你，我去另一边好了。”说完，他自以为体贴地一只手抓着腰带，一只手扯着裤子往较远处走去。

唐宁扯了扯嘴角，哧了一声，低声道：“算你走运。”

当解完手出来时，黑风见唐宁已经在解绳子了。看到他出来时，唐宁在他身上凉凉地扫了一眼，那一眼让他汗毛都竖了起来。

他咽了咽口水，也不知哪里得罪了唐宁，只好赔着一张笑脸上前，解了绳子后翻身上马，道：“唐师，我们走吧！等到了地方，我让人准备一桌好酒菜给你吃。”

“驾！”唐宁一挥鞭子，扬长而去。

后面的黑风见状，连忙追上。

到了傍晚时分，两人终于抵达了小镇。一进镇里，两人就被在镇口处等着的一名护卫接到了一处小院。

“暗一，主子怎么样了？”黑风一进院中，便直奔主院走去。

“唐师呢？唐师可来了？”暗一抓着黑风的手紧张地问道。

“来了来了，在后面。”黑风回头，见那小和尚还慢悠悠地走着，边走边打量这处小院子，便上前道：“唐师，我家主子在里面。他伤得很重，请唐师帮他看看。唐师要的东西我马上让人送过来。”

唐宁瞥了黑风一眼，也没多说什么，跟着暗一进了房间。

唐宁一进房中，只觉药味扑鼻而来，空气也有点儿闷。

“把窗打开。”唐宁皱了皱眉，走上前来到床边，见床上的墨烨一张俊脸因发热而泛红，豆珠大的汗水自他的额头渗出，伸出手为他把了下脉，而后吩咐道，“把他的衣服脱了，将上了药的伤口全都拆开。”

“黑风，笔墨纸砚。”她走到桌边坐下，吩咐道。

“好！”黑风连忙拿来了东西，放在唐宁面前，看着唐宁唰唰唰写下药方。

“把这上面的药备齐。”她将药方递给黑风，便转身走到里间，却在看到里面的一幕后本能地停下了脚步。

只见床上昏迷着的墨烨一身衣服全被脱了下来，连条裤衩也没留下，整个人赤裸裸地躺在那里，而且还是正面的。

所以，该看的、不该看的都被她看到了。

除了他身上的那些伤口之外，那八块腹肌以及结实的身板，还有那倒三角形的……咳！她移开目光，落在他那张俊美的容颜上，心下暗忖：啧啧，真是穿衣有型，脱衣有料啊！这身材还真是顶好。

“唐师？”暗一见唐宁站着没动，不由得唤了一声。

唐宁耳朵微热，脸上也微微泛红——就算是上辈子她学医练针时，对着的也只是人体模具，就算有真人给她练针下穴位，好歹也要穿着条短裤，所以这还真是她活了两辈子第一次见到真正裸男的身体。

她双手环胸，似笑非笑地道：“谁让你把他脱精光的？还不找个东西给他遮遮羞？你这样，确定你家主子醒来不会拍死你？”

暗一怔了下，道：“我想着都是男人，而且这样唐师可以看到我家主子身上的所有伤口，也比较方便治疗。”话音落下，他回头看了主子一眼，很快找了件衣服盖在主子腰间。

“这样可以吗？”暗一问道，心下则有些奇怪。

“去打一盆清水过来。”唐宁走上前，在床边坐下，看着墨烨身上因发炎而泛起的紫红色的伤口，发现有些伤口已经化脓。

她从观音竹空间中取出工具，净过手处理过后，便开始为墨烨清理伤口。

暗一在一旁打下手，不时地为唐宁换清水，看着唐宁将主子的伤口全都清理干净后，不由得屏着呼吸问道：“唐师，我家主子怎么样？他什么时候能醒？”

“他失血过多，伤口没处理好就上了药，导致伤口发炎、身体发热，不过真正让他昏迷的是他的内伤，也幸好他内息雄厚，要不然这么重的伤他早死了。”唐宁不紧不慢地说道，给他包扎好伤口后，又道，“给他拿冷毛巾替换着敷在额头上退热，回头等我把药配好了再给他服下，如无意外，他明天就能醒。”

“是！多谢唐师。”暗一连忙道谢。

趁着黑风去备药的时间，唐宁吃了顿饭。见黑风拿着药来找她，接过药后她便进了旁边的房间，待到入了夜才将配好的药拿给他们喂墨烨服下。

次日清晨，唐宁在房间里看着昨天黑风送来的资料。翻阅过资料，她合上资料放在一旁，而后一只手轻轻地敲着桌面思忖着，脑海中一个计划悄然形成……

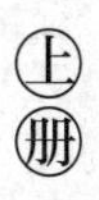

第六章　以身相许

“唐师，唐师。”房外传来黑风的声音。

唐宁打开房门，就看到黑风惊喜的脸。

黑风喜悦地道：“唐师，我家主子醒了！”

闻言，唐宁便迈步往隔壁走去。她走进里间，来到床边，只见床上原本闭着眼睛的人也睁开了眼睛。

墨烨张开口正想说话，就见小和尚伸出手直接覆上他的额头。

感觉到小和尚的手覆在他的额头处，他一时间有些愣怔地看着小和尚，连原本要说什么都忘记了，只知道小和尚的手很柔软，还带着一丝丝冰凉，很是舒服……

“嗯，烧退了。”唐宁收回手，看向一旁的暗一，继续问，“今早的药给他服下没？”

“已经服下了。”暗一答道。

“那就行了，好好养着吧。把那些药吃完也就差不多了。”她站了起来，看着床上的墨烨，露出一抹笑容来，戏谑地道，“我的解毒丸不错吧？你要不是吃了我的解毒丸，估计也等不到我来了。这么说来，我可算是救了你一命，你想怎么报答我啊？”

墨烨看着小和尚戏谑的神色，唇角微勾，用略显沙哑的声音道：“我以身相许如何？”

话音一落，房间里瞬间一静，诡异的气氛弥漫开来，让本是开玩笑的墨烨脸上也浮现出一丝尴尬。

暗一原本正在倒水，听到主子的话后，整个人僵在那里，水杯里的水漫出溢了一桌也没察觉。

黑风更是直接瞪着一双眼睛一脸惊愕地看着他家主子，无法相信这样的话居然是从他家主子口中说出的。

唐宁在错愕过后，则轻笑出声，道：“你这想法不错，可惜我是个男人啊！”

生怕他家主子再说出什么惊世骇俗的话来，黑风连忙来到唐宁身边，道：“唐师，我让人准备了早膳，要不你先去吃点儿？”

“好。”唐宁应道，又笑着对墨烨道，“你只能吃清淡的，有利于伤口的恢复。”

知道对方不过是一句戏言，她听过也就抛在脑后了，因此并没有觉得尴尬。

唐宁离开后，黑风这才上前，道：“主子，那唐师是个男的，你要是想以身相许，要不回头属下给你找两个女的过来？主子你喜欢什么样的？身材丰满的，还是……”

“出去。”墨烨淡淡地说道，冷冷地扫了黑风一眼后闭上了双眼。

黑风被主子冷冷地瞥了一眼，不敢再说下去，只好垂着头无声地退了出去。

暗一本来还想着主子醒了要跟他说一下昨夜他不着寸缕的时候被唐师看光了，但一想到主子刚才的话，生生将到了嘴边的话咽回去了。

外面，黑风出来后找到正在前院吃早膳的唐师，讪笑道：“唐师，我主子的话你不要当真，他就是开玩笑。我主子的性取向很正常，他对男人没兴趣。”

见黑风一脸紧张，唐宁不由得觉得好笑，道：“我知道，知道他是开玩笑。”

她对墨烨也纯粹就是欣赏，没半点儿其他心思，所以当墨烨说以身相许时，她只是错愕于墨烨这样冷漠的人竟也会开玩笑。

听到唐宁的话，黑风松了口气，道：“那就好，那就好。我去给我家主子送些清淡的粥。”说完，黑风一溜烟儿地跑了。

唐宁摇了摇头，笑了笑，继续吃饭。

吃饱后，她便直接回房修炼，准备找个时间跟他们说一下后便离开。

傍晚时分，她又被请到墨烨所在的房间。看着靠坐在床头的男人，她找了个位置坐下，问：“找我有什么事？”

“你要对付七杀阁？”墨烨问道，目光落在唐宁身上，又问，“可需要我帮忙？”

闻言，唐宁一笑，道：“不用，区区七杀阁而已，我还处理得了。”她找黑风要七杀阁的资料时，就料到他会知道。

墨烨淡淡地看了唐宁一眼，道："七杀阁成名已久，势力分布极广，以你一人之力很难办到完全消灭七杀阁，若是无法一次将其尽数击杀，你很有可能面对的便是整个七杀阁的围杀。"

"嗯，我知道。"她点了点头，有些好奇地问，"你的实力已经这么强了，仍被伤成这样，这伤你之人莫不是仙人之地的修仙者？"

"两名金丹巅峰修士的伏杀，没有对我赶尽杀绝，估计是以为我中了他们的毒之后必死无疑，我才得以侥幸逃过一劫。"墨烨目光微沉地道。

那两人正是以为他中了他们的毒，就算没亲手杀死，也活不了，所以才没有恋战，负伤离去，若是当时他们再坚持战下去，只怕就算他服下了解毒丸，也敌不过两名金丹巅峰的修士。

"啧啧，看来仙人之地的修仙者实力都很强啊！"唐宁若有所思地说道。仙人之地的修仙者实力这么强，她若不好好提升实力的话，估计到时去了真的只有被杀的份儿。

"所以我说，那地方不是你可以去的，至少不是现在的你可以去的。"墨烨淡淡地说道。

"嗯，我知道。"她笑着应了一声，又道，"对了，我要跟你辞行，我还有事情要做，就不跟你们同路了，你这伤只要好好休养就可以恢复，没什么大问题。"

墨烨也没挽留，只是说了一句："一路小心。"

次日清晨，唐宁辞别了他们，自己骑着马上路了。这一回黑风没再跟着，而是留在墨烨身边照顾。

半个月后，唐宁进阶成了灵师。这一天她在房里捣弄了许久，直到傍晚时分，坐在铜镜前，露出笑容。

"虽然是马尾做成的假发，但也能将就着用用。"她摸着戴在头上的男式发型的假发，这是她捣弄了许久才用马尾做出来的。

换上一身黑衣后，她趁着夜色从后窗掠了出去，几个纵跃身影便消失在夜色中。

当天夜里，她摸黑潜入七杀阁，杀了其中一名杀手，换上他的衣服，系上他的腰牌，戴上他的面具后，便混进了七杀阁的大本营……

另一边，王府中。

墨烨处理好事务后，端起茶水喝了一口，问："七杀阁最近有传出什么消息吗？"

知道他是问唐师的消息，暗一便道："回主子，没有，七杀阁最近一切如常。"

话音一落，暗一又加了一句，“也没有唐师的消息。”

他喝茶的动作一顿，目光微闪，也不知在想什么。

暗一见此，也不敢打扰他。

直到三天之后，黑风急匆匆地进来，喊道：“主子，七杀阁昨夜被人全灭了！”

书房里的墨烨闻言，抬起头来，问：“一个不剩？”

“一个不剩！”黑风有些激动地道，“如今外面消息都传开了。主子，你说这事是唐师干的吗？”

“除了他还能有谁？”墨烨不紧不慢地说了一句，一顿，目光微动，问，“七杀阁的阁主无论是心计还是实力都非一般人，也被杀了？可有人见到他的尸体？”

“七杀阁整个老巢都被一把火烧光了，据一些人说，他们因看到火光过去看了，看到的是满地的蛇虫鼠蚁，那场面极为恐怖，七杀阁的那些杀手一个个死得惨不忍睹，多数是死在那些蛇虫鼠蚁上，尸体被啃得面目全非，最后更是被烧成黑炭。”说起这事，黑风只感觉一身的鸡皮疙瘩噌噌地冒了出来，“那些人应该是先服用了某种药后再被那些毒蛇等攻击啃咬致死的，当时那里无一活口，所以都说七杀阁是一个不剩啊！”

闻言，墨烨没有说话，只是往椅背上一靠，目光看着外面，也不知在想什么。

没人知道，与此同时，一抹身影正负伤连夜逃命，不敢停留半分，唯恐身后那一直穷追不舍的人会跟上来。

而这个负伤逃命的人，不是别人，正是七杀阁的阁主。

偌大的七杀阁，到这一刻活下来的就只剩下他一人。他从七杀阁中逃出来，一路以手中的剑撑着身体，咬着牙往山林中逃。

他想到昨夜那一幕，一股寒意从脚底直蹿起来，惊得他打了个冷战。

至今他仍不知这灭了七杀阁的人到底是什么来历，只知道那是一个年纪不大的少年，可这少年就凭着一人之力，让整个七杀阁在一夜之间消失！

七杀阁到底何时招惹了有这等恐怖实力的煞星？他想了一路，仍没想出到底是什么时候得罪了这样的人物。

累得实在不行了，他见后面已经没有那人的身影，便靠着大树滑坐下来，喘着粗气，一只手仍握着剑，警惕地盯着周围。

“你是逃不掉的。”一道声音突然传来。

他惊得猛地蹿了起来，背后倚着大树，把长剑横挡在身前，厉喝道：“出来！”

唐宁从他前面的一棵大树后走了出来，手里把玩着圆竹，唇边带着一抹邪肆而冷冽的笑意，道：“七杀阁的阁主果然是好本事！”

能在昨夜那样的情况下逃出，还能一口气逃这么远，七杀阁的阁主确实不简单，要知道她混进七杀阁几天，这些人早就服用了她配制的药物，昨晚药性发作，他们本应该无一人可逃脱，但这七杀阁的阁主还是逃了出来。

“也幸好我一直盯着，要不然还抓不到你这条漏网之鱼。”手中的圆竹在指间轻转着，她声音不紧不慢，看向他的目光如同在看一具尸体。

见是昨夜那个少年，七杀阁阁主目光阴沉而愤怒地盯着少年喝问：“你到底是什么人？与我七杀阁到底有何仇怨？竟让我阁中之人一个个受尽折磨而死，还被蛇虫鼠蚁啃得死无全尸，你与我七杀阁到底有什么天大的仇怨？”

唐宁唇角微勾，微微一笑，道：“想知道？我可以告诉你，也让你死得明白，让你知道，你七杀阁有此下场一点儿也不冤。”说话间，她撕下贴在头上的假发，露出了光滑的脑袋。

“你是和尚？”七杀阁阁主看到唐宁的光头，错愕地睁大了眼睛，握着剑的手更是青筋浮现，咬牙切齿地道，“好一个吃斋念佛的和尚！我七杀阁与佛门中人素无恩怨，你竟屠杀我七杀阁数百条人命，让他们一个个受尽折磨而死，还死无全尸！你就不怕死后下地狱吗？”

“呵呵。”唐宁轻笑着看着他，道，“你错了！我并不是和尚。说起来，这一头的头发还是因为你们七杀阁的追杀，我为求活命而亲手剃掉的呢！”

目光转冷，她似笑非笑地道：“怎么，不记得我了？那你总该记得唐家大小姐唐宁吧？”

听到少年的话，七杀阁阁主目光一缩，盯着少年的目光变得震惊，几乎是惊呼出声：“你是唐家大小姐唐宁！”

“不错，看来你还记得我。”她把玩着手中的长竹，盯着他道，“现在你还觉得你七杀阁的人死得冤吗？还觉得你七杀阁与我无仇无怨吗？”

他惊得身体一颤，喃喃惊呼：“这不可能！唐家大小姐唐宁已经死了！她早就死了！”派出去的属下回禀，那唐宁已经死了，他甚至从没怀疑过，因为七杀阁从不失手！

更何况当时的唐宁身上并无修为，别说当时他还派了那么多杀手去，就是只派一人，也足以将她杀死，而当时连他的护法也去了……

看着对方那张精致而出色的小脸，这一刻他才明白，为何他们七杀阁会遭此大祸，一夜之间所有人受尽折磨而死，还被那些蛇虫鼠蚁啃咬得死无全尸，因为当时接到这桩生意时，对方就曾要求，要那唐宁受尽折磨惊恐而死，要让她被老鼠啃咬，死无全尸……

“是，唐家大小姐死了，但很不幸，我唐宁还活着。”话音一落，她身影一掠而出，手中的圆竹如同一把利剑直逼七杀阁阁主的命门而去。

咻！圆竹带起凌厉的风刃。

扑面的杀意袭向七杀阁阁主，让他本能地出手去挡对方的攻击。

“我是灵师巅峰的强者！就算我体内的药效未过，但你也杀不了我！”他咬着牙恶狠狠地说道，阴狠而蕴含着杀意的目光盯着唐宁，“既然那一次他们没能杀死你，今天我便亲手了结了你！”

唐宁冷哼一声，道：“你没这个本事！”话音刚落下，她手中的圆竹一转，狠狠一击，重重地击在对方的膝盖处。

咔嚓一声，仿佛是膝盖骨被生生击碎的声音传出。

剧痛袭来，原本喘着粗气的七杀阁阁主凄厉地惨叫一声，腿也因此一软，整个人瞬间失去平衡跪倒在地。

七杀阁阁主不可置信地抬起头看着唐宁道：“你……你是灵师！？”

这怎么可能！唐家大小姐一夜间修为尽失一事他们早就知道了，而且就算她的修为没尽失，也不可能在这么短的时间里进阶成为灵师。

而今这股从她身上爆发出的灵师气息又是怎么回事？

唐宁扯了扯嘴角，道：“要不然你觉得我凭什么能让你七杀阁一夜之间尽灭？”

看到她身上散发出的杀意，看到她握着圆竹的手将动，饶是见过不少死亡场面，七杀阁阁主在这一刻也忍不住求饶道：“别杀我，我可以告诉你当初是谁雇我们杀你的！”

他修炼到灵师巅峰何等不易，只差一步就可以筑基，就可以前往那仙人之地了，纵是他不惧生死，但也不甘心就此死去。

“我忘了告诉你，你们七杀阁接下杀我这单生意的记录册如今可在我手上呢。”说完，她看到七杀阁阁主脸色骤变，看到他双手紧紧地抓在地上。

她手中的圆竹一动，正准备再度挥击时，就见他猛地蹿了起来，同时掀起了一把泥沙。

“啊！”他大喊一声，趁着泥沙飞扬撒向唐宁那一刻，从身上摸出一把匕首，狠狠地朝前面刺去。

可就在那一刻，一道重击啪的一声击在他的虎口处，他握着匕首的手生生被打断了。

“啊！”不同于前一刻的大喊，这一声是凄厉的惨叫，声音穿透树林，回荡在空气中。

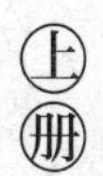

未等他再有动作，他的手脚便被挑断了筋脉，一身骨头皆被敲碎，整个人如同破布娃娃般瘫倒在地，身体更是不由自主地抽搐着。

“杀……杀了我……杀了我！”这等生不如死的疼痛，他多活一会儿都是折磨。

“杀了你就太便宜你了，你也看到了你的手下都是怎么死的，我又怎么可能让你如此轻易就死去呢！”唐宁冷笑道，手一翻，拿出一个药瓶，往他身上撒了药，而后脚尖一点，便跃到了树上，在周围也撒了一些药。

听到她的话，想到七杀阁那些杀手死去的场面，他目光一缩，眼中浮现出惊恐之色：“不！不要！”

为防他咬舌而死，唐宁手中一扬，一根银针袭出，他整个人便动都动不了地躺在那里。

树林间轻风拂过，若有若无的气味在林中弥漫开。

过了约莫一炷香的时间，树林里传来沙沙的声音。

只见一条条的毒蛇爬来，不知名的虫子和黑蚂蚁也从树木中钻出，爬向那个倒在地上的人类，就连惧蛇如天敌的老鼠，也仿佛被什么美味吸引，竟不惧那些毒蛇，偷偷地绕到七杀阁阁主脚下，钻进了衣袍，在里面啃咬着……

唐宁坐在树上冷漠地看着，看着那些毒蛇钻进他的衣服里，看着他被啃咬，想到了前身临死前那一刻，那时她比起此时的他更要无助与恐惧，因为她只是一个被保护得很好的小女孩儿而已……

空气中弥漫着鲜血的气味，她看着树下那人被活活咬死，一身的骨血被啃吃干净，就连骨头也被老鼠和黑蚂蚁啃成碎渣。

也许是啃完了那地上的人类，那些毒蛇竟抬起头朝坐在树上的她看来，吐出蛇芯子，发出嗞嗞的声音，更有的从树下蹿起，朝她咬来，却又因蹿到一半闻到那周围的气息，又惊恐地缩了回去。

“找死！”唐宁眼睛一眯，掌心凝聚灵力气息，下一刻，一簇火焰从手掌中飞出，呼的一声飞向那群毒蛇。

只见火焰燃烧，群蛇乱窜，却又很快被烧成了灰烬。

其他的老鼠、毒蛇等见状，当即逃离，没过一会儿，原本还围着一大群蛇虫鼠蚁的树下便只剩下一片被火烧过的痕迹……

坐在树上的她将丢进圆竹空间里的那顶假发又拿出来把玩着，轻喃：“马尾毛做成的假发就是粗糙，改天得先弄顶真发备着，指不定以后哪一天就派上用场了。”话音一落，她手中火焰涌起，便将那顶用马尾做成的男式发型的假发烧成了灰烬。

她深吸了口气，抬头看向天空：“唐宁，七杀阁的人已经死了，他们怎么让你死的，我便让他们死得比你更惨百倍！”她敛下眼眸，眼中寒光闪过，“至于剩下那些人，就让他们多活几日吧！”

她纵身一跃，身子稳稳地落地，迈步出了树林，往大道上走去……

七杀阁被灭，让各方势力震惊不已，也引起了恐慌，各方势力纷纷加强了戒备，处事也收敛了不少，生怕太出挑被不知名的强者找上门。

一时间，各地的百姓只觉得，最近好像太平了不少。

青云城，唐家。

“什么？七杀阁一夜之间被灭！”中年男子面露惊骇之色，惊呼出声。

“爹，你小声一点儿。”唐霜连忙说道，回身将房门关上。

“七杀阁怎么会被人灭了？是何人所为？”中年男子唐耀良坐立不安地在房中走来走去，双手因紧张而搓着，眉头也紧紧地拧着。

“听外面的人说是仇杀，只是死状诡异，好像是被蛇虫鼠蚁啃得尸骨不存。”说起这事，唐霜脸色也有些难看，心中隐隐有种不祥的预感。

唐霜忍不住问道：“爹，那皇城贵族不是说要助你登上家主之位吗？如今过了这么久，怎么还没有下一步的动作？学院招生的名额也还没送过来，不是说没了唐宁之后，这个名额就是我的吗？”

“皇城贵族已经在安排了，他们是玄龙国顶尖的世家贵族，我们能跟他们搭上关系，你还怕他们无法助你爹坐上唐家家主之位吗？”想到皇城的那个顶尖的世家贵族，他拧着的眉头一松，拍了拍她的肩膀，道，“学院名额也一定会是你的，以你的天赋，他日必定可以进入顶尖的天龙学院，若是再运气好些，被仙人之地的仙宗选为弟子，那到时候可就真是光宗耀祖了！”

“可不知怎的，这七杀阁被灭，我心里总有些不安。”毕竟也就十几岁的年纪，听到那个势力一夜间被灭，死状还那样恐怖，她便不由自主地想到了唐宁——当时他们将唐宁交给七杀阁的人时，还交代了一定要让唐宁受尽折磨、恐惧而死，如今那个七杀阁又死得这般惨。

“你别杞人忧天了，要知道，我们背后靠的是比唐家还要强的皇城贵族，唐宁早就死了，那七杀阁也被灭了，只要我们对皇城贵族忠心耿耿，自然不会有什么事情。”

“不错，你们明白这一点就好。”一道声音突然传来。

房中的父女两人惊得脸色一白，神色惊慌地四处看着。

只见一抹黑色的身影从暗处悄然无声地走了出来，阴冷的目光落在两人身上。

刹那间，父女两人只感觉一股威压袭来，不由自主地低下了头，不敢对他多打量。

“见过左大人。”唐耀良见是皇城贵族的人，连忙朝他行了一礼，恭敬地唤了一声。

唐霜第一回见到这皇城贵族的人，心中有些畏惧，悄悄躲在父亲身后，甚至连头都不敢抬，因为对方身上的威压太过强大，让她心生恐惧。

“我奉主子之命，过来给你们送些东西。”说话间，他手一弹，一个药瓶落入唐耀良手中。

唐耀良看着手中的药瓶，怔了一下，问：“左大人，这是？”

那黑衣男子盯着唐耀良，道：“这是一种无色无味的毒药，你们每天给唐啸服下一点儿，数日之后，他便会昏迷不醒，身体器官渐渐衰竭，最终死去。只要唐家家主昏迷不醒，无法主持唐家大局，势必会重选家主，到那时就是你们上位的时候了。”

“是，我一定按左大人的吩咐去办。”话音一落，唐耀良又有些迟疑地道，“只是唐家的族老怕不会同意我上位……”

黑衣男子高傲地抬起下巴，道：“这个你不用担心，到时主子会顺路来青云城，有主子开口，试问你们唐家还有谁敢有二话？”

“是是是，有左大人这话，我就放心了。”唐耀良连忙说道。

“你们只要记住忠心听令于主子，就自然不会少了你们的好处。”他丢下这话后，身影一闪，往窗口处掠去，如同来时般悄然离去，没有惊动唐家的人。

“霜儿，你去主院一般没什么人会注意，这药你拿着，趁机下在唐啸的一日三餐里。”唐耀良将那瓶药递给她。

唐霜接过，握紧了手中的药瓶，道：“我知道了。”

次日清晨，唐霜便在半路上等着，因为她知道，每天辰时初唐啸会在主院用早膳，而送早膳的下人也会从这里经过。

“霜儿小姐。”端着早膳的婢女见她迎面走来，便唤了一声，微微屈膝行了一礼。

“这是给我大伯送的早膳？”她笑着走近，看向婢女端着的托盘。

“是的，这是家主的早膳，奴婢正给家主送过去。”

“闻着好香，是什么？”她轻轻地揭开盖子，把指甲里藏着的白色药粉偷偷地往那碗粥里撒去。

“是青菜瘦肉粥。”婢女说道。

“嗯，去吧！别一会儿凉了就不好吃了。”她示意那婢女赶紧送过去。

婢女福了一礼后，继续往主院走。

主院里，唐啸在院中打了一套拳后，便坐到石桌边休息，对那在院中扫着地的小丫头道：“把那个角落扫干净后便下去吧。”

“是。”小丫头低着头应道。垂落的刘海儿遮住了她的半边脸，因此若不仔细看，看不清她的容颜。

婢女送了早膳进来，摆放在石桌上后便退了下去。

唐啸看了一下早膳，见是青菜瘦肉粥配着两小碟子的小菜，以及两个包子。

唐啸打了拳，出了一身的汗，如今胃口正好，便先拿着筷子夹了小菜吃着。

在角落里扫着地的小丫头扫好落叶后正准备退出去，就见唐啸正端起来的那碗粥上面弥漫着一丝丝黑气，目光一缩，当下便走上前。

正准备喝粥的唐啸见那小丫头走了过来，站在他面前，便抬头问了一声："怎么还不退下？"

"家主，你碗里掉了只苍蝇。"她直勾勾地盯着他手里的那碗粥，伸手便将那碗粥抢了过去。

唐啸愣了一下，看小丫头将他手里的那碗粥抢了，抱在怀里不松手，不由得笑了笑，道："你是不是饿了？饿了就下去吃点儿东西吧。"

这小丫头是他从外面带回来的。当时这小丫头就蹲在府门外抱膝坐着，身上就一件破旧的衣服，还赤着脚，让他不由得想到他的宁儿，想着他的宁儿如今也不知怎么样了，是否吃得饱、穿得暖。

出于怜悯，他便将她带进府，让她在府里做事。

这丫头进府没几天，天天都来他这院子里打扫，平时话不多，就默默地干活，因此对于她会上来抢他的碗，他还真有些意外。

"家主，我去给你换一碗。"说完，也不待他多说，她便拿着那碗粥出去了。

唐啸摇了摇头，有些失笑，却也没说什么，只是拿起包子配着小菜吃了起来。

而出了主院后，小丫头便将那碗粥倒了，往厨房走去。

路上，小丫头被唐霜拦了下来。

"你是从主院出来的？"唐霜看着她手里的碗，心头微动，问，"这粥我大伯吃完了？"

小丫头看了唐霜一眼，便垂下头点了点头，道："吃完了，家主今早胃口好，还要一碗，便差奴婢去厨房再盛一碗送过去。"

闻言，唐霜面上露出笑意，道："嗯，去吧。"

小丫头应了一声，这才继续往厨房走。

听着身后离开的脚步声，小丫头停下脚步回头看了一眼便移开目光，继续往前走。

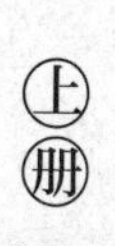

另一边，唐宁眼见天色渐暗，便先到小镇里的客栈歇脚休息一晚，却不料入夜之后，有人便轻轻地捅破了她房间的窗纸，送进来一缕轻烟……

躺在床上的她闭上眼睛，如同睡熟了一般，不动声色地吃了一颗药丸，看着那

轻烟弥漫开后，一抹身影跃了进来。

那抹身影走到床边，挑开床帐，看着床上那张精致出色的小脸，发出啧啧之声，道："好个精致的小和尚，身上还隐隐有圣佛之光，没想到凡人之地还有这等好货色，若是吸了你的精气血，那可真是大补了。"

黑暗之中隐隐可见那女子有着极为丰满性感的身材，轻纱着身，却又在裙边开出高衩，露出修长的腿，面容美艳妖娆，一头如丝般柔软的墨发披散在身后，浑身上下散发着极致的诱惑气息。

她如盯着猎物一般盯着床上的小和尚，美目轻闪，呢喃道："到了极致之时的精气血最为大补，让你这样睡着吸你的精气血可惜了呢！"

唐宁听着她在那里呢喃，心下也暗自思忖着，呼吸间便感觉到一股药味被自己吸进去。闻出是醒神的药物，唐宁心中一动。

"小和尚？小和尚醒醒……"那女子已经点起灯，灯光照亮了房间，也让她美艳妖娆的容颜在灯下显得越发迷人。

听见那女子传来的娇媚声音，唐宁便睁开了眼睛，看到房中突然出现的女人，面露惊愕之色，迅速起身缩到角落里："你……你是什么人？怎么在小僧房里？"

妖媚的女子掩唇轻笑，走上前在床边坐了下来，半个身子倚靠着床，美目带着媚态看着角落里的小和尚，娇笑道："小和尚，你看我美不美？"说话间，女子拉低了衣领，露出一大片雪白的美景。

唐宁注意到女子说话时眼睛散发着一股魅惑之色，只不过唐宁本就是女子，就算对方媚态万千，赤裸裸地躺在床上，估计唐宁的心神也不会有一点儿迷失，毕竟唐宁的性取向是很正常的，对着一个女人要是真能生出什么旖旎的心思来，那才诡异呢！

唐宁看了那女人一眼，深吸了口气后轻轻地呼出，这才双手合十地轻声说道："阿弥陀佛，女施主，夜深露重，你这样会着凉的。"

唇边的媚笑微僵，那女人盯着垂眉敛目仿佛老僧入定的小和尚，继而媚笑出声："呵呵呵，你这小和尚定力不错，难怪能修炼出圣佛之光。"

唐宁听着那女人的话，心中微动，看向她，疑惑地问："什么圣佛之光？小僧身上有吗？为何小僧看不出来？"

见小和尚歪头看着自己，精致出色的脸上带着疑惑之色，那女子一抛媚眼，道："我们合欢一脉当中，有此本事的也就十几个人，也是我运气好，要知道就算是在仙人之地，能修炼出佛光的也就佛门里的一些老和尚了。"她语气一转，视线落在唐宁脸上，"像你这样鲜嫩的小和尚，可是不多见的。"话音落下，她纤长的手指轻轻一揭，身上的轻纱便落地了……

唐宁眼睛微睁，看着面前无尽的“春光”，忍不住道了一声：“施主，你这身材真好。”饶是同为女人，唐宁也不得不承认，这个女人的身材真的是极品，将自己的身材与她这么一对比，那就是还没长成的青李和已经熟透的水蜜桃……

女子听到小和尚的话，手一顿，媚眼朝小和尚看去，身子也倾上前，道：“那你要不要摸摸？我们合欢宗的人可是用牛乳泡澡的，这一身肌肤雪滑如脂，不信你摸摸看。”说话间，她轻拉起微呆的小和尚合十的手，便往自己的胸前贴去。

话还没说完，她整个人就僵住了，目光也一缩，死死地盯着面前扬起笑脸来的小和尚。

“我不好你这一口啊！”唐宁咧嘴一笑，看着僵住无法动弹的女子，当即从长竹空间中取出老和尚给的捆仙绳来将她捆住，这才伸手将那刺入她穴道里的银针拔了出来。

女子冷着一张脸盯着这个仿佛换了个人似的小和尚，心中杀意顿起。她本是筑基修为，这小和尚身上展露出来的实力也就是炼气五阶而已。要对付这样一个小和尚，她压根儿没上心，可没想到一个大意竟栽了跟头。

她的媚功修炼到了第五层，别说是一个小和尚了，就是金丹修士估计也很难抵挡得住，可偏偏这个小和尚跟没事人一样，心神半点儿也没乱，反而借机迷惑她，再用捆仙绳将她捆绑起来了。

“你是仙人之地的和尚？”她盯着小和尚问道。

见小和尚不答，只是用一种诡异莫名的目光盯着自己看，她心中微惧，整个人的神色骤变。

“小师父，是我有眼不识泰山，你放了我吧。小师父……”她娇媚的声音拉长，仿佛在这一刻带上了诱人的魔音，被捆着的身体更是轻轻地扭动着。

若是男人，估计这会儿也就遂了她的意，可惜她碰到的是唐宁。

“听得我鸡皮疙瘩都起来了，你还是闭上嘴比较好。”唐宁揉了揉手臂，一根银针便封住了她的哑穴。

那女人一僵，有些不可置信，她催动十成功力的媚功魅惑这小和尚，这小和尚居然还能对她又扎了一针？这怎么可能！

“你这一头秀发倒是保养得不错。”唐宁笑眯眯地说道，目光落在她那及腰的长发上。

女人的目光一缩，看着小和尚拿出剃刀，居然就在她的头上比画，她惊得当即用神识发音：“你想干什么？！”

“给你剃头啊！这么明显的事情还看不出来吗？”唐宁不紧不慢地说道，手中的剃刀落下，一缕发丝被削落。

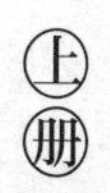

“啊！你住手！住手！”合欢宗的女人怎么可能忍受得了没了头发。

然而下一刻，她就被唐宁不耐烦的一记手刀打晕了。

“真是吵死了。”唐宁瞥了一眼昏过去的女人，道，“大半夜的不睡觉自己送上门来，不剃你剃谁？”

唐宁自顾自地将这个女人一头如丝的秀发剃了个干净，将头发先收起来后，这才看向这个昏迷着的女人。

合欢宗的女人都是修炼采阳补阴的邪功，可以说这个宗门的人没有一个是好的，再加上今晚这梁子是结下了，唐宁自然不能就这样放了她。

“印堂泛黑，估计也是活不久了，但你不能死在我手里。”唐宁说着，将这个女人身上的东西搜刮一空，再废了她的一身修为。

修为被废，她从昏迷中醒来，张了张嘴发不出声音，就连神识也因修为被废而无法再凝聚声音传出。她面露痛苦之色，不甘与愤恨的目光紧紧地盯着唐宁。

这个小和尚不仅剃了她一头的秀发，还废了她一身的修为，没了修为她就是一个普通人，别说回到合欢宗了，就是活下去也是个难题。

“不用这样看着我，谁让你自己送上门来的？”唐宁不紧不慢地说道，睨了她一眼，又道，“这就应了那句，‘天堂有路你不走，地狱无门你自进。’”

唐宁给她披上衣服，便将她从窗口处提了出去，趁着夜色将她丢到某条巷子里……

解决了那个女人后，唐宁便继续回到客栈睡觉。

次日，唐宁让小二帮她买了一些东西送进客房里，便一直在里面捣弄，直到中午时分才做好了一顶假发。

“真人的头发就是不一样。”她眼睛微亮地摸着那秀发，看着镜子里的小和尚因那头垂落的秀发而秒变成少女，不由得扬起笑容，喜滋滋地赞了一句，“真好看。”

假发做好了，她收到长竹空间里，再从长竹空间里拿出昨夜还没有查看的那个乾坤袋，翻看里面到底有什么东西。

进入灵兽空间的小黑在她拿出那个乾坤袋时拍着翅膀飞出，落在桌面上，道：“唐唐，这上面有神识印记呢！”

“神识印记？”唐宁一怔，停下了手里的动作，看向小黑。

小黑点着脑袋看着她，道：“嗯嗯，有一缕神识印记印在这乾坤袋上，要是不抹掉的话，他们会通过这缕神识印记找到你的。”

唐宁凝神探寻，却没探查到那缕神识印记，便道：“我没感觉到，你察觉了？可有办法抹去？”

“哑！只能用本命天火烧，但是这乾坤袋应该是受不住本鸦的本命天火的。”

“那就烧了吧！”唐宁说道，看着手中的乾坤袋轻叹一声，“可惜了这个袋子。”

她将里面的东西拿出来，除了一些灵石，还有一些珍宝、药物和一本合欢宗的修炼书籍。

她翻看了一眼那书籍，便直接丢给小黑让它一并烧了——这等不堪入目的修炼功法，也就合欢宗的人才视若珍宝。

“这些先收着，等以后有机会再卖了。”她将那些东西收了起来，整理了一下便道，“我们出去买些东西，估计还有两三天的路程就可以到青云城了。”

“哑哑！”小黑兴奋地拍着翅膀飞上她的头顶，喊道，“这些天可憋死老子了。”

唐宁笑了笑，心情极好地带着小黑出了客栈，到街上去买些路上吃的、用的东西，便听百姓在议论，说是镇长带人抓走了在巷子里发现的妖尼……

“我就知道她活不久。”唐宁摇了摇头说道，买了东西后便继续往青云城的方向走去。

青云城，唐家。

二房的院中，唐耀良皱着眉负手在房里走着，看向女儿，忍不住问道：“这已经两三天了，怎么他的药效还没发作？你到底有没有将那药下在他的饭菜里？”

“爹爹，每回都是我亲手下的，不假他人之手，我这两天都去厨房走了一趟，趁机将药下在他的饭菜里，除非……”唐霜声音一顿，仿佛想到了什么一般。

“除非什么？”唐耀良看向她问道，眼底有些着急，“莫不是他知道了？可这也不可能，他若是知道了，肯定是按捺不住的，可这些天他也没什么动静。”

“除非他没吃，或者是被人换掉了。”唐霜目光微冷，回想着这几天可有什么可疑之人，只是饭菜都是由专门的婢女送过去的，谁又能在厨房到主院这么短的距离里动手脚换掉饭菜？

“爹爹，快到正午了，你过去看看是怎么一回事吧。”唐霜看向父亲，说道。

唐耀良想了想，道：“也好，我就借机过去看看。”

此时主院里，唐啸正对身边的青年护卫询问道：“还没有宁儿的消息吗？”

“回家主，派出去寻找的人一直没发现小姐的下落。”青年护卫微垂着头说道。

闻言，唐啸低叹一声，道：“再过半个月就是八月十五她的生辰了，也不知她会不会回来？”

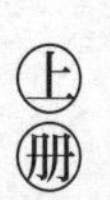

护卫不敢接话，站在一旁低着头。

“家主，可以用午膳了。”婢女端着饭菜进来。

那在院子角落里浇花的小丫头一顿，回头看去，见今天的饭菜上面全都冒着丝

丝黑气，显然全都被下了毒。

婢女退下后，唐啸净了手便准备用膳，见那小丫头还一直盯着他的饭菜看，便打趣地笑道：“小丫头，今天又想我赏你哪一份啊？是汤呢，还是菜呢？”

见院中只有家主信任的贴身护卫在，她便走上前，低声道：“家主，今天的饭菜都不能吃。”

正准备动筷的唐啸听了哈哈一笑，道：“为什么？难不成有毒？”

“是真的有毒。”知道他也许不会信，但她还是说了，因为这几天她总设法将有毒的饭菜拿走，可今天的饭菜全都被下了毒。

“呵呵，我唐家怎么可能有人潜得进来下毒？你个小丫头想多了。”唐啸笑道。

唐啸正准备夹菜，就被那小丫头拦下了。

“放肆！”青年护卫喝了一声，沉着脸盯着那小丫头，喝道，“小小丫头，怎能这般没规矩！”青年护卫这几天一直看这小丫头不顺眼，这小丫头别的地方不去，整天就跟在家主身边，也不知打着什么鬼主意。

小丫头看也没看那护卫，只是有些着急地说道：“家主，这饭菜真不能吃。”

青年护卫防备地盯着那小丫头，上前拱手道：“家主，这小丫头来历不明，自从被家主带回来后就一直紧跟在家主身边，说不定是其他什么势力派来的人，不如将她关押起来，再仔细审问。”

“你想害死家主吗？”小丫头有些生气地抬头瞪了青年护卫一眼。

“你！荒唐！”青年护卫气红了脸。

“好了，青知。”唐啸抬手示意，然后正色看着小丫头问道，“你为什么说这饭菜有毒？这几天你一直拿走一道菜或汤，莫非你知道是什么人下毒？你又怎么知道是哪一道菜有毒？”

小丫头垂着眼，当日从森林出来后，那一位只让她来这青云城唐家，说里面有要害唐家家主的人，而她要查出这个人，还不能让唐家家主出事。

不知那一位会不会来，但自从她进了唐家后，唐家家主对她也是极好的，因此就算那一位是骗她说只要她把这件事办好就会收留她，她也一定不会让唐家家主出事。

“别怕，你说吧。我自有判断。”唐啸放下筷子，看着她说道。

闻言，小丫头抬头看着他道：“是二房的人想要害家主，这几天的饭菜都被他们下了毒药。因为我看得见别人看不到的东西，所以我知道。”

唐啸微讶，正要细问，就听外面有脚步声传来，他挥了下手，示意小丫头退到一旁，就听一道声音传来。

“大哥。”唐耀良迈步走了进来，脸上带着笑容，看着桌上还没动的饭菜，笑道，

“大哥还没吃吗？这饭菜看起来挺丰盛的。”

唐啸笑了笑，示意唐耀良坐下，这才问：“你怎么来了？”

“我是想着来问问，最近有没有宁儿的消息？她都离家这么久了，我还真的挺担心她的。”唐耀良说道，见他没动筷的意思，便道，“大哥，你先吃吧，免得饭菜凉了。”

闻言，唐啸笑着对一旁的小丫头道：“再拿一副碗筷，让二爷陪我吃。”

唐耀良一听，神色微僵，连忙摆手道：“不用了大哥，我是吃饱过来的，已经吃不下了。”

“唉！”唐啸轻叹一声，把拿起的筷子又放了下去，道，“这些天一想到宁儿还没有消息，也不知现在怎么样了，我就吃不下，也睡不好。”

“大哥不用担心，宁儿一定会平安回来的。”也许是担心他又让自己跟着一起吃饭，唐耀良坐了一会儿便站了起来，道，“大哥，你还是多少吃点儿吧。我就先回去了。”

“好。”唐啸应道，看着唐耀良离去的身影，目光渐渐地沉了下来。

而一旁的青年护卫，此时则面带古怪地盯着那垂眸不语的小丫头，如果说先前不相信，但看到突然来主院的二爷，还有什么不明白的？

“青知，去院外守着。”唐啸吩咐了一声。

“是。”这一次，青年护卫没再多说什么，走到院外守着。

唐啸目光落在那小丫头身上，沉声问道：“你是什么人？为什么会来唐家？”

小丫头顾卿歌抬起头，抿着唇道：“我不会害你。”言下之意，其他的她并不想多说。

唐啸看着她，又问：“你是什么时候知道他们下毒的？为何不直接告诉我？”

“就是第一天拿走你手里那碗粥的时候。我直接告诉你，你不会信的。”

就像今天，若不是那二房的人来了，估计他也不会轻易相信她。

唐啸目光微闪，确实，若是那天她说那碗粥有毒，估计他第一时间会将她抓起来拷问，而这样一来就会惊动二房的人。

“青知，将许老请过来。”他沉声吩咐道。

“是。”青年护卫应声后，迅速离去。

不多时，一名老者背着药箱跟着青知进了主院。

“家主。”老者行了一礼。

“许老，你来看看这些饭菜是否有毒。”唐啸示意道。

闻言，许老微怔了一下，连忙上前夹起一些饭菜闻了闻，又用银针测验，皆是无色无味，用银针也试不出来。

老者顿了一下，从药箱里取出一物抹在银针上，再一试，银针泛起黑紫色的光芒，惊得老者的手微抖："家主，这些饭菜皆有剧毒，而且无色无味，若是服下，只怕是……"

看着那泛起黑紫色的银针，唐啸目光微沉，高声喝了一声："青知，把二房的人给我抓起来！"

"是！"青知领命，带着护卫往二房走去。

此时的二房，早在收到消息后便准备着。

"他定是早早就防备着！如今连许老都被请过去了，看来我们只能与他们硬碰硬了！"唐耀良阴沉着目光，拿了一块令牌给唐霜，道，"你马上去别院禀报皇城贵族，请他们过来支援。"

"好。"唐霜接过令牌，匆匆从后门离开。

"其他人跟我走！去主院！"唐耀良带着人便往主院走去。

唐家大门紧闭，外面不知唐家乱成一团，但唐家的众人被二房的举动惊到了，唐家族老纷纷赶往主院……

此时青云城中，一个小和尚正走进成衣店，转了一圈后，站在一排女式衣裙前看着。

店里的掌柜见小和尚盯着女式衣裙看，不由得用怪异的目光打量了小和尚几眼，上前道："小师父，要买衣服？"

"买裙子。"唐宁笑眯眯地说道，看着一件水青色的衣裙道，"这裙子好看，劳烦掌柜拿下来吧。"

见掌柜站着没动，只是用一种怪异的目光打量着自己，唐宁心头一动，双手合十，道："阿弥陀佛，施主，小僧买裙子是想送给家中姐姐的。"

"原来如此。"掌柜恍然，这才将裙子拿下来，笑道，"我还想着你一个出家人怎么会买裙子呢。原来是要送给家中的姐姐。"说完，掌柜又笑道，"小师父长得这般出色，想来令姐也是美人，穿上我店里的这袭衣裙，定会更显倾城。只不过我这店里的衣裙用料都是极好的，价格也都比较贵。"

掌柜原本觉得，一个出家的小和尚身上应该没有什么钱，却不想对方笑眯眯地拿出了金币。掌柜看得眼睛一亮，连忙又推荐了好几款衣裙。

唐宁将里里外外要用的东西全在店里买了，结了账后便先往落脚的客栈走去。进了客栈的客房，她让小二送沐浴的热水上楼，泡了个澡后，才开始换上衣服，以及戴上假发。

"这头发怎么盘？"对于盘发和绾发她都不是很擅长，于是便将垂落在脸颊左右的墨发各钩起一束编成两条辫子，再用丝带将其束起，自然地垂落，余下的便由着它自然地垂落披散在身后。

额前厚厚的刘海儿遮住了眉毛，掩去了她的三分绝色，敛起了她一身的锋芒，使她看起来多了一抹温婉与乖巧。

她松开束胸的布条，玲珑的曲线也在那合身的衣裙，以及腰带的轻束下尽显少女曼妙柔美的姿态，尤其是那水青色的衣裙，简单中透着飘逸的气息，清清爽爽，给人一种眼前一亮的惊艳感。

“真美！”她对着铜镜里的绝色美人扬起一抹盈盈的笑容，旋身一转间，水青色的衣裙轻轻摆动，一朵朵裙花自裙角轻轻地荡开，煞是好看。

“我长得这么美，再过两年又该是何等倾城绝色？”她摸着自己的脸，笑得一脸开心，“爱美果然是女人的天性啊！就这么一打扮，怎么看都觉得赏心悦目。”

她在铜镜前转了转，又看了看，最后低喃道：“就是这女装打扮没有和尚的装扮来得舒服自在。”

女装容颜太过耀眼，一来容易招惹是非，二来在外行走多有不便，所以她准备等把唐家的事情处理好后，再换回小和尚的装扮。

上下检查了一番后，她便将长竹收入乾坤袋，这才打开房门走了出去。

当客栈的掌柜见一名穿着水青色长裙的绝美少女从客栈里走出去时，不由得怔了怔，神情疑惑：他们客栈什么时候住进来这样一名绝美的少女了？他怎么没印象？

出了客栈的唐宁并没有直接去唐家，而是走进城中一家叫宝剑阁的楼中，打算挑选一把好用的匕首。

“唐大小姐？”宝剑阁的掌柜听到脚步声抬头看去，看到进来的那名少女时，不禁微愕，连忙迎了上去。

唐宁则在听到对方的称呼后，脚步微顿——没想到这里离唐家还有些距离，她这才换上女装，就让人认出来了。

“唐大小姐什么时候回来的？你父亲可是派了不少人出去找你，要是知道你平安回来了，一定很开心。”掌柜对她似乎并不陌生，笑着招呼道，“唐大小姐要匕首吗？我这里刚好有一把极好的匕首，我拿给你看看。”

掌柜亲自取来一把匕首递给唐宁看，一边打量她，一边笑道：“唐大小姐是刚回来吗？说起来，自上回你来我这里买剑之后，我也有大半年不曾见你了，真是险些没认出来。”

经他提起，唐宁脑海中也闪过那么一幕记忆，于是便露出笑容来，道：“我刚回来，路过你这里，便想着看看有没有好用的匕首。”

“回来了就好，回来不会有错的，你离家的这些日子，你父亲不知有多担心你。”掌柜看着面前容颜绝美的唐宁，心下暗叹了一声可惜。

青云城的人谁不知唐家大小姐唐宁自小就是青云城中少有的修炼天才？可偏偏数月前，唐大小姐一身修为不知为何尽散，成了一介无法修炼的普通人。听说她遭此打击之后许久都没出家门，若不是后来唐啸派人四处打听、寻找唐宁的下落，城中的人也不会知道，唐家大小姐唐宁离家出走了。

一个没了修为的少女，又长得倾城绝美，独自一人在外，让很多人都猜测：她会不会已经遭遇不测？

不过如今看到她回来了，掌柜也真心替唐家家主开心，至少唐大小姐是平安回来了。

“这匕首看着不起眼，但轻薄锋利，削铁如泥，是一把难得的好匕首，你们女孩子用来防身最好不过了，你看看喜不喜欢，要是喜欢，我算便宜些给你。”掌柜笑着说道。

闻言，唐宁微微一笑，道：“好，那就这一把吧！”她笑着结了账，收起匕首。

掌柜亲自送她出来，说道：“快回家去吧！别叫你父亲担心了。”

“好。”唐宁心下有些无奈——这掌柜也热情过头儿了。

她往大街上走，微敛着眼眸想着事情，忽听身后马蹄声疾驰而来，还伴随着扬鞭抽打、低喝的声音。

周围惊呼声顿起，众人纷纷退开。

她回过神，转身回头看去，就见一队骑卫扬鞭在大街上疾驰，路人纷纷避让，有的避让不及跌倒在地连滚带爬地退开。

看着那队骑卫朝她这边而来，周围的百姓不由得惊呼。

“姑娘快闪开！”

“姑娘快躲开啊！”

听着周围的惊呼声，她正准备移步避开，却不料还不等她有所动作，便见一抹身影如风般掠来，在她的错愕中，一把搂住她的腰将她带离到路边。

“姑娘，你没事吧？”南宫凌云低头问道，目光触及少女那张倾城绝美的容颜时，幽深的黑瞳不由得微闪，眼底闪过一抹惊艳之色，一时间竟看呆了，连搂在对方腰间的手也忘了松开，就这样看着被他搂在怀里的少女。

如此近距离地看，少女精致而出色的容颜更显绝美，她也就十四岁左右，一头如丝的墨发垂落在身后，一双清澈的美眸因错愕而微瞪着，高挺的鼻子下朱唇微张，那模样看在他眼里，显得十分生动而有趣。

对方并没有因他俊逸的容颜和出色的气质而露出痴迷之色，反而是一副错愕、恼怒的模样瞪着他，似乎是嫌弃他的出手相救，这种感觉对他来说十分新鲜，也十分有趣。

“放手！”唐宁深吸了口气，压下冒起来的火气。

南宫凌云！他怎么又回青云城了？

南宫凌云松开搂在她腰间的手，刹那间竟有种不舍得放手的感觉。他看着退开一步的少女，见她一袭水青色衣裙着身，飘逸而出尘，再配上那张绝美的容颜，真是美得让人移不开目光。

他在学院修炼，在外面行走，又是出自青云城的世家贵族之一，见过倾城绝美的女子自是不少，对那些女子他有的也只是欣赏之心，并无动心之意，但看着眼前这个少女，他的目光不知为何总是不由自主地落在她身上，想移也移不开。

看着少女灵动的眼神和绝美的脸上浮现出的丰富神情，看着她退开后也没理会他，而是小心翼翼地整理着自己的墨发，他不由得低笑出声，道：“姑娘，你的秀发并没有乱，不用整理。”

唐宁抬眸瞥了他一眼，心下暗忖：谁说我是担心头发乱了？我明明是担心被你搂着那样旋转会将我的假发甩下来！

“姑娘，我救了你，你就不谢谢我？”看着眼前的少女，他忍不住想逗逗她。

唐宁心头一动，出于本能，隐隐觉得她与此人定有纠缠。

前主与他有青梅竹马之情，他更是曾许诺，玉兰树长成之日便是迎娶之时，而前主也曾言，待前主长大，要当他的新娘。

前因早已种下，今日再遇，让她有种感觉，她与他之间一定会发生些什么。

见少女站在他面前垂眸发呆，南宫凌云不由得失笑，唤了一声：“姑娘？”他低沉的声音带着丝丝笑意，煞是好听。

唐宁回过神来，抬眸看着面前的人，露出一抹浅笑，轻轻福了一礼，道：“多谢公子相救，这一礼是我谢公子的。”

看着眼前这张绝美的容颜，他竟觉得有些眼熟，就好像在哪里见过一样，于是便问道：“我们是不是在哪里见过？我怎么觉得你有些眼熟呢？”

你当然见过，小时候见过，前段时间你还见过我光头的样子呢！只是你眼神不太好，没认出我就是你的小青梅罢了。压下腹诽，她看着他，笑容淡了几分，道：“公子莫不是遇见长得美的女子都说觉得眼熟？”

看到对方笑容淡了下来，言语间也冷淡了几分，南宫凌云微顿了一下后，原本准备自报姓名后询问对方名字的，此时这念头也被他压了下来。

他不否认，就是这样一次萍水相逢，他竟对眼前之人有了几分心动，甚至想更进一步了解她，然而对方的话和她的冷淡让他收住了心。

他并不是一个喜好美色之人，那几分心动也只是因为不由自主地被她吸引，并非全然因为她那绝美的容颜。

更何况他少年时曾对宁儿许诺，玉兰树长成之时，便是迎娶之日，虽然已经多年未见，而宁儿如今也下落不明，但他终是许过诺言的，自然是不能再去随便招惹其他女子，这不仅对宁儿不公平，也对其他女子不公平。

纵是这些年他在学院修炼见识到外面的大千世界，增长了不少见识和阅历，纵是觉得少年时许下的诺言有些不太成熟，但这些年他也一直谨记着，他是要娶宁儿的，哪怕她的修为尽失，哪怕她终其一生只能当一个普通人，他也不能违背当初少年时许下的诺言。

他正了正神色，将那如春芽般刚冒起的情愫掐灭，拱手朝她行了一礼，道："姑娘，先前多有冒犯，还望见谅。"

唐宁目光微闪，觉得他在这一瞬间似乎有了某些变化。

不待她深究，便见他身边那名护卫匆匆来到他身边，在他耳边低语了几句。

南宫凌云脸色微变，当即对面前的少女道："告辞。"他深深地看了她一眼，便收回目光，大步跟着护卫离去。

唐宁看着他离去的身影，眉头微拧——刚才她好像隐隐听到那护卫对南宫凌云说唐家出事了。

想到先前当街纵马骑行的那队骑卫，她当下便也往唐家所在的方向走去。

此时，唐家。

"二弟，没想到你不顾血脉亲情，狼子野心，竟想毒害于我，如今不束手就擒，还带着人闯到主院来，你当真是好大的胆子！"唐啸黑沉着一张脸，怒视着带着人闯进来的唐耀良，心中愤怒不已。纵是并非一母同胞的亲兄弟，但他自问从不曾亏待唐耀良，没想到唐耀良竟包藏祸心想要加害于他。

"呵呵，大哥，你这唐家当家人的位置坐了这么久，也理应让给我坐坐了，更何况你女儿修为尽失，如今还下落不明，你说你占着家主的位置又能干什么呢？"唐耀良冷笑道。背后有人当靠山，唐耀良才不会惧他唐啸呢！

"耀良，做人不能这么没良心，你摸着胸口问问自己，家主待你二房如何？你怎么能干出这种事情呢！"一名族老叹息道。

"耀良，你不要一错再错，现在回头还来得及，赶紧放下武器跟家主认错，我们还能为你说情，请家主饶你一命。"

"是啊！你怎么这么糊涂，干出这种事情呢！快快认错吧！你以为就凭你二房的这些人，就能扳倒家主吗？这是不可能的。"

几名族老劝道，实在不愿看见唐家之人骨肉相残，血溅一地。

“哈哈哈哈！”唐耀良仰头大笑，笑声骤然一顿，眼神发狠地盯着他们，“你们以为我只有二房的这些人吗？到了这个时候，我不怕告诉你们，皇城十大顶尖世家贵族之一的欧阳家便是我的靠山！他们答应会扶我登上家主之位，更会助我让唐家成为青云城八大世家贵族之首，还会给霜儿一个进入学院修炼的名额！你们若是识相，现在站到我这边来，待我登上家主之位后，可以既往不咎，让你们继续当唐家的族老，否则……哼！”

唐家的众人听到唐耀良提到背后之人是皇城十大顶尖世家贵族之一的欧阳家时，脸色皆是一变。

皇城的十大顶尖世家贵族，那是整个玄龙国皇族之下最强大的家族势力了，其中的每一个家族都在各地有旁系家族，势力分布十分庞大，而皇城之中的主家则是这些家族中最为强大的存在。

他们唐家也是百年世家贵族，但也只限在这青云城里，根本无法与皇城的顶尖世家贵族相比。

因此在听到唐耀良说背后撑腰之人是那十大顶尖世家贵族之一的欧阳家时，唐家的人一颗颗心皆是往下沉。

“皇城的顶尖世家贵族欧阳家又如何？难道还能插手我唐家内部的事情吗？”唐啸目光盯着唐耀良，喝道，“你联手外人对付自己的亲人，毒害家主，单单是这两条罪，就足以让你以死谢罪了！”

他中气十足的声音一顿，眼中充满厉色，高声喝道：“来人！给我把唐耀良抓起来！其他人若敢反抗，一律同罪论处！”

“是！”恭敬的声音落下，几名护卫瞬间出手擒向唐耀良。

“就凭你们也敢跟我动手？找死！”唐耀良阴沉的目光一闪，手中的长剑泛起锋利的光芒，便朝袭来的护卫砍去。

唐耀良下的是置人于死地的杀招，而护卫则是想将唐耀良擒拿住交由家主发落，因此双方一经交手，很快几名护卫身上就添了几道伤口。

“竟敢反抗，就此格杀！”唐啸声音冷了下来，盯着唐耀良的目光带着杀意。

“是！”

护卫退了下去，紧接着出现的则是几名穿着黑衣的暗卫。

然而，看到那几名暗卫现身，几名族长神色微变，其中一人当即道：“且慢！他由我来拿下！”话音一落，其中一位族老迅速出手朝唐耀良擒去。

看到那位族老出手，唐耀良的面色微变，因为他的功夫可以说都是这位族老教的，他根本不是这位族老的对手！

身子急退，唐耀良大喝道：“给我拦住他！”

然而其他几位族老也在这时出手，将那些准备上前的二房的护卫全部击退。

二房的人很快便被一众护卫扣押住，也就这么一瞬间，唐耀良也被那名族老擒住。

“三长老，连你也要站在唐啸那边吗？”双手被扣扭转擒压在身后，唐耀良愤恨地喝问。

那三长老面带肃然，苍老的声音带着坚定：“唐家之人，自当拥护唐家的家主，你若是为唐家着想，就不会勾结外人来谋算唐家了。”说完，三长老摇头轻叹一声，又道，“耀良，家主待你不薄，你不应如此啊！”

“家主，不好了，外面一队骑卫将我们唐家团团围住了！”一名护卫连忙进来禀报道。

唐耀良听到这话，阴沉愤恨的神色瞬间被喜悦冲散：“哈哈哈！欧阳家的人来了！你们识相的赶紧将我放了，否则有你们好看的！”

啪！唐啸上前便狠狠地掴了唐耀良一巴掌，道：“到现在你还执迷不悟！你不配生为唐家之人！”

这一巴掌力道之大，将唐耀良的脸都打肿了，嘴角也渗出一丝鲜血来。

唐耀良恨恨地抬起头，目光如毒蛇一般盯着唐啸，阴恻恻带着不怀好意，道：“唐啸，你知道你的宝贝女儿怎么了吗？”

听到这话，唐啸整个人猛地一震，目光一缩，上前揪着唐耀良的衣襟将唐耀良提了起来，声音中带着一丝颤意：“宁儿不是自己走的？是你抓走的？”

这一刻，被掴了一巴掌后愤怒不已的唐耀良只想让唐啸尝尝心如刀割、生不如死的滋味，又想到欧阳家的人已经到外面，于是也就肆无忌惮地哈哈笑了起来，道：“我告诉你吧，我的好大哥，你的宝贝女儿就是我打晕了将她送出府交给七杀阁的人带走的，你也不用想着她还能活着回来，她早就死了，而且是死得凄惨无比！哈哈哈哈！”

唐家的其他人听到这话，也是震惊不已，一个个不可置信地看着唐耀良——唐耀良究竟是有多丧心病狂才会对才十几岁的侄女下手？

“你该死！”唐啸双眼泛着赤红，一身杀意沸腾，松开揪着唐耀良衣襟的手，直接扣上唐耀良的喉咙，“你该死！”

一连两声“你该死”，足见唐啸此时心中之震怒，他扣着唐耀良喉咙的手收紧，生生将唐耀良掐得脸色发紫，喘不过气来。

“爹！”唐霜跑了进来，上前抱着唐啸的手哭求道，“大伯，大伯，你不要杀我爹，大伯……”

然而就在她趁机近了唐啸的身之时，趁着周围的人没防备她，她偷偷地按下衣袖间的袖箭，瞄准唐啸的心口射出。

那被人忽略的小丫头一直站在角落处，也一直注意着周围的动静，当看到二房那个叫唐霜的少女扑上前抱着家主的手时就一直注意着她，因此当看到她的手摸到自己的衣袖处时，小丫头本能地冲上前。

“家主小心！”小丫头大喊着冲上前，将身体撞向唐啸，想将他撞开，却因身板太小，力量不足，只撞得他身体微动了一下。

但那原本瞄准唐啸心脏射去的袖箭也因小丫头这一撞而射偏。

唐啸闷哼一声，扣着唐耀良喉咙的手也因此而松开，脚步晃了一下，就被旁边的小丫头和一名族老扶住了。

“家主！”

“家主！”

第七章　胆子好大

众人看到那袖箭，又是错愕又是震惊，谁也没想到唐霜居然敢对家主下手，谁也没去防备她，谁也没想到，一个十几岁、平时那样温柔大方的少女，竟会对自己的亲人下此毒手!

“你好大的胆子！”青知愤怒地一个跨步上前。

唐霜还要动手，却三两下被青知拿下。青知将她的双手往身后一扭，她整个人被按压着跪下。

扶着唐啸的族老见唐啸嘴唇泛紫、浑身无力虚脱的样子，顿时大惊失色：“不好！袖箭有剧毒！”

“快！快把这解毒丹药服下！”另一名族老见唐啸脸色泛起紫黑色，心中大惊，连忙上前，从衣服的最里面取出一个三角形的护身符来，将那护身符拆开，把里面一颗珍藏着的丹药塞进唐啸口中。

“这是当年老祖离开时留下的那颗解毒丹！”缓过气来的唐耀良盯着那颗丹药，双眼泛赤，“当年霜儿她娘身中剧毒，你就眼睁睁地看着我求救无门，看着她毒发身亡！”

那拿出丹药的族老见唐啸服下丹药后脸色渐渐好转，这才看向唐耀良道：“这是老祖当年离开时交给我保管的，这解毒丹非常珍贵，又岂能给你夫人服用？若是当年我给了，今天家主身中剧毒又将如何活命？唐家的百年基业全系在家主身上，我又岂能不为他留一条后路？”

别说是唐耀良的夫人了，就是唐家的其他人中了剧毒，这族老也不会将这丹药拿出来，须知这解毒丹根本不是他们这等地方所能拥有的，而是那仙人之地的仙丹，若非到了万不得已，这族老是不会拿出这颗解毒丹的。

“好！好啊你们！我定让欧阳家将你们全灭了！全都灭了！一个不留！”唐耀良愤恨地大吼道，神情带着几分疯狂。

“家主，欧阳家的人闯进来了！前院的护卫拦都拦不住，他们……他们见人就杀……”一名护卫身上带血，惊慌地进来禀报道。

“哈哈哈哈！杀得好！杀得好啊！”唐耀良仰头疯狂地大笑道。

服下解毒丹后，唐啸的脸色好了一些，但毒性未能尽散，身体也虚软无力，他咬着牙硬生生将插在胸口上方的袖箭拔了下来，带出了一片血迹。

“家主！”众人担心地看着他。

唐啸将那袖箭丢掉后，盯着唐耀良和唐霜，声音冰冷地说道：“将他们捆绑起来押出去！把其他人关押进地牢！唐家众人听着，跟我一同去会会欧阳家的人！”话音一落，他推开扶着他的人，强撑着往外走去。

“是！”众人声音响亮地应道，一个个战意凛凛，气势如虹。

唐家不远处，围着众多百姓，都不敢上前，只是在那里低声议论。

而在唐家的大门前，除了围着的一队骑卫三四十人之外，还有十几名清一色劲装的护卫，而为首的人则坐在轿子里并没有出来，在轿子旁边还有一名老者垂手静立着。

听着里面传来刀剑相碰的铿锵声，垂手静立的老者抬头看去，那目光平静得如同一潭死水，不起半点儿涟漪。

“啊！”惨叫声传来，同时一名劲装护卫被踢了出来。

旁边还有几名护卫手里持着沾着鲜血的剑退了出来。

走在前面的是几名族老，他们拥着唐啸走出来，当看到外面那些欧阳家的人时，一个个沉着脸打量着。

欧阳家的人人数不多，但一个个都是好手，至少在护卫的战斗力上，唐家的护卫不是欧阳家护卫的对手，估计只有府中的暗卫才能与欧阳家的护卫交手，但对方那些骑卫，身上的修为竟都是炼气五阶以上，若是硬碰硬一战，到头来只怕死伤惨重的还是唐家。

骑坐在骏马上的一名骑卫看到出来的人时，当即厉喝：“好一个唐家！竟敢对我欧阳家的人动手！”

唐啸威严的目光掠过那名骑卫，视线在轿子旁的老者身上停顿了一下，便落在那轿子处，他冷声道：“素闻欧阳家是皇城十大顶尖世家贵族之一，没想到权力竟大

到可以蔑视玄龙国律法，硬闯入别人宅子杀人！当真是好大的威风！”

“大人，大人救我们！”唐耀良挣扎着开口喊道。

欧阳家的人扫了唐耀良一眼，也没去理会唐耀良。

这时轿子帘掀开，里面走出一名锦衣玉带的中年男子。

中年男子的目光落在唐啸身上，打量了唐啸一番后，道：“不愧为唐家家主，确实有当家主的风范。”声音一顿，中年男子眼睛一眯，眼中闪过轻蔑之色，话语中自带傲然，“只可惜站在你面前的是欧阳家的人，杀你对我们来说易如反掌！”

“是吗？那你们可以试试！”想到唐耀良勾结外人谋算自己也就罢了，却连他的女儿也被他们谋害，他便恨不得杀了他们为宁儿报仇。

“你想死，我没理由不成全你。”中年男子冷笑道，示意身边的老者：“去，给我杀了他！”

唐啸手中握剑，跨前一步准备应战。

身边的人连忙唤道：“家主！”

“家主，让我来！”一名族老说道，想要上前。

“家主，让我们来！”另一名族老也开口说道，眼中有着担心，“你身上还有伤，毒也未化尽，切不可运气！”

“你们可以一起上。”那老者如同死水般的目光盯着他们，声音沙哑而难听。

双方剑拔弩张，一触即发，却在这时传来一阵匆匆的脚步声，以及一道急促的声音：“住手！都住手！”

南宫家家主带着人赶来，身边跟着的是南宫凌云，而在他们身后，还有陆续赶来的城中其他世家的家主等。

“欧阳家贵为皇城顶尖世家贵族，若是今日之事传回皇城，传到国主耳中，只怕就算是你们欧阳家也难逃国主责罚！”南宫凌云上前说道，目光扫过被捆绑着的那对父女，眉头微拧。

南宫凌云扶着唐啸，见他身上有伤，便问道：“唐世伯，你怎么样？还好吧？”

“我没事。”唐啸摇了摇头，想到女儿，铁骨铮铮的汉子眼眶泛红，面露悲痛之色，道，“凌云，宁儿她……她被他们害死了……”

心中悲痛万分，他早就怀疑女儿不是自己离开家的，可怎么也没想到，竟是家中亲人勾结外人谋害了她。这话从唐耀良口中说出，他根本不怀疑，因为唐耀良连给他下毒的事情都做得出来，还有什么是唐耀良做不出来的？

唐霜从看到南宫凌云时就惊愕地睁大了眼睛，没想到南宫凌云会出现在这里，还看到了这样的一幕，此时唐霜无法面对南宫凌云，只能垂着头努力降低自己的存在感。

南宫凌云听到他的话，心头一震，不可置信地道：“怎么会？她怎么会死？”

南宫凌云目光冰冷地盯着垂着头的唐霜，上前掐起唐霜的下巴，冰冷的声音透着杀意："你们害死了她？你们竟敢害死她！"

唐霜面对南宫凌云的质问与杀意，脸色一白，看着南宫凌云一句话也说不出来，甚至就连下巴被南宫凌云掐得极疼也不敢哼一声。

一触即发的战斗被阻止，来人还不将欧阳家放在眼里，对着两个已经投靠欧阳家的人出手，这让站在轿前的中年男子十分不悦，感觉被冒犯了。

"老袁，动手！"

中年男子的话音一落，便见那老者身影如同鬼魅般一闪，枯瘦的手呈现爪状，蕴含着慑人的杀意朝唐啸抓去。

余光瞥见那老者朝唐啸抓去，南宫凌云眼睛一眯，松开掐着唐霜下巴的手，当即提起内息迎了上去，掌风朝对方袭去。

对方纹丝不动，而南宫凌云则生生被击退数步，体内血气沸腾，一丝鲜血从口中溢出。

"凌云！"南宫家家主见状，当即上前，见那老者还要出手，当即疾喝道："你们欧阳家想与我们青云城所有家族为敌吗？"

南宫家家主大步上前，站在南宫凌云身边，凌厉的目光掠过那老者后，落在那锦衣华袍的中年男子身上，道："就算你们是欧阳家的人，也不应行如此强盗之事！你就不怕败坏了你们欧阳家的名声？不怕我们青云城所有家族联名上奏吗？"

中年男子眼睛一眯，眼中闪过一抹阴冷的光芒，忽地扯出一抹冷笑来，道："你们又是什么人？哪个家族的？"

南宫家家主听了中年男子的话，脸色微凝。

从儿子回家让他到唐家帮忙，还让人去请城中其他几个世家的家主，同时向他们说明利害之处时，南宫家家主便知道，站出来就不容退缩，因为这不仅仅是唐家的事，更是他们整个青云城里所有世家的事，若是今天唐家真被欧阳家所灭，那下一个又会不会轮到他们？

正因如此，不仅南宫家家主，城中的其他几个家族的家主也都带着人赶过来了。

"敝人南宫杰，南宫家的家主。"南宫家家主沉声说道。

"还有我们。"赶来的其他几位家主带着人过来，看了那中年男子一眼后，便各自报了姓名，然后道，"就算欧阳家是皇城的顶尖世家，也不应该插手别人家的事情，若不就此收手，我等将联名上奏国主！"

看着那些赶来的人，锦衣玉带的中年男子眼睛一眯，眼中闪过阴冷的怒意。

中年男子深吸了口气，嘴角扯出一抹诡异而阴冷的笑意，道："谁说我欧阳家插手别人家的事情了？唐耀良的女儿唐霜是我儿子看中的人，唐耀良也早与我有口头之

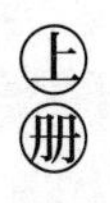

约，我助亲家登上家主之位，自是合情合理，更何况唐啸的女儿早就死了，一个已经绝了后又身中剧毒的将死之人，有什么资格再当唐家的家主？”

“我们家主已经服下解毒丹，你的诡计不会得逞的！”一名族老上前怒喝道。

“哦？是吗？那他还有后？”中年男子冷笑道，如同一条毒蛇般盯着他们。

听到中年男子的话，唐家众人拳头紧握，一个个愤怒地盯着那可恶的中年男子。先前唐耀良的话他们都听到了——唐宁，一个本该是他们唐家的少主，继承唐家的人，已经被他们害死！唐啸他，已经绝后了！

唐啸只要一想到女儿被害死，心中便痛苦不已，那是他亲手带大的孩子啊！从小小软软的一团，珍而重之地慢慢养到这么大，却被这些人害死了。

他赤红的目光盯着一旁的唐耀良和唐霜，声音带着杀意与愤恨：“唐耀良父女害死我女儿，他们没资格当唐家的家主！待平息了唐家的内乱，我唐啸将自让家主之位！”

“唐世伯……”南宫凌云担心地看着他——宁儿死了，他是没盼头儿了，所以才想让出家主之位？

众位家主大惊，都不由得看向他：除了唐啸，唐家哪里还有什么人能胜任家主之位？

不远处酒楼的二楼上，在临窗处喝着酒看着前面唐家事态发展的墨烨神情淡漠，只是偶尔有些出神，似乎在想着什么事。

倒是站在墨烨身边的黑风愤愤不平地道：“主子，这欧阳家欺人太甚了，插手都插到别人家族来了，那唐家二房父女俩居然还害死了当家家主的女儿，真的是畜生不如！”

“无论在哪个地方都是强者为尊。”墨烨淡淡地说道，看着唐家门前的一幕，低沉的声音缓缓传出，“凡人之地尚是如此，仙人之地比这更甚，一个家族的覆灭，往往只在强者的一念之间。”

闻言，黑风和暗一都想到了那个一夜间被强者灭族的常家，一时间都沉默下来。

他们跟在主子身边见过太多弱肉强食的事情了，就连他们的主子自己，若不是实力强大，单凭不得圣心这一点，想要在皇城中活下来就已经是不易的事情。

也幸好他们的主子拥有强大的实力和势力，不然哪怕他们的主子是皇子，也依旧逃脱不了弱肉强食的命运。

实力，无论在什么地方，真的很重要。

“谁说我死了？”就在这时，一道轻缓的声音打破了唐家大门前凝重的气氛。

那声音的传来，让众人心头一震，不可置信地猛然抬头朝那声音传来之处看去。

就连这边二楼处把玩着酒杯想着事情的墨烨，在听到那突然传出的女子声音时，也抬头顺着那声音看去。

只见一名穿着水青色衣裙的绝美少女缓步从人群中走出，飘逸清爽的水青色长裙尽显她玲珑曼妙的身段，一头如丝的墨发垂落在身后，额前的刘海儿遮住了秀眉，却遮不住那倾城的绝美容颜。

她步伐轻移，姿态轻盈柔美，绝美的脸上那双眼睛灵动而透着狡黠的光芒，唇边带着盈盈的浅笑。

而就是这样一个只有十四岁左右的少女，从她走出来那一刻，她身上散发出来的自信以及上位者气势，竟不逊色于场中的任何一人。

二楼处的墨烨盯着那绝美的少女，眉头微微一拧，隐隐觉得这少女有些熟悉，正想询问身边的两人可曾见过此女，或者知道此女是何人时，就听那唐家大门前的众人仿佛见了鬼一样瞪大了眼睛，尤其是唐啸，更是在看到少女的脸后露出似哭似笑的神情，一个箭步便朝少女跑去。

“宁儿！”

南宫凌云正错愕于那先前在大街上遇到的少女竟会出现在这里时，却不想就见到唐啸跑上前将她抱住，还唤她为“宁儿”……

宁儿？她……她是……一个念头在脑海浮起，南宫凌云震惊地看着那绝美的少女，手心渗着汗，一颗心紧张得猛跳起来，扑通扑通的声响连他自己都能听见。

“大小姐！”

“宁儿？她还活着！”

周围一声声惊喜的呼唤声传入耳中，南宫凌云只感觉仿若在梦中，怔怔地看着那被唐啸搂着的少女，只知道这一刻自己心里充斥着一股无法用言语来表达的惊喜，这喜悦之情充满他的整个心头，让他喜不自禁，露出笑容来。

被唐啸搂着的唐宁身体微僵，不太习惯与人这般亲密，就算那人是这具身体的父亲也一样，但当她被紧紧地搂住，当他温热的泪水滴落她的肩膀上时，刹那间她仿佛心都被烫疼了。

南宫凌云等人到唐家门前时，她也已经到了，只不过她没有现身，而是在暗处看着。她没想到一回来就碰上这样一出大戏，更没想到唐耀良父女已经败露，就连幕后撑腰之人也现身了。

唐家族人拥护唐啸一致对外的举动让她诧异，毕竟双方实力悬殊，他们还有这个胆量，这份战意已属不错。

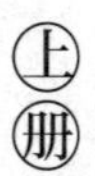

她更没想到的是，南宫凌云会出现于此并护着唐家，甚至会说动他的父亲以及其他的几个家族的家主前来帮忙，不得不说，前身的这个小竹马还真的不错。

而唐啸，她这具身体的父亲，还没见到他时，她不知应该如何与他相处，更不

知如何面对他，但当这个铁骨铮铮的汉子在看到她时流下欣喜的泪水，她只知道，心中冰冷的一角悄然被他的眼泪烫得融化。

这一刻她不再是凭着脑海中的记忆感觉到唐啸对他女儿的疼爱，这一刻她是真真切切地感受到血脉亲情的所在。

微僵的身体渐渐地放松下来，她缓缓地伸出手，轻轻地拍着他的背，柔声说道："爹爹，我没事，我回来了。"

从这一刻起，唐家，她来守护！

唐耀良和唐霜震惊地睁大了眼睛，一副见了鬼般的神情惊骇地看着那个绝美的少女唐宁！

她……她怎么会还活着？她明明早就应该已经死了！她不可能还活着！不可能！

唐霜神色有些疯癫，眼中泛着疯狂之色，摇着头，她一声声地说道："不，她一定是别人冒充的！唐宁早就死了，她早就死了！我让那些人用老鼠将她活活咬死，让她尸骨无存！她不可能还活着！不可能！"

南宫凌云听到唐霜的话，一想到唐宁曾被他们那样对待，心中愤怒不已，怒喝道："好个蛇蝎心肠的女人！"

南宫家家主见南宫凌云怒不可遏，生怕南宫凌云盛怒之下将人杀了，忙拉住南宫凌云，劝道："他们自有唐家之人处置。"

没人注意到，站在唐家大门角落处的小丫头看到唐宁时露出错愕的表情，目光在她那柔顺的墨发上看了又看，一脸惊异之色。

酒楼的二楼处，黑风看着前面的一幕，也忍不住露出惊喜之色，道："原来那少女是唐啸的女儿，太好了！原来她没被害死！不过，唐啸长得虎腰熊背的，是怎么生出这么美的女儿的？"

听到这话，暗一看了黑风一眼，又默默地移开视线——女儿不随父，那自然是随了母，这还用说吗？

"你们有没有觉得那唐啸的女儿有些眼熟？"墨烨看着那名少女，仍是想不起在什么地方见过这人。

"眼熟？"黑风一听，不由得又多看了几眼，然后摇了摇头，道，"肯定没见过，这么美的少女，要是见过我肯定记得。"

暗一想了想，也开口道："属下也不曾见过。"正如黑风所说，这少女长得那般出色，若是他们见过，应该不会忘记的。

听身边的两人都说不曾见过，墨烨便也不再费神去想，而是盯着那欧阳家的人皱了皱眉头，道："黑风，你去走一趟，让欧阳家的人收敛一些。"

“是！”黑风微讶，没想到主子会帮他们一把，当下应了一声后便迅速下了楼。

暗一看向唐家那边，问：“主子怎么会想帮唐家一把？”

“在青云城中，唐啸的风评不错，唐家众人又有敢于一战欧阳家的魄力，此时让黑风去走一趟，也是免于整个青云城的世家皆参与到欧阳家与唐家的这一乱中来，若真打起来了，城中的百姓多少也会受到波及，整个青云城也会陷入混乱。”墨烨把玩着酒杯，用低沉的声音不紧不慢地说道，“举手之劳的事情，偶尔学那小和尚做做也不错。”

闻言，暗一恍然，原来主子是被唐师影响了。

唐家那边，唐宁退出唐啸的怀抱，走上前，目光掠过被捆绑着的唐耀良和唐霜后，落在那欧阳家的中年男子身上。

看着举止自信、落落大方的绝美少女，中年男子惊艳的目光落在她身上看了又看，忽地露出一抹莫名的笑容来，道：“没想到唐家大小姐唐宁小小年纪竟长得这般倾国倾城，听说你修为尽失，真是可惜了，不过单凭你这容颜、身段，你若随我回欧阳家，我倒也可保你唐家百年无忧，让你父亲继续当这唐家的家主，如何？”

南宫凌云脸色一沉，迈步来到唐宁面前，看着眨着眼睛看他的少女，露出一抹安抚的笑意来，对她道：“宁儿，有我在，你不用怕。”

话音一落，南宫凌云转身将唐宁护在身后，看着那中年男子，冷声道：“你若想战，我南宫凌云可以奉陪！”

唐宁看着这个挡在自己身前的男人，神色微动。谁说她怕了？她若怕就不会来了，只是这南宫凌云明明不是他们的对手，却仍在这样的场合将她护在身后，不得不说，此时她的心里还真有几分复杂。

若是前身没死，与他应该是良缘吧？

二楼处，墨烨看着那一幕，把玩着酒杯的手一顿，问：“这南宫凌云与唐家大小姐是什么关系？”

站在一旁的暗一听到墨烨的话，当即便道：“南宫家和唐家是世交，他们两人算是青梅竹马，听说他们小时候两家人有意结亲，南宫凌云当年去学院修炼前，还在唐家大小姐的院里种了一棵玉兰树，许诺待玉兰树长成之日，便是迎娶之时。这件事城中之人大都知道，只是数月前唐家大小姐一身修为尽失，成为一个普通人，这亲事成与不成就不好说了。”

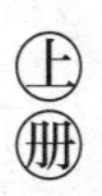

墨烨勾了勾唇，看着那将少女护在身后的南宫凌云，道：“从他那守护的姿态，以及先前看着那唐家大小姐的眼神来看，他对那唐家大小姐是动了心的，毕竟那唐家大小姐就算是一身修为尽失，但容颜和姿态在女子当中也是少有的，两人站在一起看起来倒也登对。”

“只不过，南宫凌云越是出色，两人的差距也就越大，就算是南宫凌云自己想娶那唐家大小姐，但他身后的家族只怕也不会轻易同意让他娶一个已经无法修炼的女子。”墨烨轻抿了一口酒，一边看热闹，一边说着自己的分析。

此时墨烨还不知，那个在他看来无法修炼的女子，正是那个他一直想要收入麾下的小和尚……

被南宫凌云护在身后的唐宁正想拍南宫凌云的肩膀叫南宫凌云让开，眼角就瞥见黑风那个二愣子正朝这边走来。

几乎是本能地，她便朝周围看去——黑风在这里，说明墨烨也在这里！

果然，当目光触及不远处酒楼二楼处喝着酒的那抹身影时，她目光一缩，连忙收回视线，心中咯噔一声，暗忖：他怎么会在这里？他在这里看了多久？他不会发现我的身份了吧？

她垂着头打量自己现在的样子：玲珑有致的身段，水青色的长裙，还有那如丝的墨发。嗯，她觉得，她现在就是一副俏生生的少女模样。

以防万一，她额前遮住眉毛的刘海儿本就掩去了三分容颜，再加上她当小和尚的时候，为免容颜太显女气，就连眉毛都是画粗了的，至少她自己觉得，除非易容高手在这里，一般人应该无法将她与小光头联想到一起才对，毕竟一个是小和尚，一个是唐家大小姐，本就是两个世界的人。

几乎是在唐宁收回视线之时，喝着酒的墨烨手一顿，抬眸朝人群中看去。刚才他隐隐察觉有一道落在自己身上的目光，只是那目光很快收回，以至于他抬眸看去时，已经不知刚才是何人将目光落在他身上。

唐家大门前，因看到黑风出现，唐宁便把半边身子用南宫凌云遮挡住，免得近距离打量被认出来。

“黑风护卫？你怎么会在这里？”那中年男子认出了黑风，看到黑风走上前来，一时间脸色微变——黑风在这里，那不就代表那一位也在这里？

“欧阳律，我家主子让你收敛点儿，别仗着欧阳家的名声在这里闹事，这唐家是我家主子要罩着的家族，识相的赶紧带着你的人离开！”黑风扬声说道。

黑风话中的傲然和带着命令一般的语气，让周围的人都很好奇，这个人的主子又是谁，竟敢用这样的语气对欧阳家的人说话？

听到黑风的话，那中年男子欧阳律眼中浮现出错愕——那一位要罩着唐家？

酒楼的二楼处，墨烨听到黑风的话，眉头微挑——他刚才的话似乎并不是那样。

唐宁听到黑风的话，也愣了一下，有些意外，因为听这话风感觉不太像墨烨会说的，而且他那个人生性冷漠，怎么可能会管别人家族的事情？

欧阳律看了黑风一眼后，不由得朝周围看去，当目光触及那坐在酒楼二楼处的黑色身影时，脸色凝了下，朝那个方向拱手行了一礼后，对黑风道："既然是夜王要护着的家族，欧阳律自是不敢冒犯，今日之事就此作罢，还望黑风护卫向夜王美言几句。"

三王爷墨烨，又被人尊称为夜王，别人也许不知道他的实力和势力有多大，但在皇城中的世家贵族没有一个不知道的。

只是欧阳律怎么也没想到，夜王不在皇城，却会来到青云城这样的地方，还看到了今天这一幕。

欧阳律倒不惧这事会闹到国主面前去，他们欧阳家是顶尖世家，就算事情闹开了，国主顶多也就是训责一番，但若是这夜王出手，那可就不好说了，夜王纵是不得圣心，但他的手段和实力令皇城之人无不敬畏。

"走！"欧阳律转身坐进轿中，一声令下，让众人都撤离。

一场眼见必定是血流成河的战局，就因夜王的一句话而终止，这让青云城众多家族的家主有些怔然，没想到事情就这样解决了。

唐啸也看到那二楼处的黑色身影，然后看向一旁的黑风，疑惑又迟疑地问道："敢问夜王为何……"

夜王为何会帮他们？他们唐家跟夜王从没有交集，而且他也曾听说过关于那位夜王的一些事情，所以他有些不敢相信夜王会在这里，还化解了他们唐家的危机。

"主子的心思我们这些当下属的不敢乱猜。行了，事情解决了就好。"黑风说完，转身就要回去。

"等一下。"唐啸再唤道，上前一步，道，"我想去拜谢夜王殿下，不知是否可以？"

闻言，黑风本能地朝那二楼看去，见那里已经没有主子的身影，当下便道："不用了，我家主子已经走了。"话音一落，黑风连忙转身离去。

唐啸见欧阳家的人都撤离了，那夜王的护卫也离开了，暗暗松了口气，这才看向那几位家主，拱手道谢："唐啸在此，多谢诸位今日相助之情，待我整顿好家中事务，再一一登门拜谢。"

众位家主也拱手还了一礼，道："唐家主身上还有伤，还是先回府中疗伤吧。我等就先回去了。"

于是他们陆续告辞，带着人离开。

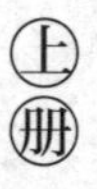

南宫家家主南宫杰见儿子的目光一直落在唐宁身上，想到她如今一身修为尽失，心下不由得微微一叹。

唐宁无论是容颜，还是气质，抑或是修为天赋，都是极为出色的，若是她的一身修为没有尽失，偌大的青云城当中找不出一个可以与之相比的女子。

只是现在的她只是一介普通人，还是无法修炼的普通人。若是以前，南宫杰很乐意儿子与唐家结亲，但现在……

“凌云，我们也先回家吧。唐家还有很多事情要处理，我们不便在此。”南宫杰开口对儿子说道，又看向唐啸和唐宁，笑道，“待过些时日，我们再来拜访。”

“好，今天多谢了。”唐啸说着，上前拍了拍南宫凌云的肩膀，又似想到什么一般，对身边的女儿道：“宁儿，他是南宫凌云，你还记得吗？”

南宫凌云眸中含笑，带着期待看着她。先前遇见时南宫凌云就觉得她眼熟，没想到原来她就是唐宁，她变得跟小时候真的不一样了，难怪自己上一回来唐家时，唐啸说就算遇见她估计也认不出来。

唐宁看了南宫凌云一眼，露出笑容来，道：“我们先前已经见过了。”

“宁儿，是我不对，先前竟没认出你来。”南宫凌云看着她，眼中尽是柔和之色，道，“你先陪你爹爹回去包扎伤口，待你家中的事情处理好了，我再来找你。”说完，南宫凌云又对唐啸行了一礼，道：“唐世伯，我和父亲就先回去了。”

“好。”唐啸应道，看着他们离去后，这才由唐宁扶着往家中走去。

唐宁经过唐耀良和唐霜身边时，脚步一顿，吩咐道：“将他们关押起来。”

“是。”护卫应道，将瘫软在地的两人拉起来押走。

唐家族老等人相视一眼，便也迅速进了家中。

对于这场突然被化解的劫难，他们还是有很多的疑惑与不解的：不是说唐宁被他们害死了吗，怎么还能活着回来？他们唐家什么时候又入了夜王的眼？

唐家主院，扶着包扎好伤口的唐啸躺下，见他仍紧紧地抓着自己的手，唐宁不由得一笑，道：“爹爹，你放心睡会儿吧。我就在这里不走。”

“好，我就睡一会儿，我睡一会儿就起来……”因服了药，也因撑了这么久，一放松下来，他便渐渐地睡了过去。

待他睡熟之后，唐宁帮他拉高被子，这才轻手轻脚地站了起来——回到唐家，她还有事情要做。

在主院外等着的族老们见唐宁出来了，便也站了起来，问：“药喝下了？”

“嗯，喝下了，也睡着了。”唐宁应道，又看着他们道，“我们到前厅去说话吧。”话音一落，她便对守在门边的青知吩咐道：“你在这里守着，不要让人进去打扰。”

“是。”青知应道，看着大小姐，隐隐觉得大小姐跟以前好像有些不太一样。

族老们先行一步，唐宁在后面跟着。走到主院外时，看到站在角落处的那名小丫头，她脚步一顿，朝小丫头招了招手。

待小丫头走上前后，她低声在小丫头耳边交代了几句，这才迈步离去。

看着她离开后，小丫头迅速离开了唐家……

唐家主厅。

先一步到了厅里的几位族老走到两旁的位子坐下，等了一会儿，便见唐宁进来了，只是让他们错愕的是，唐宁进了大厅后便直接走到上方的主位坐下，看得他们一愣。

主位一般是家主坐的，就算是族老也没人敢去坐，而以前唐宁修为还没散尽时也没胆坐上主位，所以在看到她落落大方、自然而然地走向主位时，他们一个个都有些没反应过来。

“我知道诸位有疑问，就趁着现在，你们想问什么就问吧。”唐宁说道，端起茶水抿了一口，而后看向他们。

几位族老相视一眼，这才由大长老开口询问道：“唐耀良他们是怎么里应外合抓走了你？你又是怎么逃出生天的？这几个月你又去了哪里？为什么不回来？那夜王你可认识？可知他为何会帮我们唐家？”

“他们父女将我打晕后带出府交给了七杀阁的人，带到离此有几天距离的一个地方，将我关在一间小黑屋子里，往里面倒了两麻袋的老鼠啃咬我，想要让我受尽惊恐和绝望而死，还是死无全尸的那种。”声音一顿，她继续道，“只不过我运气好，奄奄一息之时被人救了。我又养了些时日，直到最近身体大好才回来。至于那夜王，我并不认识，也不知他为什么会帮我们。”

听着她轻描淡写地说着这些事情，几位族老却是脸色微变——将一个十四岁没有了修为的少女关在小黑屋子里，倒进去两麻袋老鼠啃咬她，唐耀良父女怎能这般狠心？

唐宁站了起来，露出一抹莫名的笑容，道：“我要去处置唐耀良父女俩，族老们若无事，不如一起去看看？”说完，她便迈步走了出去。

几位族老听了，相视一眼，跟在她身后而去。

唐宁走到唐家的后山处。

那里的几名护卫见她过来，上前禀报道：“大小姐，坑已经挖好了，东西也已经放进去了。”

几名族老听到这话，走上前，只见三米深的坑里满满是蛇和老鼠，那蛇身相缠的画面，那蛇口吞鼠的画面，那密密麻麻的画面，无一不让他们毛骨悚然。

“这……这是要干什么？”他们惊恐地看着唐宁。

就见两名护卫押着被捆绑着的唐耀良父女俩过来。

看到唐耀良父女俩，族老们目光一缩。

“你……你这是要推他们下去？”族老们倒抽了一口冷气。

“毒害家主，谋害唐家少主，勾结外人对付唐家，哪一条都足够他们死一百次，只不过一刀杀了他们太便宜他们了，我得让他们尝尝这种恐惧和绝望的滋味。”唐宁眼睛一眯，视线落在那面露惊恐的父女俩身上，吩咐道，“推他们下去！”

护卫们迟疑了一下，看向族老们。

唐宁目光微冷，声音也冷了几分：“没听见我的话？”

“不！不！我不要！我不要！”唐霜惊恐地挣扎着，想要后退，想要逃，却被护卫们紧押着。

唐宁走上前，伸手掐着她的下巴，道：“早知今日，何必当初？”

“你……你不能这么做，你不能这么做！”唐耀良声音轻颤地喊道，看向三长老：“三长老，三长老救命啊！”

几位族老脸色微凝，其中一人道：“大小姐，我觉得还是等家主醒过来后再处置他们吧。”

“我身为唐家的大小姐、唐家的少主，难道连处置两个谋害我的人都不能？”她声音微冷，目光落在几位族老身上，问，“还是说你们还想保他们一命？”

听了这话，几人沉默下来——她为唐家的大小姐，也为唐家的少主，这点儿权力自然是有的，只是……

“推下去！别让我说第三遍！”唐宁目光落在那两名护卫身上。

“是！”两名护卫当即应了一声，将唐霜父女俩押上前，在他们挣扎与惊恐的呼叫声中将他们推下那三米多高的坑里。

“啊！不要……不要！救我……”

“啊……”

凄厉的惨叫声带着惊恐与绝望，两人被推下去后就被坑中的蛇鼠缠住撕咬，其中一条蛇勒住了唐耀良的脖子一直收紧，直到他脸色涨紫慢慢死去。

唐霜身为女子，对这种蛇鼠更是恐惧，她不像她父亲一样先被蛇勒死了，而是感觉到那些蛇和老鼠钻进了她的衣服，游走在她的衣服里，与她肌肤相贴，那种冰冷的触感让她毛骨悚然，惊得只能发狂地惊呼着：“啊……”

老鼠的吱吱叫声混杂着毒蛇吐芯的声音在她耳边响起，身体传来被啃咬的疼痛以及心灵的恐惧让她脑海一片空白，她只能一声声地哭喊着、惨叫着，然而张开大喊的嘴突然间蹿进了一条蛇咬住了她的舌头，刹那间，死亡来临的那一刻，她脑海中只有无边的恐惧。

当初唐宁也是这样恐惧、无助和绝望吗？唐宁是活着回来了，但她已经活不了了……

唐宁站在坑边，居高临下、面色平静地看着坑里的一幕，看着他们从恐惧到绝望，看着他们的身体一点点被啃咬，看着他们在恐惧中断了生机。

唐宁心中轻轻地呼出一口气，微微抬头，目光看向天空。

前身，你看到了吗？你的仇我替你报了。

画面太过骇然，几位族老不忍去看，可当目光落在唐宁身上时，几人皆是一怔。

她静静地立在那里，衣裙在风中轻轻地拂动着，身上弥漫着一股冰冷的气息，神情平静无波，虽然站在那里，却给他们一种近在眼前却远在天边的奇怪感觉。

这几个月她在外面到底经历了什么，为什么整个人会发生这样大的变化？

在处理完唐耀良父女俩之后，唐宁对护卫交代了一声，便转身回了主院。

“大小姐。”青知朝她行了一礼，恭敬地唤了一声。

“嗯。”唐宁应了一声，推开门走进房间。

她来到里间的床边，见唐啸还没醒来，便在旁边的椅子上坐下，缓缓地闭上了眼睛歇息。

唐耀良父女俩是解决了，但欧阳家的那些人还活着……

傍晚时分，小丫头回来了，回来后便拿着扫把在主院中打扫落叶，又浇了花，一直在主院里忙来忙去。

守在房门前的青知目光不时地看向那小丫头，心里其实还是有疑惑的，只是不知该怎么去问。

知道这小丫头是无害的，所以看到这小丫头在主院里扫地浇花什么的，青知也没将这小丫头赶出去。直到看着小丫头从厨房端来了饭菜，朝这儿走来，青知不由得问道：“你要干什么？”

“晚饭好了，请小姐出来吃饭。”

唐宁在房间的椅子上也睡了一觉，养足了精神，醒来便听到外面的声音。看到床上的唐啸还在睡着，她便起身往外走去。

“青知，去院外守着。”唐宁走出房门后便对青知说道。

青知愣了一下，但仍应道：“是。”朝院门口处走去时，青知仍不忘看了一眼那个垂首静立在一旁的小丫头——大小姐怎么不让这小丫头退下？

唐宁走到桌边吃饭。

小丫头走上前来到唐宁身边，压低的声音传入唐宁耳中。

“小姐，他们离开后并没有直接出城，而是去了城中落脚的院落……”

唐宁一边吃饭，一边听着小丫头说欧阳家那些人的情况，直到吃饱后，放下碗站了起来，对小丫头道：“退下吧。”

“是。”应了一声后，小丫头便收拾了碗筷退了出去。

天色渐渐地暗下来，主院外守着几名护卫，青知也奉唐宁之命守在房门外，而他们不知的是，在入了夜后，唐宁便悄然从后窗出了唐府。

她先找了个地方换成小和尚的装扮，这才趁着夜色往欧阳家的人所在的院落掠去。

在他们院外不远处的一棵树上，借着夜色隐藏的唐宁头顶上站着一只乌鸦，浑身漆黑的乌鸦几乎与夜色融为一体。

“小黑，下来。”她伸出手横在身前，乌鸦轻轻地飞落在她的手臂上。

唐宁拿出药倒在它身上，道：“小心点儿，去吧！”

乌鸦点了点头，便朝那院落飞去。

乌鸦来到院落的上方后，一双黑溜溜的小眼睛看了看下面的人，这才张嘴叫了起来：“哑哑！”

乌鸦的叫声在夜色中显得极为清晰，院中的护卫正聚在一起不知说着什么，一见屋顶竟站了只乌鸦，为首的那名护卫不由得骂了一声“晦气”，手一扬，一枚暗器朝那乌鸦射去。

“哑哑！哑哑……”小黑拍着翅膀飞到他们的头顶上叫着。

那哑哑的乌鸦叫声听得众人心里烦躁，更隐隐有些不安的感觉。

在他们看来，乌鸦叫必定是丧事到，这大晚上的来了这么一只乌鸦且一直叫个不停，他们能不烦躁吗？

“怎么回事？”房间里，听到动静的欧阳律皱着眉头，一脸不悦地走了出来，身后跟着那名枯瘦的老者。

“主子，也不知哪里来了只乌鸦，一直在上头叫，属下正想让人将它射杀。”骑卫的那名队长上前恭敬地说道。

欧阳律抬头看去，眉头拧得更紧了。

只见一只浑身漆黑的乌鸦在半空中拍着翅膀，在他们头顶飞来飞去，时不时哑哑叫上两声。不得不说，今日事败而退，欧阳律再看到这只乌鸦，只感觉晦气。

“哑哑！”小黑看到那两人出来，便使劲拍着翅膀，将身上那无色无味的药粉挥发出去。

在漆黑的夜色中，那细细的药粉根本看不出来，饶是下方的护卫也因心情的烦躁而没能察觉。

倒是那老者仿佛有所觉般抬头看着那只乌鸦，也不知在想什么，眉心微拧，悄悄地屏住了呼吸。

“听乌鸦叫不觉得晦气吗？还愣着干什么？赶紧把它射杀了！”中年男子一脸不

悦地喝道。

“是！”

护卫正要动手，却见那只乌鸦往上飞高了，又哑哑叫了两声之后，突然飞走了。

“哼！连只乌鸦也来寻我的晦气！”中年男子一甩衣袖，冷哼一声，声音阴冷地对身边的老者说，“那唐家明面上有夜王护着不能动，但明的不行，咱们就来阴的！”

“可惜，你们没有这个机会了。”一道清缓的声音传来。

院中的众人惊得猛地抬头看去，就见夜色之下，一个青衣小和尚不知何时来到院墙上，小和尚光秃秃的头顶上站着一只乌鸦，腰间别着一根长竹，青衣在月下随风飘动，身上弥漫着一股淡淡的佛门圣光，看着神圣无比，但在这一刻他们只觉得诡异。

大晚上的，怎么会有个小和尚站在院墙顶，而且头上还站着先前那只哑哑叫的乌鸦？一时间，院中的众人心中不由得忐忑起来，隐隐生出一股不安之感。

话被偷听，中年男子眯了眯眼，当即喝道：“拿下！”

“是！”几名护卫应了一声后掠上前，手中的长剑朝墙上的小和尚袭去。

唐宁看着长剑袭来，手一动，一把匕首反握在掌心，下一刻身影一跃，直接跃入院中。她身上灵力气息全开，灵师的气息威压一散发出来，让那些护卫以及那名中年男子都大吃一惊。

“灵师！”

护卫的实力还达不到灵师级别，而这个看起来年纪不大的小和尚居然已经是灵师？

“不好！我们身上……”正攻击着小和尚的护卫脸色一变，只感觉随着他们运气，身上的修为如泄了气的皮球一般在流失，不仅如此，身体还虚弱无力，甚至连站都有些站不住了。

“呲！啊……”

就趁着他们惊恐的瞬间，唐宁已经取了七八人的性命。

见这小和尚出手就是一刀封喉，取人性命毫不留情，众人不由得心中大惊，本能地运起体内的气息就想一战，至少想要保住自己的命。

可他们一运气，吸入的药力发挥得更快，他们自然也死得更快……

中年男子看着这一幕，双腿也微软，由身边的老者扶着才免于跌倒在地上。中年男子惊骇地看着那个小和尚，颤声道：“你……你可知我是谁？我可是欧阳家的人，你若就此离去，我……我可以放你一马！”

唐宁转动着滴着鲜血的匕首，瞥了倒了一地的尸体一眼，微微一笑，眉眼弯弯，却笑意不达眼底，道：“我自然知道你就是欧阳家的人，我杀的也正是你们。”

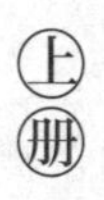

她目光掠过中年男子，落在那老者身上——从刚才到现在，这老者就不见惊慌，看来小黑撒药时这老者应该是察觉了。

也许是知道唐宁在打量自己，老者抬手将中年男子推到身后，自己走上前一步，突然间伸手一个猛袭，凌厉的掌风直逼唐宁的命门飞去。

唐宁知道若是不解决这老者，估计也杀不了那欧阳律，因此瞥了双腿虚软、冒着冷汗的欧阳律一眼后，便专心对付这老者。

小黑则拍着翅膀从墙角飞落，来到那中年男子面前便张口骂道：“哑哑！想射杀老子？老子先烧了你！”

话音一落，小黑张口便喷出一把火，朝欧阳律而去。

与唐宁交手的老者在听到那乌鸦的声音之后，目光一缩，本能地回头看去，惊呼一声：“灵兽！”

老者正好看到火焰喷出将欧阳律身上的衣服燃烧起来的一幕，原本就与唐宁打得有些吃力，这一分心，胸口就被匕首划了一刀。

刺痛袭来，鲜血渗出，也让老者猛地稳住了心神，回头看向那小和尚的目光终于有了波动，老者问：“我们欧阳家与你无冤无仇，你为何要谋害我们？”

唐宁瞥了一眼惨叫着在地上翻滚的欧阳律，轻缓的声音传出：“不，有仇。”话音一落，她手中的匕首飞出，如同飞刀一般袭向对方的喉咙处，同时整个人也倾身而上。

老者见这小和尚实力强硬，自己无法占得上风，而欧阳律身上着火被烧得奄奄一息，当下避开对方射来的匕首后便想翻墙逃走。

“想逃？你逃不掉了。”唐宁看着那老者脚尖一点想要越墙离去，轻哼一声，手抬起，心念一动，泛着金光的圣天钵便出现在手中。

“困！”

圣天钵从她手中飞出变大，以迅雷不及掩耳的速度猛地将那跃起的老者困回地上。

只听砰的一声巨响，圣天钵落地后渐渐收小，一股火焰自钵中蹿起燃烧着，连带着整个钵体都泛起丝丝火光。

“啊……”惨叫声从圣天钵中传出。

直到那声音消失，唐宁喝了一声：“收！”

圣天钵咻的一声缩小回到她的手掌心，化成一道金光消失在她的掌心里，隐隐有一股力量从掌心注入，她掌心处那个“卍”字也微微发烫。

收回匕首，她看了一眼地上的尸体，以及被烧成灰的欧阳律，这才道：“走吧。”

动静闹得这般大，她再不走只怕就走不了了。

小黑拍着翅膀化成一道光芒进入了唐宁的身体里。

唐宁跃上墙头，手一扬，一簇火焰分成多簇落在院中四周，火焰随着风的呼啸呼呼燃烧起来，将那一地的尸体吞噬……

墙头处，唐宁收回目光，纵身一跃往夜色中掠去，悄然无声地离开……

次日清晨，墨烨从别院中醒来后，刚在桌边坐下，便见黑风走了进来。

“主子，昨夜欧阳家的那些人全死了。”黑风上前禀报道，脸上有着一丝疑惑，道，“听附近的人说，昨夜有听到欧阳家落脚的小院处的动静，还有乌鸦的叫声。”

正喝着水的墨烨听到这话，手一顿，目光落在黑风身上，问：“乌鸦的叫声？”

“是。”黑风有些兴奋地道，“主子，会不会是唐师啊？他叫唐师，会不会就是姓唐？是唐家的亲戚？要不然他怎么会杀了那些欧阳家的人？”

闻言，墨烨握着杯的手微转，想着这样的可能性有多大，只不过……

“就算是听到乌鸦的叫声，也不一定就是他所为，而且他未必就会出现在这青云城。”墨烨缓声说道。

“主子，咱们要不要去唐家转一转？”黑风兴致勃勃地问道。

墨烨没有说话，只是若有所思……

与此同时，南宫家。

一大早，南宫凌云便准备去唐家，却在前院被唤住了。

“凌云。”南宫杰负手在前院的亭子里站着。

“父亲？”南宫凌云微讶，走上前问，“你今天怎么起得这么早？”

“坐吧。昨天回来后忙这忙那的，我们父子俩也没能好好聊聊，我还想问你，你才回去学院没多久，怎么又回来了？”南宫杰在桌边坐下。

南宫凌云一笑，道：“我想着晚一点儿再找父亲说说这事的。其实我这趟回来是因为我从前段时间的历练考核中脱颖而出，得到了前去天龙学院参加考核的机会。”

“什么？”正倒着茶水的南宫杰惊喜不已，连水溢出来都不自知。

南宫凌云连忙将茶壶接过放在一旁，声音沉稳地道：“就是一个参加天龙学院考核的机会，父亲不要太过激动。”

南宫杰却是神情激动，惊喜不已地道：“天龙学院的考核机会那是多么难得！而且能得到这个考核机会的人都是学院里的天才人物，往往都是能通过天龙学院考核的。你这是可以进入天龙学院修炼了啊！”

南宫杰越说越激动，忍不住站了起来，道：“真是祖宗保佑，这是我南宫家的大喜啊！”

南宫凌云见父亲这般激动，也不由得露出笑容，道：“我这一趟回来有一个月的时间，一个月后就得赶往天龙学院去准备考核了。”

“好好好，这一个月你就在家里好好休息。”南宫杰拍了拍儿子的肩膀，又想到他与唐宁的事情，脸上的笑容不由得一敛，看着他语重心长地道，“凌云，你还是少往唐家跑吧。唐宁她不适合你。”

闻言，南宫凌云站了起来，幽深的目光落在父亲身上，道：“父亲可是觉得，宁儿修为尽失，又无法重新修炼，只能是一介凡人，所以不适合我？”

“不错，如今的唐宁已经配不上你了，你注定非池中之物，将来你有更多的选择。”南宫杰沉声说道。

担心儿子想不通，不明白这个道理，南宫杰道：“你与她虽是青梅竹马，但毕竟也有四五年没见面了，四五年的时间可以让一个人改变很多，包括性情与习惯，就如那唐霜，谁能想到会变得如此狠毒？”声音一顿，南宫杰看了儿子一眼，又道，“再说，我们南宫家与唐家也从没正式说过你们两人的事情，所以你和唐宁曾经说过的那些话全然可以当成儿时的戏言，不必去当真。”

“父亲。”南宫凌云唤了南宫杰一声，微侧过身，看着前方的花草，缓声道，“不瞒父亲，这些年我在外面增长了不少见识，看见的世界更大，目光也更远大，几年不见，我对宁儿的记忆和印象还停留在她十岁之前，所以上回我听到她出事回来时，也不确定再见到她我是否初心依旧。”

“但是缘分真的很奇妙。”他微微一笑，想到在街上遇到她时的一幕，道，“就在昨天回来时，我在街上也遇到了她，只是相见不相识，却仍不由自主地被她吸引。所以父亲，你可知当我知道她就是宁儿时，我心中的喜悦之情？”

南宫杰轻叹一声，道：“为父不否认唐宁长得极为出色，但凌云啊，须知光阴易逝，红颜易老，你踏上修仙大道，而她只是一介凡人，数十年之后，你容颜依旧，她却已白发苍苍，那样的画面你可曾想过？再说，如今的唐宁修为尽失，就是一介凡人，你觉得她还会与你再续前缘吗？若是真让你娶了她，几十年后让她以苍老的容貌面对你年轻的容颜，这对她又是何其残忍？”

听到这话，南宫凌云心中微震，动了动嘴唇，一句话也说不出来，只是负在身后的手紧紧地握成了拳头。

良久，他缓缓地呼出一口气，语带坚定地道：“父亲，仙人之地有不少延年益寿的丹药，到时我自会为她寻来，而且我相信，她一定可以重新修炼的，哪怕不是现在！”

看着他话音落下后便迈步离开，南宫杰摇了摇头，轻叹道：“唉！自古英雄难过美人关。”声音一顿，南宫杰又低喃道：“竟忘了跟他说，欧阳家的人昨夜被人杀了……”

南宫凌云出了家门便往唐家走去，只是原本的满心欢喜之情却在听到父亲的话后变得有些沉重。

一路放慢脚步走着，他脑海中想到在大街上遇到她的那一幕，以及在唐家大门前再见到她的那一刻，心中渐渐地清明起来。

后面跟着的护卫见自家主子进了铺行买东西后脸上的神色终于缓和了几分，这才暗暗松了口气。

路上，南宫凌云也听到欧阳家的人昨夜被杀一事，心下诧异，思忖着究竟是什么人有这个本事能杀得了欧阳家的人时，人已经来到唐家大门前。

此时，唐家的族老正在主院里等着，不时地交头低语，也在说欧阳家的人被人杀了一事。

房间里，唐啸醒来，感觉身体已经好了不少，只是伤口处还有丝丝疼痛。当看到女儿在床边的软榻上睡着，身上只披盖着一条薄毯时，他便起身取来厚毯子给她披上。

“爹爹？”唐宁睁开眼睛，见他下了床便道，“你身体还没好呢，怎么能下床？先回床上躺着。”

唐啸呵呵一笑，道：“爹爹没事了，你这孩子也真是的，怎么不回自己的院子去睡？在这榻上睡要是着凉了怎么办？”

“不会。”她揉了揉眼睛，打了个哈欠，道，“我让大夫来给你的伤口换药，一会儿让人给你熬些粥送过来，从昨天到现在你都没吃东西呢。”

“好。”唐啸看着女儿好好地就在身边，眼中尽是宠溺的笑意。

唐宁扶着他到床上躺好，听到外面的声音，脸上还带着几分睡意便去开房门。

见他们都在院中，她问：“族老们是来看我爹爹吗？他刚醒，你们进来吧。”

“大小姐。”几人唤了一声，走上前。

其中一人脚步一顿，道：“大小姐，昨夜欧阳家的人被人杀了。”

“哦？全死了？”唐宁微讶，睡意也尽散。

“是，全死了，我们正想跟家主说这事呢。”说着，他们便往里面走去。

见此，唐宁倒也没再跟着进去，而是唤了一名下人去请大夫过来换药。交代青知照看好她父亲后，她便往自己的院子走去。

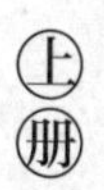

她回院子里洗漱之后，又换了一身衣裙，稍微整理了一下头发，就听见外面传来婢女的声音。

“大小姐，南宫公子来了。”

房间里的唐宁微顿，想到南宫凌云，心头不由得微动。整理好后，她打开房门走了出去，只见一身紫色衣袍的南宫凌云正在给墙角的那棵玉兰树浇水。

她缓步走了过去，在他身边停下脚步，看着那棵玉兰树，脑海中浮现出原主当年与他一起种下玉兰树时的画面。

“上回我也来看过，这棵玉兰树长得极好。”他看向身边娇柔绝美的唐宁，只觉眼前一亮。

今天的她穿着一袭款式简单的浅紫色衣裙，在那浅紫色衣裙的衬托下，她原本就已经极为出色的绝美容颜更添了一抹柔美，她就静静地站在那里，却如仙子误落凡尘，美得让人移不开眼睛。

“宁儿这身衣裙，与我极为相配，我们站在一起犹如一对璧人。”他眉眼含情，看着她的目光温柔得能滴出水来。

唐宁瞅了一眼他身上的紫色衣袍，露出一抹浅笑，道：“那也是衣裙与你相配，并不是我。”

听到这话，南宫凌云深深地看了她一眼，又看向两人面前的那棵玉兰树，道：“宁儿，你可还记得当初我们亲手种下这棵玉兰树时说过的话？”

唐宁看着那棵玉兰树，心下轻叹：我记得，可惜你的小青梅已经死了。

“我说，待玉兰树长成之日，便是我迎娶你之时。”他视线落在她脸上，声音温柔，“而你也说，要当我的新娘。”

“宁儿，我回来了，我回来兑现当年的诺言。”他伸手握住了她的手，眼中情意浓浓，“你可还愿嫁我为妻？”

唐宁就算是上一世也是个没尝过爱情滋味的人。她贵为药门的至尊，身份尊贵，一般人根本不敢对她有一丝冒犯，更别说有人敢牵着她的手，对她说这些甜到滴蜜的话语了。

饶是她心性淡漠，此时也能感受到来自南宫凌云的浓浓情意，只可惜原主已经死了。

她收回被握着的手，微微侧身争取不去看他的眼，只将视线落在那棵玉兰树上，道：“不过是儿时的戏言，何必当真！更何况这么多年过去，人是会变的，我早已不是你当年所熟悉的我。”

南宫凌云听了，却是一笑，道：“我知道，你已经不是当年的你，我也不是当年的我，青梅竹马的情义并不是我为你心动的原因。”

他双手扶着她的肩膀，将她微侧着的身体转了过来，蕴含着情意的目光对上她的眸，神情认真地道：“从大街上遇见你的那一刻，我不知你的身份，却已然为你心动，当在唐家大门前再见到你的那一刻，得知你的身份，我心中只有无限的欢喜和激动，宁儿，我们的缘分是上天注定的，此生我定不负你！”

听到这话，唐宁心中震动，一时间有些愣怔，以至于连不远处的树上有两道身影在那里看着他们也没注意到。

“主子，想不到这南宫凌云说起情话来这么动听，你说这唐家大小姐会不会被他打动啊？”黑风难掩好奇地压低声音问道。

墨烨的目光落在院角玉兰树下的两人身上，隔得不是很远，因此把两人的话听得清清楚楚。

墨烨原意是来探探这唐家与唐师会不会有什么关系，不料却撞见了这样一幕。

那玉兰树下，男子目光温柔地深情表白，少女愣怔、愕然，似乎一时间没反应过来。不过墨烨想着，以南宫凌云的出色，又说出这般动听的情话来，一般女子应该拒绝不了吧？

看着那双搭在少女肩膀上的手，墨烨眉头微皱，隐隐觉得有些刺眼，不想继续看这样的画面，于是便道：“走吧，去主院看看。”话音一落，墨烨身影一闪，悄然离开。

黑风见状，连忙跟上。

玉兰树下，唐宁退开一步，轻缓的声音不紧不慢地传出：“青梅竹马的情义不足以让你心动，街上的偶遇却能让你一见钟情？所以你的心动也仅仅是因为我这容颜，你看中的也不过就是我这身皮囊而已，又有何真心可言？又谈何此生不负？”

她轻呼出一口气，缓声道：“南宫凌云，青梅竹马的情义可以让我认可你这个朋友，而我也相信，你会是一个很值得相交的朋友。”话音落下，她便转身迈步离去，出了院子往主院走去。

南宫凌云听着她的话，一时间有些愣怔，看着她的背影，不禁自问：自己的动心难道真的只是因为她的容颜吗？

因在家中才被父亲那样说了一顿，再到刚才她言语的犀利以及无形中对他的淡漠和疏远，都让他有些愣怔，甚至产生了怀疑，他莫不是真如他们所说，只是看上了她的皮囊？

“不，不是的。”良久，他缓缓地摇了摇头，看着她离去的方向，喃喃地道，“宁儿，难道在你眼中，我南宫凌云就是这般肤浅的人吗？”

初见时的惊艳他不否认，但那并非他动心的缘由，真正让他怦然心动的是她的一颦一笑，是她灵动狡黠却又自信飞扬的神采，是她身上那自然而然散发出来的气息，是她唇边盈盈的动人笑意……

他的目光不自觉地被她吸引，他的心不自觉地为她跳动，甚至让他情不自禁地想要靠近她，他清楚地明白自己的心，明白自己想要的就是她。

无论是小时候的她，还是大街上初遇的她，或者是唐家大门前再见到的她，都是唐宁，是他曾许下诺言的那个人，也是他为之心动的那个人。

想明白这一点，他当即迈步追了上去。

唐宁来到主院时，脚步不由得一顿，朝周围看了一眼，隐隐有种有人在暗处盯着的感觉。

“怎么了？”南宫凌云见她在看周围，便问了一声，目光也朝周围看去，却没察觉异常之处。

“没有。”唐宁摇了摇头，又瞥了他一眼，“你是要去见我爹爹？”

南宫凌云一笑，道：“对，我想进去探望一下世伯。”

见此，唐宁也没多说什么，只是与他一同往里面走去。

在两人进去后，墙角处，黑风拍了拍胸口对身边的人道：“主子，我们差点儿就被那唐家大小姐发现了。”

墨烨目光微动，看了那进去的两人一眼后，便道：“走吧。”一个修为尽失的人居然还能有这般敏锐的感觉，看来这个唐家大小姐不简单。

“爹爹。”

房中，几位族老已经离开，唐啸靠在床头闭目养神，听到唐宁的声音便睁开眼睛，看到南宫凌云与她一同进来，脸上便露出了笑意。

“唐世伯。”南宫凌云唤了一声，同时上前行礼。

“凌云也来啦？坐吧。”唐啸示意着，又看向女儿，道：“宁儿，凌云难得回来一趟，你多陪陪他，小时候你们可是很要好的。”

南宫凌云看了身边的唐宁一眼，上前道：“唐世伯，你的身体有没有好些？体内的毒清了吗？大夫怎么说？”

“幸好当年老祖留下一颗解毒丹，我体内的毒已经解了，没什么大碍的。”唐啸笑了笑，看着他问，“你才匆匆赶回学院，怎么又回来了？是有什么事吗？”

闻言，南宫凌云道：“唐世伯，我这趟回来是因为我从历练中脱颖而出，得到参加天龙学院考核的资格。”

“天龙学院，那可是我们凡人之地顶尖的学院啊！”唐啸有些惊喜，看着他感慨地道，“你们南宫家真是大造化啊！”

唐宁在旁边听着，心里有几分微愕——她可是也要去天龙学院的人，到时岂不得在里面跟南宫凌云碰到？

她在一旁听着两人在那里聊，心下则想着得找个时间抽身离开了，让她一直待在唐家她可受不了。

“宁儿？宁儿？”唐啸唤了两声，也没见她有反应。

“啊？”唐宁回过神来，看向唐啸，问，“爹爹，怎么啦？”

“你怎么还坐这里发起呆了？”唐啸无奈地摇了摇头，道，“刚才凌云说想让你陪他出去走走，我也想休息一下了，你也别在这里守着，一起去走走吧。”

见老爹居然想撮合她跟南宫凌云，唐宁不禁有些傻眼，忙道：“我还有事，没时间出去走走，要不让青知陪他去？”

守在门口的青知莫名被点名，不禁有些愕然，让自己陪南宫凌云去逛街？也亏大小姐想得出来！

唐啸听了，愣了一下，有些没反应过来。

倒是南宫凌云看她避之唯恐不及的神色，不由得笑了起来，道：“宁儿，多年未见，就算陪陪我这个儿时的朋友也不算过分吧？”

见南宫凌云看着自己，老爹也正盯着自己，她心下无奈地一叹，这才应道：“行吧。”

唐啸这才笑了起来，道：“去吧！”凌云这孩子也是他看着长大的，若是两人能凑成一对，日后他也不用为宁儿担心了。

在唐啸的期盼之下，唐宁和南宫凌云往大门处走去，对一名护卫吩咐道：“备一辆马车。”

“是。”护卫应道。

“不用了。”

护卫正要去准备，就听传来南宫凌云的声音。

南宫凌云看向唐宁，道：“坐在马车里太无趣了，也看不到风景，我们就走走吧。”

见此，唐宁倒也没说什么，迈步出了家门。

与他在大街上闲逛也没个目的地，于是她便询问道：“你想往哪儿走？”

第八章　脸皮要厚

闻言，南宫凌云低笑出声，看了身边的她一眼，道："宁儿，难道你就真的这么不愿意陪我出来？这么多年没见，你就不想知道我这些年的情况？"

"没兴趣。"她开口说道，注意到大街上人的目光总是似有若无地落在他们两人身上，时而交头接耳，似乎在说着什么。

心头一动，她看向身边目光温柔地看着她的南宫凌云，问："你是故意的？"

"故意什么？"他低沉的声音带着一丝笑意，看着眼前这个明显有些生气的少女，只觉她眼中带着怒火，小脸因生气而微微泛红，那气鼓鼓的样子真实而生动，看在他眼里，真的很可爱。

"放着马车不坐要走路，就是为了让城里的人看到我们两人在一起，以为我们是一对？"

南宫凌云居然打着这个主意，而她居然还不知不觉地配合了，真的让她十分恼火，只怕今日过后，青云城里传两人的事情就会再添一笔了。

南宫凌云低笑一声，低沉的声音透着愉悦："我们本来就是一对，又何须担心被人知道？"

"南宫凌云！我跟你说的话你都没听进耳朵里吗？"她微恼，自己话都说得那样明白了，这人怎么还这样？

"宁儿，你以前都唤我'云哥哥'的。"他用带笑的目光看着她，道，"你若觉得唤'云哥哥'太过亲密了，唤我'凌云'也可以。"

“我是在跟你说这个吗？”唐宁微提高了几分声音，引得街上的人都看了过来。

察觉自己有些失态，她深吸了口气，压下胸口涌上的怒火，一遍遍地在心里告诉自己：我现在是女的，要注意形象；我现在是女的，要注意形象……

“有一次我跟几个朋友一起聊天，听他们说，想要追到喜欢的女孩子，脸皮就要厚。”目光带着一丝炙热落在她脸上，他道，“虽然你拒绝了我，但我不会就此放弃的，我会用行动告诉你我对你的心意。”

满腔的火气等着爆发，等来的却是这样的话，唐宁只觉如同一拳打在棉花上，很是不得劲儿。

“随便你！”她懒得跟他多说，大步朝前面走去。

南宫凌云见状，迈步跟了上去，在她身边说道：“宁儿，你若不喜欢在街上逛，要不我带你去客满楼吧？你从小就最喜欢吃他们家的菜了，我听说他们家最近出了一道新菜，我们去尝尝？”

“没兴……”她本能地想说“没兴趣”，但话还没说完，又想起记忆中是有那么一家酒楼做的菜极为好吃，从今早到现在也没怎么吃东西，于是便不再说话，只是往客满楼的方向走去。

后面的南宫凌云见了，不禁有些失笑：她这性子可比小时候火暴多了，脾气也倔，但偶尔流露出来的软萌和骄傲，却又与小时候一模一样。

两人去吃了饭后，唐宁又被他带着来到一处卖首饰的阁楼。她看了一眼里面的东西，见多数是女子用的，便问：“你要买什么？”

“八月十五就是你的生辰了，我想买根簪子送给你当生辰礼。”他带着她来到柜台前。

唐宁听了，微怔，八月十五？是了，原主跟她都是八月十五的生日，只是她自己都将这事忘了，没想到他还记得。

一时间，她的目光落在南宫凌云身上，有些复杂。

掌柜明显是认识两人的，见到他们，便笑呵呵地道：“南宫公子、唐大小姐，你们要买点儿什么？”

“把上好的玉簪子拿出来我们看看。”南宫凌云说道。

“玉簪子正好有一批上好的，我给你们拿来。”掌柜笑着上了楼。

不多时，掌柜拿了一个托盘下来，里面摆着五根玉簪子。

“南宫公子、唐大小姐，你们想要白玉的，还是翡翠的，或者是墨玉的？这里有几种颜色、几个款式，你们挑挑看喜欢哪个。”掌柜笑眯眯地看着他们说道。

见此，南宫凌云微侧过身，问身边的唐宁：“你喜欢哪个？”

唐宁瞥了一眼，道：“都差不多。”

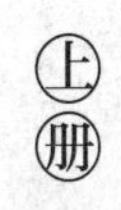

闻言，南宫凌云便对掌柜道："掌柜，全包起来。"

唐宁一听，眉头皱了皱，道："你别告诉我全买了给我，我不要的。"她要是喜欢，自己会掏钱买，一根簪子而已，哪里用他送？

"这里五根簪子，你可以一天换一根戴，我看着这几根簪子都不错。"南宫凌云说道。

见他的神情不似说笑，唐宁无奈，这才道："不是说送我生辰礼吗？一根就够了。"说着，她伸手拿起中间那根碧绿色的翡翠簪子。

"掌柜，就这根吧。"她将簪子递上前。

她头发都没长出来呢，买什么簪子！

结了账，两人到了外面，唐宁道："出来也有些时间了，我要回去了。"

"我送你回去。"南宫凌云说道。

"不用，我自己回去就好。"

"那明天我带你去游湖？"

唐宁轻叹一声，准备离开的脚步一顿，回过头来看着他，道："南宫凌云，谢谢你的生辰礼物，我还有事情要做，并没有那么多时间陪你四处闲游。你若真想找人陪你，相信只要你喊一声，这城中有的是想陪你去游湖的女人。"话音一落，她便转身离开。

看着她离去的背影，南宫凌云心中微叹，他又何尝不知自己这样有些着急了？但他只有一个月的时间，一个月后他去天龙学院考核，什么时候能回来都不知道，他是担心她的心里真的已经没有他了……

甩掉了南宫凌云的唐宁整个人轻松了不少，就连脚步也变得轻快起来。唐家的事情都处理好了，原身的仇也报了，这次回来她就先在唐家休息一段时间，再找个适当的机会跟爹说一下她要出外游历，到时就可以去天龙学院看看了。

她看着身上浅紫色的衣裙，觉得虽然女装是好看，但还是不如小和尚的装扮来得舒服自在，至少她顶着一个光头时，不用担心假发会掉。

"唐大小姐。"一道声音传来。

她不由得停下脚步，朝声音传来之处看去。

就见黑风走了过来，来到她面前道："唐大小姐，我家主子想见你。"

"你家主子想见我？"唐宁不由得心头一惊：墨烨见她做什么？她的"马甲"应该没掉才是啊！

"是的，我家主子想见你，他就在楼上。"黑风似乎想到什么一般，又道，"唐大小姐应该还记得我吧？我叫黑风，我家主子是夜王，昨天我家主子还帮了你们唐家呢！"

唐宁扯了扯嘴角，脸上带着一丝惶恐道：“夜王于我唐家有大恩，我自然是忘不了的。”

闻言，黑风露出满意的笑容，做出请的手势，道：“请吧。”

唐宁跟着上了二楼，来到二楼的一间厢房，便看到墨烨背对着她负手站在临街的窗口处。

她进了厢房里面也不见他说话，自己也不好开口，便也静静地站着，心下寻思他到底找她过来做什么，莫不是她的“马甲”掉了？

就在她心下忐忑之时，那负手而立的人终于转过身来，目光落在她脸上。

“你可认识唐师？”

听到墨烨的话，唐宁心头咯噔一下，心跳得有些快。

只是下一刻，她便露出疑惑的神色，绝美的面容带着一丝迷茫，声音软糯地问：“唐诗？什么唐诗？”

墨烨的目光盯着她，迈步上前，拉近了两人之间的距离。看到少女眼中出现了一丝紧张、一丝怯懦，以及一丝不安时，他停下脚步，没再靠近。

看到她出现在唐家大门前时，他总感觉此人有些眼熟，不知在什么地方见过，后来又看见南宫凌云在玉兰树下对她深情表白，再到今天看见她与南宫凌云一起在街上逛，也许是因为她出现在他的视线里的次数有些多，突然发现，这个唐家大小姐唐宁五官竟与唐师有三分相似。

他一度怀疑她就是唐师，但接触后，却又发现两人是不同的，比起唐师容颜的精致出色以及大气，这唐家大小姐的五官更显柔美温婉，唐师的眼清澈而透着狡黠，还夹带着一丝凌厉，而眼前的少女，眼神中多了一抹柔和以及一丝不易察觉的怯懦，纵是五官有三分相似，仍少了唐师应有的洒脱不拘以及肆意和凌厉。

更何况……他微拧眉头，把目光从少女脸上移开，落在她那微微隆起的女子特征上，那玲珑的曲线，以及柔软盈盈不堪一握的腰肢，怎么看都是一个十足的女人。

唐师曾撞入他怀里，因此他很清楚地感觉到，唐师的胸是平的。

再就是，一个世家大族里长大的少女，一个受世俗礼法约束的贵族千金，断不可能有唐师的见识以及气度，更不可能剃个光头扮成和尚在外面行走，而且他也从没见过一个没有头发的人可以在短时间里长出长发来。

以上种种，让他在怀疑过后有了一个念头：唐师是唐家的人，或许与眼前这个少女有什么血缘关系，因此两人在相貌上有几分相似。

“你们唐家可有年纪与你相仿，相貌又与你有几分相似的少年？”墨烨沉声问道。

唐宁一颗心微提，道：“我们唐家那么多人，自然有与我年纪相仿的少年，不过

他们都是旁系子弟，平时我也接触不多。”说完，她小心翼翼地看了他一眼，带着一丝惊喜，期盼地问，“夜王，难道你认识我们唐家的哪一个子弟？”话音一落，她微敛眼眸，一只手轻卷着垂落在胸前的墨发在指尖轻绕着，脸上带着一丝娇羞与欢喜地道，“还是说夜王昨天会让人出面帮我们唐家，是因为我？”

一看少女眉眼含春、面露娇羞的一幕，墨烨眉头皱得更厉害了，眼中闪过一抹嫌弃与寒意，一身的煞气也因看到少女露出那无限娇羞的神态而往外溢出，几乎是看也懒得再看一眼，衣袖一拂，便转身迈步往桌边走去，坐下了。

“黑风，将人送出去。”

他低沉的声音带着不近人情的冷漠与威严，唐宁却心头一喜，连提着的心也悄悄地放了下来，抬头一脸错愕地看着那坐在桌边的男子，语气带着一丝着急以及一丝忐忑：“夜王殿下，可是我说错了什么？”

“唐大小姐，请吧。”黑风上前做出请的手势。

见墨烨连话也懒得多说一句，甚至看也不朝她这里看一眼，她心中欢喜，仍做出失望的神色，轻轻屈膝朝他福了一礼。

“夜王殿下，唐宁在此多谢夜王殿下昨日相助之恩。”说完，她一副恋恋不舍的样子一步三回头地跟着黑风离开了。

送唐宁离开后，黑风回到厢房里，道：“主子，昨儿看着这唐家大小姐，觉得还挺有风范气度的，不过今天再一接触，我觉得她要是个男的，一定是个见一个爱一个的渣渣。”

他们今早才见南宫凌云在那玉兰树下对她表白，而她微敛着眸站在南宫凌云旁边，就算黑风当时没看清她脸上的神情，但也不难猜到，她一定是一副娇羞无比的神色，所以在刚才看到她居然盯着他家主子，眼中浮现着期盼以及娇羞时，黑风才撇了撇嘴。

“主子，属下可以肯定，这唐家大小姐绝对不是唐师。”黑风开口说道，为了增加话中的可信度，又解释道，“你看啊，这唐家大小姐是有头发的，那头黑发养得极好，都长到腰间了，还有她五官柔美，跟唐师根本不一样，再一个就是她是有这个的。”黑风伸手在自己胸前比了个弧度，嘿嘿一笑，道：“唐师身板瘦小，胸前可长不出这个来，依属下看，顶多就是人有相似。”

墨烨瞥了黑风一眼，手指在桌面上轻轻地敲着，道：“准备一下回皇城，将皇城的事情处理好后，本王要去天龙学院。”

四处找不到那小子，但墨烨相信，去天龙学院一定可以见到唐师。

“是！”黑风当即应道，又咧着嘴讨好地上前，道，“主子，到时能不能带上我们一起去？听说天龙学院里的人都是各个学院顶尖的人物，我们也想见识一下呢。”

“去准备吧！”墨烨只是吩咐道。

“好。”见主子没有拒绝，黑风眼睛一亮，当即去安排准备回皇城的事情。

另一边，唐宁回到唐家，进了自己的房间后才忍不住拍了拍胸口，轻呼出一口气来。坐在铜镜前，她看着镜中柔美的绝色少女，眼中浮现出一抹狡黠之色。

对于来自二十一世纪的她，男装和女装的装扮改动本就是小菜一碟，她只要稍做改动，再加上这顶假发，纵是五官还有三分相似，这些老古董思想的人又怎么可能会将天差地别的两个人联想到一起呢！

她起身走到床边，往床上一躺，喃喃低语：“老和尚说要回去给我弄件好东西，也不知弄到了没？”

她躺在床上想事情，想着想着便渐渐地睡了过去，直到入了夜，才听到有人在外面敲门。

“大小姐，家主找你。”婢女的声音从外面传来。

“知道了。”唐宁应了一声，起身收拾了下，往主院走去。

她进了主院的房中，见唐啸在桌边坐着，桌上摆着饭菜，便上前唤了一声：“爹爹。”

“坐吧。”唐啸示意着，看向她道，“我听下人说你回来后就回房睡下了，今晚还没吃饭，就让人准备了几道你爱吃的菜，你陪爹爹一起吃吧。”

“好。”唐宁一笑，来到桌边坐下。

旁边侍候着的下人开始布菜。

唐啸问道：“宁儿，今天跟凌云出去玩得开心吗？”

唐宁正看着桌上的几道菜，就听他问起这事，准备拿起筷子的手一顿，看向他，道：“爹爹，其实我也正想跟你说一下这事。”

“哦？你要说什么？”唐啸问道，然后示意她，“边吃边聊。”

唐宁笑了笑，夹了一口菜吃下后，想了想，这才道：“我们家和南宫家从没将亲事摆到台面上来说，小时候的事情只能算是儿时的戏言，更何况如今我一身修为尽失，是一个不能修炼的人，而南宫凌云天赋出众，又将去天龙学院参加考核，所以我希望爹爹不要再撮合我和他了，我们两人不适合。”

闻言，唐啸怔了一下，看着她问：“宁儿，你可是因为无法修炼而自卑，觉得自己配不上凌云？”

唐宁一笑，眉间尽是自信的神情，道：“爹爹，我不自卑，更没觉得自己配不上他，只不过我与他已经不适合了。”

虽然她这么说，唐啸仍认为，她可能是因为自己修为尽失，已经与凌云不是同

一类人了，所以才会这么说，毕竟小时候两人很是要好。

想到这儿，他轻叹一声，道：“其实爹爹是想着，若是你能嫁给凌云，那往后的日子爹爹也不用为你担心了，可是也担心凌云现在这般出色，南宫家的人不会愿意接受你，更担心日后凌云在那顶尖的天龙学院里认识、接触到其他出色的女子，到时你……”

“唉！”他摇了摇头，道，“既然你这么说，爹爹日后也不会再撮合你们两个。你也不要担心，就算你将来不嫁人，爹爹也会养你一辈子，唐家永远是你的家，在这里你永远是唐家的大小姐，是我唐啸的掌上明珠。”

闻言，唐宁心中涌起一股暖意。她点了点头，笑容中带着一丝狡黠与灵动，笑盈盈地道：“嗯，我知道，以后我也会努力的，会赚很多钱给爹爹花的。”

“哈哈哈，好，爹爹等着你赚很多钱给爹爹花。”唐啸听了，哈哈大笑，脸上的神情开心又欣慰。

“过些日子是你的生辰，爹爹想着给你大办一场，也为庆祝你平安归来，你说好不好？”唐啸笑着问道。

唐宁想了想，道：“爹爹，我们家前些天才险些遭逢大难，大办就不必了，到时我们家里的人坐一起吃顿饭就好了。”

听到这话，唐啸点了点头，道：“也好，就依你吧。等明年你十五岁了，我们再大办一场，到时爹爹一定给你办得热热闹闹的。”

“好。”唐宁笑盈盈地应道。

她本想跟他说过些日子就要离开，可看到他脸上开心的笑容，到了嘴边的话又咽了回去，算了，缓缓再说吧。

接下来的日子，南宫凌云几乎是天天上门，变着花样给她送东西，想约她出去走走逛逛，但除了第一天能将她约出去，之后的日子里都约不到她出门。

就连唐啸也已经不插手两人之间的事情了。

每每看到南宫凌云带着礼物来，唐啸都在心下轻叹：可惜了，这么好的男儿，若是两人可以在一起，郎才女貌，怎么看都是一对璧人。

而在皇城的欧阳家的人，在知道欧阳律等人死在青云城的别院里时，有一段时间气氛显得极为低沉。

也许是他们就没想过，有人竟敢动他们欧阳家的人，还有本事将一行人全都杀了，还毁尸灭迹，连尸骨都不存。

他们怀疑过唐家，但又在得知唐家那些人的实力后，知道唐家的人根本没有实力杀死他们欧阳家的那一行人。

他们又怀疑过青云城其他家族的人，可经过这段时间的暗中调查后，得出的结果仍是，青云城那些世家的人也是杀不了他们欧阳家的人的。

“会不会是夜王？”大厅里，其中一名中年男子有些迟疑地说道。

“不会。”主位上的欧阳家家主摇了摇头，道，“夜王当时既然让人出面，就不会再对我们欧阳家的人下手，更何况他很清楚皇城的势力都是平衡的，这么多年来一直保持着这个局面，他不会去打破这个平衡的局面，所以不可能是他。”

“可若不是夜王，青云城那些家族的人实力又比不上我们欧阳家的人，杀不了他们，那又会是什么人动的手？”那名中年男子再度问道，眼中尽是疑惑。

“你们可还记得前段时间七杀阁被灭一事？”欧阳家家主沉声说道，“七杀阁的势力并不逊色于任何一个世家，甚至里面的人一个个都是经过严格训练的杀手，但这样一群人在一夜之间被屠尽，而且死状凄惨而恐怖，至今也没人知道到底是什么人在一夜之间屠杀了七杀阁所有的人。”

闻言，这回不仅是那中年男子，就连一直没说话的几名老者脸色也微凝。其中一人道：“家主觉得，杀我们欧阳家的人，与灭了七杀阁的人是同一个人，或者是同一股势力？”

“不错。”欧阳家家主点了点头，道，“但也只是猜测，我并没有证据可以证明。”

听到这话，众人沉默下来。

良久，先前那中年男子又问：“家主，那唐家呢，就这样放过他们吗？若非因为唐家，我们家族的人也不会被人杀死，如今唐家的众人还活得好好的，难道我们就这样算了？”

欧阳家家主沉思着，道：“唐家既然是夜王要庇护的家族，我们还是不要去触那个霉头较好，此事暂且按下来放一旁吧。倒是过几天少杰与学院的友人会回来住几天，先将这事安排好为上。”

“是。”听说是在天龙学院修炼的少主要回来，还会带朋友同来，他们心中对此也颇为重视。

对此，唐家的人也不知，一场隐患就这样悄然无声地因墨烨而化解……

此时唐家的人正忙碌地准备着八月十五的生辰宴。纵是说不大办，但府里多少也得准备一下，就是唐家的人围在一起吃顿饭也不是简单的事情，毕竟唐家排得上号的人也并不少。

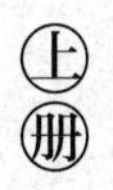

这段时间，唐宁每天都会抽出时间来修炼，只是修为并没有提升。而她所修炼的敛气之法，本就是她上一世的古籍秘法，也正是有这敛气之法，她才能将一身的修为隐藏起来，没有被墨烨他们看透。

如今在唐家，也就只有那个自她回来后便去了厨房帮忙的小丫头知道她是有修为在身的，其他人皆以为她修为尽失，无法再修炼。

她步出房间，就见南宫凌云在院中坐着，桌上摆着棋盘，黑、白棋子分布在棋盘中。

此时他手里还捏着一枚棋子轻轻转动着，而桌子的一旁放着一个食盒。

“宁儿，我买了些糕点，你过来尝尝喜不喜欢。”他看到她出来，脸上露出笑意。

一旁的护卫将糕点从食盒里端出，而后静静地退到他身后不远处。

唐宁看了他一眼，走到桌边坐下，道：“你天天往这里跑，难道真的就没其他事情做吗？”

南宫凌云让人换了茶水，然后道：“家里的事情有我父亲处理，我也较少接触，更何况我这趟回来也就只有一个月的时间，自然要好好休息。”他声音一顿，看着她道，“而这青云城中，没有哪里比你这里更能让人心情愉悦了。”

闻言，唐宁瞥了他一眼，拿起一块糕点吃着，又看了看桌上的棋盘。

“我们下一盘？”说话间，他已经将棋子分好。

唐宁也没说话，只是一边执起一枚棋子随手落下，一边还咬了一口糕点。

南宫凌云见此，笑了笑，便也落下一子。

两人一来一往地下着，大半炷香的时间过去，南宫凌云眼中闪过一抹微讶。

她下棋毫无章法，一盘棋下来，他竟摸不出她的棋风，一时间不由得朝她看去。

唐宁仿佛毫无所觉，拿着一枚棋子想了想，皱了皱眉，道：“我好像输了你很多子啊！”话音一落，她双手一推，道，“不下了。”

见此，南宫凌云不由得一笑，摇了摇头，有些无奈又纵容地道：“好，不下了。你想去做什么？我陪你。”

“大小姐。”一名婢女带着两名妇人进来，向两人行了一礼后，便道，“大小姐，家主让人过来给小姐量身做衣服。”

唐宁朝南宫凌云看去，道：“你难得回来一趟，还是多在家陪陪家人吧。我这要量身做衣服，一时半会儿也不会弄完。”

“也好，那我明天再过来。”他倒也没多说什么，便起身离开了。

听到他说明天还要来，唐宁扶了扶额：这人还真是锲而不舍，软硬对他来说似乎都没用。

进房量了尺寸后，唐宁便去了唐啸那边。

也许是因为出了唐耀良那件事，如今唐家再没有人提要换少主之类的话了。

但唐啸最近一直在想唐宁日后的问题，思来想去，心中有了决定。

唐宁来到书房，见下人正要进去送茶水，便接过茶水走了进去。

见唐啸在里面处理事情，她唤了一声："爹爹。"

"宁儿来啦。"唐啸听到声音后抬起头来，看女儿一副神采奕奕的样子，便笑着问，"我让人去给你量尺寸做衣服，她们可去过了？"

"有，我是量好才过来的。"她走上前，将茶水端上前，"爹爹喝茶。"

"好。"唐啸笑着点了点头，接过茶水喝了一口，放在一旁，这才道，"我正好有事要与你说，坐吧。"

唐宁便在旁边坐下。

"我们唐家有一支暗卫，也是我们唐家的底气所在。这支暗卫从我们唐家第一任家主一直传承下来，只有唐家家主和少主才可以调动。他们神出鬼没，一身隐藏功夫练得十分到位，除了府里少数几人，其他的一直是在暗卫营里训练。"唐啸声音一顿，又道，"如今你没有修为在身，身边也没个得力之人，所以我想带你去暗卫营看看，给你挑选几个可以放在你身边保护你的人。"

闻言，唐宁连忙道："不用了，爹爹，我可以保护自己。"

府里的那几个暗卫她自然是知道的，不过虽然她爹说他们一身的隐藏功夫练得十分到位，她却是有些不以为然的——从回来那一天她就知道那八名暗卫都分布在府里的哪个角落，只是懒得去理会罢了。

而且那些暗卫的实力顶多也就在炼气七阶左右，连灵师都没达到，又谈何保护她？更何况她也没打算在这里久留，过些日子就要走了，身边带上几个保护她的人只会给她添麻烦。

唐啸却不知她所想，在他看来，女儿身边就需要有人贴身保护着。于是他摆了摆手，道："这事就这么说定了，明天一早爹爹带你去看看。"

事情就这样被敲定，次日清晨，唐啸便带着唐宁出了门，来到了唐家的暗卫训练营。

"就是这里了。"唐啸看着面前的大门，道，"这里是全封闭式的训练营，这整个山头都是我们唐家的产业。"

唐宁打量着，看到她爹拿出一个令牌后，那扇大铁门被打开。

两名穿着黑色劲装的守卫向唐啸行了一礼："属下叩见家主。"

"嗯。"唐啸应了一声，摆了摆手，便带着唐宁进去了。

而在两人身后跟着的只有青知一人。

来到里面，隐隐听到练武的声音，唐啸对身边的唐宁道："先让青知带你去看看，爹爹一会儿就过来找你。"

看着唐啸离开后，青知这才上前，道："大小姐，属下带你去练武场看看吧？"

"嗯。"唐宁应了一声，跟着青知往练武场走去。

场地中有认识青知的暗卫向青知打了声招呼后，又看向唐宁，打量着，在得知眼前的少女就是唐家大小姐唐宁时，当即敛下眼眸行了一礼：“大小姐。”

“嗯。”

她一路走着，不少人向她行礼，好奇地打量着她。

她来到练武场时，里面两人一组在切磋。唐宁站在一旁看着，青知则在她身边给她讲解，每个月暗卫都会有一次考核，每隔半年都会有一次外出历练的机会……

唐宁在一旁观看他们的战斗方式以及武技，问道：“他们练的这些武技是哪儿来的？”

“武技都是一代代传下来的，有的经过改良，也有的是老祖自创，还有一些高阶武技功法是易换得来的。每一个暗卫的天赋不一样，所以选择的功法和修炼出来的效果也会不一样。”青知在一旁说道。

青知也是暗卫营出来的，因此知道得比较清楚。

“暗卫营里有多少人是达到灵师级别的？”她询问道。

青知想了想，道：“灵师级别的目前应该有三十多人，具体数字是多少，属下也有段时间没回来了，所以也不是很清楚。”

三十多名灵师级别的暗卫，再加上唐家的族老等人，还有她爹灵师巅峰的修为，以及一位去了仙人之地的筑基老祖，这就是一个百年世家的底蕴。

看来她得想办法帮她爹爹突破灵师巅峰，让他进阶成为筑基修为的修士，真正跨入修仙境界，这样一来，唐家的根基才会更稳。

只是这能让修炼者进阶突破的灵药不易寻，也是不易炼制的。

不多时，唐啸过来，身边还跟着两名中年男子。

“宁儿，看得怎么样？”唐啸笑着问道，来到她身边。

“爹爹。”唐宁转过身来唤了一声，目光落在他身边的那两名中年男子身上。

两人皆是灵师级别，一人是灵师五阶，一人是灵师六阶，一身气息内敛。

在她打量他们的同时，两人也在打量她。

“宁儿，这是我们暗卫营的总教头和副教头。”唐啸说道，又对两人道：“她就是我女儿，唐宁。”

“见过大小姐。”两人拱手朝她行了一礼。

“两位教头不必多礼。”唐宁开口说道。

其中一人笑道：“家主说要给大小姐挑选两个贴身暗卫，不如我让他们过来，让大小姐挑挑看。”

唐宁还没说话，一旁的唐啸便哈哈笑了起来，道：“好，就让他们过来给宁儿看看，是要跟在她身边的，自然得合她的眼缘才行。”

唐宁有些无奈，她是真的没打算给自己找两个麻烦好不好？

“见过家主、大小姐。”

练武场中走出二三十名较为年轻的暗卫，年纪都在十五岁到二十岁之间，有男有女，此时，有的人面无表情，有的人则有些紧张。

“这是我们唐家的大小姐，唐宁，今天家主带大小姐过来，是为了给她挑选两名贴身保护的暗卫。”总教头沉声说道，目光在他们脸上一一掠过，面带威严和凌厉地道，“大小姐因几个月前修为尽失，如今无法修炼，故而今天无论大小姐挑选了谁，她便是你们此生的主子，是你们豁出命也得护她平安的主子，你们可听明白了？”

众人微微沉默了一下，才不约而同地道：“明白了！”

话虽如此，只是有的人心中紧张，他们不想去大小姐身边保护，因此担心自己会被挑选上，尤其是队伍里的几个少女，更是担心大小姐会挑她们。

“大小姐，他们都是年轻一辈里最出色的，你看中谁尽管开口。”总教头笑着说道，目光落在唐宁身上，心下隐隐觉得有些奇怪——大小姐原本是唐家天赋最为出色的子弟，但一夜之间修为尽失，还离家数月，今天见到她时，他原本以为大小姐会是萎靡不振的，却不料她神采依旧，甚至气度更胜从前。

“爹爹……”唐宁看向唐啸，眼中有着无奈。

“你看，他们的年纪都与你相当，平时给你做伴也好。”唐啸笑着说道，拍了拍她的肩膀，道，“你看中哪个？跟爹爹说。”

看中哪个？这话听着还真是……唐宁心下无奈，可他的拳拳爱女之心，也让她心中感动。

不忍再驳他的好意，她便看向面前的那二三十人，目光在他们脸上一一掠过，将他们的神色尽收眼底。

继而，她走上前，微微一笑，问：“你们谁愿意跟着我？”

听到这话，两名教头相视一眼，眼中闪过一抹笑意，看向唐宁的目光中尽是欣赏。

虽然他们让她挑，但她给了暗卫自己选择的机会，她要的是暗卫的自愿，这一点确实是他们没想到的。

唐啸听了，在一旁暗自点头，并没有说话，只是看着那二三十人。

那二三十人在听到唐宁的话后，皆是微愣了一下，就连一些面无表情的人也是目光微闪。

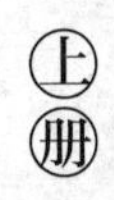

然而更让他们没想到的是她接下来的话。

“就算你们都不选我也没关系，我保证，两位教头以及我爹爹都不会处罚你们。”唐宁笑着说道，声音一顿，眼底闪过一抹光芒，又道，“但是，你们若是选择了我，

那就算是我让你们去死，你们也只能去死，所以你们可要想清楚了。”

因她的话，那二三十人全都面面相觑，有的人眼中浮现欣喜，有的人则带着深思，也有的人依旧面无表情。

可以自己选择跟不跟大小姐，就算不选择她，也不会被处罚，这对不想跟着她的暗卫来说，自然是值得开心的事情。

因此，一时间并没有人站出来。

唐宁也不急，就站在那里面带笑容地看着他们，心里想着：她话都说得这样了，应该不会有人站出来了吧？她正好可以推了她爹爹往她身边塞人的心思。

却不想，下一刻便有一人走了出来。

“属下寒知，叩见主子。”

一名二十岁上下、面无表情的青年男子走了出来，在唐宁面前单膝跪下行了一礼，口中所称也不再是“大小姐”，而是“主子”。

看到走出来的是寒知时，其他二三十人脸上皆露出错愕之色。

寒知是他们当中最优秀的一人，如果没有意外的话，寒知再过一两年将有机会成为暗卫队长，或者是留在暗卫营中当导师。可就是这样一个实力最出众的人，居然愿意去大小姐身边当一名普通的护卫，这叫他们如何不错愕？

对此，唐宁心中也是微讶。这人的实力在这二三十人当中是最高的，也是最不起眼、最容易让人忽视掉的，因为他站在那里就如同旁人的影子一般，一身气息尽敛时，几乎可以让人注意不到他。而她也注意到，在别人面露紧张与喜意之时，他依旧面无表情，看不出情绪。只是她没想到，这样一个极为出色的人，会在这时选择走出来认她为主。

看着垂着头单膝跪在面前的青年，她眉眼弯弯，脸上更是带着盈盈的笑意，道：“抬起头来。”

寒知听到她的话后，抬头朝她看去，目光在触及她的眼睛后便移开了，落在她的鼻子处，任由她打量自己。

“嗯，长得还挺赏心悦目。”唐宁笑眯眯地点了点头，脸上带着一丝好奇，问，“你为什么会选择站出来认我为主？”

“寒知这条命是家主给的，主子是家主想要保护的人，寒知愿意用这条命保护主子。”他声音平静，语带恭敬地说道。

这下，连唐啸也愣了一下，看向一旁的两名教头，问：“怎么回事？他说的是什么意思？”

“家主，寒知就是十二年前你从外面救回来的那个孩子。”总教头开口说道。

总教头看着跪在地上的寒知，从寒知走出来的那一刻，总教头就知道这个孩子虽然一直都冷冰冰的，却是个重情义懂得报恩的，十几年过去了，这孩子依旧没有忘记当年是家主所救。

经总教头提起，唐啸这才想起来，道："原来是当年那个孩子，好，很好。"他欣慰地点了点头，看着寒知的目光越发满意。

从他们的话中，唐宁多少也了解了一些，于是便对跪在地上的寒知道："起来吧。"

"是。"寒知应了一声，这才站了起来，静静地走到唐宁身后站着。

寒知不会知道，因他今日的选择，日后的他成了多少人羡慕的对象……

"宁儿，你看……"

唐啸正想让她再选一个女护卫，谁知胳膊就被女儿抱住了。

"爹爹，就这一个吧。我也不喜欢有太多人跟着我。"她皱了皱鼻子说道，带着一丝撒娇轻轻地晃着唐啸的胳膊。

唐啸见此，哈哈一笑，宠溺地道："行行行，都依你。"说完，他又对后面的寒知道："你有什么东西要收拾的吗？去收拾吧。"

"等一下。"唐宁转身看向寒知，笑道，"你就先待在暗卫营吧。"

她的话音落下，所有人皆是一怔，就连寒知也朝她看了过去。

"宁儿，你让他留在暗卫营做什么？不带他回去吗？"唐啸疑惑地看着她——刚才她不是收下他了吗？

"爹爹，这事我回头再跟你说。"说完，她看向寒知，道："这段时间你该干什么就干什么，过段时间自有命令给你。"

闻言，寒知当即应道："是。"

见此，总教头这才挥手示意，让众人都散了，然后走上前，对唐啸和唐宁道："家主、大小姐，我带你们四处走走吧。"

"不用，你去忙你的吧。我带她四处看看就好。"唐啸说道。

之后唐啸便带着女儿在暗卫营中逛着，跟她说起当年救寒知的事情……

回去的路上，马车中，唐啸不解地问道："宁儿，你怎么不把寒知带回来？爹爹带你到暗卫营选人，就是希望你身边能有人保护，你却将人留在暗卫营，这是何故？"

唐宁想了想，道："爹爹，其实我准备过段时间要出门，家里……"

她的话才说了一半，就见唐啸脸上浮现错愕之色，原本坐着，此时也猛地站了起来，惊呼出声："什么！？"

因他猛地站起，头撞上了马车的车顶，发出砰的一声重响。

“爹爹！”唐宁吓了一跳。

她连忙将他拉着坐下，就要给他看看头顶有没有撞伤，谁知被他按着坐下。

“你坐好。我问你，你刚才说什么？你说你要出门？你要去哪里？什么时候去？又和谁去？今天我要是不问你的话，你是不是不打算跟爹爹说，到时留下一封书信什么的偷偷溜出家门？”他一连问了好几个问题，又是生气又是担心。

见他如此，唐宁心中有着说不出的感觉，握着他的手安抚道：“爹爹，你别着急，你先听我说。”

“不，我不听，你也别跟我说了，我告诉你，爹爹不允许！”他深吸了一口气后，闭上眼睛，有些生气地不去看她。

他捧在手心的女儿，如今好不容易死里逃生回来，他如何敢再让她涉足外面？若是她在外面有个三长两短，他如何承受得了？

唐宁见他这般生气，心下也有些无奈，张了张嘴，想说些什么，又不知该从何说起。

“爹爹，我已经长大了，不再是小孩子了，懂得保护自己，不会再让爹爹担心的。而且我也不想一直困在青云城，想去外面看看。”她轻声说道。

她有想过将自己能修炼的事情告诉他，但又担心此事说出后会引起不少动荡，毕竟当初用了那么多办法也没能让她恢复修为重新修炼，到时她又如何告诉众人她的修为是怎么恢复的？更何况她也有自己的顾虑。

然而听到她的话的唐啸却以为，这是因她修为尽散，根基尽毁，无法再修炼，如今在青云城中压力太大，无法承受众人带着可惜与怜悯的眼光。

一时间，他心中揪痛。

“宁儿，”他睁开眼睛，愧疚地看着她，“是爹爹不好，是爹爹没有保护好你，才会让你被人害成这样，你若想去哪里散心，爹爹陪你去可好？”

闻言，唐宁心头涌起一股暖流。她看着他道：“爹爹，你不要自责，这本就不关你的事。我只是想去外面游历游历，多见识一下外面的世界。你不用担心我的，到时我会把寒知带在身边。”

她尽量以轻松的语气笑盈盈地道：“爹爹你想啊，要是我在外面能遇到什么机缘，说不定哪天又可以修炼了。”

要是他知道他的女儿现在已经是半个假和尚，估计他更承受不住，她想了想还是算了，这事就别说了。

见此，唐啸想了想，道：“你看这样好不好？如果你要去外面游历，那我让暗卫营的人带你去吧？他们每半年都会出去历练一次，一次会是大半年的时间。”

“爹爹，我不想跟着他们去，我只是想四处去看看。爹爹，你就放心吧。我会给你写信回来，让你知道我平安的。”她再三保证道。

“唉！爹爹知道了，你是一定要去的。”见她已经决定，唐啸也没再多言，因为他知道，女儿打小性子就倔，决定了的事情，就是十头牛也拉不回来。

唐宁笑盈盈地来到他旁边坐着，抱着他的胳膊道：“爹爹，不如你跟我讲讲我们老祖的事情吧？他是不是去仙人之地很久了？他还会再回来吗？”

经她这一打岔，唐啸也被转移了注意力，跟她说起他们唐家那一位去了仙人之地的老祖的事情……

眨眼就到了八月十五那一天，纵是唐家没准备大办唐宁的生辰，但青云城那几个大家族的人也多多少少听到一些风声，因此在那一天，便让府中的小辈带上贺礼前去。

唐宁虽是修为尽失无法再修炼，但那一天夜王的人出面的一幕，仍是被城中的众位家主看在眼里，再加上唐啸素来口碑较好，他们也愿意与唐啸结交。只是唐家并没有大办宴席，又因唐宁是小辈，所以众位家主没有前去，只是让小辈去走一趟，同时叮嘱他们不可惹事。

唐家的人也没料到城中各大家族都让小辈过来送贺礼了，一时间又是安排他们入席，又是让人去带府里的小辈过来与他们做伴。

这场生辰宴，自然是少不了南宫凌云的。

“听说南宫家的少主南宫凌云得了天龙学院考核的机会。”

“我也听我爹说了，说他前途不可限量。”

“听家里的长辈说，南宫家和唐家以前是有意结亲的，也不知现在还会不会结亲？”

“我可是听说南宫家少主最近没少往唐家跑。”

“那可不，唐宁虽说修为尽失无法修炼了，但好歹长得也是绝美，青云城中就找不出一个比她更美的。”

“长得美又不能当饭吃！不能踏上修仙大道，她的美貌又能维持多少年？”

“好了好了，别说了，别忘了家中长辈的叮嘱，不可在这里惹事。”

经较年长的那名青年一提醒，众人没再说这个话题。

不多时，唐家的其他子弟也过来与他们做伴，招呼着他们。

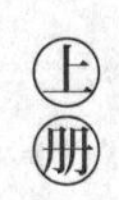

而他们口中的南宫凌云，则坐在了唐啸所在的那一桌。

待将开席时，唐宁才出来。

因城中世家的子弟是过来给她庆祝生辰的，所以在开席后她也来到他们坐着的那几桌，与他们闲聊了几句，又谢了他们送的生辰礼。

众人见她竟又恢复了以前的神采，心中都微讶，因他们较为年轻，有的人脸上那诧异的神色就没能掩住。

他们看着她谈笑自如、落落大方的样子，心中不由得生起一丝佩服——若是他们，恐怕做不到她这样。

唐宁回到主桌，来到她爹爹旁边坐下，朝南宫凌云点了下头，算打了招呼，便与几位族老说起话来。

南宫凌云不时地看她，见她侃侃而谈，面带笑容，眼中不由得露出欣赏之色。

她修为尽失，无法再修炼都能做到如此吸引人的目光，那还没失去修为之前的她，身上又该散发着何等摄人心魄的风华？

唐啸见南宫凌云的目光不时地落在自家女儿身上，心中不由得轻叹，明明是一段很好的姻缘，却因他女儿的修为尽失无法再修炼而变成现在这样，真是可惜了。

又过了约莫半个月的时间，这一天清晨，南宫凌云再一次来到唐家找唐宁。

知道他应该是来告别的，因此唐宁没有像往常一样避而不见。

“宁儿，我明天就要去天龙学院那边准备考核的事情了，今天过来是跟你道别的。”南宫凌云看着她，心中满满的不舍，此一去，又不知何时才能回来。

“宁儿，你可会等我？”他不由自主地问道，目光紧紧地落在她脸上。

唐宁一笑，摇了摇头，道：“我早就说过，我们是不可能的了。我已经不是当年的我，对你早已没了当年的感觉，你也别再将心思浪费在我身上。”

话音一落，看着他受伤的神色，她又道：“我在此祝你一路顺风，顺利进入天龙学院。我就不送你了，你请吧。”

南宫凌云看着她毫不犹豫地转身离去，不由得暗暗握紧了拳头，对着她的背影说道：“宁儿，我知道你为何拒我于千里之外，你等着我，我一定会为你寻来可助你重新踏上修仙大道的神丹！”

脚步一顿，唐宁摇了摇头，终是没有回头地离去了。

次日，南宫凌云独自一人离开，就连护卫也没带，因为天龙学院不允许带护卫。

而在南宫凌云离开后的第二天，唐宁也收拾好东西，来到唐啸的院子。

“爹爹，我明早就要走了，我不在家，你要照顾好自己。”唐宁看着唐啸说道。

“好，爹爹知道，你不要在外面玩太久，早些回来。”说完，唐啸又塞了些钱给她，“这些你拿着路上用，出门在外最少不了用钱。”

唐宁没有拒绝他的好意，将他的叮嘱一一应下。

到了第二天早上出家门时，她却又无奈地一叹。

她还想着她爹怎么没再叮嘱让她一路小心之类的话，原来是在这里等着她呢！

“宁儿，怎么啦？”出来送她的唐啸见她站着没动，便问了一声。

她看了一眼前面的马车，以及马车周围的那些护卫，无奈地回头道：“爹爹，我又不是去郊游，你让这么多人跟着我只会给我添麻烦。”

“也没多少人，就八个人而已。”唐啸说道。

“我知道，明面上就八个人，但后面跟着的那些又是怎么回事？”她无奈地问道，目光掠过隐藏在周围的暗卫，那人数少说也有十几人。

唐啸嘿嘿一笑，道：“让他们跟着你我才放心啊！你放心，只要你没遇到危险，他们不会出现的，你就当他们不存在好了。”

话音一落，他好似突然反应过来一般，愣了一下，有些诧异地看着身边的女儿，问：“你怎么知道我安排了暗卫跟着你？”

唐宁顿了一下，道：“爹爹连马车都准备好了，又安排了几个护卫跟着，暗处难道会没有暗卫？”

闻言，唐啸这才恍然，道：“原来如此，不过你什么也没准备，也没见到寒知来等你，你到底有没有让人给他递消息？”

“我让他在城外等我，一切都已经安排好了。”她无奈地说道，“爹爹，趁现在天色还早，我现在出城也不会引起太多人的注意，你就让他们别跟着了。”

见此，唐啸想了想，这才道：“好好好，爹爹依你，你赶紧出城吧。记着，路上一定要小心，千万不要多管闲事，免得惹祸上身。”话音落下，他摆了摆手：“你们都回去吧。”

“是。”护卫们应道，驾着马车离开。

唐宁见他依依不舍又不放心地看着自己，心下轻叹一声，知道他让那些护卫回去，但还是一定会让暗卫跟着的，也不再多言，只是道：“爹爹，那我走了，我不在家，你自己多保重身体，等过段时间我就回来看你。”

“好，爹爹在家里你不用担心，倒是你在外面，一定要吃饱穿暖。”说完，他转身拿出为她准备好的包袱，道，“这里面是爹爹给你准备的厚衣服，你带着，天冷了记得穿上。”

“好。”心中暖洋洋的，似有什么湿润了眼眶，让她的视线有些模糊，她眨了眨眼，接过包袱后背在身上，露出一抹笑容来，“爹爹保重。”说完，她不再去看他，大步往城门的方向走去。

唐啸看着女儿离去的身影，心中尽是不舍，眼眶也微微泛红。他抬起衣袖拭了拭眼角，沉声吩咐道：“赶紧跟上，别让大小姐发现你们。记着，一定要保护好她的安全，若是她少了一根头发，我唯你们是问！”

“是！”暗卫们应道，便迅速跟上。

“家主，那个小丫头不知什么时候不见了。”青知来到唐啸身后，低声说道。

听到这话，唐啸眼中闪过一抹异色，问：“不见了？”

“是，前段时间处理了二房的人之后，她就不再出现在主院里，而是去了厨房打下手，这段时间也没人注意到她的存在，直到刚才属下去厨房那边时，才知道那个小丫头已经不见两天了。”青知在他身边低声说道。

“她是友非敌，否则那日也不会提醒我。只是也不知她是奉了何人的命令，为何现在又悄然离开？”唐啸看着前方，脑海中隐隐闪过一些什么，却又抓不住。

“家主，用不用派人去找？”青知询问道。

唐啸摇了摇头，道：“既然走了，那就让她走吧。我想，总有一天会知道的。”他看着前方的大道，神情若有所思。

另一边，唐宁趁着天色还没大亮，一路往城门口走去。

后面的暗卫悄然跟着，以为她不知，却不知此时她已经在想着怎么甩掉他们了。

天色渐亮之时，城门打开。在城门不远处的街角，顾卿歌穿着一身不起眼的灰衣坐在那里，刘海儿遮住了一半的面容，以及那一只没有戴眼罩的眼睛。

顾卿歌不时地抬头看向大街，当看到那抹身影往这边走来时，眼睛一亮，当即站了起来。

唐宁来到城门处，余光就瞥见顾卿歌站在街角，她看了顾卿歌一眼，便往城门外走去。

顾卿歌跟了上去。

两人一前一后出了城门。

城门外的山道处停着一辆不起眼的马车，坐在马车上的不是别人，正是暗卫营出来的寒知。

当看到一前一后走来的两人时，寒知下了马车，朝前面的唐宁抱拳行了一礼，道：“属下见过主子。”

寒知目光带着打量盯着那个跟在主子身后，微垂着头，看起来并不起眼的少女。

唐宁看了他一眼，笑了笑，道：“走吧。时候也不早了，别耽误时间。”说完，她便率先上了马车，也没给两人互相介绍认识。

少女见唐宁上了马车，便也越过面前的青年跟着上了马车。

见此，寒知也上了马车，却在坐上马车后朝周围看了一眼——虽然暗卫隐藏着，但他隐隐能察觉，有人跟着他们。

“主子，有人跟着我们。”他低声说道。

“让他们跟着吧。找机会甩掉他们。”马车里，传出唐宁的声音传出。

“是。”寒知应了一声，绳索一勒便驾着马车前行。

此时，马车里，唐宁看着坐在一旁的少女，道：“从今天开始，你就叫星瞳吧。”

听到这话，少女惊喜地抬起头来看着她，上前一步跪在她面前，道：“星瞳叩见主子！谢主子赐名！”

驾着马车的寒知听到里面的话，目光不由得微闪，一边驾马车，一边听。

“跟在我身边，忠心是我对你们唯一的要求。”唐宁往后靠着，声音不紧不慢地传出，是对面前的星瞳说的，也是对外面驾车的寒知说的。

“是！”马车内外，两人异口同声地应道。

傍晚时分，马车在小镇里一处商铺前放慢了速度，唐宁和星瞳两人迅速下了车，闪身避入商铺之中……

寒知驾着马车一直来到客栈处，将马车停在一旁便走进客栈。

后面的暗卫跟随而来，只看到马车在客栈前停下后寒知进了客栈，以为大小姐也进了里面，便在外面守着。

他们却不知，寒知进了客栈不久，就从后门悄然离开了。

他没有停留地出了小镇，来到与主子约定好的地方，见那里已经停着另一辆马车在等着他。

他快步上前，看到那坐在外面驾着马车的少女时，微愣了一下，又后退了一步。

只见马车上的少女穿着一袭白色的衣裙，头上的墨发简单地盘着，余下的披落在身后，发尾处又用丝带束着，简单大方，煞是好看。

少女半敛着眼眸，出色的五官立体而精致，脸上淡淡的妆容恰到好处，饶是他这个不懂欣赏的人看了，也觉得少女这身装扮很好看，看起来也不像是一般的婢女，反倒有几分像是世家小姐。

只是主子不是让他来这里见吗，怎么除了这辆马车不见别人？

“你还愣在那里做什么？莫不是见星瞳这身装扮太美，看傻眼了？”

打趣的话语从马车里传出，听得寒知一怔。

“主子？”他唤了一声，又看向那已经抬起头来的少女，只见少女抬起来的眼睛其中一只竟如星海般美丽，闪烁着非同寻常的光芒。

她是星瞳？她的眼睛……这一刻，他突然明白主子为何给少女取名为星瞳了。

“你进去侍候主子，我来驾车。”他开口说道。

星瞳点了下头，便进了马车。

寒知这才上了马车，坐上去后，驾着马车趁着渐暗的天色往另一条道奔去。

另一边，当察觉不对劲进去找时，那些暗卫才知他们竟然被甩掉了，当下迅速

分散去找，只是什么也没找到，只能原路折回唐家，向家主禀报。

天色渐暗，寒知驾着马车放慢了速度，道："主子，这附近没有小镇可以歇脚，我们只能找民家借宿一晚了。"

"嗯，那就看看附近有没有百姓家吧。休息一晚，明天再走。"马车里传出唐宁的声音。

"是。"寒知应了一声，继续驾车前行，注意着周围有没有人家可以借宿。

过了约莫一个小时，寒知驾着车停在一座村子前，道："主子，这里有一座十几户人家的村子，属下进去问问。"

"你就跟一块行走着的冰块一样，浑身散发着寒气，大晚上的，你就别进去吓人了。"马车里传来唐宁戏谑的声音。

紧接着，就见星瞳先下了马车。

寒知一只手牵着马绳在一旁候着，就见一抹青色的衣角映入眼底，只是怎么越看越像是男子穿的袍子？他本能地抬头一看，却不想映入眼底的就是那颗在夜色下泛着亮光的脑袋。

"主子！"他几乎是惊呼出声，不可置信地看着他家主子那连一根头发也没有的脑袋，只感觉脑海里轰隆一声，一片空白。

眼前的人穿着一袭青色的简单衣袍，腰间斜佩着一根圆竹，顶着一颗光秃秃的脑袋，眉眼带笑地站在马车上看着他，若不是看到她从马车里出来，若不是知道没有人钻进马车里去假扮，他真无法相信，这个小和尚装扮的人居然是他的那个主子。

相对于她眉眼带笑、一副心情不错又带着戏谑的样子，他却是一颗心往下沉，脑海中想起临行前一天，家主还特意跑到暗卫营去交代他，一定要保护好主子，不能让她少一根头发，可现在……

不可置信的目光落在主子那光秃秃的脑袋上，他不由自主地咽了咽口水，一颗心怦怦急跳着。

这要是让家主知道，主子不仅是少了一根头发，而是一根头发也没有了，成了一个小光头，那……那画面他真是不敢想象……

"大呼小叫的干什么？吓死我了。"唐宁拍了拍胸口，但脸上尽是狡黠的笑意。

你才吓死我了……寒知忍不住又看向她的那颗光头，人生中第一次结结巴巴地问道："主……主子，你……你的头发呢？"

她是什么时候把自己剃了个光头的？总该不会是这一路上才弄的吧？

唐宁摸了摸自己光溜溜的脑袋，道："上回被害时，为了活命跑进寺里剃了个光头才没被认出杀死。"说完，她一叹，又道，"这次回来我不想我爹爹担心，所以是在外面弄了顶假发戴着回来的，要是让他知道，他不得伤心死！”

闻言，寒知暗自点头——家主知道了何止是伤心，肯定还会愧疚不已。

身体发肤，受之父母，除了出家的佛门中人，根本不会有人剃光头，主子虽然三言两语说了当时被追杀的事情，但他可以想到当时的场面得多惊险，要不然她如何舍得剃掉一头长发？

“主子放心，寒知以后都会守在主子身边，不会再让主子遇到同样的危险！”青年如同宣誓般的坚定话语铿锵有力地回荡在夜色中。

终此一生，哪怕付出他的性命，他也会保护她！

星瞳看了看他，心下暗想：看来他还不清楚自己跟了个什么样的主子呢！

唐宁笑了起来，拍了拍他的肩膀，一脸感动地道：“好，寒知，以后主子我的人身安全就全靠你了。”

“是！主子放心，寒知定会保护好主子！”他神色郑重地说道。

他把目光一移，又落在自家主子身上，只觉得站在面前的主子活脱就是一个小和尚，无论是面貌，还是神态，都与先前判若两人。

旁边的星瞳听了两人的话，嘴角忍不住抽搐了下，看了眼一脸感动的主子，心下想着：没想到主子也有这么调皮的一面。至于寒知……算了，他本来就是个憨子。

“寒知啊，在外面，我的名字，唐家大小姐的身份，都不可跟人提起，知道吗？”唐宁笑眯眯地看着他道，突然觉得，带上这么个人，路上趣事会不少。

“是，属下知道。”他只是不知道，日后回去了要怎么跟家主交代。

“走吧。我们去前面的人家问问。”唐宁笑眯眯地说道，迈步往前走去。

旁边的星瞳跟上。

后面的寒知顿了一下，也牵着马跟了上去。

唐宁在一户人家门前停下脚步，看了看这屋子缠绕的气息，目光闪了闪。隐隐听见里面传来婴儿哭闹的声音，她抬起手敲了敲门，道：“施主，小僧路过此地，夜色已深，不知可否借宿一宿？”

屋子里的婴儿似乎已经哭了许久，声音有些沙哑，却没有停下的意思。

房门打开一条缝，一名二十多岁脸色青白的青年汉子看了看门前的人，便将房门打开，不料又见到小和尚身后那抬起头看来的少女。

“啊！”看到少女那异于常人的眼瞳，青年汉子惊呼一声，后退一步，本能地就要将房门关上。

唐宁却是笑眯眯地将脚伸上前，卡在了房门处，让他无法关门，温声道：“施主不必担心，小僧等人不是坏人。”

“你……你一个和尚，怎么带着一个女的在身边？”青年汉子说道，看着这小和

尚，有些怀疑。

唐宁一笑，道："小僧是还没受戒的俗家弟子，师父让我下山游历，见识广阔天地，路上与他们二人结识，故而一路同行。"

听到小和尚的话，青年汉子打量了两人一眼，将门打开，蔫蔫地道："进来吧。"

唐宁和星瞳先进去，寒知则将马车系在外面，也跟着走了进去。

"家里孩子夜里一直哭闹，我给你们安排后面的小院住吧。那里近菜地，比较静一些。"青年汉子说完，便要带他们往里面走去。

唐宁却是笑着停下了脚步，道："施主，不如把孩子抱过来给小僧看看，小僧知道有个法子可以让孩子不夜哭。"

听到这话，青年汉子愣了一下，想了想，没精打采地道："好吧。你们先在这里等一下。"

不多时，青年汉子出来了，身后还跟着一个抱着啼哭的婴儿的年轻妇人。相比于青年汉子的脸色青白、神情蔫蔫，那年轻妇人的气色却是极好。

年轻妇人打量着他们三人，目光落在小和尚身上时，不由得微退了半步，竟是不敢上前。

唐宁笑眯眯地看着他们，目光掠过那年轻妇人，落在年轻妇人怀里啼哭的婴儿身上，道："这孩子真可爱，多大了？男孩儿还是女孩儿？"

青年汉子听到小和尚夸自己的孩子，也不由得露出笑意来，道："是个男孩儿，才两个月大。这孩子平时都挺乖的，就是最近不知怎么了，夜里总是啼哭。"说到这里，青年汉子叹了一声，转向妇人说道："来，给小师父看看，他说他有法子让孩子不哭。"

年轻妇人迟疑了下，将孩子递了过去，而后又看着那小和尚。

"来，给我抱一下。"唐宁笑着说道，同时伸出了手。

青年汉子还没反应过来，就见孩子被小和尚抱过去。而原本啼哭的孩子，到了小和尚手里，竟止住了哭泣，扁着一张嘴眼泪汪汪地看着小和尚。

看着孩子讨喜的样子，唐宁笑了起来，伸手摸了摸孩子的头，轻声道："乖，没事了。"

原本扁着一张小嘴的孩子只感觉那只手很是舒服，不由得蹭了蹭，往小和尚怀里钻去，发出咯咯的笑声。

一旁的青年汉子看得惊奇不已。

而那名年轻妇人垂下头，又往后退了一步。

青年汉子见孩子在小和尚怀里蹭了一会儿后就睡着了，不由得心喜，态度也更热情起来，道："小师父，你们一定还没吃饭吧？这样，你们稍坐一会儿，我去给你们热一下饭菜。”

然后青年汉子一脸喜意地对年轻妇人道：“你给小师父他们倒些水喝，一会儿就把孩子抱回房睡吧。”

看着男人去准备饭菜，年轻妇人犹豫了下，上前道：“小师父，把孩子给我吧。我带他回去休息。”

抱着孩子的唐宁抬起头来，看向那年轻妇人伸过来的手，问：“你是哪里来的孤魂，怎么就缠上了他们？”

妇人一惊，本能地缩回手后退着。

第九章 日行一善

而寒知更是愣了一下，一个箭步上前，就将唐宁护在身后，一只手已经搭上腰间的剑，随时准备出鞘。

唐宁拍了拍寒知的肩膀，示意他退后，这才看向那年轻妇人，道："既无害他们之心，那就应该早早离去才是，你可知，你上了他家娘子的身子，日子久了，不仅是他家娘子阳寿会折损，就是刚才那青年汉子也活不长。"

听到这话，那年轻妇人身体一颤，竟是直接在唐宁面前跪了下去。

"小师父，奴家……奴家并不想害他们……"年轻妇人低低地抽泣着，以袖掩面，道，"奴家曾被人所害，尸骨就地掩埋，半月前他下地时挖到奴家的尸骨，怜奴家连个坟头也没有，便为奴家拾骨立坟，奴家……"

因坟就埋在离此不远之地，她夜里总会来他们家转上一转，看着那忠厚的男子对他娘子情深意切，羡慕在心，才会忍不住上了他娘子的身，不料自此一发不可收。

唐宁将怀里的孩子递给一旁的星瞳，看着那年轻妇人道："人鬼殊途，他既是你的恩人，你就更不应如此。"

"小师父，奴家知错了。"她低声道。

"我度你往生，再入轮回，你可愿？"唐宁问道。

那年轻妇人愣了一下，继而拜下，感激地道："奴家愿意。"眼前的小和尚没有让她魂飞魄散，反而愿意度她往生，再入轮回，已是她的造化。

于是唐宁双手合十，嘴唇轻动，为她念了《往生咒》。

寒知第一回碰到这样的事情，心中惊诧不已，尤其是看到那年轻妇人脚下浮现出一个泛着金光的圆圈时，更是惊奇地看向他家主子，心里直呼：完了，主子竟连超度都会了，难道还真想遁入空门不成？

随着地上咒纹的消失，唐宁的手掌微微发烫，隐隐有一丝力量透过掌心的那个佛印涌向身体。

地上的人已经倒了下去，不过依附在她身上的那抹阴魂已经消失……

唐宁将她扶到椅子上坐下不久，那青年汉子也回来了。

见他娘子闭着眼睛靠在桌子处，青年汉子心下一急，连忙上前问：“娘子，你怎么了？”

“刚才她说头晕，你扶她回去休息吧。”唐宁说道。

“好、好。”青年汉子也没怀疑，只是对唐宁道，“小师父，饭菜我给你们热好了。”

“多谢施主。”唐宁双手合十道了谢，然后对身后的星瞳道，“你把孩子给两位施主送回屋吧。”

“好。”星瞳应了一声，跟着两人往屋子里走去。

寒知带着一肚子的疑惑跟在唐宁身后去了后面的院子，这才忍不住问：“主子，你怎么连超度都会？”

唐宁回头瞥了他一眼，戏谑地道：“你家主子我会的东西还多着呢！”

看着眉眼间尽是得意与自信的主子，寒知愣了愣，半晌没反应过来。

主子修为尽散，如今不过一介普通人，可这一路下来，他发现主子好似不是一般的普通人。

“主人家准备的东西，你和星瞳去吃吧，我要去睡了。”她打了个哈欠，便往屋子里走去。

次日清晨。

在青年汉子热情的招呼下用过早饭后，几人继续坐着马车前行。昨天是三人同行，今天则多了一只通体乌黑还站到主子头上去的乌鸦。

马车里，星瞳原本拿着主子给她的功法在翻看，可总感觉有眼睛落在她身上，一直盯着她看，让她很难专心下来。

想了想，她放下手中的书籍，从包袱里拿出一块糕点来，问道：“小黑，你要吃绿豆糕吗？”

小黑盯着她看了看，这才拍着翅膀从唐宁的头顶飞了下来，啄了一口后，问：“小星星，你的眼睛真的能看到别人看不到的东西吗？”

“嗯，大多是能看到的。”她点头应道，放低手让它啄着手心里的绿豆糕。

“那你看得出我是什么吗？”小黑仰起头，一双黑溜溜的眼睛盯着她。

星瞳愣了一下，看着它摇了摇头，道：“看不出，但总归不是一般的乌鸦。”毕竟一般的乌鸦可不会说话。

小黑一听，顿时兴奋地拍了拍翅膀，道：“我肯定不是一般的乌鸦，但是我不会告诉你我的真身是什么，哈哈哈哈！”

唐宁伸手弹了下它的脑袋，道：“行了，别吵着她，让她好好看书。”

“书有什么好看的，无聊。”乌鸦说道，看着外面的景色，又道，“我到外面去看看。”话音一落，它已经拍着翅膀飞了出去。

“哑哑！”小黑兴奋地在外面飞着，不时地叫上两声。

小黑飞了一路，累了就停在马车上面歇息。

马车一直走着，也没再遇见城镇，而且路越走越偏。

半个月后，他们到了一座城里。进了城，唐宁便对寒知道：“把我们的马车卖了换成三匹马，回头到前面的客栈里见。”说完，唐宁便与星瞳一起下了马车，准备先去采购些东西。

“多买一些干粮和路上要用的东西，免得要用时找不到地方买。”唐宁对身边的星瞳说道，递了装着金币的袋子给她，“拿着，别省。回头客栈见。”

“是。”星瞳应了一声，将钱袋子接过收入怀中，见主子往另一条街走去，便先去买些干粮、糕点以及肉干之类的东西。

唐宁在大街上转着，其他的东西有星瞳去买，是不用费心的，于是她走进了一家药材店，在里面买了一些药材之后又到街上转着。

“这些小葫芦怎么卖？”唐宁蹲在一个小摊前，看着摆了一地的小葫芦，觉得这些拿来装药应该不错。她拧开瓶盖看了看，又拿在手里把玩，越看越觉好用。

“这些都不贵，都是俺自家种的，小师父要几个？俺送你。”中年小贩咧着嘴说道，见对方是个小和尚，想着和尚也没几个钱，再加上这些东西都是自家种的，便随手拣了几个递过去。

“够吗？还是要个儿大的？”他又拿起一个大葫芦问道。

见此，唐宁愣了一下，看了他一眼，笑了笑，双手合十，道：“施主心善，小僧多谢了，不过小僧想要买下施主摊上的所有小葫芦。”

那中年小贩愣了一下，有些错愕地道：“小师父要买下俺摊上的全部小葫芦？俺……俺这里少说也有几百个呢！”

“施主放心，小僧有钱。”她笑眯眯地说道，“只是不知可否劳施主帮小僧挑到客栈？”

“可以，没问题，小师父带路，俺给你送过去。”中年小贩露出憨厚的笑容，连忙收拾了用担子挑了起来。

唐宁笑了笑，在前面带路，到了客栈后，让他挑进了房间，便取过几枚金币递过去给他。

“不……不用这么多。”中年小贩看到那几枚金币，吓了一跳，不敢接。

唐宁想了想，便拿了两枚金币递上前，道：“施主拿着吧。这些是你应得的。还有，施主记着，今晚天黑之后不要出房门。”

中年小贩愣了愣，也不知小和尚是什么意思，拿着两枚金币只感觉没反应过来，却仍点了点头应道：“好，今晚天黑之后不要出房门，我记下了，记下了。这些大葫芦也一并给小师父吧。”

因收了两枚金币，中年小贩最后将所有的葫芦都留下了，挑着空担子就回去了。

唐宁在他离开后，便将房间里的那些葫芦全都收进长竹空间。

不多时，寒知便回来了，而等到天色渐暗时，星瞳才买好东西回来。

“主子，我们没有马车，这些东西要怎么拿？”星瞳看着买回来的一大堆东西，有些发愁。

唐宁一笑，道：“收起来就好了。”话音一落，她一挥手，便将那些东西全都收入乾坤袋里。

“这……这是乾坤袋？”寒知低呼出声，盯着她腰间挂着的那个不起眼的小袋子，后知后觉地反应过来，猛地看向唐宁，“主子，你的修为……”

乾坤袋需要有修为才能打开，如今主子能将那些东西全都收入乾坤袋中，那不就代表她已经可以修炼了？

“主……主子，你……你的修为恢复了？”他有些震惊地问道，脸上尽是不可思议之色。

她的修为是什么时候恢复的？她身上的气息怎么可以敛得这样干净？若不是看到她收东西进乾坤袋的一幕，他一直以为她依旧是没有修为在身、无法修炼的普通人。

可主子的实力恢复了，怎么没跟家主说？若是家主他们知道了这个消息，一定会很激动的。

是了，他一直都忽略了，从那只叫小黑、会说话的乌鸦出现时，他就应该知道主子的修为恢复过来了，只是他一直觉得主子没有修为，居然没有往那方面去想。

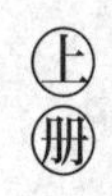

“愣着干什么？收拾收拾去休息吧，明天还要赶路呢。”唐宁笑眯眯地说道。

然后唐宁唤了一声：“星瞳，让小二给我送沐浴的水上来。”

“是。”星瞳应了一声，往外走去时，见寒知还站在那里，便问：“主子要沐浴了，你不出去？”

寒知猛地回过神来，脸色涨红，道："当然要出去。"说着，他跟着星瞳一起出去，而后在门外守着，脑海里仍在想，主子的修为到底是怎么恢复的?

不多时，小二送了水进去。

寒知询问一旁的人："星瞳，你早就知道了是不是?你是怎么知道的?明明请过很多大夫，大夫不都说主子此生都不能修炼了吗?"

"等你跟在主子身边久了，就会知道，那些不可能发生的事情，到了主子身上就会变成有可能了。"星瞳看了他一眼，继续道，"以后让你惊讶的还多着呢，你不要总是一惊一乍的，丢了主子的脸。"

被一个比自己小的丫头这样训，寒知耳根泛红，道："我知道，我是不会给主子丢脸的，只是没有想到……"

"你没有想到的事情还多着呢!"星瞳幽幽地接了一句。

被星瞳这一噎，寒知顿时无言。

待唐宁沐浴后，星瞳又让人送了饭菜进屋里。吃过饭，他们各自回房休息。

入了夜，城中贫民区的一角。

这里是城中比较偏的地方，住宿也便宜，住的多数是过路的穷人，以及在城中摆小摊做小生意的人。

夜里，那卖葫芦给唐宁的中年小贩躺在床上怎么也睡不着，手一直捂着胸口，那里衣服的最里面缝了一个小袋子，里面放着两枚金币。

这是足以让他们一家人衣食无忧过上好些年的钱，他活了这么些年，就没拿过这样的金币，如今怀里揣着两枚，心中激动，怎么也睡不着。

随着夜色渐深，躺在床上的他隐隐听见外面好似有女人在哭，心下好奇，翻身坐了起来，正想出去看看时，不由得想到今天那小和尚对他说的话：今天夜里不要出房门。

想到这话，本想点灯的他顿住了，又想到怀里的两枚金币，一时间迟疑起来，想了想，便回到床上躺着，拉高被子盖住了头。

也不知什么时候，外面的哭声没有了，反而有男人说话的声音，他也没去理会，因太困渐渐地睡了过去。

次日清晨醒来，挑着担子准备回家的他，一出房门就听见周围的人在议论。

"唉，死得太惨了，也不知是什么人干的。"

"你们不知道吗?听说最近一直有人在夜里被杀，肚子被划破，掏出五脏六腑，就跟这个人的死状是一样的，只是城卫一直没抓到凶手，但听人说，每次死人时，都有人听到女人在哭。"

“啊？真的假的？昨夜我就听见女人的哭声了，不过困得不行，就没去理会。”

“我倒没听见，一躺下就睡着，就是有人拍门我也不知道，我家婆娘还一直骂我，说我一睡着就跟死猪一样。”另一个汉子挠了挠头，憨憨地说道。

“城卫已经在查了，只是那人死得也太恐怖了，听说今早一老汉在巷子那头儿发现尸体时，人都吓晕过去了。”

听着周围的那些话，中年小贩拭了拭额头上渗出的冷汗，一颗心怦怦急跳着，只感觉一阵后怕。

“哎，卖葫芦的，你这是怎么了？身体不舒服？”旁边一个汉子看到中年小贩一脸苍白和惊惧的样子，便拍了拍他的肩膀问道。

“俺……俺昨夜也听到女人的哭声了，就好像在俺房门前哭一样，俺差点儿就去开门了。”他颤抖地说道。

“那你真是命大，你可知死的那人是住哪间房的？”那汉子压低声音看着他问道。

“哪……哪一间房的？”中年小贩愣愣地问道。

“就是你隔壁那一间。”那汉子低声道。

中年小贩一听，啊了一声，腿一软，整个人跌坐在地上。

“哎，你这是干吗？赶紧起来。”那汉子见了，连忙去拉他站起来，扶他到一旁坐着。

“吓傻了？你命大没碰到那事，放心吧。没事了。”那汉子拍了拍他的肩膀安慰道。

就在这时，一名老汉带着几名城卫进来，来到那中年小贩面前，道：“几位爷，就是他了，他是住在死者隔壁的，他们两人的房间是最靠里的，也许他会知道一些情况。”

几名城卫上前，打量了一眼那中年小贩后，问：“昨夜你有没有听到什么动静？”

“俺……俺昨夜听到女人的哭声了，后……后来还有男人说话的声音，再后来俺就不知道了。”他颤声说道，仍没能从后怕中回过神来。

“大半夜的听到女人的哭声你就没想去看看？后来听到男人说话的声音，他们说什么你听清楚了吗？”一名城卫问道。

“没听清，俺只知道后来那哭声就没了，俺也睡着了。”他摇了摇头，脸色苍白。

“女人的哭声就在你的房门外，你怎么就没想去看看？还是说你跟那女的是一伙儿的？”一名城卫盯着他大声一喝。

中年小贩吓了一跳，连忙站了起来摆着手道：“没有没有，俺就是个卖葫芦的，城……城里的小贩都认识俺的。”

“是啊，他就是个卖葫芦的，都在城里卖了好些年了，我们都认识。”

“对，这卖葫芦的老实得很，不可能杀人的。”

“就是，别胡乱冤枉人啊。”

周围的小贩一人一句地说着，显然很不喜城卫胡乱往他们这些穷苦人身上扣罪名。

“都别吵！”城卫喝道，盯着那中年小贩问，“那你倒是说说，你怎么在听到哭声后没出门看看？正常人都会有好奇心，你倒是解释解释。”

他连忙道：“白天买了俺葫芦的一个小师父，让我天黑了就不要出房门，俺当时听到女人的哭声已经起床要去开门了，可想到那小师父的话，俺就忍住没开门，回床上蒙着头睡了。”

“是白天买了你全部小葫芦的小和尚？”旁边一个汉子问道，又对城卫道，“我知道，他说的是个小和尚，一个长得很精致好看的小和尚。”

“对！对！”中年小贩说道，后怕地道，“要不是那小师父的话，可能死的就是俺了，俺一会儿还要去谢谢他。”

询问后，见没可疑的地方，城卫便让那中年小贩带着他们去找那小和尚，想知道那小和尚是怎么知道晚上会死人的。

客栈里，唐宁吃过早饭，牵着马正准备启程，就见几名城卫朝这边走来，当中还有昨天的那名中年小贩。

“小师父，多谢小师父，要不是小师父，俺……俺可能就不能活着回家了。”中年小贩一看到唐宁，直接就跪了下去磕着头。

看到中年小贩印堂的死气已散，唐宁笑了起来，道：“施主心善，自然能逢凶化吉，也不是小僧的功劳，快起来吧。”

“小师父，他们……”中年小贩看了看后面的城卫，迅速将事情跟唐宁说了一下。

“嗯，我知道了。”唐宁点了点头。

中年小贩再三道谢才先行离去，赶紧回家。

“你是哪来的和尚？是怎么知道……”

其中一名城卫的话还没问完，就听后头传来匆匆的脚步声，以及他们城主的声音。

“不得无礼！快退下，快退下！”

一名华袍着身、挺着个富贵肚的中年男子匆匆走来，可能是走得急，来到唐宁面前时都已经气喘吁吁了。

“您……您可是唐师？”中年男子喘了口气后问道，一双眼睛却是不动声色地打量着眼前的小和尚。

一身青袍，还有一只乌鸦，腰间还别着一根圆竹，容貌又长得很是精致出色，看起来就跟世家贵族间在传的那位叫唐师的小和尚一模一样。

听到他的话，唐宁微挑眉头，道："我是唐师。"她可是不曾到过这里的，这人又是怎么知道"唐师"这称呼的？

"没想到竟真的是唐师，真是太好了！唐师，敝人是这城里的城主，苏成源是我家的远亲，所以得知唐师来到城里，我便迅速赶来，想请唐师到府里小住些天。唐师，不知您意下如何？"他讨好地看着眼前的小和尚，希望可以答应。

唐宁却是一笑，道："原来如此。只是不巧，我有要事在身，已经准备启程了。"

那城主看了一眼后面一身黑衣、浑身散发着冰冷气息的青年男子，又看了一眼那异瞳少女，目光闪了闪，这才道："那日后唐师若是再经过这里，一定要到城主府来，我一定好好尽一尽地主之谊。"

"好。"唐宁点了下头，道了告辞后，牵着马离开。

后面的两人也跟上去。

看着他们离开，那城主叹了一声，道："可惜了，要是早一点儿知道就好了。"可惜他连线都没能搭上，原本他想请唐师指点一番的，现在也不知应该如何开口，生生错失了这么好的一个机会，也不知日后还有没有机会可以再遇到唐师？

这一路下来，寒知已经知道主子是个有秘密的人，而且对于这一点，唐家的人应该都是不知道的，他也已经从最初的震惊、不可思议到现在平静地接受。

正如星瞳所说，日后指不定还会有什么更让他震惊的事情在等着他，他如果总是一副一惊一乍的样子，还真会给主子丢脸。

想到这儿，他不禁苦笑——不是他想一惊一乍，而是他没想到那些事情会发生在他面前，发生在主子身上。

他从暗卫营出来，本以为就是来到主子身边保护的，可现实告诉他，主子早就恢复了修为，甚至根本不用他保护，而且还会很多连他都不会的本事。这一桩桩的事情，饶是他心性、定力再好，也无法做到像以前一样面无表情、神情平静。

"我们来比试一下，看看谁骑得最快。"出了城门，唐宁翻身上马，看了身边的两人一眼，对拍着翅膀飞着的小黑道："你自己跟上来。"话音一落，她鞭子一抽，马蹄已经往前奔去。

"驾！"后面的两人也连忙追上，在路上掀起一阵尘灰……

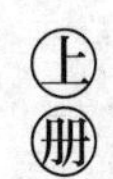

又过了半个月，他们弃了马步行。

眼前就是天龙学院底下的那座天龙城了，他们在路边休息，吃点儿东西填一下肚子，却在这时遇到了久没见面的老和尚。

“哈哈哈哈，这么久没见，想不想我啊？”老和尚大笑着从树林中走了出来，伸手便摸上了唐宁那光溜溜的小脑袋，笑得一脸开心。

“这样甚好，这样甚好，还是这样顺眼啊。”老和尚拍了拍唐宁的头，笑呵呵地说道。

唐宁翻了个白眼儿，道：“别摸我的头。”说完，她看向老和尚问，“你来多久了？不是说在城里等吗？怎么会在这半道上等我？”

“嘿嘿，我在这里已经等了你好些天了。”他在唐宁身边坐下，看了一眼旁边的两人后，便示意了下，问，“你上哪儿弄来的两个小跟班？”

“一个是捡的，一个是家里给我的。”唐宁咬了块肉，又递给了老和尚一块，“吃不？”

老和尚接过咬了一口，道：“这趟过来我就是给你送点儿东西，回头我还要赶回去。”他从怀里摸了摸，掏出一个小盒子来递给她。

“这就是你这趟回去给我找的东西？”唐宁微讶，接过小盒子打开一看，愣了下，“耳钉？”

盒子里面放着一枚泛着神秘光芒的紫色耳钉，没有太过复杂的结构，只是简简单单的一枚紫色晶石，但这枚紫色晶石被雕刻得精致而小巧，在阳光的照耀下折射着不一样的神秘紫光。

老和尚笑得得意，道：“这可是我好不容易才弄来的，可不是一般的耳钉，你戴上试试。”

见他语带期待，神情得意，唐宁便取出耳钉戴在左耳上，刹那间，隐隐觉得似乎有些许变化。

一旁的寒知和星瞳相视一眼，眼中闪过一抹讶异。

原本主子的面貌就经过细微的变动，少了女子的柔媚，多了男子的阳刚，而戴上这耳钉之后，脸还是那张脸，但整个人给人的感觉好似变得不太一样了，他们觉得，就算是主子没有在脸上做改动，戴上这耳钉之后模样也会有所变化。

“嗯？好像胸平了。”唐宁愣了一会儿之后，伸手摸向自己的胸口。

寒知脸色泛红，连忙移开目光——主子也太大胆了，她可是女子。

“来，镜子。”老和尚也不知从哪里掏出一面镜子，递到她面前给她看，“你看看，怎么样，是不是不太一样了？”

唐宁看了一会儿后，便道：“星瞳，水给我。”

星瞳取过一旁的水囊递给她。

她洗了把脸，将脸上的简单易容全都洗了。

“确实是件好东西，这脸还是我的脸，只不过从女人转换成男人的而已，所以乍看之下还真成了两个人一样。”她眼中带着惊奇与喜色，道，“这模样，估计就是站到我爹面前，他也不敢认我是他女儿。”

“哈哈哈哈，不错，这件东西叫幻器，里面有你的一滴血液，是会根据你自身的情况而变幻的宝贝。如果你是男的，戴上它之后会变成女的；如果你是女的，戴上它之后会变成男的。而且就算是仙人之地那些实力很强的老东西，也看不出你的真身来。”

听到这儿，唐宁站了起来，朝他拱手行了一礼，道：“多谢你，老和尚。”

“行了行了，这也是方便你日后行事以及在外走动，毕竟再过两年，你身上女子的特征也会显示出来，到时若是让佛门中那些不懂变通的人知道了，指不定会找你的麻烦，所以在你扮和尚的这段时间，切记不要泄露了你女子的身份。”老和尚再一次叮嘱道。

“放心吧！我知道的，以小和尚的身份在外行走更是自在，我也喜欢这样。”她笑眯眯地说道。

“前面不远就是天龙城了，我就不过去了。你别忘了答应过我什么。”老和尚站了起来，定定地看着她说道。

“嗯，我知道，你放心吧，我不会忘记的！”她也站了起来，点头应道。

闻言，老和尚露出笑容来，道了别，便凌空而起……

寒知和星瞳心中微动：这是仙人之地的仙人，将来主子也要去仙人之地吗?

若是以往，他们根本不可能有见到仙人的资格，但自从跟在主子身边，那些不可能的事情都变得有可能了。

“走吧，咱们进城去看看。”唐宁笑着说道，手再一次拍向自己的胸口，觉得终于可以把束胸布取下来了。

三人带着一只乌鸦继续走，在傍晚时分终于抵达了天龙城的城门口。

看着排成长龙一般等着进城的两支队伍，三人打听了一下后便到左边的一支去排队。

一直到天色渐暗之时，才终于轮到他们。

城卫打量了三人一眼，便道：“登记一下姓名，首次进城一人两枚金币，这里有城规，记得看熟。”

三人登记过后，交了钱后拿了那个写着城规的小牌子便进了城。

一进城门，三人便感觉到里面不一样的地方。

“主子，这里面的天空好似有一股气流在涌动。”星瞳说道，抬头看着上方。

“那是结界，这个地方是被强者布下了结界的，进了城就受天龙城保护，里面禁

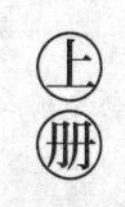

止打斗、杀人。”唐宁不紧不慢地说道。

看着城中小摊上卖的东西，她更是觉得新奇：“天龙城真不愧是凡人界第一大城，这里面卖的东西已不是凡品。”

她来到一处地摊前停下，翻看了下地摊上摆着的几本功法书籍，又抬头看了看摊主。

见对方闭着眼睛盘膝而坐，正在闭目养神，每本功法书籍上面都用石头压着一张标着价格的字条，她挑了两本，取出八枚灵石放下，这才带着寒知和星瞳离开。

待他们离开后，那摊主睁开眼睛，看了他们一眼，取过八枚灵石收了起来，继续闭上眼睛。

“主子，不是说一千枚金币才能抵一枚灵石吗？这两本功法真的值这么多钱？”星瞳忍不住问道。

唐宁笑了笑，将那两本功法递给他们两人，道：“这两本是入门初级的功法，价格相对来说并不算贵，你们收着吧，回头好好练练。”

两人怔了一下，相视一眼，这才接过，道：“谢主子。”

“寒知，你的实力在星瞳之上，日后多指点她一些。”唐宁一边说，一边打量周围，只见不少人盯着趴在她头顶上的小黑看，又像打量什么新奇事物一样打量着她。

唐宁道：“小黑，到了这里你以后不能再蹲在我头上了，就蹲在我肩膀上吧。”也不知是不是小黑最近长胖了，趴在她头上时她都能感觉到它的重量了。

“哑！”小黑倒也听话，叫了一声后便飞了下来，落在她的肩膀处。

“主子，我们是不是要先去找一家客栈？”寒知见天色已晚，他们还没找到落脚的地方，便问道。

“前面不是有家客栈吗？你们先过去吧。我再转转。”唐宁说完，又逛到药行里面了。

见此，寒知便对星瞳道：“那我先去订房，你跟着主子。”

“好。”星瞳点了下头，跟着唐宁进了药行。

半个小时后，唐宁在药行掌柜热情的欢送下走了出来。

想到乾坤袋里装着的那些灵药，她此时已经忍不住想将那些灵药炼制成药丸和灵液了。

可一想到所花出去的晶石和金币，她又无奈地苦笑，看来她得想办法赚钱了。

“走吧。先回客栈。”

逛街若是没钱买东西，那就是白逛，还不如回客栈歇着来得舒服。

星瞳见自家主子的样子，不禁笑了起来，道：“主子，星瞳这里还有金币，主子还想买什么，星瞳陪你去。”

唐宁瞥了星瞳一眼，道：“你那点儿金币也不够我花的，算了吧。”

蹲在唐宁肩膀上的小黑突然瞥见一道朝这边跑来的身影，当即叫了起来：“哑哑！那个二货又来了。”

唐宁微讶，停下脚步，就听见一道声音传来。

“唐师，唐师！”

她转过头去，看到黑风一脸兴奋地朝她跑来，还挥着手，生怕她看不到似的，引得周围的人不时地朝她看来。

本能地，她朝周围看了看，没看到墨烨的身影。

待黑风走近后，她这才问：“你家主子也来了？”

“咦？唐师？一段时间不见，你好像又变帅了。”黑风盯着唐宁惊奇地看着，发现唐师好像面貌都长开了一般，比前段时间更好看了。

“唐师，你怎么还戴耳钉了？”黑风好奇地问道，盯着唐宁耳垂上那枚紫色的耳钉，咧嘴一笑，“嘿嘿，你还别说，你戴这耳钉还挺好看的。”

唐宁瞥了黑风一眼，没有说话。

“哦，对了，我家主子在前面的酒楼里呢。我们可是早早就到了，主子一直在等你，好像是找你有事。”黑风终于想起正事来。

唐宁顿了一下，便迈步朝前走去，问道：“你家主子在这边也有产业？跑到这里来，皇城那边不用人坐镇了？”

“我家主子的产业遍布各地，这天龙城中自然也有我家主子的产业，而且我家主子与天龙学院的院长交好，天龙学院他都进去过。至于皇城那边不用担心，主子都安排好了。”黑风说完，又看了看身后容貌出色的少女，好奇地问，“唐师，你说你一个和尚，怎么带了个少女在身边？你不怕别人说闲话啊？”

“我又不是娶了她，怕谁说闲话？”唐宁不紧不慢地说道，又道，“更何况，我还是个吃肉、喝酒的和尚呢！”

闻言，黑风讪讪地道：“我倒是忘了，你只能算是半个和尚。”

说话间，他们来到酒楼，进了厢房。

墨烨把目光落在唐宁身上，只见这段时间不见，小和尚的容貌似乎长开了，比起之前更为出色，尤其是白皙的耳垂上那枚紫色的耳钉，衬托得小和尚更为神秘与俊美。

“一段时间没见，你似乎越发容光焕发了？”墨烨把目光从唐宁身上移开，落在后面那名容貌出色的少女身上，勾了勾唇，玩味地道，“出门还有美婢相伴？你这和尚当得倒是滋润。”

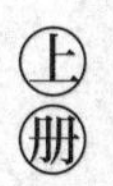

“哈哈，夜王又不是不知道我只是半路出家的和尚，还是个吃肉、喝酒不守清规戒律的假和尚，所以日子自然是怎么滋润怎么过。更何况，夜王不觉得，我家星瞳丫

头长得很是出色，是个少见的美人吗？”

墨烨瞥了那少女一眼，便对一旁的黑风示意道：“把人带出去。”

星瞳站着没动，看向自家主子。

唐宁一笑，对黑风道：“我家星瞳丫头还没吃饭呢，你让人给她备桌好菜。对了，星瞳，去把寒知也叫过来一起吃饭，今晚这一顿可是夜王殿下请的。”

“是。”星瞳应道，这才出了房门。

“你是有多穷？连饭都吃不上了？这一路难道就没化缘？”墨烨看着那眉眼如画的清俊少年，觉得这段时间没见，小和尚的变化很大，唯一不变的就只有小和尚那泛着亮光一根毛都没有的脑袋。

“你也看到了，我现在还要养美人呢！本来就没什么钱的我，这一路走下来，自然是钱袋空空，要不是遇见你，今晚这一顿我们也是没着落的。”唐宁走到桌边坐下，似真似假地叹了一声，肚子也适时地发出咕咕的叫声。

听着小和尚肚子里传出的咕咕叫声，墨烨沉默了下，忍不住看了看小和尚的肚子，皱了皱眉，这才对外面吩咐道：“让人准备些酒菜过来。”

她笑眯眯地看着把玩着水杯、容颜俊美、气度又极为出众的墨烨，笑盈盈地赞道：“夜王，你大方的样子真的太帅了！”

看着小和尚眉眼弯弯，眼中似带着星光地看着自己，脸上带着大大的笑容，口中说着赞美的话语，墨烨不由得移开了目光，耳根微微泛红，端起手中的杯子想要掩饰刹那间的不自在，却不料凑到嘴边才发现杯中已经无水。

“来来，我给你倒。”

就在墨烨愣怔之时，唐宁已经殷勤地站了起来，来到他身边提着茶壶给他倒水——怀着对人家请她吃饭的感激心情，她怎么也得尽尽举手之劳。

然而墨烨看着杯中的茶水，却是怎么也喝不下去。他轻咳一声，放下手中的杯子，道：“行了，你到一旁坐着，这次找你是有一桩生意想要跟你合作。”

“哦？”唐宁一听，当即放下茶杯在旁边坐了下来，问，“什么生意？”说着，她又盯着他上下打量：“你怎么会想找我合作？”

“我知道你医术不错，炼制药物也有一手，所以想找你合作的就是这个，我出灵药，你出本事，炼制出来的东西由我经手卖出，赚到的与你平分，如何？”

听到这话，唐宁微讶地看了看他。

“你不用急着回答，可以回去好好想想，过段时间再给我答复也可以。”墨烨说道，瞥了小和尚一眼，又道，“你不是要进天龙学院吗？这段时间就专心准备考核的事情吧。”

闻言，唐宁不由得笑了起来——她是要进天龙学院，但谁说她要考核了？她是准备走后门儿进去的好不好？

“你说的这个合作再过一段时间吧，等我进了天龙学院安顿下来再说。”她笑眯眯地说道，看着近在身边的墨烨，搬起椅子往他身边凑了凑，又坐近了一些，道，“夜王，你对天龙学院应该挺熟悉的吧？要不你跟我说说？”

看着越坐越近的小和尚，看着小和尚眉眼弯弯，一脸讨喜的小模样，墨烨唇角勾起一抹不易察觉的弧度，一抹连他自己都没注意的愉悦笑意闪过眼底。他端起茶水抿了一口，这才不紧不慢地道：“说吧，你想知道些什么？”

唐宁听了，眼睛一亮，正要说话，就听外面传来一道声音。

“主子，饭菜送上来了。”

“进来吧。”墨烨说道。

房门被推开，黑风带着小二送了酒菜进来，摆满一桌后退了下去，顺带关上了房门。

“肚子不是饿了吗？先吃吧。”墨烨说道，取过酒杯倒了杯酒。

唐宁看着一桌子的酒菜，便也拿起筷子先夹了一块肉吃着，准备吃完再跟他打听打听。

而在楼下，寒知被星瞳叫了过来，两人在楼下的一张桌子处吃着饭，不时地朝二楼看去。

“他们是什么人？主子一个人在上面不会有事吧？”寒知压低声音问道。

星瞳想了想，道：“那个人跟主子是认识的，应该不会有事。”

闻言，寒知点了点头，迅速吃了两碗饭后便往楼上走去，也在那厢房外面等着。

厢房里面，两人吃饱之后喝着茶，墨烨也将天龙学院的一些事情跟唐宁说了一下。

得知小和尚找了家客栈住下，墨烨道：“这天龙城里有特定的地方，供那些前来的学子住宿，里面也会有人讲解需要注意的一些事情，你怎么不去那里住，反而住客栈？”

“我不是从那些学院里得到名额而来的，所以去不了那里报到啊。再说，住那里哪里有住客栈舒服？”唐宁喝了口茶，舒服地轻呼出一口气，觉得吃饱就想睡，现在都有些困了。

墨烨把玩着茶杯，瞥了小和尚一眼，道：“你带的那两人还是尽早打发回去吧。别说是前来考核的学子，就是已经在里面就读修炼的学子，也是不允许有随侍在身边的，里面主张的是自己的事自己做，学子不允许使唤下人。”

“嗯嗯，我知道。”她笑眯眯地说道，却没有多说要如何安置两个身边人。

“天龙学院里的藏书楼是整个凡人界中最齐全也是最大的，只不过要进藏书楼得

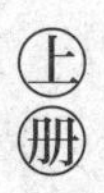

用积分兑换，或者是每年考核中最为出色的前十名，才能有进藏书楼的资格。藏书楼也分多层，每一层里面的书籍功法皆有分阶。你进了学院之后，最好想办法赚取积分，在天龙学院里面积分才是最重要的。”他抿了口茶水，不紧不慢地跟小和尚说着关于天龙学院的一些事情。

见小和尚听得津津有味，他却是一顿，看着小和尚那颗泛着光亮的脑袋，道，“你顶着一个光头，任谁也会觉得你是佛门弟子，所以你想进学院怕是不易。”

“嗯嗯，我知道。”她笑眯眯地点头应道。

见小和尚压根儿没将这点当回事的样子，他忍不住道：“你就这般自信，觉得他们会收了你？”说完，他又看了看小和尚的脑袋，道：“既然你是个假和尚，怎么就不将头发留起来？还是你真有遁入空门的想法？”

“我与佛有缘啊！佛欲度我入空门，我也已经一脚踩入佛门，所以这头发留不得。”她似真似假地说道，又摸了摸自己的脑袋，笑眯眯地道，“而且这样洗头也容易，省事。”

闻言，墨烨摇了摇头，失笑道：“我还是第一回碰见你这样的人，真不知你这性子到底是怎么养成的。”

唐宁笑眯眯地喝着茶，并不言语。

“对了，青云城唐家，你可认识？”他看向正喝着茶的小和尚，眯了眯眼，盯着小和尚的目光带着几分探究，道，“那唐家大小姐长得与你有三分相似，莫不是你与他们有什么关系？还是说，你也是唐家出来的？”

“嘿嘿。”她露出狡黠的笑意，看着他，双手合十，“佛曰，不可说。”

闻言，墨烨深深地看了小和尚一眼，心下觉得这小和尚十之八九就是唐家子弟，要不然那唐家大小姐也不会与这小和尚有三分相似，而小和尚也不会自称“唐师”。

只是不知小和尚是因何而步入佛门？唐家好歹也是百年世家贵族，唐家子弟入了佛门，也不知唐家之人到底是知道，还是不知道？

两人聊了一会儿后，唐宁便站了起来，道：“我先回去休息了，等过段时间我再找你谈合作的事吧。”

“嗯。”墨烨应了一声，也没再多说什么。

唐宁出了厢房，看了一眼候在外面的寒知和星瞳，笑了笑，道：“走吧，回去睡觉。”

房间里坐着的墨烨听到这话，抬头朝小和尚看了一眼，又朝小和尚那美婢看了一眼，神情略显古怪地盯着两人打量。

黑风送了他们离开后才回厢房，道：“主子，别院那边派人过来问，可要到别院去休息？”

“走吧。”他取出面具戴上，这才迈步往外走去，到了门边，脚步一顿，交代道，“明天去客栈问问他，要不要搬到别院来住。”

“是。”黑风应道，眼珠一转，咧嘴一笑，道，“主子，唐师他们应该还没走远，要不属下现在过去问问？”

墨烨没有说话，只是迈步往外走去。

见此，黑风连忙朝唐师几人离去的方向追去。

没过一会儿便追上正要进客栈的几人，黑风跑上前说道：“唐师，我们别院那边整理出来了，你们要不要上我们别院去住？”

唐宁愣了一下，道：“不用了吧？我们在这里已经订好房间了，而且我也住不久，就不用麻烦了。”说完，她笑了笑，又道，“替我谢谢你家主子。”

“唐师，订好的房退了就好，到我们别院去住什么都齐全。再说，这些年我家主子就交了你这么一个朋友，你又难得与他同处一城，住到我们别院去与我们主子做伴不是更好？”

黑风热情得不得了，他只知道主子对唐师另眼相待，而且唐师也是这么多年来主子第一次交好的朋友，再加上唐师本事又高，指不定将来主子的哪一劫还得靠唐师帮忙呢。所以他是由衷地希望主子能与唐师搞好关系多处处。

因此，黑风当下便道：“这样吧，你们在这里等我一下，我进去帮你们退了房。”说完，他也不给唐宁拒绝的机会，快步进了客栈。

在天龙城中，若是一般人退房，估计顶多只能拿回一半的钱，不过墨烨他们在这里的势力可不小，因此黑风拿出令牌来，掌柜也不敢多说什么，便迅速退了房钱给黑风。

“来，这是退的房钱，你们房间里有没有什么东西，用不用去拿？”黑风看向一旁的寒知和星瞳问道。

寒知看向自家主子。

他们的东西都放在主子的乾坤袋里了，所以还真没什么东西在客栈里。

只是，真要去那个人的院子里住？主子可是女子，这样与一个男子同住一院，是不是不太好？

看着黑风手脚利索地直接把房给退了，唐宁无奈地一叹，道：“既然这样，那就带路吧。”左右她也住不久，算了，省得折腾。

别院里，暗一看着自家主子在院中散步，但那目光不时地朝院门口处看去，似乎在等着什么。

暗一知道主子在等唐师，只是主子对唐师的关注是不是有些太过了？

暗一迟疑了下，走上前，问：“主子，可要先回房休息？”

“不必。”墨烨说道，走到院中一角的花丛前站着，看着花草，也不知在想什么。

过了良久，听见脚步声伴随着黑风的声音传来，墨烨才转身看向院门处。

“唐师，这是主院，里面有几间房，中间那间主卧是我家主子住的，你就睡左边那一间怎么样？”黑风一边说，一边带着他们往前面的院子走去。

“你们这里就一处院子？”唐宁微讶。

黑风咧嘴一笑，道：“当然不是，还有两处院子，只不过都是下人住的，你是我家主子的朋友，自然不能让你住下人住的院子，对不对？”

“我这主人院难道还入不了你的眼？”墨烨看着从外面走来的小和尚，勾了勾唇，似笑非笑地道，“还是你想跟你家美婢住一处，所以觉得住到我这里不太方便？”

唐宁一怔，继而笑了起来，道：“怎么会，我只是觉得不太好意思，毕竟这是你的主院啊。我们住到这里，会不会太打扰了？”

“不会。”墨烨负手走到唐宁面前，目光落在唐宁清俊的面容上，道，“因为只有你和我住在这里，他们两个到另一处院落去住。”

闻言，寒知盯着墨烨看了一会儿，而后上前一步，道：“主子，要不我们还是去住客栈吧？”

让主子一个女子跟这个浑身散发着危险气息的男人住一处院落？寒知总觉得不太好。

墨烨用目光凉凉地瞥了寒知一眼。

墨烨那一眼，让寒知如坠冰窖，整个人被一股冰冷而慑人的恐怖气息覆盖。

寒知头皮发麻，却仍笔直地站着，心下震惊，主子究竟是怎么认识这么强大而恐怖的人？

“夜王，你不要吓我身边的人，我可是很护短的。”唐宁笑眯眯地说道。

她本想缓和一下这有些奇怪的气氛，却不料，她不说这话还好，这话才出，空气中的冰冷气息比之前更甚了。

她有些莫名其妙地看着不知发什么神经的墨烨，正想开口，就见墨烨收回了一身的威压以及那股冷冰冰的气息。

墨烨吩咐道：“黑风，带他们下去休息。”

“是。”黑风应道，来到寒知和星瞳身边，道，“就在隔壁，也不远，你们就住隔壁的院子吧。”

“去吧。”唐宁示意道，让他们不必担心。

见此，两人这才跟着黑风离开。

“那个……能让人给我送些沐浴的水吗？我想泡个澡后再睡觉。”唐宁看着面前的墨烨说道。

墨烨瞥了唐宁一眼，这才道："你跟我来。"说完，他便迈步往外走去。

唐宁有些无奈，顿了下，这才跟上他的脚步。

唐宁跟着他绕到院后的假山处，才看见前面不远处有个温泉，温泉边有几块平滑的大石摆放着，泉水清澈见底，丝丝热气弥漫在空气中。

还没等她反应过来，就见那自顾自走上前的墨烨已经在脱衣服，她一愣，连忙道："你要泡温泉啊？那你泡吧，我先回去了。"

"去哪儿？"墨烨将上衣脱下放到一旁，露出精壮结实的上半身，转身朝唐宁看去，微微皱眉，"你不是要泡澡？在这里泡温泉便好，可以缓解身上的疲惫。"

"呵呵……"唐宁讪讪地笑了，看着脱完上衣正在解裤子的墨烨，目光闪了闪，道，"这个……出家人不能贪图享乐，我觉得我回去随便洗个澡就可以了。"

墨烨嗤笑一声，长裤已经脱下放到一旁，露出了里面白色的大裤衩。他也没理会还在装模作样的小和尚，迈着大长腿就往水中跨去。他在温泉里的一块平滑的大石头上坐下，舒服地轻呼出一口气，眯了眯眼，这才看向正往外面退、准备离开的小和尚。

"你信不信，你若不自己下来，我会把你剥光了扔进来？"

他低沉的声音带着迷人的磁性不紧不慢地传入唐宁耳中，让她正准备往外迈出的脚步不由得一顿，身体微僵，讪讪地回头。

"夜王天人之姿，身材又精壮结实，还有八块腹肌，我一个还没长成的小豆芽苗跟你一起泡温泉真的是倍感压力啊！"

让她也学他一样脱得只剩下条裤衩？她老爹要是知道，会气晕过去的。

闻言，墨烨眯着的眼睛落在小和尚那小身板上打量了一眼，戏谑地道："我又没让你跟我比身材，都是男人，婆婆妈妈的做什么？下来吧。本王不介意与你一起泡澡。"

可我介意啊！唐宁欲哭无泪，着实不知该说什么好。要是知道进了这小院就跟进了狼窝一样，她还不如住客栈好呢！

看着在那里磨蹭的小和尚，墨烨眯了眯眼，目光落在小和尚身上，道："你还在磨蹭什么？莫不是你有什么不可对人言的？"

唐宁心头一震，脸上却是笑了起来，道："我能有什么不能对人言的？不就是泡个澡吗？既然你不嫌弃我，那……那我就下来了？"

她走上前，在温泉边一块平滑的大石上坐下，脱去了靴子，将脚伸进水里探了探。看着在池子另一边泡着的墨烨，她忍不住轻笑出声："夜王，这水还挺舒服的。"

他在泡澡，而她在泡脚，他应该庆幸她没脚臭，要不然得熏死他。

墨烨瞥了小和尚在水里踢动的双脚一眼，扯了扯嘴角，道："下来。"这臭小子，

还以为他不知其心思？

唐宁双手撑着石头，笑眯眯地道："不急，不急，我先泡一会儿……啊！"

唐宁的话还没说完，就见原本还坐在另一边的墨烨猛地一个俯身上前，伸手抓住了唐宁泡在温泉里的脚一拉，唐宁整个人因此而滑进温泉里，溅起一片水花。

冷不防被拉了下去，生生呛了一口水，唐宁双手本能地一抓，攀着他爬了起来，嘴里喷出一道水柱，直接往他脸上喷去，生生浇了他一脸。

"噗！咯咯咯！"墨烨伸手往脸上一抹，甩掉水渍，这才看向被呛得脸色涨红的小和尚，目光从小和尚滴着水珠的清俊脸上移开，顺着那水珠的滑落，视线往下移着，掠过那纤长而白皙的颈部，落在那生得极好的锁骨处时微微停顿了一下。

视线继续往下，划过小和尚因全湿而贴着身体的青衫，泛着暗光的黑瞳在小和尚平坦的胸前掠过，他这才轻哼一声，道："你的洗脚水味道如何？"

他不提还好，一提，唐宁便想到呛到的那一口水，脸色变了变，良久，深吸了一口气，往温泉水中坐下，磨着牙说道："你要是好奇，也可以喝一口试试，绝对能让你回味无穷。"

"哧！本王有你那么傻吗？"他瞥了小和尚一眼后，迈步往边上走去，从空间中取出浴巾拭着身上的水渍。

眼角瞥见那泡着温泉的小和尚一直盯着他看，他顺着小和尚的目光朝正滴着水的大裤衩看去，身体不由得一绷——因裤子全湿了，大裤衩紧紧地贴着身体，将他下半身的曲线清晰地勾勒出来。

他有些不自在地用手中的大浴巾往腰间一围，对那小和尚道："看什么看？本王有的你也有。"

唐宁看了他一眼，目光故意在他用浴巾围起来的腰间打了一转，带着笑意的声音缓缓地传出："夜王，你系着那浴巾做什么呢？你都说了，你有的我也有，更何况你浑身上下早就让我看光了，现在遮羞有点儿晚了呢。"

正准备穿衣服的墨烨听到这话，身体一僵，回头盯着小和尚道："你说什么？"

眉眼带笑，唐宁眯着一双眼睛看着他，带着几分戏谑地道："啊，我忘了，上回你昏迷着呢。"

经小和尚这么一提，墨烨便想起上回受伤一事，他知道是眼前这人帮他治疗的，但他不知道，他居然被脱光了摆在这人面前，被这人看光了！

"也是，同为男人，也没什么好看的，不过从那时我就知道夜王殿下的身材还真不错，就算当时昏迷着，也是'资本雄厚'，十分有看头儿，至少不是我这种小豆丁可以比的。"她笑眯眯地说道，看到他身体微僵，脸色一变再变，就算是有夜色的遮掩，也遮不住那羞恼的神情，以及泛红的耳尖。

“你这小豆丁就在这里慢慢泡吧。”墨烨轻哼一声，瞥了坐在温泉里的小和尚一眼，披上衣袍后便迈步离开，步伐匆匆，隐隐有几分落荒而逃的感觉。

看着他匆匆离去的背影，唐宁忍不住笑出声来。

那笑声传入墨烨耳中时，让他走到外面的脚步不由得一顿，他回头看了一眼，眼中闪过一抹暗光。

温泉里，唐宁心情正好，往下沉了沉，让整个身体泡在水里，只露出一个脑袋在水面上。

泡了一会儿后，她起身拧干身上衣服的水渍。

她看着紧贴着胸口的衣服，目光闪了闪。

老和尚给她的耳钉让她的胸变成了平胸，也掩去了她身上女子的痕迹。今晚墨烨非要让她下水，她猜测他应该是心中有所怀疑。

她微扬唇角，眼中笑意点点——只能说，老和尚送的耳钉来得太是时候了。

次日清晨，墨烨早早起了床，在院中打了套拳，出了一身汗，沐浴后便在院中坐着，准备吃早膳，却见另一间的房门到现在也没打开，不由得皱了皱眉。

“他还没醒？”墨烨看向一旁的黑风和暗一问道。

“昨晚唐师交代，他要是没出房门就不要喊他，他要睡到自然醒。”黑风说道，又朝那紧闭着的房门瞥了一眼，道，“可能是这一路累着了。”

闻言，墨烨倒也没说什么，只是自己先吃了早膳，而后去书房处理事务。

中午时分，唐宁才揉着眼睛一脸睡意地走出房门。

守在院子外面的寒知和星瞳两人一见她出来，当即走上前，道：“主子。”

“嗯。”唐宁应了一声，朝周围看了看，问，“那夜王呢？”

“好像是去了书房。”寒知说道。

唐宁点了点头，看了一下天色，道：“走吧，去跟他道声别。”

“要走了？”墨烨正好回来，听到小和尚的话后看了小和尚一眼，“天龙学院的考核还没开始，你这是要去哪儿？”

唐宁哂然一笑，看见小黑拍着翅膀在院中飞，哑哑叫了两声后又落到枝头处，笑眯眯地对墨烨道：“我要先去天龙学院，不等考核日。”说完，唐宁走上前去，来到他面前，道，“多谢你昨日的款待了，不过我得走了，等我进了天龙学院安顿下来后再约你商量合作的事情。”

见此，墨烨便问：“需要我送你吗？”

“不用，我知道路的。”她清俊的脸上带着盈盈的笑意，拱手一礼，道，“夜王，就此别过。”

别过墨烨之后，唐宁便带着寒知和星瞳两人往天龙学院走去。

她不是直接从学院脱颖而出的人，而是老和尚推荐过来的，自然是不能跟其他人一样等到考核日再去天龙学院的。

三人一乌鸦一路往天龙学院走去，从中午就开始走，除了偶尔停下来喝水，也没怎么休息过，终于在傍晚时分，天色还没暗下之前，来到了天龙学院的山脚下。

“谁说天龙城离天龙学院近的？”唐宁抹了抹额间的汗水，轻呼出一口气，看着前方立着的一块石碑。

“天龙地界？”她呢喃着，走上前时才发现，就在这石碑所立之地便开始布有结界。

“什么人胆敢擅闯天龙地界？”一声厉喝传来，隐隐有一股气流伴随着厉喝袭出。

下一刻，便见两名穿着白色衣袍的青年手持长剑飞身而出。

寒知走上前，挡在自家主子面前，做出防备的姿态。

唐宁笑了笑，拍了拍寒知的肩膀示意寒知退开，这才看向那两名青年男子，道：“奉家师之命，前来送信，劳两位将此信转交给院长。”她取出老和尚给她的那封推荐信递上前去。

两名青年相视一眼，其中一人接过信后，道：“你是何人？报上名来。”

唐宁笑了笑，道：“你们可唤我唐师。”

“哧！小小和尚，竟敢在我天龙学子面前妄自称师？不自量力！”其中一名青年嗤笑一声，眼中尽是轻蔑不屑之色。

唐宁也不恼，只是瞥了他们一眼，双手合十，轻声道：“阿弥陀佛，修炼也修德，不过一个称呼而已，施主又何必轻蔑不屑。”

“区区一个小和尚也敢对我说教？谁给你的胆量？”那青年男子脸色一沉，明显地露出不悦之色，夺过另一人手中的那封信扔回给唐宁，“拿着你的信赶紧滚！真当什么东西都可以呈给院长吗？院长才没那么多工夫理会你一个小和尚！”

“这样是不是不太好？也许真的是院长的故交呢？”旁边那名青年有些迟疑，觉得这样做有些过分了。

“一个小和尚而已，能是什么故交？你以为随随便便的人就能与院长成为故交吗？”那黑沉着脸的青年不以为然地说道。

这青年才被导师处罚扣了积分，正一肚子的火气，这小和尚又自己撞到枪口上来，能怪谁？

“哑哑！你惨了，你要惨了。”小黑站在唐宁的肩膀上张嘴便叫了起来。

小黑看着那封被那青年扔在地上的信，甚是同情地看了那青年一眼——真当它家唐唐是吃素的吗？她生起气来的样子连它都害怕。

唐宁淡淡地瞥了那青年一眼，向前走上一步，将那封信捡了起来，随手塞进怀里，这才看向那青年，道："素闻天龙学院的学子都是人中龙凤，就是不知你可敢与我切磋一番？"

"呵！小和尚，你若是想找打，我成全你！"那青年冷笑一声，推开拉着他的另一名青年，往前走了一步。

"主子……"寒知有些担心她，毕竟对方可是天龙学院的学子，这里面的每一个人都有着顶尖的实力，主子她能行吗？

"一旁看着，能学多少是你们的本事。"唐宁不紧不慢地说道，示意他们退开。

星瞳见状，便拉着寒知退到一旁。

站在唐宁肩膀处的小黑也拍着翅膀飞起，落在星瞳的肩膀处，一双黑溜溜的小眼睛骨碌碌地转动着，一副兴奋的样子。

唐宁取下腰间的圆竹，对那青年道："来吧！免得说我欺负你，我让你三招。"

唐宁不说还好，这一说，那青年恼怒地咬牙道："好大的口气！我倒要看看你有什么本事让我三招！看剑！"话音一落，那青年手中的利剑当即朝前面的小和尚袭去。

唐宁只避不攻，足足让了那青年三招之后，这才勾了勾唇，道："三招已过，你好好接招吧！希望你不会输得太难看。"话音落下，她身影往前一掠，手中的圆竹朝那青年的命门袭去。

对方一见，冷哼一声，抬剑一挡，却发现只是虚招。

就在那青年抬剑挡在面前之时，他只见眼前身影掠过，膝盖处已经被打了一下。

"嘶！"被圆竹击打在膝盖处，那蕴含的暗劲让他不由自主地屈了下膝盖。

可还没等他反应过来，那圆竹便如乱棍般击落，每一棍都不是致命的，但实打实地打落在身体上，痛得他哇哇乱叫："啊！嘶！哇！你！你！啊！停下！快停下！"

那圆竹快如雨点，又挟带着暗劲，痛得他连还手都腾不出手。最让他羞恼的是他的臀部生生被打了好几下，又痛又麻，让他想捂又觉得太丢脸，只能乱蹦乱跳，气急败坏地大喊着。

"这样就受不了了？你不是很能吗？"唐宁笑眯眯地说道，手中的圆竹再一次击落。

那圆竹上所蕴含的力道可不小，这一击直接落在对方的小腿处，只听啪的一声，痛得那青年惨叫一声，整个人直接摔坐在地上。

“啊！别……别打了！”那青年双手抱着脑袋，小腿的疼痛让他连站都站不起来，最后更是整个人直接在地上蜷缩着嗷嗷惨叫。

寒知面上不显，心中却是震惊——主子的实力竟连天龙学院的学子也不是对手吗？

“小师父，小师父。”一旁的另一名青年见了心惊，回过神来后忙上前叫停，“你别打了，这事是我这学长不对，我帮你送信，我帮你把信送到院长手里，你看行不？”

唐宁连气都不喘一下，看着那脸色涨红从地上爬起来后往后退的青年，不由得笑眯了一双眼睛，看着面前的另一名青年道：“你比他可识相多了。行吧，拿着！赶紧的，别磨蹭，天都快黑了。”

那另一名青年听了，有些哭笑不得，这算什么事，是他们在磨蹭吗？也不知这小和尚是从哪座寺庙出来的，居然将他们天龙学院的人打成这样，这要是传出去，他们指不定被怎样笑话呢！

见对方实力不弱，而且又说是要递信给院长的，此时那名青年不敢再怠慢，连忙拿着信往山上去。

至于那个被打了一顿的青年，此时正揉着身上的伤，想缓和点儿疼痛，却越揉越疼。

他卷起衣袖一看，只见手臂浮现出一条条瘀痕，一时间眼中浮现出怒火——他爹都没这般打过他，这个不知从哪里来的小和尚却狠狠地教训了他一顿，这口气他是真的咽不下。

“怎么，不服气？还想再吃一顿‘竹棍鱼’？”唐宁似笑非笑地看着那青年，上下打量了他一眼后道，“好歹也是天龙学院的学子，纵是修炼出一身不俗的修为又如何呢？心性、品德若是不好，也是枉然。”

“你个和尚，到底是哪座寺庙出来的？你师父就是这样教你打人的吗？”他又怒又惧地大喝道，却不敢再上前，而是后退防备着那小和尚。

“你莫不是忘了，我们这是切磋？”唐宁笑眯眯地看着他，清俊的脸上满满的笑意，道，“切磋是切磋，打人是打人，你技不如人无还手之力，显然是功夫还没学到家，不仅功夫没学到家，脾性也不太好啊！”

青年男子被说得脸色涨红，嘴皮子没小和尚利索，实力也没小和尚强，最后想了想，才道：“信已经送上山了，你为何还不离开？”

“离开？呵呵，我今晚是打算到你们山上去住的，自然没有离开的打算。”她笑了笑，走到一块石头处坐下，取出水来喝着。

“哼！我天龙学院又岂是随便什么人都能上去的？想到山上住下？不可能！”他

冷哼道，也没再理会他们。

过了约莫半个小时，先前上去的那名青年再度匆匆走来，快步来到唐宁面前，道：“院长让你上去。”

一旁的那青年一听，错愕地瞪大了眼睛，道：“院长让他上去？你没弄错吧？”

“没有，院长是让他上去。上面已经有人在接引了，你上去吧。”

那名青年有些复杂地看着小和尚，刚才上去，顺便禀报了这小和尚和学长切磋一事，没想到等来的不是院长下令驱逐，而是让他把人叫上去。

唐宁笑了笑，起身迈步往前走去。

后面的寒知和星瞳才要跟上，就被那名青年阻止了。

“他们不能上山。”

听了这话，唐宁脚步一顿，回头问道：“你们院长可有说不准我带人上去？”

那名青年迟疑，没有说话。

“他们是我的随侍，自然是要跟在我身边侍候着的，不跟我上去，去哪儿？”她笑眯眯地问道，继续往前走去，道，“等我上去了，要是你们院长不允许他们留下，到时我再让他们下来也不迟。”

见小和尚都这么说了，那名青年自然没有再阻拦的理由，只能看着他们三人一鸟往山上走去。

看着这奇怪的小和尚，那名青年神色古怪，喃喃地道：“是我太久没下山了吗？我怎么不知现在山下寺庙里的和尚都有随侍了，还是一男一女？”

第十章　和尚上山

他们顺着山路上山，步伐不紧不慢，足足走了半个小时才来到上面。当他们来到天龙学院的大门前时，那里已经有学子在等着了。

一袭白衣的青年打量了三人一眼，视线落在隐隐为首的小和尚身上，露出温和又不失礼数的笑容，道："小师父跟我来吧。院长在等着你了。"

唐宁微点了下头，跟着那青年进了学院的大门，又往里面走去。

因这会儿天色已经暗了，纵是进了学院，视线也并不算很清晰，只能隐隐看到个轮廓，以及一些悬挂着的灯火和较少数还在夜色中散步的学子。

也许是没想到学院里会来这么几个人，尤其其中一个还是个小和尚，因此不少学子驻足低语。

"那是谁啊？好像是个小和尚。"

"后面还跟着一男一女，隐隐以那前面的小和尚为首，像是随侍。"

"不会吧？这年头和尚还配有一男一女两名随侍？这是哪座寺庙有这等福利？要知道我们天龙学院的学子上了山全都得自己动手，身边可是连个小厮都没有。"

"我知道我知道，先前在山下巡视的学弟上来送信，好像就是这个小和尚递送上来的，还是给院长的，所以这会儿郭学长是带他们去院长那里。"

"也许是院长的故交命他们来送信的吧？"

几名学子围在一起议论，想来想去觉得应该就是院长的故交让他们来送信的，因此好奇过后倒也没再过多关注，而是说起了过一段时间的新学子考核一事。

另一边，唐宁跟着那名学子来到了一处院落前。

前面带路的那名学子这才转身对唐宁道："院长就在里面，你自己进去吧。"

"好。"唐宁应了一声，又对身后的两人说道，"你们在这里等着。"

"是。"寒知和星瞳应了一声，没再跟进去。

那名青年看了看他们，也站在一旁候着，没有离去，也没有跟进去。

庭院中种着一些不起眼的花花草草，唐宁却看出，那些全是灵药。院中除了那些种在一角的灵药，还有一棵参天大树，茂盛的树叶遮住了院落的屋顶，不用说，夏天时必定很是阴凉。

她绕过庭院前面的小径来到里面，便见一名身材圆滚滚、穿着一身白色宽大衣袍的白发老者正在大树下的石桌边坐着，桌面上放着的则是那封推荐信。

她不动声色地打量了他一眼，心下微讶——她以为会见到一个仙风道骨或者是一脸威严的院长，却不想这天龙学院的院长长得如此……喜庆。

嗯，就是喜庆，一米六五左右的身高，再配上那圆滚滚的身材，以及小小的眼睛，怎么看都跟仙风道骨或者威严搭不上边。

不过他身上气息内敛，她看不出他的修为，只知道这老者并不是眼见那般喜庆和无害。

"见过院长。"她双手合十，行了个佛礼。这时她可没忘记推荐信中所言，她是老和尚的徒弟。

院长眯着细小的眼睛，上下打量了面前的小和尚一眼，看到小和尚这般年轻时，脸上浮现出一抹讶异。

这小和尚模样生得极为俊俏，出色的五官让人一见难忘，更绝的是其身上自有一股清灵的气质，不似佛家弟子的古板规矩，倒似仙人的出尘飘逸。

这小和尚一双清澈的眼眸坦荡荡的，让人一看便心生好感，笑眯眯的面容更显亲切随和，只是其纵是给人一种纯净、清灵、无害的感觉，院长仍觉得，这只是其展现在人前的一面，并不是其全部。

一袭简简单单的青衣，腰间佩着一根圆竹，肩膀上蹲着一只浑身漆黑的乌鸦，左耳垂处戴着一枚紫色耳钉，这小和尚浑身上下透着的只有两个字——神秘。

院长摆了摆手，示意道："坐吧。"

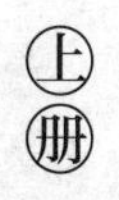

"谢院长。"她应道，也没有拘束，走上前来到桌边坐下。

院长看了看小和尚，问："你今年几岁了？"

唐宁愣了一下，继而笑道："过了年就十五岁了。"

"十五岁啊，比学院里的很多学子都小。"他抚着胡子看了看姿态随意并不拘束

地坐在他对面的小和尚，目光闪了闪，问，“你可知你师父让你过来做什么？”

“知道，让我来天龙学院当导师。”她很老实地说道，话一出，脸上的笑意却是止不住的。

当初老和尚让她过来天龙学院，因为这里有很多她可以学的东西，尤其是这里的藏书楼里的书籍，更是凡人之地最齐全的。但若让她过来当学子的话，一则，太受束缚；二则，她的实力已经胜于天龙学子多多；三则，天龙学院也不收佛门弟子，因此，老和尚思来想去，最好的就是让她来这里当导师。

看着小和尚笑开颜的脸，院长不由得摇了摇头，也跟着笑了起来，问：“那你觉得，你当导师能胜任吗？天龙学院聚集的是凡人之地最顶尖的年轻才俊，你一个还不到十五岁的小和尚，若是在这里当导师，你觉得他们会服你吗？”他站了起来，继续道，“天龙学院的导师都是有不俗修为在身的修士，他们在各自的领域里也是极为出挑的人物，若是我让你留在这里当导师，你觉得他们会认同你？”

唐宁眨了眨眼睛，也站了起来，道：“我师父说院长在天龙学院里是说一不二的人，只要你同意我留下当导师，就没人会有二话。”她笑眯着一双眼睛道，“至于其他的，那就是我的事情了，院长不必为我担心。”

听到这话，院长一怔，继而哈哈一笑，道：“好好好，既然你有这个自信，那就留下吧。不过……”他声音一顿，目光落在小和尚身上，笑呵呵地道，“一个月，一个月后若是听你的课的学子达不到三十人，那就算是老和尚推荐来的，我也只能让你离开了。”

唐宁眼珠一转，道：“可以，不过我还带了两个随侍过来，得让他们跟我一起留在这里。”

院长听了，又看了小和尚一眼，忍俊不禁地道：“你这小和尚倒会享受，只是什么时候和尚也有随侍了？听说跟你来的还是一男一女两名年轻人？你这样，你师父知道吗？”

唐宁笑眯眯地道：“我带的那两人，其实一个是家里给的，另一个是外面捡的，这事我师父也是知道的。”

闻言，院长摆了摆手，道：“行了行了，就这样吧。今晚你们先到客院去住，明日一早我让人带你们去挑一处洞府。”

“好，多谢院长。”她双手合十，行了一礼。

“郭青。”院长唤了一声。

在外面候着的青年迅速往里走来。

“院长。”青年行了一礼。

“你带……”院长微顿了一下，看向一旁的小和尚，这时才想起，这小和尚从刚才进来就没报名字呢。

唐宁上前一步，笑眯眯地道：“别人都称我为唐师，院长就唤我小唐吧。”

院长一顿，摇了摇头，对郭青笑道：“你带小唐他们去客院休息，明天一早带他们去挑选一处洞府，再将学院里的情况大致跟他们说一下。”

听到这话，郭青猛然抬起头看向那个脸上带笑的小和尚，心中如骇浪翻滚，震惊不已。

天龙学院的洞府全都是开在灵脉之上，那里灵气充沛，最是适合修炼，可也只有天龙学院的导师才有资格住进去，现在院长居然说明天让他带这小和尚去挑一处洞府？这到底是什么意思？难道是这小和尚要留下来当导师？这可能吗？

郭青心中震惊，但更多的是好奇，这个小和尚何德何能，到底有何过人之处，可以留下来当导师？

“是。”压下心中的疑惑与不可思议，郭青对小和尚做出请的手势，带着小和尚出了院子。

“主子。”寒知和星瞳见她出来，快步迎上前。

“走吧，我们去休息。”唐宁笑着说道，示意两人跟上。

两人相视一眼，便静静地跟在她身后。

郭青将他们带到客院后，这才对唐宁道：“小师父，你们先在这里休息，我明日一早再过来带你去挑选洞府。”一声“唐师”，郭青还是唤不出口。

“好。”唐宁应了一声。

看着郭青离开后，唐宁才对寒知和星瞳道：“收拾一下休息吧。明天再带你们四处看看。”

“主子，我先进去看看用不用收拾房间。”星瞳说道，然后先进了中间的房间，看看用不用铺床、整理。

寒知则看着自家主子，想了想，仍忍不住心中的好奇，问：“主子，我们真的能留在这里吗？不是说这天龙学院的学子是不能带随侍的吗？”

唐宁一笑，道：“是啊。但你家主子我不是这里的学子，是这里的导师。”她轻笑着拍了拍寒知的肩膀，道，“去休息吧。”

寒知愣了一下，看着她进了房间后，仍有些没回过神来。

导师？主子居然成了天龙学院的导师？寒知看向漆黑的天空，不禁在心中自问：自己到底跟了个怎样神秘的主子？

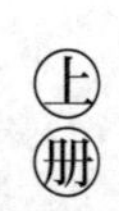

次日清晨，郭青再度来到客院，看到院中正在吃早膳的小和尚时，不由得一呆——那摆在小和尚面前的是几碟小菜，但小和尚吃着的是一碗肉丝粥，这年头和尚

都能吃肉了？

“你来啦？吃早膳了吗？要不要一起吃？”唐宁说道，看向站在一旁的青年。

“不用了，我已经吃了。”郭青回过神来，走上前坐下，看着不紧不慢地吃着肉丝粥的小和尚，脸上不由得浮现出一丝古怪。

待小和尚吃完拭了拭嘴角后，郭青才问：“小师父，你们寺庙里的和尚难道都是可以吃肉的？这不是破戒了吗？”

唐宁哂然一笑，站了起来，拂了拂衣袍，道：“正所谓酒肉穿肠过，佛祖心中留，只要心中有佛，又哪有什么破不破戒的。”

郭青张了张嘴，竟说不出一句话来，半晌，才站了起来道：“我带你去挑洞府吧？”

“好。”唐宁笑着应了一声。

唐宁跟着郭青一同出了客院，寒知和星瞳则静静地跟在身后。

一路上，郭青跟他们说着一些学院里的规矩和需要注意的事情，时而遇到一些学子，学子都会停下来向郭青打招呼，又打量那小和尚以及其身后的一男一女。

唐宁一边听着郭青的介绍，一边欣赏天龙学院里的景色。昨夜天黑看不清楚，现在她才发现，走在这天龙学院中，青山叠叠，云雾弥漫，竟是看不到边，足可知道这天龙学院占地之广。

“那边是学院广场，那边则是学子居住的地方，因为学院占地广阔，导师授课可自己挑选地方。如今学院里的导师共有九位，学子则是千名左右，每隔三年会放一批学子出学院，也会招收一批学子进学院，人数一直都保持在千名左右。”

唐宁点了点头，郭青说的与墨烨说的倒也没什么太大的出入。

她跟着郭青一路走着，直到来到一处灵气较为浓郁的地方才停了下来。

“这一带就是天龙学院的导师居住的洞府了，这些洞府都开在灵脉之上，也只有导师才有资格在这里住下。”郭青语带羡慕，看了一眼身边的小和尚，“在这里居住、修炼，实力都会提升得快一些。”

唐宁看了看这一带，笑道：“灵气倒是充沛，空气环境也好，每个洞府都隔着一段距离，而且有树木遮掩，私密性也好，确实不错。”

“这里有几个洞府是没人居住的，小师父可以挑选一个。”郭青说道，然后告诉了小和尚哪几个洞府是没有人住的。

唐宁看了看，视线落在最边上的一个洞府处，问：“那个洞府我看周围占地比其他洞府都大，怎么没人选那里？”

顺着小和尚的目光看去，郭青笑道：“那个洞府确实是所有洞府中占地最大的，但也是最危险的，因为这个洞府靠近凶兽林，虽说有阻挡，但时不时总有一些凶兽会翻过树林来到洞府下方的山坡、水流一带走动，所以才没导师选那里。”

唐宁听了，却是眼睛一亮，道：“我就选那里好了。”

郭青一怔，道：“那里时不时会有凶兽出没，而且较为偏僻，你……”

“没关系，我就选那里好了。走，过去看看。”唐宁笑了笑，迈步便往那个洞府走去。

见此，郭青也跟着往那个洞府走去。

来到洞府前，郭青取出一块玉牌打开了洞府的门，让他们进去看看。

唐宁转了一圈，满意地点了点头，道：“很好，地方大，房间也多，就这里了。”说完，她对星瞳道：“你收拾收拾，我们就在这里住下了。”

“是。”星瞳应道，便着手收拾起来。

“平时的生活物资都是自理的，可以到天龙城购买，若是嫌麻烦也可以差人去买，至于学院里面的都是用积分。积分可以接任务得到，任务栏就在我们先前经过的那里。”郭青说完，看了小和尚一眼，接着说道，“也没其他事了，那我就先回去了，如果有什么不知道的可以再找我。”

“好，麻烦你了。”唐宁点了点头。

郭青离开后，唐宁才走到洞府前的一侧往下看，只见那山坡下一条清澈的水流缓缓地流淌着，也不知水源是从哪里来的，只知道这条水流弯弯曲曲一路而下，没有尽头。

她在草地上坐下，目光看着前面，脑海中则在想，一个月的时间要有三十名学子来听她的课，对于有上千人的学院来说，她开课有三十人来听应该是不难的。

但她再仔细想想，觉得也不易，无他，一个是因为她年纪小，再一个则是因为她是和尚，还是空降的小和尚。这天龙学院的学子本就是各地顶尖的青年，自身出众，再加上又为天龙学子，每个人心中都有着一股傲气，让他们尊一个比他们小的小和尚为导师，又有多少人接受得了？

就算是她遇到这样的事情也会怀疑，年纪如此之轻，只怕懂的东西还没他们多吧，有什么资格可为他们之师，又有什么本事教导他们呢？

与此同时，学院中消息也传开了，一个不知从哪里来的小和尚到学院来当导师了，如今已经选择了洞府，在洞府中住下。

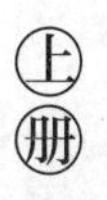

此消息一经传开，整个学院一片哗然，皆不敢相信。

“不是吧？那个小和尚是来当导师的？”

“那小和尚看着也不过十四五岁，来当导师？开玩笑的吧？”

“怎么可能是开玩笑，是郭青学长奉了院长的命令，亲自带他去挑选洞府的，都

已经安顿下来了。”

“昨天不是说他只是来送信的吗？怎么还留下当导师了？我们天龙学院的导师可都是经过千挑万选的，他一个小和尚有什么资格当我们的导师？”

“你们可能还不知道吧？听说昨天在山脚下巡视的一位学子跟那小和尚切磋，输得很惨，今天走路都一瘸一拐的。”

“切磋输给了小和尚？谁啊？那么没用，真丢我们天龙学子的脸。”一名学子皱着眉说道。

就听一道冷飕飕的声音突然传来：“我很丢你的脸吗？”

一名穿着白衣的青年一脸铁青地站在那名学子身后，浑身冒着冷气，如同冰箭一般直射那名学子。

“司……司徒学长。”先前说话的那名学子脸色微变，看到他，竟不由自主地后退了一步。

“你不知道吗？昨天巡山脚的学子是我，跟那小和尚切磋还输了的人也是我。”他双手抱拳按压着手指关节，发出咔嚓咔嚓的声音，“我输了是我的事，关你什么事了？既然你这般看不起我，不如我们来切磋切磋？”

青年男子阴恻恻的声音带着厉色，一身狠厉的气息外放着，让周围的学子都不由自主地后退着。

“我……我不知那人是司徒学长，司徒学长，我绝对没有半分对你不敬的意思。”那名学子连忙说道，因紧张，说话都有些结巴了。

天龙学院里的学子虽都是凡人之地各处最顶尖的青年，但在这样一群佼佼者当中，实力也有更为出色、突出的。虽然天龙学院里的学子并无三六九等之分，却有实力强弱之分，而这个叫司徒南笙的青年，就是那些佼佼者中突出的较强者之一。

也正是因为他各方面都极为突出，他的脾性也不太好，为人比较狂，整个学院之中即便对导师他也没多少敬重，更别说对其他学子了。

昨天他就是因为气得一位导师火冒三丈，才被处罚扣了不少积分，还被分配到山脚去巡视，不料碰到一个小和尚，本以为是吃斋念佛守规矩的小和尚，哪知是个一言不合就拎棍打人的暴僧！

司徒南笙冷飕飕地扫了那名学子一眼，想到他们刚才的话，便问：“你们刚才说那小和尚成了我们学院的导师？”

“是……是的，是郭青学长亲自带着去挑选洞府的，已经在洞府那边住下了。”那名学子连忙说道，生怕他一个不悦找自己的麻烦。

他冷哼一声，转身便往导师居住的洞府那边走去。

“他想去干吗？不会是去找那新来的导师的麻烦吧？”

"虽说对方只是一个小和尚，年纪也小，但既然住进洞府了，就是学院的导师，他要是找导师的麻烦，应该会被处罚吧？"

"还愣着干什么？你快去通知郭青学长，我们快跟过去看看！"旁边一人说道，让一名学子迅速去报信后，便快步跟在司徒南笙身后走去。

此时，学院的其他导师因听到消息，正聚集在院长的院子里。

"院长，听说那只是一个十几岁的小和尚，怎么有资格当我们天龙学院的导师？而且他是什么来历也没查清楚，身家背景是否清白？他也没经过导师考核，就这样成为我们学院的导师，不觉得太过儿戏了吗？"一名中年男子满脸严肃地道，看着那正在修剪花草的院长，忍不住无奈地又唤了一声，"院长！"

"呵呵呵。"胖乎乎的院长停下修剪的动作，回头看了他们一眼，笑道，"你们不必担心，我给了他一个月的时间，若是他不能胜任导师一职，一个月后自会离开。"

"可是这也太胡来了吧？一个十几岁的导师，我们学院从无这种先例，这……"另一人也叹息地说道，觉得院长这事做得有些不妥。

"你们不必说了，我已经决定了，多说无益。"院长摆了摆手，道，"倒不如让我们拭目以待，看看他有什么本事留下当导师吧。一个十几岁的导师，你们不觉得若是他真能胜任，会很有趣吗？"

闻言，众人相视一眼，不禁苦笑。

有趣吗？他们一点儿也不觉得有趣啊！但既然院长都这么说了，那事情就是敲定了，只能看一个月后那小和尚是走是留吧。

"见过院长，诸位导师。"一道恭敬的声音传来。

几位导师回头看去，见是郭青，脸色都缓和了一些——对于这个各方面都很出色的学子，每一位导师心里的期待都不低。

"你怎么来了？有什么事吗？"院长问道，继续修剪着花草。

"禀院长，司徒南笙好像去找唐师的麻烦了。"郭青禀报道，话说出口，方觉得一声"唐师"也不是很难唤出口。

"哦？又是那个刺儿头。"院长笑了笑，道，"由着他去吧！他乐意折腾就让他折腾，积分该扣还是扣，他呀，就不能让他日子过得太舒服。"

郭青压下心底的微讶，这才应了一声："是。"行了一礼后，郭青退了下去。

几位导师听到郭青的话后，却是相视一眼：司徒南笙？那家伙怎么跟新来的导师杠上了？那小子脾性不太好，该不会下手不知轻重把人给打成重伤吧？

儿人示意了一下，便拱手道："院长，那我们先退下了。"说完，儿人陆续离去。

洞府里，唐宁正对寒知和星瞳说道："找个时间我们再去一趟天龙城买些东西回

来，这树下我觉得再放一张躺椅就更好了，还有……”

话还没说完，就见一大群穿着白色衣袍的学子朝这边拥来，她看了一眼，只见那群学子当中男子居多，女子占少数，除了那前面怒气冲冲一副仿佛谁欠了他钱似的青年男子，后面的人一个个都是带着好奇与打量盯着她看。

“小和尚！”司徒南笙来到洞府前面，看着站在那里穿着一袭青衣、容貌清俊的小和尚，气得牙痒痒。

昨天这人打了他一顿，回去后他擦了药，今天起来走路还一瘸一拐的，尤其是臀部浮现出的几条瘀痕还没消，连坐都坐不得，这小和尚倒好，摇身一变成了他们天龙学院的导师，还住进了这开拓在灵脉之上的洞府！

“是你啊。”唐宁瞥了他一眼，又看了看那些学子，戏谑地问，“你们这么多人过来是想听课？真是不巧，我的课得过两天才开。”

司徒南笙脸色一黑，道：“谁要听你的课了？你这走后门儿进来的小和尚想在这里当导师，也得看我们同不同意！”

唐宁笑了笑，眯起一双眼睛盯着他，问：“你叫什么名字来着？”

“你听好了！我复姓司徒，名南笙，是这天龙学院学子中排得上号的人物！得罪了我，小心你以后吃不了兜着走！”下巴轻扬，似乎很是自信，他报上姓名时言语间尽是傲然，显然已经忘了昨天还被打得嗷嗷乱叫。

“哦，司徒南笙，我记下了。”她点了点头，打量了他一眼，一脸可惜地道，“真是白瞎了这么好听的一个名字。”

司徒南笙一听，脸色铁青，恼怒地磨着牙盯着小和尚，想上前打吧，好像打不过人家，不上前打吧，这一口气又咽不下去。

唐宁迈步走上前，见他忍不住后退一步，不由得轻笑道：“明明是我的手下败将，却又跑到我面前来耀武扬威，你是脑子秀逗（网络词汇，意思是一时犯傻）了吗？还说你是天龙学子中排得上号的人物？有你这样的人，还真是拉低了天龙学子的水准。”

“你……你……你不要太过分了啊。”司徒南笙被气得连说话都结巴起来。

他在家是天之骄子，进了学院的几年也是天之骄子，就是导师也对他无可奈何，哪承想遇到这个小和尚后就被气得牙痒痒，想动手可又打不过人家。

也许这小和尚说得对，他就是脑子秀逗了才跑来让这小和尚滚蛋，他应该直接去找院长或者其他导师才对。

唐宁笑眯眯地看了众人一眼，道：“都散了吧。过两天我开课时，你们若是感兴趣，可以来听听。”话音一落，目光一转，她笑得有几分危险，“此时若是不散去，每人扣积分两百！”

听到这话，众人脸色一变，当即迅速离开，就连司徒南笙也不敢再留下。

开玩笑，两百积分呢，可不能就这样被扣了！反正这小和尚已经住进导师洞府了，就且看看这小和尚到底有什么本事教导他们吧。

“主子，这些人当真是凡人之地各个地方最为顶尖的年轻一辈吗？”寒知来到她身边，问出了心中的疑惑。

唐宁一笑，道：“你别看他们如此，这些人大多在二十岁上下，但修为最弱的也已经达到炼气七阶以上，而那个叫司徒南笙的，实力修为已经是炼气九阶巅峰，只差一步便可进阶灵师了。”声音一顿，她微微侧头看着寒知：“你在暗卫营年轻一辈当中也算是出色的，你说说，你现在的修为品级是多少？你要达到炼气九阶巅峰需要多久？”

听她这么一说，寒知才知，自己被那些学子不着调的言行蒙蔽了双眼，只看到他们言行举止间的不着调，却忘了他们所拥有的修为。

他整了整心绪，这才道：“属下与那司徒南笙年纪相当，但属下若要到炼气九阶巅峰，少说也要十年时间。”

在暗卫营里，有很多修士三四十岁了都无法突破炼气九阶巅峰迈进灵师级别，而他们暗卫营里的两位总教头，一个是灵师五阶，一个是灵师六阶，但他们停顿在这品级上已经十几年了，仍没有再度进阶的迹象。

如此衡量，他才知道先前那些学子是凭什么成为天龙学子，凭什么有骄傲的资本的。

“是属下轻视他们了。”也许是因为身边有个实力天赋惊人的主子，所以他本能地拿那些人跟主子对比，就觉得他们很不怎么样，却忘了他们若是与他比，已经远胜他。

“这学院里卧虎藏龙，你们是我身边的人，日后行事都得三思而行。”唐宁对两人交代道。

“是。”两人应了一声，将她的话谨记在心。

次日，唐宁带着寒知和星瞳在学院里转了一圈。

熟悉了地方之后，唐宁来到广场处茂盛的大树下转了转，打量了一眼后，便道：“就这里了，把写好的那张纸拿出来，钉在这树上吧。”

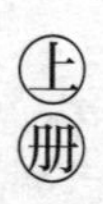

“是。”星瞳应道，取出早上写好的那张纸钉在树身上，而后静静地站在一旁。

唐宁盘膝而坐，双手掌心朝上放在腿上，闭上眼睛，仿佛是在打坐，实则是靠着大树在闭目养神。

广场之处来往的学子本就不少，见一个小和尚往大树下一坐，身后还站着一男

一女两名随侍，不少人都好奇地走上前。

“他在那里干什么？”

“咦？你们看那纸上写的是什么？”

“切磋比拼？报名者要付出十积分，比什么随挑战者定，胜他之人可到他的灵脉洞府居住、修炼一个月？输的人要记到他名下听他授课、训示？”

“真的假的？挑战他什么都行？要是赢了他还可以去他的灵脉洞府修炼、居住一个月？”

“就算输了也不打紧啊，也就是听他授课、训示和十积分而已，我们好像也没什么损失。”

“好像可以一试啊？这个可以。”

不少学子兴致勃勃地说着，显然是被小和尚那灵脉洞府吸引住了。谁都知道灵脉洞府灵气浓郁有助于修炼，在里面修炼可以提升他们的实力修为，要是在那样灵气浓郁的地方修炼一个月，说不定他们能早日突破成为灵师。

“我要报名！我要挑战你！”一名身材魁梧、有着一对浓厚剑眉的青年大步上前，来到唐宁面前说道。

唐宁闭着眼睛靠坐在树下没动，倒是一旁的星瞳走上前，拿出册子和笔来，道：“在这里写下你的名字，按下手指印，便可以与我家主子切磋。”

那浓眉青年看了异瞳少女一眼，见她只有炼气二阶的实力便移开了目光，利索地在册子上写下了名字并印下了指印。

“可以了吧？那就来吧！”浓眉青年摩拳擦掌，一脸兴奋地盯着小和尚，道，“听说你将司徒那家伙打得嗷嗷乱叫？那身手定是极好的。”

唐宁睁开眼睛，清澈带笑的目光落在面前之人身上，露出一抹看似无害的笑容来，道：“你想跟我比什么呢？”

“嘿嘿，我可不是司徒那个没脑子的，我要的是十拿九稳！所以我自然不会跟你比身手。”浓眉青年眼中泛着精光，盯着小和尚，露出了一抹诡异莫名的笑容。

唐宁一怔，摸了摸光秃秃的脑袋，笑眯眯地道：“你该不会是想要跟我比头发吧？”

“哈哈哈哈！那自然是不可能的，我好歹也是天龙学子，又怎么可能跟你一个小和尚比头发呢！那也太无耻了些。”那浓眉青年哈哈一笑，笑声一敛，看着小和尚道，“我跟你比速度！”

“是了，前几天杨导师还赞过叶飞白的速度极快，若是不比武力只比速度的话，他应该会胜吧？”

“这可说不好，这小和尚年纪这么小，却实力不弱，连司徒学长都不是他的对手，谁知他的速度会不会比叶学长快？”

学子们低声说着，带着兴奋等着看热闹——有人先挑战，那他们也可以看看自己若是挑战有没有机会可以胜出。

唐宁站了起来，拂了拂衣袖，笑着问：“比速度你想怎么比？”

“我们单单比速度，从这里到山脚，再从山脚回来，谁先到这树下谁就胜出。”叶飞白笑得一脸自信，看着身高才到他肩膀的小和尚，一脸期待地道，“怎么样，你敢不敢？要是不敢跟我比，你就认输，那就更省事了。”

“比，怎么能不比！”唐宁活动了下手脚，又让人去学院大门那里说一声，让他们将大门打开。

一切准备好后，唐宁与他并排站着。

在周围学子的见证下，有人开始喊道：“三，二，一，开始！”

几乎是在那一声“一”落下时，叶飞白已经如旋风一般跑了出去，唐宁则是在开始之后才开始动。

叶飞白的速度快，她的速度也不慢，两人相差着一步的距离先后出了学院的大门，往山脚掠去。

“叶学长加油！”

“叶学长加油！”

“叶学长再快点儿！”

学子们陆续拥了出去，散开两边站着，一边呐喊助威，一边远远地看着那两道身影一前一后地在阶梯处往下掠去。

“哈哈哈！是叶学长领先呢！看来那小和尚要输了。”学子们看到领先的是一道白色身影，一个个都兴奋地笑了起来——哪怕不是他们赢，但是他们天龙学子赢，自然也是值得开心的。

这里的挑战比拼其他导师也听说了，只是他们该干什么还干什么，并没有过来凑热闹，倒是越来越多的学子听说之后跟着过来看热闹。

司徒南笙自然也跑过来了。

“谁先？谁比较快？我看看，我看看。”司徒南笙挤开前面的学子往山脚下看去，在看到那道白色的身影领先时，不由得哈哈一笑，道，“那小和尚这回栽了，叶飞白那小子战斗力不行，但他的速度就跟旋风一样快！小和尚肯定跑不过他！”

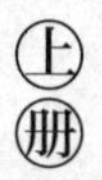

大多数学子围到学院外面去看，而寒知和星瞳两人还站在那树下等着。

旁人是不知他们家主子的厉害，反正他们是知道的，因此半点儿也不担心自家主子会比不过这天龙学院的学子。

而率先到山脚下的叶飞白心中暗喜，一路下来，那小和尚一直落在他后头，追

不上他，想来他是赢定了。

他转身往上掠去，经过那小和尚身边时大笑了一声，道："小和尚，你的洞府我叶飞白住定了！"

唐宁到了山脚下后一个转身，看着那道比她快的身影，眉眼一弯，笑眯眯地低语道："看来第一个听课的人是有了。"

话音一落，她青色的身影便迅速往上掠去。

她没有超越他，只是渐渐地加快了速度，跟在他身后一步处。

如此近的距离让叶飞白一下子紧张起来，也顾不得取笑和得意了，用尽了吃奶的力气飞快地跑着，身上灵力气息涌动，脚下速度快得看不见影。

他再侧头，仍见那小和尚光秃秃的脑袋就在身侧。

"你别老跟着我！走开一点儿啊！"他朝小和尚吼道，气息已经有些浮动。

唐宁笑眯眯地瞧了他一眼，道："好吧！那换你来追我。"话音落下，她青色的身影一掠，一个箭步已经掠过叶飞白，跑到他前面去了。

叶飞白一惊，连忙拼命地追上去，却任他怎么追，都始终与前面那道青色的身影隔着一步的距离。

明明只是一步，却好似相隔着一个天地一样，任他怎么样都跨不过去。

"啊！不好！叶学长已经落后了！"

"叶飞白！快点儿啊！你小子是没吃饭吗？居然跑不过一个小和尚！"司徒南笙也急了起来，在上面大吼道。

心中着急，气息浮动，额头的汗水也渗了出来，连带着背后的衣衫也很快湿透了，眼见就要抵达学院大门，叶飞白咬了咬牙，大吼出声："啊！"他的身体如旋风般掠出，只听到衣袍在奔跑中呼呼作响。

一道青色的身影率先越过学院的大门，如闪电般来到那棵大树下。也就在下一刻，一袭白袍的叶飞白也抵达大树下，可当他停下来时，已经看到那小和尚笑眯眯地看着他。

"我输了！"他喘着粗气，拭去额头的汗水，看着半点儿汗也没出、气定神闲的小和尚，忍不住问道，"我炼气九阶巅峰的速度都没有你快，你到底是什么实力修为？"

唐宁笑眯眯地看着他，道："自然是足可为师的修为。好了，一边待着去。"她挥了挥手，看向围过来的众人，问道："你们还有没有人敢挑战我的？"

一个摆在明面上的激将法，谁都听出来了，却仍有人不服这口气走上前。

"我来！我要跟你比剑法！"一名学子走上前，在星瞳的册子上写下大名后又按下指印，便取出长剑来。

唐宁看了那名学子一眼，又看向其他人，笑道：“还有人想比剑法吗？可以再来一个。”

闻言，那名学子脸色涨红，生气地道：“你瞧不起人！”好歹他也是天龙学子，居然被这样轻视了！

“既然你都这么说了，毕竟你说你有导师的实力，二对一大伙儿应该也不会有什么意见，对吧？”司徒南笙走了出来，取出长剑握在手中，盯着那小和尚恶狠狠地道，“今天我一定要一雪前耻！”

唐宁见又是司徒南笙，忍不住轻笑出声。

待他们都签下名字后，唐宁才取下腰间的圆竹握在手中，道：“我倒是很期待，你这两天能有什么长进。”

司徒南笙看到小和尚手里的那根圆竹，脸色微变，不由自主地想到被这圆竹打得嗷嗷叫的一幕。

那天在山脚下还没有几个人看到，但今天他要是再输了，那可就真是输到家了。

周围的众人退开，腾出较大的一个地方让他们比拼。

只见司徒南笙和另一名学子各立一方，手中的长剑斜指地面，身上灵力气息涌动。

“你攻他下盘，我攻他上面。”司徒南笙说道。

话音一落，司徒南笙率先持剑掠上前，锋利的宝剑折射出凛冽的寒光，一股凌厉的气流在那一瞬间随着他的攻击袭出，朝前面手握圆竹的小和尚攻去。

因为已经输过一次，这一次他拿出了十二分的认真，不敢有一丝大意，因为他知道，这个小和尚的实力确实不弱。

看到司徒南笙身上灵力气息涌动的那一刻周身气势一变，就如同一把出鞘的宝剑般凌厉，唐宁不由得眯了眯眼——这才是天龙学子应有的风姿和气势。

后面观战的寒知心中则是一凛。在山脚下时这司徒南笙被主子的圆竹打得连还手之力也没有，只有嗷嗷叫的份儿，着实让寒知看不出他有什么厉害之处，而今他在对战主子时，前一刻还放荡狂妄，下一刻却如一把蓄势待发的宝剑，浑身散发着凌厉慑人的气势。

想到主子对他们说过的话，寒知压下心中的思绪，认真地观看起来。

跟随在主子身边，得以进入天龙学院，可以观摩到天龙学子的比拼战斗，这对寒知来说是极为难得的机会。

司徒南笙与另一名天龙学子同时攻击他家主子，纵是那名学子的修为也不低，气势也不弱，但与司徒南笙同时出手，一身的气势却如同被压住了一般，所有人的注意力都自然而然地落在司徒南笙身上。

至于他家主子，一身气息内敛温和似水，不见半分凌厉，手中的圆竹也不起眼，看起来就像路边随便捡的一样，甚至让人怀疑那圆竹能否挡得住长剑的一削。

铿！仿若刀剑与金属相碰时发出的清脆声音传入众人耳中，让人心神不由得一震。

司徒南笙持长剑正面攻击，另一名学子则如司徒南笙所言攻击小和尚的下盘，两人夹攻，速度又极快，让人不禁为小和尚捏了一把冷汗。

这时，只见小和尚以圆竹挡住司徒南笙的攻击，双脚竟是踩在了那名攻向其下盘的学子的剑上，抬脚一踢，一道劲风袭出，逼得那名学子不得不抽剑退开。

剑招被挡，司徒南笙剑刃一个变换，一道剑花再度袭出，丝毫不给唐宁喘息的机会。

不料司徒南笙的速度快，小和尚的反应速度也不慢，两人一来一往地交手，一时间不分上下，倒叫那名被击退的学子看得眼花缭乱、无从下手。

砰！挡下司徒南笙的一记攻击之时，唐宁旋身一记侧踏，一脚踢到他的腹部，力道之大，生生让他退出数米。

“咝！”身体被踹退，腹部的剧痛传来，让他不由自主地倒抽了一口冷气，整个人也因那股剧痛而如煮熟的虾子一般弯下了腰，一只手紧紧地捂着腹部，一只手持剑撑在地上，双腿微软。

“司徒学长！”另一名学子喊了一声，持剑袭上前，却不想没在对方手中过几招就被对方的圆竹击中了虎口。

“啊！”虎口被击中，又酸又麻又痛，让那名学子握着剑的手不由自主地一松，利剑锵的一声掉在地上。

而就在那名学子错愕之时，刚才还站在其面前的小和尚，一个转身已经来到其身后，圆竹重重地击落在其膝盖处，在那名学子因吃痛而弯膝之时，圆竹已经架上了那名学子的脖子。

“你输了，一旁待着去。”唐宁的声音传出，同时她一脚将那名学子踹向一旁，转而看向还揉着腹部的司徒南笙。

圆竹在手中把玩着，她迈步走上前，笑眯眯地道：“再来？”

司徒南笙看着一脸笑容的小和尚，咬了咬牙，整个人猛地腾身而起，如猛虎下山般朝小和尚扑去。

却不想，他根本连小和尚的身都近不了，整个人又被踹了出去。

“嗯！”他闷哼了一声，如同蛤蟆般摔趴在地上。

那从半空中砸落的力道让人听了都忍不住跟着疼痛起来——这一摔得有多重啊！

因这狼狈的一摔，司徒南笙身上的气势就如同泄了气的皮球一般，瞬间就蔫了下去。他整个人趴在地上慢慢地伸开了手脚，整个身体都贴在地上躺着，好一会儿才从地上爬起来。

“我输了！”司徒南笙微侧着头说道。纵是不想承认，他还是输了，而且输得比上回还要惨、还要丢脸。

听到他认输，周围的人都静了下来，没有人嘲笑他，也没有人指责他怎么可以输给一个小和尚，因为这二对一的决斗他们也都看在眼里，别说是司徒南笙了，就是换了他们，他们也一定会输，而且输得更惨。

这一刻，众人才不得不认真地打量起这个看起来很是软萌又长得清俊出色的小和尚。小和尚明明年纪比他们都小，却有一身这样不俗的实力，他们真的很好奇，小和尚到底是哪座寺庙出来的？

小和尚的速度比叶飞白快，战斗力足以以一对二战胜司徒南笙和另一名天龙学子，就已经表示，小和尚的实力远在他们之上，确实有资格为天龙学子的导师。

在小和尚强悍过人的实力之下，尊其一声“唐师”似乎也未尝不可。

唐宁看着周围学子的神情，便知估计接下来没几个敢上来挑战比拼了，纵是有灵脉洞府为诱饵，他们在看到先前的一战后，应该也会退缩的。

唉！才三个人，她需要的是三十个呢！

就在她心中叹气之时，却见周围的学子都拥了过来……

“唐师，你教授的是什么？”

“上你的课能学到什么？”

“对啊，你精通的是什么？”

一个个学子拥了过来询问着，想知道若是他们去上这小和尚的课能学到什么。

唐宁愣了一下，看着一个个面带好奇的学子，眼睛不由得一亮，却没有直接告诉他们能学什么，而是神神秘秘地道：“能学什么现在我就不告诉你们了，我只告诉你们，能听我的课的只有三十个名额，而且我每天只上一节课。”

一听这话，众人怔了一下。有人问：“怎么只有三十个名额？”

每天一节课他们倒是理解，毕竟学院里还有其他导师，他们还可以去听其他导师的课，只是三十个名额是怎么一回事？

有的人还在询问，有的人已经悄悄地跑到星瞳那里登记了。

这倒是让站在一旁的司徒南笙和叶飞白以及另外一名学子都呆了下，有些没反应过来：怎么一个个的都想上小和尚的课了？

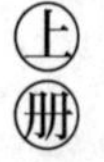

“主子，三十个名额满了。”星瞳走了过来，将册子递给她看。

“什么？满了？我还没报呢！”

“我也还没报，这话还没说完呢！谁那么利索地报名了？”

周围的学子一听三十个名额满了，不由得面面相觑，道："唐师，你怎么能只收三十个学子？学院里导师的课都是可以任由学子自由去听的。"

"就是啊！学院里一千来名学子，九位导师，算上你十位，你说你一节课只让三十个人听，那其他人怎么办？"

唐宁笑了笑，双手合十，一副气定神闲的样子道："阿弥陀佛，我的课就只允许三十名学子听，你们若是想听我的课，也可以去挑战那些已经报了名的学子，只要将他们打败，自然就可以代替他们听我的课，但有一点你们需要知道，登记在册后，我的每一节课你们都不能迟到、不能早退，否则扣积分。"

几乎是唐宁的话音一落下，那些没报上名的学子便打起了主意。不过他们也没有马上去挑战，而是准备等唐师开课之后，看看能学到什么再说。

"明天到竹林那里报到。"唐宁笑眯眯地看了那些报了名的学子一眼，而后对星瞳和寒知道："你们两个把这册子给院长送过去。"

"是。"两人应道，见她离开了，便也跟着迈步离开。

唐宁解决了三十名学子的事情，眉眼带笑，脚步轻快地往洞府走去。这洞府里灵力之浓郁是外面所不能比的，事情解决了，她终于可以好好修炼一下了。

另一边，院长看着送到他手里来的册子，不禁呵呵笑了起来，道："行了，这册子你们拿回去吧，我看过就行了。"

他给了小和尚一个月，小和尚倒是用了一两天时间就把三十名学子的名额解决了，看来还是有些本事的。

"是。"两人应了一声，接过册子后退了出去。

院长看着离开的两人，抚着胡子眯了眯眼——这两人一个异瞳，一个身上的气息不难猜出是暗卫出身，这样的两人怎么会跟一个小和尚扯上关系？

其他几位导师听到那小和尚摆出比拼挑战胜过了叶飞白和司徒南笙两人，都有几分惊讶。

那小和尚也就十几岁，却能胜过这两人，若是为学子，势必可进入学院十强学子的前五名，只是若为导师，在他们看来还是太稚嫩了。

他们也是身为导师的人，因此见小和尚既有如此实力，倒也没人去找小和尚的麻烦，反而很多事情都是睁一只眼闭一只眼。

次日清晨，唐宁来到竹林时，那里除了叶飞白和司徒南笙，也就只有几个学子在等着。

见唐宁过来，他们便行了一礼："见过唐师。"

唐宁在竹林中一块平滑的大石头上坐下，看了看他们，摇了摇头，道："看来有人没将我的话放在心上啊。”

“唐师，今天是第一节课，你要教我们什么？”叶飞白忍不住问道。

司徒南笙则双手环胸坐在竹子下，一副提不起劲的样子，漫不经心地说道：“他一个和尚，能教我们什么？估计就是念经打坐了。”

闻言，唐宁一笑，瞥了司徒南笙一眼，道：“不错，今天你们第一节课就是念经。”

“什么？不会吧？”其他学子叫了起来，“让我们念经？那个能干什么？不是教我们学东西吗？”

“修炼先修心，你们都是有一定实力在身的学子，但虽有不俗的修为，心性却不稳定，所以从今天开始，先跟着我念经吧。”唐宁不紧不慢地说道，目光则落在一副散漫的样子、正从外面进来的那些学子身上。

“见过唐师。唐师，今天我们学什么？”那些学子拱手行了一礼询问道，似乎没觉得自己来迟了有什么不对。

唐宁看着他们笑了笑，道：“昨天我可有交代，上我的课不允许迟到、早退？”

“唐师，我们是起晚了些，但也没晚多久吧？”一名学子不以为然地说道。

听到这话，唐宁笑了笑，一双眼睛弯了起来，摆了摆手，道：“都坐下吧，跟着我念。”

见司徒南笙他们也坐在地上，那些学子便也跟着坐下。

就听坐在石头上的唐宁口中传出了经文：“观自在菩萨，行深般若波罗蜜多时，照见五蕴皆空……”

下面坐着的人听得目瞪口呆，没有人跟着念，倒是有人喊道：“唐师，这不是心法口诀，这是经文啊！”

难道不是要让他们背心法口诀？怎么背起经文来了？他们又不当和尚！

唐宁声音顿了下来，清俊的脸上带着一抹平和，却莫名地让人觉得笑得有些危险，道：“谁跟你说背心法口诀了？全跟着我念！”

也许是唐宁语气间那股冷飕飕的气息让人莫名地心颤，那些原本还想说话的学子面面相觑了一会儿，见司徒南笙和叶飞白两人都没有吭声，只能乖乖地盘膝坐着。

“观自在菩萨，行深般若波罗蜜多时，照见五蕴皆空，度一切苦厄……”

三十名学子有气无力的声音从竹林中传出，让悄悄跟过来想看看他们学什么的学子听了不由得一呆。

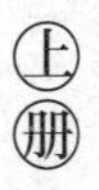

不是吧？他们跟着唐师学念经？一时间，跟过来的学子一个个脸上浮现出错愕的神情，下一刻，忍俊不禁地道：“哈哈哈哈！居然学念经？幸好我没报上名。”

“我还以为他们学什么呢？原来是学念经啊！这不是要往和尚方向发展吗？”

“你们听听，他们念得有气无力的，不用看都能想象出他们现在有多憋屈。哈哈哈，幸好幸好，要是我报上名了，那这会儿也得跟他们一样在里面念经了。”

“幸好只有三十个名额，我们这是逃过一劫了，哈哈哈。不过你们还别说，这竹林还挺适合他们念经打坐的，你们说是不是？”

戏谑的声音带着哄笑毫不掩饰地传出，让竹林里的三十人又气又恼，抬头朝唐师看去，却见唐师闭目念着经，一副不为所动的样子。

无奈之下，他们也只能跟着念。

直到一篇《心经》念完之后，听到唐师停了下来，他们也连忙停下来，眼巴巴地看着唐师，希望可以学点儿其他的。

“这《心经》你们都记下了吗？”唐宁睁开眼睛问道，目光在众人脸上掠过。

“记下了！”这回，三十名学子答的声音气劲十足，仿佛生怕声音太小唐宁听不见一般。

“会背了？”唐宁再问道。

“会！会背了！”学子们又连忙答道。

闻言，唐宁弯了弯唇角，道：“既然会背了，作为迟到的惩罚，你们就把《心经》默写百遍吧，一边默写一边念。”

“唐师，你罚他们默写是因为他们迟到，可我们没迟到啊，怎么还要念那《心经》？能不能换成别的？”叶飞白忍不住问道。

“不行，一人迟到，全部都得跟着受罚。”唐宁说道，又看向一旁如暴躁的狮子般瞪着眼睛的司徒南笙，道，“司徒南笙，他们默写百遍《心经》由你督促，若是他们写错一个字，或者是没写完百遍就走了，我唯你是问。”

“凭什么？”司徒南笙整个人跳了起来，一脸愤怒，“他们要是全不写，或者是写错，怎么就全成了我的事？你是不是就想针对我？”

叶飞白看了看唐师，又看了看司徒南笙，最后摸了摸鼻子乖乖地坐了下去——算了，他还是不冒头了，免得被收拾。

唐宁勾了勾唇角，不紧不慢地道：“你可以继续在这里耗时间，一节课的时间要是过了，你就把皮绷紧了吧！”

司徒南笙看到唐宁把玩着那根圆竹，头皮不由得一麻，恶狠狠地转头把一身的怒气全都化为怒吼：“你们还愣着干什么？赶紧的！自己去准备笔墨纸砚默写经文！谁要是敢给我写少了或者是默写错一个字，你们也给我把皮绷紧了！”司徒南笙双手握拳捏得关节咔咔作响，一脸阴沉。

众学子听了，相视一眼之后，只能认命地各自去准备。若换成旁的，估计他们还真不一定会照做，但这司徒南笙，他们还真惹不起，谁知道司徒南笙要是被唐师虐惨了，会怎么收拾他们？

把事情交代下去后，唐宁便往石头上一躺，一只手撑着脑袋，双脚相叠，侧身在那里闭目养神，听着叶飞白他们在那里念着《心经》，声音不高不低，丝丝入耳，让人心神都觉得宁静下来。

叶飞白他们一边念《心经》，一边默写，不时地看向那侧躺在大石上闭目养神的唐师，也弄不清唐师到底要他们念这经做什么，对于念经没什么兴致的他们，只是兴致缺缺地念着，完全不过脑。

一节课上了两个小时，他们就念了两个小时的经，边念边默写经文，还是默写足足百遍，他们写得手都酸了。

终于等到一节课过去，司徒南笙将他们抄好的经文检查了一遍，这才拿到前面，没好气地道："好了，都没有默写错，全都默写了百遍。"

唐宁坐了起来，打了个哈欠，接过看了看，道："错倒是没错，就是字体难看了些。"她瞥了那些学子一眼，继而对司徒南笙道，"这都是谁的？写上名字，然后拿到广场那里去贴着。"

"不是吧？"

"别了吧？"

"也太丢人了。"

唐宁嗤笑一声，道："你们也知道丢人？好歹你们也是天龙学子，写得出这么丑的字，还怕别人看？"

众人被说得有些抬不起头。他们只想着完成百遍经文，所以只是应付一下，可没认真细写，那字确实是丑得有点儿过了头儿。

"真要贴？这也太丢人了，你要是早点儿说要贴出去，我好歹也把字写得好看一些。"司徒南笙嘀咕，拿着那些经文觉得有些烫手。

"贴。"唐宁瞥了司徒南笙一眼，淡淡地说道。

见此，司徒南笙只好让他们各自写下名字后，飞快地拿着那沓经文走了。

"各自散了吧。记得明天不要迟到了。"唐宁瞥了他们一眼，拂了拂衣袖，迈步轻飘飘地走了。

"啊！明天还要来啊？这日子什么时候是个头儿啊！"有学子哀号道。

"我当时怎么就跑那么快报名呢？真是给自己挖了个坑啊！"

叶飞白拍了拍他们的肩膀，道："行了行了，都赶紧走吧！明天别迟到了，要不然还不知唐师又会怎么收拾我们。"

他也是一失足成千古恨啊！早知道他就不妄想住进唐师的洞府了，这不，把自己都给搭进来了。

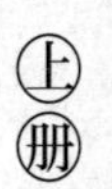

“唉！观自在菩萨，行深般若波罗蜜多时，照见五蕴皆空，度一切苦厄。舍利子，色不异空，空不异色，色即是空，空即是色，受想行识，亦复如是……”

众学子看着叶飞白摇头晃脑喃喃地念着经文迈步往外走去，一个个也是一叹，这才一节课就被荼毒成这样了，往后还怎么得了？

至于院长那里，听到几名导师过来说唐师给学子上的第一节课就是念经和默写《心经》时，他不由得抚着胡子笑了起来，道：“也亏他想得出来，哈哈哈！”

几名导师无奈地相视一眼，道：“院长，你说他教学子念经成什么事了？这传出去我们天龙学院的威名还要不要了？”

“每个导师的教学方式都不一样，他想教他们念经打坐，那就让他们念经打坐吧。”院长笑了笑，抚着胡子道，“我们学院的学子心中都有傲气，这不仅是因为他们出身好，更是因为他们实力强，又进入了凡人之地最顶尖的学府修炼。你们教的都是如何变强，如何提升自身的实力，但其实大部分的学子心性还是不稳，让他们念念经、打打坐，磨磨他们的心性，对他们日后也是有好处的。”

听院长这么一说，几名导师倒也没再开口，因为他们也知道，在修仙的路上心性也是极为重要的。既然院长觉得唐师可以磨磨学子的心性，那便由着唐师吧。

“不过，院长，他只让三十名学子听课，这是不是也太……”

“呵呵，这个我也没办法，因为原本我跟他说，要是一个月的时间里连三十个听课的学子也没有，他就得离开这里，所以现在就算是想加人，估计他也不肯。”顿了一下，院长又道，“过些天就是新学子的考核日了，到时让唐师也一起作为考核的导师吧。”

“是。”几人应道，行了一礼后便离开了。

接下来的几天，每天早上竹林中都会传出念经的声音，除了第一天有学子去看，后面的几天倒也没人再去看热闹，毕竟念经而已，又有什么好看的？

倒是寒知和星瞳两人，这些天唐宁没有让他们跟着，而是让他们在洞府里修炼。至于竹林那里，她每天都交代司徒南笙和叶飞白两人盯着，因此也没出什么乱子。也许是第一天将他们写的经文贴到广场去让他们觉得有些丢脸，所以就算是再默写经文，他们也规规矩矩地将字写整齐了。

这一天一大早，唐宁便带着小黑出了学院的大门，往山脚下走去。

她准备去天龙城买些东西，那简单的洞府里有很多东西没有，这趟下山进城，她要把需要的东西多采购一些回来。

没有寒知和星瞳跟着，一人一鸟速度也快，不到中午就抵达了天龙城。她先找了家酒楼，准备先吃顿饭。

“小师父，你要吃点儿什么？”小二一边给唐宁倒茶水，一边询问道。

“你们店有什么招牌菜？”唐宁喝了口茶水后问道。

“我们店的招牌菜是烤乳猪，皮脆肉嫩，味道那叫一个一流，就算是城里不少店里也有烤乳猪，但做得都没我们家的正宗，还有黄酒酿老鸭、白玉珍珠鸡。但这些都是荤菜，小师父吃不得，不过我们家的素菜做得也好，有清炒……”

小二正介绍着，就被唐宁打断了。

唐宁一听小二要介绍素菜，当即道：“素菜来一个青菜就好，你刚才说的那几个招牌菜一样给我上一道，再来一壶小酒吧。”吃肉配酒，那是绝配，她小尝一点儿应该没什么关系。

小二听了却是一愣，呆呆地看了看唐宁后，迟疑地道：“小师父不是和尚吗？这……吃肉、喝酒好像不太合适吧？”

眉眼一弯，唐宁笑眯眯地道：“我只是剃了个光头，还不是和尚，赶紧上菜吧。”

闻言，小二这才应道：“好，那小师父先喝着，其他菜会稍快一些，就是烤乳猪费些时间。”

“嗯，我今天有时间，慢点儿也无妨，最重要的是好吃。”唐宁开口说道，想到自己长竹空间里的金币好像也没多少了。

酒楼上菜的速度很快，小二先上了两小碟下酒的小菜，不多时便端了白玉珍珠鸡和青菜上来，又过了一会儿再送上黄酒酿老鸭。

闻着那飘散的黄酒味以及肉香味，唐宁夹起一些放在一旁的小碟子里，对蹲在窗口处的小黑道：“这些给你，闻着还挺香的。”

小黑转过头来看了看，便扭过头去，道：“哑哑！我不吃这个，我要等吃烤乳猪。”

唐宁一笑，道：“行，那你就等着吧。我就先吃了。”

二楼处的食客看到那小和尚面前摆着大鱼大肉还有酒，不由得好奇地打量着，更有人戏谑地笑道：“这小和尚看来是刚出家不久，这会儿是偷着下山来吃肉、喝酒的吧？”

“还别说，这小和尚模样长得还真俊。”

“嘿，一个酒肉和尚，不守清规戒律，要是让佛门中人知道了，估计得被逐出寺门。”

“天龙城这地方鲜少有和尚来，就算这小和尚在这里吃肉、喝酒破戒，佛门的人也不知道。至于我们，谁去管他破不破戒啊！”

“就是，来来，喝酒。”

几人举杯碰了一下，边聊边笑，不时地朝那小和尚看去。

唐宁吃着菜，偶尔喝一两口酒。

“哑！”突然间，站在窗口处的小黑叫了一声，拍着翅膀飞了起来。

也就在那时，一枚石子咻的一声砸落在她面前的那盘黄酒酿老鸭里，酱汁飞溅起来，饶是唐宁已经迅速往后仰退，身上的青袍仍被溅了几滴酱汁，十分触目。

小黑拍着翅膀飞了起来，看着脸色黑沉下来的唐宁，叫道：“不是我，是下面有人拿石子砸过来的。你看，就是下面那几个臭小子。”小黑往窗口一站，一边的翅膀一扬，指着下面大街上的几名青年男子。

唐宁站了起来，往下看去，就见那街上的三名青年男子之一又拿着石子瞄准小黑扔了过来。

“哑！”小黑叫了一声，拍着翅膀避开。

唐宁则伸手将那石子接住。

“咦？少杰，你击出的那枚石子居然让一个小和尚接住了。”旁边的青年笑了起来，有些诧异地看着二楼处的小和尚。

“那小和尚眉清目秀的，长得还挺养眼，只不过天龙城什么时候也有和尚过来了？该不会是走错地方了吧？”

“会不会是刚才丢的石子砸到他了？那只乌鸦也是他的鸟？”另一名青年说道，看着那只没有飞走、继续落在窗口处站着的乌鸦。

二楼处的唐宁看了下面的三人一眼，手里把玩着那枚石子，道：“施主，你的石子砸到我的饭菜了。”

“哦？是吗？那真是抱歉了。”欧阳少杰漫不经心地说道，随后往二楼施舍般抛去几枚金币，道，“这些钱，就当我赔你一桌饭菜了。”

唐宁接住了那几枚金币，同时脚往窗口上一迈，直接从窗口处跃了下去，稳稳地落在那三人面前。

“施主，看到了吗？我身上的青袍也是被你弄脏的。还有，这三枚金币也不够我一顿饭钱的，你还是自己留着吧！”她将手中的三枚金币朝那中间的青年射去。

明明只是三枚金币，但在这一刻如同三枚暗器一般凌厉，让那三名青年都有些措手不及地后退着。

旁边的两人还好，那三枚金币不是冲他们而去的，但中间那名青年退无可退，也不敢直接去接那三枚金币，而是掀起衣袍一卷。

却不料，那三枚金币穿破他的衣袍击中了他的身体。

“嗯！”欧阳少杰闷哼了一声，只感觉三枚金币击打在身上又痛又麻，仿佛一口气生生被掐断一样，喘不上来。

“少杰！”旁边的两名青年见状，低呼一声，连忙来到他身边，“你怎么样？没事吧？”

欧阳少杰半晌说不出话来，缓了好一会儿，才感觉那口气缓上来，一双眼睛却是紧紧地盯着前面的小和尚。

“这位小师父，先前是我们多有得罪，还望见谅。”旁边的一名青年拱手低头说道。

从这小和尚出手，他们就知道其实力在他们三人之上，因是他们不对在先，若对方是弱者，就算被砸到也就砸到了，不会还跑到他们面前来要说法，但这小和尚明显实力在他们之上，他们也只有赔礼道歉的份儿了。

“小师父，我们是天龙学院的学子，这趟是归家回来，准备回学院报到的，还请给个薄面。”旁边那名青年也拱手说道。

天龙城里不允许闹事，但有决斗台，若是闹起来了，只怕也不好看。

闻言，唐宁朝他们三人打量了一眼，道：“哦？你们还是天龙学子？”

“不错。”中间的那名青年欧阳少杰沉声说道，“刚才我们只想打那只乌鸦，砸了你的饭菜也是无心之失，我可以赔你一桌素菜。”

“呵呵……”唐宁轻笑，清澈的眼眸一转，落在欧阳少杰身上，道，“谁说我吃的是素菜了？一桌饭菜好赔，但我这被溅了酱汁的青衫，你想怎么赔？”

“不就一件青衫吗？多少钱？我十倍赔你便是。”欧阳少杰不以为然地说道——一件青衫能值多少钱？

“出家人两袖清风，我要那些钱做什么？更何况，你看我像缺钱的人吗？”唐宁瞥了他们一眼，似笑非笑地道，“更何况，你们的问题也不是钱就能解决的。”

“那你想怎么样？”欧阳少杰皱了皱眉，盯着小和尚。

“身为天龙学子，在外代表的就是天龙学院，你们却如此不知规矩，不懂约束自己，该罚！”唐宁眯了眯眼，盯着他们道，“只是要怎么罚你们好呢？我得好好想想。”

青岛出版集团 | 青岛出版社

第十一章　天龙导师

“哧！”欧阳少杰嗤笑一声，轻蔑地扫了唐宁一眼，不屑地道，“你一个小和尚，还想管我们天龙学院的事了？真是不自量……”

他轻蔑不屑的话到最后全卡在喉咙里说不出来，目光则是死死地盯着小和尚腰间那块天龙导师独有的玉牌！

导师玉牌！

这小和尚怎么可能是他们学院的导师！他们学院的九位导师他们都认得的！

但，偷？别开玩笑了，导师玉牌是谁都偷得了的吗？

可若不是偷的，他们天龙学院的导师玉牌又怎么会挂在这小和尚腰间？难道在他们回家的这段时间，学院里又来了一位新导师？

“想看吗？我可以借给你们看看。”唐宁取下腰间的那块玉牌递过去。

然而那三人哪里敢接？他们清楚地看到玉牌上的两个字——唐师。

“见过唐师！”三人连忙拱手行礼。

“你们说，要怎么罚你们比较好？”唐宁笑眯眯地问道，盯着三人。

就在三人头皮发麻的时候，他们便听唐宁的声音不紧不慢地传出。

“就罚你们在这里背天龙学规吧。就站在这里，背到太阳下山便可自行离去。”唐宁将双眼一眯，盯着他们，语带危险地道，“记着，要大声背出来，吐字要清晰，若是谁没有背到太阳下山就自行离开，开除天龙学籍！”

三人一惊，脸色大变，猛地抬头看向小和尚。天龙学院的导师除了有权利扣学

子的积分，还有权利开除学子的天龙学籍，因此听到小和尚说出这话时，三人心中顿时惊慌了。

“唐师，我们知道错了，我们会在这里背天龙学规的，太阳下山之前一定不会离开。”

“是是，唐师，我们真知道错了。”

“我们一定会背到太阳下山的！”

听到三人的保证，唐宁这才满意地点了点头，道：“很好。”

“小师父，你的烤乳猪好了，是不是要现在上桌啊？”

酒楼里，小二的声音响亮地传来，清晰地传入唐宁耳中，自然也传入了街上众人耳中。一时间，众人都惊呆了，不由自主地朝那小和尚看去——这年头，和尚都能吃烤乳猪了吗？

唐宁一听重头菜好了，顿时眼睛一亮，回头便道：“来了来了，上桌！”没再理会那呆住的三人，她转身便迈步往楼上走去。

欧阳少杰三人呆呆地看着小和尚往酒楼的二楼走去，好半晌才回过神来，相视了一眼之后，认命地在大街上背起了天龙学规……

不远处，一些等待考核日到来的青年近来无事也在城中走动着，因此也看到了那前面的一幕，听到了那三名天龙学子口中尊称那个小和尚为“唐师”。

而在那些青年当中，苏言卿若有所思地看向酒楼的二楼：唐师？而且是个小和尚，怎么那么像他父亲与他说的那一人？

“言卿，我正想找你吃饭呢。”见他一直盯着酒楼那里，走过来的南宫凌云不由得问，“你在看什么？”

苏言卿收回目光，示意道：“前面那三人是天龙学院的学子，在那里背学规呢。”

如果对方真是他父亲说的那一位唐师，那怎么会成为天龙学院的导师？

他是待考学子，此时与对方接触也不太合适，因此他思量再三，暂且将想去拜访的念头压下。

“哦？”南宫凌云朝那三人看去，见他们站在那里朗声背着学规，目光不由得微闪，“他们怎么会站在那里背学规？是得罪了什么人吗？”

苏言卿眼中闪过一抹笑意，道：“嗯，他们运气不太好，正好得罪了一位天龙学院的导师，因此被罚在那里背学规。”

“据说天龙学院的导师都有着灵师巅峰的修为，而且每一位导师都精通各种本事，真想见一见他们。”南宫凌云说道。

“等到考核过后，我们自然会有机会的。”苏言卿笑道，“不是说要去吃饭吗？走吧。”

“好。”南宫凌云应道，与他一同转身离开。

酒楼的二楼处，桌上的其他菜都撤了下去，只有一只烤好的乳猪摆在唐宁面前。小黑流着口水凑上前闻着肉香味，用一副陶醉的语气说道：“哑哑！真香！”

“来，这个给你。”唐宁切下一小块，连皮带肉地放在小盘子里给它。

她又切下一块自己吃，入口酥脆的感觉伴随着浓浓的肉香在口腔中弥漫开，脆皮嫩肉、汁液十足，只是一口便让人回味无穷。

“还真好吃！”美食当前，原先心中的不快也被冲散了，她抿了一口酒，吃着烤乳猪，听着酒楼下面的街道上三人朗声背着学规，不由得眯了眯眼，笑了起来。

“唐唐，吃不完的我们带回去吧，留着晚上吃。”小黑已经吃不下了，小身子瘫坐在桌子上，翅膀张开呈大字形，吃得圆滚滚的肚子起伏着。

“好。”唐宁唤了一声，“小二，结账，顺便帮我把这些打包带走。”

“好嘞。”小二应道，上前迅速地用新鲜的荷叶将剩下的烤乳猪包了起来，结了账后连着一小坛酒递给唐宁，“小师父，这是我们掌柜送你的酒，你拿好，喜欢就下次再来。”

见此，唐宁不由得笑了起来，接过后道：“替我多谢你家掌柜了。”

“好好好，小师父，我送你吧。”小二说道，送唐宁下楼。

在小和尚离开后，有人问道：“掌柜，怎么你还给小和尚送酒了？我们怎么没有？”

“就是，我们可都是你这里的熟客，也不见你送我们酒喝？”

掌柜笑了起来，道：“诸位有所不知，这一位可不是一般人，你们看到外面背着学规的三名天龙学子没？就是被这位小师父罚在那里背学规的！他可是天龙学院的导师，送他一坛酒而已，又算得了什么呢！”

“不是吧？这小和尚是天龙学院的导师？他可是喝酒、吃肉，不守清规的，怎么就是天龙学院的导师了？”

“听说他还没进佛门，只是剃了个光头而已。”送了唐宁离开的小二回来后接了一句，看向他们道，“我先前也疑惑，想给他介绍素菜的，但他说他只是剃了个光头而已，还不是正式的佛门弟子。”

“原来如此。”众食客这才恍然，点了点头，愣了一下，才反应过来，“不是，他看起来也不过十四五岁吧，怎么就成天龙学院的导师了？”

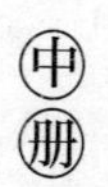

“这个我们就不知道了。”掌柜笑着摇了摇头，没再多言。

大街上背着学规的三人，哪怕是看到那小和尚从他们面前离去，也不敢停下来，

只能老老实实地背学规，毕竟逐出学院、开除学籍的代价对他们来说太大了，他们不敢冒这个险。

离开酒楼的唐宁提着那坛子酒便去了墨烨的别院，敲响了门。

就见院门打开，黑风惊喜的声音也随之传来。

“唐师，怎么是你？快进来，快进来。”黑风连忙将门打开请唐宁进去，有些新奇地道，“你怎么会过来的？你不是去天龙学院了吗？要是主子知道你来了，一定会很开心的。”

唐宁笑了笑，问：“你家主子在吗？”

停在她肩膀上的小黑眼珠一转，拍了拍翅膀便往院里飞去。

“在，主子在里面。”黑风关上门后带着唐宁往里走去，道，“你不知道，自你走后，主子也没怎么出门，只是偶尔去一下城里的拍卖行，就算有要处理的事情，也都是直接在这别院处理。”

“哦？你家主子在这里没认识的朋友吗？”

“除了你，我家主子怎么可能会有什么朋友？”黑风咧嘴笑道，看到前院中负手站着的那道身影时，当下便喊道：“主子，唐师来了！”

墨烨正想着事情，听到黑风的话时，目光微闪了下，转身看去，果然见小和尚顶着光头笑眯眯地朝他走来。

看到小和尚那张笑脸，他发现自己的心情都变得轻快起来。

“你怎么来了？”墨烨挑眉看着小和尚，瞥了一眼小和尚手中提着的酒，有些意外地道，“送我的？”

“对，给你带的。”唐宁笑眯眯地应道，将手中提着的那坛酒直接塞到他怀里，“聚仙楼里的酒，挺醇的。”

小和尚一靠近，墨烨便闻到小和尚身上散发出来的酒香。他似笑非笑地看着小和尚道：“你是吃饱喝足后才想起我来的？”

唐宁一笑，道：“我一大早下山，所以趁着正午时去聚仙楼吃了点儿东西。还别说，他们家的烤乳猪味道真不错，下回我请你去吃。”

“好，我记下了。”墨烨顺口应道，将酒递给黑风，这才走到一旁坐下，低沉的声音带着几分漫不经心，问，“你已经进学院安顿好了吗？”

“嗯，已经安顿好了，今天正好下来买些东西，就顺便过来你这里转转，再跟你谈谈上回说的合作的事情。”唐宁走上前，也在桌边坐下，从乾坤袋里取出三瓶药来，道，“最近有点儿缺钱，我这里有三瓶药，想让你先帮我卖出去。”

“缺钱？”墨烨的目光落在小和尚身上，看到小和尚身上的青袍溅了几滴酱汁，便问，“上回给你的令牌你怎么不用？”

“啊？”唐宁呆了下，愣了一会儿才道，“拿着那令牌到你的产业去拿钱？我没听错吧？”

墨烨修长的手指在桌上轻轻地敲着，不紧不慢地道：“不是让你白拿的，日后会在我们合作的收益里扣。”

唐宁这才哂然一笑，道：“我说呢，你怎么会这么好心白送我钱花！不过不用那么麻烦，你帮我把这三瓶药卖出去就行了。至于我们后头的合作，我想了想，让你提供药材我来炼制成药也不太好，毕竟损耗的药材是无法估计的，所以我想就如现在这样，我炼制出来的药可以经由你的拍卖行卖出去，然后你从中抽取佣金，你觉得呢？”

敲着桌面的修长手指一顿，墨烨看着小和尚问：“你确定？”

“嗯，我确定。”唐宁点了下头，说道。一则是以上的原因，二则是她只会偶尔炼制药物，不会经常做，重心会放在吸收知识和修炼上。

“既然你都决定了，那就照你说的办吧。”他看了小和尚一眼，顿了顿，道，“你若是缺药材的话，也可以向我购买。”

“好，合作愉快。”她笑眯眯地伸出手想要与他击掌，却见他只是盯着她的手看，并没有伸出手的意思。

她讪讪地笑了笑，正准备收回手时，手掌心就被击了一下，还被握住。

“合作愉快。”墨烨唇角微扬，击了一下小和尚的掌心的同时，也握住了小和尚的手。

两手交握时，他发现小和尚的手还真不是一般地小，而且似乎很柔软。

他不由得有些好奇地用了些许力道捏了捏，道：“你的手怎么这么软？像没骨头似的。”

闻言，唐宁愣了一下，抽回手，讪笑道：“因为我还小啊！我还在发育中，等过几年，我就能长高、长壮一些，到时手掌也会大一些。”

对于小和尚所说的这个理由，墨烨笑了起来，道：“就你这样还想长高、长壮？我估计难。”

墨烨本身就生得俊美，只是平时冷酷的表情居多，就算是笑也只是偶尔勾唇浅笑，像现在这样露出轻松笑容的时候还真是不多。

他脸上的笑容就如春回大地，融化了冰霜，万物复苏般的春意让人眼睛一亮。唐宁见了也不禁由衷地称赞道：“夜王，你笑起来的样子还真好看，要是让世间的女子见了这一幕，定会为之痴狂。”

啧啧！这墨烨笑起来的样子简直太妖孽了。

“本王生得好，用不着你时时提醒我。”他脸上的笑意敛起了几分，但那微扬的

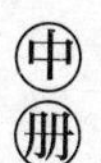

唇角仍透露着他此时心情不错。

他睨了小和尚一眼，低沉而带着几分戏谑的声音自口中传出：“世间的女子会不会为之痴狂本王不知道，不过你倒是收一收你那如狼似虎般盯着本王的目光，这已经不知是你第几次对本王流露出这种惊艳又垂涎的表情了。”

听到这话，唐宁嘴角忍不住抽搐着，道：“夜王你真是多虑了，我一个小和尚，能对你生出什么垂涎？顶多就是看到美好养眼的东西时多欣赏了一眼。”

“东西？”墨烨将凉凉的目光朝小和尚射了过去。

“呵呵，不，夜王你不是东西。”唐宁笑眯眯地说道，话出，也觉得不妥。

就见黑风已经忍不住在一旁颤抖着肩膀偷笑。

“本王不是东西？我觉得你更不是东西。”墨烨轻哼一声，瞥了一旁的黑风一眼。

黑风连忙捂着嘴，低着头，往后退去。

唐宁讪讪地摸了摸脑袋，道：“那个……时候也不早了，我看我还是先回学院了。”

她的话音才落，在别院中转圈的小黑便来到她的肩膀处。

“黑风，送客。”墨烨也没多说什么，只是脸上的笑意已经消失，沉着脸吩咐黑风送唐宁出去。

“是。”黑风应了一声，上前道，“唐师，我送送你吧。”

唐宁看了一眼阴晴不定的墨烨，暗自摇了摇头。谁说女人的心思难猜？男人的心思更难猜好不好？尤其是像墨烨这种时不时就抽风的，就更是让人伤脑筋。

看了一眼边走边说话的两人，墨烨拿起桌上的三瓶药看了看，见那小葫芦药瓶上都标有药名。

把玩了一会儿之后，他唤了一声：“暗一。”

暗一走了出来，恭敬地唤了一声：“主子。”

“把这三瓶药拿到拍卖行去，三天后拍卖。”他将那三瓶药递给暗一，交代道。

“是。”暗一应了一声，接过那三瓶药后离开。

唐宁出了别院后，便直接回学院。纵是脚步再快，她也是将近傍晚时分才抵达学院。

她回到居住的洞府时，见寒知和星瞳正在外面的草地上练剑。

寒知的身手不用多说，倒是星瞳，原本只有炼气二阶的修为，剑法什么的也没什么基础，这些天便由寒知指导，倒也进步很快。

“主子。”看到她回来，两人停了下来唤了一声。

“这是我买回来的一些种子，明天你们把那块地开垦出来，把种子种上。”唐宁说了一声，抛了一个小袋子给他们。

“是。”

将买回来的软榻往洞府前的树下一放，她问道：“今天他们有没有好好念经、默写经文？”她下山前交代了两人过去盯着司徒南笙他们的。

“有，他们是念了经和默写了经文后才离去的。主子没在那里，他们也没怎么闹腾了。”星瞳开口说道。

“嗯，看来念了几天经也不是没用的。”她笑了笑，摆了摆手，道，“行了，你们两个也别偷懒，尤其是星瞳，剑法得好好练，回头我带你们去那凶兽林里打打野味。”说完，她把目光朝凶兽林看去。

“唐师回来了？”郭青的身影从不远处出现。

郭青缓步上前，来到唐宁面前拱手行了一礼，道：“唐师，院长吩咐，三日后新学子的考核，唐师为考核导师之一，让唐师早做准备。”

闻言，唐宁微讶，问：“让我担任考核导师？据我所知，考核导师一共五位，那除了我，又是哪四位？”

“是古、赵、严、林四位导师。”

学院里的九位导师都是以姓为称，他说了他们的姓，她自然也就知道是哪四位了。她点了点头，道：“嗯，我知道了。”

除了从墨烨那里知道了一些学院的规矩和事情，进学院这些天，她也让星瞳和寒知打听了一些消息，她对天龙学院的了解也渐多，只是没想到，考核学子这么重要的事情，院长居然会让她这个新进学院的导师来担任考核导师之一。

“没什么事，我就先回去了。”郭青行了一礼，刚转身迈步离开，又停下了脚步，想了想，回头看向唐宁，道，“唐师，听说这几日竹林里的三十名学子都是念经和默写《心经》？不知唐师可会教他们其他的？”

唐宁一笑，有些戏谑地道：“怎么，你也好奇吗？只可惜听我课的名额满了啊！”

她看着他摇了摇头，迈着轻快的步伐往洞府走去。

郭青目光闪了下，笑了笑，便也转身离开。

他只是很好奇，唐师究竟会教那三十名学子些什么？

因为被安排成考核导师，所以次日清晨唐宁让小黑去竹林盯着学子念经，自己前去拜访另外几位考核导师。

进了天龙学院这些天，她只知道这九位导师，还没有前去拜访过。

她来到一处庭院，见里面或站或坐着五六人，其中一个还是一名女子。

见她站在院门处，有人打量了她一眼后便移开了目光，有人板着一张脸，有人面带温和的笑意，也有人微皱着眉。

“你是小唐吧？进来吧。”一名看起来三十来岁、穿着一袭红裙的美艳女子笑着说道，唤唐宁进去。

唐宁走了进去，不着痕迹地看了他们一眼后，便双手合十，规规矩矩地朝他们行了个佛礼，道：“阿弥陀佛，见过几位导师。”

唐宁的声音清脆中带着暖意，再配上那张清俊精致的容颜，以及纯净清澈的眼眸，顿时叫人心生好感。

再见其一袭简简单单的青袍，光秃秃又自带喜感的脑袋，莫名地，原本板着脸、皱着眉的几位导师神情都缓了缓。

这分明就是个还没长大的孩子，他们又跟一个孩子置什么气呢？

他们能成为天龙学院的导师，都是经过千挑万选各种考核的，也正是因此，他们才对这个走后门儿空降进来当导师的小和尚心生不悦，不过今日一见，这种感觉却变了。

在他们眼中，这就是一个还没长大的孩子，眨着一双纯净、清澈又无辜的眼睛，怎么看都是一个软萌可爱的小孩儿。

让这样一个小孩儿去管着那三十名学子，应付得过来吗？

这会儿，几位导师心里已经严重地偏向唐宁这一边，甚至在为唐宁担心，让唐宁管着三十个年纪比自己还大的学子，该不会反被欺负吧？

“小唐，坐啊。”

唐宁只听一道带着娇媚的声音传入耳中。

而刚才还在院中的其他导师已经不见，只剩下那名美艳的女导师。

目光闪了闪，她走上前去，来到桌边坐下，问：“林导师，其他几位导师呢？”

“哪里有什么其他几位导师？这里就只有我一个导师。”林导师轻笑道，倒了茶水喝着。

不一会儿，从院门口走来几名穿着白色衣裙的少女。

“小唐，她们想去听你的课，但你的课只有三十个名额，你看能不能把她们几人也收了呢？”坐在那里喝茶的林导师声音轻缓，透着娇媚，隐隐还有一丝引导之意，“你看，她们几个可都是难得一见的美人坯子，放在身边也养眼。”

林导师的话音一落，便见那几名少女缓步上前，围到唐宁身边，有人拉着她的青袖，有人半跪在她身边，有人俯身在她耳边，有人挤入她怀里，声声娇语如莺鸣，千娇百媚撩人心。

“唐师，你就答应吧！”

"唐师，人家想跟在你身边，听你授课。"

"唐师……"

"唐师……"

带着撒娇的娇媚声音刻意拉长着，柔媚入骨，让人听了耳朵酥软，只觉一颗心都化了，就更别说其中一名少女还拉着她的手按到自己柔软的胸前了。

"唐师……"

身后俯身在她耳边的少女吐气如兰，丝丝热气传入她耳中，让她耳朵一麻，顿时起了一身的鸡皮疙瘩。

不知何时，那美艳的林导师也不见了，空气中隐隐传来悦耳的琴声，琴声与少女娇媚的声音相映衬，让人只觉空气间弥漫着旖旎的气息，脑袋昏沉沉的，只想沉迷其中……

而这院中其他的导师看了那美艳的林导师一眼，不太赞同地道："你这样做是不是不太好？"

林导师轻笑，看着那呆站在那里、怔怔出神、仿佛灵魂出窍的小和尚，道："试试他的定力有多好也未尝不可。"

"这小唐年纪这么小，看着也就是刚下山没多久的，经得起你这般考验？"其中一位导师不禁担心地道。他心想：要是小唐经不过，那场面只怕不太好看啊！

"他既然有能力当导师，我觉得以他的心性应该破得了这幻术，只是时间长短的问题。"另一位导师顿了一下，又看向那美艳的林导师问道："不过，你给他布的是什么幻境？"

"我想看看他会不会破色戒。"林导师把玩着白皙的手指，美目中闪过一抹期待，"纵是遁入空门的小和尚也有七情六欲，我想看看他既然教学子念经静心养性，他自己的心性又是否修炼到……"一个"家"字还没出来，就被一道声音打断了。

"阿弥陀佛。"唐宁双手合十，轻念了一声佛号，抬眸，眼眸中依旧是一片纯净清澈。她就站在那里，眉眼带笑地看着目瞪口呆、一脸错愕的几位导师。

"破了？怎么会这么快？"原本坐着的那美艳的林导师猛地站了起来。

林导师是布幻术的人，因此十分清楚这幻术的威力有多大，就是其他导师中了这幻术，想要破了幻术从中清醒也需要一定的时间，而这小和尚，自己的话还没说完呢，他就已经破了这幻术。

"看来这心性是不用多说了。"旁边的一名导师说道。他知道林导师不可能给小唐设下太简单的幻术，但小唐仍能用这么短的时间破了幻术，足可见其心志之坚。

"小唐不简单啊！这么短的时间里就破了我的幻术，真叫人另眼相看。"林导师说道，上下打量着唐宁，心中很是意外。

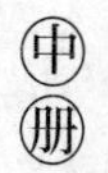

唐宁有些不好意思地笑了笑：林导师的幻术确实厉害，但架不住她是女的啊！让几个少女围着她想让她怎么样？她要是能有什么反应才怪了。

"哈哈哈哈！难怪院长那么看好你，看来确实是有过人之处。"另一位导师笑了起来，示意道，"来来来，过来坐下聊。过两日就是新学子的考核了，说说看，你们都准备了什么？"

"来，我给你介绍一下。"其中一位导师介绍着身边的人，"这位给你设下幻术的是林导师，这位则是严导师，还有这位……"

唐宁随着他的介绍，向他们一一问好。

几人也很是热情，说回头要介绍另外三人给唐宁认识之类的。

"小唐啊，去上你的课的那三十人不好管吧？他们有没有欺负你？尤其是那个司徒南笙，那可是个刺儿头，上回可把我气得够呛。我告诉你，他们若是不服管，你也不用跟他们动手，直接处罚，扣他们的积分就好，若是还不服管，你就来找我，我替你去教训他们。"赵导师交代道。

"不错，日后若是有什么困难，都可以来找我们。"旁边的古导师也开口说道。

闻言，唐宁一弯眉眼，点了点头，道："好，我知道了，多谢几位导师。"

"我们来说说到时候考核的事情……"

几人坐下来商量着。

直到中午时分，唐宁才回去，却见小黑还没回来，洞府里只有寒知和星瞳在修炼，于是她便又往竹林走去。

她来到竹林里，便听见里面传出一阵整齐又轻缓的声音。

三十名白衣学子席地而坐，面前都摆放着一张小矮桌，上面放着笔墨纸砚以及写好的经文。

不同于前几天念经时的急躁和各念各的那种杂乱，今天的他们念起经文来，从轻缓的声音足可知道，他们的心境也跟着经文平静下来了，没有再各念各的，而是会顾及身边的人，或快或慢地调整着念经的速度，做到了整齐一致。

她缓步上前，拿起其中一人桌上默写好的经文看了看，暗暗点了点头——这些人不愧是天龙学子，无论是天赋，还是领悟力，都极佳，短短几天已经意识到她让他们静心养性的重要性。

直到一段经文念完，他们停下来，睁开了眼睛正准备收拾东西离开，才发现唐师不知何时来到了他们面前。

"见过唐师。"众人朝唐宁行了一礼。

"今天怎么这么晚还没散？我不是说了吗？你们只需上一节课就好。"唐宁缓声说道，目光在众人身上掠过。

“今天几位导师都去商量新学子考核的事情了，也没空管我们，所以我们便在这里念念经、打打坐了。”司徒南笙漫不经心地说道。

司徒南笙将众人的经文都收了起来，这才看向唐宁，问：“这个还要不要拿去贴？学院里的其他学子可都问我们是不是都要遁入空门当和尚了呢！”

唐宁瞥了他一眼，道：“收了吧！把广场上那些也收起来，不用再贴了。记得明天不要迟到了。”话音一落，她便带着小黑离开了。

众人一听，愣了一下，相视了一眼，看着唐宁离开后才嘀咕道：“他该不会终于想教我们点儿别的了吧？”

“真的吗？是不是真的？哈哈哈，唐师会教我们什么？”

“我也想知道唐师会教我们什么。这几天念经念得我是真的以为我也要遁入空门了，你们不知道，我们院里住的几人每天一见到我就问我：‘又要去念经了？今天唐师还是什么都没教你们吗？’问得我这两天都是避着他们走，唉！”

“我也一样，他们都在说唐师也就速度比叶学长快点儿，但其实会的东西不多，估计怎么教他自己都不知道。”

“会得多不多我不知道，不过那小子的身手在我之上是肯定的，我炼气九阶巅峰的实力也不是他的对手，可想而知，他一定是灵师级别。”司徒南笙说道，将手中的经文塞给其中一人：“把这些都拿回去，还有广场上那些，你们啊，自己去收了。”

“要想知道唐师会教我们什么，我们明天早点儿到不就行了？”叶飞白笑着走了过来，眼中带着点点光芒，道，“我可是很期待呢！”

“但我听说唐师也是考核导师之一呢！过两天就是新学子的考核了，他一忙起来，会不会又没时间教我们，还让我们念经啊？”另一人不由得苦恼地说道。

听到这话，众人相视一眼，最后皆是摇头苦笑，道：“若是那样，也没办法啊！”

另一边，唐宁带着小黑出了竹林后，本想回洞府，但最后想了想，又转了个方向，往藏书楼走去。

今天林导师施展的幻术与那一回她遇到的媚术有些相似，却又不太一样。幻术是可以让人如同陷入一个虚幻又真实的世界，让人迷失其中，但布幻术的人得拥有强大的精神力，精神力越强大，幻术也越真实、越强大，越让人无法破解。

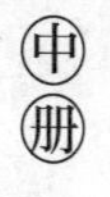

出于对这幻术的兴趣，她打算用现在所拥有的积分去换一本关于幻术修炼的书籍。

来到那古老而幽静的藏书楼前，她停下脚步打量了一下，便走上前来到大门前坐着的老者那里，双手合十行了一礼，道：“阿弥陀佛。”

老者缓缓地抬头看去，目光落在唐宁那十分显眼的脑袋上时，露出一抹温和的笑意，道："原来是唐师啊！"

"前辈唤我小唐便好。"唐宁连忙说道。

老者摆了摆手，笑了起来，道："呵呵，你是天龙学院有史以来最年轻的导师，不到十五岁的年纪却已经是灵师三阶的修为，确实足可为师，称你一声'唐师'也是理所应当的。"

听了老者的话，唐宁心头微动——她将一身修为敛了起来，就是其他导师也看不出她的修为，没想到这看起来不起眼的老者一眼看破，反观她，却是看不透对方的修为。

"你想找什么书？老朽可以告诉你在藏书楼的哪一块。"他看着唐宁说道，翻开一旁的册子示意道，"在这里签个名就可以进去了。藏书楼里的书是不能带走的，只能在里面看。导师进藏书楼限时半天，一楼进去一趟要五百积分，二楼要两千积分才可上去，三楼则要五千积分。你要记着，进了里面就不能说话，若是说话就会被自动传送出来。"

闻言，唐宁点了点头，想了想，问："前辈，我想找一本幻术方面的书，不知一楼有没有？"藏书楼的规矩墨烨提过，她是知道的。

五百积分只能在里面待上半天，而她成为导师时赠送给她的积分也只有五百，当然，她从三十个报名听课的学子那里得来的积分没算。

看来，考核完新学子之后，她得想办法赚点儿积分了，要不然进了天龙学院也进不了藏书楼。

"修炼幻术是要有强大的精神力的，一般人都不会挑它，所以它就在一楼，在左边最角落处，你进去找找就能看到了。"老者不紧不慢地说道。

"好，多谢前辈。"她上前签了名，又将腰间的导师玉牌递给他，让他划走五百积分，这才往前走去。

天龙学院的藏书楼是这里的一大特点，她听墨烨提起过，因此也留了几分心思，但当她推开门迈步跨进去时，整个人还是如同踩空了一般往下栽去。

她很快稳住身体，定住心神，看着脚下如同无底洞一般的地面，再看那一本本仿若飘浮在星空中一样的书籍，目光闪了闪。

进了这里面就如进了星海一般，这里没有书架，有的只是一本本书静止地飘浮在半空中。每一本书上面都有一点仿佛星星一样的亮光照耀着，让人可以清晰地看到书本上的名字。

这里面就仿佛有一股强大的仙人之力笼罩着，一个无形的结界将整座藏书楼保护在其中，如同与外面的世界隔绝了一般，在这里只有无尽的书海以及宁静。

在这偌大的藏书楼一楼里，隐隐能看到一些学子的身影，但谁都没有说话，有的人还在找书，有的人则手里捧着一本书静静地看着。

唐宁看了一眼后，便收回目光，按照那老者所说的去找。果然，没一会儿她便看到一本飘浮在半空中的《幻境古籍》。

她将那本书取下的同时，那仿佛星星一般跟着书籍的亮光也随之下来。当她将书本翻开，纵是这里面如同星空，但仍有足够她看清楚这本书的亮光洒落在书籍上。

她的手轻轻地摸了一下那“幻境古籍”四个字，字体上面似有蓝光流动，隐隐有一股灵力弥漫其中。她收起好奇心，就在黑漆漆的原地盘膝坐了下来，将书籍放在腿上，一页页认真地看着……

“啊！”有的学子看书看得太过入迷，忘了以灵力平衡身体，一个不注意，身体如坠深渊，本能地惊呼出声。

也就在那一刻，唐宁抬头顺着声音看去时，只见一道光芒闪过，那名学子就被强制送出了藏书楼。

她目光微闪——看来正如墨烨所说，布下这藏书楼的是仙人之地的强者。

那名学子被传送出去，里面又重归平静。

学子只能在这里面看一小时的时间，因此在她看书的半天时间里，不时有学子放回书籍，静静地离开。

她一目十行地看着，每一页上面都好似有一个画面，你看了这一页，整个人就被吸入其中，如同身处幻境一般。

当第一层的口诀要领熟读之后，就会出现一个幻术，只有破开第一层的幻术，才能打开后面的内容，修炼第二层的幻术，依此类推。

她每一页都看得认真，吸收得快，领悟得也快，再加上强大的精神力，不知不觉间已经翻到了最后面第十层的幻术。

只是纵是她再三推敲，最后的这个幻术怎么也破不开。她在心底轻叹一声，告诉自己，这半天的时间已经带来很大的收获了，毕竟这里面的书并不是说拿到之后就可以将它全本默背下来再慢慢地修炼，而是必须一层层地去解锁，而她能用半天的时间将这本《幻境古籍》看完，已经很不错了。

看着这里面数之不尽的书籍，她站了起来，将手中的那本书放了回去，这才往外走去。

“出来了？”老者看到唐宁，微讶，道，“还有一炷香的时间呢！”

唐宁笑了笑，双手合十，朝他行了一礼，道：“多谢前辈了，今天天色已晚，我也看得差不多了，就先回去，下回等我凑足了积分再来。”

闻言，老者笑了起来，道：“好，天色也不早了，回去好好休息吧！”

唐宁应了一声，这才迈步离开，往洞府走去。

次日清晨，三十名学子起得比以往都要早，来到竹林时都是满腔的期待，都在议论唐师今天会教他们什么。

就算是司徒南笙和叶飞白，此时也微微沉思着。他们的实力已经不低了，炼气九阶巅峰，修为算是较为突出的，唐师又能怎么教他们？

也许是因为心中期待着，又来得太早，见唐师还没到，他们便都各自盘膝坐下，调整着心态。

唐宁则是吃饱之后踩着上早课的时间过来的。

寒知背着东西跟在她身后。至于小黑，已经不知去哪里浪了。

唐宁来到竹林里，看到三十名学子已经早早地在那里等着了。

看到她，他们当即站了起来，恭敬地朝她唤了一声："唐师早！"

听着比以往几天都要响亮的声音，唐宁不由得笑了起来，戏谑地看了他们一眼，道："看来你们都很期待啊！"

"唐师，今天你是打算教我们些新的东西了吗？会教我们什么？"叶飞白忍不住笑着问道。

唐宁瞥了他一眼，喊了一声："寒知，把东西拿出来。"

"是。"寒知应道，将背过来的东西拿到前面，把袋子打开。

隐隐可见里面是一块块铁板。

"这铁板是干什么用的？"众人围了过去，看着那些巴掌长的三指宽铁板，不明所以地问道。

"自然是给你们准备的。"唐宁往大石头上一坐，道，"每人拿上几块，往你们腿上绑，睡觉也不能解下来。"

一听这话，不少人哀号起来："不是吧？这每一块都有不轻的重量，还要绑上几块在腿上，那不得重死？"

"而且睡觉也不能拆下来？折磨人也不是这样的吧？"

"就是，还以为会教我们些别的，敢情就拿这些来折腾我们？"

有的人还在哀号，少数几人已经静静地拿起铁板往自己的腿上绑了。

唐宁只是看着，也不说话，直到一些绑好铁板的人已经规矩地站好，才看向其中一名学子，问："你叫什么名？"

"唐师，俺姓牛，叫牛大力，他们都叫俺牛哥。"

那名学子肤色古铜，虎背熊腰，身材魁梧，在众多学子当中模样算不得出色，却极有特色，因为他长得浓眉大眼，不说话时站在那里的架势估计能吓哭小孩儿，但一说话，那憨头憨脑的样子就显露出来了。

唐宁听了，不由得笑了起来，道："那我就叫你小牛好了。"

"扑哧！"

"小牛？噗！哈哈哈……"

"小牛？哈哈哈！"

听到周围的学子都在取笑自己，牛大力一双眼睛一瞪，还颇有几分气势的牛眼威胁般盯着周围的学子，道："笑什么笑？你们是不是想跟俺打一架？"

众人一听，连连摆手，道："别，谁不知牛哥你力气大，我们可不想给你当沙包。"

牛大力轻哼一声，一转头看向坐在石头上的唐师，赔着笑脸道："唐师，'小牛'这称呼好像不太好吧？一点儿气势也没有！而且你看俺长得这么壮，可一点儿也不小，俺岁数还比你大呢！要不你叫俺大力？"他苦着一张脸，期待地看着唐宁。

唐宁笑眯眯地看着他，道："我觉得'小牛'挺好听的，行了，就叫你小牛吧！我问你，你最厉害的是什么？"

见抗议无效，牛大力不由得一叹，挠了挠头，无奈地道："俺的力气大，比他们的都大，只不过俺可能是太用力了，很快就筋疲力尽、气喘吁吁了，所以很多时候俺刚开始占上风，但打得越久，俺就越处下风。"

"哦？这样吗？"唐宁摸了摸下巴，想了想，问，"你用的兵器是哪一种？"

"像剑啊刀啊，俺用着觉得太轻，不称手，所以俺用的是大斧。"他说着，从乾坤袋里摸出一把大斧头来，得意地在手上挥了挥，道，"唐师你看，俺就是用这个的。"

唐宁站了起来，走到一处空旷的地方，示意道："用你最大的力量往地上砍一斧我看看。"

"好！"他兴致勃勃地来到唐宁站的位置，往手里吐了吐口水，又双手合起来擦了擦。

一旁的唐宁看得嘴角直抽。

"唐师你看好了，俺要来了。"他提起大斧，运起一身的灵力气息。

只见他身上灵力气息暴涌，大喝一声，扬起的斧头重重地朝前面的地面砍落。

砰！灵力暴涌而出，随着那重重地砍落在地面上的斧头而荡开，刹那间地面震动，尘土飞扬。

待那尘土渐散之际，方看出在斧头砍落的地面上出现了一个约莫半人高的坑，而坑的前面还被溅出的气流擦出一道三四米长的浅痕。

只是一斧，牛大力额头便渗出了薄汗，但他很是兴奋和得意，道："唐师，你看俺这一斧头怎么样？这一斧砍得可比俺以前的力道都要重呢！"

“哇！行啊牛哥，你的力气又见长了？”旁边看着的学子围了过来，拍了拍他的肩膀说道。

“这坑得有半人深了吧？这一斧的威力还真不小。”

“坑是深了点儿，不过你只是一斧头就出汗了，你说日后与对手对战时，你这一斧要是没能将敌人灭了，后头不就是对方灭了你吗？”司徒南笙双手环胸，在一旁凉凉地说道。

牛大力知道司徒南笙说的是实话，因此也没多说，只是看向身边的唐师。学院的导师有九位，但正所谓师父领进门，修炼靠个人，他们会传授学子修炼的心法口诀，也会演练剑法招式给学子看，但能学到多少就得看学子个人的领悟力和天赋了。

虽然也有导师指点过他，但他总是不得要领，也解决不了他现在的这个问题。

唐宁走上前，看了那坑一眼，道：“力气确实是不小，单凭力道这一方面，这里的人都比不过你。”

“嘿嘿，那是。”他得意地扬了扬眉，嘿嘿笑了起来。

“只不过你的力道用得不对，你要学会借力打力，四两拨千斤，才能让你的力气源源不断，也能让你的力道发挥到极致。”她缓声说道。

闻言，众人皆是不懂。牛大力更是如此，不解地问：“唐师，怎么借力打力？又怎么四两拨千斤？四两的东西拨得动千斤吗？这不太可能吧？还有，怎么样才能将力道发挥到极致？”

唐宁缓步走到一旁，取下腰间的圆竹，对他们道：“你们看清楚了，将力道发挥到极致的效果就是，无论你用什么兵器，用不用兵器，都可以造成极为惊人的杀伤力。”

众人心中期待，目光都落在唐宁身上，想知道像唐宁所说的将力道发挥到极致会出现怎样的威力。

唐宁手中握着圆竹，一边运转身上的灵力气息，一边道：“将灵力汇到手中，注入手中的兵器，感觉它与自己形如一体之时，抬手举起，将手中的兵器往前一劈，力道从兵器上直接输送而出！”

众人只见那圆竹上弥漫着一股浑厚的灵力气息，那不起眼的圆竹仿佛活了一般，竟迸射出不逊色于利剑的凌厉气流，随着唐师抬手往前一劈的动作一出，只见刹那间，一道气流如同狂龙般咻的一声从圆竹中冲出，凌厉的气流汇聚，如同利剑般呼啸着朝地面劈下。

呼啸着的气流击落在地面上，砰的一声响起，竹林中散落的竹叶连带着尘土都被带动起来，他们的身子也不由自主地晃了一下。

他们再看去时，只见唐师已经收回圆竹，而在前面，一道深深的裂痕将整个地面都劈开，咔嚓声传出，一直往前方蔓延。

裂痕深入地下约莫一臂的深度，而气流所击出的长度，直达十几米外！

这一幕让所有人都不由自主地倒抽了一口冷气，震惊地睁大了眼睛。

“嗞！”

“这是怎么办到的？我也试过这样做，但是不可能达到这样的效果。”

“天啊！竟这么厉害？那还不是利剑，只是一根圆竹而已！”

“连地面都被劈开了？而且气流所带来的威力延伸出十几米，地面的裂痕深约一臂，这一击若是落在人身上，只怕不死也得废了吧？”

众人震惊的声音不时传出，让原本寂静的竹林变得杂乱起来。甚至有的学子还上前看了下那地面上被劈开的裂痕，感觉上面还残留着一股骇人的气息。

纵是先前觉得唐师既可为师，必定是有些真本事的，但当看到唐师这一击之后，他们才知道，他们还是低估唐师了，唐师比他们想象中还要强大，在修炼上面的造诣比他们更为深厚！有唐师为师，他们何愁实力无法提升？

一时间，他们看着唐师的目光都带着期待与兴奋。

司徒南笙就算是被唐师打败，连着在唐师手中输了两回，心里也一直是不服唐师的，毕竟在他看来，唐师怎么看都只是一个小和尚，年纪比他们还小，纵是打赢他又如何？想让他心服口服？不可能！

但现在，在看到唐师教导的这一幕后，他的一颗心也活络起来——自己若是运用得好，如唐师一样将力道、灵力一同发挥到极致，也许也能做到像唐师一样击出杀伤力十足的一剑，若能将实力再度提高，领悟剑法的精髓，更能为日后仙人之地的选拔提高成功率！

想到这儿，他顿时扬起笑脸挤上前去：“唐师，那个……我想……”

他才凑上前，就被围上前的其他学子挤开了。

“唐师，我也是像你那样运用灵力的，但是无法真正地做到兵器与人融合为一，这个有没有什么诀窍？”

“唐师，怎么样才能让灵力气流爆发出更大的威力？”

“唐师……”

看着众学子围着唐师转，一个个提出问题请唐师指导，司徒南笙不由得嘀咕起来：“这群小子居然敢把我挤开，看来都是欠揍！”

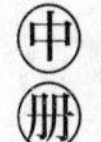

“没想到唐师是真的深藏不露。”叶飞白来到他身边，看着被围在中间的唐师，道，“学院的导师与其说是指导，倒不如说更多的是传授，他们会告诉我们怎么修炼，怎么去熟悉，却不会像唐师这样说得精细。”叶飞白笑了笑，又道，“误打误撞的还得了这么个导师，也是我们之幸，我不禁对以后的学院生涯更期待了。”

司徒南笙目光微闪，道："还有两年的时间，两年后就是仙人之地宗门的选拔考核，到时若是我们无法被仙人之地的宗门选中，也只有出学院回到家族中去了。"

这是每个天龙学子必走的路，天龙学院也不是他们可以永远待下去的地方，若无法被选中，他们只有下山一条路了。

"所以在这仅剩的时间里，我们更应该努力修炼了。"叶飞白说道，脸上露出大大的笑容，也跟着挤上前："唐师，我也有问题想请你指点。"

看着挤得她有些喘不过气来的众人，她无奈地喊道："都给我退开！全部站好！"

众人一听，连忙退开，规规矩矩地站好，一双双眼睛泛着亮光地看着唐师。

"嘿嘿，唐师，你刚才就在教俺，那现在是不是还是俺先来？"牛大力咧着嘴笑道，用兴奋的目光盯着唐师。

唐宁瞥了牛大力一眼，道："回头你记得把地上的坑填上。"

"没问题。"牛大力应道。

唐宁看了众人一眼，道："谁还没有将铁板绑到腿上的？赶紧绑上。"

有的人早已经绑好，有的人这才上前将铁板绑到腿上，只是这样一来，双腿的重量都加重了，就算是寻常走路也觉得沉沉的，很不舒服。

她将手中的圆竹别回腰间，清脆的声音不紧不慢地传出："我不会拿一样东西教你们，我会根据你们每个人的情况以及自身的长处、短处进行指点，但俗话说得好，'师父领进门，修行在个人'，能学到多少，还得靠你们自己的领悟力。"

"有些东西适合小牛，但可能并不适合你们，只有找到最适合你们的，才能将你们的长处发挥到极致，你们可听明白了？"她目光一转，询问道。

"明白了！"众人齐声说道，声音铿锵而有力地回荡在竹林间。

而早在先前那一击引起震动之时，就已经有不少学子因惊讶、好奇，往竹林这边过来一探究竟，远远地便听见往日一直在念经修心的三十名学子铿锵有力的声音。

"他们今天没念经了？难道是唐师教了他们别的？"

"刚才听到的声音很响，像是战斗时发出的动静，也不知唐师教了他们什么？"

"有点儿远，听不太清，要不我们走近点儿？"

几名学子正说着，就听一道阴恻恻的声音冷不防传入他们耳中。

"你们在干什么？"司徒南笙双手环胸，目光透着森寒地盯着他们，"难道不知道这里是我们上课的地方吗？你们这是想打扰我们上课，还是想要跟我练练？"

偷听被逮了个正着，众人有些尴尬。其中一名学子则有些好奇地走上前，问："司徒学长，你们在学什么啊？我们怎么好像听到有不小的动静，没什么事吧？"

"呵！你看我这样像是有事的样子吗？"司徒南笙冷笑，扫了他们一眼，道，"从哪里来赶紧回哪里去！别打扰我们上课！”

被赶了，他们也不好再留下偷听，只能各自先行离去了。

看着他们离开后，司徒南笙才快步往回走去——唐师正指点他们呢，可不能浪费了时间！

竹林里，唐宁因人而教，对每个人的指点都是不一样的。

学子们听得认真、专注。

直到她拂了拂衣袖，对众人道：“今天的课就上到这里，该干什么就干什么去，散了吧！”

看着唐宁带着寒知走了，众人不由得哀号：“怎么这么快？唐师，要不再加一节课吧？”

然而，已经走出一段距离的唐宁摆了摆手，迈着轻快的步伐走出了竹林。

新学子考核在即，天龙城中的新学子这两天也是在紧张、期待中度过。

在考核的前一天，他们便已动身来到天龙学院的山脚下等着了。毕竟从天龙学院到山脚这里少说也要半天时间，他们只能提前来这里等。

南宫凌云和苏言卿两人也在其中。此时他们正坐在山脚下休息。

看着周围约莫上百名新学子，苏言卿道：“今年参加天龙考核的学子有上百人，只不过能进多少就难说了。”

“很多人觉得得了天龙学院的考核名额就已经是半个天龙学子，却不知考核的残酷，天龙学院几百年来一直保持着千名左右的学子，这次来参加考核的人这么多，我估计到时候有一半能进去就不错了。”南宫凌云笑了笑，却一点儿也不担心自己会落选，他有足够的自信，进天龙学院对他来说不是难事。

“是，你是不用担心，你的天赋、实力以前就是少有人能比的，就更别说这段时间不见，你的修为又见长了。”苏言卿看了他一眼，笑道，“你若是进了天龙学院修炼，可得很久见不到你那小青梅一面了。”

想起唐宁，南宫凌云笑了笑，眼底闪过一抹柔和，道：“短暂的分别，是为了以后能长长久久在一起。”

闻言，苏言卿看了他一眼，道：“可你不是说你那小青梅已经无法修炼了吗？仙凡有别，若是她已经是无法修炼的凡人，而你肯定不会止步于这里，到那时你们又将如何？长长久久在一起，你觉得可能吗？”

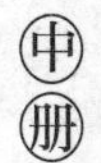

南宫凌云眸色微动，苦笑道：“这趟我回去时，跟她表白让她等我，她还拒绝了我。”

闻言，苏言卿摇了摇头，道：“看来你那小青梅也是清楚仙凡有别，你与她已经

不是同一类人了。只是我很好奇，到底是怎样一个女子，竟能让你这样一个天之骄子为之念念不忘，甚至不顾她已经无法修炼，只是一介凡人？”

南宫凌云看着前方，漆黑的天色中仿佛有唐宁的笑颜出现在那里。他神情柔和，缓声道：“她是一个我想娶为妻的女人，是一个我想用余生去保护的女人。”

听到这话，苏言卿更是好奇：究竟是怎样一个女子，能让南宫凌云动了这样的念头，为之念念不忘？

次日，天色才亮，便有一位导师的声音从上方传来，传入山脚处的众学子耳中：“今年各地送过来的学子共有一百一十五人，我知道你们都是各学院里顶尖的骄子，但到了这里，你们只是待考的新学子。众所周知，我天龙学子皆是各地顶尖的学子，而能否成为其中之一，就看你们接下来的表现了。”

众人听了，一颗心都提了起来，不知接下来等着他们的会是什么。

“今年学院的录取名额为五十人，从山脚下到学院大门，前五十名可进入学院进行下一轮考核评估，五十名之后的全部淘汰，你们可听明白了？”一道威严的声音传来。

众人不由得面面相觑：一百一十五人只录取五十人？淘汰一半还要多的人，这也太严格了吧？还是别的什么都不比，就只比谁先到学院门前？

“导师，这未免有些不太公平吧？单凭速度又能知道些什么？我们当中有的人就算是速度不快，其他方面也不弱，这……”

那名学子的话还没说完，就被打断了。

“修仙之道本就没有公不公平之说，适者生存，强者为尊，这就是规矩。”那道威严的声音又传来。

众人都不再言语。

“应该不会单单比速度，这上山的路必定还有阻拦，小心一点儿。”南宫凌云对身边的苏言卿说道。

苏言卿点了下头，道：“我知道。”苏言卿也觉得不可能单单比速度，只是不知这上山的路上会有什么等着他们。

“准备！开始！”

一声令下，一些学子便迅速冲上前。

“我就先走一步了，上面见。”南宫凌云对身侧的苏言卿笑了笑，身影一闪，也掠了上去。

“上面见。”苏言卿心中也期待起来，跟着往前奔去。

广场的上方高处，负责考核的五位导师皆坐在上面，在广场四周有不少学子整齐而笔直地站着，等着新学子的加入。

第一关录取五十人，考的是速度，也是毅力和心志，在上山的路上已经布下幻术，不仅有危险，还有各种诱惑，只有心志坚定的人才能在最快的时间里破除幻术来到大门处。

与正在上山考核的学子不同的是，广场处的几位导师翻看着面前桌上的学子资料，已经在议论了。

“这次的学子当中，有一些天赋极为出色的，像这个南宫凌云，上回他们学院考核时我正好在那里，此子各方面都很出色，将来的成就势必不低。”严导师翻开南宫凌云的资料对旁边的几位导师说道。

唐宁听严导师提起南宫凌云，目光闪了闪，唇边一抹笑意绽开——没想到两人这么快又要见面了，如今她这小和尚的模样，南宫凌云认得出来吗？

“往年我们学院收的学子怎么也会有上百名，今年只有五十个名额，淘汰那么多我都觉得有些可惜，毕竟他们都是各学院里最出众的学子。”古导师说完，轻叹一声，心中觉得可惜。

能进天龙学院和不能进天龙学院的差别可是真的很大，无奈今年学院放出去的学子并不是很多，所以补回来的学子也只能是五十名。

“修仙之道本就如此，若是他们能为自己争来这一份机遇，也是他们的福分，若是他们错失了这次机会，也只能说天意如此。”赵导师不紧不慢地说道，倒没觉得什么可不可惜的，这世间的事情本就不是每一样都公平，尤其是修仙之道，更是如此。

“小唐，听说你已经开始指点学子修炼上的事情了？”林导师看向坐在右边最尾处的唐宁问道。

唐宁正想事情，听到林导师的声音后，回过神来，带着几分腼腆笑道：“是的，我也就是指点一下他们的一些不足之处而已，大部分的时间他们该怎么修炼还是怎么修炼。”

“都说师父领进门，修行在个人，这些也是要看他们自己的悟性和天赋的，倒是你自己，如今这年纪正好是修炼的时候，也得专心修炼提升实力才是。”

“嗯，我知道的。”她笑眯眯地应道。

“看来我们的第一个学子已经到了。”林导师转头看向大门处。

就在林导师的话音落下之时，一道紫色的身影如风一般掠了进来。待他站定时，他们才看清，那是一名二十岁上下的男子。

“此子便是南宫凌云，没想到在众多学子当中，他是第一个来到广场的。”严导师笑着说道，目露赞赏地看着那微低着头、抱拳朝他们行了一礼的南宫凌云。

“容颜出色，气质出众，举止落落大方，有大家风范，此子确实不错。”林导师

也开口说道。

“哦？已经是炼气巅峰的修为？”赵导师打量了南宫凌云一眼，道，“倒是可与我们学院的学子比一比了。”

“呵呵，已经胜过我们学院大部分的学子了。”严导师笑了笑，看向最后面的唐宁，问：“小唐，你觉得此子如何？”

唐宁的嘴角微不可察地抽搐了一下——这严导师得有多欣赏南宫凌云，严导师自己都说觉得他很不错，已经胜过学院大部分的学子了，还要来问她？

当下，她笑了笑，道：“是不错。”

“哈哈哈，确实是不错，我觉得到时候宗门选拔的入选之人此子必是其中一个。”严导师笑了起来，眼中闪过一抹期待之色。

听到这话，唐宁眉头微扬——看来严导师对南宫凌云的期望很高啊！

她不由得朝站在下方广场上的南宫凌云看去。

与此同时，向上座的几位导师行了一礼后，南宫凌云便退到一旁站好，这时才抬头不着痕迹地看了上座的几位导师一眼。

却不想，当目光落在最后面那位导师身上时，他心中猛地一震，脸上露出错愕又震惊的神色，不由自主地往前迈了一步。

“宁儿？”带着震惊的声音从他口中说出，他却又在上座的几位导师朝他看来的那一刻回过神来，目光定定地看着那平静地迎上他打量的目光的小和尚。

不，那不是宁儿，那是一个男子，还是和尚，更是这天龙学院的导师，又怎么可能是他那青梅竹马，却又修为尽失、无法修炼的宁儿呢？

一眼过去确实很容易认错，但细看之下，两人的容貌有着很明显的区别，上座的那位导师浑身散发着的是一种宁静平和的气息，五官比起宁儿来说，少了女子的娇柔，多了一丝男子的阳刚之气，纵有相似，也只能说是有三分相似，因为两人身上的气息天差地别，他也就是那一刻惊见，才会惊呼出声，错认成宁儿。

“宁儿？你唤谁？”严导师有些诧异地问道。

南宫凌云收起心绪，拱手道：“是我认错了。”他抬头看向那正看着他的小和尚，道，“刚才匆匆一瞥，只觉这位导师像极了一位故人，如今再看，方知是我认错了。”

严导师朝唐宁看去，倒也没说什么，只是摆了摆手。

陆续有学子进来，广场上的人也越来越多。

唐宁深深地看了南宫凌云一眼，这才端起面前的茶杯抿了一口茶水，继而敛目，也不知在想什么。

与此同时，在离此不远的一处地方，墨烨与院长正在树下负手站着，看着广场那边的众人，正确来说，院长看的是众新学子，而墨烨看的则是那个坐在导师位置上的小光头。

“那小和尚不是新学子吗，怎么会是导师？”墨烨的目光落在那个坐在最后面，看起来十分安静又低调的小和尚身上。

纵是小和尚坐在最后面，也敛起了一身的气息，但那一袭青衣，那光秃秃的脑袋，以及那精致又出众的面容，就已经注定了其低调不起来，哪怕是坐在角落处，也能让人一眼便看到其存在。

院长顺着墨烨的目光看去，落在小和尚身上，笑眯了一双眼道：“你说他啊？他本来就是来当导师的。”

“走后门儿的？”墨烨玩味地勾了勾唇，盯着那个小和尚。这小子只说是走后门儿的，却没说其不是来当学子，而是来当导师的。

“一个故人推荐过来的。这小唐年纪虽不大，天赋、修为却惊人，有着堪为导师的资本，要不然其他导师不会服他，学院的学子也不会服他。”

墨烨没有说话，只是把目光落在那个小和尚身上。这小子有多妖孽，有多少本事，估计没人比他更清楚了。

原本墨烨是想着来看看小和尚的，以为小和尚就算是走后门儿进来，考核一关也是必不可少的，却不想小和尚根本就不用考核，而是坐在上面考核学子。

只是那个南宫凌云……墨烨把目光落在南宫凌云身上——南宫凌云刚才是将小和尚错认成唐家大小姐唐宁了？

“今年的学子看起来都不错。”院长笑眯眯地说道，目光落在那些新学子身上，而后对身边的人道，“走吧，我们去下盘棋，你不来都没人跟我下棋了。”

墨烨点了下头，看了那小和尚一眼，这才迈步与院长一同离开。

五十名学子齐聚广场，看着上面的几位导师，目光在落到那小和尚身上时，一个个不由得低语起来。

“奇怪，怎么还有个和尚当导师？”

“他看起来年纪比我还小，真的是导师吗？”

“这位导师我知道，好像都尊称他为唐师。前两天有三名天龙学子在大街上背学规直到日落才离开，听说就是得罪了这位唐师。”

众人低声议论着，不时地打量着唐师，发现其年纪虽小，又剃了个光头，但叫人一眼难忘。

“肃静！”严导师站了起来，抬手示意了一下。

便见五十名学子全都静了下来，偌大的广场上杂乱的声音也因此而消失。

“第一关的考核你们是通过了，接下来是第二关，若是有过不了第二关的人，会

直接被淘汰，再由第一关后面的人补上来！”

这话一出，原本已经觉得十拿九稳进入天龙学院的众人一颗心又提了起来。这一次的新学子考核怎么会这么严格？听说以往得了天龙学院的考核名额的人几乎必进天龙学院，但这一次一关又一关，淘汰之后还会淘汰，也太狠了点儿吧？

“小唐，这第二关的考核就交给你了。”严导师说道，看向坐在最后面的唐宁。

“好。”唐宁应了一声，站了起来，直接走到五十名学子前面，目光在他们身上一一掠过，道：“我是第二关的考核导师，你们可唤我一声唐师。可都准备好了？”

唐师？看来真的是父亲说的那个人了。学子中，苏言卿把目光落在唐师身上，想到父亲说过的唐师，再看唐师如今为天龙导师，心中更是敬佩——纵是年纪小，还是个和尚，但唐师确实是个有大本事的人。

苏言卿没想到，那位自己无缘得以一见的唐师，原来就是天龙导师。

第十二章 佛光初现

“准备好了！请唐师考核！”五十名学子的声音铿锵有力地在广场上响起。

五十名学子目光都落在唐师身上，心中既期待又紧张，不知唐师会考核什么。

“全部盘膝就地坐下。”她的声音缓缓地传出，蕴含着灵力的声音清晰地传入每一人耳中。

五十名学子听了，虽心中疑惑，却也迅速盘膝就地坐下。

唐宁在脸上绽出一抹笑意，道：“很好，那就开始吧！”话音一落，只见她双手在身前结出一个复杂的印，下一刻，一股强大的灵力气息自她身上弥漫开，迅速将五十名学子全都笼罩在其中。

看到这一幕，几位导师脸上皆露出震惊之色，尤其是林导师，更是猛地站了起来，震惊地看着前面迈步走进五十名学子当中的唐师。

“他的精神力竟这般强大？竟可以直接同时布下幻术？他明明才不到十五岁……”林导师喃喃地说道，看着唐宁的目光满是不可思议。

“原先听他说这第二关要考核的是人性，我还在想他要怎么考核，没想到竟是这样。”赵导师说道，又看向林导师，道：“他的精神力这般强大，难怪当时你的幻术对他起不了作用，这造诣只怕在你之上吧？”

林导师苦笑着，说不出一句话来。这造诣何止在她之上，这等强大到近乎恐怖的精神力，只怕她就算再修炼个十年也追不上。

“你们听，是佛经。”古导师也不由得站了起来，震惊地看着缓步走在五十名学

子当中的唐师。

只见其一袭青衣飘飘，双手合十，缓步走着，身上灵力气息涌动，强大的精神力弥漫在周围，随着其口中轻念佛经的声音传出，其身上弥漫着一层淡淡的神圣光芒，而那念佛经的声音也随着灵力气息及其遍布的精神力而一个个字符串在一起，笼罩在五十名盘膝而坐的学子上方，围成一圈圈泛着佛光的字符，整个广场顿时充盈一股神秘而不可侵犯的神圣感。

广场周围的那些学子看着这一幕，不由得面面相觑，不明白唐师这是想做什么。

原本只有上百名学子在周围站着，渐渐地，周围的学子越聚越多，就连那三十个受了指点正在努力修炼的竹林学子也跑了过来，看到竟是唐师在考核新学子，也全都留下来看着。

“这是在考核什么？那是佛经！佛经的字符怎么会串成一串围绕在那些学子上方？”

“你们看，唐师身上还散发着佛光呢！”

“听说佛光一般是得道高僧才能修炼出来的，唐师年纪轻轻，没想到竟也能修炼出佛光。”

“我听说这第二关是考核人性，只是考核人性怎么是这样考核？唐师这样究竟有什么……”那名学子的话还没说完，就被前面的一幕惊到了，猛地倒抽了一口冷气，双眼震惊地大睁着，后面的话再也说不出来。

只见其中有数名学子身上弥漫出一股血气，血气幻化成人影缠绕在那些学子身上，有的人身上有数道血气幻化的人影，那些人影或趴在学子的背上，或骑在学子的头顶，或缠在学子的腰上，隐隐有幽幽的怨声伴随着不甘的凄厉之声传出。

周围的众人惊得抽气声连连。

“啊！”一名身上被血气幻化的人影缠住的学子惨叫一声，猛地弹跳起来，一脸惊魂不定。

也就在那名学子弹跳起来那一刻，唐宁手一拂，青色衣袖中夹带着一股灵力气息，将那名学子送出了精神力笼罩的考核区。

几位考核导师神色微愕，一时间没有回过神来。

而周围的天龙学院的学子，错愕地睁大了眼睛，喃喃地问道：“那……那是什么？你们看到了吗？刚才那是什么？”

“废话，都成那样了，还能没看到吗？”一旁的司徒南笙没好气地说了一声，目光微沉地看着前面的考核区，道，“唐师比我们想象中还要强大啊！我以为那天他教授的那一击所展现出来的实力已经够强大了，但没想到他竟还有这一面。”

“那些人身上弥漫着的血气幻化成人影，又不像是阴魂……”叶飞白喃喃地说道，眉头紧锁。

“那些应该是他们所杀的无辜之人的残影。”司徒南笙沉声说道，看着前方，“我听我祖父说过，修炼之人不可伤及无辜凡人的性命，否则对日后的修炼会有阻碍。刚才那个被送出考核区的学子，应该是有人命在身的，所以产生了心魔。”

“啊！”

就在他们说话间，又有三五个学子惨叫出声，惊跳而起，被唐宁送出考核区。

众人看着，心中震惊不已。尤其是那些天龙学子，此刻一个个不由自主地自审其身——若是他们经唐师这般考核，是否会被淘汰？

唐宁双手合十，缓步走着，来到南宫凌云身边时微停了下来，分出一缕神识进入南宫凌云的识海之中布下幻境。

南宫凌云只感觉自己在一片白茫茫的雾中走着，突然间听见前方仿佛有一道声音在唤着他。

“云哥哥。”

“宁儿？”南宫凌云一怔，快步往前走去，便见前方的一处院子中，一袭白色衣裙的唐宁站在玉兰树下望着他。

不知何时，南宫杰的身影出现在一旁。南宫杰看了两人一眼，沉声说道：“凌云，你与唐宁已经仙凡有别，你们是注定不能在一起的，跟我回去，爹给你重新找了一门亲事。”

“不……”南宫凌云摇着头，上前搂住唐宁后退着，“这世间有仙，自然也有可续寿元、可驻容颜的丹药，纵是宁儿不能修炼，我也会为她寻来丹药！”

南宫杰高声喝道：“你是南宫家的少主，是南宫家未来的希望，你不可以这般任性！南宫家的少主夫人绝对不可能是一个无法修炼的凡人！你给我死了这条心！”

南宫凌云心揪疼着，道：“不，我相信一定可以寻来让宁儿重新修炼的丹药！我会带她去仙人之地，她是我要娶的女人！她是我的！”

“逆子！你若为了这样一个凡人而不顾自身的前程，从今天开始，你不再是南宫家的子孙！你滚！带着这个凡人滚！永远也别回来！”

“这世间定有可增寿元的丹药，也定有可驻容颜之仙丹，我一定会寻来！”南宫凌云看着身边的唐宁，语带坚定地说道。

画面一转，白雪茫茫，岁月一年年地流逝，昔日容貌倾城的唐宁也一天天地变老，而南宫凌云只是更显成熟，越发散发着男人的魅力。两人走在一起就如同母子一般，走到哪儿都被人指指点点，是旁人口中议论的对象。

月复一月，年复一年，南宫凌云扶着渐渐变老的唐宁继续走着，在她走不动时，又将她背上。

他们只有一个目的地，那就是仙人之地，只有到了那里，才会有仙丹灵药。

也不知过了多久，画面再度一转，白发苍苍的唐宁奄奄一息地躺在床上，寿元将尽之时，南宫凌云仍守在她身边。

“宁儿，是我对不起你，我若能为你寻来丹药，你也不会老去。”南宫凌云握着她苍老枯瘦的手悲痛地说道。

他看着宁儿昔日倾城绝美的容貌在岁月中褪去了惊艳的色彩，看着她渐渐地变得苍老，布满皱纹，老态尽现，就连当年那纤细的腰肢也弯了下去，一头青丝成了白发，牙齿也掉得七七八八了，如风中烛火，颤颤巍巍，仿佛随时会熄灭，这一刻他清楚地意识到“仙凡有别”这四个字的深意。

“仙凡有别，我们从一开始就注定不能在一起。”奄奄一息的唐宁有气无力地说，“我是日落西山，你是骄阳初升，我们从一开始就是错误……”

“不！就算让我再选择一次，我也一定不会放开你！如果我的实力可以更加强大，我们早就到了仙人之地，早就找到了续命的丹药！如果再来一次，我依旧……”

广场中，站在这些考核学子当中的唐宁突然睁开了眼睛，目光复杂地看了一眼盘膝坐在她面前、身上气流暴涌的南宫凌云，心中百感交集，说不出是什么感觉，只知道很不是滋味。

她特意为他设了这样一个幻境，却没想到幻境中竟会是那样的发展，不知他对她的执念到底是从何而来，只知道就算她无法修炼，只是一介凡人，他对她也不会放手。

两人日后究竟会怎样她不知道，但她知道，她与他之间一定会有情感的纠缠，而这种感觉从上回她就已经有了，只是这一次更加强烈。

看到他此时身上灵力暴涌，隐隐有突破进阶的迹象，只是气息明显有些混乱，她当即敛起心绪，凝聚灵力气息，扩大精神力布下幻境助他一把。

台上的几位导师错愕地看着下面的一幕，不由得站了起来，脸上流露出紧张又担心的神色。

“他这是要进阶了？炼气九阶巅峰再进阶就是灵师了，只是他现在的九阶巅峰气息还明显不稳，极有可能是前段时间才进阶突破的，若是现在想要突破到灵师，只怕很难啊！”

“这一次突破不成，只怕短时间里他想要再突破就难了。”

“不对，你们看，小唐似乎在帮他。”

听身边的导师一说，几人这才注意到，南宫凌云原本躁动的气息似乎渐渐地平稳了下来。

而周围的考核区所笼罩的精神力也被唐宁收回。

其他学子仍有些茫然地坐在地上，有些没回过神来。

见此，几位导师连忙上前，示意道："第二关考核你们都过了，先到一旁等着。"

严导师则连忙来到唐宁身边，不明所以地问："你怎么不给他布下结界？以免周围的动静打扰到他进阶。"

闻言，唐宁愣了一下，讪讪一笑，低声道："严导师，结界我还没学，还不会呢！"

听到这话，严导师错愕地瞪了瞪眼，当即双手一抬，给南宫凌云布下结界，这才将唐宁拉到一旁，低声交代道："藏书楼里有关于结界的古籍，好歹你也是导师，要是让学子知道你不会结界，岂不成笑话？回头赶紧去学学。"

"好。"唐宁笑着应道。

"不过，你这到底是给他布下了什么样的幻术考核？他怎么会在这一刻突破进阶？"严导师疑惑地问道。

对刚进入炼气九阶巅峰的人来说，必定会在这一阶段停留一两年才会有突破的机会。而南宫凌云身上九阶的气息还不稳，明显是近几个月才进阶的，又怎么会这么快又突破进阶冲击灵师？

唐宁讪讪地摸了摸脑袋，目光有些闪烁。她要怎么说呢？她又能怎么说呢？估计是那幻境造成了他想变强的决心，所以才会弄成这样吧！

她轻咳一声，一本正经地开口道："这个可能是在幻境中他的心境发生了变化，所以才会这样，又或者是因为他的天赋本身就出色，又恰好碰到了契机，所以就在这时进阶了。"

然而严导师抓住了唐宁话中的语病。

"幻境？你给他布下的是幻境？不是幻术吗？"严导师微愣。要知道，幻术较为粗浅，幻境却是如真似幻，让人分不清是真是假、是虚是幻的一个世界。

话说出口时，唐宁就暗道一声"糟了"，果然就听见严导师那带着惊愕的声音传来。她在心里轻叹一声，这才正色道："严导师，我刚才的考核你也看到了，心术不正有人命在身的人都出局了，而南宫凌云这里，今天他能因我这一考核而突破进阶成为灵师的话，也是他的一个机缘对吗？若非今日如此，他想要进阶成为灵师级别，最快也要一两年的时间吧？"

听唐宁这么一说，严导师沉默了一会儿，这才叹道："我也不是要责备你。算了算了，这里我来为他守着吧。那边还有几名后补的学子等着你去考核呢。"

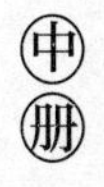

严导师心里轻叹一声——说唐宁对不成，而说唐宁不对的话，似乎唐宁也没什么错。

"好，那我过去了。"唐宁应了一声，看了在结界中盘膝而坐的南宫凌云一眼，

这才转身离去。

对那些后补上来的学子而言，心里是紧张而忐忑的。原本已经落选了，却又成了后补上来的学子，他们比其他学子要幸运很多，只是看着刚才那一幕，他们的心又提了起来。

要是他们也考核不过关呢？他们不由得想了想自己有没有干过什么会产生心魔的恶事。

唐宁走到那几人面前，打量了他们一眼。

那几名学子不由得紧张地站直了身体，恭敬地唤了一声："唐师好。"

闻言，唐宁笑了起来，原本就精致出色的面容也因这一笑而又明亮了几分。她朝几人示意道："都坐下吧。不用紧张，放轻松就好。"

"是。"几人应了一声，盘膝就地坐下。

虽应着"是"，但他们的心扑通扑通地急跳着，哪能不紧张？

唐宁将手一挥，一股精神力将几人笼罩。与先前的测试不同，这一次的测试既简单又直接，也就过了半炷香的时间，她便收回了精神力。

"恭喜你们，第二关你们过了。"她微笑着说道。

"多谢唐师！"几人又是欣喜又是激动，连忙道谢。

"你们须记着，修仙一道本就是逆天而行，这条路不好走，但若是你们利用自身的修为和实力去干恶事，就算是天不收，迟早也会自食恶果。"她的声音不紧不慢地传出。

她的声音虽不大，却清晰地传入众人耳中，被众人牢牢地记在心上。

"是！谨遵唐师的教诲！"不仅是考核的那些学子，就连天龙学子也在这一刻恭敬地应道，将唐宁的话牢牢地记在心上。

而对很多人来说，此时唐宁的这些教诲，在日后将深刻地影响他们……

赵导师和林导师几人听了唐宁的话，不由得相视一眼，露出一抹欣慰的笑意——唐宁小小年纪能懂得这个道理，还能教导学子向善，确实极为难得。

而对盘膝坐在广场上的南宫凌云来说，就这么一会儿工夫，他却仿若度过了无数个日夜，经历了无数沧桑，终于在某一天，一切豁然开朗，同时他的神志也清朗起来，终于知道那些不过是一个幻境、一个梦而已。

幻境已破，梦已醒，一身的灵力气息在那一瞬间尽数往丹田之处涌去，如水到渠成，一切都显得顺其自然，炼气九阶巅峰的修为在那一刻终于突破，成功地迈过那一道门槛，他进阶成为灵师修士。

严导师看到南宫凌云终于成功突破进阶成为灵师，脸上难掩欣喜之色。

其他几位导师见此，也松了一口气，露出笑容来。

而此时，将灵力气息敛起的南宫凌云缓缓地睁开了眼睛，轻轻地呼出一口气，幽深的目光落在不远处一身青衣的小和尚身上。

他站了起来，朝面前的严导师拱手行了一礼，道：“多谢导师为凌云护法。”

“好好好，你能顺利进阶就好。”严导师很开心，一改平日脸上的严肃，此时笑得眼睛都眯成了一条线。

没有什么比看到一个天赋出众的学子顺利突破更让他欣慰和开心的了，尤其是这个学子还是他所欣赏和看重的。

“你能在这时得以进阶，还得多谢唐师赐你这个机缘，若非他，以你的修为，断不可能在这时顺利突破。”严导师开口说道。

“是。”南宫凌云应了一声，看向那道青色的身影，迈步走上前，朝其拱手恭敬地行了一礼：“凌云多谢唐师相助之恩。”

唐宁就站在那里，不偏不闪地受了他这一礼。她看着经历幻境里的沧桑之后整个人变得更为沉稳内敛的南宫凌云，目光微闪，开口道：“日后继续好好修炼，以你的天赋不会止步于此。”

“是。”他拱手应道，看了眼前的人一眼后，敛下眼眸掩去思绪。

也许是因为幻境，在睁开眼的那一刻，他看着唐师，竟错认为唐宁。只是那是不可能的，宁儿没有唐师的本事，此时的她正在唐家，而唐师是天龙学院的导师，两个永远都不会有交集的人又怎么可能会是同一个人呢？

更何况男女有别，至少像他修炼到现在这个程度，若对方是女的，他一定能看出来，就算他看不出来，天龙学院的导师也应该看得出来。

他心下莫名地一叹，这才走了多久，就已经开始想念她了，只是不知她是否也会想他呢？

赵导师这时走了过来，扬声对众学子道：“过了第二关之后，你们几乎可以说已经是天龙学子了，第三关的考核只是对你们实力的一个评估。”说完，声音一顿，赵导师把目光落在南宫凌云身上，道：“你既然已经进阶为灵师，也就不用参加第三关了，先在一旁看着吧。”

“是。”南宫凌云应道，站到了一旁。

唐宁转身准备走到上方导师的位置，就见一名学子快步走来，来到她面前停下脚步。

那名学子恭敬地禀报道：“唐师，院长请你过去一趟。”

闻言，她看向其他几位导师，毕竟今天她担任的是考核导师，考核还没结束，现在要是走了……

“既然是院长叫你，你就过去吧。这里也就剩下最后一关了，有我们在这里就行

了。”严导师笑着说道。

“对，这里有我们就行了，你去吧。”林导师也笑着说道。

“好，那剩下的就交给几位了。”她双手合十，朝他们行了个佛礼后，这才迈步离开。

南宫凌云看着那道迈步离去的身影，只见他洒脱中带着飘逸，纵是年纪不大，却给人一种神秘到不敢轻视的感觉。

随着广场上的众学子重新排开，最后一关的实力评估也随之展开……

当唐宁来到院长的那处院子时，见院中除了院长，还有一个她很熟悉的人——墨烨。

“呵呵，小唐来啦？坐。”院长抬头看了唐宁一眼，又继续下了一枚棋子，然后示意唐宁到旁边坐下。

“院长，找我有什么事吗？”唐宁走进去问道，也没跟墨烨打招呼，就跟不认识他似的。

其实倒不是她不想跟他打招呼，只是不知这时不时抽风的夜王有没有跟院长说认识她。

看着目不斜视地走进来、连看也不看自己一眼的小和尚，墨烨扬了扬眉，戏谑地道：“怎么，当上天龙学院的导师就不认识本王了？”

“怎么会？夜王殿下，你是特意来找院长下棋的吗？我这样进来，会不会打扰到你们？”唐宁笑眯眯地问道，一副怎么看都软萌可爱的模样。

看着那皮肤好得不像话的精致脸蛋儿，墨烨克制着自己想去捏一捏的冲动，拿起一枚棋子在指间把玩，道：“本王若是不来，竟不知你这走后门儿进来的，不是当学子，而是当导师，看来本事不小啊！”

“还好还好。”她笑眯眯地说道。

“呵呵，小唐，听说你在广场那儿考核学子，第二关考得不错啊。”院长抚着胡子笑呵呵地说道，“往年的考核纵是有考学子心性的，却没像你这次这样的。我觉得这次的考核你做得很不错，往后每次考核新学子，应当将你这第二关列入其中才是。”院长认真地道，“我们最怕的、最担心的，其实也就是有的学子会走上邪道，利用自身的实力做出为害世人的事情来，若是能在进学院之前就将那些心术不正、思想阴暗的人排除在外，不管是对学院，还是对世人，都是极为有益的一件事。”

闻言，唐宁愣了一下，道：“院长，你这主意好是好，只是幻术容易布，但要像我这样以佛光圣力让那些心术不正的人自现其形，就有些难度了。”

院长听了，一顿，看了唐宁一眼，问：“你难道在这里不会留很久？你若是愿意，可以一直在这里当导师。”

院长自然知道旁人是无法做到像唐宁一样的，但若是唐宁在这里的话，那就不一样了。

唐宁一笑，讪讪地道：“这个……我不知会在这里多久。”

因为她到这里来只是为了过渡，同时也是为了天龙学院藏书楼中的书籍，以及可以静下心来好好修炼，将来她还是会去仙人之地的，不仅仅是因为与老和尚有约定，更是因为既然已经迈上了修仙这条大道，就会一直走下去，而不是止步于这里。

“你输了。”墨烨放下手中的棋子，站了起来，负手瞥了那小和尚一眼，继而对院长道，“考核这个问题日后你们再好好商量，想想办法，就不用指望他了，这小子是不会在这里留太久的。”

这小和尚本就非池中物，小小一个天龙学院又怎么留得住呢！

“你小子还坐在那里做什么，等着老头儿留你吃饭吗？”墨烨瞥了坐在院长旁边的小和尚一眼，道，“不带我去看看你住的地方？”

唐宁愣了一下，不由得看向院长——好像是院长叫她过来的吧？

院长看了看墨烨，又看了看唐宁，抚着胡子笑了起来，道：“去吧去吧，我这里可没饭菜招呼你们。”

闻言，唐宁这才道：“那我带他去洞府那边看看。”说完，她朝院长行了一礼，这才和墨烨一同离去。

出了院长的院子，两人并肩缓步走着。此时大部分学子在广场看考核，有的则回去修炼了，因此路上两人也没怎么碰到学子。

唐宁带着墨烨往洞府走去，问道：“你怎么会过来的？是不是我的三瓶药卖出去了，所以给我送钱来了？”

说到这个，她不由得笑了起来，满脸期待之色。

“只是想着今天是考核之日，过来看看热闹而已。”墨烨缓声说道，负手走着，“卖那三瓶药的钱，等下回你下山了再去找我拿。”

“你能在这天龙城留那么久吗？不用回去？”她不由得微讶。

墨烨看着前方，不紧不慢地说道：“这不是你该操心的。倒是你，既然成了这里的导师，这些天又在这里学到了什么？天龙学院的藏书楼可去了？”

“去了一回，花了五百积分。现在我的积分也不多了，还想着等新学子的考核结束后就想办法弄点儿积分呢。”声音一顿，她眼睛一亮，仿佛想到什么一般，伸手拉住了往前走的墨烨，问，“你不是对天龙学院挺熟悉的吗？除了做任务，有没有什么其他的方法可以更快、更直接地获得积分？”

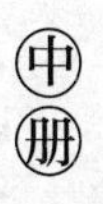

墨烨瞥了一眼被小和尚拉着的手臂，道："别拉拉扯扯的，像什么样子？"话音一落，他将自己的手臂从小和尚手中扯了回来，还伸手拂了拂被抓皱的衣袖。

见此，唐宁睨了他一眼，撇了撇嘴道："真是矫情，男子汉大丈夫比个女人还扭捏。"

正拂衣袖的墨烨听到这话，瞥了小和尚一眼，眼底光芒一闪，突然间便朝小和尚靠近过去，直逼得小和尚步步后退，脚步踉跄，直到身子抵到山路边的大树才停了下来。

"你干什么？"唐宁微愕地看着他，被一步步逼近的他逼得无路可退。

这人又发什么神经？还是哪根筋又抽风了？

墨烨俯身上前，一只手伸出，从小和尚脸颊边经过，抵在大树上；另一只手则捏起小和尚的下巴微微抬起，目光闪烁着危险的光芒，盯着小和尚那张精致出色的脸。

"你知不知道，有的世家贵族的人，甚至是皇室中的人，都喜欢你这种年纪小又长得精致出色的少年？"

听了这话，唐宁错愕地睁大了眼睛，看着将脸越凑越近，还隐隐透着几分危险气息的墨烨，刹那间做出本能的反应，握拳抬手就朝那张正向她靠近的俊脸狠狠地揍了过去。

却没有她预期中的一拳正中他的脸部，她的手被他瞬间握住了。

他拉着唐宁的手往后便是一抵，直接将唐宁的手按在一侧。

"知道怕了？"墨烨捏着小和尚的下巴的手往上微抬，趁机轻轻地捏了捏小和尚粉嫩的脸蛋儿。

看着小和尚错愕又蒙了的表情，他眸色暗了暗，居然觉得这小子呆萌的模样可爱。

近距离看，小和尚那双清澈如泉水的眼睛上的睫毛长得过分，随着小和尚呆呆地眨眼，那长睫毛如同蝴蝶的翅膀般轻轻地扇着，他的视线顺着小和尚的鼻子往下移，看到小和尚嘴唇上方细细的茸毛，他竟见鬼地觉得那茸毛竟也长得比别人的要好看……

还有那因被他捏着脸蛋儿而微嘟着的嘴唇，水嫩嫩如泛着水光，竟让他看得有些口干舌燥，喉咙不由自主地滚动了一下，咽了下口水，竟生出一种想要轻品浅尝的念头来。

然而这念头一起，他心中猛然一惊，回过神来，连忙放开了捏着小和尚脸蛋儿的手，同时后退了一步。为了掩饰自己的失态，他没好气地瞪了小和尚一眼，红着耳根恶狠狠地道："知道怕了吗？别以为同是男子就可以称兄道弟，随便勾肩搭背、搂搂抱抱！男人就得有男人样！”

唐宁呆了下，看着这个跟爹了毛一样也不知发什么疯的男人，伸手揉了揉自己的脸，皱了皱眉，道：“我就抓了一下你的手臂而已，怎么就没男人样了？倒是你，总是这样时不时地抽风，你确定自己没毛病？”话音一落，她伸手便扣上他的手腕。

“又毛手毛脚？我说的话你都没听进去吗？”墨烨脸色黑了下来，想将被扣住的手收回，却见小和尚的手已经把上了他的脉。

“什么毛手毛脚？我就是帮你看看你有没有什么暗疾。”唐宁没好气地说道，“别乱动，我给你探探脉，放心，不收你钱。”

听到小和尚的话，墨烨脸色更黑了——暗疾？他看起来像是有暗疾的人吗？

“啊！”突然间，唐宁低呼了一声。

这冷不防的一声让墨烨的眼皮一跳，他黑沉着脸扫了小和尚一眼，在小和尚开口之前先一步道：“你什么话也别说。”

他有种预感，此时从这小子嘴里说出来的定不是什么好话。

唐宁看着他摇了摇头，道：“夜王，你这样是不行的。”

墨烨听到这话，一张仿若天人般的俊脸顿时变得一阵黑一阵红，简直要被这小子气笑了。他眯着眼，眼睛泛着羞恼的光，盯着那不知死活的小和尚，低沉的声音透着几分危险：“你说谁不行？你竟敢说本王不行？”

“啊？”唐宁愣了一下，看着他羞恼的神色，下一刻反应了过来，整个人顿时乐了，忍不住笑出声来。

“哈哈哈哈……不不不，我不是那个意思。”她一边笑，一边摆了摆手，想忍住笑，却又偏偏忍不住。

她脸上的笑意越来越大，直到最后忍不住再一次笑出声来。看着他的脸色越来越黑，唐宁好不容易才止住了笑，正了脸色，轻咳一声。

“夜王，我不是说你不行，我是说你这样不行，有病不能忌医。”她忍着笑，一本正经地开口说道。

闻言，墨烨瞥了小和尚一眼，缓了缓气息，挑了挑眉，嗤笑一声，道：“笑话！本王有什么病？有病我会不知道？”

唐宁看了他一眼，眼底极快地掠过一抹笑意，一脸严肃地道：“有，夜王你这个病还很严重。人体内有阴阳相平衡一说，若是阴盛身体也会生出毛病来，而你体内阳火过旺，没有找到排解释放的方法，就会积聚在体内，久憋成病，若是严重的话，会令人性格改变，易动怒、猜疑，进而影响身心健康。”

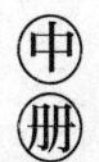

听小和尚这么一说，墨烨脸色比之前还要难看，眼中更是闪过一抹羞恼之色，

道："你说这么多，无非就是想告诉本王，我禁欲过度而已！"

"聪明！"唐宁笑眯眯地打了个响指，道，"夜王，你不觉得你最近性格有些改变吗？而且总是轻易动怒，时不时还做出抽风，哦不，是让人很难理解的举动来。综合我以上所说，我觉得你得高度重视，不能再任由病情发展下去。"

墨烨深吸了一口气，压下想要捏死这小子的冲动，冷飕飕的目光朝那笑眯着一双眼睛正戏谑地看着他的小和尚看去，重重地哼了一声，衣袖一拂，转身就走。

"嗯？夜王你不去看我的洞府了？"

"本王没心情！你自己去看个够吧！"墨烨冷声说道，颇有几分负气的味道离开了。

看着他负气离去的背影，唐宁摸了摸脑袋，喃喃地道："动不动就生气，我就说病得不轻吧？"摇了摇头，她轻叹一声，迈着轻快的步伐，哼着小曲，往洞府走去。

新学子考核完皆安排入住，记录信息。在众人当中，除了今天唐师展现出来的那一幕让人震惊，就数南宫凌云最出风头了。

无他，只因他是这么多年来第一个在考核中突然进阶成为灵师的学子，实力一跃凌驾于不少学子之上。也正因此，学院里无论男女，对他的关注度皆不低。

因为没有什么积分了，唐宁便在次日教导了竹林里的三十名学子之后，来到任务栏那里看看有什么办法可以赚取积分的。

只是她看来看去，那些任务给的积分都比较少，要想凑足可以随意进入藏书楼的积分，还不知得费多少时间呢？更何况她也得花费些时间在修炼上，总不能用那些时间去赚取积分吧？

眼珠一转，她便往院长的院子走去。

院子正在院中打拳，见唐宁进来，便笑道："原来是小唐啊！你怎么来了，有事吗？"

"院长。"唐宁笑眯眯地走上前，见他停下来后走到桌边坐下，便给他倒了杯茶水，道，"院长，有个事我想问问你。"

"哦？什么事？"院长笑呵呵地接过水喝了一口。

"我听说如果对学院有大贡献，是可以奖励很多积分的？什么样才算对学院有大贡献？又可以奖励多少积分？"她凑上前坐下，笑眯眯地问道。

院长一听，看了唐宁一眼，笑呵呵地道："不错，是有这么一说，只不过近年来已经作废了。怎么，你很缺积分吗？"

"啊？作废了？"她一听，顿时有些蔫了，想到那任务栏上的任务给的积分，有的才三十，多的五十、一百，最多的才两百，根本少得可怜。

院长见此，笑呵呵地抚了抚胡子，道："是作废了，不过你不知道导师也是有积分奖励的吗？你所教授的学子每进阶一个阶段，你皆可获得两百积分的奖励，如果突破成为灵师了，你则有五千积分的奖励。不过，修炼一道本就艰难，要想突破成为灵师，也并不是每个人都那么容易办到的，学院中的学子有的在学院里已经不下六年，却仍卡在炼气九阶巅峰无法突破，迈过那个门槛，像南宫凌云那样的只能说是万里挑一。"

院长抚着胡子。他知道唐宁想要积分是为了进藏书楼，而且来这里当导师也是因为藏书楼，本就想多留唐宁几年，因此告诉唐宁这个，便是想让唐宁知道，想要拿到积分并不容易，而想要看完藏书楼里的书，就更不是易事。

可哪知，他说完，却见那小和尚双眼泛着亮光，一副笑眯眯的样子盯着他，让他抚着胡子的手都不由得一顿，猜测着这小和尚又想干什么。

"原来还有这样的规定啊？那我知道了。"她眼中泛着兴奋的光芒站了起来，道，"院长，那我就先回去了。"话音一落，她一溜烟儿跑得无影无踪。

院长若有所思地看着唐宁离去的方向，猜出唐宁的意图后摇了摇头，道："真是年轻人啊！"

唐宁离开后并没有直接回洞府，而是去了竹林。在那里，一些学子已经离开，一些还在重复地练着唐宁对他们的指导。

"唐师？"众人看到唐宁，微讶地相视一眼——唐师怎么这个时候过来了？现在也不是授课时间啊。

唐宁看了他们一眼，见有十几个人在，而且司徒南笙和叶飞白也还在这里，还有那个牛大力。

她的目光在这三人身上转了转——这三人的实力在三十名学子当中可以说是很出色的，而且司徒南笙和叶飞白是炼气九阶巅峰，牛大力就算是弱了些，但还是很有进阶空间的。

想到院长说的那些积分，她盯着三人的目光不由得亮了亮，仿佛看到了积分在向她招手。

三人被唐宁盯得有些发毛，不由自主地后退了一步。

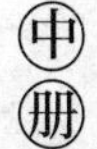

牛大力有些忐忑地问："唐……唐师，你怎么了？"

唐宁笑眯着一双眼睛，看着他问："小牛啊，你现在好像是炼气七阶吧？应该很久没突破了吧？"

牛大力愣了愣，应道："是啊！俺在这个阶段已经有些时间了，就是没有突破。"

他挠了挠头，有些不解地问，“唐师，你问这个干吗？”

“那你知不知道，你为什么一直停留在炼气七阶上不去呢？”她笑眯眯地问。

他怔了怔，道：“俺不知道啊！可能就是俺的修炼还没到家吧。”修炼哪有那么快的？又不是想进阶就能进阶的，唐师这是怎么了，脑子秀逗了？

司徒南笙和叶飞白听了，却是相视了一眼，不约而同地问道：“你有办法让我们进阶？”

他们可是记得，那南宫凌云能在考核中进阶就是因为唐师，他们两人也是炼气九阶巅峰的实力，甚至比南宫凌云的境界还要稳，若是……

想到若是可以突破进入灵师级别，两人心中不禁隐隐兴奋起来。

其他人一听，也似乎想到了什么，皆是眼睛一亮，朝唐师围拢过去，目露期待地看着唐师。

唐宁看了他们一眼，笑眯眯地道：“你们想进阶？”

“想！”他们不约而同地应道，声音极为响亮而振奋。

唐宁往大石头上一坐，继而吩咐道：“出来一个人，去把其他人都叫回来，记着，别弄出太大的动静。”

“好！我去！”叶飞白说道。他的速度最快，最不耽误时间。

当下叶飞白便出了竹林，去将先离开的那十几名学子全叫了回来。

也就一炷香左右的时间，三十名学子齐聚在竹林里，有的不明所以，面带疑惑，有的一脸兴奋，带着期待，皆看着坐在大石头上的唐师。

“明天我带你们去凶兽林历练，为期一个月，你们有没有不想去的？不想去的举手。”

唐宁的话一出，众人不由得一惊，道：“唐师，去凶兽林吗？导师们可是不让我们轻易去那里的，至少不达到灵师之前，我们是不能进凶兽林的，就算去，少说也得有两名导师带队，而且队伍不能低于五十人。”

“这个我自会处理，你们只需要告诉我，有没有不想去的？”唐宁说道，目光在众人身上掠过。

“俺去！”牛大力兴奋地说道，“俺早就想去了。”

“不就是凶兽林吗？又不是没去过，我去。”司徒南笙说道。

“我也去。”叶飞白笑了笑，泛着精光的眼睛瞥了周围的学子一眼，脸上笑意加深——反正有危险他就逃，以他的速度，总能跑在这三十人前面。

“我们也去。”

“虽然我有些担心，不过既然你们都去，那我也去吧。”

三十人一个个表了态之后，唐宁这才道：“明天我会去任务栏那里领任务，而完成的任务所得积分将全是我的，你们在凶兽林里面所得，也全都得上交给我，有没有异议？”

“啊？不是吧？任务若是我们完成的，怎么积分就不是我们的呢？”有学子叫了起来。

“是啊！我们在凶兽林里面所得都得交给你，那我们不就什么都得不到了？这也太亏了吧？”有人不满地说道。

有的人在那里抗议，有的人在那里嘀咕，唐宁也不说话，直到他们说了好一会儿才问：“都说完了吗？”

众人相视一眼，静了下来。

唐宁站了起来，道：“为什么任务积分是我的，凶兽林里面所得也是我的？原因很简单，那就是我带你们进去，会保证你们活着出来，而且我是带你们去进阶的，你们的主要目的就是进阶突破，其他的跟你们一点儿关系也没有。如果你们觉得不公平、不满，可以现在站出来，但到了那里之后，就别再让我听见你们刚才的那些话了，可懂？”

听了这话，众人心头微动，这才响亮地应了一声：“是，我们明白了！”

“很好，回去准备准备吧。明天一早出发。”她说完，一摆手便转身离去。

牛大力见状，快步跟了上去，喊道：“唐师，你还没告诉俺，俺怎么总是停在炼气七阶上不去呢？”

唐宁一笑，瞥了他一眼，道：“因为你缺少实战经验，也只有在最真实、危及生命的情况下，才能激发身体里的潜力。”

闻言，牛大力停下脚步，看着唐宁渐渐离去的身影，这一回没有跟上去，而是站在那里想了好一会儿，这才咧嘴一笑，道：“俺明白了。”说完，他便也快步回去，准备明天动身的物品。

回到洞府后，唐宁交代了寒知和星瞳一些事情，便修炼起来。一夜时间，她的实力跃进灵师六阶。睁开眼睛那一刻，纵是一夜没休息，她依旧神清气爽。

“主子，按你说的将这些任务牌都取来了。”寒知见她走出来，上前说道，将那些任务牌递给她。

唐宁接过后便收入圆竹空间里，对星瞳交代道：“这一个月你就在洞府里修炼，希望我回来时可以看到你的实力有明显的提升。”

“是，星瞳会努力修炼的。”星瞳应了一声。知道自己的实力还太弱，去了也只会拖她的后腿，因此星瞳并没有要求同行，只是心中难免失落。

“小黑！小黑又跑到哪儿去了？”唐宁唤了一声，朝周围看了一眼。

就见小黑扑棱着翅膀飞了回来，落在她的肩膀上，道："哑哑！唐唐，你带那三十个菜鸟进去，还得保护他们，不得麻烦死？"

"身为导师，保护他们的安全也是应该的，更何况这不还有你在吗？"唐宁轻笑道。

唐宁看了寒知一眼，道："走吧。"

"是。"寒知应了一声，跟上她的脚步。

"寒知，照顾好主子。"星瞳在后面喊了一声。

"知道。"寒知头也没回地应道。

唐宁带着寒知来到会合的地方，看到三十名学子皆身着劲装时，不由得点了点头，道："不错，这样很好。既然人齐了，那就跟我走吧。"

在唐宁带着三十名学子往凶兽林而去时，天龙城中，黑风看着自昨天回来后便一直不太对劲的主子，不禁拉着暗一到院外询问。

"昨天你不是跟着主子去了天龙学院吗？主子到底是怎么了？你知道吗？"

暗一瞥了黑风一眼，道："主子只让我在学院外面等他，并没有让我进去，所以我不知道他是怎么了。"

"不知道？你怎么能不知道呢？早知这样就让我跟着去，你留在别院这里好了。"黑风抱怨道，想了想，又道，"要不找个大夫过来帮主子看看？探探脉？"

"也许主子只是心情不太好，或者是又被唐师气到了，你若找个大夫过来，就不怕他发火？"暗一问道，扯回被拉着的手臂后，便往里面走去。

黑风听暗一这么一说，顿觉进退两难，一时间也不知该怎么办才好。

而此时，房中的墨烨正闭着眼睛靠坐在椅子上，眉头紧拧，想到昨夜那荒唐的梦，猛地睁开眼睛，坐直了身体，急喘着气。

现在他只要闭上眼睛，总会想到那小和尚笑眯眯的精致小脸，以及那粉嫩嫩看起来比女人还要柔软三分的唇。

"真是该死！"他低咒一声，羞恼不已。

"主子？主子？"黑风将门打开一条缝，脑袋从那门缝里探了进来，看了看后问道，"主子，要不要找个大夫过来？"

"滚！"一听又是找大夫，墨烨抓起桌上的一本书就朝黑风的脑袋砸了过去。

他有病吗？他怎么会有病？他明明正常得很！

"哎哟！"黑风低叫一声，连忙捂着脑袋缩了回去，还不忘将门拉好。

"是吧？我就说你是进去找打的。"暗一幸灾乐祸地说道。

"可能又是唐师惹恼了主子。只是不知唐师现在又在干什么呢？"黑风揉着脑袋说道，又看向房间的方向，估计只有唐师才能顺好他家主子的毛了吧？

而此时，唐宁带着学子们来到凶兽林的入口处，将三十人分为三队，每队之人的实力都是差不多的，队长则是实力达到炼气九阶巅峰的学子，一队为司徒南笙，二队为叶飞白，三队是一名叫陆锋的青年学子。

“唐师，我的实力也达到了九阶，怎么就不能当队长呢？”一名学子嘀咕道，有些不满。

唐宁瞥了那名学子一眼，道：“就算同为九阶，你们当中也会有实力高低之分，如果想当队长，可以等这次历练结束后你去挑战三名队长之一。若胜了，你代替他；若输了，回到你自己的位置上服从命令。”

听到可以挑战队长，他们不由得眼睛一亮，这才应道：“是！明白了！”

三名带队的队长相视一眼，只觉唐师给他们挖了个坑，还是不得不往下跳的坑，他们预想得到日后的挑战会有多少。

一行人在唐师的带领下进入凶兽林，一进里面，便能察觉空气中散发出来的那股危险的气息，纵是此时他们周围没有凶兽，不少人仍有种已经被凶兽盯上的感觉。

“我们的第一个任务是取灵犀牛角五根，你们有没有信心？”唐宁开口问道，目光落在众人身上。

“有！”众人声音响亮地应道。

“那你们听好了，灵犀牛是群居的兽类，皮坚肉厚，刀剑的杀伤力对它们而言并不大，而灵犀牛的角是它们最珍视的武器，你动它们的角，它们会跟你拼命，所以每支小队的成员都得合作行事，明白了吗？”

“明白了！”众人应道。

“叶飞白，带着你的队员去侦察，若发现灵犀牛的踪迹便迅速回来禀报，记着，不要擅自行动。”唐宁交代道。

“是。”叶飞白应了一声，带着自己的队员迅速往前去侦察。

其他人跟着唐宁继续往前走。

他们走了一段距离，便见一名学子回来禀报：“唐师，我们在前面发现了灵犀牛的踪影，队长带着人埋伏在那里，伺机而动，让我回来禀报。”

“前面带路。”唐宁吩咐道，示意身边的学子跟着她疾走。

前方的树林中，有些学子看到那群灵犀牛要走了，不禁焦急地道：“队长，它们要走了啊！唐师他们还没来，怎么办？我们要不要先阻止？”

“唐师说不能擅自行动，只能先跟着，一切等他们来了再说。”叶飞白说道，打

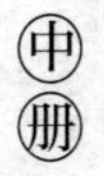

了个手势，示意学子们跟上。

哪知在这时，一名学子不小心踩到了树枝，惊动了那些灵犀牛。

只听其中一只灵犀牛仰起头嘶吼了一声，那些已经准备离开的灵犀牛便回过神来，嘶吼着朝那名学子所在的地方奔了过去，力道之大，饶是那名学子用来遮掩藏身的大树也被生生撞断。

灵犀牛重重的脚步声震得叶飞白心头一紧，看着众人惊呼着散开，那些灵犀牛还在逼近乱撞，他只能一咬牙喝道："快点儿退开！"

"退不了了，只能迎战了！"一名学子喊道，提着剑便踩着前面的大树掠起，手中锋利的剑散发着慑人的光芒。

只见那名学子一声低吼，手中的利剑砍向下方的凶兽。哪知那名学子气势十足、凌厉非常的一招，却只是在灵犀牛的毛上划了过去，溅出丝丝火花，但那灵犀牛身上一点儿痕迹也没有。若不是清楚地知道那一刻手中的剑是砍了下去的，那名学子还真以为那迸溅出的火花只是错觉而已。

一剑未能伤及那头灵犀牛，后面的另一头灵犀牛已经用坚硬的角顶了上去，力道之大，速度之快，让那名学子根本连闪避都不能。

"快避开！"叶飞白惊呼一声。

叶飞白的身影刚掠动，就见那名学子被顶了出去，身子重重地摔在地上。而此时，周围的灵犀牛看到那么一个小小的人类掉了下来，嘶吼一声，一只只围了过去，更有其中一头较大的灵犀牛抬起厚实的脚，瞄准了地上那个蜷缩着的人类狠狠地踩了下去。

看到这一幕，叶飞白倒抽了一口冷气——若是这一脚踩下去，只怕那名学子得死在那里。

下一刻，一道熟悉的声音传了过来："让开！"

唐师的声音从后方传来，叶飞白转身看去，便见唐师手上一个泛着光芒的钵渐渐变大，随着唐宁的一声大喝钵从手中飞了出去，撞向了前方那头巨大的灵犀牛。

砰！

"嗷！"

一声撞击的巨响传出，那头灵犀牛的吼叫声也随之传出。被圣天钵这一撞，它整个身体失去平衡往后退去，直到砰的一声跌倒在地，压断了后面的大树。

"嗷！"因这一撞，周围的灵犀牛都受了惊，吼叫着迅速地奔跑着。

那名摔在地上的学子眼见一头奔跑的灵犀牛的脚就要踩下来，却见一道青色的身影掠了过来，以迅雷不及掩耳的速度将其拖离。

"啊！"那名学子惊呼一声，整个人被推向另一名学子，站稳后才发现自己已经退出了危险区，不由得看向前面的唐师，正要道谢，就听唐师的声音传出。

“三队负责驱、拦，一队负责切割灵犀牛角！”唐宁当即喝道，看向一旁的三人，道，“你们也一起上去，小心一点儿。”

“是。”他们应道，也跟着迅速加入战斗。

切取灵犀牛角并不需要杀死灵犀牛，只不过它会反抗这一点让人不太好下手，至于被切掉了的角，过些时日还会慢慢地长回来，不会伤及灵犀牛的性命。

唐宁没有上前，一只手托着钵，目光盯着穿梭在灵犀牛中的众人，以便在他们有危险时出手相救。

只见司徒南笙跃上一头灵犀牛的背，双腿紧夹固定身体，上身俯趴向前，用匕首切向灵犀牛角。只是那角很是坚硬，司徒南笙切了许久也没能切下来，反而被那头灵犀牛甩向一旁。

其他人见状，也都跃到灵犀牛的背上，只不过总是被甩下来，有的被撞伤，有的费了大半天的时间才终于切割了一节灵犀牛角，也有的利用绳索牵制灵犀牛，然后再去切灵犀牛角。

她大致看了一下，多多少少摸透了一些学子的战斗力。

直到他们气喘吁吁地跑了过来，将东西全递给她。

她将那些灵犀牛角都收了起来，看了一眼已经四散而跑的灵犀牛，道：“走吧！找个地方歇一歇。”

将他们带到一处阴凉的地方坐下歇息后，她才看向他们问道：“都感觉怎么样？我看你们当中有人见血了？赶紧处理包扎一下。”

“唐师，那些灵犀牛的力量太大了，我们根本不是对手，数量还那么多，根本就顾不过来。”有学子小声说道，取出药来准备包扎。

唐宁看了那名学子一眼，道：“不要用现成的药，你们几个，去周围找一下这种草药，它叫红梭草，有止血消炎的作用。你们在野外时就得学会辨识哪些是对你们有用的草药，要学会灵活运用。”说话间，她将先前摘的一种草药丢给他们，让他们照着去寻找。

学子们闻言，相视一眼，也明白了唐宁的用意，便都应了一声，没受伤的人起身帮忙寻找。

在野外时也会有身上的药用尽的时候，而这个时候，认识一些止血消炎的药对他们来说用处就极大了，就算是不懂医药，对普通的药物也应该懂得一些。

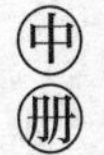

不一会儿，众人便找回来不少草药。唐宁让他们用嘴嚼烂也好，用石头捣烂也好，总之自行包扎。

“唐师，你那个钵是法器吗？”司徒南笙盯着唐宁手上那个钵，先前好像就是这

个钵变大飞出，还将那么大一头灵犀牛撞倒了。

司徒南笙的话一出，其他人的注意力也全落在那个钵上，脸上皆有着好奇。

唐宁瞥了他们一眼，随手将那个钵收了起来，道："我这个钵叫圣天钵，平日在外时是用来化缘的。"她眼睛一弯，笑了起来，"你们有没有人想要与佛结缘，慷慨解囊的？"

"嘿嘿，唐师说笑了。"众人讪笑道，连忙移开目光——他们才不要与佛结缘，才不要像唐师一样当和尚。

休息了一会儿后，唐宁便带着他们继续往凶兽林深处走去，寻找一味叫金边灵芝的灵药。

路上，唐宁看到一些有用的药材就会采摘，告诉学子这些是什么药，又有什么功效，让他们记下来。

一路走下来，众多学子又了解到，唐师不仅在修炼方面颇有造诣，就连在医药方面也有涉足，单单这一路，便让原本并不是很熟悉野外药材的他们记住了十几种药材。

寻了大半天也没找到金边灵芝，天色渐渐地暗了下来，见此，唐宁便吩咐道："一队去打野味；二队捡树枝，砍些柴火回来；三队就地警戒巡视。"

"是！"众人应道，迅速分工合作。

司徒南笙那一队去了周围打野味，没过多久，一队十人便抓了一只野猪和一只野鸡回来，还有人摘了一些野果子。

叶飞白那一队去捡树枝，也摘了一些野果子回来。

将东西放下后，他们邀功般看向唐宁，道："唐师，这林子里也没什么素的，所以我们就给你摘了些野果子，你将就着吃。我们还备了干粮，你要是吃不习惯这些果子，吃干粮也行。"

唐宁倚在树上休息，寒知守在树下。此时听到他们的话，树上的唐宁翻身跃了下来，看了看那些野果，道："森林里的果子有的是有毒的，像这一种是麻果，吃了之后是会失去知觉、浑身动弹不得的，若是严重一些，还会因此而丢掉性命。"

"啊？"众人一惊，连忙看向身边的人："刚才你们都没吃吧？"

"没……没有。"

他们好歹都是世家贵族出来的子弟，什么果子没吃过？这些果子看起来青青的，一看就酸涩不好吃，他们只想着拿回来给唐师填肚子，自己可没兴趣去试一试。

"那我赶紧拿去丢掉，免得让人误吃了。"一名学子蹲下，将那些麻果挑了出来。

"留着吧！"唐宁说道。

"留着？可这不是不能吃吗？留着做什么？"那名学子不解地问道。

“自然是有用的。挑出来后放一旁，让所有人都记住这种果子叫麻果。”唐宁示意道，又看着那头野猪道，“赶紧抬到水源处去处理了啊！还留着它过夜吗？”

众人面面相觑，觉得唐师有些凶残。说好的佛门弟子慈悲为怀呢？这么大一头野猪，唐师就喊着赶紧抬到水源处去处理了，可佛门弟子不是不杀生的吗？

“你们还愣着干什么？”唐宁诧异地看了他们一眼。

“唐师，我……我们不会弄这个。”

他们都是饭来张口衣来伸手的公子哥儿，还真不会杀猪啊！

“俺会弄，俺会杀猪。”牛大力走上前来，咧着嘴笑道，“唐师，在家时每逢过年都是俺跟着俺爹杀猪的，俺会，俺来吧！”他说完，便准备弯腰去将那头野猪扛起来。

“等等。”唐师喊了一声，示意他退开后，这才道，“既然你会，你就在一旁教他们，让他们都学学，自己不要下手，让他们都学会了再说。”

“啊？不是吧？”众人顿时哀号起来。

“赶紧吧，天都快黑了。”唐宁示意道，又让人点起火堆，准备其他东西。

这些十指不沾阳春水的公子哥儿，第一次卷起衣袖磨着刀杀猪，可以说是手忙脚乱，弄得一身湿才将那头野猪处理好。

相对于杀猪，杀鸡则简单多了。

他们把这些都处理好后，将东西扛到已经点起来的火堆上烤着，便一个个坐下来呼出一口大气。

“真是累死了，比割灵犀牛角还要累。”

“跟着唐师出来，居然还学了一回杀猪，回去后可以吹很久了。咱们学院里，你们说得有多少人不会干这个？”

“哈哈哈，肯定不少，全都是公子哥儿出身，谁会干这个啊？”

“你们别说，这趟出来还挺好玩的，就是不知其他导师带出来是不是也是这样？”

众人一边聊，一边看着牛大力在那里烤肉，闻着肉味，一个个都不由得馋了起来。累了一整天，他们终于可以好好吃点儿东西了，这还是他们动手处理的呢！

然而，就在这时，负责巡视警戒的陆锋快步前来禀报：“唐师，不好了，有狼群正向我们而来！”

“什么！？”

“狼群？！”

众学子一惊，迅速站了起来，一只手握住了腰间的佩剑，做出防备的姿态。

唐宁站了起来，问：“有多少只？从哪个方向来？”

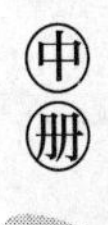

"三十几只，从那边过来的。"陆锋伸手一指，道，"估计不用一会儿就到我们这里了。是战是退？请唐师定夺！"

唐宁目光微闪，道："凶兽林里只有一种狼，名为风狼，其速度极快，攻击力极猛，战斗力极强。你们本就是来这里历练的，既然遇到了，自然是战，而不是退。风狼的品级并不高，但实力相当于炼气七阶的实力，你们一人负责一只，剩下的由我解决，有没有问题？"

众人相视一眼，应道："没有问题！"

以唐师的实力，对付剩下的风狼应该可以应对自如吧？若是唐师应付不了，他们解决了对应的风狼后便去帮唐师。

"迅速散开，上树！"唐宁喝道。

等他们都上树后，她一拂衣袖，将架在火上烤的猪和鸡等食物全收入圆竹空间，这才跟着陆锋来到前方。看到夜色中冒出的一双双泛着幽光的眼睛，唐宁对身后的寒知说道："自己小心一点儿。"

"是。"寒知应道，也隐藏起来。

小黑拍着翅膀落在枝头，一双黑溜溜的眼睛四处看着，并没有将那些狼放在眼里——以它上古神兽的本事，若是唐唐让它展示的话，估计它一个威压出来，这些狼就得夹着尾巴逃得无影无踪。

不过谁让学子们是来历练的呢！它反正是不用出手的，还是在树上看热闹吧！

"嗷呜！"狼王的一声号叫在夜色中传开。

那三十几只狼朝先前唐宁等人休息的地方扑去。

随着狼群到来，树上的学子持剑飞跃而下，往下方袭去。风狼速度极快，一个闪身纵扑，凌厉的爪子如同锋利的刀刃一般咻的一声划破一名学子身上的衣衫。只听一声倒抽气的声音传出，空气中隐隐有血腥味弥漫开。

"嗷！"

"嗷！"

狼嚎一声声响起，风狼与学子混战在一起，剑气纵横的声音伴随着学子的嘶吼、厉喝也传开。风狼是发了狠地冲着对方的致命点撕咬，学子也是拼了命地攻击，也不知是狼血，还是学子身上的伤，只觉那股弥漫在空气中的血腥味渐渐浓郁起来。

唐宁则是解决了两只风狼之后，便直接朝较远处的狼王走去。

那狼王站在一块大石头上，在月色之下仰头号叫，仿佛在给其他风狼助威一般。当它看到一个人类在夜色中走来时，盯着那个头上没毛的人类看了半晌，仿佛察觉了危险一般，竟不由自主地后退着。下一刻，它却发现退路被挡，一怒，嘶吼一声，朝那个人类扑了上去。

唐宁看着那体形较大的狼王，眯起了一双漂亮的眼睛，身影一动，掠了出去。

一人一狼皆朝对方飞扑过去，在狼王扑来之时，唐宁一个闪动，到了狼王身侧，手中的匕首以迅雷不及掩耳的速度刺入了狼王的脖子处。

“嗷！”狼王一声凄厉的惨叫响起。

正攻击学子的狼群大惊，本能地回头朝狼王的方向看去。它们想要退，却又因那一刻的走神而被迅速击杀，哀嚎着倒在地上抽搐，直到身体一动也不动地躺在那里，断了气息。

“唐师呢？”众人见唐师不在，不由得一惊。

众人正想去找唐师回来，就见夜色中，一袭青衣的唐师手里拖着血淋淋的狼王走了回来。

那一刻，众人错愕地瞪大了眼睛，脑海中只浮现出一个念头：唐师杀生了！

三十名学子心中又是震惊又是内疚：唐师居然杀生了！唐师可是和尚啊！为了他们，唐师居然破了佛门中的杀戒……

一股油然而生的感动在他们心里弥漫开，他们一时间喉咙有些哽咽：“唐师……”

唐宁将那狼王往地上一扔，诧异地看了他们一眼，道：“你们还愣着干什么？赶紧收拾一下，转移地方啊！这里血腥味这么重，不走留着等其他凶兽过来吗？”

闻言，众人这才迅速清理了一下战场，然后转移。

到了另一处地方后，见唐师取出先前还没烤好的野猪以及山鸡，他们不由得愣了。

“小牛，架上去重新烤，再烤一会儿就可以吃了。”唐宁对旁边的牛大力吩咐道，而后对其他人道：“受伤的赶紧清理、包扎伤口，今晚就在这里休息了，没受伤的先去巡视警戒。”

“是。”众人应道，迅速分工合作。

陆锋叫上几名没受伤的学子到周围巡视，其他人则围在火边休息。

当肉香味弥漫开时，众学子不由得咽了咽口水，饿了一整天，又消耗了那么多力气，此时他们都感觉自己可以吃下一整头烤猪！

然而，让他们错愕的是，唐宁在周围绕了一圈之后，回来在火堆边坐下，接过牛大力手中的小刀，居然先割了一块肉吃了起来。

“嗯，味道不错，已经熟了。小牛，给他们都切点儿。”唐宁说道，又切下一块肉递给身后的寒知，喊了一声：“小黑！”

“哑哑！我在这儿！”小黑拍着翅膀过来，停在她身边。

“来，这块给你。”唐宁切了一小块肉给它，自己又切了一块之后，霸道地道：“那只烤鸡是我的，你们谁都不准跟我抢！”

众人愣愣地看着吃得满嘴油光的唐师，纵是在夜色中，唐师那光秃秃的脑袋仍无时无刻不在提醒着他们，唐师是佛门弟子，可谁来告诉他们，为什么佛门弟子不仅杀生，还吃肉了？

“愣着干什么？还不赶紧吃？”唐宁瞥了他们一眼，扯下一根鸡腿吃着。

“唐师，你不是佛门弟子吗？怎么吃肉了？”一名学子忍不住问道。

听到这话，唐宁一笑，拿着鸡腿咬了一口后，道：“有道是，酒肉穿肠过，佛祖心中留，懂不？”

不仅是那名学子不懂，其他学子也是半点儿没懂，他们只知道一点，唐师是个不守清规戒律的小和尚，佛门那一套在唐师身上根本没用。

吃过东西之后，学子有的靠在树下休息，有的盘膝调气。唐宁看了他们一眼，带着小黑四处去巡视。

“主子，我来巡夜吧，你去休息。”寒知跟在她身边说道。

“不用，你去休息吧！养足精神明天才好战斗。”她笑了笑，拍了拍寒知的肩膀，“这一趟进凶兽林，我希望你也可以再度突破。”

闻言，寒知应道：“是，属下定不会让主子失望。”

看着寒知离开后，唐宁道：“小黑，你到周围去转转。”

“好。”小黑应了一声，拍着翅膀便飞走了。

唐宁则在树下坐下，取出空间里的麻果和一些采摘的草药开始捣鼓……

次日清晨，捣鼓了一夜药物的唐宁收拾好东西，来到那些学子休息的地方一看，不由得乐了，只见一些学子还在睡着没醒，有几个盘膝而坐的学子身上气息涌动，明显处于进阶阶段。

她当即在旁边为他们护法。

天色渐亮，其他学子醒来，也看到了那进阶的几人，不由得相视一眼，有些诧异。

约莫到了中午时分，那几名学子一举进阶突破，实力直达炼气九阶。唐宁不由得笑眯了一双眼睛，道：“不错，不错。”

看来她将他们带出来历练是对的，他们在学院里太过舒服了，没有环境的压力，实力哪里会突破得这么快？

“居然一举进阶直达炼气九阶？他们原本只是炼气七阶的实力啊！一连突破了两个等级！怎么办到的？”

“早知道昨夜我也不睡了，学他们一样盘膝修炼，说不定我也能突破。”

“不一样，你们不一样。”唐宁笑眯眯地摇了摇食指，道，“他们会突破是因为在昨天的一战中有所感悟，再加上他们原本就处于炼气七阶巅峰，如今有了这么一个契机，才会在今天一举进入九阶，却也只是处于九阶，而不是九阶巅峰，想要达到九阶巅峰进而突破成为灵师，目前还是办不到的。”

第十三章　废掉修为

“不过你们也不用泄气，相信在历练的这段时间里，你们的实力一定会有所提升。”她笑眯眯地鼓励了一番。

“是，唐师，我们会努力的！”看到其他人进阶了，他们心中就如燃起了一把斗志的火焰，他们相信自己的实力也会得到提升的！

待进阶的那几名学子气息稳定后，唐宁便带着他们继续往里走去，路上偶尔遇到的凶兽皆由学子自己解决，一路走来，金边灵芝没有找到，倒是找到了不少其他药材，其中还有一些是一阶、二阶的灵药。

“唐师，司徒学长在那边发现了金边灵芝，他已经下去摘了。”一名学子快步回来禀报道。

“找到了？带路。”唐宁说道，带着众人快步往前走去。

众人来到一处悬崖边，见悬崖下方的一处石缝中长出了一株金边灵芝，而司徒南笙已经往下爬去，腰上只系着一条绳子，绳子的另一端系在不远处的一棵大树上。

看到这一幕，唐宁当即唤道：“小黑，下去盯着！”

“哑哑！”小黑拍着翅膀飞了下去，来到司徒南笙身边。

其他人不解，怎么让那只乌鸦下去，只好帮忙拉着绳子，喊道：“小心一点儿。”

“到了，就在这里。”司徒南笙露出兴奋的笑意，一只手抓着绳子，一只手就要去抓那金边灵芝。

就在司徒南笙的手伸向那金边灵芝之时，一条细细的金色小蛇猛地蹿了出来，张口便咬向他伸出的手。

“啊！”司徒南笙一惊，本能地叫了一声。

一旁的小黑在那条金色小蛇咬向司徒南笙时，当即伸出爪子一抓，将那条蛇撕成两段丢了下去。

“好险，幸好我缩手缩得快。”司徒南笙拍了拍胸口说道，迅速将那金边灵芝摘下后，抓着绳子爬了上去。

“唐师，你看，我……”他的话还没说完，身子便是一晃，两眼一翻，直接晕了过去。

“司徒学长！”旁边的学子连忙扶住他，看着他微微泛紫的嘴唇和脸色，不由得惊呼：“唐师，司徒学长好像中毒了！”

唐宁皱了皱眉头，道：“刚才那条金蛇好像没咬到他啊。”说话间，她已经蹲下身为他把脉，这一探，发现他确实是中了蛇毒。

“奇怪……”她呢喃道，拉起他的手检查了一下，发现他的手上有伤口，而伤口上泛着紫黑，可能是先前伸出手时被那条蛇的毒液吐到了。

“那蛇看起来就是有剧毒的，司徒南笙会不会没救了？”叶飞白有些担心地道，从这里送回学院，怕也来不及了。

“放心，他死不了的。”唐宁说道，从圆竹空间中取出小刀来，在他的伤口处划了个十字形，又以灵力气息将他体内的毒逼出来。

看到那泛着黑色的血滴落在地上，烧灼出一个洞时，他们惊得倒抽了一口冷气。

唐宁帮他逼出毒之后，又取出一个小葫芦来，从中倒出一枚药丸塞入他口中，吩咐道：“行了，把他扶到那边的树下去休息会儿。”

“唐师，这……这样就可以了吗？用不用把他送回学院？”牛大力愣愣地问道。那毒有多厉害他们都看见了，可唐师就弄那么一枚黑乎乎的药丸给他服下就行了？他要是余毒未清，出了事怎么办？

“不用，他一会儿就该醒了。”唐宁说道，将那株金边灵芝收了起来，又朝下面看了看，喊了一声：“小黑，你再看看下面还有没有。”

“哑哑！”小黑拍着翅膀往下飞去，转了一圈后回来对她道，“唐唐，再往下一点儿的地方还有一株比先前那株还要大的。”

“这样啊，那我下去摘。”她眼睛一亮，对学子们道，“你们都在上面等我，司徒南笙醒来后给他喝点儿水。记着，不要乱跑。”

“主子，还是属下下去吧！”寒知上前说道，担心她会出什么意外。

“不行，你的反应力没我强。你帮我盯着他们，不要让他们乱跑，我一会儿就上来。”她取了绳子系在腰间，往悬崖下方而去。

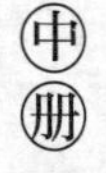

众学子面面相觑，不禁担心地道："唐师会不会出什么事啊？金边灵芝旁边有毒蛇守着，他能行吗？"

"主子让你们先等着，不要乱跑，你们就先到一旁休息吧。不用担心她。"寒知说道，自己则站在悬崖边看着。

只见那道青色的身影借着绳索往下降，下了几十米，才停了下来。

唐宁看着这株比先前那株还要大的金边灵芝，露出兴奋的笑容来，双脚抵着崖壁，看着那条盘在金边灵芝上的金色毒蛇。

"咝咝！"那条金蛇吐着蛇芯子，发出威胁的信号，撑起的蛇头盯着那个外来者，随时准备做出攻击。

"啧啧，这条蛇也比先前那条大，蛇胆应该可以用来入药了。"唐宁眼中泛着光芒，对一旁的小黑道，"小黑，你记得接住，别掉了。"

"哑哑！"

听到小黑应了一声后，唐宁摸出一把匕首来，做了个假动作往前一探。那条金色毒蛇的蛇头猛然蹿起，张开嘴便朝她咬来。看到这一幕，唐宁手中的匕首一转，一道气刃削过，直接将那条金色毒蛇的头削掉，蛇头飞出往下坠去，蛇身也跟着飞出往下掉。

这时，小黑拍着翅膀飞上前，双爪一抓，将那条没了蛇头的蛇抓住，往上飞去。

将金边灵芝挖下后收入圆竹空间，她才往上爬去。

上面的寒知见她已经往上爬，便抓着绳子将她往上拉。

然而，就在这时，身后传来一道声音："还道是什么人呢，原来是那天龙学院的学子，模样还挺俊俏。"

"什么人！？"

"谁！？"

陆锋和叶飞白同时喝道，迅速做出防备的姿态。这凶兽林是他们学院的地方，怎么会有外来者入侵？

"一群小鬼而已，还模样俊俏？你这毛病什么时候才能改一改？"

说话间，一男一女走了出来，男子高瘦，四五十岁，女子穿着纱衣，风情万种，三十来岁，两人的实力皆在灵师巅峰。

"这里是天龙学院的地盘，你们是什么人？竟敢擅闯！"牛大力高声喝道，手中的大斧直指那两人。

"小鬼，别拿斧头指着我，真是没礼貌！"那高瘦男子用阴沉的声音说道，说话的同时，一拂衣袖，一股强大的暗劲袭出，生生将牛大力击飞出去。

"啊！"

“小心！”

看到牛大力被那股力道撞向悬崖的方向，陆锋和叶飞白两人一个飞扑，在牛大力即将摔下悬崖那一刻抓住了他的脚。

“你们竟敢伤人！”有学子一怒，拔出剑便朝那名高瘦的男子袭去。

其他人见状，一拥而上，围向那两人。

其中一名学子将司徒南笙背到一旁后，也加入战斗。

而司徒南笙悠悠醒转之际，就见学院的学子与两名不知从哪里冒出来的修士打成了一团。

寒知没空去理会身后，只是加快拉绳子的速度——主子还在下面呢！当务之急是将她拉上来。

几十米的距离，下去倒是容易，上来就有些费劲了。唐宁爬啊爬，爬到上面时，却见牛大力脑袋往下脚朝天地倒吊着，叶飞白趴在悬崖边吃力地拉着。她愣了一下，听到上面的打斗声，不由得加快了往上的速度。

“牛哥，你怎么这么重，我快撑不住了，你赶紧上来啊！”叶飞白喊道。因牛大力本身就重，又处于悬崖下，他们也不好使力气，总感觉没把他拖上来，反被他拖着往下栽去。

牛大力因被倒吊着，使不上力，脑袋往下看去，却见唐师已经往上爬来，不由得喊了一声：“唐师！过来一点儿，把绳子给我借借力啊！”

唐宁继续往上爬，到了离上面还有两三米的距离时，解下腰间的绳索，双脚在崖壁上一蹬，往牛大力的方向扑去，将绳子缠在他身上后，借着力道提气一跃，往上掠去。

“主子！”寒知看到她上来，松了一口气。

唐宁的目光却是落在前面不远处那一个个被打伤、嘴角带着鲜血的学子身上，她眸色微冷，视线落在那一男一女身上。

见那名高瘦的男子掌力一个运转，手掌间挟带着一股雄厚的灵力气息朝叶飞白拍去时，她一个箭步上前，伸手便将想去迎那一掌的叶飞白推到一旁，同时圆竹在手中转动，直接拦了上去。

“阿弥陀佛，施主，手下留情。”

叶飞白冷不防被推开，脚步踉跄了下，扑向另一名学子，被扶住后才站稳，回头一看，便见唐宁笑眯眯地对上了那名高瘦的男子。

“唐师，他们擅闯我们学院的重地，还打伤了我们的人！”叶飞白恨恨地说道，目光紧紧地盯着那一男一女。

“谁让你们死脑筋呢！明知不是对手还往前凑，不打你们打谁？”唐宁瞥了他们

一眼，冷哼了一声。

“小和尚？”那高瘦男子盯着面前一袭青衣、眉目精致的小和尚，挑了挑眉，“什么时候天龙学院竟连和尚也收了？”

“哟，这小和尚长得还真是眉清目秀啊！小模样瞧着真是可爱。”那名美妇人言语带着些许轻佻，一双美目在唐宁身上打转，伸手便要去挑唐宁的下巴。

唐宁笑眯了一双眼睛，道：“女施主谬赞了。就算你这般夸我，我也不会手下留情的。”话音一落，她微微侧身避开了那名美妇人的手，同时手中的圆竹朝她袭去。

那美妇人迅速避开，后退了数米，一双美目泛着精光，道：“小和尚，你也不过区区灵师六阶的实力，我可是灵师巅峰的实力，想跟我打，你觉得你够格吗？”

“阿弥陀佛，不试一试怎么知道呢！”她一只手持佛礼，轻念了一声佛号，下一刻，身影一闪，出手疾如风、身法快如影地朝对方袭去。

“我就陪你玩玩。”那美妇人轻笑道，并没有将小和尚放在眼里，一个箭步掠上前，掌风一涌，挟带着凌厉的内劲朝小和尚袭去。

唐宁手中的圆竹如利剑，竹尖一刺，一道肉眼可见的凌厉气流咻的一声袭出，朝那美妇人袭去。她极快的攻击速度几乎不给那美妇人喘息的机会，对方一退，她便逼近。

那美妇人避无可避之时，抽出腰间的软剑，咻的一声袭上前。

凌厉的剑花在那美妇人手中抖出，却被唐宁手中的圆竹挡下。

咻！竹尖一转，划过空气带起一道凌厉的气刃声。唐宁手中握着的圆竹，将美妇人手中的利剑击落之后，挟带着劲道重重地击在其肩膀处。

“啊！”凄厉的声音从那美妇人口中传出，她整个人因这一击而跪了下去。

只听咔嚓一声，肩膀处的骨头似乎生生被敲碎，那美妇人半跪在地，一只手软软地垂落，一张美艳的脸瞬间变得惨白，直冒冷汗。

那美妇人紧咬着唇，身体微微颤抖着，美目抬起看向小和尚时，眼中狠辣之色一闪而过。

“秋娘！”那高瘦男子快步上前，想将那美妇人扶起来。

却见唐宁手中的圆竹咻的一声穿过那美妇人的双手后往其背后一卡，同时出手废了其一身修为。

“啊！”凄厉的惨叫声带着浓浓的不甘与恨意从那美妇人口中而出，整张脸都扭曲了，她怎么也没想到小和尚竟敢废了她的修为。

“秋娘！”那高瘦男子惊呼一声，眼睁睁地看着那美妇人一身灵力修为被废，看着她的容颜瞬间苍老了十岁都不止，他衣袖中的双手紧紧地攥成了拳头，震怒让他整个人都颤抖起来。

“你怎么敢！你怎么敢废了她的修为！”那高瘦男子咆哮着，声音挟带着灵师巅峰的威压朝唐宁袭去。下一刻，他掌心凝聚灵力气息，身影飞掠而出，挟带着强劲掌风的手掌带着毁灭般的气势拍向唐宁。

“把她绑起来！”唐宁伸手一提，将那奄奄一息、瞬间老了十几岁的妇人丢向身后的学子，让他们将人捆绑起来。

学子因唐师出手废了那美妇人的修为而震惊得瞪大了眼睛，一时间没能缓过神来，还是一旁的寒知迅速上前接住那妇人，用绳索将奄奄一息的她捆绑了起来。

砰！那高瘦男子的掌风击出，因被唐宁避开，击落在唐宁身后那棵大树上，瞬间树身如同被火烧一般灼出一个掌印，缕缕黑烟冒起。

唐宁瞥了一眼那树身上的掌印，轻哼一声，道：“我不仅废了她的修为，你的也会废！”话音一落，她主动出击，青色的身影往前掠去。

“小秃驴！你找死！”那高瘦男子雄厚的灵力气息伴随着强烈的杀气涌动着。

后面的学子心不由得提了起来——唐师可不是灵师巅峰修为，能打赢那高瘦男子吗？

凌厉的杀气呼啸着在空气中弥漫开，饶是退到较远处的众学子，此时也能感觉到那股凌厉的杀意所带来的骇人气息。

这就是灵师巅峰的实力吗？空气中弥漫开的那股杀气和气流几乎让他们无法靠近，只看到唐师和那高瘦男子的身影在那气流当中一来一往地交着手，速度之快，他们根本无法看清两人的招式。

砰！咻！掌风与圆竹的气劲声传开。

越战那高瘦男子越惊——这小和尚的实力修为并不如他，但招式百变刁钻，似乎精通数十种武技，单凭武技便压倒性地占了上风。

久战之下他才知道为何秋娘会败在小和尚手中。

见苗头不对，他一记掌风击出后，凌空便是一翻，准备逃离，不想就在这时，小和尚手中那圆竹重重地朝他的背部击了下来。

“嗞！啊！”那圆竹重重地击打在他的背部，圆竹中挟带着的暗劲更是随着这一击的落下传遍他的整个身体，刹那间，他只感觉极痛的重击感从背部传开，直达胸口，让他体内气血一涌，一口鲜血压不住地从口中喷出，“噗”！

他趴倒在地上，背后一只脚踩了上去，将正要撑起身子的他再度踩回地面，还没等他反应过来，一身修为便被小和尚废了。

“啊！我要杀了你！杀了你！”他愤怒而不甘的声音带着凄厉传出。修为一被废，他从一个中年模样的男子变成了一个六七十岁的老人，头发灰白，满脸皱纹，整个人枯老了几十岁。

“杀我？你要是杀得了我，你的修为就不会被废了。”唐宁轻哼道，回过头看向呆住的学子们，道：“怎么还愣着？过来把他也捆绑起来。”

学子们反应过来，快步上前将那地上的人拖起来后，跟那妇人绑在一起。

先前凌厉慑人的两名灵师巅峰修士，此时修为被废，还被打伤，就如同垂暮的老者，仿佛随时会咽气。

“唐……唐师，要把他们怎么办？”一名学子问道，不知该如何处理这两人。

“怎么办啊？”唐宁摸着脑袋想了想：他们是来历练的，总不能带着这么两个累赘，而送回学院让院长处置，估计……

目光在众学子身上一转，看着一个个面面相觑的青年，她笑了笑，问：“你们有没有愿意将他们送到学院去的？”

闻言，学子纷纷摇头。将这两人送回去他们还怎么跟着唐师历练？他们可不会为了这么两个人而放弃这么好的一次机会。

“既然没人愿意将他们送回去，那就只好就地审问了。”她一脸无奈地说道。

她走上前，来到那两人面前蹲了下去，手中的圆竹在他们身上又是掀又是戳的，发现他们怀里似乎藏了什么东西，挑开一看，不由得乐了，道：“嘿，竟还有十几种灵药呢！说说吧，你们是什么人？怎么混进这凶兽林的？”

“你想知道？好，我告诉你。”那男子的声音有气无力的，如同毒蛇般的目光盯着小和尚，“你过来一些。”

“不，我就站在这里，你说吧，我听得见！”唐宁笑眯眯地说道。

“好，我告诉你，我是……”话还没说完，他整个人便背着那妇人从地上一跃而起，朝那些学子扑去，“就算死，我也要拉上几个垫背的！”他被绑在身后的手从衣袖里扯出了一张符箓便撕开了。

“不好！是爆破符箓！快避开！”一名学子惊呼一声，连忙后退。

其他人一听，脸色也是一变。爆破符箓的威力极大，杀伤力可达十米之外，他们原就没想到那人会藏有爆破符箓，此时退得再快，也来不及了。

却不想，就在那名学子喊出是爆破符箓时，一道青色的身影不退反进。

他们惊得脸色大变，喊道：“唐师！”

“主子！”寒知脸色也是一变，也想上前，却被叶飞白拉着往后退去。

符箓什么的唐宁没修炼，不过看到学子惊成那样，总归不是什么好东西，只是让她没想到的是，那被绑在一起的两人不往她这边扑，却往学子的方向扑去。

她又哪里知道，那男子是知道若是扑向小和尚势必会被避开，既然如此，倒不如拉上几个天龙学院的学子垫背。

可他连命都不要地用了爆破符箓，仍没想到，那小和尚竟敢在这样的情况下不退反进，一个闪身绕到他们身后，在他撕碎爆破符箓的那一刻将两人踹向了悬崖。

砰！轰隆！一团黑烟呈蘑菇状从悬崖下方往上涌起，在半空中停顿了一会儿后，消散在空气中。

“哇！这爆破符箓这么厉害？”唐宁微讶地看着那朵蘑菇云，这杀伤力还真是不弱啊！也幸好她是将他往悬崖下踹，要是往另一边踹，估计他们都得被这股气流波及。

解决了那两个隐患后，她才看向惊魂不定的学子，问：“刚才是谁喊那是爆破符箓的？”

其中一名学子愣了一下，走了出来，道：“唐师，是我。”

唐宁打量了那名学子一眼，想了想，道：“你好像是叫宋什么是吧？”

众人听了，嘴角一抽，没想到他们都听了唐师这么久的课了，还跟着唐师在这凶兽林里待了两天，到现在唐师还没将他们的名字记住。

那名学子露出一抹无奈的笑意，道：“唐师，我不叫宋什么，我叫宋一修。”

他宋一修虽然不如司徒南笙和叶飞白有存在感，但好歹也是炼气九阶巅峰的学子啊！唐师居然没记住他的名字？

“哦，宋一修，我记得的。”唐宁笑眯眯地说道，“我记得三十名学子当中有一个精通符箓的，就是你吧？”

“是。”宋一修应道，继而正色道，“唐师，刚才那种情况下你是不应该上前的，如果不是你速度够快，你很有可能被那爆破符箓炸伤。”

“说起这事，我还要说你们呢！”她一下子敛起脸上的笑意，精致的小脸上带着严肃，盯着众人，清脆的声音从口中传出，“刚才那男子就给你们上了一堂很生动、实用的课，你们要记着，无论在什么时候都不能放松警惕和放下戒心，一旦你们放松警惕、放下戒心，你们的命就不是你们的了，修仙之道更是如此，将来你们还会遇到比现在更危险的事情，如果不能时刻保持头脑清醒，时刻保持警惕和戒心，你们又如何能在修仙一道上走下去？”

众人心头震动，看着年纪比他们还小的唐师板着脸一脸严厉地教导着他们，每个人心头的触动都是极大的，他们知道，无论将来自己能走多远，唐师对他们的教导他们是不会忘记的。

“带你们来凶兽林历练，不仅是要提高你们的实战经验和应变能力，更是要锻炼你们的心志和警惕性以及判断力。只不过从进凶兽林以来，你们的能力让我很是怀疑，你们到底是怎么进入天龙学院，成为这凡人之地顶尖学院的学子的？”

“唐师，我们会记住的。”

“唐师，我们会记住的！”

众学子的声音由小渐大，到最后铿锵有力地传出，回荡在空气中。

这一堂课，他们相信谁也不会忘记，谁都会牢牢地记住！

看着他们一个个挺直腰板说出这响亮的话语，唐宁这才缓了脸色，点了点头，道："能记住最好，记不住的话，命是你们的，什么时候栽了别怪我没提醒过你们就行。"

听到这话，众人嘴角一抽——唐师都这么说了，他们还敢不记住吗？

见唐师脸色微缓，一名学子忍不住上前一步，带着期待问道："唐师，你知道我叫什么名字吗？"

其他学子听了，一顿，不由得朝唐师看去。

闻言，唐宁瞥了那名学子一眼，精致的眉眼一弯，笑眯眯地道："想让我记住你们的名字也容易，只要各方面都是最出挑的，我想不记住都难。至于现在，呵呵，就你们这熊样，我觉得没有记住的必要。"

碰了一鼻子的灰，那名学子讪讪地笑了笑，有些尴尬地退了回去。

"都伤得怎么样？有没有比较严重的？"唐宁看向他们，目光在三十名学子身上一一掠过。

"唐师，我被掌风打了一下，现在有些喘不过气来。"一名脸色有些苍白的学子说道。

见此，唐宁上前帮他探了下脉，眉头微拧，伸手扯开他的衣襟，只见他胸前有一个由瘀血积压而形成的掌印。

"呲！竟伤得这么重？"旁边有人倒抽了口冷气，惊了一下。

"所幸不是直接一掌拍在你身上，若是直接一掌拍下，你这会儿想活命都难。"唐宁说道，又对旁边的人道，"把他扶到树下坐着。"

几名学子将他扶到树下，就见唐师拿出一株一阶的草药在石头上捣鼓，过了一会儿拿着捣碎的灵药走了过来。

"疼吗？"唐宁用手戳了一下那名学子的胸口，双手运起灵力气息摩擦着掌心里的灵药，待双掌泛起一股热气时，便为那名学子运气祛瘀。

"啊！疼……"那名学子叫了一声，只感觉胸口一股热流渐渐地散开，一股血腥味往喉咙上涌起，忍不住张口噗的一声吐出了一口瘀血。

瘀血一吐出，他靠着大树喘气，嘴一张开，就被塞进了一枚灵药揉成的粗糙药丸，顿时闷哼了一声，只感觉满嘴的青草药味掩盖了原本口中的血腥味。

"含着，汁先吞下，最后再把药嚼烂咽下去。"唐宁说道，掌心里的灵药已经在掌力的摩擦下变成了药灰，拍了拍手，对旁边的人道，"让他歇一会儿，缓一缓。"

一旁，寒知拿出水来给她净手，道："主子，你也歇一下吧。"

“不歇也不行，这一个个的都是不省心的。”唐宁叹了一声。为了赚点儿积分，她也是不容易啊！

她走到树下坐着，见有的学子去周围巡视，有的在休息，这才从圆竹空间中取出东西来吃着，示意寒知也坐下。

“唐师。”司徒南笙走了过来。他先前中了毒，但已经好了很多，知道先前是唐师帮他解的毒，这会儿便特意过来道谢。

“嗯？”唐宁瞥了他一眼。

“我是来道谢的，多谢唐师替我解了毒。”他郑重地朝唐宁行了一礼，由衷地感谢道。

“你们既然是我带出来的，我就会把你们不缺胳膊不少腿地带回去，谈不上谢。回去歇着吧。”她摆了摆手，并没有将这事放在心上。

见此，司徒南笙便也没再多说，只是应了一声，便回先前坐的地方坐下。看着那在不远处的树下盘膝而坐、吃着肉的小和尚，他心中有着说不出的复杂。

唐宁给了他们休息的时间，这才整队后带着他们继续往林中走去……

至于学院里，因几天不见唐师带的三十名学子在竹林里念经了，有学子打听了下，才得知他们是去了凶兽林。

“听说了吗？唐师居然带着司徒南笙他们去凶兽林做任务了。”

“我也听说了，他们接了任务栏那里积分较多的任务，都不是容易完成的。”

“凶兽林都敢进，他们的胆子也太大了吧？要是出了什么事，唐师的责任可不小。”

南宫凌云和苏言卿两人正好经过，便停下脚步听了一会儿。待那几名边聊边走的学子离开后，两人才缓步顺着小道继续走。

“自考核那天之后就不曾见过唐师，若有机会，还真想再去拜访一下。”南宫凌云说道。他能这么快进阶成为灵师，还真的是因为唐师相助，而且对那个年纪不大、本事却不小的唐师，心中有着很大的好奇。

苏言卿温和地一笑，道：“如今我们同在这学院之中，日后总会有机会的，不急在这一时。”

“也是。”南宫凌云笑着应道，看向身边的苏言卿道，“我初进灵师，品级不稳，所以想先去做些任务赚点儿积分，你有没有兴趣一起？”

“也好，去看看有没有什么合适的任务吧。”苏言卿说道。

两人一同往任务栏的方向走去。

也许是因为唐师带着三十名学子进了凶兽林，不少学子也想尝试一下，于是自

发来到任务栏这里看看有没有适合的任务。

虽说积分较多的任务大多被唐师他们接下了，不过任务处又发了一些新的，因此有一些学子已经组了队。当看到考核当天便出尽风头的南宫凌云来到任务栏处时，那支组了四十来人的队伍看了看他，不知在低声议论些什么。过了一会儿，其中一人便朝南宫凌云走去。

“南宫凌云。”

南宫凌云正与苏言卿在看任务，听到声音，微顿了下，回身看去。

只见那人朝他抱了抱拳，道：“我是郑思源，炼气九阶巅峰的修为。我们接了几个去凶兽林的任务，不知你感不感兴趣？我们想邀你一起。”

听到这话，周围的学子只是看着南宫凌云和那个叫郑思源的。其实对于新进的学子，他们一般是看不上的，觉得对方的实力不如自己，不过这南宫凌云众多学子都知道，是极为出挑的人，他不仅是这批新学子中最出色的，甚至是学院学子中数一数二的，毕竟就算是老学子，实力也大多在炼气九阶巅峰，还真没几个能突破到灵师的，须知，这一门槛有很多人用了数年都未能突破。

对于实力较强的人，不管是新学子还是老学子，他们都愿意去结交，因此才会有这一幕的出现，对他们来说，若是队伍中多一个灵师级别的修士，更是保障。

然而，听到这话的南宫凌云先回了一礼，而后才道：“据我所知，学院的学子去凶兽林并不多见，就算是去，也必须得有导师带队。”

“不错，学院有规定，若去凶兽林，得有导师带队，但还有一条规定就是，若是无导师带队的队伍，则不能低于五十人，其中实力在炼气九阶的不能低于二十人。所以你看，我们组的队员，实力达到炼气九阶的已经有三十人，而其他人的实力也都在炼气七阶及以上。”声音一顿，那人把目光看向南宫凌云，“只不过没有导师带领去凶兽林的学子得先签下生死状，就是不知你敢不敢去？”

听那人言语间还带着激将，南宫凌云不由得笑了起来，道：“这倒是个历练的好机会，只不过凶险参半。不知郑兄以往可去过凶兽林？对里面可熟悉？”

“郑学长跟导师去过三回了，你说熟不熟悉？”一名九阶巅峰的学子双手环胸，看了南宫凌云一眼后，又道，“去不去给个话，别婆婆妈妈的。”

“其实这次我们并不会深入凶兽林，只是在外围，所以危险相对减半。”一名十六七岁的女子柔声说道，美眸落在南宫凌云身上，“除了郑学长，队伍中还有不少人也是去过凶兽林的。”

南宫凌云看了那女子一眼，见她也是炼气九阶的实力，微微沉思了一会儿，这才道：“好，那我与诸位同去。”

“不知我能否也加入？”一道温和的声音不紧不慢地传出。

众人不由得一怔，顺着声音看去，便见一名一袭白色学子衣袍的温雅男子面带笑容地看着他们。

看到这人时，众人目光微闪了下。此人无论是容貌，还是气度，都不逊色，尤其是一副谦谦君子风度，更显温文尔雅。他是炼气七阶的实力，但站在南宫凌云身边不出声时，几乎所有人都将他忽略了，就好像没有这么一个人似的，存在感极低。

但在场的人都是有修为的，一个能让人忽略他存在的人，不由得让人心生好奇。

“这位学弟怎么称呼？”郑思源压下心中的诧异询问道。

“苏言卿。”他温和地笑着，拱手说道，坦然自在地任由他们打量。

苏言卿？众人相视了一眼，眼中皆是茫然，对这个名字没什么印象，只知道是新进的学子。

“我们的队伍还差几个人，苏学子愿意加入，我们自然是欢迎的。”郑思源笑着说道。

南宫凌云与身边的苏言卿相视一笑，继而走向前面的几十人，在郑思源的介绍下，与众人互相认识了一下。

学院的导师听说了这事后，有的摇了摇头，道：“他们的胆子也太大了，没有导师带领也敢去凶兽林。”

“我倒觉得他们有这胆子也不错，总不能事事都由导师带领，以他们的实力，只要不去凶兽林深处，应该不会出什么危险。”

“也是，听说他们队伍中聚集了三十几名炼气九阶的学子，可以说实力较强的学子基本上都加入了他们这支队伍。我看啊，这些学子也早就想自己去闯一闯了，就由着他们去吧。”

“我听说郭青也被邀请加入其中了。”赵导师说道。

“哦？院长没说什么？”其他导师微讶。

“院长哪会说什么，只说让他去闯闯也好，郭青性子谨慎，有他在，遇事还能给其他人提提意见，又说什么生死有命，总不能一直拘在身边。”

几位导师闻言，也没再多说什么。

三天后，天龙城中。

墨烨负手在院中走着，时而停下脚步朝院门处看去。

一旁的黑风和暗一皆是不解——主子好像在等着谁？

“那小子怎么没来拿钱？”墨烨询问道，看向一旁的黑风。

“啊？唐师啊？他……他是没来啊！”黑风恍然，原来主子是在等唐师，只不过唐师进了学院后好像不能总是随便出来吧？

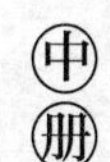

墨烨皱了皱眉，问："你有没有交代拍卖行那边，他若去拿分成，让他直接过来我这里？"

"有，属下早就交代过了。"黑风连忙说道，看着脸色阴沉不定的主子，生怕自己一个不小心又惹怒主子。

"既然有交代，那他怎么没来？"墨烨黑沉着脸询问道。

"啊？"黑风呆了下，有些茫然地看了看主子，又看了看站在一旁如同木桩一样的暗一，想了想，连忙道，"主子，也许是唐师有事没时间出来？或者是他出不来？"

他又不是唐师肚子里的蛔虫，哪里知道唐师怎么没来？

看着主子紧皱的眉头，他又建议道："要不主子去看看？"

"看他？本王得去看他吗？他爱来不来，随他！"墨烨轻哼一声，一拂衣袖，走到桌边坐下。

看着情绪明显阴晴不定的主子，黑风撞了撞身边的暗一，示意暗一想想办法。

哪知暗一就跟没反应似的站着不动，只是望着天。

"你总撞暗一做什么？"墨烨扫了他一眼，声音听不出喜怒。

"呃……"黑风讪笑，眼珠一转，道，"主子，属下是想，那天龙学院属下也没去过，不知主子下回去时可不可以带上属下去看看？"

闻言，墨烨脸色微缓，直接站了起来，道："这有何难？上回的棋还没下尽兴，走吧，去学院找老头儿下棋！"

黑风眼睛一亮，连忙应了声"是"，跟着墨烨出了院子，往天龙学院走去。

凶兽林中，进林几天的时间，三十名学子身上的白衣已经变了色，除了草汁和泥土的颜色，更多的是干涸的血的颜色。

身上的衣服被划破了不少口子，他们浑身脏兮兮的，尽显狼狈。

身上还干净如初的，也就只有唐师。

无他，一则是唐师的实力在众人之上，没有机会让唐师狼狈；二则是唐师有仙家宝贝乾坤袋。那种小小一个袋子可以装下很多东西的乾坤袋，就算他们是顶尖世家子弟，但在这凡人之地，也无法弄到一个。

更何况，这趟出来他们身上装的、怀里揣的最多的就是药物，衣物什么的还真没带，因此一套衣服已经穿了好些天，除了偶尔脱下来到水源地洗洗晾干后又往身上套，没有其他法子。

也因此，他们的衣服虽破了不少口子，也有一些没洗干净的印迹，但好歹没发臭，顶多就是有一股酸味罢了。

可这也让这些世家公子哥儿一个个浑身难受，后悔自己没有多带一套衣服。

“我这衣服昨夜才洗过的，怎么今天身上还这么痒呢？”叶飞白扯了扯衣襟，闻着衣服上那股难闻的酸味，有些羡慕地看向前面一身清爽干净如初的唐师。

他们是来受苦的，唐师是来游玩的，感觉就像是两拨儿人一样，却偏偏在一支队伍里。

“那还用说？肯定是你的衣服没洗干净。”司徒南笙凉凉地说道，嘴里咬着一根草，看着前面的唐师道，“等以后我出学院了，一定得想办法弄个乾坤袋。”

“得了吧，那玩意儿是仙人之地才有的东西，在我们这里就是稀罕宝贝，有钱也不一定能买到。”叶飞白说道，眼中浮现着好奇与探究，对身边的司徒南笙道，“你说，唐师到底是什么来路，怎么能弄到仙人之地才有的乾坤袋？我以前打听过，在凡人之地，就算是顶尖的拍卖行也只是偶尔会有一两个乾坤袋拍卖，所得者都是顶级世家家主级别的人物，就是我父亲，上回想抢拍也没拍到。”

“谁知道呢？也不知他是哪座和尚庙里出来的，反正怎么看都不是一般的和尚，要不然也当不了天龙导师。”司徒南笙说道，收回目光看向其他地方。

这段时间相处下来，司徒南笙知道唐师是有真本事的，也很用心地教导他们，遇到危险还会挡在他们前面，所以他对唐师早就是敬重之余又心服口服。

“你们还有劲儿聊天，也是够可以的，我是累得不行了，水也喝完了，又累又热还渴。”一名学子拭了拭汗说道，看了两人一眼后，往前面跑去，喊道：“唐师，唐师，我们找个地方歇歇吧！让我们喘口气，也好补充一下水源。”

唐宁听到这话，回头看了那名学子一眼，点了下头，道：“行吧。”

目光朝周围看了看，她道：“不过这地方不适合休息，再往前走一些吧。前面树林较密，杂草也茂盛，应该会有水源，到那里再歇吧。”

“好！”那名学子应道，舔了舔有些干的嘴唇，抬头看了下日头，继续往前走。

约莫走了五百米，众人到了前面阴凉之处，有几人先到四周寻找水源，其他人则坐下歇息。

不多时，几名学子回来，脸上带着惊喜。

“唐师，前面不远处有一处山泉，水源还不小，我们喝够水、装满水囊之后再洗个澡、洗一下衣服都没问题。”

“那你们就去吧。”唐宁摆了摆手，在阴凉的树下坐了下来，从圆竹空间中取出水来喝着。

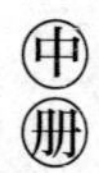

“主子，属下去将水装满吧！”寒知说道，来到她身边等着。

唐宁喝干了水囊里的水，甩了甩空了的水囊，道：“嗯，拿着吧。另外一个水囊也空了，全装满。”说着，她将圆竹空间里另外一个空的水囊也拿出来。

“是。”寒知接过后便跟着学子快步往水源处走去。

周围有学子自发巡视起来，为众人站岗，而其他学子则已经来到水源处喝水，并将自己身上的水囊装满。

看到寒知来装水，一名学子好奇地问："寒知，这都几天了，也不见你脱衣服洗个澡什么的，你就不觉得身上不舒服吗？"

"习惯了。"寒知开口说道，声音平静而淡漠，将几个水囊装满之后便往回走去。

"真是个怪人。"那名学子说了一声，又走到下游处洗了把脸。

上方泉口处装水的人也听到了，道："这寒知是暗卫出身，自然是受过训练的，别说几天不换洗，就是一个月他也受得住，有什么好奇怪的？"

"你说唐师一个出家人，怎么会带个暗卫在身边？难道唐师也是世家子弟？"

另一人笑了起来，道："哈哈哈，唐师可不止带了个暗卫，你们忘了还有个星瞳？星瞳还是个女的呢！"

"行了行了，别拿唐师当话题议论，唐师那是有大智慧的。他本来就是佛门中人，酒肉都能穿肠过了，就更不会去分什么男、女之类的了，估计在他眼里众生都是平等的，男和女就没什么区别。"另一人洗了把脸后说道，甩了甩水便开始脱衣服，"就算不洗澡，我也得擦擦身子，一身的汗真不舒服。"

"嘿嘿，行行行，不聊唐师。我要洗个澡，顺便将衣服过过水，凉快凉快。"旁边的学子说道，也开始脱衣服。

佛门的清规戒律那一套反正是不适合唐师的，他们前段时间在学院就知道了，而这些天到了凶兽林里，感悟更为深刻。

拿着几个水囊往回走的寒知，还没走近就见他家主子正往这边走来。他回头看了一眼水源处，见不少学子已经脱得只剩下一条裤衩，脸色微变，当下快步走上前拦下他家主子。

"主子，水我已经装好了。"他说道，挡住她的视线。

唐宁点了下头，接过水囊后放进圆竹空间里，给他留一个让他带在身上，道："那你去歇会儿吧。我去洗个脸。"

"主子，要不就用水囊里的水洗吧。水用完了属下再去装。"他本来就比她高，挡在她的面前倒也很好地将她的视线挡住了。

唐宁见他总是跟着她微探出的脑袋而移动身影，不由得诧异地问："你怎么老挡着我？前面就是水源处啊，我直接过去洗也是一样的。"

闻言，寒知压低声音道："主子，他们已经脱衣服了。"

"啊？"唐宁愣了一下，探头往寒知身侧望去，问，"脱光了？不会吧？"这一探头，她便瞧见了那一个个脱得只剩下大裤衩的青年，顿时乐了。

"扑哧！这花花绿绿的裤衩，还真是五颜六色，一道亮丽的风景线啊！"她忍不住笑出声来。学子们虽赤着上身，但都穿着一条到膝盖的大裤衩呢！又不是光着腚在那里乱跑，有什么好避忌的？

寒知无奈地唤了一声："主子。"要是让家主知道这情况，估计得说不出话来。

"行了行了，走吧。到前面去，我就用水囊里的水洗好了。"唐宁笑眯眯地摆了摆手，倒也没再多看一眼。其实对她来说，这还真的不算什么，但架不住寒知就跟个古板的老头子似的，要是她真走过去了，估计他得急红眼。

"唐师，你不来洗洗吗？这水很凉快！"司徒南笙朝那转身离去的身影喊了一声。

"唐师，一块儿来洗洗吧！这会儿太阳大，现在洗一会儿衣服就干了，而且这泉水是真的很清凉。"叶飞白也跟着喊了一声。

唐宁头也没回地摆了摆手，声音中带着难掩的笑意："不了不了，人太多，太挤。"

听着唐师话中的笑意，司徒南笙愣了一下，疑惑地问："唐师在笑什么？我怎么觉得唐师有些奇奇怪怪的？"

"谁知道呢！赶紧洗吧！等会儿去换下其他人。"旁边的人说道，三两下洗了个澡后便将衣服也往水里浸了浸，再捞上来拧干就直接往身上穿。

唐宁一边往回走，一边笑道："寒知啊，你要知道，修仙之人是不能太过拘束于世俗礼法的，有很多事物，你用什么样的眼光去看待，结果会是不一样的，就如你看他们就只看到一群脱得只剩下裤衩的男子，而我看到的却是一道亮丽的风景线，这两者的不同在于心境的不同、眼界的不一样，你可懂？"

还亮丽的风景线？寒知飞快地瞥了自家主子一眼，嘴角抽了抽。

任何时候她都能找出一堆大道理来说，反正他是说不过她的。至于懂不懂，他想，她估计快忘了她其实是个女的，而且并不是真的佛门弟子。

那群还在水源处欢快地笑着、喊唐师过去一起洗洗的学子，要是知道唐师是个女的，还将他们只穿着裤衩的模样看了个遍，估计会笑不出来吧？

小黑站在离唐宁不远的枝头处，低着小脑袋看了看唐宁，又看了看不远处的那些学子，下一刻张嘴便叫了起来："哑哑！亮丽的风景线！哈哈哈哈！"

它的声音沙哑中带着尖锐，此时哑哑地叫着，又哈哈地笑着，让水源处的学子不由得奇怪地回头看去。

"你们听，唐师的那只乌鸦又在叫了。"

"听到了，那么大的笑声。不过我曾听家族的长辈说起过，兽类一般说不了话，能说话的都是灵兽中上了品级、开了灵智的。"

"见怪不怪，唐师本就不凡，身边带着会说话的乌鸦有什么好奇怪的？"

几名学子在那里嘀咕，朝周围看了看，又道："不过那只乌鸦在说什么'亮丽的风景线'？一只鸟还会看风景了？"

"嘿，谁知道呢？"

此时他们还不知道，他们就是那一人一鸟眼中的风景……

唐宁笑着看了小黑一眼，走到一棵大树下，用水囊里的水洗了个脸，这才对寒知道："好了，我到树上去歇会儿，等他们弄好之后叫我。"

"是。"寒知应道，看着她跃上了树，在茂盛的绿叶中躺着，这才轻呼出口气，再度往水源处走去。

另一边，墨烨来到院长的院子里时，院长正拿着书在看，缓步走着，轻轻晃着脑袋，时而低喃。

听到脚步声，院长抬头看去，见是墨烨，微讶，道："你怎么又来了？"

"最近在天龙城里闲着也没事，便过来转转。怎么，不欢迎？"墨烨说道，看了院子里的花花草草一眼，便走到桌边坐下。

后面跟着进来的黑风则规规矩矩地站在墨烨身后。

"呵呵，自然是欢迎的。上回没下两盘棋你就跟着小唐走了，今天小唐不在这里，正好，你今晚就在这里住下吧。我们下个尽兴。"院长笑着说道，收起书走到桌边坐下。

墨烨目光微闪，问："他这几天很忙？"忙到让他去天龙城找自己拿钱都不去了？

"小唐？他啊，带着三十名学子去凶兽林做任务了，都走好些天了。"院长说道，让人上了茶水，正准备叫人布棋盘时，不由得笑呵呵地看了他一眼，道，"你该不会来看老头儿是假，来看小唐才是真吧？"

墨烨瞥了院长一眼，没有说话。

"哈哈哈，可惜不巧，他没在，而且短时间内也不会回来。"院长笑呵呵地看着手指在桌上轻轻地敲着，也不知在想什么的墨烨，睿智的目光中闪过一抹异色，道，"说起来，我还没见你对谁这般上心过。不如你跟我说说，你跟小唐是怎么认识的。"

"想知道？"墨烨看了院长一眼，唇角微勾，道，"不告诉你。"

"行，不说就不说。那你还下不下棋了？"院长无奈地问道。

"你都说了我是来找他的，既然他不在，我还留下来陪你这个老头儿不成？"墨烨站了起来，瞅了院长一眼后道，"我就先走了，下回再来。"

看着他离去，院长摇了摇头，笑了起来，道："年轻人啊！"

数天后的一个清晨，唐宁看着成功突破进入灵师级别的牛大力，眼睛笑眯成一条线。她看着轻呼出一口气后睁开眼睛、脸上溢出欣喜的人，笑眯眯地问：“小牛，昨天你还羡慕司徒南笙和叶飞白他们在前两天突破成为灵师，你现在也是灵师了，感觉如何？”

“唐师，我感觉像是在做梦。”他咧着嘴笑，一副憨厚的神情，脸上的欣喜与激动毫不掩饰，他凑上前，道，“唐师，你掐我一下吧。我看看我是不是在做梦！我真的也成为一名灵师了？”

“不是做梦，你确实已经是灵师了。”她笑意盈盈地站了起来，精致的小脸上洋溢着自得，道，“我都说啦，你们这趟跟着我进来，定是少不了你们的好处的。”

“是是是，我信，别人说的我不信，唐师说的，我牛大力一定信！”牛大力乐呵呵地道。

牛大力一脸激动和得意地跑到司徒南笙和叶飞白那里，道：“我也是灵师了，我的品级跟你们一样了！算起来，我的进阶速度要比你们快啊！”

司徒南笙瞥了他一眼，拍了拍他的肩膀，邪肆地笑道：“恭喜啊牛哥，你这天赋还真不赖，一下子都赶上我们了。回头找个时间我们到天龙城去，你得请客啊！”

“这个没问题，等我们回去了就找时间出去一趟，我请没问题。”牛大力拍了拍胸膛说道。

唐宁走了过来，道：“你虽然进阶成为灵师，但你是一连突破数阶而成的，并不像司徒南笙他们那样在九阶巅峰沉淀过，所以根基不算稳，接下来的时间里你就别想着进阶了，好好修炼，稳定根基，对你日后大有帮助。”

“是，我听唐师的！”牛大力当即应道。

叶飞白看了众人一眼，而后将目光落在唐师身上，笑道：“说起来，我们才进凶兽林半个月，大部分的人进阶了，其中司徒南笙和我，还有陆锋、牛大力几人都进阶成为灵师，也有不少人提升到炼气九阶巅峰，进阶、突破的速度和成功率这么高，唐师，这趟回去众人得惊掉下巴。”

众学子听了，相视一笑，眼中都带着喜意。他们当中就算有的没进阶，但稳定了现有的根基，而且提升了实战经验和战斗力，短短的半个月对他们来说，远胜在学院里待的半年。

唐师不仅教他们野外生存技能，还教他们分辨简单的草药，以及指点他们修炼，训练他们的战斗力和应变能力，纵是在凶兽林中所得皆是唐师的，他们仍心生感激，欣喜不已。

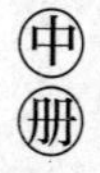

“这一趟我们的任务完成得很快，还有最后一个任务，就是猎杀一头五阶凶兽，任务完成之后，我们可以提前回学院。”唐宁开口说道，看了众人一眼，示意道，“走

吧！先锋小队先一步去探路，寻找五阶凶兽的踪迹，记住，找到了迅速回来禀报，不要打草惊蛇。”

“是！”其中一队十个人迅速先一步前去。

后面的唐宁等人跟上，也继续寻找森林中的药材。

比起这边的众人斗志昂扬、激动兴奋，由郭青和郑思源还有南宫凌云等人带队的五十人队伍，此时则弥漫着一股压抑而焦虑的气息。

五十名学子中虽说有一半以上是炼气九阶的，但此时一个个身上狼狈，负伤累累，气息不稳，脚步虚浮，边走边喘着粗气，不时担忧地回头看向身后。

“应该甩掉了吧？跑了这么久，也没听见动静了。”一名学子说道，焦虑不安地看向身后的密林。

“郭学长！你快来看看！”一名学子惊呼道，声音都有些颤抖，“陈……陈林好像快不行了……”

前面的郭青和南宫凌云以及后面的郑思源和苏言卿听了，迅速来到那名学子身边，看到其背上的学子完全昏迷了，脸色还泛着紫黑色，口中溢着血时，皆是一惊。

“不是已经服解毒丸了吗，怎么还会这样？”郑思源着急地道。

“应该是那毒太过厉害，解毒丸没有效果。快，先将他放到那边歇一下，这样带着他奔走会加快毒液的流窜。”郭青说道，帮忙扶着人到一旁的树下。

“我带人去警戒！”南宫凌云说道，朝苏言卿看了一眼，与苏言卿一起带着一些学子到周围警戒。

“陈林？陈林？”郭青喊了几声也没见陈林有反应，反而陈林的气息越来越弱，当下便道，“眼下只能先封住他身上的几处大穴，让他体内的毒流动得缓慢一些。我记得院长说过，金边灵芝可解剧毒，如果可以找到金边灵芝，也许他的命还能保住，要是找不到，只怕他性命不保！”说话间，郭青已经凝聚灵力气息封住陈林身上的几个穴道。

“金边灵芝？”郑思源一怔，眉头一皱，道，“与其找金边灵芝，倒不如找唐师他们来得容易一些，我听任务处的人说过，唐师他们接的任务当中有一个是采摘金边灵芝。”

“是啊！若是我们去寻，一则不知去哪里找，二则我听说金边灵芝旁边有剧毒金蛇守着，就算是灵师也不一定可以顺利摘下。但唐师他们也在凶兽林中，若是可以找到他们，也许陈林就有救了。”郭青微一沉思，道，“但凶兽林很大，想要找到他们谈何容易？眼下只能放信号弹，希望他们可以发现我们。”

郭青从怀里拿出一个信号弹，点燃了往天空放去。

咻！砰！

唐宁他们的队伍那边，当前锋探路的其中一名学子听到天空中细微的声响，抬头看去，不由得微呆，连忙拉着身边的人道："你们看，那不是我们学院的求救信号吗？"

"是学院的求救信号，你们快去禀报唐师！我带着其他人先一步赶过去。"叶飞白看了一眼，眉头微皱——那地方离这里还有些距离，希望他们能撑住吧！

"好！"说完，另外两人迅速折回去通报唐师。

唐宁他们在后面正低着头弯着腰找药材。那信号弹的声音到他们这里时已听不见，因此没人知道此事，直到那两名学子迅速跑来。

"怎么了？出什么事了？"司徒南笙见两人神色匆匆，忙问道。

"我们发现了学院的求救信号，叶飞白已经带着人先一步赶过去了。"那两名学子连忙说道。

一旁的牛大力愣了一下，问："还有导师带学子进来吗？在我们之前应该没有吧？真的是学院的求救信号？你们没看错吧？"

"错不了，是我们学院的求救信号！"那两名学子肯定地说道。

闻言，唐宁当即说道："你们两个带路，全体急速前进！"

"是！"众人沉声应道，迅速前往。

另一边，在求救信号放出之时，也许是因为那声响，竟将一直追着他们的两头五阶凶兽引了过来。南宫凌云带着人警戒，所以第一个发现了那两头五阶凶兽朝他们奔来的事情。

"退回去，所有人准备应战！"南宫凌云喝道，抬手示意警戒的几人往回退去。

因南宫凌云的声音中挟带着灵力气息，传得较远，所以不用他们回来传递消息，那边负着伤围在陈林身边的人就已经听到了，一瞬间，他们慌乱了。

"是那两头五阶凶兽！怎么办？我们的人都伤成这样，若是战起来，只怕我们都得……"

"避无可避，只能战！"郭青站了起来，脸上尽是严肃，"求救信号发出去了，但他们能不能看到还是一回事，我们眼下只能靠自己！所有人都给我准备应战！伤较轻的在前头，伤重的在后面！合我们之力，就算杀不了两头五阶凶兽，也可以杀了一头！"

欧阳少杰身上虽没大伤，但也是血迹斑斑、小伤累累，此时见他们一个个居然还想与那两头五阶凶兽对战，不禁喝道："我们都受了伤，再战下去伤更重，陈林不仅受了伤，还中了剧毒，估计是救不活了，何必为了他一个而赔上大家？我们还是趁着那两头五阶凶兽还没到来，迅速撤离吧！"

听到这话，有些学子心思微动，他们也有这个念头，只是碍于同窗之谊不好开口，如今欧阳少杰说出来，他们不由得看向郭青。

“都是学院的学子，若是此时伤重昏迷躺在这里的人是你，你也希望我们抛下你一走了之吗？”郭青眉头微拧，一向温和的脸上浮现出一丝怒火，“你若贪生怕死想要走，我不强留！”

欧阳少杰被郭青这么一说，脸色一阵青一阵白，拳头暗暗攥紧，却一句话也没说，也没有转身离开——若是他真这样独自一人走了，那成什么样了？就算他回到学院，岂不都传他贪生怕死？日后他如何抬得起头来？

“吼！”

“吼！

两声兽吼传来，如同惊雷般在他们耳边炸开，惊得他们心头一震，身体本能地做出应战姿势，手中的利剑一致对外。

也就在这时，一道身影被一头五阶凶兽撞出，狠狠地砸落在地面上。

“啊！”惨叫声传出，那名砸落在地面上的学子口中噗的一声喷出一口鲜血来。

那名学子挣扎着想要爬起之时，那头凶兽低吼一声，一个飞扑猛蹿过去，张开的兽口露出一排锋利尖锐的利齿，朝地上那名学子咬去。

“小心！”南宫凌云喝了一声，身影极快地掠出，将地上的人带起推向后面，同时手中的剑一闪，蕴含着灵力气息的剑罡便朝那头五阶凶兽袭去。

“吼！”另一头五阶凶兽也蹿了出来，没有扑向南宫凌云，而是嘶吼一声后扑向那群围成圈护着后面重伤的人的学子。

“啊！”看到那样一头凶兽张开兽嘴，露出一排尖锐而骇人的利齿朝他们扑咬而来，有的学子惊呼一声，想要动手，却生生被那凶兽震住了，惊得双腿颤抖，冷汗直冒，僵站在那里无法动弹。

郭青一见，当即伸手一抓，将那人拖向身后，同时自己顶上前扬剑攻击。只是他凝聚着灵力气息的一剑砍下时，那头五阶凶兽身上只发出铿锵的清脆声音，连一道痕迹也没留下。

相反，他因拉了那前面之人后退，自己顶上前，在避开那一刻速度慢了，肩膀处顿时生生被锋利的兽爪抓出几道深可见骨的血痕来。

“呲！该死！”他倒抽了一口冷气，痛得冷汗直冒，因肩膀处几道深深的伤口，那只手也不受控制地微微颤抖着，鲜血往下直流，滴落在地面上。

这血腥味更是刺激了那头凶兽的嗜血兽性。它低吼一声，再度扑上前。

就在这时，其他学子围攻上前，将受伤的郭青带到后方。

“吼！”另一头凶兽被南宫凌云刺伤了眼睛，嘶吼着发了疯般乱冲乱撞。

一时间不少学子被撞飞摔出，吐血倒地不起，更有一些学子被那头凶兽乱抓的利爪所伤，场面显得惨烈无比。

有的学子接连放了两三个信号弹，希望唐师他们可以看到。

可是看到前面受伤惨重的众人，他们一个个心生绝望，完了，只怕他们都得死在这里了。

南宫凌云为了救下一名险些被凶兽踩在脚底的女子而被撞飞出去，暴怒中的凶兽力道更大，哪怕他是灵师级别，但灵师品级尚且不稳，被这一撞，他直接一口鲜血喷出："噗！"

"凌云大哥！"那名女子惊呼一声，连忙扶住了他，却被他迅速推开。

身体摔向后面之时，看到那头凶兽循着声音扑上前，惊得她不由得叫出声来："啊！"

叶飞白带着几名学子过来，看到了这样惨烈的一幕。见那头五阶凶兽朝南宫凌云扑咬而去，叶飞白本能地喊道："小心！"

叶飞白身影掠出，扶住摇摇欲坠的南宫凌云，却来不及带着他避开，就见骇人的杀气伴随着那凶兽张开的嘴散发出来的恶臭味以及血腥味扑面而来。

叶飞白的惊呼声发出的那一刻，就见一道金光飞来……

咻！砰！在那头五阶凶兽扑咬而上的那一刻，飞来的那道金光由小变大，直接压向那头凶兽，将那头凶兽困在其中。

五阶凶兽纵是被困在那钵中，仍在里面用力地撞着，企图掀翻那困住它的东西逃出来。

"收！"伴随着一声大喝，一道身影飞掠而来，青衣飘飘，身上顶着圣光。

刹那间所有的学子都仿佛看到了希望，从绝望到惊喜，这一刻的激动之情无法言喻，只听他们激动地大喊出声："唐师！"

唐宁身后赶来的其他学子也迅速加入战斗，一些人拦下另外一头五阶凶兽，一些人则帮忙将受伤的人扶到安全处。

"攻它下颚三指之处！"唐宁的声音传出。

司徒南笙和陆锋等人当即应了一声，放弃攻击坚硬无比的兽皮，合力攻那头凶兽的下颚三指之处。

被困在钵中的那头凶兽随着钵体的转动而没了声音，唐宁将钵收回手中之时，后面袭来的寒知便上前补上一剑，那一剑由凶兽的下颚三指之处刺入，不同于兽皮的坚硬，凶兽下颚处的皮肉很是脆弱，一刺到底。鲜血涌出之际，那头被钵转晕还没能缓过劲来的五阶凶兽便死在寒知的剑下。

"吼……"那头五阶凶兽发出一声凄厉中带着一丝嘶哑的吼叫，随后砰的一声倒下，巨大的身体抽搐了几下便一动不动地躺在那里。

"取出兽晶。"唐宁吩咐道。

"是。"寒知应了一声，着手挖取兽晶。

唐宁回身看了嘴角溢着鲜血的南宫凌云一眼，对叶飞白道："扶他去一旁吧。"

"好。"叶飞白应道，扶着南宫凌云去了一旁。

她转身再看周围的学子，除了她带的那三十人，其他学子一个个重伤在身，被扶着退到安全处，而另外一头五阶凶兽则被司徒南笙和陆锋、牛大力等人联手杀死。

郭青等人看到让他们陷入绝望的两头五阶凶兽就这样被唐师和其他学子击杀，不由得呆了，好半晌才回过神来。

郭青捂着伤口走上前，忍着伤拱手行了一礼，道："多谢唐师相救。"

"郭青，你怎么也在这里？这支队伍的导师呢？"唐宁先前没看到郭青，主要是因为他们这一个个满身狼狈，不仔细看还真看不出来。

听到唐宁的话，郭青不由得苦笑道："我们这支队伍没有导师，只有五十名学子，只是不料……"郭青简单地将事情的来龙去脉跟唐宁说了一下。

竟是因为她带着三十名学子来了凶兽林，他们这些人便也组了队伍想来闯一闯？听了这话，唐宁真是哭笑不得。

"这凶兽林之凶险你们又不是不知道，来了也就来了吧，居然还被两头凶兽追着跑进了凶兽林深处！幸好我们就离此不远，要是离得太远，别说求救信号看不到，就是看到了也来不及相救。"

见郭青微垂着头，似有内疚之意，唐宁也不好再多说，只是道："我看你伤得不轻，先去处理好伤口吧。"

第十四章 救命之恩

话音一落，她朝周围看了一眼，唤了一声："宋一修，你过来帮郭青包扎一下伤口。"

"来了。"那边的宋一修听了，应了一声，快步走了过去。

郭青顿了一下，开口道："唐师，我们这里有个学子中了剧毒，需用金边灵芝解毒，我知道唐师所接的任务中有一个是采摘金边灵芝，不知可否先拿出金边灵芝救陈林的命，回头这个任务的积分我补上？"

闻言，唐宁挑了挑眉，瞥了脸色苍白的郭青一眼，道："人在哪儿？"

"这边，唐师请随我来。"郭青说道，忍着伤痛带着唐宁往陈林所在的地方走去。

"行了，你跟宋一修去包扎吧。这里我来就好。"唐宁示意道。

郭青顿了一下，看向一旁的宋一修，这才应道："好。"话音一落，郭青跟着宋一修到不远处坐下，先处理伤口。

唐宁看了下那奄奄一息的青年，他的周身大穴已经被封住，整个人陷入昏迷中，只有极细的呼吸让人知道他还活着，但他虽活着，若是解不了毒，估计也活不到回学院了。

"伤口在哪儿？"唐宁问旁边的几名学子。

"他身上有不少伤口，唐师说的是哪个？"两名学子一脸茫然地问道。

"他中的是剧毒，毒是从哪里进入的？你们不知道吗？"唐宁有些无奈地问道。

"我们一路逃过来，只知道在先前的战斗中他好像被什么咬了，然后就有中毒的

症状，我们给他服下了解毒丸，但解不了他中的毒，也不知他是被什么咬了，又咬在哪里。”两人连忙解释道。

闻言，唐宁眉头微拧，盯着那昏迷的青年看了一会儿，唤了一声：“寒知，把他的衣服都脱了，查一下毒是从哪个伤口进入的。”

“是。”寒知应声上前。

寒知将那名学子身上的衣服都脱了，见他身上有不少伤口渗着血，但都不是中毒的伤口，倒是左腿小腿处的一处伤口泛黑，整条小腿肿着，紫中带黑，还渗着一丝丝血水。

“主子你看，应该就是这里了。”寒知说道。

只见那名学子小腿泛着黑紫色，显然毒已经扩散到了他的整条小腿，想要保住他这条腿只怕难了。

“嘭！陈林这腿，还……还能保住吗？”旁边的几名学子倒抽了一口冷气，忍不住心惊。

唐宁微拧眉头，见毒已经往大腿根处扩散，当下迅速从圆竹空间中取出小刀，用火烤了烤之后，直接用刀划破他肿胀的小腿处的伤口。看着黑血涌了出来，她喝道：“清水冲洗！”

寒知迅速取出水往那伤口缓缓地冲下。唐宁则凝聚灵力气息将他体内的毒从伤口处逼出。黑血足足在地上流了一大摊之后才渐渐转红，这时唐宁取出一枚药丸塞进他嘴里，又取出一些药材捣碎后敷在他的伤口处，包扎起来。

“唐师，陈林他怎么样？”郭青忍着伤口的疼痛过来问道。

“毒解了，他的小命也保住了，不过他中毒后你们没有及时找到他的伤口放出毒血来，导致毒素侵入了他的小腿的筋脉和骨头，他的腿估计会有一段时间是没有知觉的。”唐宁道。她的药丸虽非丹药，但是真的可解百毒，连当初墨烨中的那样的毒都能解，就更别说这种了。

闻言，郭青提着的心放下，但心情有些沉重——陈林的命是保住了，但他的腿，日后还能行走吗？

“唐师，这是兽晶。”司徒南笙拿着一枚兽晶过来，道，“现在这里有两头五阶凶兽，我们的任务也完成了，是不是就要准备回去了？”

唐宁接过兽晶收了起来，笑着应道：“嗯，收拾收拾回去吧。”她看向郭青和南宫凌云等人，对司徒南笙道：“不过他们应该是走不了了，你带人清理一下，我们先在这里休息吧。”

“好。”司徒南笙应了一声，带着人迅速清理战场。

“多谢唐师。”郭青开口说道。

唐宁笑了笑，道："你们在这里休息吧。放心，其他学子会在周围巡视的。不过我们明天准备回去了，你们是打算跟我们一起回去，还是还要留在这里面？"

"我们这趟出来都受了不轻的伤，而且这里是内围，若无唐师你们在这里，只怕我们很难活下去，更何况我们现在的战斗力也大打折扣，所以我还是希望可以跟着你们一起回学院的。"郭青说道，又看向一旁的郑思源，问："你觉得呢？"

郑思源点了点头，道："回去吧。任务虽然有的没做完，但我们现在的情况也不适合再留下了。"

"嗯，既然你们都决定要跟我们一起回去，那余下的事就交给我吧。"唐宁站了起来，见不远处靠着大树的南宫凌云身边有一名容貌出色的少女正在照顾他，不由得笑了笑，转身走向司徒南笙他们那一边。

"凌云大哥，你怎么样？有没有好点儿？"少女担忧地问道。

"你去照顾其他人吧。我没事。"南宫凌云说道，扶着树身微晃地站了起来，轻咳了一声，只感觉胸口一阵疼。

"你这是要去哪儿？你伤得不轻，现在得好好休息一会儿。"少女说道，伸手想去扶他，却被他避开了。

"我说了我没事！"南宫凌云脸色微沉，微微皱眉看着那总想扶他的少女，脸上有着几分不悦。

那少女估计也没想到他会沉着脸用这么重的语气对她说话，一时间微愣，抬头看他时，对上他不悦的目光，心中不禁有些羞恼，当即转身便朝其他地方走去。

看着那少女离开后，南宫凌云这才朝周围看去，寻找那道青色的身影。不多时，目光落在前方正蹲在凶兽尸体旁的那道身影上时，他微微凝神，忍着胸口处的疼痛走去。

"这五阶凶兽的肉可是大补的，你们处理一下分给大伙儿吃。骨头也不要浪费了，拿回去熬汤都是极养身体的。"唐宁对身边的司徒南笙几人说道，"这两头五阶凶兽这么大，我估计大伙儿吃一条腿的肉应该就够了，剩下的就用我的乾坤袋装回去吧。"

"好，那我们先将肉和骨头都剔分出来。"司徒南笙说道。

然后司徒南笙与牛大力等人一起着手处理凶兽尸体。

"唐师。"一道有些不稳的声音自后面传来。

听到声音，蹲在地上的唐宁站起来回头看去，见是南宫凌云，便问："怎么了？有事吗？"

南宫凌云拱手朝唐宁郑重地行了一礼，因伤势，声音有些无力："我特来向唐师道谢，多谢唐师先前的救命之恩。唐师于我有两回大恩，日后若是有用得上凌云的地

方，请尽管吩咐。”

闻言，唐宁笑了起来，道：“我是学院的导师，你们是学院的学子，既然让我碰见了，自然没有不救的道理。这不过就是一件小事，你也不必放在心上。再说，我不仅仅是救你一人。”说话间，她朝周围的众多学子看去。

南宫凌云微微扯出一抹笑容来，道：“于唐师是小事，于我却是大事，救命之恩，凌云铭记在心，不敢忘。”

也许是因为伤势较重，他原本就微晃的身影一斜，往一侧跌去。

“哎，小心！”唐宁见他站不稳地向一侧跌去，不由得伸手一扶，却见他就势倒在她的肩膀处，整个人已经晕了过去，她便朝周围看了一眼，喊道：“过来一个人扶一下。”

“唐师，我来吧！”苏言卿快步走过来，扶住南宫凌云，道，“他先前为了救人被一头五阶凶兽撞飞了出去，那力道不小，我估计他伤得不轻。”

人被扶走，唐宁顿觉身上一轻，看了一眼额头渗着冷汗、脸色苍白的南宫凌云，开口道：“把他扶到一旁吧。我帮他疗伤。”

“好。”说完，苏言卿将南宫凌云扶到一旁。

唐宁也跟着走了过去。

寒知见了，不由得也跟了过去。南宫凌云他是知道的，跟他家主子是青梅竹马，据说南宫凌云还许过待玉兰树长成之日，便是迎娶他家主子之时的诺言。只不过他以前没见过，只知道有这么一个人，直到来到学院后才见到这个叫南宫凌云的。

不得不说，南宫凌云的各方面都很出色，但自从他跟在主子身边之后，就觉得这天下间少有男人配得上他家主子，纵是南宫凌云很出众，但他总感觉似乎还差了一点儿，而且他家主子似乎也并非如外人所传的有多钟情南宫凌云。

此时看到他家主子为南宫凌云疗伤，他想应该也只是他家主子看到南宫凌云是学院的学子，或者是一起长大的情分上吧？

唐宁运气帮南宫凌云疗伤，过了约莫一炷香的时间才收回手掌，轻呼出一口气来。看着已经醒转的南宫凌云，她站了起来，道：“好好调息吧！回去后再休养几天也就没事了。”

“多谢唐师。”南宫凌云感激地说道，感觉胸口那股疼痛感已经减轻了不少。

唐宁摆了摆手，便转身离开。

众人包扎好伤口，又转移到另一处去歇息。

牛大力则烤起凶兽肉来。

郭青和郑思源等人在这会儿缓过来之后，才注意到一件令人震惊的事情——唐师所带的那三十名学子中，竟有多名已经突破九阶巅峰，成为灵师级别！而其他没有成为灵师的，也大多进阶为炼气九阶的修士！

短短半个月，他们是怎么办到的？什么时候灵师都这么容易突破了？这半个月里他们到底发生了什么，才会有这样的实力突破？还有，他们此时自然而然地显露出来的那股森林佣兵般的老练，到底是怎么一回事？

在牛大力旁边帮忙的苏言卿，此时心中也是暗暗震惊。据他所知，这三十名学子以往也是很少进来凶兽林的，而且以世家子弟出身居多，但从他们出现到现在，据他观察，他们整体做事有明显的分工，时刻保持着警惕，而且处理凶兽也极为老练，就好像对这些事情已经很熟悉了一样，一点儿也不像生手。

而且他们当中有好些人已经是灵师级别，进凶兽林时他曾听郑思源说过，这三十名学子的实力参差不齐，当中也并无灵师级别的，可眼下这是怎么一回事？

他心中暗暗思忖，不动声色地观察着。

烤好肉，他帮忙分给众学子后，来到南宫凌云身边坐下。

“你注意到了吗？他们的实力好像都提高了。”苏言卿低声说道，目光看着前方。

然而，当目光落在正吃着肉的唐师身上时，他不由得一怔——唐师吃肉？

他朝周围的众人看去，却见众人全都是一副见怪不怪的样子，心中不禁诧异。

“嗯，他们应该都是这半个月才进阶的。”南宫凌云把目光落在前方那道正吃着肉的青色身影上，道，“唐师不简单。”

能在短短半个月的时间里提升大部分学子的修为实力，唐师又怎么会简单呢？

“唐唐，他们一直在看你。”小黑飞了过来，停在她的肩膀处小声说道。

唐宁一笑，道：“不用管他们。吃吧，这可是五阶凶兽的肉！”

“哑哑！我要一大块！”小黑拍着翅膀飞了下去。

也许是五阶凶兽肉好吃，而且每一口都带着灵气，所以众人最后吃着吃着，居然吃了大半只凶兽。

随着夜色渐深，众人也越发疲倦，尤其是那些受了伤的学子，更是昏昏欲睡，却又不敢真的睡死。

他们进来没多久，但已经知道，在这凶兽林中若真的睡熟了，那什么时候死了都不知道。就算是有唐师那支队伍在这里，他们也不敢轻易入睡。

一夜平安地过去，清晨众人醒来，不由得轻呼出一口气，只感觉休息了一夜之后，整个人都神清气爽，仿佛身上的伤都好了许多一样。

也正因此，一些学子此时好奇地凑上前询问牛大力：“牛哥，你们是怎么进阶的？”

“嘿嘿，这还用问？当然是唐师带我们历练才会进阶的啊。”牛大力嘿嘿笑道，

一脸得意。

那些学子听了，相视一眼，笑道："我们知道是唐师带着你们历练才会进阶的，不过这段时间你们都遇到什么了，怎么会一个个提升得这么快？"

就算是历练，他们也不可能提升得这么快吧？他们莫不是吃了什么有助于进阶的东西？

"哈哈哈，不告诉你们。"牛大力大笑着道，拍了拍他们的肩膀，"收拾收拾准备回去了。"话音一落，牛大力便迈步朝司徒南笙他们所在的方向走去。

那边，唐宁让众人收拾一下，便准备返程。

她来到郭青那里，见郭青的脸色比昨天已经好了不少，便道："让大伙儿都准备一下返程吧。对了，陈林的药有没有帮他换？"

"有，今早起来已经换过一回药了，只是人还没醒。"郭青说道，看向一旁的树下那昏睡着的人，道，"我让人轮流背着他回去吧。"

闻言，唐宁皱了皱眉，道："那样太费力了，你们没准备担架吗？"

"担架？"郭青一怔，显然是没有准备的。

见此，唐宁便唤了一声："小牛！"

"哎，来了。"牛大力应了一声，小跑着过来，问，"唐师，怎么啦？"

"你带两个人做一副担架，让他们抬着陈林回去。"唐宁吩咐道。

"好！"牛大力应道，当即带着两名学子到周围寻找材料。

见郭青愣怔地看着，唐宁笑道："看来你们野外生存的技能不太过关啊！担架都不知道吗？就地取材有很多是可以用的，尤其是有伤员的时候，毕竟背着一个人体力消耗太大，但若用担架就会轻松很多。"

郭青苦笑道："我们确实是有很多不足。"他们考虑得并不是很周到，就算是他，也压根儿没往担架方面去想。

牛大力等人这些天被唐宁教了很多野外生存技能，因此唐宁一说让他们做担架，他们便在周围砍了两根手臂粗的树枝，又用一些藤条剥皮绑好将树枝固定住，很快便做好了担架拿了过来。

"唐师，担架做好了。"牛大力笑道，将那扎得稳固的担架递给郭青他们："你们把他放在上面，然后让两个人轮流抬着他走就行了。"

"速度不错。"唐宁赞赏地看了牛大力一眼。牛大力看起来憨憨的，但实际上很精明，而且学东西也很快，确实是个不错的苗子。

"唐师教得好。"牛大力咧着嘴笑道。

"多谢。"郭青道了谢后，让人把陈林抬到担架上，两个人轮流抬担架，这才跟着队伍往回走去。

南宫凌云和苏言卿走在中间。看着周围都有唐师手底下的学子保护着，南宫凌云不由得道："唐师真是位不可多得的好导师，回去后我想看看能不能也去听他的课。"

"这个就有点儿难了。"苏言卿笑了笑，道，"我早就打听过了，唐师的课只允许三十名学子上，而且他教的东西也是因人而异。"苏言卿看向前方，视线落在那道青色的身影上，道："再说，这支队伍一回去，绝对会在学院里引起轰动，到时候想去听唐师的课的，估计就不止你一人了。"

半个月的时间就将学子训练得如同老练的佣兵，还提升了他们的实力，这样的教导能力，任谁都觉得惊人。

前面，唐宁正跟身边的几人说话。

一旁的宋一修道："唐师，回去后我能不能向你请教如何在制符时控制好灵力画下符箓？"

闻言，唐宁微讶，道："你在符箓上面的天赋算一流的了，怎么还问起我来了？"

宋一修有些不好意思，道："我画的都是一阶、二阶的符箓，制不出三阶的符箓，而且有些二阶较难的符箓我也总制不成。"

"这个等回去了再讨论吧。"她都还没学符箓呢，哪里会制什么符？她会的只是上一世所学的一些简单的平安符，攻击性的符箓还得再学学。

"好。"听唐师这么说，宋一修不由得笑了起来。

唐师的学子有三十人，郭青他们则有五十人，加起来近百人的队伍其实很长。在队伍的较后面，欧阳少杰此时心中有些不满，以至于脸色一路都是阴沉的，很是难看。

"少杰，你怎么啦？"旁边的一名学子压低声音问道。

"我在想，两头五阶凶兽就这样全归唐师他们所有了？那我们的伤岂不是白受了？"欧阳少杰阴鸷、不满的声音传出。

"我看郭学长他们也没有找唐师要回那五阶凶兽，所以应该是都算唐师他们的了吧？再说，若不是唐师他们救了我们，这会儿我们能不能活着回去还不知道呢！你就别惦记着那五阶凶兽了。"那名学子拍了拍他的肩膀说道，劝他释然。

欧阳少杰没有说话。他也正因为这一点才没有吭声，要不然哪能忍到现在？

因他们处于森林的内围，回程足足用了一天半的时间，其间遇到两次凶兽袭击，都被唐宁手底下的那三十名学子解决，郭青等人只有看的分儿，连动手都没机会。

当出了凶兽林那一刻，不少学子暗暗松了一口气——总算是活着走出来了。

"既然出来了，那就各走各的吧。该疗伤的去疗伤，该休养的去休养。"唐宁对

郭青等人说道，便准备带着三十名学子离开。

却不想，这时有一道声音传来。

“唐师请留步。”欧阳少杰走了出来，唤了一声。

他旁边的一名学子见他竟唤住了唐师，不禁有些紧张，拉了拉他的衣袖，压低声音焦急地道：“少杰，你想干什么？”

唐宁停下脚步回头看去，见竟是那个叫欧阳少杰的学子，她的眼睛眯了眯，笑了起来，道：“是你啊，有什么事吗？”

欧阳少杰，欧阳家的下一任接班人，而那欧阳家上回还伙同二房的人对付她老爹。本来到了学院这里，她也就撇开私人的事情没找他的麻烦了，不想这货一次两次地撞到她面前来。

郭青和郑思源等人也诧异，不知他叫住唐师有什么事，一时间目光也落在欧阳少杰身上。

“唐师，因为两头五阶凶兽，我们都伤得极重，唐师就这样将两头五阶凶兽占为己有，是不是有些太过了？”欧阳少杰开口说道，目光紧紧地盯着唐宁。

一听这话，唐宁还没开口，她手底下的三十名学子就不满了。

牛大力一脸怒容，手里提着大斧气势汹汹地走上前，喝骂道：“欧阳少杰，你不要太过分了！要不是我们救了你们，你们早就死在这两头五阶凶兽爪下了，现在还想来抢这两头五阶凶兽？你是脑子进水了吧？”

“见过不要脸的，没见过这么不要脸的。”叶飞白瞥了欧阳少杰一眼，凉凉地讽刺道。

“郭青，这是你们的意思，还是这小子的意思？”司徒南笙用冷飕飕的目光朝郭青等人看去。

“这话听着怎么让人那么想打人呢？”陆锋揉了揉拳头，活动了下筋骨。

“估计是憋了一路吧？也是识相，早不说晚不说，出了凶兽林才说，估计是怕被咱们丢在凶兽林里不带他出来吧？”宋一修声音温和，俊朗的脸上此时却带着不屑与鄙夷。

郭青和郑思源等人被说得脸色臊红。

不悦地看了欧阳少杰一眼，郑思源连忙开口道：“这可不是我们的意思，真的，我们没有这意思。”开玩笑，欧阳少杰不要脸，他还要脸呢！

“若非唐师相救，我们很难活着出来，对唐师，我南宫凌云只有感激。”南宫凌云淡淡地开口说道，目光从欧阳少杰身上掠过，带着一丝冷意。

“我对唐师也只有尊敬和感激，别说是两头五阶凶兽了，就是再珍贵的天材地宝，从唐师救我们那一刻起，也理应是唐师的，毕竟如果命都没了，再珍贵的东西又有什么用呢？”苏言卿温和地笑着说道。

“唐师，你一路辛苦了，先回去休息吧。这里我来处理就好。”郭青开口说道，朝唐宁拱了拱手，道，“郭青先在这里给唐师赔礼了。”

唐宁眉眼带笑地瞥了身边的几人一眼，又扫了南宫凌云等人一眼，这才看向郭青，道：“行吧，你的队员，你们自己处理。”话音一落，她转身离去，看也没看欧阳少杰一眼，还真担心自己会忍不住，一个冲动把欧阳少杰丢回凶兽林里自生自灭。

见唐师走了，司徒南笙和叶飞白他们也带着人跟着离开了。牛大力在离去时，扛着斧头盯着欧阳少杰，笑得阴恻恻地道：“你小子以后在学院里碰到你牛哥我最好绕路走，要是让我碰见了，指不定就拿你练练手了。”

欧阳少杰一张脸阴鸷得可怕，拳头紧紧地攥起，咬着牙没有吭声——牛大力是灵师修为，他是九阶巅峰修为，跟牛大力对上他只有被完虐的分儿。

更可恨的是，他们队伍里的人居然没一个敢站出来，反而是唐师手底下那些学子，一个个站出来护着那个小和尚！真是该死！

“欧阳少杰，”郭青在唐师他们离开后才看向欧阳少杰，开口说道，“这支队伍中我和郑思源以及南宫凌云三人是队长，如果你有什么不满，可以向我们提，这样越过我们直接去找唐师讨要那两头五阶凶兽，你觉得合适吗？”

“也亏你还有脸提，要不是唐师他们救了我们，我们能不能活着出来都是一回事，哪里还有那两头五阶凶兽的事？”郑思源轻哼一声，说道，“要是他们再晚一会儿出手，等我们死了他们再杀那两头五阶凶兽，结果也是一样的，这么简单的道理你也不懂？”

“我知道你们都向着他，他是导师，他说什么、做什么都是对的，是我不对，行了吧？”欧阳少杰用阴鸷的声音说道，冷冷地看了他们一眼后直接甩袖离开。

郑思源气得直指着欧阳少杰甩袖离去的身影，对身边的郭青道：“你看看他，做错了还不让说了。”

“算了吧，让大伙儿先回去疗伤重要。”南宫凌云走上前说道。

“嗯。”郭青微点了下头，让众人先回去洗漱，再到学院的院医那边处理伤口。

另一边，唐宁带着寒知以及小黑回到洞府时，星瞳正在外面练剑。见到他们回来，星瞳停下动作后朝他们走去。

“主子。”星瞳快步来到唐宁身边，问，“主子不是说要一个月吗？怎么会提前回来？”

“任务提前完成了，也就回来了。”唐宁笑着说道，看了星瞳一眼后，道，“回头让寒知看看你最近有没有进步，我先去洗个澡，谁也不要来打扰我。”

“好，我帮主子备水。”星瞳说道，快步跟上。

另一边，司徒南笙他们回来洗漱后，便去学子修为登记处更改自己的实力修为。当他们三十人的实力修为列出之时，几乎整个学院的人都震惊了。

学子们是不可思议，纷纷跑到他们休息的地方想去看看他们的修为是否真的提升了那么多。不料他们一个个似乎早就料到会有这样的情况，全都在更改了自己的修为信息之后便回宿舍闭门休息了。

学院的导师听了，也觉得不敢相信，听说他们都闭门休息了，便亲自走了一趟登记处确认。当看到那多出来的好几名灵师级别的学子的名字时，导师们都怔了怔。

“这才半个月，他们居然就进阶成为灵师了？唐师到底是怎么办到的？”赵导师怔怔地说道，满脸的不可置信。

“我也想知道他们到底是怎么突破的！这么短的时间，司徒南笙和叶飞白他们也就罢了，可怎么连牛大力这个原本只有炼气七阶的学子也能突破成为灵师？莫不是在里面找到了什么增长实力、有助于突破进阶的天材地宝？”严导师也是怔怔地说道，心中疑惑不已。

“这事找个时间问问他们，也许就会知道了。”旁边的林导师说道，美目微闪，“唐师从进来就不凡，只是没想到他的教导能力也这般强。”

“是啊！胜我们多矣！”严导师忍不住叹了一声，自己一把年纪的人了，当导师也当了这么多年，竟不如一个十几岁的小和尚，说出来真让人汗颜。

听到消息的院长则抚着胡子呵呵笑着，心下明白，估计是那小子想要积分进藏书楼，所以才会这么拼命地带着那三十名学子进凶兽林历练，提升他们的实力吧！

不过对于唐宁能在短短的半个月里就让这么多学子进阶一事，院长还是很惊讶的，心下更是可惜唐宁在这里只是过渡，而不是永远留在这里当导师。

次日清晨，休息好了的唐宁出了洞府。

外面的星瞳提着食盒上前，道：“主子，这是你昨天交代的食盒。”

“嗯，我走了，你们好好在这里修炼。”唐宁接过食盒后收进圆竹空间里，直接往藏书楼走去。昨天她已经让寒知拿着她的导师玉牌去划积分了，如今她的积分足可让她进藏书楼而不用担心积分不够了。

她到了那里，依旧是那名老者在，上前笑眯眯地行了一礼，而后拿出那个食盒来，道：“前辈，这是我从凶兽林里带回来的五阶凶兽的肉和骨头熬成的汤，特意拿给你的。”

老者微讶，看了那食盒一眼后，笑道：“这怎么好意思？”

“一些兽肉和骨头我让人分给学院的学子和导师了，这些是我让人特意给你留的，你趁热吃。”唐宁笑眯眯地说道，又拿出导师玉牌道，“前辈，我想去看结界方面，还有符箓方面的书籍，还得前辈指点我一下。”

闻言，老者这才笑呵呵地道：“这个容易。”他接过玉牌划了积分后告诉唐宁进了里面怎么走能找到那些书。

“多谢前辈，那我就先进去了。”唐宁拱了下手说道，这才往藏书楼走去。

老者看着唐宁进去后，揭开食盒，看到食盒上层放着一大块兽肉，下层则是一盅汤时，不由得笑眯了一双眼睛。

“没想到他一个小和尚，人情世故倒是懂得不少。”老者低笑着说道。

一大清早，司徒南笙等人便都去了竹林修炼，却没等来唐师，只等来一只乌鸦。

“哑哑！唐唐让你们自己修炼，将基本功练扎实了。”小黑收起翅膀站在那大石头上说道，一双黑溜溜的小眼睛盯着他们看。

“唐师不来啊？我还想着请教他一些问题呢！”一名学子失望地说道。

“那边怎么围了那么多人？”牛大力说道，看着竹林那边围着的不少学子。

“他们是想来偷师的，谁知唐师没来呢！”叶飞白轻笑道，“估计是想上唐师的课，只可惜唐师的课只有三十个名额。”

司徒南笙盘膝而坐调息着，听到他们的话后开口道：“我今早听说，有不少学子去院长那里提议增加唐师这里的听课名额。”

“然后呢？院长允了？”其他人不由得问道。

“那就不知道了。”司徒南笙说道，没再说话，继续调息修炼。

其他人见状，便也各自修炼起来。

竹林那边的学子见那三十名学子有的盘膝而坐调息修炼，有的到一旁练剑，有的搬了一张小矮桌摆在那里制着符，也看到牛大力提着大斧在那里一下下地挥砍，看得他们心中微讶。

“怎么他们练的都不一样？好像是各练各的。”有人低声说道，声音中带着好奇。

旁边有人低声说道：“我早就听说唐师对他们是因人而教，所以他们学的并不是一样的，也正是因为这样，他们每个人原本较精通擅长什么，现在就更精通擅长了。”

“原来是这样，难怪他们进阶这么快。”

因院长亲自上门来讨要听课名额，唐宁便用挑战的方法给了那些人机会，三十个名额不变，但谁能挑战成功，则会替代原本的人成为竹林学子。经挑战之后，三十

名竹林学子中有九人被替换。

数天之后，唐宁来到几位导师那里。

一见到唐宁，几人便招手示意唐宁坐下，问道：“小唐，你跟我们说说，你带三十名学子进凶兽林后，都是怎么训练他们的？”

闻言，唐宁在旁边坐下，笑道：“我带他们进凶兽林之后呢，就是……”她将在凶兽林里是怎么训练和教导那三十名学子的事情跟他们说了一下。

凶险又惊奇的历练被唐宁说得精彩万分，几位导师听得入了神，不时地询问几句，时间一点点地过去他们也没有注意到。

次日清晨，比起原有的那些学子，新替代的九名学子对今天可以说很是期待，早早地便来到竹林。

“不知今天唐师会教我们些什么？其实我有些修炼上的问题想向唐师请教，等会儿……”

一名学子的话还没说完，就听前面传来司徒南笙的一声厉喝：“唐师到了，肃静！”

此声音一出，众人静了下来，不约而同地看向那打着哈欠、一副还没睡醒模样走来的小和尚。

这样一个小和尚，却是谁也不敢小觑，但不妨碍他们对其心生尊敬与喜爱。

不错，就是喜爱，相处过的学子都很喜欢唐师，因为唐师五官长得既出色又精致，一双眼睛清澈又纯净，偶尔不说话坐在大石头上发呆时，那眼睛扑闪扑闪带着几分呆萌，让人忍不住多瞧几眼，想去摸摸唐师那光秃秃泛着亮光的脑袋，却又没那个胆子。

“唐师好！”众人齐声说道。

声音铿锵有力地在竹林中响起，震得还没完全睡醒的唐宁猛地抬起头来，睡意也散了几分。

“嗯，都好。”她瞥了他们一眼，又打了个哈欠，这才到大石头上坐着。

昨夜她将从凶兽林里采摘回来的灵药配制成药丸，几乎是忙到天亮才睡了一小会儿，要不是想着还得给这群兔崽子上课，还真不愿起床。

又打了个哈欠，抬起因困意而不时地想要合上的眼皮，她挥了挥手，道：“昨天新替代进来的九名学子念经、默写经文。司徒南笙，你告诉他们规矩。其他人练练武技，有不懂的再问我。”

“是！”司徒南笙响亮地应了一声，看向那九个新进的学子，幸灾乐祸地笑了起来，道：“你们几个，过来，我告诉你们今天的早课是什么。”

“不是吧？真要念经啊？”

“唐师，我们是来听你讲课的，怎么就让我们念经呢？念那玩意儿又能干什么？”

“嗯？”唐宁掀开已经快合上的眼皮瞥了那说话的几人一眼。

被唐宁那样一看，那几名学子不由得静了下来。

“如果不想学，你们也可以离开，我不强留。”唐宁看着他们说道，“如果想学，那就专心学好，不要三心二意，要知道这里的学子每一个都是这样过来的。”

“那我们得念多久的经？”一名学子忍不住问道。

唐宁一只手托着脸颊，不紧不慢地说道：“念到我觉得你们可以了，那就可以了。”

发现问了也是白问，那名学子心里憋着一股气，却也没再开口。

“我们前段时间用的矮桌、坐垫都在这里，笔墨纸砚也有，你们自己过去拿吧！”司徒南笙让他们自己去拿东西。

待他们各自摆好坐垫和矮桌后，司徒南笙带着他们念了一遍《心经》，又让他们边念边默写。

那边，其他学子各自修炼着，也许是见唐师一脸困意，便也识相地没去打扰。

唐宁盘膝坐在那大石头上，看着像是在打坐，实则是坐着坐着就睡了过去，脑袋一点一点的。

正念着经的苏言卿看得眼中不由得闪过一抹笑意——没想到唐师竟是这样的唐师。

一节课结束，唐宁睡意迷蒙地跟他们交代了几句后，便伸了伸懒腰，往自己的洞府走去，觉得还是再去睡一觉比较好，要不然总是没精神。

第二天，众人早早地来到竹林，却没等来唐师，只有那只会说话的乌鸦。

“哑哑！念经的继续念经，修炼的继续修炼，唐唐说了，今天你们自习。”小黑站在大石头上，仰着脖子转动着小脑袋盯着他们。

三十名学子也盯着小黑，微愣。其中一些人原本是想着今天请教唐师一些问题的，谁知唐师今天没来。

而此时的唐宁神清气爽地带着寒知下了山，往天龙城走去。

她准备练习一下符箓之术，但是没有符纸，也没有符笔和朱砂，所以才决定下山一趟去买些回来。还有一个原因就是，她上回交给墨烨拍卖的药应该可以收钱了，这趟下山顺便去结了。

两人一路奔行，到了天龙城时还很早，便直接往墨烨的别院走去。

此时院别中，墨烨正吃早膳，身边有两名容貌极为出色的少年在侍候。

黑风和暗一两人则在院子的角落处，看着在他家主子身边侍候着的那两名容貌出色的少年。

黑风有些摸不着头脑，低声道："你说主子到底是怎么回事？弄两个模样长得这么好的少年在身边侍候着干什么？我怎么瞧着主子这些天总是怪怪的呢？好像有哪里不对劲。"

暗一抿着唇，目光微闪，似乎想到了什么，却没有说出来。

也在这时，两人听见院外一道熟悉的声音带着几分笑意传来。

黑风一听，不由得一喜，道："是唐师！主子，是唐师来了！"说着，黑风快步迎了过去。

正用着早膳的墨烨听到声音时，身体不由得一僵，朝一旁的两名少年看去，想让他们退下，那道青色的身影已经进来。

"还没走近就闻到香味了，夜王，不介意我来蹭个早饭吧？"

一身青衣、顶着一颗光秃秃脑袋走进来的唐宁精致俊逸的脸上带着浓浓的笑意，腰间圆竹斜挂着，身后跟着一身黑衣的寒知。

唐宁走进来，微讶地看了看在桌边侍候的两名模样精致的少年。那两名少年十五六岁，穿着白色衣袍，料子看着也不似一般下人穿的衣服，腰间系着玉带，墨发束起，低眉敛目地在旁边侍候着。也许是因为他们长得很精致，不似男子的俊美，倒有着几分男生女相的精致感，她不由得多看了几眼。

她心下也有几分好奇，什么时候夜王身边有这样两个模样精致的少年侍候着了？

"咯！"见小和尚一直盯着那两名少年打量，还一副欣赏的神色，墨烨脸色微沉，以手握拳抵在唇边轻咳了一声，沉声道，"你们退下。"

"是。"两名少年应了一声，行了一礼后退了下去。

唐宁把目光落到墨烨身上，打趣地笑着问："夜王，你上哪儿找的容貌这么精致的两个少年？你身边一个女的也没有，不料你竟好这口儿啊！"

"胡说什么！"墨烨沉着脸瞥了小和尚一眼，道，"你不是带着学子去历练了吗？什么时候回来的？怎么想起到我这里来了？"

一听他问起这个，唐宁眉头轻挑，道："你怎么知道我带着学子去历练了？你后来还去找过我？"

她笑眯眯地看了他一眼，道："我也是这两天才回来的。如今我已是当人家导师的人了，也不能太过没分寸，所以也不能总往天龙城中跑，这趟下来一则是拿钱，二则是想买些制作符箓的纸和笔以及朱砂之类的东西，还有就是想着来看看你这个老朋友，再给你送几瓶药放出去拍卖。”

知道小和尚是来拿分成的，要不然估计也不会上他这里来，墨烨只是瞥了小和尚一眼，也不戳穿这小子，不紧不慢地拿起筷子，吩咐道：“黑风，再拿一副碗筷，让厨房那里再上几道菜。”

“好。”黑风应道，当即走到外面去交代。

“唐师，我家主子也是刚准备吃早膳，正好你来了陪他一起吃。”黑风拿了一副碗筷放在唐宁面前，热情地道，“前些天我和主子去天龙学院找过你一回，不过你们那个院长说你带着学子去历练了，估计得有一个月才会回来，所以这些天主子才没再去天龙学院。”

“黑风！”墨烨冷飕飕地扫了黑风一眼，“要你多嘴？”

“嘿嘿，主子，属下也没乱说啊！”黑风咧着嘴笑道，本还想再说两句，谁知看到主子冷飕飕带着警告的目光，只好摸着鼻子无奈地退到一旁。

唐宁见了，笑道：“那什么时候你们有空再一起去啊？我到时候带你们四处逛逛，让寒知和星瞳去打些野味招待你们。”

“尝尝。”墨烨夹了一个精致的虾饺放在唐宁的碗里。

“好。我自己来，你放心，我是不会跟你客气的。”唐宁说道，夹起那虾饺吃着。

站在一旁的寒知看着那夜王墨烨又帮主子舀了一碗咸粥时，不由得看了他一眼，见他脸上虽没什么表情，却是一副很放松、很享受的模样，做起事来更是极为顺手，显得自然。但单单他是夜王这一身份做起这事，就已经不正常了。

唐宁倒没想那么多，毕竟她当墨烨是朋友，朋友之间随意自在一点儿也没什么。因此，见他帮自己夹东西，她也给他夹了一些，道：“一起吃啊！别光给我夹，你赶紧吃，一会儿我还要去买符纸呢。”

“一会儿我陪你去。”墨烨说道，喝了一口粥后又道，“我知道天龙城中哪家卖的制符材料齐全。”

“好啊！”唐宁应了下来，随即又问，“不过你不忙吗？要是忙的话，你告诉我是哪一家，我自己过去也是一样的。”

“不忙。”墨烨敛下眼眸，吃了一口菜说道。

后面站着的黑风将目光闪了闪，其实他很想告诉主子：你昨天就交代了让天龙城所有行业里的管事今天到拍卖行议事的。只是话到嘴边却没胆说出来。

主子会忘记吗？肯定不可能！他家主子是什么样的人物，怎么可能会忘记昨天才亲口交代下去的事情？既然主子没忘，那就明显是觉得陪唐师重要。

不过也是，唐师医术那么好，还会看相、算卦，指不定将来主子活不过二十五岁的那一劫唐师会有办法解呢？所以还是现在跟唐师打好关系比较重要。

心里衡量再三之后，黑风便来到暗一身边，低声道：“你去一趟拍卖行，就说今天的会议改时间了。”

“嗯。”暗一应了一声，便悄然离开。既然唐师来了，那主子今天是不会去拍卖行了，议事的事情只要不是特别急的，估计都会往后推。

在别院待了一会儿，墨烨便陪着唐宁往外走去，问道：“你买符纸那些是自己用还是拿去教学子？”

“自然是自己用，我最近看了本关于符箓的书籍，想买些回去学一学。”唐宁说道，不时地看着大街上的小摊，看有没有什么是需要买的。

闻言，墨烨皱了皱眉，看了小和尚一眼，道：“你学的东西太杂，很难有一方面特别出色。修仙一道，并不是学得多就好，而是要找到适合自己的，像符箓这种作用并不是很大的，你不必放太多的精力在上面，如果需要符箓的话，也可以购买，有一些符师一生专攻符箓之术，他们画出来的符箓也会放在市场上卖的。”

唐宁一笑，道：“我知道，不过我好歹也是个导师，怎么也得学一点儿，要不然学子问起我来，我一问三不知，也是很糗的。”

墨烨听了，勾了勾唇，目光看着前面道：“前面那一家就是，你以后学会画符箓了也可以把符箓拿到他家来代卖，整个天龙城中这里的符箓最齐全。”

唐宁顺着他的目光看去，见前面有一家门面气派的商铺，有三四间普通商铺的门面宽，再加上高档的装潢，一眼看去便显得极为不同。

“这里的符纸什么的应该也比较贵吧？”唐宁问道，看向身边的墨烨。她才拿到卖药的钱，该不会进去一趟出来又剩不下多少了吧？

墨烨听到这话，眼中闪过一丝笑意，低沉带着磁性的声音传出：“不够我有。”话音一落，他便带着小和尚往前面走去。

见此，唐宁也只好跟上，与他一前一后地进了那商铺。

“两位爷，不知需要点儿什么？”掌柜见有客人上门，便迎上前招呼道，却见其中一人是个光头小和尚，不由得多看了一眼，暗忖：该不会是进来化缘的吧？

墨烨停下脚步，等唐宁来到他身边后，这才道：“符箓首要的就是一支符笔，先看看符笔吧。”

“好。”唐宁应道——反正他熟悉，他说什么就是什么。

“符笔有，两位先到这边坐下，喝口茶水，我去拿些符笔过来给两位爷挑选。”掌柜笑着说道，带着他们往里面走去，来到一张桌边让两人坐下，让人过来招呼着。

唐宁看着端上来的茶和茶点，不由得微讶，好奇地道：“这里的服务态度这么好？又是上茶又是上茶点的，他就不怕我们逛了一圈之后不买？”

闻言，墨烨低笑道：“学符箓要耗费的符纸不少，一般没些家底的人也学不了符箓之术，毕竟画上百张符纸顶多也只有一张是成功的，所以但凡能学符箓之术的人，多数是不缺钱财的。”声音一顿，他抿了口茶水后，又道，“进来了就很少有人会空手而归，只要不是空手而归，这些茶点和茶水的钱自然能赚回来。”

“难道就没一些只看不买的？”唐宁不禁好奇地问。

墨烨放下茶杯，缓声道：“有，但是极少，毕竟来蹭吃蹭喝的人还是少数，世家贵族之人，或者是修炼之人，哪个会丢这个脸？”

见小和尚一脸恍然之意，他目光微闪——这小子有时狡诈如狐，既精明又多计谋，有时又迟钝呆萌，似是不通世事人情，真是奇怪。

“两位爷，这里有三支符笔，你们来看看喜欢哪一支。”掌柜取来三个盒子，放在桌上打开，拿起第一支符笔对他们道，“这一支是用一阶钻地鼠的鼠须做的，笔杆是用乌木为原料，特点是比较轻，鼠须的笔尖柔软度适中，是初学符箓之术的符师最常选择的。至于这第二支，取三阶风狼尾巴上的毛制成，笔杆为银楠灵木，这支符笔就稍重一些，但所发出的灵气也较为浓郁，可以大大提高制符的成功率。这第三支则是取三阶独角兽的毛制成，笔杆为黑金石，黑金石是极稀有之物，再加上独角兽的毛也是少能寻到的，因此这一支无论是外形还是内在，都是上上之选。”

掌柜说完，看了两人一眼，一脸笑意地问：“不知两位爷喜欢哪一支呢？”

“这三支都是什么价位？”唐宁买东西，还是习惯性地先问价位，谁让她钱财有限，要买的东西多呢！

“这第一支最便宜，八百金币一支，第二支则是二千八百金币，而第三支则是五千金币。”掌柜笑呵呵地说道。

唐宁眨了眨眼，有些没反应过来——一支符笔就要这么贵？都抵得上不少灵药的价格了！

就在唐宁发愣的时候，旁边的墨烨已经将第二个盒子移到唐宁面前，道：“就拿这一支吧！第一支容易掉毛，不耐用；第三支的黑金石笔杆太重，不适合你这个初学者；这第二支便是可以将就着用用的，画一阶、二阶、三阶的符是没什么问题的。”

一旁的掌柜听了，目光闪了闪，笑道：“这位爷是识货的。”

见此，唐宁便拿起面前的那支符笔。这一拿起来，她才发现这么一支小小的符笔居然不轻，每天要拿着一支五六斤重的符笔挥练，难怪学院的学子中练符箓之术的少之又少。

“这一支的重量是六斤六两，若是以前没接触过的，刚开始会比较吃力。”掌柜笑呵呵地说道。

唐宁将符笔放了回去，叹道：“还真不是一般地重。”就算是修炼之人，拿着这么一支几斤重的符笔练符箓之术还是有些吃力的，毕竟并不是拿起来就行，而是得在

符笔中注入灵力气息，还得平衡以及一气呵成。

“掌柜。”

“哎，这位爷，不知还有什么吩咐？”掌柜忙问道。

“上等的符纸拿十扎，还有朱砂也一并配齐了。”墨烨淡淡地说道。

一听这话，掌柜脸上笑意加深，道：“好的，我马上去备好。”

说完，掌柜转身就要走，却听小和尚的声音传来。

“等等，等等。”唐宁连忙唤住掌柜。

“这位……小师父还需要点儿什么？”掌柜原本是想唤“爷”的，奈何看到那小光头，话到嘴边就成了“小师父”。

“上等的符纸多少钱一扎？”唐宁问道。

掌柜一愣——这还是头一回遇到进来买东西总要先问一下价钱的客人，毕竟像这些世家公子哥儿都是不缺钱财的。

不过一想到这一位是出家人，掌柜倒也释然，笑道：“小师父，我们这里的上等符纸是一百张一扎的，一扎的价格是五百金币。”

“那就是五枚金币一张符纸了？难怪一般人学不起符箓之术，真是费钱啊！”唐宁感慨地道，又问，“有没有便宜点儿的？我是初学的，用不着这么好的。”

“这个……”掌柜微愣，看了一眼那黑袍公子，见他也正看着小和尚，便道，“有的，最便宜的是一百金币一扎，也是一百张的。”

“那就给我来那个一百金币一扎的就行了，来十扎，不，还是来二十扎吧。”唐宁说道，又笑眯眯地看着掌柜，期待地问道，“掌柜，我一次在你这里买这么多，能不能打个折什么的？”

“咯咯！”听到这话的墨烨，看着那眉眼精致如画的小和尚一脸认真又带着期待地看着掌柜试图讲价的样子，忍不住笑了起来，却又因强忍着，以手握拳抵在唇边，将忍不住的笑意化为了轻咳。

在他身边，甚至在他的印象里，就没见过有人讲价的，他竟不知还能端着一张笑脸用一脸期待又认真的模样去跟人讲价，尤其是这讲价的是个小和尚，那画面怎么看都让他觉得新奇而有趣。

掌柜也是没碰到过像小和尚这样的人，正常来说，来他们这里买东西的压根儿就没和尚，因此见这小和尚眉眼带笑却又认真而期待地看着自己，问能不能打个折的时候，向来八面玲珑的掌柜竟也呆住了，一时间没反应过来。

“掌柜？掌柜？”唐宁伸着白嫩嫩的手掌在掌柜面前晃了晃，“掌柜，怎么样？”

掌柜回过神来，看着小和尚笑了起来，想了想，道：“这样吧，我一会儿加上朱砂一并算算共多少钱，然后把零头给小师父免了，你看这样行不行？”

“阿弥陀佛，多谢掌柜了。”唐宁笑眯眯地双手合十，行了个佛礼。

见此，掌柜笑意加深，道：“那我先去给小师父把东西都备齐，你们先坐一会儿。”说完，掌柜便收起另外两支符笔离开了。

“你一直看着我做什么？”唐宁转过头，朝眼中带着笑意的墨烨看去。

“你买东西一般都会这样讲价？”墨烨不禁问道，“刚给你结了上回卖药的钱，这一次花的对你而言也不过是九牛一毛。”

唐宁眉眼一弯，笑眯眯地道：“我是出家人，讲讲价就可以少去的零头得让我在外面化多久的缘才会有呀？毕竟不是每一个人都像你这么大方，一赏就是一钵金币的。”

他轻轻地用手指敲着桌面，道：“你有炼药的本事，不愁钱财不够花。”

唐宁拿了块糕点吃着，道：“话是如此，但也有句老话叫‘天晴积下雨米’，你不知道吗？”

“天晴积下雨米？”墨烨微讶，“没听过。”

“这是老百姓说的话，世家贵族中的人估计也不会明白。”唐宁一笑，慢悠悠地道，“天晴时，日子过得舒坦，家中不缺米粮，但也要存着一些，预防下雨天时家中无粮无米下锅，就好比我现在有钱，但也不能挥霍无度，须知若是真到了什么时候需要钱财救命，若拿不出来，求救无门，岂不凄惨？”

闻言，墨烨看了小和尚一眼，说道：“我觉得你不会有那样的时候。”别人他不知道，但他决不会让小和尚落到那样的境地。

“那是，我这么聪明绝顶的人，又怎么会有求救无门的时候呢？”唐宁笑眯眯地说道。她只是喜欢凡事留一手而已。

墨烨瞥了小和尚那光秃秃的脑袋一眼，十分赞同地点了点头，嘴角含笑地道：“确实是聪明绝顶。”

听出他话里的戏谑之意，唐宁伸手摸了摸自己的脑袋，不以为意地说道：“施主，小僧是个和尚，光头什么的太正常了。”

她也想长出头发来，奈何与佛结缘，半只脚跨入了佛门，又是小和尚的装扮，除了顶着个光头，能怎么办？

“你在这里坐会儿吧，我去看看他们店里的东西。”唐宁说道，准备往前面去转悠一下。

墨烨见了，便也由着小和尚去，只是一边喝着茶，一边想着事情。

这段时间有一件事他一直想忽略，却又发现自己无法忽略，尤其是每每见到这小和尚时，那种感觉就更是强烈，他甚至一度怀疑，自己是不是……

想到这儿，他握着茶杯的手紧了紧，眼眸也敛下。

那边的唐宁可不知墨烨纠结的心绪。她正看着柜台里面摆放的一些已成的符箓，

一阶、二阶的符箓较多，三阶的较少，四阶以上的几乎没有看到。

她一边缓步走着，一边看着柜台里的东西，突然间感觉一双眼睛一直盯着她。她不由得抬头看去，就见柜台里面一名十岁左右的小女孩儿正托着双腮，眨着一双带着新奇的漂亮眼睛盯着她。

见是一个可爱又精致的小女孩儿，她眉眼一弯，对小女孩儿扬起一抹笑意来。却见那小女孩儿瞪大了一双好奇的眼睛，粉嫩的小脸立马变红，原本托着双腮的小手因害羞而本能地捂住了脸和眼睛，却又因忍不住好奇而悄悄地张开手指缝，透过指缝看向那眉眼弯弯、精致而俊逸的光头小和尚。

小女孩儿可爱又灵动的样子让唐宁忍不住轻笑出声。她从圆竹空间里拿出在严导师那里摘的果子在掌心摊开，笑着问："你吃果子吗？"

那小女孩儿扑闪着漂亮的眼睛，盯着那长得很好看的小和尚看了看，又看了看小和尚掌心里那枚红彤彤的果子，朝左右看了看之后，便指着自己的小鼻子好奇地问："给我吗？"

"嗯，给你吃，很甜的。"唐宁笑眯眯地说道。

"我娘说，不能随便吃陌生人的东西。"小女孩儿认真地说道，声音软萌，就跟只小兔子一样，很是可爱。

闻言，唐宁愣了一下，继而赞同地点了点头，笑道："嗯，你娘说得对。"话音一落，她咔嚓一声咬了一口果子，对看呆了的小女孩儿道，"那我自己吃了。"

小女孩儿似乎没想到会是这样，原本还想着，这个长得这么好看的小和尚要是再说一两句，她就接过来了，可谁知小和尚居然把那要给她的果子吃了。

想到这儿，小女孩儿心里带着一点点委屈，眼眶也不禁微微泛红。

唐宁咬了两口果子之后，见小女孩儿盯着她手里剩下一半的果子居然红了眼，不由得愣了一下，道："你怎么啦？"

"你说要给我的。"小女孩儿控诉道。

"可是你娘说，不能随便吃陌生人的东西啊。"唐宁有些无奈地道。

"你说要给我的。"小女孩儿固执地说道。

见此，唐宁只好再掏出一枚果子来，道："这个给你。"

小女孩儿接过后，展颜笑了起来。小女孩儿把玩着手中红彤彤的果子，歪着头好奇地看着唐宁，脆声问："你是来化缘的吗？你长得这么好看，为什么要当和尚？"

唐宁笑了起来，道："我不是来化缘的，我是来买东西的。至于当和尚嘛，自然是因为我与佛有缘了。"说话间，见掌柜已经回来，她便往回走去。

"小姐，你怎么下来了？"掌柜看到小女孩儿微讶，见小女孩儿身边没人跟着，便问，"小姐下来可是有什么事？"

小女孩儿眨着一双漂亮的眼睛一直盯着小和尚看，听到掌柜的话后，便指着小和尚问：“他来买什么？给他算便宜一些。”

“呵呵，小姐，那位小师父要的东西都在这里了，我给他减去了零头，已经算得很便宜了。”掌柜笑着说完，又道，“小姐，你要不先上楼？”

“不要！”小女孩儿说道，从柜台里面出来，往唐宁的方向跑去。

“哎，小姐……”掌柜连忙拿着东西跟上。

“我叫沈星玥，你叫什么名啊？”小女孩儿追了上来，凑近了唐宁问道。

“沈星玥？”唐宁看了小女孩儿一眼，笑道，“这名字真好听。”

“嘻嘻，我爹说这是我娘亲给我取的。”小女孩儿笑盈盈地说道，看着小和尚问，“你还没告诉我你叫什么名字呢！你住哪里啊？你有地方住吗？你要不要来我家住？来我家就可以跟我做伴了。”

坐在桌边的墨烨看到那小女孩儿拉着小和尚的衣袖，一双眼睛带着期待地看着小和尚，小女孩儿那热切的模样让他不由得皱了皱眉，却也没说什么，只是敛下眼眸，看小和尚自己如何处理。

“我有地方住。我是天龙学院的导师。你可以唤我唐师。”唐宁笑着说道。

后面跟着过来的掌柜听了，不由得微讶，道：“小师父竟是天龙学院的导师？”这么小的年纪，还是个和尚，竟是天龙学院的导师？

“不错。”她点了下头，看着掌柜拿过来的那些东西，问，“都齐了吗？”

“齐了齐了。”掌柜连忙说道，将东西放在桌上，一边清点给唐宁看，一边算着账。

“天龙导师啊？那你是不是很厉害？”沈星玥问道。

唐宁想了想，笑道：“嗯，差不多吧。”她将桌上的东西清点后收起，与掌柜先去结账。

待唐宁结了账，墨烨便看向唐宁，道：“可以走了吧？”

“嗯。”唐宁应了一声，对那眼巴巴地看着她的小女孩儿笑道：“我走啦！”

“你下回还来吗？”小女孩儿拉着唐宁的衣袖问道。

“还会来。”她笑了笑。等她把符纸什么的用完了，或者是画出符箓来了，自然会再过来。

小女孩儿不舍地放开唐宁的衣袖，说道：“好，那我在这里等你。下回你来，我让忠伯给你再算便宜一些。”

闻言，唐宁笑道：“好啊！那下回见了。”

墨烨和唐宁两人往大街上走去。

墨烨道：“没想到你还挺受欢迎的，连一个十岁左右的小女孩儿也想往你身

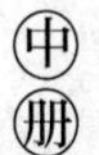

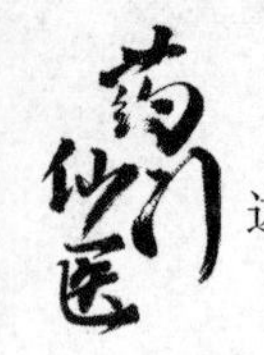

边凑。”

那酸溜溜的语气，他自己没察觉，但是跟在两人身后的黑风有些诧异。

“那是，我是佛门中人，自带佛光，一身祥和之气，任谁都喜欢跟我亲近，要不然你以为你怎么也会待我与待旁人不同？”唐宁眉眼间皆是自得，笑意在脸上绽开，让她那张精致又出色的脸更显灵动。

旁边的墨烨听到这话，微愣了一下，道：“是这样吗？”他待小和尚与待旁人不同，真的是因为小和尚身上有祥和之气？

“当然了，你不知道吗？我身上佛缘深厚，而且有圣佛之光庇护，祥瑞之气绕身，就算是再难缠的人见了我，也会心生亲近之意。”

这还真不是她胡扯的，自重生以来，她便因佛门庇护得以活命逃过追杀，而后又得那寺庙的方丈送了圣天钵，再之后又因缘际会得到万年观音竹。

手掌心的那个“卍”字可以将功德化为力量，圣佛之光也已经不止一次出现，更何况她本身也精通奇门之道，因此就算算不了自己的卦、测不了自己的福祸，她也知道自己与佛结缘甚深。

墨烨听了小和尚的话，不由得深思着：难道真的是如此？

他不禁想到自己安排在身边的那两名少年，似乎自己对他们也没那种想要去亲近的感觉，难道真的如小和尚所说，只是因为这小和尚佛缘深厚，又有圣佛之光庇护，所以才会让人忍不住想要亲近？

他在想事情，唐宁也在想事情。她先前遇到的那个叫沈星玥的小女孩儿，身上的气息好像有些奇怪，只是又说不上来。她甩了甩头，将这事抛到脑后，道：“夜王，我还有一些东西要买，不过那些都是小东西了，你不用陪我去了，要不你先回去？”

闻言，墨烨看了小和尚一眼，想到小和尚先前所说的话，便点了点头，道：“嗯，买完东西就早点儿回学院。”交代了两句后，他带着黑风离去。

他还要再回别院，叫来那两名少年试验一番，看到底是不是真如小和尚所说，若真是那样，这段时间他一直悬着的心便总算可以落地了。

在他离开后，唐宁便带着寒知再去买些其他东西，毕竟这一趟之后，估计短时间里她不会出学院了。

另一边，暗一见他们这么快就回来了，不由得微讶。见主子进了房间，暗一便压低声音问道：“黑风，主子不是陪唐师去买东西了吗，怎么这么快就回来了？”

“我也正奇怪着呢。唐师说不用主子陪了，主子便回来了。主子一路上一直在想事情，也不知是怎么一回事。”黑风说道。

"黑风，去把那两个少年叫过来。"墨烨低沉的声音从房间里传来。

"是！"黑风应了一声，也不知主子想干什么，便连忙去唤那两名少年过来。

"见过主子。"两名容貌精致的少年行了一礼，有些忐忑地站在墨烨面前。

墨烨盯着两人看着，黑瞳微闪，道："过来。"

"是。"两名少年应了一声，走上前。

"把手伸出来。"墨烨说道。

墨烨盯着他们缩着的手，微微皱着眉，在两人惶恐地将手伸出来后，他的手握住其中一人的手，却在碰到的刹那，只感觉鸡皮疙瘩噌噌噌地冒了出来，排斥之意甚是明显，根本就没有握住小和尚的手时那种奇怪又让人心动的感觉。

墨烨几乎是瞬间便收回手，脸色也沉了下来。

空气中的气息因他的脸色沉下来而变得冰冷，惊得两名少年脸色发白，冷汗直渗出来。

墨烨强忍着心中的不适，伸手去握另一名少年的手。这名少年也许猜到了些什么，又似乎是怀疑些什么，于是试探性地反握住墨烨的手，却在下一刻整个人被甩了出去。

"放肆！"墨烨怒喝了一声，抬手一甩，身上强大的灵力气息涌出，直接将那名少年甩出房间，重重地砸落在外面的院子中。

那名少年惊呼一声，砸落在地上那一刻，一口鲜血也噗的一声喷了出来，整个人直接昏死过去。

另一名少年吓得直接扑通一声跪了下去，瑟瑟发抖，不敢抬头。

黑风和暗一两人原本就在房门外站着，看到这一幕后，两人的心情都变得有些沉重。如果他们没猜错的话，主子应该是想试试是否对其他少年也会有对唐师一样的感觉?

"拖下去！"墨烨沉着脸喝道，目光冷冷地看着那名昏死过去的少年。

"是！"黑风应道，迅速将人带出。

"你也滚出去！"墨烨将冰冷的目光落在那名跪倒在地的少年身上，让人不寒而栗。

"是是是。"那名少年颤声应道，连滚带爬地退了出去。

暗一在房门处顿了下，这才走了进来，拱手行了一礼后，道："主子，属下有些话，不知当讲不当讲。"

墨烨看了暗一一眼，道："有什么话就说吧。"

"是。"暗一应道，抬起头看着他道，"属下觉得，主子不适合继续留在天龙城。"

墨烨坐在桌边，用帕子擦了擦手，道："原因。"

暗一深吸了口气，道："因为唐师。"将话说出来，暗一仿佛吐出了一口气一般，便也不再将话藏着，继续道，"主子待唐师已经超乎朋友间的情谊，主子的七情六欲被唐师牵引，主子会因唐师而喜，会因唐师而怒，主子……"

"闭嘴！"墨烨冷喝一声，手掌重重地拍在桌上，发出砰的一声重响，凌厉的目光带着冰寒朝暗一扫去，高声喝道，"你可知道你在说什么！？"

暗一因他的动怒而跪了下去，听到他的话后，道："属下知道，只是属下不能看着主子泥足深陷！若是现在抽身离开，为时还不晚，主子……"

"放肆！"墨烨猛地站了起来，一身气势顿开。

黑风将人拖出去后回来，却听到暗一的话以及主子的震怒，连忙跑了进去，道："暗一，你疯啦！"

暗一跪在地上，道："就算主子要处罚属下，属下也得把话说出来。"

因房间里主子身上弥漫开的强大气息，暗一额头上渗出了冷汗，感觉体内的血气在沸腾，仿佛要冲上喉咙夺口而出。暗一硬生生忍住，暗暗握紧了拳头，看着盛怒的主子道："主子天人之姿，尊贵非常，岂能因一时的迷失而走上不归之路？若让世人得知，主人不爱美人好男色，主子的一世英名岂不是荡然无存？"

见暗一不怕死地把话说出来，黑风又急又担心，还真怕主子一个盛怒把暗一杀了。

墨烨听到暗一的话，脸色越发黑沉，负在身后的手紧紧地捏成了拳头，一身气息如同暴风雨即将来临般让人骇然。

"再者，唐师纵然未曾佛前受戒，也是佛门弟子，他视主子为至交知己，若是让他知道主子对他动了不该有的心思，主子又让唐师如何看待于你？噗！"话音落下，暗一一口鲜血终因墨烨那骇人的气息而压不住地喷了出来。

"暗一！"黑风惊呼一声，连忙跪下，"主子，暗一纵是胆大放肆，言语冒犯了主子，但请主子念在他跟在主子身边多年，尽心尽力、忠心不二的分儿上，饶他一命！"

"出去！都给我滚出去！"墨烨高声喝道。原本震怒非常的他，在听到暗一问，若是让唐师知道他对唐师动了不该有的心思，又让唐师如何看待于他时，一颗心瞬间慌了。

黑风连忙扶着暗一退了出去，不敢在房中留下。

唐师若知道他对唐师动了不该有的心思，会如何看他？是鄙夷，还是避之唯恐不及？墨烨深吸了口气，压下心中的慌乱在桌边坐下，一连倒了两杯凉水喝了下去，这才仿佛冷静下来。

他在房中静坐着，思忖着究竟应该怎么做，若是让小和尚知道了他的心思，那……

黑风将暗一扶到外面，看着嘴角还带着一丝鲜血的暗一，忍不住说道：“你胆子也太大了，那样的话你怎么敢对主子说？你不要命啦？”

“咯。”暗一轻咳了一声，拭去嘴角的鲜血，道，“你也看到了，主子对唐师的不同寻常也不是一两天了，只是这情况最近越发严重。我们是主子身边的人，既然知道，就不能由着主子深陷下去，若是能让主子悬崖勒马，我这条命又算什么！”

黑风听了，也不知该说暗一什么好，只是叹了一声，在旁边坐下，道：“那你说，现在怎么办？你说的话主子能听进去吗？”

原本黑风还没往这方面想，可是今天之后，才知道事情似乎与自己所想不太一样，却不想暗一这个一根筋的居然敢直接找主子说话，把主子的心思挑破，真的是吓了黑风一跳。

暗一目光闪了闪，道：“我想，主子不敢让唐师知道他的心思，所以……”自己的话主子未必听得进去，但主子若是不想让唐师知道他的心思，那就只能远离。

对于他们这边的事情，唐宁是不知道的，也怎么都不会想到，她当兄弟对待的夜王墨烨，居然对她起了别样的心思。

她买完东西之后，已经是未时了，难得下来一趟，便对身边的寒知道：“我们去那边的小摊吃点儿东西再回去吧，也正好歇歇脚。”

寒知看了那路边的小摊一眼，道：“主子，路边的小摊人流多杂，为何不到茶楼或者酒楼去？”主子如今纵然是小和尚的身份，但好歹也是出身世家贵族，怎么能去那种三教九流聚集的路边摊挤呢！

“出门在外不用计较那么多，而且小摊的东西有时比酒楼的还要好吃！走吧，前面那摊子的客人不少，东西应该不错，我们就去那里吃。”唐宁笑眯眯地说道，迈步便往前面走去。

“是。”寒知无奈，只好跟着她往小摊走去。

一张桌子边坐着的几个汉子看到小和尚走了过来，便笑着问道：“小和尚，化缘啊？”

“不是。”唐宁回以一笑，来到一张空桌旁坐下，道，“我是来吃东西的。”

“小师父要吃点儿什么呀？”一名妇人走了过来，亲切地笑着问道，给唐宁倒了杯茶水，“我们这里有饭也有菜，还有一些自家做的小吃食，菜都是自家地里种的，东西都不贵。”

闻言，唐宁想了想，道：“那就给我来两碗米饭，再炒两三个小菜，再来一份肉菜和一些小吃食。”说完，她又笑着问，“有汤吗？”

“有，蛋花汤可以吗？”妇人笑着问。

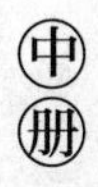

“可以。”唐宁笑眯眯地点头，招手示意寒知：“坐下啊！站在那里怎么吃饭？”

寒知见此，这才走上前来到桌边坐下。

也许是因为寒知身上的气息较为慑人，原本还想找小和尚闲聊几句的汉子们看了寒知几眼后，也没再开口搭话。

炒菜的是妇人的丈夫，他熟练地翻炒着，没一会儿几个菜便都炒好了；简简单单，不似酒楼里弄得很精致，而是很家常的几个小菜。

“菜来了。”妇人端着菜上桌，不多时又切了一盘子卤肉上桌，再给他们端来两大粗碗米饭，最后上的则是一份蛋花汤。

看着简单又散发着香味的饭菜，唐宁笑眯了一双眼睛，对寒知说道：“你瞧，这几个菜也不输酒楼的，闻起来很香，分量还很足。”说话间，她夹了一块卤肉便塞进嘴里吃了起来，小嘴一鼓一鼓的，跟小松鼠一样，甚是惹人注目。

寒知看着那一大粗碗米饭，以及埋头吃起来的主子，也拿起筷子夹着菜吃了起来。

“小和尚啊，你一个和尚怎么还吃上肉菜了？”另一桌的一个老头儿见那小和尚吃得满嘴的油，不由得乐呵呵地问道。

唐宁扒了口米饭后，道：“老人家，这你就不懂了，正所谓‘酒肉穿肠过，佛祖心中留’啊！”

老头儿闻言，愣了一下，继而哈哈笑了起来，道：“好一句‘酒肉穿肠过，佛祖心中留’！”

第十五章　一缕黑气

老头儿目光微闪，眼底掠过一抹睿智之色，视线落在那大口吃着饭的小和尚身上，布满皱纹的老脸上笑意加深，道："倒看不出，你小小年纪竟有如此境界。小和尚，你是哪座寺庙出来的？你修佛多少年啦？"

唐宁吃了两口饭后，又吃了些菜，喝了小半碗汤，之后才转头看向那老者，道："我啊，只有一只脚跨进佛门，只能算半个佛门弟子，修佛的时间也不长。"说完，她眉眼一弯，看了看老者，问，"老人家可是对佛法感兴趣啊？"

"呵呵……"老头儿笑了笑，摆了摆手，道，"这天龙城一带都没有寺庙，最近的寺庙离此有两三天的路程。再说了，我们对佛法什么的也不甚了解，所以也谈不上什么兴不兴趣的。"

"哦，原来是这样啊！"唐宁点了点头，倒也没再多说什么，而是又夹了一筷子菜就着饭吃着。

见寒知一直闷着头吃饭，她便道："吃菜啊！这卤肉也好吃，你不吃的话，一会儿吃不完也是浪费。"

"是。"寒知应道，正要夹菜，就见他家主子用公筷给他夹了一大块卤肉和一些菜，堆得他碗里满满的，跟小山似的，看得他有些发愣。

"多吃。"唐宁说道，自己也夹了一块肉吃着。

"多谢主子。"

主子给他夹菜，他心中有着说不出的感动。自从他跟了主子，在主子身边这么久，主子就从没将他当下人看，而是当亲人般看待。

老头儿在邻桌看得惊奇——一个穿着黑色劲装、气势不弱的青年男子唤小和尚为主子，而这个当主子的居然会帮下属夹菜？这是什么操作？

“呼！吃得好饱。”唐宁轻呼出一口气，一脸满足地眯了眯眼。

寒知则悄悄地松了松腰带，看着桌上几乎被清空的几个盘子，心下暗忖：下回一定不能跟主子一起吃饭，尤其是只有他自己的时候，要不然照这吃法吃下去，他迟早成个大胖子。

“大娘，再来两斤卤肉，不，还是三斤吧。”她伸出三根手指比画着，准备带些回去给星瞳和小黑吃。

“哎，好嘞。”妇人笑着应道，又给唐宁装了些小吃食，道，“这几样小吃食是送给小师父的，吃好了下回再来啊。”

闻言，唐宁笑了起来，道：“好，大娘家的饭、菜都好香，我下回还来。”

她接过东西，寒知则已经站起来付钱。

“老头儿我听说天龙学院来了一位导师，是个十几岁的小和尚，教学很有一套，因此被尊称为唐师，莫不是就是你？”老头儿笑着问道，看着那已经站起来准备走的小和尚。

听到这话，小摊上的人都惊讶地看向那小和尚——天龙学院的导师？就这小和尚？真的假的啊？

唐宁看向那老头儿，眨了眨清澈而纯净的眼睛，带着几分灵动、几分狡黠，笑眯眯地道：“老人家的消息倒是灵通，不错，我就是老人家口中那个教学很有一套的唐师。”

听到这话，老头儿笑了起来，拱了拱手，道：“真是百闻不如一见啊！老头儿佩服。”

“阿弥陀佛，老人家，我们有缘再见。”唐宁双手合十回以一礼，这才转身与寒知一同离开。

老头儿没有说话，只是笑着看着那小和尚离开，不多时便也迈步离去。

跟着唐宁往天龙学院的方向走去的寒知道：“主子，那个老者看起来不像是一般的市井之人。”

唐宁轻笑出声，道：“这天龙城藏龙卧虎，遇上一两个能人也没什么好奇怪的。”她缓步走着，看着前面道，“刚才那名老者已经是灵师九阶巅峰的人物，一身气息敛得极好，若不是他主动搭话，估计我也注意不到。”声音微顿，她又道，“我估计那老者是这城中世家的人。”也只有这天龙城中世家的人，才会消息那么灵通地得知天龙学院里面的消息。

“天色也不早了，我们加快点儿脚步回学院。”唐宁说道，步伐快了起来。

后面的寒知应了一声，也迅速跟上。

傍晚时分，唐宁和寒知回到洞府。见只有小黑在洞府外的枝头上待着，星瞳却不见人影，唐宁便问：“小黑，星瞳呢？”

小黑拍着翅膀飞了下来，道：“不知道啊！我回来时就没见到她了，也不知她上哪儿去了。”

闻言，唐宁摸了摸它的脑袋，取出卤肉切下一小块用叶子垫着放在桌上，道：“这是给你带的，赶紧吃吧。”

“哑哑！唐唐，你对我真好！”小黑欢喜地叫道，上前蹭了蹭她的脸，这才拍着翅膀来到桌边吃了起来。

“寒知，你拿些卤肉和小吃食去给严导师，算是谢谢他的果子。你再顺便看看星瞳在哪儿。”唐宁交代道，取出卤肉和小吃食递给寒知。

“好。”寒知应了一声，接过后给星瞳留了一些，把其他的装了起来，拿去给严导师。

唐宁在桌边坐下，一只手托着脸颊，问：“今天他们有没有乖乖念经？有没有人惹事？”

“原本是有几个一直在那里说的，一副不情愿的样子，不过后来司徒南笙说了他们几句，他们就没再吭声了。”小黑一边吃着肉，一边说道，“就是你们还没回来之前，那个叫苏言卿的来过，然后见你还没回来又走了。”

“哦，苏言卿啊，有没有说有什么事？”唐宁问道，脑海中浮现出那个一身儒雅气息的青年男子。

“没说。”小黑摇了摇脑袋道，“只说他还会再来。”

闻言，唐宁点了点头，没再说什么。

天色渐渐地暗了下来，寒知也回来了，只是只有他一人回来，依旧不见星瞳的身影。唐宁不由得微皱了下眉，问：“没找到？”

“主子，我在学院四处找了下，没有见到星瞳，问了学院的学子，也没人见过她。”

听到这话，唐宁便问：“学院大门那里问了吗？她有没有出学院？”

“问了，她也没有出学院，应该还在学院里，只是没找到她。”

“那她能去哪里？”唐宁喃喃低语，想了想，道，“她平时有没有什么常去的地方？”

寒知摇了摇头，道：“她平时多数在洞府这里，也没什么常去的地方。”

“那就奇怪了。”唐宁呢喃道，看了眼外面渐暗的天色，对寒知和小黑道，“我们一起去找找吧。这会儿天要黑了她也没回来，我担心她会出什么事。”

“那我再去学院四处找找，再问一下学子。”寒知说道，迈步往洞府外走，却在出洞府时顿住了脚步，看着缓缓走回来的星瞳，问：“星瞳，你去哪儿了？怎么这么晚才回来？”

后面跟着走出来的唐宁见星瞳回来，露出一抹笑意，道：“回来了就好，我还以为出什么事了呢。”然而，当她看到星瞳的样子时，笑容消失了。

“哑哑！”小黑叫了两声，落在唐宁的肩膀上，歪着脑袋看着也停下脚步、并没有再上前的星瞳。

见星瞳没有说话，而且样子有些不对劲，寒知便问道：“星瞳，你……”

寒知的话还没说完，就被唐宁打断了。

“这会儿也不早了，星瞳，先回房休息吧。”声音传来，唐宁也阻止了寒知的问话。

站在那里的星瞳衣服上有一些尘迹，衣角处像是被树枝划破了一道口子，人还是那个人，但整个人像是失了魂一般呆呆的，面无表情，尤其是那双如星辰一般的眼睛，此时呆滞无神，就连眼睛中的星辰光芒仿佛也被遮掩了。

“好。”星瞳轻声应道，神色依旧是呆滞的，明明已经应了“好”，却依旧站在那里没有动。

“我带你回房吧。”唐宁放低声音，缓步走上前，牵着星瞳的手道，“走，回房去睡觉。”

“好。”星瞳依旧是轻声应道，呆滞的目光看着前方，任由唐宁牵着手往洞府里面走去。

后面的寒知见此，不由得眉头微皱，心中隐隐有些担忧。星瞳那样子明显不对劲，可是星瞳在学院之中没有外出，又怎么会突然变成这样？

寒知因不放心而跟了进去，却见小黑飞了出来。

小黑落在寒知的肩膀上，小声道：“唐唐说不要进去打扰。”

见此，寒知退出去，这才问：“主子有没有说星瞳这是怎么了？”

“唐唐说星瞳丢了一魂，现在魂魄不稳，我出来时，唐唐正在里面念经呢。”小黑站在寒知的肩膀上小声说道。

“丢了一魂？”寒知大惊，本能地看向前面的房间。

好端端的星瞳怎么会丢了一魂？是怎么丢的？人有三魂七魄，星瞳丢了一魂，还能找回来吗？

房间里，星瞳躺在石床上，眼睛依旧睁着，呆呆地看着前方。

床边，唐宁口中念着经文，精致的小脸上尽是庄重、严肃。随着经文从她口中而出，点点佛光也随之洒落在星瞳身上。

“睡吧！”唐宁缓声说道，手指点向星瞳的眉心。

下一刻，原本睁着眼睛的星瞳缓缓地合上了眼，一缕黑气也从她的眉心散去。

帮星瞳盖好被子后，唐宁走了出来，脸色微凝——在学院之中，星瞳是怎么沾染上这些东西的？

“主子，星瞳怎么样？”寒知见她出来，便上前问道。

唐宁摇了摇头，道：“丢了一魂，身上还沾染了阴煞之气。除非将她丢失的一魂找回来，要不然……”她叹了一声，没再说下去。

“那我们要怎么找回她丢失的一魂？”寒知问道。

“等明天她醒来后再看吧。先回去休息吧。”唐宁说道，转身回了自己的房间。

次日清晨，当唐宁推开石门来到星瞳的房间里，不由得一怔，喊了一声：“寒知！”

“主子，怎么了？”寒知快步走来。

“星瞳呢？”唐宁转身问道。

寒知见床上空无一人，当即道：“属下没有看见，今早天还没亮属下就起床了，也没见她出过洞府。”

闻言，唐宁心一沉，道：“那就是半夜出去的！走，去找找！”

“我也去帮忙找。”小黑拍着翅膀飞了出来，跟在他们后面出了洞府。

有些学子见唐师和寒知以及小黑大清早便在学院里好像在找什么，便唤住小黑问道：“你们在找什么啊？大清早的怎么在学院里四处跑？”

“哑哑！我们在找星瞳，你们有看到星瞳吗？”小黑拍着翅膀问道。

“星瞳？没有。”

那个星瞳平时也很少出来走动，多数是在唐师的洞府里，他们哪里会见到？

听他们说没有见到星瞳，小黑便拍着翅膀离开了。

渐渐地，学院里的人也听说他们在找星瞳，于是自发加入寻找中，只是让他们没想到的是，找了大半个学院也没找到人。

唐宁回到洞府，只见不少学子等在那里，一见她回来便围了过来。

“唐师，我们找了大半个学院也没找到人。”

“唐师，她会不会是偷跑下山了？”

唐宁见他们一个个跑来帮忙寻找，也没找到人，便道：“你们先回去吧。我再想想她会不会去什么地方了。”

听唐宁这么说，大部分学子应了声后便离开了，而司徒南笙等人仍留了下来。

“唐师，星瞳是不是出什么事了？她应该不会无端消失，是被人掳走，还是自己离开？”叶飞白开口问道。

唐宁看了叶飞白一眼，道：“应该不是被人掳走，她也没有离开，我觉得她应该还在学院里，只不过不知在哪个地方而已。”

闻言，众人不由得面面相觑，不知这究竟是怎么一回事。

“唐师，能否将事情仔细跟我们说一下？我们也好想想办法。”苏言卿开口说道。

司徒南笙看了苏言卿一眼，也道：“是啊唐师，多个人想办法总是好的，这到底是怎么一回事？你跟我们说说吧！人多力量大，指不定我们能帮上什么忙呢！”

“主子！找到了！”寒知的声音在这时传来。

只是，寒知虽说找到了，脸色却十分凝重。

寒知快步来到唐宁身边，道：“主子，属下找到星瞳了！”

唐宁看着寒知的神色，问：“在什么地方找到的？她现在人呢？”

“主子，你跟属下来！”寒知说道。

寒知带着她顺着山道一直往下走，直到来到一处阴凉的山坡。

“主子你看，就是那里。”寒知指着前方的山坡道。

牛大力挤上前，朝寒知所指的地方看了看，疑惑地道：“那里哪有什么？除了几棵大树之外什么也没有啊。”

“这里空气中的气息较为阴冷。”司徒南笙皱着眉说道，又不解地道，“但没看到人啊。”

其他学子也都在那里看着，也道：“确实没看到人啊，人在哪儿？”

唐宁看着前方，缓步走上前，道：“人在地下。”

她往前走了七八步时停下，伸手往前一碰，原本透明的空气中顿时浮现出一个结界，灵力气流涌动着，结界的模型也浮现出来。

“结界！”司徒南笙错愕地看着前面那一幕，“这里怎么会有结界？”

“这结界还不是一般的结界。”叶飞白说道，脸色凝重，“这结界肉眼看不到，若不是撞到了，它不会浮现，设下这种结界的人非同一般！只是这结界似乎哪里有些不太一样。”

“聚阴凝灵。”唐宁缓声说道。

“聚阴凝灵？”众人微愣，朝唐宁看去。

这时，宋一修看着前面山坡的某一处道：“唐师，你刚才说人在地下，莫不是那个上面铺了一小堆杂草的地方就是……”

唐宁收回手，看着原本浮现出来的结界又消散了，仿佛不存在一般，问："学院里曾闹过邪事吗？"

三十名学子面面相觑。一些新进的学子自然不知，因此没有说话，倒是司徒南笙和叶飞白相视一眼后，司徒南笙开口道："近些年来不曾，但是我曾听说过，很多年前有一个灵师巅峰的修士死在学院里了，尸骨没找到，有一段时间闹过邪事，后来听说是院长请了高僧来镇压，也就再也没出过事了，时间久了，这些年都没人再提起了。"

听到这话，牛大力道："要不我们去找院长问问？"

"院长在闭关。"宋一修说道。

"唐师能破了这结界吗？用不用找其他导师来帮忙？"有学子问道。

"去把几位导师请过来吧。我想问一问他们当年死去的那个修士到底是什么人。"唐宁缓声说道。她抬头看了看天空，这会儿离正午还有些时间。

"是！"一名学子应道，迅速去请几位导师。

"唐唐，星瞳被埋在地下，会不会有事啊？"小黑停在她的肩膀上，担忧地问道。

唐宁看着前方的山坡，道："也是我大意了，昨夜我如果守着，也许就不会出这事了。"她只是没想到，星瞳昨夜回来后被她念了安神咒，明明已经睡过去，半夜竟又悄悄离开了。

而这地方，上回她还来过，原是让星瞳他们在这里种些药材的，当时还没有这么浓郁的阴气，而今阴气飘溢，冷风飕飕。

不多时，几位导师相继到来。

见唐师以及不少学子围着那里，赵导师道："小唐，情况我们都听说了，现在怎么样？结界破了吗？"

"我听说你身边那个小丫头被埋在土里了？人挖出来了吗？"古导师也问道。

"这结界在哪儿？怎么没看到？"严导师则上前查看，直到撞到结界后才看到那浮现出来的结界，恍然道，"竟在这里？这结界聚阴凝灵，莫不是那阴煞借你身边那小丫头的躯体想要作乱？"

"没想到学院之中竟也藏了阴煞之物，若非今日这事，我们竟还不知。"林导师说道，看向前方，没有看到人，但山坡处有一块地方是翻过的，上面的泥土较新，也较为松动，而且那里还堆放了一些杂草。

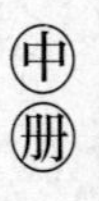

"星瞳是昨夜半夜出来的，今早我们才发现她不见了，找了一圈才在这里找到她。"唐宁说道，看着前方，神色凝重地道，"昨夜她便丢了一魂，再加上她天生阴体，我担心……"

“你不要担心，我先来破了这结界！”赵导师说道，大步上前。

“赵导师不可！”唐宁当即喝道，想阻止他。

却见赵导师已经凝聚灵力气息朝前击去，下一刻，就见那结界因他的灵力攻击而浮现，强大的气流涌动，将他击出的灵力气息反弹回来，他整个人也被弹了出去。

“赵导师！”几位导师惊呼一声。

其中一人连忙接住了他。

“嗯！”被扶住的赵导师闷哼一声，嘴里溢出一丝鲜血，微愕地看着前方的结界，脸色这才凝重起来，“好强的结界！反弹之力这么强，布下这结界的人实力只怕在我之上！”

“赵导师，你怎么样？”唐宁来到他身边，见他嘴角还带着鲜血，脸色也比先前难看，不禁有些自责，“都怪我，应该跟你们说清楚的。这结界有阴气巩固，灵力加持，想要破开只有等正午时分阳气最为充足之时，现在去碰它只会被强大的阴气反弹回来。”声音微顿，她看着前面的结界道，“而且我怀疑，这阴煞已经达到筑基修为，所以才请你们过来问一下，当年院长请过来的和尚是用什么办法镇压的？为什么现在这阴煞又会跑出来作恶？”

几人闻言，相视一眼，其中一人道：“这事当年我们也只是听说，具体是怎样的，我们也不知道，估计整个学院里也只有院长才清楚这件事的来龙去脉，只是院长现在在闭关，近几个月只怕是不会出关。”

闻言，唐宁沉默了，半晌才道：“那就得麻烦几位导师交代下去，让学子们不要靠近这一带。”

“你想怎么做？”林导师问道。

唐宁看向天空，道：“正午时分先破开结界，将埋在地下的星瞳挖出来看看再说吧。”她哪里知道怎么做，眼下也只能见机行事了。

“若是筑基修为的阴煞，只怕单凭你之力并不是对手。”林导师不太赞同地说道。

“那也没办法，再拖下去只怕星瞳的情况不太好。”她开口说道，顿了一下，又道，“若真的到最后无法解决，我再去找闭关的院长。”

若最后真的解决不了，那也只能去打扰院长了。

“既然这样，那我们留下助你一臂之力吧。”严导师说道，又对身边的学子道：“你扶赵导师回去，顺便交代下去，让学院的学子就算听到动静也不要往这一带来。”

“是。”那名学子应道，上前扶着赵导师。

赵导师也知自己受了伤，帮不了他们，见有几位导师留下，而且还有司徒南笙等人在这里，便也由着那名学子扶着自己离去。

虽有话传下去，但不多时，南宫凌云和郭青两人还是跟着那名学子来到这里。

“凌云，你们怎么来了？”苏言卿看到南宫凌云便问了一声。

南宫凌云看着前方，目光落在前面一袭青衣的唐师身上，道：“我听说这边出了事，便过来看看能不能帮上什么忙。”

“刚才赵导师就是被前面的结界所伤？”郭青开口问道，目光落在前方被麻雀撞到而浮现出的那个结界上。

“不错，就是那个结界，赵导师就是被结界的力量反弹而受的伤。”苏言卿说道，“唐师他们猜测，布下这结界的人只怕有筑基修为。”

两人看向前方，脸色都有些凝重。筑基修为可不弱，至少在这些导师和学子当中，就没有一个是筑基修为的。

有多少修士终其一生也无法跨过那一道门槛，从而筑基成功，须知，这个级别可远非灵师可比。

见已到正午时分，古导师便说道：“我来试试，看能不能破了这个结界。”

话音一落，古导师凝聚灵力气息，朝前方击去。刹那间只听气流声呼啸而起，结界被灵力震动而浮现，结界上的气流微微涌动了一番，将古导师击出的那股力道分散化去，在周围荡开，而结界依旧完好，并没有被破开。

“我来试试。”严导师说道，上前一步也凝聚灵力气息试图破开那结界，只是依旧不见那结界有一丝松动。

唐宁盯着前面的结界，取下腰间的圆竹，道：“这结界有阴力巩固，要破结界，必得先破其阴力，我来试试吧。”

闻言，他们看向唐师，其实心下很是担心——唐师能行吗？

唐宁的手从圆竹上抚过，掌心灵力气息涌动，注入圆竹，只见圆竹因灵力气息而转动起来，雄厚的灵力气息之中隐隐浮现着一股圣佛之光。

“去！”唐宁一声低喝，手中的圆竹飞出，如同利箭一般挟带着凌厉之势朝前方的结界袭去。

圆竹撞到结界的同时，两股气流相碰撞，如同较劲一般发出呼呼的声音，周围的阴力也渐渐地强大起来，因阴力的强大，空气中的气息也变得越发阴冷，甚至隐隐有盖过中午时分艳阳的气势。

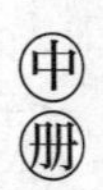

圆竹抵在那结界处，被强大的力量阻隔，无法再进半分，倒是周围冷风飕飕，树木被风摇动，枝叶发出沙沙的声音。

见圆竹竟也无法一击破开那结界，唐宁一只手伸出，心念一动，圣天钵浮现于

手中。

随着圣天钵飞出朝圆竹撞去，唐宁的一声大喝也随之传出："给我破！"

只听一声清脆的撞击声响起的同时，砰的一声巨响也随之传开，结界一破，灵力气息也如被戳破的气球一般迅速朝周围散去，连带着那股阴寒之气也渐渐散了不少。

"太好了！破了！"牛大力欢喜地道，脸上露出笑意。

"唐师的那个圣天钵真厉害！"

"不错，那个好像是佛门法器，上回在凶兽林中我也见唐师用过，很是厉害。"

"说那个钵干什么？快把星瞳挖出来啊！"司徒南笙喊了一声，快步往前走去。

"对，先救星瞳要紧。"其他人也连忙跟着跑上前。

几位导师看了一眼那钵和圆竹，隐隐觉得这两件东西都不是凡物，不过那是唐师的东西，他们也没有过多询问，而是看向前方跑向山坡的学子。

看了散去的气息一眼，唐宁将圣天钵收回，将圆竹别于腰间，对跑上前的学子喊道："你们小心点儿！"

"唐师放心吧！我们不会弄伤星瞳的。"牛大力说道。

只见那堆杂草被拨开的同时，露出了下面掩盖着的一颗脑袋。

"星瞳？"众人看到全身被埋在地底下，只露出一颗脑袋在泥土上面的星瞳时，不由得倒抽了一口冷气——活生生的人被这样埋着，不会死吗？

"快！把她挖出来！"司徒南笙喊道，上前帮忙挖土。

却不想，原本闭着眼睛一动也不动的星瞳突然间睁开了眼，那双眼蕴含着厉色以及怨恨之意，甚至就在她睁开眼那一刻，一股阴寒之气也朝正挖着土的几人迸射袭去。

"小心！"唐宁上前将他们往后拉开。

同时，原本被埋在地下的星瞳随着灵力气息与阴气的迸射从泥土中飞出，发出砰的一声巨响，也带起一片泥土，四溅开来。

"我不是让你们小心点儿吗？"唐宁沉着脸看了他们一眼，问，"有没有伤着？"

"没……没伤着。"

只是被吓了一跳，他们原以为唐师叫他们小心点儿，是小心点儿别伤到星瞳，却不想原来是提醒他们自己小心点儿。刚才若不是唐师拉开他们，只怕他们就算不死，也会被阴气所伤。

"一旁待着去。"唐宁说道，示意他们退开，这才看向那飞蹿而起、落在树枝上的一道身上溢着阴气以及怨气的身影。

"又是和尚！又是一个该死的秃驴！"声音传出，却不是星瞳的声音，而是一个男人的声音，阴寒而透着怨恨，仿佛自带回音，十分诡异。

唐宁听着那声音左一句“和尚”，右一句“该死的秃驴”，脸色沉了沉，扯了扯嘴角，道：“你一个死人，死了也不知多少年了，不去投胎反而阴魂不散在这里作恶，就不怕魂飞魄散不得超生？”

“不得超生？哈哈哈哈！”那阴煞仰头哈哈大笑起来，声音透着森寒之气传出，“几十年前那死秃驴将我镇压在地底下不见天日！幸好河流底下的流沙被冲散，助我易位，又有这天生阴体的小丫头将我挖出，我吞了她一魂得以苏醒。只要再吸收三天日月之光，必可助我阴魂大稳。而你这小和尚，竟敢坏我好事，我饶不了你！”

那阴煞一边说，一边张牙舞爪地摆动着双手，因阴煞之气以及怨气浓厚，以至于星瞳的整个面目都覆上了一层阴煞黑气，整个人看起来极为恐怖。

也因此，在那阴煞张开双手朝唐宁袭去之时，所有人都感觉到一股铺天盖地的阴煞之气如同黑夜一般覆盖而下。

几位导师看到那阴煞之气如此浓郁，担心会伤到那些学子，当即喝道：“你们快退后！此阴煞的阴煞之气太重，你们若是阴煞缠身，必将缠绵病榻，身体大衰！”

早在那阴煞破土飞出之时，他们便觉得周围的阴气森寒入骨，每个人都感觉身体隐隐有些发寒，此时听到导师的话，当即应了一声，迅速地往后退了退，退到十几米外的地方。

他们本想留下助唐师一臂之力，奈何这阴煞之气太重，非他们可以承受，眼下也只能靠几位导师了。

眼角余光瞥见几位导师亮出长剑准备攻击，唐宁担心他们会伤到星瞳，当即便道：“严导师，这阴煞由我来对付就好！”话音落下，她取下腰间的圆竹握于手中，手心灵力气息涌动，下一刻便迎了上去。

由她出手，她下手有分寸，不会伤及星瞳，若是由几位导师出手，只怕情急之下他们难以顾及星瞳。

万年观音竹本身就有辟邪的作用，用它来对付这阴煞最好不过了，只不过想要彻底将之消灭，得先将它从星瞳体内逼出才行。

“啊！”那阴煞与唐宁交手，碰到她手中的那根观音竹时，刹那间发出一声惨叫，如同碰到了火焰一般被烫得缩回手，身上的阴煞之气迅速消失了一些。

它后退，惊恐地盯着小和尚手中那不起眼的圆竹，惊骇地喝问：“小秃驴！你手中怎会有千年观音竹？”

此乃阴煞惧怕之物，只是千年观音竹何其难得，千年都不见有一节出土，这小

和尚小小年纪，上哪儿得来的这根千年观音竹？

唐宁挑了挑眉，清脆的声音从口中传出：“你这阴煞倒也有几分眼力。”只不过，她这可不是千年观音竹，而是万年观音竹！

千年观音竹？几位导师和众学子听了，不由得茫然——是在说唐师总是挂在腰间的那根不起眼的圆竹？

“你若识相，自己离开她的身体，否则我便打到你魂飞魄散为止！”话音一落，她手中的观音竹因灵力气息而泛起一层光芒，下一刻，她青色的身影飞出，圆竹一转，朝前袭去。

“哈哈哈哈！千年观音竹又如何？我就不信，你一个小和尚能将我从她的身体里逼出来！”那阴煞张狂地大笑道，见那小和尚飞袭袭来，当即飞身一闪，朝那几名手持长剑的导师袭去。

“大胆妖孽！看剑！”古导师见那阴煞竟敢朝他们而来，显然是没将他们放在眼里，怒火一升，提剑便迎上前。

蕴含着灵力气息的剑罡带着凌厉的气流声呼啸而出，却见刚才还在前面的那道身影眨眼间便不见踪影。

“古导师小心！”后面的严导师惊呼道，步伐一跨，当即上前。

“嘿嘿，找我？”阴恻恻的声音自古导师耳边响起。

那阴煞因阴煞之气而浮现出黑长指甲的手如同鬼魅般朝古导师的脖子抓去。

那些学子惊呼出声：“古导师！”

古导师感觉到那股阴煞之气伴随着杀机自身后袭来，本能地转身之时，见那黑长的指甲已经朝他抓来，想要退开之际，却发现浑身被一股强大的阴煞之气笼罩，寒气从脚底直蹿起，导致整个身体僵硬地站在那里无法动弹。

“区区一个灵师，也敢跟我较劲？真是不知死活！”那阴煞以阴煞之力束缚住古导师，黑长的指甲也抓上前。

却不料，眼见势必成为它爪下死物的那个人，下一刻却被往后拉开，迎面而来的则是一声大喝和那让它有些忌惮的观音竹。

它当即后退，转身便夺下持剑袭来的严导师手中的利剑，同时一掌击出，将严导师击飞出去。

砰！

“严导师！”

林导师和南宫凌云迅速飞身接住被击飞的严导师，见严导师胸前的衣袍被那一掌划破，伤口隐隐带着一股黑气，不禁问道：“严导师，你怎么样？”

“噗！”一股气息压不住，严导师张嘴便喷出一口鲜血来。随着阴煞之气顺着伤口穿行于身体里，严导师的身体渐渐地变得阴冷，眉毛、嘴唇都覆上了一层白霜，整个人也跟着颤抖起来。

“不好！阴煞之气顺着伤口入体！快，把他扶到那边去！”林导师连忙说道，让南宫凌云帮忙将人扶到较远处。

那边，夺下严导师兵器的阴煞与唐宁交起手来，长剑与圆竹的碰撞如同刀剑一般发出清脆的铿锵声。筑基修士的威压伴随着剑罡在周围弥漫开，几乎让众人无法靠近。

林导师以灵力试图逼出严导师身体里的阴煞之气，却发现那是筑基强者的气息，以自己灵师的修为，根本无法将之压制以及逼出。

被唐宁救下的古导师快步来到他们身边，见林导师额头渗出汗水也无法逼出那阴煞之气，当即便道：“我来帮忙！”

林导师深吸了口气，道：“以我们之力逼不出他体内的阴煞之气，只能暂时将之压制！”

闻言，古导师点了下头，道：“我知道了。”古导师掌心凝聚灵力气息抵到严导师的背上，以灵力将严导师体内的阴煞之气暂时压下来。

看着严导师此时的模样，古导师心中不禁生出一丝后怕——刚才若不是唐师拉了他一把，只怕他的情况比严导师还要严重。

只是以他们之力尚且不敌，唐师的实力修为明明还没他们高，怎么就不惧那阴煞的筑基威压以及骇人的气息，反而能与之交手较量？

“那阴煞的筑基之气又挟带着极阴之气，唐师是怎么撑得住还能跟它交手的？”牛大力疑惑地问道，看着前方与那阴煞交战的唐师，脸上尽是不解之色。

林导师一怔，不由得朝前看去，美艳的脸上也浮现出微讶之色，显然才注意到这一点。

南宫凌云看着前方那道与那阴煞交手的身影，眸色微深。当初见到唐师时，他在心里确实怀疑过，但随着渐渐地接触，越发发现唐师与宁儿的不同。

就算是宁儿修为没有失去，也不可能有这样的实力可以与筑基阴煞一战。如今看到这样的唐师，他心里只有一个念头，那就是唐师莫不是仙人之地的人？也许唐师的实力有隐藏，并不是只有灵师修为？

他们又哪里知道，唐宁能无惧筑基阴煞的威压和阴气，一是因为小黑本就是上古神兽三足金乌，她身体里有上古神兽的威压，连金丹修士的威压都不惧，又怎么可能会被筑基阴煞的威压影响呢？二则是她算是半个佛修，身带佛印，体内更有功德之力，可以说是阴煞、妖邪的克星，若非顾忌伤到星瞳，她早就可以将那阴煞打得魂飞魄散、阴气尽灭。

她手中的圆竹击出挑开挡着的利剑，利剑被她挑飞那一刻，圆竹击落在星瞳的身体上，因担心力道太大会伤到星瞳，她只用了三分力道。

纵是如此，那阴煞受到观音竹的击打，也发出一声凄厉的惨叫：“啊！”

又是一股阴煞之气消散，那阴煞仿佛碰到了什么克星一般，没了长剑在手，不敢直接硬碰硬地与手握观音竹的唐宁交手，转身就想逃往凶兽林。

“给我滚出来！”唐宁大喝道，手中的观音竹一击，朝那阴煞的背影撞去。刹那间，她掌心的那个佛印也随着手掌的一击而飞出，透过观音竹击向星瞳的后背。

砰！一声撞击声闷沉地响起，观音竹击落那一刻，那个泛着佛光的佛印也随之击落。

“啊！”惨叫声传出的同时，依附在星瞳身上的那股阴煞之气隐隐浮动着，刹那间像是一抹魂影要飞出，却又硬生生忍住了。

惨叫声中有那阴煞的声音，也有星瞳的声音，阴冷的黑气在星瞳身上涌动着，似要冲出，又似紧紧地黏在星瞳身上无法分离，以至于星瞳的脸都有些扭曲起来。

“啊……主子，我好难受……主子……”

听到星瞳惨叫的声音，唐宁动作一顿，握紧了回到她手中的观音竹，道：“你忍着点儿，阴煞若是不除，我也救不了你。”

话音一落，她手中的观音竹再度击落在星瞳身上。

惨叫声中，那阴煞之气往星瞳的身体外涌出，消散在空气中。

也许是知道再这样下去不行，那阴煞伸出手抓在星瞳的喉咙处，喝道：“小秃驴！快住手！否则我拉着她一起下地狱！”

唐宁原本想击出掌心的佛印，看到这一幕，瞬间迟疑了起来。若是她再出手，这阴煞伤了星瞳的命，那就算到最后她能灭了这阴煞，也救不回星瞳了。

“你别伤她，我放你走便是。”唐宁开口说道，将掌心一收，把佛印收起。

“只要我依附在这小丫头身上，任你法力再高，又能奈我何？哈哈哈哈！”那阴煞张狂地大笑起来，阴恻恻地盯着小和尚，似乎在打什么主意，“小和尚，丢掉你手上的观音竹，走过来！”

“主子，不可！”寒知担心地想上前，却被苏言卿拉住了。

唐宁盯着它看了一会儿，应了一声：“好。”她将手中的观音竹往地上一扔，迈步朝前走去，盯着那抓在星瞳喉咙上的手，道：“你可以把手移开了吧？”

“过来，你再过来一些。”那阴煞声音里透着一丝兴奋，目光紧紧地盯着小和尚。

在看到小和尚迈步走上前，来到它面前时，它原本扣在星瞳喉咙处的那只手猛地朝前面的小和尚抓去。

“唐师小心！”学子们惊呼道，却不敢上前。

“小唐！”林导师和古导师也担心地喊道，将已经被压下体内的阴煞之气的严导师交给南宫凌云，便想上前帮忙。

却见下一刻，走上前的唐宁侧身避开了那抓向她的爪子，手一动，一条泛着灵力光芒的绳索咻的一声飞出，以迅雷不及掩耳之速度将星瞳整个人捆绑住。

“捆仙绳！啊！小秃驴！你竟敢跟我玩阴的！”

因星瞳被捆仙绳捆住，一身的灵力气息也被束缚起来，双手也被绑着，那阴煞纵是想控制星瞳的手掐星瞳的脖子，此时也无法从捆仙绳中挣脱。

捆仙绳将星瞳捆住了，绳索的一端握在唐宁手中，那阴煞又不愿也不敢在这时从星瞳的身体里离开，因此在那里怒骂着、挣扎着。也许它心里还抱着一丝侥幸，觉得这个小和尚会顾忌这个被它附身的小丫头，从而无法下狠手，也因此无法将它逼出这小丫头的身体。

只是它却不知，除了万年观音竹，唐宁还有一件佛门至宝。

“圣天钵！”她的声音传出之时，手往前伸出，蕴含着佛门圣光的圣天钵也浮现在她的掌心之中，轻轻地转动着。

随着她的手一扬，圣天钵飞出，往下倒扣在星瞳的头顶之上，吸收着那股阴煞之气。然后唐宁双手合十，嘴唇轻动，低喃中经文传出。

“啊！”在那阴煞耳中，那经文如同魔音一般刺耳。

阴煞之气化为一缕缕黑烟被吸往那旋转在上方的圣天钵之中。随着阴煞之气渐渐被吸走，原本因阴煞之气而化成的黑长指甲也随之消失，星瞳脸上那股黑气也渐渐地散去，抹去了扭曲，露出了原本的面容，只不过脸色显得很苍白。

直到最后一缕黑气被吸进圣天钵，星瞳整个人站不稳地倒了下去。

唐宁伸手扶住星瞳，喊了一声：“寒知！”

“是！”寒知应了一声，黑色的身影迅速掠出，来到她身边接住昏迷的星瞳。

将星瞳交给寒知后，唐宁收回星瞳身上的捆仙绳，手掌一伸，将转动着的圣天钵托于掌心之上。看着钵内弥漫着还没散去的阴煞之气以及隐隐传出的声音，她用另一只手凝聚一股力量覆于钵上一转，当即盘膝坐下。钵体浮起那一刻，她双手合十，闭上眼睛，嘴唇微动，一个个复杂难懂的字符自她口中传出，开始炼化钵内的阴煞之魂。

“啊！啊……小秃驴！放我出去！放我出去！

“啊……小秃驴！我要杀了你！杀了你……啊！

“不！放了我，我再也不作恶了！我不要魂飞魄散……我不要……啊！不……”

凄厉的惨叫声从圣天钵中传出，从最初的诅咒怒骂到最后的惊恐求饶，然而随

着圣天钵的转动和佛经的净化，那声音由大变小，直至消失不见，阴煞之魂也渐渐被炼化，直到只剩下一缕泛着光芒的灵魂。

原本闭着眼睛的唐宁在这一刻睁开了眼，感觉到一股功德之力随着阴煞之魂的消失而成为她身体里的力量。她伸手收回圣天钵，托着圣天钵的掌心隐隐发热，看着钵内那一缕灵魂，这才轻呼出一口气，眉眼一弯，露出笑意来。

她端着圣天钵来到被寒知扶着的星瞳面前，伸手将钵中的那一缕灵魂弹入星瞳的眉心处，一点佛光闪过之后，这才对寒知说道："好了，没事了，把她扶回去休息。"

"是！"寒知应道，心下也松了口气——既然主子说没事了，那就一定是没事了。

不远处的学子看得目瞪口呆，没想到那筑基修为的阴煞居然就这样被唐师炼化了。

到今天他们才知道，唐师腰间那不起眼的圆竹是有辟邪功效的千年观音竹，还有那神秘的佛门至宝圣天钵，还有那佛印……

难道唐师已经是得道的圣佛？可唐师明明才十几岁，而且是个不守佛门清规戒律，爱吃肉、喝酒的花和尚……

古导师和林导师两人心下则是微叹，没想到他们在教学方面不如唐师，在实力方面竟也逊唐师多多。有唐师在，他们真的怀疑自己是否有资格成为天龙学院的导师。

南宫凌云看着那一袭青衣，顶着一颗在太阳底下泛着亮光的小脑袋的小和尚，心中涌起说不出的震撼与敬畏，道："唐师真不愧为唐师。"

一旁的苏言卿露出温和的笑意，目光也落在那道青色的身影上，道："是啊！唐师的本领，真的一次又一次出乎众人的意料。"

"那还用说？他可是我们的导师。"司徒南笙轻哼一声，下巴轻扬，脸上带着骄傲与得意，一副与有荣焉的样子。

"嘿嘿，唐师真厉害！"牛大力咧着嘴笑道，眼中闪烁着崇拜的光芒。

"什么时候我能像唐师那么厉害就好了。"有学子说道。

旁边的人取笑道："等你什么时候剃了光头当了和尚再说吧！"

那边，交代寒知将星瞳先扶回洞府后，唐宁收起圣天钵，将扔在一旁的观音竹捡起来系回腰间，这才来到几位导师身边。

"严导师怎么样？"问话时，她已经在严导师身边蹲了下来。

"他体内的阴煞之气我们驱除不了，只能合力压制下来。"林导师说道，看看已经昏过去的严导师，又看向面前的唐宁，期待地问，"小唐，你可有办法驱除严导师体内的阴煞之气？"

闻言，唐宁道："我来看看。"

她先帮他把了把脉，探查一番后，掌心凝聚一股气息，手掌贴在严导师的伤口处。

只见一缕缕肉眼可见的阴煞之气涌了出来，最后被唐宁驱除干净后在掌心化去。

见唐师如此轻易地化去了严导师体内的阴煞之气，林导师和古导师相视一眼，皆是露出一抹苦笑——他们两人费了不少劲都办不到的事情，到了唐师这里却轻易办到了，还真是人比人，气死人。

唐宁站了起来，对学子们道："你们先把严导师送到他的洞府，给他备一张软榻在外面，让他晒晒太阳就好，伤口那里寻些药给他包扎一下，没什么大碍的。"

"好！"他们应道，寻了几个人先送严导师回去。

这时，古导师看了看周围，这才问道："小唐，那阴煞真的消除了吗？会不会还会再聚起来？"对筑基级别的阴煞，古导师还是有些不太放心。

"不会，我已经将它炼化了，它不会再作乱了，不过……"声音一顿，唐宁看着那山坡道，"不过它的尸骨应该还在这里，得将它找出来才行。"

一听这话，牛大力上前道："唐师，这事就由我们来办吧！我们把这一带翻一翻，也许就能找到。"

南宫凌云见此，开口道："可以缩小范围，我觉得翻那山坡处就好，有很大的可能就在那块地里。"

闻言，唐宁看了南宫凌云一眼，点了下头，道："不错，星瞳先前被埋在那里，那阴煞的尸骨应该就在那山坡处，你们就从那里开始找吧。找到了交给我就好。"

"是。"牛大力朗声应道，朝身后的学子喊道："走，咱们去翻一翻土！"

"好！唐师，这里就交给我们好了。"学子们走上前说道，一个个卷起衣袖准备找东西挖土翻找。

"那我们就先回去了。今天幸好有你在。"两位导师看着面前的小和尚，感慨地说道。

危险解除，人也救了回来，唐宁一身轻松。听到两位导师的话后，她双手合十，眉眼一弯，笑眯眯地道："阿弥陀佛，还好还好，佛祖保佑。"

"你啊！"两位导师被唐宁那模样逗笑了。这小唐有时高深莫测，如得道的高僧，有时又调皮灵动，如顽童一般，真叫人拿他没办法。

两位导师先行离开。

不久，就听学子们的声音传来："唐师，找到了！"

“唐师，你快过来看，我们找到了！”牛大力喊道，朝唐宁挥着手示意唐宁过去。

听到他们的话，唐宁便往山坡处走去。

南宫凌云顿了一下，也跟了过去。

“唐师，你看，这个缸不小呢！刚才打开看了，里面是一副尸骨。”牛大力说道，指着那个被他们挖出来放在一旁的陶缸。

“我们还在旁边找到了这个符。”司徒南笙将一张破破烂烂的符纸递给唐宁看，“上面的符文已经没了，而且符纸估计是受地下的湿气所致，都烂得不成样了。”

唐宁看了一眼那符纸，又看了看陶缸上剩下的一些符纹，伸手摸了一把陶缸，手指间还沾着丝丝水汽，揭开上面的盖子，果然看见里面装的是一副尸骨。

“应该就是这个没错了。”她点了下头，道，“你们捡些干树枝回来，把尸骨放到火上烧成灰烬，然后沿着下方那条溪流撒落，让它随水而去便可。”

“好！”众人应道，迅速到周围去捡树枝，按唐师所说的在山坡上将那尸骨烧成灰，将骨灰撒落到溪流里。

唐宁看着他们做完了这些事，这才对他们道：“这阴煞已除，山坡处的阴气也散去，以后不会再出这样的事情了。”

“唐师，你是不是已经是得道的高僧？要不然你怎么连这样的阴煞都对付得了？”牛大力好奇地问道。

“唐师，学子们都在猜测你的来历，你是不是从仙人之地来的？你怎么会想来天龙学院当导师呢？”

“唐师，你会一直留在天龙学院吗？还是以后会走？”

“唐师……”

听着他们一声声的问话，唐宁轻笑出声，抬手阻止他们再问下去，道：“好了好了，你们也别再问，别再好奇了。俗话说得好，‘有缘千里来相会’，能在天龙学院相识、相遇，还当了你们的导师，自然是你们与我有缘。他日若是各奔东西，自然也是缘尽之时，这些都不必强求，一切顺其自然就好。”

“唐师，就算将来各奔东西，但也会有再相遇之时，又岂能说缘尽呢！”叶飞白笑了起来，道，“更何况他日若是我等追随在唐师身后，这牵绊、这缘分也就只会更加深厚，又谈何缘尽之时呢！”

牛大力眼睛一亮，朗声笑道：“不错，哈哈哈！唐师，将来你要是不想留在天龙学院当导师了，俺牛大力便跟在你身边保护你，跟你四处去游历怎么样？”

“就你那实力还想保护唐师？别反过来让唐师保护你。”司徒南笙轻哼一声，却转而露出讨好的笑脸凑上前道："游历这种事情，其实我也挺感兴趣的。唐师，将来你要走了，能不能让我跟在你身边？我的实力比牛大力强，而且我的脑子比他灵活，带我在身边绝对错不了。"

牛大力哧了一声，瞅了司徒南笙一眼，不以为然地道："脑子比俺灵活？也不知是哪个傻子跟唐师打架，找唐师的麻烦呢？"

"我说，你们俩争什么？这八字还没一撇的事情有什么好较量的？依我看，你们两个脑子都不太好使。"叶飞白笑着说道，扬了扬下巴，眉宇间带着自信地道，"若论脑子好，试问又有哪个比得上我叶飞白呢？"

司徒南笙睨了叶飞白一眼，戏谑地道："若论脸皮厚，确实没几个比得上你的。"

"行了，都别在这里贫了，该干什么干什么去。"说完，唐宁迈步离开，经过苏言卿身边时脚步一顿，道："你跟我来。"

"是。"苏言卿应道，迈步跟在唐宁身边离去。

"唐师叫他去干什么？"

"该不会是给这小子开小灶吧？"

"散了散了，别在这里瞎猜。"司徒南笙说道，挥手让众人各自散了。

南宫凌云看着他们离开，也跟着离去。

而跟着唐宁来到洞府那里的苏言卿，一路皆是静静的，直到来到石桌边。

"坐吧。"唐宁示意道，自己在石桌边坐下，见他也坐下后，这才问，"我听说你有事找我？"

闻言，苏言卿露出笑容来，道："其实也不是有事，只是想要来感谢唐师。"说完，他站了起来，拱手朝唐宁郑重地行了一礼，道，"从进学院我就应该来道谢了，只是一直苦无机会。苏言卿在此多谢唐师解我苏家之危。"

"嗯？"唐宁挑了挑眉，"苏家？"脑海中似乎有那么一个苏家，于是她问，"苏成源是你父亲？"

"正是。"苏言卿应道。

唐宁笑了起来，道："你家是积德之家，也难怪你会如此出色。那回的事我也不过是顺路而为，正好碰上罢了，事情也过去这么久了，你不必再放在心上。"

"我回家后便听父亲说起这事，也在那时得知唐师之名，更没想到后来会在学院里见到唐师。"苏言卿正色道，"也许对唐师而言只是一件不足挂齿的小事，但于我苏家而言，却是大恩。"他再度行礼，道："日后若是唐师有用得上我苏言卿的地方，请尽管吩咐。"

见此，唐宁有些无奈地笑了笑，道：“好，日后若是有用得上你的地方，我定不会与你客气的，这总行了吧？”

闻言，苏言卿温和地一笑，道：“好，那我就不打扰唐师了。”说完，他又行了一礼，这才离去。

唐宁看着他离去，摇了摇头，喃喃地笑道：“真是人生何处不相逢啊！”

“哧！”一声嗤笑传来。

唐宁挑眉看去，道：“谁？”

“你倒是与什么人都能人生何处不相逢。”一袭黑袍的墨烨负手从树后缓步走了出来，俊美若天神的脸上带着似笑非笑的表情。

见是墨烨，唐宁微讶，倒也没在意他的取笑，而是小脸盈满笑意地打趣他：“夜王，怎么是你，你怎么来了？咱们昨天才见过面，莫不是你今天就又想我了？”

她心下则想着，昨天才见面，怎么今天他又来学院了？莫不是有什么急事？

墨烨听到小和尚的话，心一跳，再看小和尚那眉眼弯弯带笑的模样，他的目光微闪，只感觉一颗心扑通扑通急跳着。

想到自己对小和尚生出的别样心思，唯恐自己的心思被小和尚发现，他有些心慌，不自在地移开了目光没去看小和尚，而是装作打量小和尚居住的这个地方。

“你就住这里？四周光秃秃的，除了草就是树。”他看了洞府周围一眼，一脸嫌弃，实则暗暗深吸了口气，压下乱跳的心脏，以及那一丝心虚与胆怯。

没想到他堂堂夜王，连死亡都不惧的人，有一天也会心虚、胆怯？

唐宁看了看自己的洞府，眨了眨眼睛，道：“洞府都是这样的啊。”

唐宁来到他身边，见他的目光四处看着，就是不往她这里看，心下奇怪，便倾身凑到他面前，顶着一颗泛着亮光的脑袋，仰着笑盈盈的精致小脸，好奇地问：“你怎么来了？是找我有什么事吗？”

冷不防面前冒出个小光头来，吓得墨烨本能地后退了一步，看到小和尚眨着一双清澈的眼睛一脸好奇又疑惑地盯着自己看，他这才察觉自己的反应太大了。

当下他轻咳了一声，这才端着一张一本正经的脸道：“是找你有点儿事。”

唐宁上下打量了他一番，道：“你今天怎么看起来怪怪的？”

“也许是昨夜没睡好，精神不太好。”墨烨随口说道。

“哦！原来是这样。”唐宁笑眯眯地应道，眉眼带笑，似乎在想着什么。

墨烨瞥见小和尚那奇怪的笑意，便问：“笑成这样，你是什么意思？”

“我只是在想，你身边都有那样精致出色的两名少年侍候着了，还会睡不好？”话音落下，唐宁讪讪地一笑，打哈哈地道，“我只是好奇，你上哪儿找的两个那样出色的少年？那模样还真是好看。”

闻言，墨烨看向小和尚，声音带着淡淡的不悦：“你一个和尚，本应是六根清净，视色为无物才对，怎么总惦记着那两个少年？”

唐宁连忙摆了摆手，道：“不不不，那是你的人，我可没胆去惦记，我只是觉得赏心悦目罢了。”

墨烨负手看着小和尚，想了想，说了一句：“那两人已经让我打发走了。”

“哦。”

打发走就打发走，跟她说干什么？

墨烨微侧过身，看着前方道：“我也没让他们近身侍候过。”

话出，见小和尚奇怪地看着他，他轻咳一声，道：“我这次是来跟你道别的。”

听到这话，唐宁微讶，问：“你要走了？是回皇城吗？”

“嗯，等这边的一些事情处理完就回去。”目光落在前方，他道，“这一趟回去，应该不会再过来了。”

“这样啊。那我就先祝你一路顺风了。”她眉眼弯弯，笑盈盈地说道。

墨烨转过脸，看着小和尚那眉眼带笑的模样，有些话到了嘴边却怎么也说不出来，最后只道：“我已经交代了拍卖行那里，以后你若是有药物要去卖，直接拿过去就好。还有，我给你的那块令牌，记得别弄丢了。”

“好，我知道的。”她点头应道。

见小和尚一副没心没肺的样子，一点儿也没有不舍和离别的难过，他不由得深吸了口气，压下心底涌起的浮躁，道：“那我走了。”

见他负手迈着大步离开，想到他要走了，分别在即，到时她也无法去送他，于是她便喊道：“我送送你吧。”话音一落，她快步跟了上去。

前面的墨烨听了，步伐放慢了几分，等小和尚跟上来后，这才与小和尚一同缓步往学院的大门走去。

他一路听着小和尚说今天发生的事情，而他自己则一句话也没说，只是静静地听着、想着。

自被暗一揭开了他心底一直不敢面对和正视的心思之后，他再三思量了暗一的话。确实，他可以不惧世人的眼光，但他独独畏惧小和尚一人的目光。

如果他的这份心思没被揭破，也许他还可以自欺欺人地告诉自己，只是因为小和尚身带佛光，给人一种难得的宁静和平和，让他忍不住想要去亲近。

但他很清楚，自己并非仅仅因为这个。

也许最初他确实是因为这个而待小和尚亲近，但随着相处、接触，他被小和尚的机灵、狡黠、睿智所折服，也不知从什么时候开始，他习惯了与小和尚相处，习惯了与小和尚的亲近，甚至只要有小和尚在，目光就会不由自主地跟随着小和尚的身影

而移动，不自觉地将视线和关注落在小和尚身上。

若是再这样相处下去，他知道，就算小和尚再迟钝，也终有一日会察觉他那不可告人的心思。

思量再三，他决定远离。

也许只有距离才能让他渐渐地淡忘。否则若真的到了被小和尚得知他心思的那一日，他实在无法想象自己如何去面对小和尚震惊又错愕的目光。

到那时，小和尚对他是鄙夷，还是避之唯恐不及？这些都不是他想看到的，所以他只能趁着现在远离，让自己的心思淡下来。

"到了。"唐宁说道，看了一眼身边的墨烨，问，"你没事吧？怎么看你一路没怎么吭声？"

"没事，只是在想一些事情。"墨烨回过神来说道，看着前方下山的路，又转头深深地看了身边的小和尚一眼，低沉的声音从口中传出，"那我走了。"

"阿弥陀佛，一路保重。"唐宁双手合十，眉眼带笑地朝他行了个佛礼。

见此，墨烨没再多说，迈步往山下走去。

唐宁站在那里目送他离开，直到那道黑色的身影渐渐地消失在山道间，才收回目光，转身往回走去。

送走了墨烨，她还得去看看星瞳怎么样了。

怀着不舍离开的墨烨自然不知，他心心念念的小和尚，转身就将他抛到脑后了……

唐宁回到洞府里，来到星瞳住的那一间房，给星瞳把了把脉，检查了一番后便出了房间。

"唐唐，星瞳什么时候醒啊？"小黑飞了过来，落在她的肩膀上问道。

"睡上一觉，明天醒来也就没事了。"唐宁笑着说道，"明天让她多到外面晒晒太阳，一魂归位，已经没什么大碍了。"

寒知和小黑听到这话，这才放下心来。

"我去练练符箓之术，你们不要打扰我，也别让其他人来打扰我。"她交代了一声，便进了平时炼制药物的石房。

"是。"寒知应道，走到洞府外面去修炼，也是负责把守。

小黑则闲着没事到洞府外飞来飞去，最后停在枝头待着。

石室里，唐宁取出符纸以及研磨好的朱砂和符笔摆放在石桌上，闭着眼睛回想了一下看过记在脑海里的符纹，半晌，睁开眼睛，提起符笔蘸上朱砂。

她注入一丝灵力气息在符笔上，随着灵力气息的注入，符笔的重量明显轻了一些，当她按照脑海中的符纹在符纸上挥洒，画下符纹之时，却发现画下的朱砂符纹还没写完就消散了，连带着那张符纹上也浮现出一丝仿佛烧焦一般的痕迹。

一张符纸报废，同时消耗了一些朱砂以及一丝灵力气息，她皱了皱眉，握着瞬间又变得很重的符笔，看着桌上废掉的符纸，沉思着。

她明明是按照那符纹来画的，怎么还没画完，符纹就消失了？到底是哪里不对呢？心下想着，她再度提笔蘸了些朱砂，再次运起灵力气息挥笔画符。

然而刚才的情况再一次出现，那张符还没画完，符纹已经开始消失，留下的又是一张报废的符纸，丝丝焦味弥漫开。

“还是不对，到底是哪里不对？难道是灵力运行得不均？”她喃喃低语，又取过一张符纸试了一下，没想到还是不成，又一张符纸就这样报废了。

她不死心地又拿出符纸试着，一次又一次，符纸一张张地报废，朱砂也越用越少，而她握着符笔的手也因符笔的重量而有些僵硬，再加上灵力的消耗，让她额头上渗出汗水，隐隐有些灵力不支的状况出现。

“呼！”她终是放下了符笔，轻呼出一口气来。

看着丢了一地的废符纸，她拭了拭额头上的汗水，揉了揉双手以缓解僵硬与酸痛。

她盘膝坐在椅子上，双手自然地垂落在腿上，闭上眼睛调息。过了约莫半个小时，她才睁开了眼睛。

她站起来，又倒了一些朱砂在碟上，加入一点儿清水缓缓地研磨，研磨好朱砂之后，运起体内的灵力气息，执起符笔蘸上朱砂，下笔画符，一气呵成。

当灵符画成之时，她不由得怔了怔：“成了？这回符纹没有消失？”

她脸上溢出几分欣喜，连忙放下符笔拿起那张符纸看着，只见上面的符纹清晰可见，隐隐蕴含着一丝灵力气息。

符成了，只是下品的一阶灵符，但她确实画成了。

她把手中的那张下品灵符放在一旁，执起符笔蘸了朱砂再画一张，依旧是下笔没有停顿，灵力气息也运行均匀，然而这一次依旧是还没画完符纹就消失了。

“咦？怎么又是这样？明明跟我刚才画的是一样的啊？”她皱了皱眉头，看着面前那张报废的符纸，心下疑惑不已。

她一试再试，十张之中只有一张成功，还都是下品的灵符。

“既然可以画出来，又为什么成功率这么低？这当中究竟有什么是我没抓住的？”她放下符笔，仔细思量着。

到了傍晚时分，寒知去取了晚饭，但见他家主子在石室里一直没有出来，又想

到她说不要去打扰她，因此也没喊她出来吃饭，而是与小黑一人一鸟在外面的石桌上解决了晚饭。

“哑哑！你说唐唐在里面那么久，连饭也不出来吃，是不是那符学不会啊？”小黑转着黑溜溜的小眼睛，好奇地问道。

“主子天赋极佳，符箓之术是难不倒她的。”寒知说道，对自家主子十分信任。

“话是这么说没错，不过她是人，不是神，就算是神也没有全部精通的，她要是学不会符箓之术也不是什么丢脸的事。”小黑说道，收着翅膀蹲在石桌的一角，看着洞府那里道，“我觉得她一定是画不出符来，要是画成了，肯定早就出来吃饭了。我现在就想着，明早她出不出来？要是不出来，竹林里的那些学子估计会跑到这里来了。”

然而，小黑的担心是多余的，第二天清晨，天还没亮，唐宁就一脸愉悦地出了石室。身上的青衣弄得皱巴巴的她也没理会，而是简单地洗漱之后，便出了洞府，往学院的食堂走去。

“哑哑！唐唐，等等我啊！”小黑半醒半睡间瞥见那道朝外走去的身影，连忙追了上去。

唐宁笑眯眯地看着拍着翅膀飞到她前面去的小黑，问：“你不多睡一会儿，跟着我来干什么？难道你也饿了？”

“你这么早想去哪儿？”小黑问道，见她眉眼带笑，一副愉悦的样子，便歪着脑袋问，“你的符画成了？”

“嗯，画成了。”

要是没画成，她的心情能这么好？

“哦？画成了几张？”小黑好奇地问道。

闻言，唐宁看了它一眼，神秘地笑了笑，伸了伸腰，一脸愉悦，道：“这清晨的空气真好啊！也不知今早食堂那边有什么好吃的？”

小黑歪着头想了想，那到底是画成了几张呢？不过见她一脸愉悦的样子，它便也没再多想，反正不管画成了多少张，会画了就行。

食堂的人正做早饭，就见大清早一个小和尚带着一只乌鸦溜了进来。虽然他们平时很少见到唐师，但也知道他们学院里有个光头小和尚，就是唐师。

因此看到那小和尚溜了进来，一个在那里巡视的妇人便笑着问道：“你就是唐师吧？今天怎么亲自过来取早饭了？平时都是那个叫星瞳的小丫头过来的呀！”

“阿弥陀佛，星瞳身体不太舒服，所以我就过来了。”唐宁双手合十，笑眯眯地说道，又探了探头，问，“大娘，今早有什么吃的啊？”

看着这么精致的一个小和尚双手合十向自己行着佛礼，妇人不禁笑了起来，道：

“你来得早，粥还没熬好呢！不过有包子。”妇人朝小和尚招了招手，道，“过来，跟我过来，我给你拿几个包子和茶叶蛋先垫垫肚子。”

“多谢大娘。”唐宁笑眯眯地道谢，跟在妇人身后往前走去。

“来，这是肉包子，还有茶叶蛋。”妇人端了四个拳头大的肉包子和两个茶叶蛋过来，放在唐宁面前，笑道，“我听说咱们学院里的唐师虽是和尚，但是吃东西荤素不忌。”

唐宁拿起一个肉包子吃着，说道：“大娘，他们说得不错，我是荤素不忌的，尤其喜欢吃肉。”

“呵呵呵，你才十几岁，正是长身体的时候，多吃些肉好。”妇人看小和尚吃得欢快，便又站了起来，道，“你慢点儿吃，我去给你舀碗粥过来。昨夜我还卤了些肉，也给你切点儿过来。”说完，未等小和尚说话，妇人已经转身离去。

唐宁一连吃了两个肉包子，又吃了一个茶叶蛋，就见妇人端着一盘卤肉和粥过来了。

闻着那香味，她不由得咽了咽口水，道：“大娘，这肉闻着真香。”

“那就多吃点儿。”妇人说道，将卤肉和粥放到小和尚面前，笑道，“趁热吃吧。”

“多谢大娘，那我就不客气了。”唐宁说道，夹起一块肉吃着，又拿了一块给旁边的小黑。

妇人看小和尚吃得津津有味，也是笑得一脸满足，对小和尚道：“那你慢慢吃，我还要去忙呢！”

唐宁抬头时，妇人已经走到前面了，便继续低着头吃东西，直到打了个饱嗝儿之后，这才一脸满足地靠在椅子上，轻呼出一口气。

“真舒服啊！”她眯了眯眼，见食堂里已经有学子陆续走来，本想跟那妇人再道声谢的，不过找了一圈也没找到人，只好揣着剩下的两个肉包子和一个茶叶蛋先行离去。

当三十名学子来到竹林里时，意外地看见唐师居然起了个大早，比他们还要早到竹林。

“唐师！”

“见过唐师！”

学子一个个规规矩矩地行了礼便排成队站好，心下隐隐有些兴奋，想着今天终于可以再请唐师指点他们了。

看着一个个精神抖擞、满怀期待的学子，唐宁笑了笑，目光落在那几个新进的学子身上，问：“你们最近经念得怎么样啊？默写的经文呢？拿过来我看看。”

"是！"他们应道，连忙将自己默写的经文递上前。

其中一名学子带着期待问："唐师，《心经》我们都已经倒背如流了，是不是可以不用再念了？"

唐宁看了那名学子一眼，问："哪一份是你默写的经文？"

"是这一份，唐师。"那名学子从几份经文中抽出自己的递上前。

唐宁看了看，笑了起来，道："心性还不稳，急于功利，这《心经》你就算是倒背如流，也并没有真正领悟，所以你还得继续念经、默写经文，等什么时候你真正静下心来，再说修炼的事吧。"

那名学子一听，不由得急了，道："唐师，你就这样单看我默写的经文，怎么就知道我心性不稳、急于功利了？我可是很用心地默写的。"

"自然是从字体看出来的。"唐宁拿着那名学子的那份经文道，"你字体潦草，笔锋急躁，只想着应付了事，并未真正去领悟和体会。心境如此浮躁，就算是修炼也会进步缓慢，倒不如先好好磨磨性子再说吧。"

听唐师指出自己字体潦草，那名学子脸色微红，应道："好，我知道了。"

唐宁将其他学子默写的经文也一并看了，最后只抽出一份来，看了看那些一脸紧张的学子，又看了看面色平静温和的苏言卿，笑道："除了苏言卿，其他人继续念经吧。"

"啊？不是吧？唐师，为什么啊？"

"是啊，为什么啊？怎么他就可以不用念了？"

"就是，我们也不比他差啊？"

"都别吵！"司徒南笙喝了一声，盯着他们道，"吵什么吵？不会听唐师说吗？"

唐宁摆了摆手，对那几名学子道："你们无外乎都跟刚才那个一样，你们看，连纸上沾了墨汁你们也没注意到，如何让我相信你们已经心境平和准备好了呢？"说完，她拿出苏言卿的那份经文，道，"你们看看他的，再对比一下你们的。"

看到苏言卿的那份经文，他们目光微闪，原本觉得自己已经写得够好了，可这么一对比，自己就被比下去了。

再看一脸平静温和地站在那里没说话的苏言卿，他们不得不说，这小子确实比他们更沉得住气。

见他们没再吵了，唐宁便道："司徒南笙，上回不是还有些铁板吗？给他拿一些来。"

"是！"司徒南笙应道。

司徒南笙将放在亭子里的铁板拿了些过来，跟苏言卿说了一下，便回到刚才的位置站着。

苏言卿将铁板绑上，迈步一走，感觉双腿一下变得沉重，因为手上也绑了两块，整个人都有些不太适应。

唐宁看了苏言卿一眼，交代道：“绑上后就是睡觉也不能取下来，直到我告诉你可以拿下来了，才可以拿下来。”

第十六章　不如下山

“是。”虽不知唐师这是何意，但见司徒南笙等人一副见怪不怪的样子，苏言卿便也没有多问。

“你们几个继续去念经吧。记得把字写好一点儿，静下心来好好默写经文，这对你们是有益处的。”唐宁对那几名学子说道。

“是。”他们无奈，却也只能按照唐师说的去做。至于唐师说的益处，反正他们是不明白到底有什么益处的。

唐宁看向其他学子，道：“至于你们，两人为一组切磋一下吧。我看看你们最近都修炼得怎么样了。”

“是！”司徒南笙等人当即应道，各自找与自己实力相当的对手。

唐宁让他们两人一组进行切磋，她在一旁看着，然后从中给他们指点一下。这样下来，每人都可以得到她的指导，从而认识到自身的不足之处。

原本只是一节课的时间，但不知从何时开始，他们已经很少去上其他导师的课了。

唐师指导过后，他们便各自修炼，不知不觉间，一个早上的工夫已流逝。

亭子处，唐宁在指导宋一修符箓之术。

看着他画下的符箓，唐宁笑道：“其实你的符箓之术在学院的学子当中已经少有人能比，所以我觉得，除了符箓，你应该练一练战斗的武技，毕竟若是处于危险之中，最能自救的还是自身的本能反应。”

“唐师说得是，今天经唐师指导，我画符箓的成功率上升了不少，我已经很满足了。武道一途我也从未松懈，以后每天我都会再抽出一些时间来练武。”宋一修笑着说道，看向唐宁的目光尽是感激。

他原本画十张符只会有一两张成功，但经唐师指导之后，先前画了二十张符，有三张是中品灵符、两张是上品灵符，这对他来说是从未有过的。

“符箓只需每天早晚抽出一些时间练练就好，其他时间多练武技。以你的天赋，画出上品灵符并非难事。我相信，待你的符箓之术有所成之时，你的武技也会一并进步。”唐宁站了起来，拂了拂身上的青衣，道，“修炼一道，也是需要劳逸结合的，偶尔也得适当地放松放松。”

“唐师，那什么时候你带我们下山去放松放松？”牛大力的声音从不远处传来，显然是听到了他们两人的话。

“唐师，要不我们找个时间下山放松一下？我请大伙儿到天龙城的天仙楼吃饭怎么样？”司徒南笙说道，朝众人看去。

众人一听，眼睛一亮，道：“好啊！什么时候下山？天仙楼我也许久没去了，若是有司徒学长请客，我们自然是恭敬不如从命了，你们说是不是啊？”

“是！哈哈哈哈！”众人应道，哈哈笑了起来。

竹林里也因这爽朗愉悦的笑声而弥漫着一股轻松的气息。

“不过我们这么多人下山，得先请示吧？”高琛说道，看了看他们，“院长又在闭关中，我们能下山吗？”

叶飞白笑着拍了拍高琛的肩膀，道：“有唐师在啊！你们忘啦？导师也可以批准我们下山的啊！更何况我们是跟着唐师一起下山的，肯定能下山。”

“那我们什么时候下山？”牛大力脸上带着兴奋，看向唐师道，“唐师，我们什么时候下山啊？天仙楼啊！俺还没去过呢！”

唐宁听他们在那里说着，三两下便敲定了要下山放松的事情，不由得觉得好笑，道：“我什么时候说要带你们下山去放松了？”

“啊？唐师，你不会不想去吧？”牛大力一听，顿时紧张起来，“你刚才不是说要劳逸结合，偶尔放松放松吗，怎么又不想去了？唐师，天仙楼那地方可不是一般人去得了的，至少俺就没去过，难得司徒南笙请客，唐师，去吧！”

看着体格健壮如牛的牛大力跟个小姑娘似的拉着唐师的衣袖在那里晃，其他学子忍不住微侧过头偷笑起来——还真别说，牛哥这模样还真是叫人无法直视呢！简直就是辣眼睛。

唐宁忍笑抽回被牛大力拉着的衣袖，没好气地笑骂道：“小牛，注意你的形象，好歹你也是天龙学子，一个大男人跟个小姑娘似的拉着我撒娇像个什么鬼样？”

“唐师……”牛大力讪讪地笑着，挠了挠头，道，“唐师，俺真想去天仙楼开开眼界，唐师，你跟我们一起去吧。”

苏言卿见了，略略沉思着，道：“带唐师去天仙楼，似乎不太合适吧？”

“你别把唐师当成一般的和尚，也就没什么不合适的了。”司徒南笙笑着说道，看向唐师，道：“唐师，天仙楼你一定也没去过吧？什么时候跟我们去开开眼界？”

见他们一个个都这么说，唐宁便想了想，道：“还有十来天就是半个月一次的挑战日了，既然你们想去，那就等挑战日结束后再去吧。”

“好！”

“好！”

“到时正好庆祝庆祝！”

牛大力等人一脸兴奋地应道。

但那几名只有念经分儿的学子却露出苦笑，他们这几天除了念经就没学到其他的，若是到时候有人挑战他们，谁知他们还能不能留在这里啊！

想到这儿，他们心中暗暗着急起来。

他们也希望得到唐师的指导，只是唐师一直说他们的心境不够平静，这一刻他们不禁暗自思忖：到底要怎么做，才能做到如唐师所言呢？

“行了，都散了吧。”唐宁说道，转身走出竹林，准备去看看星瞳。

这会儿星瞳应该醒过来了，就是不知身体恢复得怎么样。

就这样敲定了要去天仙楼的事情，为了到时候下山放松游玩一番，三十名学子都抓紧时间练习武技和修炼心法，他们眼下要做的只有努力提高自己的实力，只有实力提高了，到时候挑战他们才能战胜对方，保住他们在这里的位置，确保不会被取而代之。

唐宁回到洞府，见星瞳在洞府外盘膝坐着，寒知则在树下练剑。

看到她回来，寒知收起剑，停了下来，星瞳也睁开眼睛站了起来。

“主子。”两人异口同声地唤了一声。

她点了下头，问：“星瞳，觉得怎么样？好点儿了吗？”

“已经好多了，多谢主子救了星瞳。”星瞳露出浅笑，虽然脸色还有些苍白，但比起昨天已经好了很多。

想到自己现在的情况，星瞳来到唐宁身边道：“主子，我的精神力好像强了一些，而且神魂里面有一些不属于我的记忆和画面，像是那阴煞生前的一些记忆。”

“哦？那你也算是因祸得福了。”唐宁笑了起来，道，“因为那阴煞取了你一魂，又依附在你身上，后来那阴煞被我炼化了，估计它的一些记忆便与你的神魂融合到一起了，同时也增强了你的精神力。你不用担心，这些对你没什么坏处的。”

闻言，星瞳松了口气，整个人这才放松下来。

“你怎么会挖到那阴煞的？”唐宁问道，来到石桌边坐下。

星瞳回忆着，道：“我原是想去翻山坡那里的土，好种下一些灵药，谁知翻土的过程中挖到了那个装着尸骨的陶缸，又因被尖石划破手，滴了鲜血在上面，后来就不知发生什么事了。”

星瞳的眼睛本来是可以看到阴煞的，但因为那个陶缸画有符，那阴煞被封在里面，星瞳才没有看见，要不然也不会弄出这事了。

唐宁笑了起来，道：“凡事都是有因果的，若不是这次的事情，你也不会因祸得福，所以事情过去也就不必再去想了，以后凡事小心一点儿就好，毕竟不是每次都这么好运，我正好在你身边的。”

“是。”星瞳应道，暗暗记了下来，以后遇到什么事都一定要小心一点儿。

“你这几天多晒晒太阳，身体也就没什么大碍了。我要闭关修炼几天，若是有人找我，你们就挡回去吧。”她交代了两人一声，便站了起来，往自己房里走去。

她这边回洞府闭关了，竹林里的三十名学子这几天也一直处于苦修当中。

因他们的反常，学院里的不少学子都好奇，不知他们又要做什么，打听之下才知，原来是唐师答应了他们，等半个月一次的挑战结束后，便带他们下山放松一下。

“听说了吗？唐师居然答应司徒学长他们，等半个月一次的挑战一结束，便带他们去天龙城放松放松。”

有人羡慕地道：“学院的学子一般是不能轻易下山的，就算要下山也得经过导师的审批，没想到他们可以跟着唐师下山，怎么这么好？赵导师和严导师他们就不会带我们下山去游玩。”

“若是挑战胜出，代替了现有的三十名学子，你们也可以跟着唐师下山啊。”司徒南笙双手环胸，倚在树边看着那些瞬间静下来的学子，戏谑地道，“前提是你们赢得了。”

“我们就是赢谁，也赢不了司徒学长啊！”一名学子笑了起来，朝司徒南笙走去，问，“司徒学长，听说是你请客到天仙楼？这么大的手笔啊！”

“我司徒南笙出得起这个钱啊。”司徒南笙看着他们笑道，“难得下山玩一趟，自然得玩得开心不是？”

“司徒学长，你们还真叫人羡慕啊！”另一名学子羡慕地说道。

司徒南笙笑了起来，冲他们摆了摆手，一边迈步离开，一边道：“羡慕是没用的，无能之辈才会羡慕人。”

看着司徒南笙一副潇洒的样子迈步离开，有人笑道：“司徒学长自从上了唐师的课后，整个人身上的阴鸷和暴躁之气也跟着没了，以前他的脾气可没这么好。”

"这还算好？瞧他说的话，这不就是说我们无能吗？"另一名学子不满地说道。

"哈哈哈，这已经算好的了，你是没看见他以前，整个就是一刺儿头，学院里的学子见到他甚至都不敢跟他打招呼。"

"就是，唐师没来之前，严导师和赵导师他们可是被他气得够呛。"

"所以说啊，这就是一物降一物。"另一名学子说道，"走啦走啦！回去修炼，就算追不上他们，也不能被甩得太远。"

这一天清晨，闭关修炼了几天的唐宁出了洞府，再度来到竹林中。

往日总是没什么劲儿念经的那几名学子，此时皆盘膝静坐着，身上的气息都处于一种极为微妙的状态，就算是不远处其他学子在切磋练习，也没有影响到他们。

唐宁暗自点头，从他们前面走过，静悄悄地来到另一侧，看着那些在切磋、修炼的学子。只见他们挥汗如雨，就算气喘吁吁也没有停下来休息，反而一声声地喝道："再来！"

一名叫尹千泽的学子正与牛大力切磋，两人除了品级不同，力量也有些悬殊，因此尹千泽一直处于下风，几乎每一招都被牛大力压制。

"当力量悬殊时，就要学会借力打力了。"唐宁的声音传出。

学子一喜，不约而同地朝声音传来之处看去。

"唐师！"

"唐师！"

"你们两个继续。"唐宁走上前说道，让牛大力和尹千泽继续，自己则在一旁教导。

"硬碰硬不行，就得学会以柔克刚，借力打力。"唐宁说道，正好见牛大力一记拳头重重地朝尹千泽击去，便对尹千泽道，"步伐后退，侧身避开他的拳头击来的力道，手扣住他击出的手，卸去他的攻击力后另一只手迎上前击去。"

砰！

"嗯！"

尹千泽几乎是本能地按照唐师的指导去反击，当他一只手扣住牛大力挥出的手腕，顺势一拉，卸去牛大力的力道，同时另一只手的攻击也击出时，才发现牛大力闷哼了一声，整个人竟被他击到数米之外，踉跄地后退。

他一呆，不由得看向唐师，难以置信地瞪大了眼睛。

"唐师，我……我……他……他……"尹千泽指了指自己，又指了指同样一脸错愕的牛大力，激动得半晌说不出话来。

"这就是借力打力，四两拨千斤。"唐宁又看向众人道，"上回我教过你们的，只是你们没能领悟其中的诀窍与精妙。”

她走上前，朝瞪着一双眼睛错愕地站在那里的牛大力招了招手，道：“小牛，过来。”

牛大力快步跑上前，瞪了尹千泽一眼后，道：“唐师，刚才我感觉好像不是被他的力道打出去的，而是被我自己的力道打出去的。”

这才是牛大力错愕的地方，明明是自己击出的力道，怎么反而打到自己身上来了？

“借力打力的精妙就是用对方的力量来还击。”她看向众学子，见那边原本盘膝坐着的几人也来到周围听着，便道，“以后遇到像小牛这样力量、体格都在你们之上的人，你们就不能硬碰硬，在力量上你们必定不是其对手，你们除了可以借力打力，也可以以柔克刚，就像这样。”她看向牛大力，道：“你来打我，不要留情。”

“好！”牛大力知道自己肯定不是唐师的对手，因此也不担心自己会将唐师打伤，马步一扎，凝聚了体内的灵力气息，双手握拳，一声厉喝，拳头猛挥出去。

伴随着一声厉喝，拳头朝前挥去的同时，牛大力也猛跨上前。

那一拳挥出的力道之大，就连周围看着的学子都听得见凌厉的风声。

然而唐师动也没动，只是站在那里看着那一拳挥过来。

就在拳头到了唐师面前之时，他们只看到唐师这才缓缓地往后移了下步伐，下盘微蹲，双手软绵绵地抬起，下一刻，就见唐师那软绵绵好似没用力一般的手拉住牛大力的手一转，牛大力整个人竟被带得连转两圈，最后在唐师后退之时，牛大力整个人“五体投地”般被摔在地上。

砰！

“啊！”身体重重地摔在地上，牛大力不由得痛呼一声。

牛大力双手在地上一撑，整个人再度跃起，势如猛虎般朝唐师扑去。

看到牛大力挟带着雄厚的力量飞扑而来，唐宁步伐一退，双膝微屈，避开牛大力的正面攻击，同时一个跨步上前，小小的肩膀借着牛大力扑撞来的力道一撞，再度将牛大力撞开。

牛大力踉跄地后退了数米方站稳脚步，大喝一声：“再来！”

牛大力是越战越勇，越战越激动，一个箭步跨上前，化拳为掌袭出。

唐宁以手相抵，化去牛大力掌间的力道。

周围的学子看不出门道，只看见唐师双手软绵绵的，好似没用力一般，却让力道强硬的牛大力半点儿办法也没有。

比起观看的学子，牛大力的感觉才最清晰。牛大力感觉自己引以为傲的力量对上唐师根本半点儿用处也没有，挥出的拳头和掌风就如同打在棉花上一样，所有的力

道皆被那棉花包裹、化解，没有半点儿杀伤力。

“看清楚没？这就是以柔克刚。”唐宁一边跟牛大力交手，一边跟众学子说道，每出一招，也在同时讲解着。

周围的学子是听得津津有味、激动不已，但被拿来当教材的牛大力只有挨打的分儿，从最初的斗志昂扬到最后的惨叫连连。

“嗯！不，不打了，别再来了，唐师。”牛大力被唐师一拳击中腹部，那看似软绵绵的一拳，谁知力道那样大，虽不会引起内伤，但身体上的疼痛、皮肉上的伤还是会有的。

看着牛大力边退边摆着手求饶，唐宁眉眼一弯，笑眯眯地收回了手，看向众人，问：“可都看明白了？”

众人听了，面面相觑——他们看是看了，但是没明白。

他们就没弄懂，那软绵绵的拳法怎么抵得过牛大力的力道，又是怎么打得牛大力哇哇叫的。

“看是看了，但是没有懂其中的奥妙。”苏言卿温声说道。

“是啊！我也没明白。”另一名学子说道。

“确实是没看懂。”司徒南笙也跟着说道。

“唐师，这是什么拳法？以前不曾见有人使过啊。”叶飞白好奇地问道。那软绵绵的拳法不像是学院的拳法，也不像是各地学院会教的拳法。

唐宁一笑，道：“这拳法其实源自儒道一脉，名为太极拳。”声音一顿，她看着众人道，“太极拳是一套讲究内外双修，身心并练，将意识、呼吸、动作三者结合为一的内功拳法。它动作以轻柔入手，练劲养气，可缓可快，柔中寓刚，刚中有柔，可以说是一套既可养生也可自保的拳法。”

她笑了起来，心下想着：可不就是一套养生拳吗？在上一世，那些上了年纪的老人都喜欢练太极拳。

然而，听了唐宁的话，不少学子眼睛一亮，欣喜地上前道：“唐师，教我们这套太极拳吧。”

“唐师，我们都想学，教我们吧。”

“唐师……”

唐宁笑眯眯地看着他们，抬了抬手，道：“好了好了，都静一静，我就教你们几招吧。能领悟多少，学到多少，就看你们自己的悟性了。”

“是！多谢唐师！”

“好！多谢唐师！”

“多谢唐师！”

众人心中大喜，连忙道谢——这可是唐师的拳法，别说是整个天龙学院里没有其他人会，就是偌大的凡人之地，估计也没有会这套拳法的，说不定这是从仙人之地传过来的，他们自然得好好学，他们相信，就算是只有几招，也能让他们受益无穷！

这边唐宁在教他们打太极拳，而另一边，几位导师聚在一起闲聊着。

“听说小唐要带学子下山？这事你们知道了吗？”赵导师问道，看向其他几位导师。

严导师喝了口茶水，笑道：“知道，这几天都传遍了，说是等半个月一次的挑战一结束就下山。这些天竹林里那三十名学子劲头可足了，就怕自己到时候被人占用了名额。”

“一回下山那么多人，不会在外面惹出什么事来吧？”古导师有些不放心地说道。

林导师则笑了起来，道：“若只有学子下山，还真怕他们惹出什么事来，不过有小唐一起，那就有人管着他们，出不了什么大事的。”

“不错，有小唐跟着一起下山，出不了什么事，你就别担心啦。”严导师笑着说道。

“比起这事，我倒是有一件事比较担心。”林导师说道，敛起脸上的笑意，看向他们道，“你们还记得上回小唐说的那件事吗？”

“哪件？”古导师问道。

“他上回带学子去凶兽林历练时遇到两个擅闯凶兽林的修士的事情。”林导师说道，目光落在他们身上。

闻言，赵导师在大腿上一拍，道：“这事我知道，小唐说，当他想起这事要告诉院长时，院长又闭关了，所以就来告诉我们。只是这事放着放着，我都险些忘了。”

严导师沉思着，道：“这事就算知道了，也没有办法应对，毕竟凶兽林那么大，而且有的地方是悬崖陡壁，一般人进不去，但若是灵师级别的还是有办法进去的。”

“也许是一些散修想进去寻找灵药之类的，毕竟那地方除了一些灵药，就只有凶兽了。只不过一般低级的灵药很好找，外面也能买到，灵师级别的修士也犯不着去冒这个险，除非是一些极为难寻的灵药，但极为难寻的灵药又岂是随便什么人就能找到的？”赵导师说道，神情若有所思。

“依我看，这事过了也就过了，出不了什么大问题的。”古导师摆了摆手说道。

“说得也是。比起这事，我更好奇到时候的挑战，又有多少人敢拿一百积分去挑战？”严导师笑了起来，心下对此事颇为期待。

听了这话，几位导师相视一笑。会有多少人去挑战，相信再过不久就知道了。

竹林里的学子这些天都抓紧时间修炼，提升自己的战斗力，而其他学子中也有

人暗暗盘算自己的实力，以及要挑战的人。

日子一天天地过去，唐宁这段时间不是往藏书楼跑，就是待在洞府里修炼，偶尔还要去竹林里看看学子的战斗力提升得怎么样，可以说忙得很。

直到挑战的这一日，她起了个大早，便想着自己再去食堂那里看看，上回遇到的那个食堂大娘做的卤肉还挺好吃的，不比天龙城里卖得差，想去看看还有没有。

她带着小黑一起进了食堂，转了一圈却没有看见那个大娘。

也许是唐宁四处寻找的样子引起了其他人的注意，另一位妇人笑着问道："唐师，你是不是在找李大娘啊？"

"李大娘？"唐宁听了，一愣——她不知那大娘是不是姓李啊。

"你不用找了，听说她儿子出了事，她都好几天没来了。"那妇人说道。

"哦？"唐宁微讶，问，"出什么事啦？大娘知道吗？"

"当时她一副魂不守舍的样子，直抹眼泪，去告了假就下山了，我只知道她儿子出了事，其他的就不知道了。"那妇人摇了摇头，说道。

妇人说完，见小和尚一脸好奇，便问："唐师，你怎么打听李大娘的事情？你是找她有什么事吗？"

唐宁一笑，道："也没什么事，就是上回李大娘给了我一盘卤肉，我还没谢谢她呢。"

"原来是这事。"妇人笑了起来，道，"她呀，经常会自己备着卤锅做些卤菜，我听她说过，她儿子是佣兵，每隔一段时间就会回家，她儿子最喜欢吃她做的卤菜了，所以她会常备着，等她儿子回家就可以吃。"

"那她家是在哪里？"唐宁好奇地问道。

"我只听说是在山下边挨着天龙城的李家村。"妇人说道。

唐宁点了点头，将妇人的话记了下来，拿了早饭在食堂里吃了，吃饱后去了广场那边。

"唐唐，你总问那个妇人的事情干什么？你跟她又不熟。"小黑拍着翅膀落在她的肩膀上，问道。

"是不熟，不过那位大娘待人很是和蔼，上回我又吃过她送的卤肉，这次本想向她道谢，谁知没见着。既然知道是她家出了事，等有时间就顺便去看看，若是帮得上忙便帮帮。"她眉眼弯弯，带着盈盈笑意道，"有时于我而言只是不值一提的事情，但于旁人而言，却是足可改变很多的大事，在力所能及的情况下帮助别人，既能助人，自己也会有福报。"

"哑哑！我知道了。"小黑叫道，一双黑溜溜的眼睛转动着，也不知在想什么。

当唐宁来到广场时，那里已经围了不少人。见连几位导师也在，唐宁双手合十，朝他们行了个佛礼，道："阿弥陀佛，几位导师，你们怎么也来啦？"

"哈哈哈，我们自然也是来看看这次的挑战会不会有人胜出。"严导师朗声笑道，又看着唐宁道，"你不用管我们，我们就在这边看看就好。"

见此，唐宁笑着点了点头，这才看向三十名竹林学子。

他们这段时间的苦修也是为了今日，因此今日他们一个个气势凛冽，似乎已经做好了准备。

"寒知，有多少学子报名挑战？"她看向一旁的寒知，问道。

"主子，只有九个。"寒知上前说道，看向一旁站出来的九人，道，"就是他们九人。"

唐宁看了一眼，笑了起来，道："哦？只有九人挑战吗？也好，那就开始吧。"

看来先前说要挑战的一个个都有些退缩了呢！

不过那九个挑战的人当中，上回输掉被代替的洪远竟也在里面。

唐宁注意到了，有些学子也注意到了，于是竹林这边的三十名学子中便有人说出了心中的疑惑："唐师，洪远上次才输掉，不是说输掉的得三个月后才可以再度挑战吗，怎么他又站在那里？"

此话一出，一时间所有的目光都看向那个叫洪远的学子。

有的人议论着，也有的人等着唐师的解释。

而那个叫洪远的学子见周围的学子都在议论，甚至一名竹林学子还直指他的名字，说他不应该出现在挑战的人里，他的心提了提，暗暗握了握拳头，正要站出来时，就听唐师的声音传出："嗯，挑战失败的人，三个月内都不能再挑战。"

就在那名竹林学子抬起下巴，露出得意的笑容时，唐宁的话再度传出："不过上回的挑战他并不是挑战者。"唐宁看着一脸紧张的洪远，笑道："这一次你是以挑战者的身份挑战，若是失败，那就三个月内不得再挑战，你可明白？"

"是！"洪远双手抱拳应了一声。

他抬手抱拳间，唐宁注意到，他的双手缠着绑带，隐隐还渗着一丝鲜血，想来这段时间他应该是没少下苦功修炼！

"开始吧。"她说道，走到准备好的椅子处坐下。

因刚才洪远就被人点到名，所以唐师一说开始，他便先走了出来，道："我先来。"他走到场中间，看着刚才说话的那名学子道："我要挑战你！"

"挑战我？十几天前你就是我的手下败将，十几天后你还敢挑战我？"那名学子轻嗤一声，有些没将他放在眼里。

那名学子迈步走上前，来到场中，看着一米距离的洪远，上下打量了他一番，

道：“看来是人傻积分多啊！”

“傻不傻，拳下见真章吧！”洪远双手一动，步伐也随着迈开，先是一个马步稳稳地扎了下来。

目光在两人身上转了一圈，唐宁暗自摇了摇头。

“唐师觉得他们两个谁会赢？”一道声音传来。

唐宁愣了下，回头看去，只见南宫凌云不知何时站到她身边。她收回目光，看着前方问：“你觉得呢？”

“骄兵必败。”南宫凌云的声音不大不小，刚好传入唐宁耳中。

闻言，唐宁目光微闪，唇角微扬，看着前方已经打起来的两人道：“南宫凌云不愧是南宫凌云，难怪严导师那般看好你。”

“严导师看好我，唐师就不看好我吗？”南宫凌云问道，目光落在唐师的侧脸上，看着唐师精致出色的侧脸，不由得想到了宁儿，也不知宁儿在家怎么样？可有想他？

唐宁微侧过脸看着他，见他正看着她的脸，似乎有些走神，在想着什么一般，她笑道：“你是少见的天之骄子，纵是在这一群天才里面，也是极为耀眼的人，你日后的成就自然不会低。”

不错，放眼整个学院，就算这里面聚集的都是凡人之地的天之骄子，但南宫凌云依旧是极为出色、耀眼的那一个。

他是今年新进的学子，但他在这学院里面早就无人不知。

而且……目光落在他那俊逸的脸上，她心头微动，如果她没看错，他不久将会有一场机遇，一场可助他一飞冲天的机遇……

前面的一声闷哼拉回了她的思绪，她回头看向前方，只见那名应战的学子被一拳击中腹部，腰都弯了下去。

那一拳似乎极重，以至于那名学子一口气仿佛卡在喉咙里，不上不下，半晌也说不出一句话来，额头上更是隐隐渗出一丝冷汗。

洪远一声重喝，步伐猛跨，凌厉的攻击再度袭去。

洪远的速度之快让观战的众人都有些错愕起来，尤其司徒南笙等人，更是惊讶。

“洪远的战斗力竟提升了不少？他这段时间没少下功夫吧？”司徒南笙微讶地说道，显然也是没有料到。

“呵呵，他啊，下的苦功夫可不少于我们。”叶飞白笑了起来，道。没人知道，洪远这段时间除了自己苦修，还私下请他指导，他陪洪远切磋过不下三回，每一回都可以感觉到洪远的进步，所以对于今天的挑战他是早有预感，洪远一定会胜出。

场中间的那名学子见洪远势如猛虎地扑来，力道又那样大，想到唐师教的以柔化刚，还有那几招太极拳，当下迅速退开之后开始反击。然而，那名学子对太极拳领悟得不到位，纵是出拳迎上，拳头也达不到预想中的杀伤力，有种画虎不成反类犬的感觉。

唐宁见了，想笑又觉得不太好，忍得好不辛苦。

那拳法她明明不是这样教的，可那名学子打出来成了这副模样，还真是一言难尽啊！

两人一番战斗下来，谁略胜一筹便也一目了然了。也就两三招的工夫，在洪远的一个锁喉之下，那名学子涨红着脸，带着不甘与羞愤落败了。

“承让。”洪远退开一步，双手抱拳朝对方行了一礼，这才看向唐师，脸上忍不住露出大大的笑容来，道：“唐师，我做到了！我回来了！”

洪远觉得这段时间所有的苦修在这一刻得到了验证，所有的付出都是值得的！

唐宁点了点头，看着那名有些难堪、不甘和羞愤的学子问：“你可知你为什么会输？”

那名学子看向唐师，又看了看一旁的洪远，闷声道：“是我大意轻敌了。”

“骄兵必败，这是永恒不变的道理，他昨日是你的手下败将，不代表今日也会是你的手下败将。当你对他的印象还停留在昨日之时，却不知他已经赶超在你前面。”她站了起来，看着那名学子道，“虽然很遗憾，但这也只是迟早的事。我希望你吸取这次的教训，好好想想自己为什么会败。”

“是。”那名学子闷声应道，深深地看了洪远一眼，无声地退了下去。

那名学子知道，今日自己败了，想要再胜洪远就难了。因为已经失败过一次、被取代过一次的洪远，一定不会再给自己打败他的机会。

“好小子，行啊！”司徒南笙一拳击在洪远的肩膀处，笑道，“今天的挑战结束后，一起去天龙城放松放松，好好庆祝一番！”

洪远咧嘴一笑，道：“好！”

“恭喜啊！”叶飞白说道，拍了拍洪远的肩膀，“欢迎回来！”

“多谢！”洪远说道，站到他们身边，看着接下来的挑战。没人知道此时他有多欢喜和激动，欢喜到他藏到身后的手还在微微颤抖。

前面挑战还在继续。也许是因为有了前一人的失败，谁也不敢大意，全都拿出了最拿手的武技来应对。一连几场挑战下来，除了洪远挑战胜出，其他的皆以失败告终。

几位导师看完了九场挑战后，便悄然离去。

这九场挑战让他们知道，竹林那边的三十名学子下了多少苦功夫，也让他们知道，就算是同等实力品级的学子，若真的切磋起来，也会是竹林那边的学子胜出。

随着挑战结束，众学子也各自散去。

唐宁看了一眼三十名学子，道：“给你们两炷香的时间，各自回去换一换衣服，就换你们平时穿的衣服，换好后直接到山门口见。”

“是！”众人欣喜地应道，当下迅速散去，往自己的住处跑去。

“唐师。”

就在唐宁准备先去山门口时，就听南宫凌云的声音传来。

她微侧头看了他一眼，问：“你还有事？”

南宫凌云来到唐宁身边，道：“唐师，我已经向严导师请了下山的批条，我能否也跟你们一起下山？”声音一顿，他又道，“到了天龙城后我不与你们同路。”

“哦？”唐宁听了，看着他问，“进城后不与我们同路？你一个人去天龙城做什么？”

“天龙城是凡人之地聚集最多能人异士的地方，也会有医术精湛的医师或药师在那里，所以我想去打听一下。”

他想着能不能找到什么医术极好的修士，也许会有办法助宁儿重新修炼。

听了这话，唐宁目光微闪，道：“你找医术精湛的医师或药师做什么？病了？”

“不是，我有个青梅竹马的朋友，她原本也是修炼的天才，天赋极为出色，但是后来某一天，一身修为一夜之间散去，自此之后无法修炼，所以我才想看看天龙城这里有没有什么仙丹灵药或医术极为精湛的修士。”南宫凌云看着天空缓声说道，“若是连天龙城也找不到可以助她重新修炼的丹药，那就只能将希望寄托在那遥远的仙人之地了。”

闻言，唐宁心头微动，道：“既然她已无法修炼，就注定这一生只能是一介凡人，你又何必强求，为她四处奔波打听呢？”

南宫凌云露出一抹笑容来，看着唐宁道：“她不是一般人，她是对我极为重要的人，我告诉过她，定会为她寻回可助她重新修炼的药物，自然不能叫她失望。而且我相信天地这么大，也一定会有可助人重新修炼的灵丹妙药。”

唐宁听了，竟不知该说什么好，看着近在眼前的南宫凌云，心中复杂万分……

“你想跟我们一起去天龙城，那便快些吧。回去换身衣服，天龙学子的学服不要穿出去，太显眼了。”她开口说道，目光看向其他地方。

“好，多谢唐师。”南宫凌云笑着说道，朝唐宁行了一礼，往回走去。

唐宁回头看着他离去的身影，目光不由得微闪。从她重生到现在所接触来看，南宫凌云确实是一个不可多得的人才，一个有这般修为和天赋的人，能时刻念着、记挂着那个已经失去一身修为、无法修炼的青梅，也确实让人意外。

她缓步往山门口走去。

后面寒知和星瞳两人跟着。

小黑停在唐宁的肩膀上，歪着头看着沉思的她。

到了山门口那里，寒知和星瞳见她看着天空发呆，也不知在想什么，不由得相视了一眼。

别人不知道，但他们两个是知道的，南宫凌云于主子而言，是青梅竹马，也是许过共度一生诺言的人，主子的修为早已经恢复，实力更是在南宫凌云之上，而南宫凌云仍不知，还一门心思地想要为她寻来药物，也不知主子看到这样的南宫凌云会作何感想？

“唐师，我们来啦！”宋一修几人先走了过来，远远地就跟唐宁打招呼。

听到声音后，唐宁回过神来，转身看去，不由得露出一抹笑意——他们原本就是世家贵族的子弟，本身气质就出众，再加上一身锦衣华服，更是衬托得他们英俊不凡，让人一看心情便不由得愉悦起来，真是甚为赏心悦目。

“唐师，你还是一身青衣吗？”高琛问道，看着依旧是一袭简单青衣的唐师，不禁好奇，难道唐师就没其他衣服了？

“唐师，你来天龙学院这么久，我们一直就只见你穿一身简单的青袍，你是不是没其他衣服？要不到了城里我们陪你去买几套？”另一名学子说道。

那名学子的话音才落，就被身边的人用手肘撞了一下。

“你傻了！就你钱多？唐师要是想买衣服，还用你送不成？”

听着他们的话，唐宁眉眼一弯，笑道：“我这一身青袍挺好的啊，简单又舒服。再说了，我好歹也算半个出家人，跟你们一样穿着锦衣华服什么的，那成什么样了？”

“什么成什么样了？”不远处的司徒南笙等人也走了过来，看了宋一修几人一眼，道：“你们几个速度倒是挺快啊！”

“大男人换衣服能用多久？把身上的一脱，再穿上一套也就得了。”尹千泽笑着说道，伸手将垂落的一缕头发往脑后一甩，道，“再说了，就我这颜值，穿什么都是人群里最耀眼的……”他的话还没说完，就被旁边的人接了。

“鹤，”叶飞白手里拿着一把扇子轻轻地扇着，一副风流倜傥的模样，戏谑地看着尹千泽道，“鹤立人群，绝对是最耀眼的，所以你顶多也就是一只鹤。”

闻言，尹千泽失笑，拳头在叶飞白的肩膀上击了一下，道：“兄弟，不带这样损人的啊！”

苏言卿过来时，是跟南宫凌云一起来的。两人边走边说着话，来到山门口时，朝唐宁行了一礼，道：“唐师。”

“哎，他怎么也来了？”司徒南笙问道，看向南宫凌云。

“我也要去天龙城，不过进城后我不与你们同路，唐师允了我与你们同行结个伴。”南宫凌云说道。

闻言，他们这才点了点头，道：“原来是这样，也好，一路同行还能说说话、聊聊天，要是一个人赶路可就无趣了。”

“人都到齐了吗？”唐宁问道。

叶飞白和司徒南笙朝周围看了看，点了人数后，道：“唐师，就差牛哥了。”

“牛哥啊，我出来时他还在翻衣服，他让我先过来，说他一会儿就到。”一名学子笑着说道。

“他念叨着没去过天仙楼，一定要把最好看的衣服穿上，先前回去时还听他说要把箱底的新衣服拿出来。”宋一修笑着说道，目光一转，看向那小跑过来的身影，笑道，“这就到了。”

牛大力小跑过来，见众人都已经到了，喊道：“唐师，俺来了，俺来了。”

唐宁眉眼带笑地朝他看去，见他身上穿的并不是什么锦衣华服，而是用普通的粗布缝制的一件衣袍，藏青色，款式也比较简单，穿在身上显得很朴素，然而那条棕色的腰带给整件衣袍增色不少，乍看去十分抢眼，再配上他那憨厚的笑容，让唐宁脸上的笑意加深。

这傻大个儿在这群贵族公子哥儿当中还真是一点儿也不逊色呢，反倒隐隐有几分压住了他们风头的感觉，毕竟一群穿着锦衣华服的公子哥儿，以及一个穿着简单粗衣的傻大个儿，怎么看他都是人群中最耀眼的。

“唐师，俺这身衣服怎么样？”牛大力来到唐宁面前，献宝似的转了个圈，“好不好看？”

唐宁笑眯眯地点了点头，道：“嗯，好看，这腰带尤为出色。”

“嘿嘿，这是俺娘亲手给俺缝制的，俺平时都舍不得穿呢！”牛大力咧着嘴乐呵呵地道，明明是个体格健壮的青年，此时穿着新衣如同孩子一般欢喜。

唐宁知道，他的开心并不是因为这件衣服好看，而是这件衣服是他娘亲手为他缝制的，这衣服虽然简单，却是他娘一针一线缝制的，他重视，也珍惜，如今穿着这衣服站在这些贵族子弟当中，他依旧欢喜非常，觉得他的这一身才最贵重。

“牛哥，你娘的手艺竟这么好，这颜色选得也极好，藏青色的衣袍很适合你呢！”高琛说道，拍了拍他的肩膀，目光落在他的腰带上，“这腰带上面的花纹也真好看。”

“那是，俺娘给绣的。”牛大力得意地扬起下巴，笑得一脸开心。

“好了，既然都到齐了，那就下山吧。但我有言在先啊，进了天龙城不能仗着天龙学子的身份惹事，都给我收敛一点儿。”唐宁看了他们一眼，道，“都听明白了吗？”

“明白！”众人齐声应道。

“走吧！”她说道，转身先往山下走去。

寒知和星瞳跟在她身边。

小黑则兴奋地哑哑叫着，拍着翅膀飞在前面。

一行人边走边聊，热热闹闹的气氛让守山门的几名学子见了羡慕不已。直到他们的身影消失在山道上后，几名守山门的学子才说道：“真羡慕他们可以跟着唐师下山啊！”

“是啊！我们是一入学院深似海，从此逍遥是浮云啊！”另一名学子也轻叹道。

他们也不是不能下山，而是每个月也就能下山那么一两次，还是去采办东西居多，像那一行人这种纯粹去玩的，他们压根儿想都不敢想。

“你们就知足吧！寻常人想进天龙学院都进不了。”一道声音传来。

两人连忙回头看去，看到来人后，当即唤了一声：“郭青学长。学长，你怎么来啦？”

郭青看着山道下方的路，道：“过来看看。”山间还隐隐传来那一行人的笑声，让他听了不禁微微失神。

下了山的唐宁一行人往天龙城的方向走去。路上，她想到了食堂大娘说起的那李家庄，便问：“李家庄是不是就在这附近啊？”

“那边那座村庄就是李家庄。不过，唐师怎么问起李家庄来啦？”尹千泽说道，指着离这边还有些距离的一座小村落。

唐宁顺着尹千泽所指的方向看去，见树木遮掩间隐隐可见较远处有一座村庄，便道：“我去那里有点儿事。”顿了一下，她看向众学子，道，“你们先进城吧。到时我去城里找你们会合就好。”

闻言，司徒南笙和叶飞白相视一眼，道：“也行，那我们就定个地方，到时唐师忙完了去那里找我们就好。”

“好。”唐宁点了下头，跟他们约定了到时见面的地方，便对寒知和星瞳交代道：“你们两个跟着他们一起先进城吧。要买些什么东西就去买，回头城里见就行了。”

“主子，我们还是跟着你吧。”星瞳说道，担心她一个人去村子里身边也没个人。

唐宁笑了笑，道：“不用，我就是去村子里看个人，你们跟着我不方便。去吧去吧！小黑跟着我就行了。”

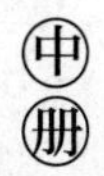

见此，两人相视一眼，这才点了点头。

“唐师放心，我们会帮你照顾好星瞳的。”叶飞白笑了起来，道。

“对对对，我们都会帮忙照顾的。”其他人也跟着笑道。

唐宁看了他们一眼，笑道：“行了，你们赶紧进城吧。我就先走了。”说完，她

朝他们摆了摆手，便转身带着小黑往小道上走去。

“我们也走吧。”司徒南笙说道，带着众人往天龙城走去。

路上，司徒南笙看向南宫凌云，道：“你自己上天龙城干什么去呀？既然都出来了，要不要跟我们一道算了？带你一起去天仙楼开开眼界。”

南宫凌云一笑，摇了摇头，道：“多谢了，不过我还有事要去做。”

“什么事那么重要？用不用帮忙啊？”叶飞白也笑着问道，“说起这天龙城，我们可比你熟，若是有什么需要帮忙的地方就开口。”

闻言，南宫凌云顿了一下，道：“倒是有一事想要请教。”

“请教这样的话就别说了，有什么事说吧。”司徒南笙摆了摆手。

南宫凌云将此行下山的目的简单地跟他们说了一下，看着他们道：“就是这样。”

“求医啊！”

“哪里是求医？分明就是求药，而且是那种可恢复人的修为的药。”叶飞白看向南宫凌云，道：“这种药天龙城应该是没有的，只会在仙人之地，或者是仙人之地的仙人会有办法。”

“不错，你这一趟啊，应该是白跑了。”司徒南笙懒洋洋地说道。

南宫凌云一笑，道：“我知道了，不过我还是想去碰碰运气，正好也有时间，就去打听一下，就算没找到也没关系，毕竟我也知道这并非易事。”

一旁的寒知和星瞳朝南宫凌云看了一眼，默默地移开了目光——他们的主子其实真不用他在这里瞎操心，不过既然他乐意折腾，那就去折腾吧。

另一边，唐宁顺着小道走着，因只有她和小黑，速度倒也快了起来，也就半个小时的时间就来到了村口。

村口处有三个小孩儿在玩泥巴，突然间看到一双靴子走到他们面前，几个孩子抬头一看，不由得睁大了一双眼睛。

“小孩儿，这里是李家庄吧？”唐宁露出亲和的笑容，笑眯了一双眼睛看着那几个孩子。

然而让她没想到的是，几个孩子呆呆地看了她一会儿，居然起身便往村子里跑去。

“娘，娘！村口来了个没头发的光头！”

“爹！爹！有个没长头发的光头大哥哥问我们这里是不是李家庄！爹，你快来啊！”

“呜呜……等等我，等等我，呜呜……”另一个年纪较小的，看到两个比他大的拔腿就跑，顿时被吓哭了，边跑边哭，还不时地回头去看后面那个没头发的光头。

唐宁呆了下，被这一幕弄得有些哭笑不得。她摸了摸自己光秃秃的脑袋，露出一抹苦笑来，道：“我是没头发的光头，但我不吃人啊！”她明明长得这么好看，居然还能吓跑小孩儿？

“哑哑！哈哈哈哈！”小黑蹲在唐宁的肩膀处叫了两声后，便扯开嗓子哈哈大笑起来。

唐宁原本只是想打听一下这里是不是李家庄，再问问那李大娘住在哪里，谁知三个孩子又是哭又是喊的，一下便将村里的人全惊出来了。

看着挨家挨户跑出来的百姓，有的手里拿着菜刀，有的手里拿着锄头，有的手里拿着镰刀，也有的手里拿着烧火棍，一个个气愤不已，大有要跟她干一架的模样，她不禁露出错愕的神色。

她没干什么坏事吧？这阵势是想干吗？

“和尚？怎么是个小和尚？”跑在最前面的汉子微愣，看了看那似乎被他们吓到的小和尚，又朝周围看了看，也不见其他人，就只有这么一个十几岁大的小和尚，他这才将手中的镰刀收了起来，转身冲着身后跑来的村民喊道：“大家别慌，是个和尚，是个小和尚！”

后面来的村民见还真是个小和尚，这才放下手中的东西，有些面面相觑——咋还有和尚呢？是来化缘的？

“小和尚，你是打哪儿来的？是来化缘的吗？”为首的汉子问道，打量着那容貌很是精致出色的小和尚，这一看，不由得微讶，刚才没细看，现在一看才发现这小和尚长得还真不是一般地好，尤其是那弯弯的眉眼，以及那股祥和亲切的气息，让人一看便心生好感。

“阿弥陀佛。”唐宁双手合十，朝他们行了个佛礼，脸上带着歉意道，“施主，我不是来化缘的，我原先是跟几个孩子问了下路，不想他们看到我没长头发的脑袋就吓到了，真是罪过。”

众人一听，笑了起来。有一个妇人还打了身边的孩子一下，没好气地道：“瞧你这孩子，也不好好说话，弄得又哭又喊的，我们还当那伙儿人又来了呢！”

汉子听了，咧嘴一笑，道：“原来是这样，那应该是误会了，我们以为你是前几天那伙儿人，所以才……小师父别见怪啊！”

“不会。”唐宁笑了笑，道，“其实我是想来探望一下李大娘，不知李大娘家是哪一户呢？”

“李大娘？”汉子一怔，道，“我们这里是李家庄，庄子里户户都姓李，叫李大娘的多了去了，小师父想找哪一个？”

唐宁愣了一下，笑道：“就是那位在天龙学院当厨娘的李大娘。”

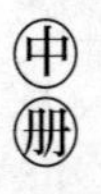

“哦，原来是他们家啊！”汉子恍然，道，“他们家在村尾，我带你过去吧。”

“有劳施主了。”唐宁道谢，跟着他往村尾走去。

路上她还听见一些孩子懵懂又好奇的声音传来。

“为什么他头上不长头发呢？”

“他的头为什么光秃秃的？”

“什么是和尚啊？和尚都长那么好看吗？为什么没头发也那么好看？”

“那只黑鸟为什么会蹲在那大哥哥的肩膀上？它是被抓来剪了翅膀吗？”

听着传来的孩童话语，唐宁心下觉得好笑，暗自摇了摇头后，问：“施主，我听说李大娘的儿子出了事，是出了什么事？现在还好吗？”

汉子叹了一声，道：“现在还躺在床上呢。几天前那些人还来找他们的麻烦，我们刚才就是以为又是那伙儿人来了，才抄着家伙出来的。”

“哦？他得罪了什么人吗？”唐宁问道。

“子光是个佣兵，那些找他麻烦的好像原本是他一个队的佣兵，也不知是什么原因闹了起来，把人打得躺床上都好几天了。子光妈去城里请了大夫来，大夫说子光的腿废了，以后都站不起来了。”说到这里，汉子摇了摇头，道，“那些人也真是作孽啊！这样欺负他们孤儿寡母，就连同是队友的面子也不看就把人打成那样。”

“他们家就母子两人吗？”唐宁问道。

“是啊！就他们母子两人，原本想着子光出息了，子光妈日后也有好日子可过，明年开春子光娶了媳妇回家生几个胖小子，一家子和和乐乐的也没多大要求了，哪知听说子光的腿废了，以后也站不起来，当不成佣兵了，连去年下好聘的亲家昨儿也带着人上门来退亲。”

两人边走边说，到了村尾时，唐宁也大致了解了情况。

来到一处院子前，汉子正准备上前敲门，就见院子门打开，一名十四五岁、略显圆润的少女端着水盆走了出来。

看到汉子，少女甜甜地一笑，道：“柱子叔，你咋来啦？”

“圆圆啊，你怎么在这儿啊？你婶子在家吗？”汉子问道。

“在，婶子正在厨房给子光哥下面呢。”少女说道，又好奇地看向一旁的小和尚，问，“这位小师父是？”

“这位小师父是来找你婶子的。”汉子说道，又对旁边的小和尚道：“这是圆圆，就住他们对门，是我们李家庄唯一一户外姓人家。”

唐宁看着少女，眉眼弯弯地行了个佛礼：“阿弥陀佛。”

“找婶子的啊，那快些进来。”少女说道，连忙请他们进去，一边往厨房的方向走去，一边喊道：“婶子，婶子，家里来客人了。”

李大娘在厨房里给儿子下面，边下边抹泪，听到外面的声音后，连忙擦干眼泪，放下手头的事情，快步走了出来。

“谁啊？谁来了？”她问道，双手在腰间系着的围裙上抹了抹，一看来人竟是唐师，不由得愣住了。

“唐师？你怎么来啦？”她连忙上前，道，“快屋里坐，屋里坐。”

唐诗？汉子和少女听了微讶——竟有人叫这名字啊？

汉子笑了笑，道：“嫂子，那我就先回去了，你们聊。”

“哎，好，多谢柱子了。”李大娘说道，又喊道：“圆圆，帮婶子送送你柱子叔。”

“不用送，不用送，咱们都这么熟了，我自己回去就行，你们先忙。”汉子摆了摆手，便出了院子。

李大娘又想到锅里还在煮的面，连忙道：“圆圆，你帮婶子把锅里的面捞上来，再舀些汤给你子光哥送去，婶子招待一下唐师。”

“好。”少女甜甜地应道，又好奇地朝小和尚看了一眼，便往厨房跑去。

“李大娘，我听说你家出了些事，这趟下山就顺路过来看看你。”唐宁轻声说道，看着眼前的李大娘。

一段时间不见，只见李大娘眉眼间带着愁意，眼睛也微微红肿，似乎是刚哭过。

李大娘听了，心中感动，道：“唐师，快里面请，到屋里坐坐。”

李大娘知道，李家庄周围不是山就是小路，离天龙城又得绕些路，唐师哪里会是顺路过来，肯定是特意过来看自己的。

唐宁跟着李大娘来到屋里坐下，见李大娘忙活着给她倒水之类的，便道：“李大娘，不用忙了，坐吧。”

“哎，好。”李大娘给唐宁倒了水，这才在桌边坐下，问，“唐师，你这趟过来是有什么事吗？”话音落下，又似想到了什么，李大娘不由得紧张起来，连忙问，“可是因为我请的假太久，学院那里……”

“不是，你不用担心。”唐宁笑着说道，“其实我是听说你家里出了事，正好要下山就想着顺便过来看看有没有什么是我帮得上忙的。”

正屋这里，唐宁和李大娘聊着，而西屋那里，少女端着下好的面来到屋里，对床上的人唤道：“子光哥，婶子给你下了面，我扶你起来吃吧。”

“圆圆，家里来什么客人了？”沙哑的声音传出，床上躺着的男子双手撑着床想要坐起来。

少女连忙放下端着的面，快步上前扶住他，将他扶坐起来，让他靠坐在床头处。

只是一件简单的事情，却费了她老大的劲儿。她暗暗轻呼出一口气，这才道：“是一位小师父，看着年纪跟我差不多大，说是来看婶子的，婶子请他进屋里喝

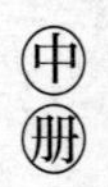

水呢。”

靠坐在床头的男子体格健壮，身上的气息却有几分虚弱。他披散着头发，脸上留着一大把胡子，几乎将他的五官都遮住了，再加上这几天一直躺在床上没有收拾，头发、胡子都乱乱的，看起来有几分吓人。

“什么样的小师父？”李子光问道。他家也没什么亲戚，除了村里的人，也没什么亲朋好友，尤其是他现在弄成这样，谁又会来他家？

“是一个小和尚，长得很好看。”少女甜甜地说道，给他将面端了过来。

李子光微怔——小和尚？

“子光哥，快趁热吃吧。”少女说道，拿了小凳子放在床上，让他可以自己吃。

“好。”李子光应道，又看着少女道，“圆圆，这几天谢谢你了，如果不是你过来帮忙，我娘一个人只怕会累倒。”

“子光哥说哪里话。”少女盈盈地笑道，微胖的脸蛋儿这一笑起来，眼睛弯成一条线，“子光哥待我好，婶子待我也跟待亲闺女一样，我能帮上忙的，一定过来帮忙。”

李子光笑了笑，也没再多说，而是三两下将碗里的面吃了。

也就在少女将碗和小凳子收拾好时，就听见身后传来婶子带着欣喜的声音。

“子光啊，快，让唐师给你看看，也许你的腿还有的治。”李大娘难掩激动地说道，带着唐宁进来，快步来到儿子身边。

唐宁跟着进来后，目光便落在床上的男子身上。这一脸胡子又晒得这么黑的样子，乍看之下，她觉得没个三十五岁也得有个三十岁吧？但李大娘说她儿子才二十一岁。

“子光，快叫人啊。这是唐师。”李大娘连忙说道，示意儿子赶紧叫人。

“唐师？”李子光微讶，看着小和尚，有些错愕地道，“你是天龙导师？”

“嗯，我是天龙导师。”唐宁笑着应道。

“我听我娘提起过，天龙学院新来的导师是一位和尚，没想到今天会来到我家。”李子光回过神来，歉意地道，“唐师请见谅，我的腿动不了，无法起身给你见礼了。”

“没关系，出家人不太重视这个的。”唐宁笑着说道，看着这虽说双腿无法站起，却依旧精神不错，没有自暴自弃的男子，来到床边道，“把手伸出来，我给你把把脉，看看你的身体情况。”

李子光愣了一下，看着这个来到他家的天龙导师，心中有些错愕。天龙学子都是凡人之地最为出色的贵族子弟，个个傲气，而天龙导师更是精挑细选出来的，平时他们想见都不一定能见到，今天却来到他家，说要给他把脉，还如此平易近人，实在是让他错愕又觉得不可思议。

“你这孩子，还愣着干什么？赶紧把手伸出来啊。”李大娘说道，已经自顾自地拉起儿子的手，对唐师笑了笑，道："唐师，就麻烦你给看看了。"

"唐师，坐。"一旁的少女不知何时搬来了椅子放在床边。这一刻少女隐隐猜出，应该是"唐师"，而不是"唐诗"。

唐宁朝少女一笑，坐下后，伸出手探向李子光的手腕，为他把起脉来。

李大娘和少女一脸紧张地在旁边看着，又不敢打扰唐宁。直到好半晌之后，见唐宁收回手，李大娘才紧张地问："唐师，怎么样？"

"把被子掀开，我看看他的腿。"唐宁说道。

李大娘听了，正要将被子掀开，就见李子光伸手按住了被子，看向一旁正好奇地看着的少女，道："圆圆，你先出去吧。"

听到这话，李大娘才反应过来，连忙点头，道："对对，你先出去，你是个女孩子，先到外面去吧。"

"好。"少女应道，往外走去，还帮他们将房门关上。

看着这一幕，唐宁眼中闪过一抹笑意——这李子光看着壮得跟头熊似的，不想竟有这样细腻的心思。

"唐师，我这腿有些不太好看，你一会儿别被吓到了。"李子光看向唐宁说道。

"嗯。"她点了点头应道，看着他掀开被子后露出来的两条腿。

因腿伤，他穿着一条四角宽短裤，两条腿肿得跟猪蹄似的，也没上药，更有一块骨头隐隐要戳破皮肉也没处理。她检查了下，问："不是说请了城里的大夫来看过吗？怎么也没给他上药？"

"大夫说骨头断裂，错位得厉害，上不上药也是站不起来的，只是开了药，熬了止痛消炎的草药喝了。"李大娘连忙说道。

闻言，唐宁摇了摇头，站了起来，看向床上的李子光道："除了腿上的伤，你的内伤也不轻。一会儿我给你开些药，这段时间你好好养着，尤其是腿脚的伤更得细养，免得将来落下毛病。"

听了这话，李子光错愕地问："唐师是说，我……我这腿还能治？"

唐宁看着一脸错愕的李子光道："能治啊！也就是腿骨断了，又移了位而已。只要将移了位的骨头调整过来，再将断裂开的骨头接在一起，等过段时间腿骨就会因骨头上的骨髓而接上。只要好好养着，三个月后也就能蹦能跳了，跟你以前没什么两样。"

只是腿骨断了，又移了位而已？李子光瞪大了一双眼睛看着一脸淡然的小和尚，心里震惊又错愕。

城里排得上名号的大夫过来都说治不了，因为这骨头错位太过厉害无法移正，就算勉强接上也会因无法受力而站不住，但到了唐师嘴里，居然只是腿骨断了，又移

了位而已？

难道天龙导师都是这般厉害的？要知道他娘为了他这腿，这几天可是将天龙城里的大夫请了个遍，甚至连他自己都死心了，没想到听到唐师轻飘飘地说，他这腿三个月后就能恢复如初。

“唐……唐师，我……我这腿真的还能治？我没听错吧？”他不确定地再次问道。

“唐师，你说的是真的吗？我儿子的腿真的还能治？他还能恢复到跟以前一样？”李大娘激动地问道，眼眶不禁泛红。

唐宁点了点头，道：“可以，放心吧！只要好好调养不会有多大问题的。”

闻言，李大娘扑通一声直接给唐宁跪了下去，哽咽地道：“唐师，谢谢你，谢谢你！你是我家的大恩人啊！”

“大娘你这是干什么？快起来！”唐宁也没料到李大娘竟扑通一声就跪下了，连忙将李大娘扶了起来。

床上的李子光喉咙有些哽咽，看了看他娘，又看了看唐师，却是一句话也说不出。

“唐师，你是我家的大恩人啊！我们是三生有幸才能遇到你，如果不是你，我家子光可怎么办啊？”李大娘抹着泪，又是哭又是笑的。

见此，唐宁只好道：“大娘，这样吧，你别哭了，先去给我准备一盆清水、一盆热水端进来，我先帮子光把骨头移正接上。”

“好好好，我马上去，我马上去。”一听唐师要帮她儿子接骨治疗，李大娘连忙擦干眼泪往外走去。

李大娘出去后，唐宁看向床上的李子光，道：“这治疗的过程应该会很疼。”

“没关系的，唐师，我忍得住。”

他若是能恢复，一点儿疼痛又算得了什么呢！

闻言，唐宁笑了笑，走到房门外朝那少女招了招手，道：“圆圆。”

“唐师，你找我？”少女小跑着过来问道。

“你去把你柱子叔找过来。”唐宁笑着说道。

“好。”少女也没多问，应了一声后，便快步往外走去。

“唐师，这一盆是清水，热水在烧了，一会儿就好。”李大娘端了清水进来，放在床边，这才看向唐宁问道，“唐师，还用不用准备其他东西？还需要什么你跟我说，我去准备。”

唐宁笑了笑，道：“我让圆圆去叫她柱子叔过来帮忙，一会儿帮子光正骨时会很痛，得有个力道大的人来按着他。”

“好好，那我去看看热水好了没。”李大娘说道，又匆匆往外面走去。

不多时，先前离开的汉子跟着圆圆过来，路上问道：“圆圆，那小师父叫我来做什么啊？”

“我也不知道，只说请你过来帮忙。”圆圆说道，带着人进了院子，在房门外喊道：“小师父，柱子叔来了。”

唐宁走了出来，看到那一脸蒙的汉子，便笑了笑，道：“阿弥陀佛，施主，又见面了。”

“呵呵，小师父，你叫我过来是有什么事吗？”汉子问道，有些不明所以。

“嗯，你先进来，我一会儿跟你说。”她道，示意那汉子先进来。

不多时，李大娘又端了热水进来，一见那汉子便道：“柱子，唐师说要请你帮忙按着子光，他要帮子光治疗。”

“啊？子光的腿还能治吗？”汉子一怔，错愕地问道。

“能，能治！唐师说能治那就是能治的。”李大娘连忙说道。

唐宁看向李大娘，笑道：“大娘，你先出去吧。把门关上，别让人打扰我们。”

“好好好，我在门外守着，有什么事你就喊一声。”说完，李大娘连忙退了出去。

房里，唐宁对汉子道：“大叔，你到他身边去，双手抱住他的大腿按着，不要让他乱动。”

“好。”汉子走上前，来到李子光身边，双手比了比，最后找了个好抱一点儿的姿势，双手抱着他的大腿按着。

“张嘴。”唐宁朝李子光看去。

李子光听了唐宁的话，本能地张开嘴，下一刻，一团布便塞进他嘴里。

第十七章 赚点儿功德

“咬着，免得一会儿咬破舌头。”唐宁说道，这才看向他的其中一条腿。她一只手按在他的膝盖处，另一只手仔细地按压着他腿上的骨头，慢慢地将那错了位的骨头移回去。

剧痛袭来，李子光紧紧地咬着嘴里的布团，额头上渗出汗水，腿因被按着没有动弹半分。他仰着头，清晰地感觉到那种骨头正在缓缓地移位的剧痛，甚至能感觉到骨头刺到肉所发出的声音，就如同有一把尖刀在挖肉一般，痛得他整个身体都紧绷起来。

先前他说剧痛自己能忍，但没想到竟会痛成这样。豆大的汗珠因为剧痛而滴落，紧紧地抓着被子的双手青筋浮现，他从没想到时间会过得这样慢。

按着李子光大腿的汉子十分震惊，瞪大了一双眼睛看着李子光腿上那根隐隐要戳破皮肉而出的骨头慢慢地被按压移了回去。

唐宁那双白皙的手就在他的腿上那样慢慢地按压着，轻移着，微拉着，竟将那根断折的骨头移回正位了。随后唐宁将他的腿拉直，又从上到下摸了一遍腿骨，这才移开了手。

“好了，大叔，可以放开了。”唐宁对汉子说道，又看向汗如雨下、整个人如虚脱了一般靠在床头、连话都说不出来的李子光，笑着问：“你还可以吧？忍得住吗？还有一条腿。”

李子光说不出话来，只是虚弱地点了点头。

见此，唐宁便先用布条和木板将他那条移好位的腿固定住，这才道：“大叔，抱住他这条腿。”

“好好。”汉子连忙应道，将李子光的另一条腿按住。

两条腿断折的骨头有多处，还严重移位，唐宁费了不少工夫才将他的骨头移好接上，饶是她自己此时额头上都渗出了一丝汗水。

移骨的疼痛非常人能忍受，那李子光一直哼也没哼一声，她心中也十分佩服。

帮他将两条腿固定好后，她抬起头，不由得失笑——原来他已经不知何时疼晕了过去，一脸汗水，纵是皮肤黝黑也能看出他整个人完全虚脱了。

“好了，大叔扶他一下，让他躺下吧。”唐宁说道，到一旁净了手后，又取热水帮他将腿上的伤和红肿处理了一下。

“他这腿真的能治好？”汉子忍不住再次问道。

“嗯，只要好好养着，能好的。”唐宁笑了笑，将房门打开，问：“大娘，有没有什么东西可以捣药？”

“有有有，家里有一个捣药罐，我去拿来。”李大娘跑到厨房里抱了个石头的捣药罐出来。

“这个可以，就放这里吧。你再帮我找几块木板，大概这样长、这么厚……”她比画着，告诉李大娘需要的东西。

“好好。”李大娘忙应道，又忍不住问，“唐师，我儿子的腿骨头都接上了吗？”

唐宁笑了笑，道：“嗯，移归位了，你找的木板就是要固定他的腿骨不要再移位的。”

闻言，李大娘抹了一把眼泪，又哭又笑地道：“我马上去找，马上去找。”

跟出来的汉子站在旁边问：“小师父，你要捣药吗？用不用我来？”

“我也可以帮忙的。”少女也走了过来，在唐宁身边蹲下。

见此，唐宁笑道：“圆圆，你去房里看着你子光哥，他要是醒了告诉我。”

“好。”少女应道，往房间走去。

“大叔，就麻烦你了。”唐宁让开位置，让那汉子帮忙捣药，自己则从圆竹空间里取出一些备着的药材，放了几味在捣药罐里，道，“你先把药捣碎，我再去外面摘些草药回来。”

汉子听了一怔，还没反应过来，就见小和尚已经往外面走去。

到外面摘草药？什么时候外面有可以治疗腿伤的草药了？能行吗？

百草皆是药，只要懂得药性，区分出药效，自然可以调配成药。旁人不懂，但对精通医药的唐宁而言，这自然不是难事。

看到小和尚回来，手里抓着一大把杂草……嗯，在那汉子眼里，那些可不就是

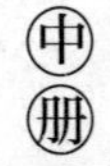

杂草吗？他们的田沟沟里随处可见，有时还得去拔掉。

这玩意儿就是药了？会不会太儿戏了点儿？

唐宁将草药塞进捣药罐里，让汉子捣碎后，又将之熬成了药膏，进房帮李子光敷药包扎，对旁边的李大娘交代道："这药一天换一次，换下来的药膏不要丢，先放着，等其他药膏用完了，将这药膏和酒再隔水炖煮，帮他包上再用一回，这腿脚应该也就差不多了。"

唐宁朝外看了一眼，见天色也不早了，便道："时间也不早了，我也得走了。"

"唐师，多谢。"已经醒来的李子光朝唐宁道谢。

唐宁回头看了他一眼，笑了笑，没再多说什么，便往外走去。

"唐师，我送送你。"李大娘连忙跟了上去，"唐师，我都不知要怎么谢你好。"

"不用谢，也就是举手之劳而已。大娘，你回去照顾子光吧。记得一定不能让他下床，得好好养着，药一天换一次，还有那些我放在一旁的草药，每天熬些给他喝。"唐宁交代道。

"好好，我都记着呢。"李大娘忙应道。

"那我走了。"她双手合十，朝李大娘行了一礼，又看向后面对她笑着的少女，这才转身迈步离开。

出了村口，步伐微顿，掌心处微微泛着热量，她摊开掌心一看，那个佛印泛着丝丝圣光，隐隐有一股力量汇入她的身体里。

她微微一笑，收回手掌，快步带着小黑往天龙城的方向走去……

此时天龙城中，茶楼里。

"唐师是去办什么事啊？怎么这么久还没来？"牛大力坐在二楼的临窗处，探头朝下面的大街张望着，想看看唐师来了没有。

"叶飞白陪星瞳和寒知去买东西了，到现在也还没来。"司徒南笙懒洋洋地说道，一只手撑着头，一只手端着茶杯，不时地喝水。

"估计是要买的东西多，所以才会耽误了些时间。再说，唐师也还没到，就再等等吧。"宋一修说道，目光落在外面的大街上。

难得清闲，看看大街上热闹的行人也不错。

"我觉得唐师估计也快来了，不如去找一下寒知他们？"苏言卿说道，看向他们。

"也好，反正在这里喝茶都喝好几壶了，出去走走也好。"司徒南笙站了起来，朝众人看去："谁要跟我一起去啊？"

"那我也去。"

“我也去走走。”

“留一些人在这里等唐师，其他人要去的就走。”司徒南笙说道，直接从窗口处跃了下去。

“哎，你怎么就不走大门呢！”牛大力喊道，却也跟着跳了下去。

“这一个个的！”宋一修摇了摇头，看向苏言卿道，“我们走正门？还是你也想跟着跳窗？”

苏言卿温和地一笑，道：“走吧。”话音一落，他与宋一修一起走下楼梯。

“快点儿回来，别太久了。”高琛等人在楼上喊道。

“知道了！”司徒南笙朝他们摆了摆手。

与此同时，叶飞白迈步走出商铺，道：“东西都买齐了，那就回去吧。估计他们也等急了。”

买的东西有点儿多，星瞳正低头换着手拿，突然间就被人撞了一下，东西掉落在地上。

同时传来男子微恼的声音：“怎么走路的？不带眼睛啊？”

男子皱着眉说完，却在见到那人的一双眼睛时，倒抽了一口冷气，道：“怎么是你！你这个不祥之人，怎么还没死？”

听到这话的同时，星瞳也看到了面前这人，脸色一白，本能地后退了一步，脸上出现了惊慌之色。

前面的叶飞白听到身后的动静，回头看去。

手里提着东西走在星瞳后面的寒知此时大步上前，来到她身边。

“星瞳，没事吧？”见她脸色微白，寒知问了一声。

星瞳摇了摇头，蹲下身去将掉落在地上的东西捡了起来。

而这时，那名男子一个箭步上前，伸手就朝星瞳抓去，喝道：“你怎么会出现在这里？你怎么会没死？”

男子伸出的手被寒知挡开，同时寒知步伐一移，将星瞳护在身后，面无表情地盯着那人，道：“滚远点儿！”

“你又是什么人？我跟她说话，关你什么事？让开！”男子脸上浮现出恼怒，伸手就要去推寒知。

男子伸出的手却被一把扇子挡住了。

“哎，这是干什么呢？”叶飞白把手里的扇子挡在那人面前，同时手中力道一涌，灵师的威压生生将那男子震退了。

身体猛退好几步才站稳，那男子脸色顿时阴沉下来，看了那一身华服、手里拿着扇子、一副贵族公子哥儿模样的人一眼，又看了看那一身黑衣、浑身冰冷的男子，

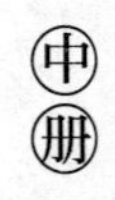

最后目光落在那微垂着头的人身上，冷笑了一声，道：“好啊！没想到你不仅没死，还傍上靠山了是吧？但你别忘了，你是顾家的人！一个不祥之人，居然还有脸活在这世上，我要是你，早一头撞死了！”

“那你就去撞啊！我们又没拦着。”叶飞白凉凉地说道，手中的扇子轻轻地扇着，目光落在那男子身上，“不过你若是不敢去撞，那对我们说话就要客气一点儿，要知道，这里可是天龙城，而不是你家。”

“你是什么人！？敢管我顾家的家事！”那男子冷哼道，神情透着阴鸷。

叶飞白瞥了那男子一眼，道：“本公子是你惹不起的人。”

听了这话，那男子明显有些忌惮。

然而在这时，一道低沉的声音传了过来，让那男子听了，如同打了鸡血般激动。

“顾源，这是怎么了？”

听到这声音，被寒知护在身后的星瞳身体猛地一震，却不敢抬头，反而将头垂得更低了，小脸也显得越发苍白，身体轻颤着，仿佛遇到了什么害怕的人一般。

一名穿着玄衣的中年男子从另一家商铺走了出来，见这边聚着几人，迈步走了过来。

玄衣中年男子步伐沉稳，身上散发着不怒自威的上位者气势，身边走着的是两名十二三岁的少年和少女，身后则跟着四名中年男子。

“二叔！你来得正好，你快来看看这是谁！”

玄衣中年男子来到那男子身边，看了一眼手持扇子、一派贵公子模样的叶飞白，又见一旁还站着一名黑衣男子，以及被黑衣男子护在身后的一名低着头、看不清模样的少女，便问：“你不是要去买东西吗，怎么在这里耗上了？”

“二叔，你看她，你看看她，她就是那个天生异瞳的不祥之人！她居然没死，也不知怎的也来到天龙城了，还找了靠山呢！”那男子指着那名被黑衣男子护在身后的少女说道。

闻言，玄衣中年男子眉头一皱，蕴含着威压的目光朝那后面的少女看去，却因她垂着头看不清长相，便迈步走上前。

叶飞白见此，也迈步走上前，挡在了寒知和星瞳前面，看着眼前这个威压、气势皆在自己之上的玄衣中年男子，问：“阁下要做什么？”

“公子且让开，我要看看她是否是我顾家之人。”玄衣中年男子说道，迈步上前，同时灵力一涌，震开了挡在前面的叶飞白。

叶飞白虽说是灵师，但这玄衣中年男子的实力在他之上，被玄衣中年男子的威压一震，他整个人不受控制地后退。

因天龙城内规定不可打斗伤人，所以他也只是被威压震开，并没有受伤。

寒知见叶飞白被震开，那玄衣中年男子迈步朝这边走来，正准备拔剑。

被寒知护在身后的星瞳在这时按住了寒知的手，缓缓抬起头来，一双如星辰般的蓝色眼眸迎上了对面的目光。

玄衣中年男子看到了那一双眼睛，也看到了那一张脸，步伐也因此停了下来，定定地看着那双带着坚定的蓝色异瞳，威严而冷漠的目光落在她身上，皱着眉头打量她。

十二三岁的年纪，模样渐渐长开，已初见绝色，穿着一身黑色劲装，浑身上下收拾得很干净，还有着炼气四阶的修为，若非那一双蓝色异瞳，玄衣中年男子甚至认不出眼前的少女就是当年那个七岁就被抛弃、被丢进狼谷自生自灭的女孩儿。

“你怎么会在这儿？”玄衣中年男子沉声问道。

星瞳看着玄衣中年男子，这个说是她父亲的男人，从小她在他眼中看到的就只有冷漠和厌恶，哪怕是现在也一样。

她压下心头起伏的情绪，强行让自己冷静下来，直视着他道：“我在哪里又与你们有什么关系？”

“放肆！”玄衣中年男子沉声一喝，威压散开。

叶飞白担心他们两个只有炼气期而承受不住那玄衣中年男子的威压，连忙上前替他们挡下，却被对方的威压震得血气涌动，嘴角渗出一丝鲜血。

寒知伸手扶住了叶飞白，想要上前，被叶飞白拦下。

叶飞白看向玄衣中年男子，冷声道：“阁下好大的架子！连天龙城的规矩都敢漠视吗？”

“我教训我女儿，你往前凑什么？”玄衣中年男子瞥了叶飞白一眼，负手，沉声道，“再说，天龙城有规定不能在城里教训自己的女儿吗？”

听到这话，叶飞白一怔，不由得回头朝星瞳看去。

就连寒知此时也目光微闪，心中诧异。

女儿？星瞳是这人的女儿？

“我没有父亲，你也不是我的父亲！”星瞳的声音淡漠地传出，若是仔细听，还能听出语气中的愤恨。

“阁下听到了吗？还不让开？莫不是想让城卫过来处理这事？”叶飞白说道，目光盯着玄衣中年男子。

看这些人的态度，再听到双方说的话，叶飞白心中隐隐觉得，星瞳可能还真与这些人有关系。星瞳是什么出身他不知道，他只知道星瞳是唐师身边的人，若是他把人弄丢了，让这些人带走了，回头他怎么跟唐师交代？

玄衣中年男子目光越过叶飞白，落在星瞳身上，沉声道：“卿歌，跟我回去！”

“不可能！”星瞳冷声说道，双手紧紧地握成拳。

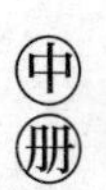

听到她的话，玄衣中年男子脸色沉了下来，目光冷冷地盯着她，蕴含着威压的声音带着怒火传出：“给我拿下！把她押回去！”

他岂能容他顾家的不祥之人在外面这样招摇过市！

后面的几人走上前，正准备动手，就听叶飞白厉喝一声：“我看谁敢！？”

叶飞白运起体内的灵力，步伐拉开，做出准备战斗的架势。

“怎么啦？要打架吗？叶飞白，唐师不是说了别惹事吗？在这天龙城打架，一会儿城卫该过来了。”

司徒南笙等人从不远处走来，来到他们三人身边后，见叶飞白嘴角还带着一丝鲜血，而对面的那些人竟也是灵师级别，看身上的气势似乎也不弱。

“他们打你了？”司徒南笙问道，眼睛眯了眯，眼中闪过一抹危险之色。

“他们想要带走星瞳。”叶飞白说道。

“带走星瞳？”司徒南笙扯了扯嘴角，阴恻恻地笑了起来，一边走上前，一边揉着双手，“胆子不小啊！连我们的人也敢动？老头儿，你谁啊？报上名来！是不是想干架？我们可以奉陪到底啊。”

苏言卿以及牛大力等学子也围上前，将那些人包围在中间。他们虽没说话，但一个个都盯着那些人，那架势很明显就是要干架一起上。

那十几人的到来，倒是令那几名准备上前的中年男子迟疑起来，不敢动手。他们看了玄衣中年男子一眼后，退回玄衣中年男子身后。

玄衣中年男子不动声色地打量了一眼这一个个锦衣华服、气质出众的青年男子，这些人一看就知全是世家贵族的子弟，只是这些人又怎么会跟卿歌扯上关系，还一个个站出来护着她？

“怎么回事？是不是有人闹事啊？”一队城卫步伐整齐地快步走来，为首的人喝道，又指着围在周围的众人道：“都散了，都散了！”

城卫们走上前，见前面一群贵族公子哥儿围着几人，中间还有两个十二三岁的少年和少女似乎被吓到了，微缩到玄衣中年男子的身后，便冲着那些锦衣公子哥儿喊道：“天龙城不许闹事、斗殴，你们是不是忘了？”

“明明就是他们闹事，对着我们吼什么？”牛大力嘀咕道，颇为不满。

玄衣中年男子看到城卫到来，脸上不由得露出一抹笑容来……

“你们都围在这里做什么？想闹事吗？”城卫队长喝道，目光在他们身上掠过，不动声色地打量了一番后，却有些头疼。

怎么是这些祖宗？这一个个穿得花枝招展的，城卫队长刚才过来也没认出来，这会儿走近才看清，这不就是天龙学院的那些天之骄子吗？他们不在学院里修炼，怎么跑到天龙城来了？而且这二、四、六、八、十……竟有十几个？他们这是想搞事不成？

“我要带回我女儿，这些人一个个站出来拦着，不让我女儿跟我回去。”玄衣中年男子说道，负手，目光落在司徒南笙和叶飞白他们身上，嗤笑道，“天龙城的规矩还管到不能带自己的女儿回家了？这理儿就是让城主出来，他也不敢这样说。”

“随便在大街上拉个女孩儿就说是你女儿？若是人人学你，天龙城岂不是乱了套？”叶飞白说道，也懒得与他们多言，而是对司徒南笙几人道：“带星瞳离开，免得唐师一会儿等久了。”

“星瞳，走吧。”司徒南笙搂着星瞳的肩膀，要带着她离开。

玄衣中年男子低沉而带着威压的声音传出：“我顾家的人，岂是你说带走就能带走的！”玄衣中年男子说完，身影一动。

同时围在周围的十几名天龙学子也动了。

“你想干什么！？”众人喝道，向中间靠拢，一个个灵力涌动，战意凛冽。

玄衣中年男子见此，脸色铁青，身上暴戾的气息也随之涌出。

这些人一看就知是世家贵族的公子哥儿，每一个都代表着一个家族，他顾家纵是大族，也无法承受与这么多世家为敌，只是若让他们就这样带走他顾家的人，传出去岂不让人笑话？

“你这个祸害！你竟想让他们欺负爹爹！你这个扫把星，你怎么不去死！”站在玄衣中年男子身后的那名十二三岁的少年指着星瞳大骂道。

“你干什么呢！？小小年纪竟这般恶毒！”旁边的牛大力听了气不过，一个箭步上前便推了那少年一把。

那少年没想到竟有人敢推他，踉跄地后退几步，被后面的中年男子扶住。

“你敢推我弟！”旁边的少女抽出身后的鞭子就朝牛大力抽去。

牛大力往后一避，轻易便避开了，嗤笑道：“姑娘家的一言不合就动鞭子，小心以后嫁不出去。”

“你！”少女气得涨红了脸，想要再上前，却被身后的人阻止了，气不过，一个转身鞭子一甩，就朝被护在后面的星瞳抽去：“都是你这个不祥的人害的！”

咻！

鞭子抽出，却被司徒南笙抓住了。司徒南笙伸手一拉，想将那少女甩出时，那少女的鞭子却被玄衣中年男子握住了。

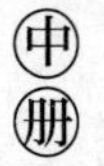

鞭子一端握着的是司徒南笙，一端握着的是玄衣中年男子，双方的争斗一触即发。

就在这时，一道清脆的声音传了过来：“阿弥陀佛。”

听到这声音，叶飞白等人眼睛一亮，朝声音传来之处看去。

“唐师！”

“唐师！”

“唐师！”

一袭青衣的唐宁站在人群中，但纵是在人群之中，那泛着光亮的脑袋还是叫人一眼便看到了她。

而在唐宁后面，还跟着先前在酒楼等着的众学子，显然是听到这边的事情后赶过来的。

寒知和星瞳看到唐宁到来，心中大定。

玄衣中年男子顺着他们的目光看去，看到一个顶着光头的小和尚缓步走了过来。小和尚十四五岁，容貌精致出色，眉眼间带着笑意，一袭青衣，腰间挂着一根圆竹，肩膀上蹲着一只乌鸦，有几分像是游僧。

因围着的人让开，唐宁很方便地来到前面。她看了司徒南笙等人一眼，又看了看玄衣中年男子，而后对司徒南笙道：“还不把手松开？”

司徒南笙看了玄衣中年男子一眼，这才将手收回。

玄衣中年男子随手将鞭子递给一旁的女儿，目光则看向小和尚——一个可以让这些世家贵族的公子哥儿听令的人，又岂止是一个简单的小和尚？

“唐师，这些人居然想带走星瞳！”

“唐师，他说星瞳是他的女儿，要将星瞳带回去。”

“我们不让，他还想跟我们动手硬抢。”

一个个学子开口说道，因唐师的到来，皆退到了唐师身后。

听了他们的话，唐宁目光微闪，心头微动，朝星瞳看去，唤道：“星瞳，出来。”

星瞳迈步走到她身边，唤了一声：“主子。”

“告诉他你叫什么。”唐宁示意道。

闻言，星瞳看了身边的主子一眼，露出一抹笑容来，握了握拳头，一双异瞳直视着前面的人，声音清晰而铿锵有力：“我叫星瞳！”

唐宁脸上露出一抹笑意来，看着前面的玄衣中年男子道：“这位施主，你还有什么疑虑吗？”

玄衣中年男子看着那眉眼弯弯、神色轻松自在的小和尚，沉声道：“她叫顾卿歌，是我顾家的人，就算改了名字，依旧是我顾家的人！”

“阿弥陀佛。”唐宁双手合十，念了声佛号，笑眯眯地看着面前的人道，“施主，她刚才也说了，她叫星瞳，这名字还是小僧我取的。知道为什么是我取的名吗？因为她是我捡回来的，她的命是我救的，所以我给了她一个新的名字，代表着她有一个新的人生。施主口口声声说她是你的女儿，是你顾家的人，小僧我很是好奇，观施主等人的衣着、气质，也应该是世家之人，世家千金何其尊贵，又岂会流落在外，还被小僧所救呢？！”

唐宁盈盈带笑的话语不急不躁，却说得那顾家的人哑口无言。

难道他能当众说，她因天生异瞳，命中带克，为不祥之人，早在七岁之时就被他们抛弃，丢进狼谷之中任其自生自灭？

玄衣中年男子看着面前的小和尚，目光微冷，道：“和尚好口才！”

唐宁一笑，双手合十，道：“阿弥陀佛，施主过誉了。”脸上的笑一敛，她又道，“施主不说，其实小僧也是可以代为说明原因的。”

听了这话，玄衣中年男子脸色微变，目光冰冷地盯着小和尚。

唐宁仿佛没看到一般，自顾自地道：“因她天生异瞳，出生之时母亲难产而死，施主便断定她是不祥之人，想要将她掐死，后来因她被祖父养在身边而保住了命，可她七岁之时，祖父寿元尽而仙逝，施主又命人将七岁的她丢进狼谷任她自生自灭。施主，小僧说得对还是不对？”

周围的人听了，不由得暗自唾弃，纷纷低声议论起来。

“别说是世家贵族了，普通人家里也会有产妇因难产而死的，这又哪能怪孩子呢？！”

“这还叫亲生父亲？好歹也是自己的骨肉，他怎么舍得将一个七岁大的孩子丢到狼谷呢？”

“这是要置孩子于死地啊！真是狠心。”

“也难怪那少女不认他，这样的父亲，换我也不认。”

“现在居然还有脸要将少女带回家？他该不会想着带回家后又将她弄死吧？”

“啧啧，真是人面兽心。”

寒知和司徒南笙等人心中皆是震惊，没想到星瞳小小的年纪竟曾遭遇这样的事情。

周围的议论声、指责声让顾家那几人脸色都有些难看起来，尤其是玄衣中年男子，脸色更是透着铁青与阴鸷。

玄衣中年男子阴鸷的目光落在星瞳身上，冷冷地喝骂道：“孽女，我留你何用！”话音一落，玄衣中年男子竟直接出掌朝星瞳袭去。

“嘶！”周围的人见了，倒抽了一口冷气，“他竟真想杀女！真是好狠的心！”

在玄衣中年男子出掌袭来那一刻，唐宁伸手一拂，将星瞳推至身后，同时自己迎了上去。

一个是气势慑人、久居上位的人，一个是十几岁的小和尚，两人一打起来，周围便有不少人担心小和尚不是玄衣中年男子的对手，却不想两人交手过了几招，竟是不分上下。

玄衣中年男子被小和尚一掌击退后，收起手，眯着眼看着那小小年纪却有着不

俗修为的小和尚，问：“你是什么人？当真打定主意要护着那个不祥之人？”

唐宁双手合十，道：“阿弥陀佛，我是什么人不重要，重要的是，今日的她遭你唾弃，明日的她你高攀不起。”

星瞳心头一震，怔怔地看着她家主子，眼眶微微泛红，说不出一句话来。

玄衣中年男子听了，冷笑出声：“真是好大的口气！我倒要看看，一个异瞳之人此生又有多大的出息！”他冷冷地说道：“从今天起，我顾家没有你这样一个子孙！就算你死在外面，也永远不要提起你姓顾！”

星瞳看向玄衣中年男子，开口道：“我叫星瞳，与你们顾家没有一点儿关系！”

“好！很好！记住你今天说的话！”玄衣中年男子重重地冷哼一声，衣袖一甩便带着人离去。

看着那几人离去，城卫们也暗暗松了口气，对围观的人喊道：“都散了，都散了，没什么好看的。”

城卫队长朝小和尚看了一眼，这一位他也是认识的，上回就让几个天龙学子在大街上站到了太阳下山，没想到今天下山带着这么多学子，也幸好没弄出大事情。

“主子，星瞳给你惹麻烦了。”星瞳来到她身边，充满歉意地说道。

唐宁看了星瞳一眼，拍了拍星瞳的肩膀，笑了起来，道：“说什么呢？你主子我最不怕的就是麻烦了！以后这些不相干的人不必去理会。行了，别让这些人扰了我们下山游玩的好兴致，这个时间点我们还是去吃顿好的吧。”

闻言，司徒南笙走上前，道：“那就去天仙楼吧。那里什么都有，很是齐全，我们今晚就在天仙楼住下也行。”

“好！”唐宁笑道，“走吧！”

她将寒知和星瞳手里的东西都收进乾坤袋，这才带着众人跟着司徒南笙往天仙楼走去。

走在后面的苏言卿看着前方的唐师，心中有着说不出的敬佩之情。

寒知和星瞳看似是唐师身边侍候的人，但其实不难看出，唐师待他们如同亲人。

尤其是唐师刚才所说，“今日的她遭你唾弃，明日的她你高攀不起”，更是让苏言卿心中震撼不已。苏言卿隐隐有种感觉，将来的星瞳所站的高度也许真的高不可攀。

星瞳收拾好心绪，跟在她家主子身边。她家主子说得对，不相干的人不必去理会，早在很久以前她就当自己是个孤儿了，那些人与她从来都谈不上是一家人，她又何必去为他们伤心和伤神呢？！

这边唐宁一行人往天仙楼走去，那边，回到客栈的顾家一行人在房中坐下。玄衣中年男子这才沉声说道：“去打听一下，那个小和尚是什么人？还有那些青年，又都是些什么人？”

“是。”其中一人应道，快步走了出去。

“二叔，我们就这样让她被他们带走吗？不将她带回顾家吗？”先前的那名男子问道，显然对于没将星瞳带回有些不甘。

玄衣中年男子没有说话，只是喝了杯水，一直静坐着，直到去打听的人回来。

“家主，那个小和尚是天龙学院的导师，被尊称为唐师，那些青年皆是天龙学院的学子。”打听消息回来的中年男子禀报道，“天龙学子背后皆有不俗的家族势力。”言下之意，这些人全都不好惹。

玄衣中年男子听了，问：“那小和尚是什么来历？”

“这个不知，属下打听了，关于他的来历，天龙城中的人皆是不知，甚至他天龙导师的身份天龙城中的人也并不是全都知道的。”中年男子说道。

后面的另一名中年男子顿了一下，道：“家主，属下觉得这事就此作罢为好，这些人的身份皆非寻常，不宜为了一个不祥之人让我顾家与这些人交恶，这样得不偿失。”

听到他们的话后，玄衣中年男子也没再多说什么。作为一个家族的执掌者，他懂得衡量其中的得失，既然情况不利于他，自然不会再揪着这事不放，为了一个早就被放弃的不祥之人去得罪那样一群人，确实不值当。

另一边，司徒南笙带着他们来到一扇气派的大门前，便停下脚步，对身边的唐师说道：“唐师，这里就是天仙楼了。这天仙楼可是天龙城的一绝，要是没来过天仙楼的人，都不能说来过天龙城。”

“哦？这么厉害？这天仙楼又有什么过人之处呢？”唐宁问道，打量着前面气派十足的门面。

那是一座三层高的楼，而在这楼周围，却是围墙高筑，将一大片地方圈了起来。她原本以为天仙楼会在天龙城热闹的地方，却不料竟在这等较为清幽雅静的地方。

单单天仙楼的占地，以及这气派的门面，就已经让人忍不住好奇，里面又会有什么让人流连忘返的东西？

“我说出来哪有意思？进去看看就知道了。”司徒南笙说道，迈步带着他们进去。

一行人进了里面，马上便有数名容貌或娇俏或美艳或温婉的女子迎了上来。其他学子倒还好，毕竟出自世家贵族，什么貌美的女子没见过？倒是牛大力见了，一个劲儿地傻乐。

“诸位公子，里面请。”一名女子上前，为他们引路。

“先安排在望月阁吃饭吧。我们这里有三十来人，你们安排一下，把桌子拼在一起。”司徒南笙说道，摆了摆手，“你们去安排，我知道望月阁在哪儿，我带他们过去便好。”

几名女子听了，不由得相视一眼，道：“公子，望月阁是……”

她们的话还没说完，就见一名管事小跑着过来。

“公子们来啦！望月阁我已经让人准备好了，我带公子们过去吧。”管事笑着说道，又对一旁的几名女子道：“去，让婉琴到望月阁为诸位公子弹琴。”

“是。”见管事发话，几名女子应了声后便退了下去。

几名女子转身到后面之时，便见一名三十来岁的美艳女子倚在围栏边，手里拿着瓜子嗑着。

美艳女子问道：“是不是少主来了？”

几名女子一怔，相视一眼，问：“红姐，谁是少主？”

“你们没看见？林管事不是跑到前面去侍候了吗？”美艳女子问道，把瓜子壳放在手里，又问，“林管事让你们干吗去？”

“他让我们去叫婉琴到望月阁弹琴。”其中一名女子说道。

其中一人又忍不住问：“红姐，少主也来了吗？是在刚才那些公子当中？”

“去去去，该干什么干什么去，把自己的事情做好，别惹出什么麻烦来，要是惹了少主不高兴，谁也救不了你们。”美艳女子挥着手说道，让她们赶紧离开。

“是。”几名女子应道，连忙退下。

前面，来到望月阁的司徒南笙笑着看向唐师，问：“唐师，你看这地方怎么样？”

望月阁可以说是天仙楼最中心的阁楼，站在这上面一眼望去，可以将整个天仙楼尽收眼底，而在望月阁的前面，有一片较大的湖泊位于中间，周围有不少别致的小亭子依湖而建，更有一些楼阁错落于这些亭子中间。

傍晚渐临，天仙楼中一名名穿着轻纱粉裙的妙龄少女手中提着灯款款走出，一盏盏花灯被她们悬挂起来，点亮了天仙楼的每一个角落。无论是那些妙龄少女，还是那一盏盏花灯，看在天仙楼的客人眼中，皆是亮丽的风景。

这时，如珠玉落盘的清脆琴声叮咚响起，一名白衣女子抱着琴踏着轻缓的步伐从石道走出，脚尖一点，轻盈的身影便跃到湖旁的一块假山石上坐下，手指拨动，传出悠悠琴声。

唐宁看了，不由得一笑，道：“这地方确实挺好的，花了不少心思。这里的消费应该也不低吧？”说着，她看向一旁的司徒南笙。

这时，旁边的叶飞白笑了起来，道：“唐师，这你倒不用担心，因为这天仙楼就是他家开的。”

“什么？天仙楼居然是司徒家开的？”牛大力率先吼了出来，一脸震惊，上前便抱着司徒南笙的手臂咧着嘴笑道：“司徒南笙，以后你不要叫俺牛哥了，俺叫你哥吧！”

旁边的众人见了，忍不住笑了起来。他们当中有一些人知道这天仙楼是司徒家开的，但也有一些人不知道，不过他们早就知道司徒南笙的家族是凡人地界顶尖的世家贵族之一，倒也没什么好奇怪的。

司徒南笙见牛大力这样，忍不住笑了起来，抽回手道："行了，别贫了，坐下等着吃饭吧！一会儿菜就该上了。"说完，似乎是想逗逗牛大力，司徒南笙伸手搂着牛大力的肩膀，挤眉弄眼地笑道，"对了牛哥，要不我给你叫两个身段好的姑娘过来侍候你？别人没有，只有你有这待遇，怎么样？要不要？"

"嘿嘿……"牛大力一听，咧着嘴乐呵呵的，朝其他人看了一眼。

见众人一个个戏谑地看着自己，甚至有人起哄说"好"之类的，牛大力挠了挠头，道："俺可不敢，让俺娘知道了，非打死俺不可。"

"没事儿，我们不说，你不说，你娘不会知道的。"司徒南笙越想越觉得可行，当下便对候在一旁的管事说道："去，挑两个模样、身段好的姑娘过来。"

"好。"管事笑着应道，连忙退了出去。

"这……这还是别了吧？"牛大力双眼泛着亮光，有些期待，又有些不好意思，"哪能这样呢？还是别了吧！"

尹千泽笑了起来，道："牛哥，既然是司徒学长的好意，你受了就是。至于我们嘛，平时在家身边也少不了侍候的婢女，所以这会儿有没有都是无所谓的。"

"就是，你不是一直盼着来天仙楼吗？总得好好享受一番，才能让你觉得不虚此行啊！"司徒南笙笑着说道，"不过我可先说好啊！让她们侍候你，你可不能动手动脚的。"

"啊？不不不，我不会动的。"牛大力连忙说道。

唐宁见他们一个个这样逗牛大力，忍不住笑道："行啦，你们别老逗他了，怎么净欺负老实人呢？！"

"嘿嘿，唐师，其实我觉得这不是欺负我，我……我自己还蛮期待的。"牛大力乐呵呵地道。

他哪里傻啦？谁说他傻他跟谁急！他要是傻，能成为天龙学子？真是开玩笑！他不过就是看着老实，既然他们想逗他，还拿两个女的来逗他，他也就将计就计，还能得两个美人侍候，何乐而不为呢？

听了这话，唐宁扑哧一声笑了起来，戏谑地道："小牛，你该不会一直这么盼着吧？"

"嘿嘿嘿……"牛大力咧着嘴笑着，目光则盯着那边的门口。

"哈哈哈哈！"众人见了，忍不住哈哈大笑起来。

一时间，望月阁里的气氛显得极为轻松愉悦。

随着酒菜上桌，管事也带了两名女子过来。三十三人围坐在用几张桌子拼成的长桌边，只有牛大力身边跪坐着两名貌美的女子为他夹菜和喂他吃菜、喝酒，全程几乎不用他动手。

唐宁吃着面前精致的菜，听着琴，看着前方随着夜色渐临，几名穿着白衣的女子踏着轻盈的脚步跃至湖面上跳起舞来，轻纱拂动，裙摆飞扬，柔美的身段舞出迷人的舞姿，在夜色下，更显飘逸迷人。

这一刻她方知天仙楼的名是因何而来。

夜色之下，花灯似星，在悠扬的琴声中，湖泊中央踏着水面轻舞的美貌女子身姿轻盈，长袖拂动，如同月下仙子。

湖泊周围传出叫好的声音，清幽中又显热闹。

一场舞毕，那些白衣女子退下，湖泊中便升起一个巨大的棋盘，那棋盘似是浮在水面上，以人为棋摆着一局残局。

“这是棋局，只要能破棋局，都可以免去一天的消费，若是破不了棋局，则得付双倍的消费。”司徒南笙见唐师看向那棋盘，便在一旁解说道。

“这倒是有趣。”唐宁笑着点了点头，看了一眼那局棋，眼中闪过一抹笑意——还真是残局。

“司徒南笙，你家这个可是坑了我不少钱，我来了两回也破不了这一残局。”叶飞白说道，看了一眼那湖泊上的残局，整个人兴致缺缺。

“这湖下面是不是有桩子？怎么一个个都能站在湖面上？”牛大力好奇地问道。

“不错，下面是布有暗桩的。”司徒南笙点头说道，往椅背上一靠，懒洋洋地笑道，“这残局要是那么容易破，天仙楼就不叫天仙楼了。”

苏言卿看了一眼那残局，又看了看眉眼带笑的唐师，道：“唐师，这残局你破得了吧？”

这话一出，所有人的目光皆落在唐师身上。

唐宁看了他们一眼，继而摇了摇头，轻笑道：“破不了，破不了，我的棋艺很一般。再说，我们今天都有人请吃饭、请消费了，就不用再想着去破那棋局了。”

司徒南笙听到这话，愣了一下，继而笑了起来，道：“看来我还真得多谢唐师手下留情了。”

估计若不是看在天仙楼是他家的分儿上，这残局应该是难不倒唐师的，若是别人，他是不相信有这个能力的，但若是唐师，那就另说了。

“唐师，我们明天就要回学院吗？还是可以在天龙城里多待几天？”洪远问道，目光落在唐师身上。这趟下山唐师也没说下来多久、什么时候回去，因为半个月一次的挑战，洪远有一种压力，所以游玩放松之后便想着回去修炼，免得下回的挑战又被人打败了。

“难得出来玩一回，你还急着回学院啊？”

“就是，我们好不容易才跟着唐师出来放松放松，多待一两天也没什么事吧？”

“没有，我只是……”洪远有些赧然。他只是担心半个月后的挑战自己被人打败，才想着多抽出时间修炼，毕竟前段时间他就一直没放松过，如今放松下来一时间有些不太习惯。

唐宁笑了笑，道：“适当的放松可以让你们更能发挥出实力，若是压力太大了，对修仙者而言也并非有利的，不过……”声音一顿，她看着他们笑了起来。

那笑容带着几分狡黠，弯弯的眉眼透着一股子灵动的气息，但此时他们又在唐师那诡异莫名的笑容中嗅到了什么，就仿佛唐师正憋着什么坏主意一般。

牛大力身边两个侍候着的婢女早在他们吃完饭后便被他赶走了，此时看着唐师的笑容，他双手在胳膊上揉擦着，道：“唐师，你不要这样笑，笑得我好慌。”

“唐师，你是不是又打什么坏主意想整我们？”司徒南笙看着唐师那笑容，也瞬间警惕起来。

“唐师带我们下山，应该不会只是带我们放松游玩吧？莫不是还有什么在等着我们？”苏言卿问道，心下倒是颇为期待。

一听这话，洪远也不由得期待起来，目光落在唐师身上，想知道唐师是不是又要带他们去历练什么的。

“不会吧？唐师你跟我们一起下山，难道不只是下来游玩的？”

“唐师，你有什么打算？说出来听听吧！”

“是啊唐师，说出来听听吧！”

见他们一个个嚷着，唐宁便抬了抬手，示意道：“都静一静。”

待他们静下来后，她这才说道：“这一趟确实并不只是游玩，不过呢，你们也不用担心，因为也不会带你们去冒险历练。”

闻言，他们不由得相视一眼——既然不是冒险历练，那会是什么？

就连一旁的寒知和星瞳，此时也不由得看着他们家主子——他们原本也以为这一趟只是放松游玩的。

看着他们一个个一脸疑惑的样子，唐宁笑了笑，往椅背上一靠，慢悠悠地问：“经过这段时间的相处，你们三十人之间应该都算熟悉了吧？”

众人相视一眼，点了点头，道：“熟悉。”

可纵是他们之间已经渐渐熟悉，又跟这趟下山的事情有什么关系？

“熟悉了就好。”她眉眼一弯，看着他们道，“这次下山要教你们的就是伪装，也可以说是易容术。”

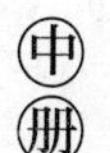

众人一听，眼睛不由得一亮，问：“易容术？”

“不错。”她道，“明天我会教你们简单的化妆技巧，通过化妆可以改变、伪装你们的容貌，之后你们两人组成一队，一人负责伪装易容后藏起来，另一人负责寻找，被找到认出的视为失败，扣十积分划给找到的那一人。这训练直到你们都能完美伪装到对方找不到为止。”

三十人听了，不由得一呆，没想到唐师所说的居然是这样的训练，可是这样有什么用呢？

有人便问出心中的疑惑：“唐师，我们学这个有什么用？”

“是啊！学这个好像没什么用吧？”

“我也觉得学这个没什么用，易容伪装对我们这些世家贵族的人来说，用处应该不太大吧？”

“嗯，用处确实不大，易容术的话我倒是有兴趣学一学，但也仅限于觉得也许可以用来偶尔换换身份，只不过……”

“唐师，学这个真的有用吗？伪装又不是什么武技、身法之类的，用处不大，有点儿浪费时间。”

苏言卿和司徒南笙以及叶飞白和宋一修几人倒是没开口，只是沉思着，想着唐师训练他们伪装易容的用意，至少他们觉得，唐师不会无缘无故让他们学这个。

听了他们的话，唐宁只是笑了笑，看了他们一眼，问：“你们觉得寒知和星瞳能否杀得了你们？”

“啊？”众人脸上浮现出错愕之色，看了看唐师，见唐师的神情不似说笑，不由得又看了看寒知和星瞳，继而摇了摇头，道，“他们的实力不如我们，别说杀我们了，就是想近我们的身也难。”

闻言，唐宁笑了起来，道：“但我觉得，他们可以在明天一天之内，将你们三十人置于死地。”

“这不可能！”牛大力喊道，“这根本是不可能的！”

“这确实不太可能。”宋一修也说道。

他们每个人的实力都比星瞳和寒知强，星瞳和寒知两人又怎么可能杀得了他们？更何况还是杀他们三十人？

寒知和星瞳相视一眼，也不知主子打的是什么主意：让他们杀三十人？还是在座的这三十人？他们的实力确实不够啊！

唐宁眉眼弯弯，狡黠地一笑，道：“那就试试吧！今晚你们都好好休息，养足精神，明天一早各自出去，记着，不要聚拢在一起，以一天的时间为测试，看看一天下来你们有多少人还是活着的。”

闻言，司徒南笙和叶飞白相视一眼，其中一人问："唐师，你让他们刺杀我们，那若是我们本能的反击伤到他们怎么办？"

本能的反击之下，只怕力道不会轻，尤其是他们还是灵师级别，寒知就别说了，星瞳只是炼气四阶的修为而已。

唐宁听了，笑了起来，道："那也得你们有本事伤到他们啊！"

"嘿嘿，那就有意思了啊！"牛大力咧着嘴笑道，看着星瞳和寒知，"俺很想知道他们怎么杀得了我们。"

"我也不禁有些期待呢！"高琛也笑了起来，道。

"好！那这事就这么说定了！"司徒南笙一拍大腿，道，"明天一早各自出去晃，我也想知道他们怎么杀得了我们。"

苏言卿也看着唐师笑了起来，觉得这次的训练应该会很有趣。

事情就这样敲定，唐宁也跟他们交代了，被杀死出局的人就自行先回天仙楼。

因要先去准备些东西，唐宁三人便先到司徒南笙安排好的天仙楼后院住下。

司徒南笙等人则还在那里喝酒聊天、听琴看舞，显然并没有太将这事当一回事。

院子里的房间中，寒知见四下无人，便问道："主子，我们要怎么做？"他觉得主子应该是早有主意的，只是他们并不知道她是怎么安排的。

唐宁笑了笑，看了两人一眼，道："你们别紧张，也别太担心，今晚我会教你们的。现在，寒知你出去一趟，把要用的东西都给我备齐。"

寒知听她低声说了一些东西后，目光微闪，点了点头，道："是，属下现在就去。"话音一落，他迅速往外走去。

星瞳见主子从圆竹空间里拿出他们今天买的一些东西，想了想，道："主子，若是伪装的话，就算我可以伪装得很好，但我的眼睛他们依旧可以认出来，这样岂不是露馅儿了？"

"这个不是难题。现在我先教你化妆，你要仔细听着。"唐宁笑着说道，让星瞳坐在桌边，又摆了一面镜子在星瞳面前，桌上摆放着的是一些脂粉和细刷子之类的东西。

"如果你要伪装成一个老妪，就得先从皮肤开始，像这样选一样适合的颜色涂抹……"唐宁一边教星瞳，一边用刷笔在星瞳的脸上化着妆。

她的手法很是熟练，速度也快，也就半个小时，星瞳整个人就变了一个样。

"主子，东西都带回来了。"寒知说道，走了进来，却在看到坐在桌边的星瞳时错愕地睁大了眼睛："星瞳？"

他出去前星瞳还是少女模样，可现在坐在桌边的是一个满头银丝、一脸皱纹的老妪，若不是那双蓝色的眼睛，他真认不出这是同一个人。

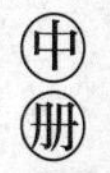

此时星瞳双眼泛着亮光，见寒知一脸错愕之色，便看向唐宁道："主子的手法真好，这个样子，若不是我的眼睛还是蓝色的，真的连我自己都认不出来了。"

唐宁摇了摇头，道："这样还不行，这样只是易容，改变了你的容貌而已，你要学会伪装，这个易容才算成功。"

星瞳闻言，问道："要怎么伪装才算成功？请主子教我。"

唐宁看着星瞳挺直的腰杆，笑道："一个七八十岁的老妪，坐得可没你这么直。"

"模样像了，还要言行举止像，你伪装成什么人，就要像什么人，这个人会做什么样的神情，会说什么样的话，你都得细思深究，尤其是细节更得注意，很多时候不被注意的细节就会将你暴露。就好像你伪装的是一个七八十岁的老妪，你要学得像，腰要弯，手要颤，说话要不利索，步伐要费劲，动作要缓慢……"唐宁一边教，一边帮他们矫正。

无论是星瞳还是寒知，都学得很认真，因为他们知道，作为主子身边的人，也许这些在日后皆会用到，学这些东西在他们看来并不仅仅是让三十名学子知道用处，更可以让他们多学到一样本领。

"寒知，"唐宁看向寒知道，"你因为是暗卫出身，所以身上的气息就算收敛起来，还是会有一定的凌厉气息在，所以你今晚除了要学会我教的这些伪装和易容，还得练一练收敛你身上的凌厉气息。"

闻言，寒知看向她，道："请主子教属下如何敛气。"

跟在主子身边，他知道主子敛气的功夫非常人能比，她甚至能将一身修为藏起不被人察觉，当她穿着青衣当小和尚的时候，身上从无半点儿凌厉杀气，但他知道，也见过主子凌厉而慑人的一面，主子却能做到收放自如，收起来时让人放松警惕，觉得她只是一个无害而亲和的人。

"我传你一套敛气的心法，你今晚好好练练。"唐宁说道，又看向星瞳："你也一并记下，一起学了。"

"是。"两人应道。

夜正长，当司徒南笙等人回到客房睡下时，唐宁这边院子里的灯还亮着……

次日，天还没亮，唐宁的房间里，三人已开始准备。

当看到镜中自己那双蓝色的眼眸变成了黑瞳时，星瞳不可置信地颤声道："主……主子，我的眼睛真的变黑了……"

唐宁打了个哈欠，脸上带着几分困意，摆了摆手，道："都说了这只是吃了药丸后暂时变成黑色，只有一天的效果。不过这药没有什么副作用，也不会对你的眼睛有什么损伤，你就放心吧，明天就能恢复你原来的漂亮蓝瞳了。"

星瞳有些说不出话来，没想到原来自己的眼睛若是黑色的，竟是这样的。星瞳以前曾幻想自己若有一双黑瞳多好，但现在有了这样一双黑瞳，却发现在自己脸上还是蓝瞳更适合。

想到这儿，星瞳不由得露出一抹笑容来——原来不知从什么时候开始，自己已经接受了蓝瞳，喜欢上了自己的蓝瞳。

星瞳觉得主子说得对，自己的蓝瞳很美丽，如同星辰大海，是属于自己独一无二的美丽。

“主子，你看我这样可以吗？”易容后的寒知如同换了副模样，一身的气息也敛了起来，身上穿着的还是天仙楼小侍的衣服，就连声音也压低了几分。

“嗯，不错，就是声音得再变一变。”她笑着说道。

闻言，寒知心头一动，当即道：“公子，小的这样可行？”他声音微变，连带着语气、声调都发生了变化，再看那低眉敛目的模样，还真让人看不出破绽。

“嗯，你们去吧。记住今天小心一点儿，你们有血光之灾。”唐宁说道，打了个哈欠，“我要去补觉了，等着你们的好消息。”

血光之灾？两人相视一眼，倒没怎么放在心上，出了门悄然离去。

清晨，学子们起床准备洗漱后出门，昨夜虽饮酒到深夜，但也未忘今天还有任务在身。

“来人！给我端盆水来洗漱。”房间里，一名学子喊道，伸着腰下了床，也许是因为起得早，脸上还带着几分困意。

一名少女端着水轻轻地走了进来，将那盆清水放在洗漱台上。

便听那名青年学子吩咐道：“把床头的外袍给我整理一下，侍候我更衣。”

“是。”少女轻声道，将床头挂着的外袍整理好，等那名青年学子洗漱好转过身时，便侍候他穿上。

然而就在少女帮他整理身上的衣袍之时，那名青年学子整个人猛地僵住，震惊地睁大双眼。

“公子，时间还早，要不你再去睡一会儿？”星瞳笑盈盈地看着他说道，见他僵着身体，连话也说不出来，便解释道，“这是我家主子教的点穴之术。”说完，星瞳从衣袖中摸出一把匕首来，看着他错愕而震惊的脸道，“你是第一个，三十人当中死得最快的。”话音一落，星瞳把匕首刺入他的心脏处。

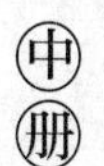

刹那间鲜血溅出，青年男子整个人更是呆若木鸡。

那是一把假匕首，刺下时匕首的刃会收缩进去，从而溅出红色的液体来，跟鲜血一样，让人乍看之下还真以为是胸口溅出了鲜血。

“你已经死了，按照规则，到测试结束前你都不能再说话，更不能向其他人透露

你的死法和为什么会被杀。”星瞳说道，收回匕首，这才解开他的穴道。

“你……你……你……”青年男子震惊地瞪大了一双眼睛，指着星瞳的眼睛道，“你的眼睛怎么……怎么……”

“你已经死了。”星瞳说道，转身利落地离去，往下一个目标走去。

身后的那名学子瞪着一双难以置信的眼睛看着星瞳离开，好半晌都接受不了这个结果，哭丧着脸喃喃地道：“我居然被杀了？我就这样死了？还是三十个学子中死得最快的？不带这么玩的！”

另一边，寒知也端着水进了一间客房。

也许是因为才是清晨，学子们一个个也没想着防备，觉得星瞳和寒知两人应该没这么早行动。

“放在那儿就行了，给我……”

那名学子的话还没说完，寒知的假匕首已经刺入了他的心口，鲜红的血冒了出来。

那名学子本能地反手击去，却见对方已经退开。

“你是什么人？！”他喝道，却发现胸口不疼，那些血似乎也不是真的血，不由得皱了皱眉，盯着那个低眉敛目的小侍。

“一刀正中心脏，你死了。”寒知这才抬起头来，瞥了眼他的白色里衣上那片猩红痕迹，撇了撇嘴，道，“警惕性真低！”

“寒知！”那名学子听到寒知的声音，错愕地瞪大了眼睛，“怎么是你？！”

“测试开始了，你不知道吗？”寒知直接将那盆他还没用的水端起就往外走，道，“记住测试的规矩，你已经是死人了。”

“你……你给我站住！重来！这回不算！”那名学子脸色铁青地喊道。

脚步一顿，寒知道：“人生没有重来，如果我刚才的匕首是真的，你这会儿已经断气了。”话音一落，寒知迈步离去，末了还帮他将房门关上了。

一个早上起床的时间，寒知和星瞳便解决了十名学子。那十名学子昨夜还信誓旦旦不会被杀，不可能让寒知和星瞳近了他们的身，可谁知一大早还没出门呢，他们就被杀了。此时他们一个个备受打击的模样，全都瘫在各自的床上，连动都不想动一下。

实在是太丢脸了，他们到时要怎么跟其他人说，他们还没出房门就被杀了？

到了约好吃早膳的地方，苏言卿见来的人居然少了十个，便问：“其他人呢？怎么还没来？”

“也许是出门了吧？今天不是各自行动吗？”司徒南笙不以为然地说道，往嘴里塞了两个点心，道，“今天各走各的啊！晚上回来吃庆功宴！”

“走了走了，我可是很好奇他们今天会怎么做呢！？”高琛说道，随便吃了点儿东西后便摆了摆手，“我先出门了，晚上见。”

“晚上见。”司徒南笙等人应道，吃了点儿东西垫了垫肚子便也站了起来：“走吧！我们也出门，看看能不能碰到寒知和星瞳他们。”

苏言卿站了起来，朝客房那边看了看，道：“我怎么觉得有点儿不太对劲呢？”

“你怀疑他们已经被杀掉了？”叶飞白笑了笑，朝苏言卿看去。

“嗯。”苏言卿点了下头，问，“难道没这个可能吗？”

“不可能。”叶飞白斩钉截铁地说道，“这一大早的他们能怎么下手？再说，一夜的时间，就算伪装易容学得再好，就寒知那一身冰冷气息，以及星瞳那双眼睛，太有标志性了，他们一出现，我们就算不用细看都能察觉。”

“但我觉得他们几个应该不可能比我们还早出门的，不如去看看？”宋一修说道，见其他人都走了，就剩下苏言卿、叶飞白、司徒南笙和还在吃早饭的牛大力了。

“行，走吧，去看一眼。我是估计他们不在房间里了。”司徒南笙说道，率先迈步往客房的方向走去。

“等等我啊！”牛大力迅速把粥喝了，这才跟着他们一同前去。

来到其中一间客房外，司徒南笙直接将房门推开，喊了一声：“陈道？”

见没人应声，司徒南笙便对几人道：“瞧吧，都说里面没人了，他们早走了，你们还不信。”

苏言卿和叶飞白相视一眼，迈步往里面走去，当看到那个瘫在床上的人时，不由得一怔……

站在门边的司徒南笙见他们愣在那里，便道：“怎么啦？不是没人吗？”说话间，司徒南笙往里面走去，往里间一看，不由得吓了一跳。

只见床上的人穿着白色里衣，胸口处有一片红色痕迹，整个人呆呆地看着床顶，连他们进来也没朝他们看一眼，那模样还真叫人吓一跳。

“陈道！”司徒南笙迅速上前，发现陈道只是四肢大张地躺在床上，胸前那片红色血迹也并非鲜血，身体似乎也没其他的伤，这才松了口气，拍了陈道一下，“你做什么呢？吓了我们一跳！”

牛大力也跟着凑上前，问：“你在房里怎么也不吱一声？我们还以为你走了。还有你这衣服上的东西是什么？”牛大力伸手一抹，闻了闻，皱了皱眉，又往陈道身上擦，道，“好像是什么液体。”

“陈道，你被谁干掉了？”司徒南笙好奇地问道，见陈道一声不吭，只是哭丧着一张脸，不由得笑了起来，“你这样子，该不会房门也没出就被干掉了吧？谁啊？寒知，还是星瞳？他们怎么近的你的身？怎么干掉你的？”

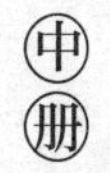

“啊！别问我，我已经死了，死人是说不了话的！”陈道被几人围观，终是忍不住拉起被子蒙头盖了起来。

旁边的牛大力见了，不由得咧嘴一笑，道：“嘿嘿，被打击了。肯定是大意了吧？”

“看来其他人也是被干掉了。”苏言卿若有所思地说道。能在一个早上的时间就干掉十个人，应该不是寒知一人所为，那就是星瞳也出手了，只是星瞳又到底是怎么做的？唐师到底教了他们些什么？

一听苏言卿的话，蒙着被子的陈道又连忙拉开了被子，忙问：“一共被干掉了多少人？”

司徒南笙睨了陈道一眼，似笑非笑地道：“你一个死人是说不了话的。”

“对啊！你死都死了，死多少人你也是其中一个，问了也没什么用。”叶飞白也笑着说道，手中的折扇轻轻地扇着风，一双笑眼睨着陈道。

听了他们的话，陈道哭笑不得地道：“我是遵守测试的规则，死了就不能说话了，不能向你们透露任何信息，这是唐师交代的啊！”说完，陈道摆了摆手，道，“算了，我一会儿自己去看。”陈道其实就是想知道，自己是不是第一个被寒知干掉的。

“行了，我们也别为难他了。”宋一修说道，又看着司徒南笙他们道，“不透露也是保证这场测试的公平性，若是他说了，岂不是没意思了？”

“不错。”苏言卿点了下头，道，“眼下我们只需知道一点，寒知和星瞳的伪装十分成功，能在大清早进陈道等人的房间又近了他们的身，我想寒知和星瞳应该是伪装成天仙楼的小侍进来的。”

陈道看了苏言卿一眼，暗忖：没想到这小子三两下就猜到了，也难怪人家还活着，自己则死了，看来智商还真是遭到前所未有的碾压啊！

“这么说是伪装成侍候洗漱的小侍了？”司徒南笙几人相视一眼，皆是一笑。

小侍，那就是年轻男女，年轻人应该是最适合两人伪装的了，毕竟两人年纪都不大，扮什么都不如扮最真实的自己来得让人容易忽略。

几人往外走去，出了天仙楼后，相视一眼，便各自离去。他们不仅要防着被人近身暗杀，还要找找看寒知和星瞳在哪里，若是在寒知和星瞳将他们杀死之前将人找出，这场测试自然也就提前结束了。

司徒南笙走在大街上，不动声色地打量着周围的人。他走到街边一处茶摊坐下，一边喝茶，一边注意着周围。

时间一点点地过去，因他们是分散了的，所以每个人都不知其他人的情况，更不知是否又有人开始被杀了。

中午时分，一条街巷处，尹千泽朝周围看了一眼，在没有察觉到有可疑的人后，这才轻哼着小曲准备去酒楼吃饭。

他都已经在外晃一个上午了，也不见寒知和星瞳来找他，估计两人是不敢来吧？想到这儿，他不由得笑了起来。

前面一个弯着腰的老妪，手里提着个篮子，装着一些菜，也不知是太阳太大，还是人太老的原因，走路有些晃，不时地停下来拭着汗水，抬头看看天。

因为是朝他走来的，所以他还警惕地打量了一眼，只不过很快便移开了目光。

无论是身形，还是神态，这都只是一个老妪而已，还是一个身上没有半点儿修为气息的老妪，更让他肯定的是，刚才他打量这老妪时，老妪也正好抬头看来，对着他一笑，也让他看到对方的眼睛是一双黑瞳，而不是星瞳的蓝瞳。

他暗自摇头，喃喃地道："真是弄得我都疑神疑鬼起来了。"

老妪走着走着，许是身体不适，微晃了一下便整个人往地上倒去。

"哎！老人家，你怎么了？"看到一个老妪往地上倒去，而且已经排除了是星瞳和寒知其中一人的可能，尹千泽当下一个箭步上前，伸手便去扶了那老妪一把。

可下一刻，他身体一僵，瞪大了一双眼睛。

星瞳那并不算陌生的声音也随之传入他的耳中："多谢了。"

星瞳露出一抹笑容来，一只手扶着他的胳膊，另一只手已经点了他的穴道，同时手指在他的喉咙处一划，道："你死了。"

穴道被解开，尹千泽倒抽了一口冷气，瞪着星瞳那双黑色的眼睛，一脸难以置信，道："你……你怎么办到的？我这就死了？你居然利用我的同情心！你……你……"

"别嚷嚷，自己回天仙楼等着，记着，死人是不能说话的。"星瞳不动声色地朝周围看了一眼，确定这一带没有其他学子，这才迅速离去。

他们是踩好点之后才开始动手的，这些学子也是自信，全都各自待一个地方，并没有三三两两地散在附近，这给了他们极好的动手机会。

第十八章　死得好冤

“我居然就这么死了？”尹千泽摸了摸自己的喉咙，想到刚才喉咙被星瞳的手指划过，不由得苦笑道，“我死得好冤啊！”

旁边经过的老大爷听到这话，不由得怪异地看了那青年一眼，暗忖：莫不是脑子有问题？这活得好好的，居然说自己死得好冤？

尹千泽现在连吃饭的心情都没了，也没去理会那怪异地看着他的老大爷，而是叹了一声，往天仙楼走去。

他现在就只想去看看，天仙楼里坐了多少被杀掉的人？希望他不是第一个吧！要不然他真的太冤了。

他一路往天仙楼走去时，见司徒南笙居然还跷着二郎腿坐在茶摊处喝茶，一副悠哉的样子，不由得轻哼一声——你最好别遇到星瞳，要不然你也得栽！

他们都有一个固定的思维，觉得星瞳的蓝瞳是无法掩饰的，因此在第一时间确定了对方不是蓝瞳之后，几乎可以说就将那人是星瞳的可能排除了，也正是因为这样，星瞳接近他们对他们下手就变得容易多了。

谁也不会去防备一个不需防备的人，而星瞳就是这样一个人。

司徒南笙在这里干坐一个上午了，也没碰见一个熟人，这会儿见那尹千泽边走边朝他这边看来，却又不过来，连招呼也不打，当下便喊道：“哎，尹千泽，你干吗去啊？来来来，过来喝杯茶啊！”

喝茶？老子都死掉了，死人怎么喝茶？尹千泽心中轻哼，理也不理他，直接迈步往天仙楼的方向走去。

谁知茶摊处的司徒南笙见状，居然追了上来，拉住了尹千泽。

“哎，我说你小子是怎么回事？没听见我喊你啊？”司徒南笙原以为尹千泽是死了，所以拉住尹千泽之后第一时间便朝尹千泽胸前看去，又扯开尹千泽的外袍看里衣。

“干什么呢？干什么呢？没见这是大街上啊？动什么手呢！”尹千泽拍掉他的手，整理了一下自己的衣袍。

司徒南笙见尹千泽的衣袍里外都干干净净的，不见半点儿痕迹，便笑着拍了拍尹千泽的胸口，道：“我还以为你死了呢。这不是没死吗，怎么臭着一张脸呢？”

闻言，尹千泽整个人垮了下来，道：“不，我已经死了，还是冤死的。你别拉我，我要回去静静。”尹千泽推开他，迈步继续往天仙楼的方向走去。

司徒南笙听了，不由得一愣，道：“不是吧？真死了？”

“死了，我现在是死人，你别跟我说话。”尹千泽幽幽地说道。

听了这话，司徒南笙笑了起来，道：“你也别哭丧着脸了，比起其他人，你已经算好的了。”

原本已经迈步要走的尹千泽听了，不由得回头，诧异地问：“还有人比我先死？”

“哈哈哈，有，他们可比你惨多了，连房门都没出就被杀了！你回去吧，估计他们这会儿正聚着喝茶呢。”司徒南笙摆了摆手，让尹千泽赶紧回去。

“真的？那我得回去看看！”尹千泽眼睛一亮。这应该算是个好消息吧？至少尹千泽心里有那么一点儿安慰。

看着尹千泽离开，司徒南笙不由得深思着：连尹千泽也被杀了，尹千泽的警惕性应该是不低的，他们到底是怎么做到的呢？

看着一个个学子出局，这一刻司徒南笙才隐隐生出一股紧张感……

当尹千泽回到天仙楼的客院，看到没精打采地靠坐在那里喝茶、聊天的十几人时，不由得错愕地瞪大了眼睛，道：“这么多？居然已经死了十几人了？”

高琛叹了一声，道：“连你已经十八人了，这回脸真的被打肿了。”

昨夜他们还信誓旦旦什么不可能让寒知和星瞳近他们的身，可谁知，这才中午刚过，也就半天的时间，已经有十八人出局了。

尹千泽快步上前坐下，看了看他们，好奇地问：“你们都是怎么栽的？我在外面遇到司徒南笙，他说有的是还没出房门就被杀了？是谁啊？”

不想尹千泽的话音才落，竟唰唰唰有十人举起了手。那十人幽幽地看了尹千泽一眼，又放下了手，都一声不吭，一个个一脸挫败。

看到那举手的十人，尹千泽微愕地道："不是吧？居然有十人？这么说你们全都连房门都没出就直接出局了？到底是怎么栽的啊？"

"不说了，说多了都是泪。"陈道摆了摆手，叹了一声，直接往椅背上一靠，"我现在知道唐师说要教我们的易容伪装到底有什么作用了，这个得学，还得认真学。"

"就是，早知道昨天直接就应了，今天也不用丢这个脸。"另一名学子说道，想到居然栽在比自己弱的人手里，又忍不住叹了一声。

一人则说道："不过星瞳的眼睛不是蓝色的吗，怎么会又变成黑色的了？要不是她的眼睛变了颜色，也许我也不会栽。"

"唉！我就是栽在她手里，她易容成一个老妪，我就是伸手扶了一把，就把自己扶死了。"尹千泽一说起这个，一脸幽怨，"真是死得太冤了！"

"我是栽在寒知手里，那小子弄了把假匕首戳了我一下，临走前居然还说我警惕性低。"陈道幽幽地说道，一想到寒知那小子说的话，就气得牙痒痒。

"哎，你们看，牛哥回来了，哈哈哈，又栽了一个。"一名学子看到牛大力回来，不由得乐了——灵师级别的都栽了，就更别说他们了。

"嘿，牛哥，你怎么也出局啦？谁弄你出局的？"学子们问道，看着闷头走进来的牛大力，一个个笑了起来。

"寒知那小子和星瞳两人全变了样，扮成一对老夫妇，我看那老妪的眼睛是黑色的，也不是星瞳的蓝瞳，便少了警惕心，不料被两人联手弄出局了。"牛大力一边说，一边在桌边坐下，一连倒了几杯水灌了下去。

"对了，唐师呢？"牛大力问道。

"正补觉呢。估计不到晚上不会醒。"高琛说道，拍了拍牛大力的肩膀，"你是被两人联手弄出局的，已经不算冤了，知足吧！"

他们在这里等着，看着回来的学子渐渐地多了起来，眼见到了傍晚时分，细数了一遍，居然只剩下三人还没回来。

宋一修站了起来，道："就剩下司徒南笙和叶飞白以及苏言卿三人了。"

天色已经暗了下来，而他们还没回来，也不知他们三人是否也会出局？

已经睡了一天的唐宁收拾了一下便出了房门，来到前面众人聚着的地方，见他们坐在那里，她倒也不意外，只是笑了笑，道："人齐了没？还差几个？"

"唐师。"众人看到唐宁出来，便站起来唤了一声，在唐宁的示意下才坐了回去，道，"还差司徒南笙、叶飞白和苏言卿三人。"

"哦？是他们啊！"唐宁点了点头，打了个哈欠，道，"那接下来回来的应该是司徒南笙。"

闻言，众人相视一眼，问："为什么会是司徒南笙？也许是苏言卿和叶飞白也说不定。”

唐宁笑着摇了摇头，道：“若论心性的沉稳，司徒南笙还逊色于他们两人，所以一定会是司徒南笙先出局。”说完，她拿了块茶点吃着。

听了这话，众人倒是没有反驳，确实，司徒南笙的心性是比不上那两人的，尤其是苏言卿，就算相处不是很久，他们也知道那是个谨慎的人。

“唐师，星瞳的眼睛是怎么变成黑色的？”宋一修问出心中的疑惑，一个人的外貌可以伪装，可眼睛又是怎么伪装的？

唐宁神秘地一笑，看了他们一眼，道：“阿弥陀佛，天机不可泄露。”

另一边，随着夜色渐深，行人也渐少，街上的小摊也都在收拾准备归家。

司徒南笙在酒楼里随便吃了饭后，原想着就在酒楼里歇歇，不过察觉有人跟着他后，心念一动，便出了酒楼。

他独自一人在大街上走，专挑人少的地方去，来到一处较为偏僻的地方，拐进了巷子后便不见了身影。

后面跟着的人相视一眼，快步上前，不料迎来的是一记拳头，以及一声带着得意的笑声。

“被我发现了吧！”司徒南笙一记拳头挥出的同时，身影也从黑暗中闪了出来，看着面前的几人，挑了挑眉，“寒知，你上哪儿找了帮手？你不知道人越多越容易暴露吗？”

然而，那几人相视了一眼，下一刻便袭上前，招式凌厉，丝毫没有留情。

司徒南笙原本还在笑，随便应对着，当身上的衣袍被利刃划破，见了血时，才察觉不对劲，脸上的笑容敛了起来，眉头一拧，冷着脸喝道：“你们是什么人？胆敢在天龙城行凶！”

那几人没说话，却是步步紧逼，随着灵力气息的涌动，威压弥漫开，身上的凌厉杀气也掩盖不住了。

司徒南笙注意到，这对付他的四人当中，有两名是灵师级别的修士，另外两名则是炼气九阶巅峰！而且他们训练有素，不似一般散修！

跟在后面过来的寒知和星瞳原本是想对司徒南笙下手的，但见有人跟着他，便想看看是怎么回事，不料跟到偏僻的巷子处时听见里面传来交手的声音。

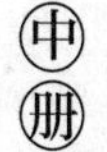

两人探头一看，竟见那几人手中握着利刃，招招凌厉，司徒南笙身上已经有好几道伤口。

两人脸色一变，寒知当即道：“你赶紧回去通知主子！我去帮忙！”

“好！你小心！”星瞳说道，迅速转身离去。

寒知一个箭步掠上前，朝巷子里奔去，一身凌厉的气息也迸射而出。

司徒南笙虽也是灵师修为，但毕竟刚进阶不久，还是被两名灵师和两名九阶巅峰的修士围攻，可以说是处于下风，就算是想逃也找不到机会。

交手的这一会儿，他身上就被对方的利刃划破了好几道口子，鲜血的气味在巷子里弥漫开来。

就在这时，竟见还有一名老者持剑袭来，他心中一沉，以为他们还有帮手，不料下一刻那老者的声音传来，竟是寒知，让他微松了口气的同时，也有些着急起来。

“我来帮你！”寒知道，手中的利剑朝那两名炼气九阶修为的修士袭去。

其实寒知的实力并不如这些人，但眼下寒知也只能咬牙拼了。

“你疯啦！这几人的实力在你之上！我都打不过他们，你就更不用说了！”司徒南笙吼道，眼见一名灵师手中的匕首朝寒知背后刺去，连忙抬脚踹去，让对方不得不收回攻击退开。

“赶紧走！去搬救兵啊！”司徒南笙喊道，伸手推了寒知一把，将寒知往巷口推去。

“来了就别走了。”一道身影从巷口转了进来，直接一脚将寒知踹回了巷子里，手里握着的剑则架在刚才想跑去搬救兵的星瞳的脖子上。

“星瞳！”看到星瞳被抓，脖子上架着把长剑，寒知心中一沉，因这一闪神又被踹回巷子，肩膀上也挨了一刀，鲜血直流，很快浸湿了黑衣。

“你们想要的是我吧？放开他们！我跟你们走！”司徒南笙喝道，手中的长剑横挡在身前，一双凌厉的眼睛盯着那从巷子口转进来的高瘦男子。

那男子是灵师三阶的修为，浑身散发着一股危险的气息，那架在星瞳脖子上的剑看似就是随便搭着，但谁都知道，灵师修士出手，瞬间便可让星瞳丢了性命。

“是你！”司徒南笙看到那高瘦男子从黑暗中显露出来的脸时，一颗心微沉。

“呵呵，看来你还记得我。”那高瘦男子阴恻恻的目光落在司徒南笙身上，冷笑道，“真是踏破铁鞋无觅处，得来全不费工夫，还真叫我等到你来天龙城了。”

星瞳一直注意着这个拿剑架在她脖子上的人，见他的注意力全被司徒南笙吸引，而在这人的手势之下，那几名修士向寒知和司徒南笙围了过去，眼见情况越发不妙，她一咬牙，趁着两人说话，猛地弯腰一转，迅速从他的剑下闪出。可纵是如此，她的脖子仍被那锋利的剑划破了一道口子，鲜血直流。

在剑下逃出之后，她没有停留地往巷口跑去。

然而这时，那高瘦男子冷哼一声，手中的利剑飞出，朝星瞳击去。

“小心！”寒知和司徒南笙惊呼一声，提醒道。

但灵师袭出的剑，又岂是星瞳避得开的？

咻！凌厉的长剑袭出，朝星瞳背后刺去，速度之快，气势之猛，绝对不是星瞳这个炼气四阶的修士可以闪避的。

但因有司徒南笙和寒知的惊呼提醒，星瞳在回头看去的那一刻迅速取出腰间的一张符箓掐在手中，灵力注入那一刻，灵符开启，她的速度瞬间快了起来，却仍无法完全避开那一剑，只来得及避开那原本被瞄准的后心脏处的要害。

利刃嗖的一声从她的后背刺入肩膀，直接穿透而过，同时也带出一道血柱喷溅而出。她闷哼了一声，整个人因那剑气的力道而往前倾去，却又因符箓速度猛提起来，一个瞬息间，就算肩膀上还刺着一把剑，但整个人如风一般掠行逃离了。

那是疾风符！寒知暗暗松了口气。疾风符是主子画的，那天主子随手塞给他们，他们也一直带在身上。幸好星瞳在那一刻用了疾风符，否则后果不堪设想！

这一刻，寒知脑海中突然闪出主子早上跟他们说的话，让他们小心一点儿，说他们今天有血光之灾，原本他们并没有放在心上，但在这一刻，寒知才发现竟又让主子说中了。

看到星瞳逃离，司徒南笙手中的剑一转，挑开了隔在他与寒知中间的两人之后，与寒知后背相抵，低声道："拖延时间！直到唐师他们到来！"

"好！"寒知应道。

"呵！司徒小儿，你不用再做无用功了，今天这里便是你的葬身之地！"那高瘦男子阴恻恻地冷笑道，朝那四人看了一眼，吩咐道："还愣着干什么？杀了他们！"

那四名修士一拥而上，朝两人袭去，刀剑相碰间发出铿锵的声音。

巷子不大，充斥着几人的剑罡以及杀气，气流凌厉似刀，呼啸而过，割开衣袍。

寒知本是暗卫出身，在唐家暗卫中算是顶尖的了，但自从出了唐家，遇到的却都是实力比他强之人。

天龙学院的学子就不用说了，个个是世家贵族出身，有着最为出色的天赋和不俗的修为。而他们所遇到的伏杀，伏杀者的修为和手段也都是顶尖的，甚至动不动就是灵师级别的，这些，他若是在唐家，是不会轻易接触到的。

凡人之地的灵力气息本就较薄弱，修炼资源不如仙人之地，因此这里的人修炼缓慢，很多家族的执掌者甚至都无法跨过筑基修为的门槛，就算是灵师也不是遍地都有的。

可这些伏杀者，一连出动三名灵师、两名炼气巅峰的修士，这是抱着要置司徒南笙于死地的决心而来。

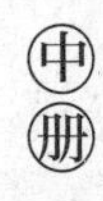

铿！

"啊！"

铿的一声响起的同时，一声凄厉的惨叫也响了起来。

原来是司徒南笙与一名九阶巅峰的修士交手时，两剑相抵间，剑锋突然一转，以迅雷不及掩耳的速度将对方的手臂砍了下来，鲜血溅出的瞬间，那条手臂也飞了出去。

“哼！真当本公子司徒家第一天才的名声是叫着玩的吗？”没有了顾虑，司徒南笙也放开手战斗，只是因对方的围攻，他身上也多了不少伤口，但他好似没看到一般，反而越战越勇，鲜血的气味让他整个人的气息也变得邪肆起来。

“咝！”寒知被一名灵师的剑划伤，刹那间黑衣裂开，皮开肉绽，深可见骨的伤口涌出一大片鲜血，脸色苍白了几分。

司徒南笙伸手扶了寒知一把，道：“你可得撑着，你要是死了，我跟唐师不好交代。”

“放心，死不了！”寒知咬着牙道，撕下布条将伤口缠了起来绑住，手中握着剑，靠着司徒南笙的背喘了口气。

“真是没用！连这两人都拿不下！”那高瘦男子见四人围攻居然还拿不下那两人，反而一人还被砍掉了手臂，另外三人身上也有几道伤口，不由得阴沉着脸迈步跨上前。

“既然这样，那我就亲自解决你们！”那高瘦男子身上灵力气息一涌，灵师三阶的修为迸射出来，以手成爪，杀气涌动，身影如鬼魅般掠过，似鹰爪般的手已经朝司徒南笙的喉咙抓去。

与此同时，旁边的几人相视一眼，为了不让那两人有后退的机会，也手持长剑袭上前。

一时间前后受到夹攻，杀气逼近之时，后背相抵的司徒南笙和寒知当即一人攻向前面，一人攻向后面。

“不自量力！”冷哼声出，后面的几名修士攻向寒知。

以一敌三，又实力悬殊，寒知背后受了一掌，身体因这一掌而朝前倾去那一刻，他猛地侧身一转，以迅雷不及掩耳的速度揪住身后那名九阶巅峰的修士，大喝一声往前撞去。

噗！

“嗯！”

一名灵师手中来不及收起的利剑刺过那人的心脏，噗的一声极为清晰。只听那人闷哼一声，双眼错愕而不甘地大睁着，瞪着身前的人，微张的口中溢出鲜血，身体抽搐了一下，直至断了呼吸。

同时，寒知被另一名灵师一脚踹向了巷子的墙壁处，重重地砸了一下后摔向地面。

“噗！”一口鲜血喷出，寒知一只手扶着墙，一只手握着剑，想要站起来，却又跌了回去。

那灵师也没料到会是这样，看着那人死在自己剑下，一怒，拔出剑便朝寒知砍去：“小子，受死吧！”

而那名被司徒南笙砍断了手臂的修士，在那三人对付寒知时，却是提着剑冲着司徒南笙袭去，手中的剑扬起，朝正与那高瘦男子交手的司徒南笙背后砍去。

就在两人都处于千钧一发的生死关头时，两道身影急匆匆地出现在巷口，看到巷子里面的一幕，他们甚至连惊呼的时间都没有便冲上前。

铿！锵！

叶飞白与苏言卿及时出现，险险地救下了两人的小命。挡住了对面两人的攻击后，他们问道：“你们怎么样？还好吧？”

看到他们两个，司徒南笙暗松了口气，道：“还好，死不了。你们怎么来啦？”

“我们遇到星瞳，她回去报信，我们便马上赶了过来。”叶飞白看到两人身上全是伤，但好歹命保住了，这才道，“幸好来得不算太晚。”

看到来的是一个灵师和一个炼气期的，两人都气度出众，想到司徒南笙是天龙学子，而这两人应该也是天龙学子，那高瘦男子便道：“你们若离去，连同地上那个也一并带走，我不为难你们，否则连你们一并杀了！”

“笑话！在天龙城内对天龙学子行凶，你若现在离去估计还能活命，否则，一会儿就是想逃也逃不掉了！”叶飞白冷笑道，盯着巷子里的几人。

苏言卿拦下那修士的一剑后，便站在司徒南笙身后，此时也道：“我们过来时已经让人通知天龙城的城卫了，你们逃不了。”

“找死！”那高瘦男子阴狠的话音一落，手中的攻击再度袭出，朝前面的司徒南笙袭去……

另一边，天仙楼中，唐宁坐在那里看着天色，敲着手指，眉头微皱，道：“这个时间点还不回来，不太对劲啊！”

“唐师，能有什么不对劲？也许是寒知和星瞳还没找到对他们三个下手的机会。”高琛说道，倒是没觉得在天龙城中能出什么事情。

唐宁摇了摇头，道：“不太放心，我得出去看看。”寒知和星瞳出门前，她看到他们今天会有血光之灾，便给他们提了醒，那他们这个时间还不回来，就不太对劲了。

宋一修见唐师神色有异，便也站了起来，道：“既然是这样，那我们去看看吧。”

“嗯。”唐宁应道，往外走去。

其他人也跟在唐宁身后。

就在这时，肩膀上还插着一把长剑的星瞳踉跄地跑了进来，喊道："主子！"

看到一个一副老妪模样的人跑进来，有的人还没反应过来，唐宁已经伸手扶住了星瞳，问："怎么回事？出什么事了？"

"有几个灵师伏杀司徒南笙，在……在东大街第六巷子里……"

闻言，唐宁当即道："尹千泽、宋一修留下照顾星瞳，其他人跟我走！"

"是！"他们应道，迅速往外奔去。

看着他们离开，宋一修扶着星瞳，对尹千泽道："速去请大夫！"而后他将星瞳抱起，送到房里。

巷子那里，因叶飞白和苏言卿的加入，整个战况发生了逆转，对面的两名灵师一死一逃，两名炼气期的修士全死了，也就剩下那个灵师三阶的高瘦男子了。

面对四人的围攻，那高瘦男子纵是灵师三阶的修为，此时身上也布了好几道深可见骨的伤口，鲜血顺着衣服滴落在地面上。

那高瘦男子靠在墙上喘了口粗气，握着剑的手因手臂上的伤口而轻颤着，目光却仍不甘地盯着司徒南笙以及另外的三人。

那高瘦男子没想到，这些天龙学子的战斗力竟这般强！更没想到两个雇佣来的灵师居然一死一逃。若是那个逃走的肯留下助他，他也不会被逼入这样的绝境！

听到有整齐又匆忙的脚步声往这边奔来，那高瘦男子盯着前面的司徒南笙，眼中透着狠辣与杀意，道："既然逃不了了，司徒小儿，你就跟我一起死吧！"

阴沉的话音一落，只见那高瘦男子猛地朝司徒南笙飞扑而去，身上的灵力气息涌起，将他整个人胀得跟个巨大的球一样，强大的气息爆发。

"不好！他要自爆！快跑！"司徒南笙惊呼道。

司徒南笙的话音一落，几人迅速往巷口跑去。

唐宁直接踩着屋顶寻来，刚落在巷子处的墙上，就见那人自爆，朝司徒南笙几人扑去，当即取下腰间的圆竹在手中一击，圆竹咻的一声挟带着强大的暗劲袭出，将那扑向司徒南笙几人的修士击回墙角处，也就在那一刻，砰的一声巨响响起，气流轰隆一声炸开。

听到身后的自爆声响，司徒南笙几人猛地往地上趴去，但炸开的气流仍将几人击出了数米之外。

"噗！"

"喀喀！"

"噗！"

"嗯！"

四人有的口中吐出鲜血，有的闷哼一声嘴角溢出血来，摔落在地上还没爬起，就听见不远处城卫疾步跑来，以及高琛等人的声音传来。

“司徒南笙！你们怎么样？”高琛等人快步跑来，将四人扶了起来，看到他们一个个伤得不轻，尤其是寒知更是伤得极重，连忙问，“你们怎么样？还好吧？”

“险些就真的死了。”司徒南笙说道，到了这一刻，居然还有心思开玩笑。

站在巷子处墙上的唐宁看了一眼那散开一地的血肉，皱了皱眉，圆竹飞回手中后，从墙上跃了下来。

“唐师。”司徒南笙和叶飞白看到唐宁，连忙唤了一声。

目光从他们几人身上掠过，落在伤势较重、被扶着的寒知身上时，微顿了一下，唐宁道：“先回去。”话音一落，她又看向司徒南笙，道：“我需要一个解释。”

好端端的这是上哪儿招惹来的伏杀？要是真死了一人，那事情就大了。

闻言，司徒南笙苦笑道：“我知道，回去后我一定给唐师一个交代。”

“怎么又是你们？这到底是怎么回事？”城卫队长带着人过来，一看又是这些祖宗，不禁抚额：到底还让不让人活了？怎么到哪儿都是这些祖宗在惹事？

司徒南笙瞥了城卫队长一眼，对唐宁道：“唐师，先前还逃走了一个灵师，其他几个皆死了。你们先回去，我跟城卫队长说一下这事，一会儿就回去。”

见此，唐宁便对一旁的牛大力几人道：“小牛，你们几个留下陪他，其他人先回去。”

“是！”牛大力等人应道，留下来陪司徒南笙。

其他人则先扶着寒知几人回天仙楼。

唐宁一行人回到天仙楼的客院时，见宋一修和尹千泽站在门口等着。

还没等唐宁开口，他们便快步上前问道：“唐师，他们怎么样？没事吧？”他们朝后看去，只看到被扶回来的寒知几人，却不见司徒南笙，心中不由得一沉——司徒南笙该不会真的死了吧？

“放心，都没事，就是都受了伤。”唐宁说道，看向房门，问，“星瞳怎么样？”

“大夫在里面为她治疗，我们叫了两个女的进去帮忙，自己在外面守着，现在还不知情况。”宋一修开口说道。

闻言，唐宁点了点头，示意身后的几人扶着受伤的人坐下，道：“先坐下吧。先处理一下伤口。”

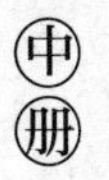

他们先帮忙处理、包扎好伤口，叶飞白和苏言卿倒还好，就是寒知伤得较重，又因失血过多，坐下没一会儿就昏了过去。

见此，唐宁让他们将寒知送回房，亲自给寒知处理伤口。

当她帮寒知包扎好伤口出来，帮星瞳治疗的大夫已经离开了。

“唐师，大夫说已经帮星瞳将伤口处理好了，肩膀上的伤并不致命，养些时日便可恢复，脖子上的伤伤得凶险，却也幸好伤口不深，没什么大碍。”宋一修将大夫的话如实转述了一遍。

“嗯，我进去看看。”唐宁说道，往星瞳的房间走去。

她来到里面，只见床上的星瞳身上的装扮已经让两名婢女卸下来了，此时只穿着里衣躺在床上，脖子处还包扎着，巴掌大的小脸显得很苍白。

“主子……”看到她进来，已经缓了一会儿的星瞳想要起身，就被唐宁按了回去。

“躺着吧。怎么样？还疼吗？”她问道，在床边坐了下来。

听到这话，星瞳露出一抹柔和的笑容来，道：“不疼。”

她叹了一声，道：“还真是应了那一句，是福不是祸，是祸躲不过。这几天你好好养着吧。”

“主子，寒知和司徒南笙他们没事吧？”星瞳问道。

“寒知伤得较重，其他几人还好，虽有伤但都不是什么大伤。你也不用担心，我已经给寒知上了药，他也得休息一段时间。”说完，她站了起来，帮星瞳将被子拉高，“睡一觉吧。我先出去了。”

唐宁来到外面，正好见司徒南笙也回来了，便示意他坐下说话：“都处理好了？”

“已经处理好了，逃掉的那一个城卫会贴赏金悬赏，应该不用多久就会有消息。”司徒南笙在桌边坐下，见叶飞白和苏言卿坐在桌边，寒知和星瞳则没在，便问，“他们两人怎么样？还好吧？”

唐宁瞥了他一眼，道：“没伤及性命，却也伤得不轻。现在你总该说说为什么会有人伏杀你了吧？那是什么人，怎么会在天龙城对你下杀手？”

司徒南笙叹了一声，道：“那人是我司徒家的仇敌，他原本有兄弟三人，另外两个死在我司徒家的人手里，这一个当时逃脱了，只是一直没有他的消息。却不想他一直潜伏着，想对我下手。”他看向唐师，苦笑道，“我是没想到他会伏杀我的，更不知道他就在天龙城，真的，今天要不是有寒知和星瞳他们，估计我还真是在劫难逃。”

闻言，唐宁瞥了他一眼，道：“大宅门里是非多。”

“唐师，寒知和星瞳是因我而伤，就让他们在这里调养吧。我会让人好好给他们调养身体的。”司徒南笙连忙说道。

“嗯。”她应了一声，让他们各自先回去休息。

因发生这事，测试可以说没完全完成，但对于易容伪装的技巧，他们已经有了学的兴趣。于是从次日开始，唐宁便也开始教他们一些简单的易容伪装技巧，接下来几天，他们便自己去探索、研究。

寒知和星瞳在天仙楼中有大夫帮着调养身体，身边也有人侍候着，学子各自忙着练习一事，唐宁便清闲下来。

一个念头在她脑海里隐隐生成。

寒知和星瞳的实力进阶太慢了，他们的天赋不如天龙学子，纵是跟在她身边有所进步，但还远远不够。

今天这样的事情，若是实力强大是可以避免的，而此时他们会遍体鳞伤地躺在床上，归根结底还是因为实力不够。

若是对战同等实力的人，他们自然不会逊色，但对战灵师级别的修士，他们的实力还远远不够，若是有丹药可以助他们进阶，那……

想到这儿，她留下小黑在这里照看，自己出了门。

她到城中的药材商行转了一圈，买了不少灵药，又去墨烨的拍卖行，交代了他们帮她留意一下有没有高级的灵药。

买了东西后，她回到天仙楼的客院，直接进了房间捣鼓着。

在唐宁进了房间后，一个小女孩儿探着脑袋四处看，找到客院这边来。

“去哪儿了呢？好像走的是这边啊。”小女孩儿呢喃道，疑惑地四处看着，却没找到想找的那道身影。

“小姐，回去吧。先前的小侍说了，这边是他们少主的客人住的地方。”后面跟着的一个老者有些无奈地劝道。

“不要！”小女孩儿撇了撇嘴，果断地拒绝，“我刚才明明看到他往这边来了。我都好久没见到他了，不能再让他跑了，我想让他陪我哟。”

停在枝头的小黑一双黑溜溜的眼睛转着，看着那个鬼头鬼脑的小女孩儿探着脑袋找人，又小心翼翼地往院子里面走来。

瞧着小女孩儿那模样，它眼睛一转，张嘴便叫了两声：“哑哑！”

“呼！吓死我了！”小女孩儿眨了眨漂亮的大眼睛，抬头看着那只站在枝头上的乌鸦，从怀里掏出一枚果子在手心摊开，“小鸟，你吃果子吗？”

“小姐，那是乌鸦。”跟在身后的老者说道，皱了皱眉，道，“都说乌鸦叫，祸事到，小姐，咱们赶紧走吧。”

听到这话，小黑鄙夷地看了那老者一眼，张口便喊道，“哑哑！哑哑！你不说话没人当你是哑巴！你不说话没人当你是哑巴！你不说话没人当你是哑巴！”

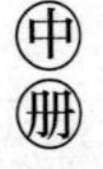

小女孩儿听了，眼睛一亮，道：“这只小鸟会说话！”

“小黑，怎么啦？”唐宁放下手头的事情走了出来。

看到外面的人时，她不由得微讶。

小女孩儿一看到小和尚，眼睛一亮，道：“啊！找到了！”

“怎么是你呀？你怎么来了？”唐宁一看到那小女孩儿，便露出一抹笑容来，见小女孩儿身边跟着一名老者，不由得笑容加深了几分——该不会小黑刚才那一连三句话，都是对这老者说的吧？那可真替他默哀。

看到眉眼精致的小和尚，小女孩儿脸上带着几分羞涩与欢喜，一边把玩着手指，一边道：“我在大街上看到你了，所以就跟着你到这里来了。”说完，想到手里的果子，小女孩儿便摊开给小和尚看：“你吃果子吗？我请你吃啊。”

见小女孩儿眨着一双漂亮的眼睛看着自己，粉嫩的小脸上带着盈盈的笑意，唐宁不由得笑了笑，伸手接过果子咬了一口，道：“谢谢。”

小女孩儿开心地拍了拍手掌，道：“你吃了我的果子，那你就要陪我玩哟！”

听到这话，唐宁微愣，无奈地想：我现在将果子吐出来，还来得及吗？

站在房前台阶上的她微微弯腰，双手撑着膝盖，看着站在台阶下的小女孩儿道：“你不回家吗？我现在有点儿忙，不能陪你玩呢！”

“这样啊，那你忙吧。我可以等你忙完的。”说完，小女孩儿伸手一指树上，道，“我刚才发现一只会说话的鸟儿，我跟它玩。”

闻言，唐宁朝小黑看去，笑了起来，道：“小黑，那你陪陪她吧。”

小黑拍着翅膀飞了下来，落在小女孩儿指向树上的手指上，歪着脑袋盯着小女孩儿瞧。

“你叫小黑啊？我叫沈星玥。我今年十岁了，你几岁啊？”一看到新奇的东西，小女孩儿便将一旁的小和尚忘了，十足的小孩儿性子。

这时老者上前，朝唐宁行了一礼，道：“见过唐师，若是我家小姐有什么冒犯之处，还请唐师不要见怪。”

唐宁温和地一笑，道：“我上回去买制作符箓的材料时见过星玥的，只是没想到她会过来找我。”

“是这样的，我家老爷、夫人只有小姐一个孩子，所以从小便是捧在手心里长大的，小姐生性单纯，以往除了家里，就只去铺里玩，上回见过唐师后，便一直念叨着还想见唐师。”老者笑了笑，看向正与那只乌鸦玩的小女孩儿时眼中满满的宠溺与疼爱，“先前正准备送小姐回家，谁知小姐一见到唐师就追过来了。”

因小姐提过一个小和尚，说是天龙学院的导师，叫唐师，老爷担心小姐遇到什么来路不明的人，便让人查了下，才知那个叫唐师的小和尚确实是天龙学院的导师，才放心让小姐过来找那小和尚。

闻言，唐宁点了点头，道：“既然她想在这里玩，那就让她在这里玩吧。不过我现在比较忙，可能没时间陪她。”

“唐师放心，我会照顾好我家小姐的。”老者说道。

见状，唐宁看了那正拿出果子来给小黑吃的小女孩儿一眼，便转身回到房中继续手头的事情。

老者见自家小姐跟一只乌鸦玩得高兴，心下暗叹，也不知唐师怎么养了只乌鸦？不过这只乌鸦似乎会说话，应该不是一般的乌鸦吧？只是乌鸦这种鸟类，着实是让人喜欢不起来啊。

老者盯着那只乌鸦看了看，实在没看出有什么出奇的地方，这才走到外面，找了个小侍塞了些钱，让他找人传个话回沈家，这才继续回院中守着自家小姐。

星瞳休息了几天，伤也渐好，因听到院中的声音，便起身打开房门走了出来。在迈步跨出房门时，星瞳脚步一顿，目光落在院中那小女孩儿身上，目光微闪了下。

听到房门打开的声音，沈星玥看去，就见一个看起来比自己大一些的少女站在门前，脖子上还包扎着白色的布条，而最惹眼的是，那少女有一双蓝色的眼睛。

老者目光也落在少女身上，看到那一双异瞳时，心中微动——打听消息的人回来说，唐师不知来历，但身边有一男一女两人，男的像是暗卫出身，女的则有一双异瞳，想来这个少女应该就是那叫星瞳的女孩儿了。

这星瞳看起来也就比他家小姐大上两三岁，但整个人有着不符合年龄的沉稳。

“为什么她的眼睛是蓝色的？”沈星玥疑惑地看向一旁的老者，问道。

“我也不知道。”老者摇了摇头。

见此，沈星玥看着星瞳问道：“为什么你的眼睛是蓝色的呀？”

“天生的。”星瞳说道，走了出来，在桌边坐了下来，目光则落在小女孩儿身上。

见星瞳一直看着自己，沈星玥不由得眨了眨眼睛，好奇地问：“你为什么一直看着我啊？”见星瞳没回答，沈星玥又问，“我叫沈星玥，你叫什么啊？”说话间，沈星玥双手正揉着吃果子的小黑。

“星瞳。”

“哇！你的名字里也有星星！我的名字里有星星和月亮呢！”沈星玥开心地笑了起来，又好奇地问，“你为什么住这里？你是唐唐的什么人？”

“唐唐？”星瞳看了小女孩儿一眼，又看了看小黑。

“我可没说她可以叫‘唐唐’。”小黑说道，嘴里叼着果子飞到枝头待着。

“小黑没说啊。是唐唐告诉我的啊。”沈星玥笑盈盈地说道，双手托着下巴，“他说他是天龙学院的导师，人人都叫他唐师。可是我不是天龙学院的学子啊！他也不是我的老师，而且他应该也就大我几岁，所以我就叫他唐唐了。”

闻言，星瞳没说话，只是想着：主子上哪儿认识的这么个小屁孩儿？

“唐唐长得那么好看，为什么要剃掉头发当和尚呢？当了和尚是不是就不能留头发了？他爹娘不骂他吗？他没头发是不是就不用洗头了？”沈星玥托着下巴好奇地

问道。

见坐着的星瞳不理自己，沈星玥不由得无趣地撇了撇嘴，道：“好无聊。”

听小女孩儿喊无聊，一旁的老者连忙上前道：“小姐，要不我们回家吧？免得老爷、夫人在家等急了。”

“不要，唐唐还没陪我玩呢！我要在这里等他。”沈星玥往桌上一趴，下巴直接抵在石桌上，双脚晃动着，双手摊开，十足一副熊孩子样。

老者无奈，也只好陪着。

直到天色暗了下来，也不见那唐师出房门，担心自家小姐饿到，老者便让人准备了吃食端到院中来。

“我去叫星瞳一起吃。”沈星玥见桌上都是自己喜欢吃的菜，便欢快地跑到星瞳的房门前拍着门：“星瞳，出来吃饭啦！有好多菜是我喜欢吃的，都是很好吃的。”

星瞳将房门打开，做了个噤声的手势，道：“小声一点儿，不要吵到主子。”

“好！”沈星玥点头应道，小声地道，“出来吃饭，有好多好吃的菜呢！”

“我刚吃了药膳，现在吃不下。”星瞳这段时间吃的都是大夫开的药膳，说是补气血的，才吃了不久，这会儿哪里吃得下饭？

“你刚才吃的那个都是药味，不好吃，我这个才好吃。你真的不吃吗？真的很好吃的。”沈星玥再一次强调道。

“我陪你吃吧。”唐宁走了出来，身上还有一些没散去的药味。在房间里忙了一整天，能进阶的药她是没配出来，其他的药倒是配了不少。

正好听到沈星玥说饭菜都准备好了，她这才想起外面还有沈星玥这么个人在，便想着出来陪沈星玥吃顿饭，好把沈星玥打发回家。

听到声音，沈星玥回过头，惊喜地唤了一声：“唐唐！”喊完，沈星玥便朝唐宁跑去。

唐宁一笑，看着跑来的小女孩儿道：“你倒是自来熟，‘唐师’唤着唤着就变成‘唐唐’了？”她拍了拍身上的衣袍，散了散药味后，这才与沈星玥一同走到院中的桌边坐下。

看着一桌好菜，她笑了起来，道：“看起来真叫人胃口大开啊！”

“可我听说和尚是不吃肉的，这些都是肉菜，你能吃？”沈星玥好奇地问道，想了想，道，“要不然再让人做几个青菜、萝卜？”

“青菜、萝卜就免了，我就喜欢吃肉。”唐宁笑着说道，舀了一碗饭后，道，“吃吧。免得菜凉了不好吃。”

看到唐宁大口吃着肉，沈星玥眨了眨眼，不解地问：“可你不是和尚吗？”

唐宁给小女孩儿夹了块肉，笑道：“赶紧吃饭，再不吃我可全吃完了。”

见此，沈星玥看了一眼桌上的菜，连忙拿起筷子夹起菜吃了起来。

一旁的老者见了，不由得目光微闪——没想到他家小姐这么听唐师的话。

吃完饭，唐宁站了起来，在院中走动了下，道：“这会儿时候也不早了，你也该回家睡觉了，免得家里人担心。”

“我没这么早睡觉的。”沈星玥连忙说道。

闻言，唐宁不禁失笑，道：“那你也得回去了，你不休息，我也得休息啊。”

听了这话，沈星玥肩膀一垮，问：“那我明天还能来玩吗？”

“这个……最好不要，因为我最近都比较忙，没时间陪你玩的。”唐宁说道。

“哦，那我回家了。”沈星玥垂着头，闷闷地说道，往外走去。

老者见状，忙道：“唐师，今天打扰了，告辞。”说完，也不待唐宁说话，老者便快步追了上去。

看着他们离去，星瞳这才来到唐宁身边，道：“主子，她有些奇怪。”

闻言，唐宁挑了挑眉，看向星瞳问：“哪里奇怪？”

星瞳想了想，道：“气息，我在她身上看到两种气息，像是两个人的气息一样。”

唐宁笑了起来，道：“星瞳有一双好眼睛。”

听了这话，星瞳微讶，不由得问：“主子也看出来了？”这么说，主子知道沈星玥身上有不对劲的地方？

“上回见她时我就察觉了，只不过说不上来是什么，如今听你这么一说，才知道那种感觉怪在哪里。”唐宁说道，缓步在院中走着，“奇就奇在，她身上并无阴煞之气。而且与我们相处时，她很是天真单纯，干净得就像一张白纸，但是她也有十岁了，这个年纪也就比你小两三岁，就算单纯也不应该这样单纯才对。至于她身上的另一道气息……”她摇了摇头，道，“说不上来，那道气息藏得很深，但我可以确定并非阴煞之气。”

“她身上确实没有阴煞之气，只有两股不同的气。”星瞳说道，“主子，她这样接近你会不会有所图？”

闻言，唐宁笑了起来，道：“你也跟她接触过，她刚开始时带着一点儿羞涩和灵动，让人感觉就是一个很羞涩、乖巧的女孩儿，等她觉得跟你混熟了，那就十足一个熊孩子。”

星瞳默然——主子说的是事实，那女孩儿确实单纯得什么心思都摆在脸上。

而星瞳也只是担心，这样一个女孩儿突然到来，试图接近她家主子，会不会有什么企图？不过听主子这么一说，星瞳觉得倒是自己多虑了。

“她也就是孩子心性，估计是以前没见过和尚才会对我好奇，等新鲜劲过了，也就不会再闹着过来了。”唐宁笑了笑，又道，“我去看一下寒知，顺便给他换一下药。

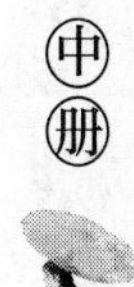

还有，你脖子上的绷带应该可以拆了。”

“我陪主子过去看看寒知。”星瞳说道，让人过来收拾了桌子，便陪主子一同去看休养的寒知。

司徒南笙等人在入夜才回来，卸去身上的伪装，便一同往唐师住的客院走去。

这时唐宁刚沐浴完，正在院中的软榻上躺着，听到脚步声，便朝他们看了一眼，道：“都回来了？”

“唐师。”众人朝唐宁行了一礼，这才道，“唐师，我们觉得已经差不多了，这门易容伪装的技巧不说练了个十足，但也有六七成了。”

他们用了几天时间，学到了六七成，觉得也应该差不多了。

闻言，唐宁坐了起来，道：“既然这样，那明天你们就休息一天吧。后天回学院。”

听了这话，众人相视一眼，当即应了。这时司徒南笙走上前，笑道：“唐师，听说今天有个小女孩儿在院子里待了许久？谁啊？哪来的小女孩儿啊？”

“沈星玥，说了你也不认识。”唐宁说道，打着哈欠站了起来。

这时，陈道错愕地睁大了眼睛，道：“沈星玥？天龙城贵族之一沈家的千金？不会是她吧？”

唐宁看了陈道一眼，问：“你知道？”

“知道啊！这沈星玥是有病的，而且病得不轻。唐师，你怎么招惹她了？”陈道诧异地看着唐宁，想了想，道，“据说她家里人把她看得很紧，她一般不出门，唐师是怎么遇到她的？”

“有病？胡说八道。”

以她的医术，沈星玥有没有病她会看不出来？那沈星玥精神劲儿和气色都不错，哪像是有病的？

“真的！”陈道生怕唐宁不信，道，“这事城中不少人知道，只是秘而不宣罢了。”

唐宁笑了笑，道：“那你倒是说说，她有什么病？还秘而不宣？听起来很严重的样子。”

“可不是吗？就是很严重，听说她发起病来六亲不认，模样十分可怕。就是因为这样，她的家人轻易不让她出门，顶多也就是去她家的一些商铺走动，还有人跟着、护着，跟着、护着的人最少还得是灵师级别的。”

闻言，唐宁若有所思地道：“这样吗？那这到底是什么病啊？为什么会发病？以她家的实力、地位，难道就没请名医诊断？”在她看来，沈星玥也不像是有病的人，她估计是外面传来传去传夸张了。

“什么病倒不清楚，毕竟这是他们沈家的事，他们压着不让消息传出，别人家也只知道他家女儿有病，但具体是什么病、怎么会得病，却不知道。不过听说这病治不好，天龙城中的名医够多了，也没有一个能治的。”陈道说道，“不过沈家也算是天龙城中独一份了，他们家就这么一个女儿，虽然说有病，却被视作掌上明珠，疼爱得不得了。”

唐宁点了点头，道：“我知道了。你们回去休息吧。后天一早集合回学院。”

“好。”众人应道，各自回去休息。

看着他们离开，唐宁便也回房继续捣鼓她的药物……

次日清晨，三十名学子三五成群地去游玩，也趁这个机会去买些东西，准备明天带回学院。

难得有一天可以轻松，每个人脸上都洋溢着笑意。除了刚下山那一天，他们也就今天最是轻松了。来到天龙城的这些天虽有惊险，但他们也学到了伪装易容的技能，这种放在以往他们不会去学的东西，学会之后觉得用处还是不小的。

司徒南笙和叶飞白带着牛大力一起在城中逛着。在他们当中，也只有牛大力不是世家出身，所以在众多学子中，由他们两人带着牛大力最为合适了。

“牛哥，今天你想买什么？我们陪你去买，有我们在，这城中的商铺没有一家敢坑你。”司徒南笙说道，拍着牛大力的肩膀笑了笑。

闻言，牛大力咧嘴一笑，道：“俺想给俺娘买份礼物。不是要过年了吗？我们回学院后不久就可以回家一趟了，所以俺想给俺娘买份礼物。”

“你不说我都快忘了还有回家这事呢。”叶飞白说道，笑了笑，问，“那你想买什么礼物？”

牛大力挠了挠头，道：“俺还没想好呢。”

“那容易，买件首饰也可以，买衣服什么的也可以。”司徒南笙说道。

“俺娘在村里，衣服都是自己缝的，首饰也是不戴的。”

叶飞白则笑道：“那就买些补身体的东西回去，你又没有经常在家，只有老人家身体好了，你在外才不用担心。”

闻言，牛大力点了点头，道：“这个可以，那俺就买些补品回去吧。”

“照我说啊，你现在好歹也是灵师了，就不要让你娘住在乡下了，接到城里来住，然后买些丫鬟侍候她，这样才舒服。”司徒南笙说道，又看着前面的商店道，“就去那里吧。那是我家开的。”

“等跟俺娘他们商量商量，他们若愿意，俺就带着他们搬到城里去，他们要是不愿意，那就随便他们吧。反正只要过得开心就好。”牛大力说道，跟着两人往前面的

商铺走去，问道："司徒南笙，你家在天龙城有那么多产业吗？"

"要说多也不多，要说少也不少。"司徒南笙笑了笑，道，"我们这些世家的人，哪个在天龙城没有一点儿产业？有产业在这里也就有家族的人在这里，做什么事都方便一些。"

一旁的叶飞白听了，笑了笑，迈步进了里面。

司徒南笙唤了管事过来，给牛大力挑选了一些适合老人补身体的补品。

结了账，司徒南笙也提着一些补品，道："这些是我送给你娘的一点儿心意。"

闻言，牛大力有些不好意思地道："这不太好吧？你都给我打折了，算便宜那么多了，还拿这些送我，这……这好像……"

司徒南笙一笑，道："谁说送你了？是给你娘的！拿着吧，别婆婆妈妈的。"

见此，牛大力咧嘴一笑，道："好，那俺替俺娘谢谢你了。"

另一边，唐宁又去了一趟拍卖行后，便往沈家卖符箓的商铺走去，准备再买一些朱砂，再将画好的一些符卖给他们。

"小师父又来啦！"掌柜一看到那青衣小和尚，不由得笑了起来，迎上前问道，"可是符纸用完了？还是朱砂不够用？"

在掌柜想来，初学符箓之术的人都得废掉很多符纸和朱砂，很多学习符箓之术的人也是因此而止步，毕竟不是所有人都承担得起的。

"阿弥陀佛，掌柜，我来买些朱砂。"唐宁双手合十，行了个佛礼，笑眯眯地来到他们摆放着成品符箓的柜台前。

"好，那我再让人给你拿一些。"掌柜笑着说道，唤人去拿些朱砂过来，见小和尚盯着柜台里的成品灵符，便问，"小师父可是要买灵符？这些都是一阶的，那边有二阶的灵符。"

"掌柜，我记得你说你们这里也收灵符，价格怎么样？"她笑眯眯地问道，目光落在掌柜身上。

这小和尚买东西喜欢讲价，也会问价格，掌柜上回就知道了，所以听小和尚问起收购的价格时，也不意外，只是脸上的笑意加深了几分。

"小师父你放心吧！我们这里对外收购的灵符价格绝对是整个天龙城最高的。不过就算是一阶灵符，也有下品、中品以及上品三个级别，收购价格也是不同的，灵符的品相越好，价格越高。"

"好吧。那这些你算一算，然后全折成金币给我吧。"她摸出一大把符箓放在桌面上，有的被弄得皱巴巴的，也有的叠在一起还算整齐，但全都是成品灵符。

"这个……"掌柜一怔，连忙将那些灵符打开摆好，这一看，不由得一呆，"一阶、二阶的灵符都有？呦，还有几张三阶的？我来看看，我来看看。"掌柜一边小心翼翼地将那些灵符摆好分类，一边摇着头说，“小师父啊，这些可是成品灵符啊！你不能随意这样塞起来，这要是弄坏了，岂不是白白浪费东西吗？”

掌柜整理着灵符，突然一愣，仿佛想到了什么一般，问：“小师父，你上哪儿弄的这么多灵符？难道这些是你们天龙学院的学子制的？”

上回小和尚说自己是天龙导师，叫唐师，所以今天小和尚拿出这些灵符时，掌柜第一个反应就是这些灵符都是天龙学子制的。

“只是这三阶的灵符怎么用这种最普通的符纸画呢？若是用最上等的符纸，说不定这三阶中品灵符就可以达到上品级别了。”

闻言，唐宁想了想，道：“那你就给我再来一些上等的符纸吧。”反正符纸留着以后也是可以画的，而且她打算下回画些平安符，若是在平安符中注入一丝佛光圣力，那可是会大大增加平安符的力量的。

她越想越觉得可行，精致的眉眼笑意盈盈，道：“掌柜，再来十扎上等的符纸吧。朱砂也多备一些，免得总要来买，挺麻烦的。”

“好。”掌柜笑了起来，将灵符清点后列在一旁的本子上，道，“小师父，你对一下，这上面有数目和每种灵符的价格，以及扺了你买的这些东西后最后所得的数目。”

唐宁大概看了一下，便点了点头，道：“嗯，数目没错。”

“好，那你稍等一下，我去拿钱。”掌柜收起东西后往后面走去，不多时，将相应的金币交给唐宁，最后才问，“小师父，不知这些灵符是哪位符师所制？”

唐宁笑眯眯地道：“阿弥陀佛，远在天边，近在眼前。掌柜，告辞啦！”

听了小和尚的话，掌柜还没回过神来，就见小和尚已经迈步转身离去。

“远在天边，近在眼前？是他制的？”掌柜微愣。上回这小和尚才来买符纸，说是初学，这才过了多久，就已经连三阶的符箓也能画出来了？

“真不愧是天龙导师啊！”掌柜感慨一声，心中赞叹不已——难怪这小和尚小小年纪能担任天龙导师，确实是有些本事。

唐宁出了商铺，准备回去时，听到身后有人喊。

“唐师！”

她回头看去，见是司徒南笙几人，便笑道：“是你们啊，可是准备回去了？”

“准备回去了，逛了一圈也没什么好买的。”司徒南笙说道。

“嗯，我什么也不缺，也确实没什么好买的。”叶飞白也笑着说道。

牛大力则咧着嘴笑道：“唐师，他们都没买东西，就陪着俺买了不少。你看，这些是俺打算过年放假回家时带回去给俺娘的。司徒南笙还送了俺娘一些补品。”

“离过年还有两个多月呢！”唐宁说道，又是一笑，“不过你提醒了我，过年学院

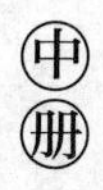

还是会放假一段时间的。”

“是啊！到时学子都会回家。唐师，你家在哪儿？你到时会回家还是留在学院里？”牛大力问道，眼中闪过一抹精光——嘿嘿，要是可以打听出唐师的家在哪里……

一旁的司徒南笙和叶飞白听了，也不由得盯着唐师。说实话，他们谁都不知唐师的来历，唐师的家究竟在哪里？还真是让人好奇呢！

看着他们三个的神情，唐宁眉眼一弯，笑眯眯地道：“我一个出家人，四海为家，走到哪儿哪儿就是我的家。”

闻言，叶飞白摇了摇头，失笑道：“唐师，你顶多算半个出家人吧？就算是告诉我们你家在哪儿，应该也没什么大问题吧？除非……这当中有什么不可告人的事情？”

“哈哈哈哈！”唐宁朗声笑了起来，神秘地朝他们眨了眨眼，道，“你们猜啊！”

看着唐师肆意洒脱的气度，以及灵动又带着几分调皮的神色，司徒南笙和叶飞白目光不由得微闪。还别说，这般精致出色又灵动调皮的唐师，若不是和尚，那该是何等风姿的翩翩少年郎？只怕整个学院里也找不出一个可以与唐师相比的少年吧？

“唐师，幸好你是个和尚啊！”叶飞白感慨道，笑了起来。

“是啊！幸好你是个和尚。”司徒南笙也笑了起来。

牛大力盯着他们，又看了看唐师，道：“唐师本来就是个和尚啊！怎么啦？不对吗？”

听了他们的话，唐宁轻笑出声，道：“对，我就是个和尚，谁让我与佛有缘呢！？”说话间，她摸了摸自己的光头。

这么久了，她都有些习惯伸手一摸就是自己光秃秃的脑袋了，柔顺黑长的头发是什么感觉？说真的，她已经快忘记了。

几人说说笑笑地往天仙楼走去。

最后一天，众人尽情地放松，有的傍晚时就回来与众人聚着闲聊，也有的直到天黑了才回来。

次日清晨，用过早膳，一行人便往天龙学院走去。

寒知和星瞳经过几天的调养，身上的伤虽说还没大好，但也好了几成，走路什么的自也不是什么大问题。

“你们先回去，我去李家庄探望一下李大娘。”唐宁说道。

闻言，司徒南笙看了其他人一眼，道：“这样吧，你们和寒知、星瞳先回学院，我们几个陪唐师走一趟，正好我也想去逛逛。”

“村庄里哪有什么好逛的？”唐宁笑着摇了摇头，这些公子哥儿真是吃饱了撑的。

“唐师，走吧。你不是要去李家庄吗？我们跟你一起去看看。”叶飞白说道，手中的扇子轻轻地扇着风，一副悠哉的贵公子模样。

“行吧！那你们就跟上来吧！”唐宁说道，看了他们一眼，便带着小黑往小道走去。

寒知、星瞳和其他学子先回学院，跟着唐宁去的只有司徒南笙、叶飞白以及苏言卿等九人。

除了牛大力身上背着一个大包袱，其他人是一身轻装，什么也没带。

“唐师，这李家庄里有什么人值得你来探望？”走在后面的高琛问道。

因走的是小路，有一段还是泥路，弄得脚上的靴子都脏了，高琛看了眼其他人，发现也好不到哪儿去，但有一人例外，那就是唐师。

唐师的脚看似走在小道上，但仔细一看，发现唐师是脚尖轻点，脚上的靴子都没沾上湿泥，高琛特意看了一下唐师走过的路，果然，一个脚印也没有。

高琛眼睛一亮，连忙跑上前去。

“是学院食堂那里的一个大娘，前几天来看她时才知道她儿子腿受了伤躺在床上，就顺便帮他医治了，这会儿都几天过去了，他们村里也没什么人懂医术，既然要回学院，我就再过来看一下。”唐宁边走边说道。

这时后面传来一阵惊呼声。

“高琛，你干什么啊？我险些让你挤倒！”尹千泽喊了一声。

“就是，这条小路也就能容纳一人走，两人并肩就太挤了，你这样冷不防挤上前来很容易将我们挤倒的。”

“是啊，你看小道左右两旁都是庄稼，要是被你挤倒了，可是会往两边栽去的，那下面可都是泥水，这一下去一身衣袍准弄脏。”叶飞白也跟着说道，看了看自己身上的衣袍，才发现衣袍角已经溅到了泥水。

“唉，还真弄脏了。”叶飞白叹了一声，迈步继续走，每走一步都会在地上留下一个脚印。

他们本身的重量，再加上脚上还绑着铁块，脚印自是不会浅。

“怎么啦？跑这么快做什么？”回过头的唐宁问道，看向挤上前来的高琛。

“唐师，你能不能告诉我，你这是什么步法？怎么走路不沾地的？”高琛看着唐师的脚问道。

听了高琛这话，其他人的目光也朝唐师脚下看去，果然，唐师看似站在地上，其实脚离地面还有一丁点儿距离。

他们几人的靴子和衣角都沾了泥，而唐师的干净如初。

唐宁愣了一下，低头一看他们的靴子，不由得笑了起来，道："原来是这个啊！自然是因为我能很好地控制灵力气息，所以这每一步踩下，都是踩在灵力气息上面，而不是像你们一样直接踩在泥水上面。"

"这个很难办到吧？"牛大力问道。他也是一步一个脚印，脚印还不浅。

唐宁迈步继续往前走，笑道："不难，你们不久之后也可以办到，就是有些费灵力。"

听了唐师的话，几人相视一眼，道："我们不久之后也可以办到？不可能吧？"他们有多少斤两自己知道，虽说这是以灵力控制，但要像唐师一样以灵力凝聚用来走路的话，还是办不到的。

洪远听唐师这么说，便试了一下，以灵力气息凝聚，尽量平衡着身体，但只要双脚离地再踩下去，就会一深一浅的，而且会不稳。

司徒南笙也试了一下，也是和洪远一样，便道："确实不太好走，但走一段路应该是可以的，只是太过消耗灵力，若是灵力气息太弱的话，会不够支撑，所以一般来说还是不太适合用来走路的。"

苏言卿倒是没试，因为他知道这是需要灵力的平衡和雄厚的灵力来支撑的，修士可以借用灵力气息提高速度掠行，自然也可以用来步行，只不过正如唐师所言，太消耗灵力，不太适用。

"前面就到李家庄了，你们快些跟上来。"唐宁喊道，率先往前面走去。

她以为会像上回一样，遇到几个在村口玩耍的小孩儿，不料到了村口，一个人也没见到，反倒是隐隐听到有小孩儿的哭声以及杂乱的叫骂声。

"村里有人吵架？"她微讶，也没等身后的司徒南笙等人跟上来，便先往村子里走去。

一路往里走去，她才发现声音似乎是从村尾李大娘家传来的。

"不能进去！你们马上离开！我们村子不欢迎你们！走！都给我们赶紧走！"

村民拿着锅铲之类的东西拦着几名穿着佣兵服的汉子，推搡之间，有村民被推倒，也有小孩儿被吓哭，场面看起来有点儿混乱。

一个小孩儿被撞倒在地，双方闹得厉害，竟没人注意到那个跌坐在地上哭的孩子。眼见一名穿着佣兵服的汉子在推搡间后退，一脚就要往那孩子身上踩去时，唐宁适时地上前，一把抓住了那只往后踩的脚，蕴含着暗劲的手一用力，干脆利落地将那汉子扳倒。

"啊！"那穿着佣兵服的汉子惊呼一声，身体失去平衡往地上摔去，甚至来不及反应，身体便重重地砸在地面上。

砰！这一摔声音很是响亮，摔晕了那佣兵汉子，更是成功地让村民以及另外几名佣兵汉子静了下来，不约而同地朝那扶起孩子的小光头看去。

“阿弥陀佛。”唐宁双手合十，轻念了一声佛号，眉眼弯弯，带着平和的笑意，看着众人道，“诸位施主，小僧有礼了。”

“唐……唐师！”那个叫柱子的汉子一看到小和尚，错愕中带着意外的惊喜——他可没忘记这位叫唐师的小和尚。

“平娃，你没事吧？有没有伤着哪儿？”一名妇人这才回过神来，连忙丢下手中的菜刀跑到自家儿子身边，一边拍掉他身上的泥，一边紧张地看他有没有伤着。

这时，那摔在地上的佣兵汉子缓过神来，挥拳就朝小和尚砸去：“臭和尚！我看你是找死！”

看到那佣兵汉子挥拳砸来，唐宁笑眯了一双眼睛错身避开，在侧身的同时伸脚绊了他一下，就见他整个人收不住脚地往前扑去。

“啊！”那佣兵汉子惊呼一声，想要稳住身体，却架不住重心往前倾倒，直接脸朝下地趴进了一处不大的泥坑，糊了一脸的湿泥。

“呸！呸呸！”他吐出嘴里吃到的泥，气冲冲地回头，却见那小和尚双手合十，站在那里笑眯眯地看着他。

“阿弥陀佛，施主，和气生财，动粗实非君子所为。”唐宁眉眼带笑，看着那一连栽了两回跟头的佣兵汉子，脸上的笑意加深了几分。

“小和尚！你是什么人？敢管我们的闲事！”那几名佣兵汉子走了过来，推开了围在周围的村民，直接将小和尚包围在中间。

因是历练过的佣兵，身上有着一股凶狠的气息，再加上几人体形粗壮，手臂上肌肉发达，看起来就更显狠厉了。

“小僧顶着个光头，自然就是佛门中人了。”她看着他们，用温和的声音说道，“也不是和尚我要管闲事，而是欺负弱小实非英雄本色。”

几名佣兵汉子听了嗤笑一声，盯着小和尚道：“你既然想出这个风头，那可就别怪我们不客气了！”话音一落，他们迈步上前就准备动手。

却听小和尚的声音再度传来：“且慢！”

唐宁看他们停了下来，这才笑眯眯地道：“几位施主，请三思而行，须知你们并不是小僧我的对手，若是打起来，拳脚无眼，恐伤及几位施主。”

“哈哈哈哈！”几人听了小和尚的话，不由得仰头哈哈大笑，笑声中气十足而挟带着一丝灵力气息在空气中弥漫开。

“小和尚好大的口气！我们倒是想要领教一番和尚的高招！给我上！”为首的佣兵汉子喝道。

几名佣兵汉子拥上前，攥着拳头朝小和尚挥去。

周围的村民看得提心吊胆，为小和尚捏了一把冷汗，担心小和尚不是那些佣兵的对手，会被那几名佣兵打残。

哪知，接下来的一幕让他们又是震惊又是欢喜。

只见唐宁也不躲，见那几名佣兵汉子袭来，便迎上前，脚步上前的同时，伸手扣住了其中一人的肩膀，另一只手从其肩膀处往下一扭，直接将其手腕卸了下来。

第十九章 唐师出手

“哙！啊！”杀猪般的惨叫声猛地响起。

正往这边赶来的司徒南笙等人听了，不由得微讶。

“这是怎么回事？怎么听着像是有人在打架啊？”尹千泽说道，朝前方不远处看去，笑道，“还真是打架？围了不少人呢！”

叶飞白摇着手中的扇子扇着风，笑道：“该不会是哪个倒霉蛋碰上咱们唐师了吧？”

一听这话，几人相视一眼，不由得露出笑意来，道：“还真有可能，走，去看看！”

“啊！”

咔嚓！

“哙！我的手，我的手！”

村尾处，几个佣兵汉子的双手都被唐宁卸了，不是卸了肩骨就是卸了手腕。饶是几个大老爷们儿，那惨叫声仍跟杀猪似的刺耳。

唐宁是一下一个，卸掉他们的手对她来说还真不是什么难事，毕竟也就是几个炼气四阶的修士而已，又岂是她这个灵师的对手呢！

“你……你……你是灵师！”为首的佣兵汉子颤声说道，一个劲儿地往后退着，目光惊恐地看着那眉眼带笑的小和尚。

“阿弥陀佛，施主好眼力。”唐宁笑眯眯地说道，看着那几位一脸惊恐的佣兵汉

子，道，“小僧只是灵师五阶的修为而已，虽不是很强，但对付几位施主真的是绰绰有余了。”

听到这话，那几名佣兵汉子想死的心都有了。

灵师五阶的实力还不是很强？有多少人修炼了一辈子都达不到灵师级别！他们三四十岁的年纪也才到炼气四阶，这小和尚顶多十四五岁，已经达到灵师五阶的实力，还说不是很强？

而更要命的是，一般灵师级别的修士背后都有强大的势力，这小和尚年纪这么小就是灵师五阶，谁知其背后又是怎样可怕的势力？若是这小和尚想对他们赶尽杀绝，那别说是天龙城了，就是其他地方也没有他们的安身之处！

“小师父，小师父，是我们有眼不识泰山，您不要跟我们见怪，对不住，对不住了。”为首的佣兵汉子连忙说道，双手合十,一个劲儿地朝前面的小和尚拜着。

“唐师。”司徒南笙等人走了过来，看了下那场面，不由得笑了起来，“唐师，这几个倒霉蛋是怎么回事？”

那几名佣兵汉子看到走过来的一个个穿着锦衣华服的公子哥儿时，额头上的冷汗直渗出来——他们虽不知这些人是什么来历，但看那一个个身上的气势就可以知道，绝对是他们招惹不起的人物。

“我这不是还没来得及问吗？”唐宁笑了笑，道。

这时，李大娘快步走上前来。

“唐师，他们是来找我儿子麻烦的，上回就是他们将我儿子打成那样的，他们都不是什么好人。”李大娘气愤地说道，抬手拭了拭眼角，“今天若不是村里大伙儿拦着，唐师又正好来了，我……我真不知道该怎么办了。”

司徒南笙几人相视了一眼，暗忖：这就是唐师口中的李大娘，他们学院食堂里的厨娘？

“哦，原来就是他们啊！”唐宁点了点头，看向那几名佣兵汉子，笑了起来：“你们可知小僧是什么人？”

几人一怔，相视一眼。为首的佣兵汉子连忙道：“小师父您是灵师强者，是……是我们不能招惹的人。”

唐宁笑了笑，摇了摇头，道：“诸位施主可听清了，我是天龙学院的导师，他们都尊我一声唐师。”

这话一出，为首的佣兵汉子双腿一软，扑通一声跪了下去。

天龙学院的导师，那些世家贵族的公子都得尊其一声唐师，就算是撇开那些天龙学子，单单天龙导师的名头也足以让他们胆战心惊、后悔不已。

跟一位天龙导师作对？他们是嫌命太长了吧！

“我……我……我们……”为首的佣兵汉子颤声道，连求饶的话都说不出来了，只是面如死灰地看着前面那笑眯眯的小和尚。

“李大娘是我们天龙学院的厨娘，你们以后不要再来寻她和她儿子的麻烦了，知道吗？”唐宁道。

“知道，知道，不敢了，不敢了。”他们连忙说道。

“嗯，那就走吧。”她满意地点了点头，侧身让开，让他们自行离去。

听到这话，司徒南笙等人挑了挑眉，没想到唐师会这么容易就放过那些佣兵。

而那几名佣兵汉子更是一脸不敢相信，生怕自己听错了。

“我……我们可以走了？”为首的佣兵汉子有些不敢相信地问道。

“阿弥陀佛，你们可以走了。不过，多行不义必自毙，几位日后还是多积点儿德吧！”

“是是是，好，我们知道，多谢小师父，多谢小师父。”他们连忙应道，连滚带爬地离开了李家庄。至于小和尚说的什么积点儿德之类的话，他们是压根儿没放在心上的。

司徒南笙走上前去，问：“唐师怎么这么轻易便放过他们？”

唐宁一敛脸上的笑容，双手合十，一脸虔诚地道：“阿弥陀佛，我佛慈悲，得饶人处且饶人。”更何况，有的人作恶太多，她不收也自会有天收。

“多谢唐师了。”李大娘感激地朝唐宁拜了下去。

唐宁连忙伸手托住了李大娘，道：“李大娘，不必这样。”她笑了笑，道：“其实我也是来得巧，今天正好回学院，才想着过来看看子光的腿怎么样了，没想到会碰到这事。”

李大娘感激地看着唐宁，道：“我一直按唐师说的给子光换药。子光虽然还不能下床，但是能稍微移动了，精气神也比前些天好多了。”说完，李大娘连忙又道，“唐师，各位公子，你们大老远过来，快，屋里先请。”

李大娘请他们先进屋，又对周围的村民道谢。

“多谢大伙儿了，待子光好了，我一定好好谢谢大家。”李大娘朝众人又是鞠躬又是行礼，一声声道谢也难以表达心中的感激。

“子光妈，你快进去吧！家里来了贵客，好好招呼着，我们就先回去了。”

“对，没事了就好，大伙儿都是一个村里的，也别谈什么谢了，快回去吧！”

众人也各自散去，边走边议论着：

“没想到那小师父那么厉害啊！”

“他那么年轻，竟然是天龙学院的导师，真是厉害。”

“这回好了，以后那些人再也不敢来了。”

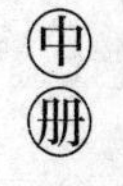

看着他们离去，李大娘这才快步往里面走去。

而在里面，圆圆正陪着李子光，道："子光哥，唐师来了，你不用担心，那些欺负你的人都跑了。"

圆圆的话音才落，就见敞开的房门处一道身影走了进来。

"唐师。"李子光见唐师进来，便唤了一声。他是没想到唐师还会再来，还帮他解决了麻烦。

"我过来看看你的腿怎么样。"唐宁来到床边，朝照顾着李子光的圆圆点了下头，这才看向床上的李子光，问，"可好些了？"

"比先前好多了，疼痛感也消了一些。"李子光看着唐宁道，"今天又多亏唐师了。"

"唐师，你一路过来连口茶水也没喝，先坐下喝杯茶吧。"李大娘端着茶水进来，看向床边的唐师，道，"上回你走得也匆忙，我当时也没顾得上好好招呼，这会儿也快中午了，唐师，你和几位公子就在这里吃饭吧。让我好好招待你们。"

闻言，唐宁笑了笑，道："不用麻烦，我们回学院也是一样的。"

"你就不要推辞了，子光腿上的药是昨晚刚换的，我一直按你说的做，等到傍晚再把药解下来，让腿上的皮肤透透气，这会儿也没其他事了，我呀，先给你们做点儿甜汤，先垫垫肚子。"说完，李大娘笑着唤了一声："圆圆，你来帮婶儿的忙。"

"好。"圆圆应道，便跟着李大娘一同往外走去。

中间的厅房中，司徒南笙等人坐着喝茶，不过他们这些人嘴刁，对普通人家的茶喝不太习惯，便走到院中来看看。

司徒南笙问："牛哥，你家的房子是不是也是这样的？"

牛大力倒没他们那些公子哥儿的坏毛病，喝了两杯茶水解了渴后，也跟着走了出来，听到司徒南笙问的话，不由得咧嘴一笑，眉宇间尽是得意，道："俺家那房子可比这大多了，也气派多了，好歹俺也是俺们那里最被看好的，以前在家里时，俺就挣了钱给家里盖了大宅子，俺家的宅子虽是在乡下，但占地很大，很是气派，虽然比不上你们家，却也不差的。"

"是吗？那等什么时候，我们去你家做客啊？"高琛笑了起来，伸手一拍牛大力的肩膀。

闻言，牛大力眼睛一亮，道："好啊！要不等学院放年假，你们就跟俺一起回家得了。"

"你要回家，难道他们就不用回家啊？"唐宁笑着走了出来，看着院中的一个个学子道，"等什么时候我们再出门历练一番如何？在外游历可比待在学院里有趣多了。"

"好啊！唐师，什么时候啊？"司徒南笙问道，脸上尽是期待之色。

苏言卿则道："好是好，但是学院没有先例，只怕院长不会同意。"

"这事等以后再看，想要出门游历，你们的实力最少得达到灵师级别。"

唐宁这话一出，几个还没达到灵师级别的学子不由得相视了一眼。

洪远无奈地道："唐师，想要达到灵师级别，谈何容易啊！"

若没契机，就算他们修炼到了炼气九阶巅峰，也不是随便就能跨进灵师级别的。

他们也想进阶成为灵师，但前提是他们做得到啊！

唐宁看了他们一眼，笑眯眯地道："那你们就要好好努力了。"正好回学院后的这段时间她再将藏书楼里的书看一看，到年假之时，她也是得回去见她父亲的。

"唐师，甜汤煮好了，你们来尝一尝。"圆圆端着一锅甜汤往屋中走去，又往厨房跑了一回，拿了碗和勺子，帮他们一人舀了一碗。

院中的几人听说是甜汤，本没什么胃口的，毕竟他们这些大男人都不怎么喜欢甜食，但毕竟是李大娘的一番心意，笑了笑，跟着唐师走了进去。

"咦？这是什么甜汤？"司徒南笙看着碗里那一块块像面团一样的东西，还有每个碗里一颗圆圆的蛋，不禁好奇地舀了舀。

唐宁坐了下来，看到这甜汤，不由得笑眯了一双眼睛，道："你们今天跟着我来，算是有口福了，这汤圆甜蛋汤也只有初次来的客人才会吃到。"

"汤圆？这个？这像是随手掐下去的吧？又不圆，怎么叫汤圆？倒是这甜蛋看起来很不错。"司徒南笙说道，先尝了一口汤，又咬了一口蛋，最后才试了试那被唐师说是汤圆的东西。

李大娘在围裙上拭干手上的水迹，笑着走了进来，道："上回唐师来家里时，我就应该给唐师做碗汤圆甜蛋汤的，结果那天没做，事后我一直惦记着，今天怎么也得让唐师尝一尝汤圆甜蛋汤。"

"多谢大娘了，我们这么多人，给你添麻烦了。"唐宁笑着说道，喝了一口甜汤，不由得弯起了一双眼睛。

"不麻烦，不麻烦。你们先吃着，我呀，去做饭，一会儿大伙儿再吃顿家常饭。"李大娘说道，往外走去。

司徒南笙吃了几口，点了点头，笑道："唐师，这汤圆虽然跟我们平时吃的不太一样，但还挺好吃的。"

"这是糯米做的，就是把糯米粉揉好，水开后直接捏成一小块一小块地下锅，俺娘在家也会给俺做，跟你们平时吃的包馅儿的不一样，但这样的也是很好吃的，若非来亲戚或者要好的客人，轻易不做这个的。"牛大力说道，一小碗三两下就吃完了，一脸满足，道，"真好吃！没想到离了家还能吃到这个。"

苏言卿温和地笑道："看来我们还真是沾了唐师的光。"

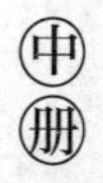

“跟着唐师走，果然是不会有错的。”宋一修也笑了起来。

“我们今天跟着唐师来这里，没想到还能蹭一顿饭呢！”叶飞白笑着说道。

见唐师正埋头吃着甜汤，一碗吃完还又舀了半碗，叶飞白不由得笑了起来，道：“我们这些大男人都不怎么喜欢吃甜食，没想到唐师是个例外。”叶飞白记得，唐师似乎还挺喜欢吃糕点之类的东西。

其他人听叶飞白这么说，目光也自然而然地落在唐师身上，见唐师吃得腮帮子鼓鼓的，像只小松鼠一样，不由得笑了起来。

这样的唐师，他们很少见到，但是不得不说，真的很自然，也很可爱。

可爱？想到这个词，他们不由得笑了起来，对一个男人评价可爱，可真不是什么好的赞美。

“唐师，这些小菜你们先吃着。”圆圆端了几盘小菜进来放下，又一溜烟儿地跑去厨房帮忙。

正厅里，他们在闲聊，吃着小菜。厨房里，李大娘和圆圆则在忙碌，因家里有菜也有肉，做起饭来倒也方便，菜品虽没城里酒楼的精致，但李大娘厨艺好，做出来的也颇具特色。

一道道菜上了桌，有肉有菜还有汤，显然是费了不少心思的。

忙完的李大娘看着他们道：“唐师、几位公子，你们不要客气，尝尝味道怎么样，这些菜都是村子里自己种的，鱼也是河里刚抓上来的，很新鲜。”

“大娘，坐下一起吃吧。”唐宁说道，站了起来想给李大娘搬张椅子。

“不不不，唐师，我去陪子光和圆圆吃，你们吃吧。不要客气，多吃一点儿。”李大娘说道，忙让唐宁坐下，自己往儿子的房间走去。

“唐师，坐下吃吧。让大娘跟我们坐一起吃的话，估计她也会不自在。”苏言卿温声说道，给唐师舀了半碗鱼汤。

“唐师，跟我们一起吃李大娘会拘束的，我们就吃我们的吧。”司徒南笙说道，已经动筷夹了起来。

唐宁见此，倒也没再多说什么——确实，让李大娘跟这些公子哥儿一起吃，估计她也会吃不下，既然她说去隔壁吃，那也就由着她吧。

“这李大娘的手艺是真好，难怪会是我们学院食堂的厨娘。”尹千泽说道，喝了一口鱼汤，道，“味道比城里酒楼的还要好上几分。”

闻言，唐宁笑了起来，便也动起筷子。

一顿饭吃完，众人一个个坐在桌边完全不想动。

“真是应了那句，饿时晕，饱时困，一吃饱就什么也不想干。”牛大力说道，摸了摸肚子和腰，咧嘴笑了起来，“俺咋感觉下山这几天还胖了呢？”

“歇一会儿，缓缓再走。”高琛也说道，轻呼出一口气来，觉得自己吃得有些饱。

李大娘和圆圆进来收拾了桌子，笑道：“你们就多歇会儿，一会儿我给你们泡些茶喝。”

“不用忙了，大娘。”唐宁笑着说道。她看了那一个个完全不想动的人一眼，笑道：“吃饱了正好散步回去，也不能这样坐着不动。”说话间，她站了起来，继续道：“人也看了，饭也吃了，我们也该走了。”

“要走啦？”牛大力说道，轻呼出一口气后站了起来，道，“那等等，俺拿点儿东西。”

牛大力来到自己的那个大包袱处，从里面掏出一个盒子，走到李大娘面前道：“李大娘，这个是老山参，你拿着。”

李大娘一听，连忙摆手，推了回去，道：“不不不，这可使不得，使不得。”

“没事，这个就是俺买给俺娘补身体的，俺买了不少。你儿子不是伤着了吗？这个正好给他补身体，拿着吧。”牛大力说道，直接往李大娘手里塞。

见此，唐宁便笑道：“李大娘，你就收下吧。”

“这……这怎么能行呢？这太贵重了。”这礼太重，李大娘不敢接。

唐宁看了牛大力他们一眼，眉眼弯弯地笑道：“你收下吧。你要是不收下，他们也会过意不去的。”

“是啊，你收下吧。这老山参俺买了好几根呢！给俺娘也不差这一根，拿着拿着。”牛大力说道，走回去背起那个大包袱，道：“唐师，是不是要回去了？那走吧。”

“大娘，那我们就先回学院了。”唐宁说道，往外面走去。

见此，李大娘拿着那老山参跟着出来，对他们道：“真是谢谢你们了，你们帮了我，还送了这样贵重的补品，我真的……”

“大娘，你留步吧，不用送我们了。”唐宁让李大娘不要送了，便带着学子往村口走去。

目送他们离开后，李大娘回到院里，拿着老山参来到儿子的房间，带着一丝激动与欢喜地道：“子光，你看，唐师他们送了咱们一根老山参，说是给你补身体的。”

靠坐在床头的李子光看着那老山参，叹道：“先前唐师进屋来看我时，就拿出了一些补气血的东西，现在还有这老山参，娘，我们真的承了唐师很多恩情。”

他没想到，一位天龙导师，实力已经达到灵师五阶的强者，竟会对他们这般好、这般和善，不仅帮他接上了腿骨，还给他熬制了药膏，今天还帮他们解决了麻烦，又送了这么多贵重的东西，这一份恩情之重，真的如同再造。

“是啊！娘也没想到唐师竟是这么好的一个人。”李大娘感慨地道，又笑道，“在学院里只听说新来的导师是个小和尚，年纪小，模样也长得好，后来有一天他去食堂

说想找些东西吃，娘也就给他弄了些东西，还送了他一盘卤肉，没想到他这般照顾我们。”

李大娘心下暗暗想着，回头给唐师供个长生牌位，天天焚香供奉，好为唐师祈求福寿安康。

另一边，唐宁自是不知李大娘的打算，正和司徒南笙等人走过小道，往大道上走去。

看着背着包袱跟在旁边的牛大力，唐宁笑了起来，道：“小牛，你给了李大娘一根老山参，那给你娘带的就少了一样啊！”

其他人都是公子哥儿，也没买什么东西，身上就算有钱，也不可能直接拿出钱给李大娘他们，倒是小牛的这根老山参送得好。

“嘿嘿，没事，俺每回回家，都给俺娘带东西，而且俺买了三根，送了一根，还有两根呢！”牛大力咧着嘴笑道，倒是没将这事放在心上。

在牛大力看来，那李大娘家也不是很富裕，儿子又躺在床上动不了，估计也没什么收入，却弄了那么多菜招待他们。其他人不知道，但他家也是乡下村里的，所以知道村里人都是很节约的，他们吃的那一桌菜，少说也吃掉了他们家好些天的粮食，正好他包袱里有补品，送一样出去，他才不会觉得占了人家的便宜。

唐宁点了点头，道：“你这心性倒是不错。回头啊，你到我的洞府来一趟，我拿样东西给你。”

“真的？那俺一会儿跟着唐师去洞府。”牛大力眼睛一亮，心下不禁期待起来：唐师要拿什么给他？

“真的。”唐宁笑着应道。

一听这话，旁边的其他人都待不住了，围上前道：“唐师，你不能偏心啊！你要给牛哥什么？我们有没有？”

见他们这样，唐宁不禁哈哈笑了起来，没好气地瞪了他们一眼，道：“你们还小？什么东西都争着要？”

“嘿嘿，别人的东西我们不要，但是唐师的东西，肯定是好东西，就想要。”尹千泽笑着说道，拉着唐宁的衣袖道，“唐师，你要给牛哥什么好东西？”

其他人也不由得侧着耳朵听着，也想知道唐师会给牛大力什么。

唐宁看了他们一眼，眉眼弯弯，笑意盈盈，眼中泛着狡黠的光芒，问：“你们想知道？”

“想！”

“不告诉你们！哈哈哈哈！”唐宁大笑出声，往前掠去，道，“我们来比赛，看谁先到学院啊？”

看着玩心如同孩子般重的唐师，几人相视一眼，皆露出无奈的笑容来。

这是唐师？他们要是不说的话，旁人估计只会以为他们是带着一个还没长大的小孩儿出来游玩。

“走！追唐师去！”叶飞白笑了起来，提气便追了上去。

“看谁能追上！快点儿！”牛大力说道，也快步追了上去。

其他人见此，便也笑着跟上。

因有了速度的比拼，他们回到学院时还较早。有先前的交代，牛大力便跟着唐宁往洞府走去。

“你在这里等我一下。”唐宁说道，示意牛大力在洞府前的石桌旁坐一下，便先进了洞府。

寒知和星瞳两人听到动静出来，却也只看到主子进了房间的身影，便往外走去，只见牛大力在外面坐着。

“嘿，寒知、星瞳。”牛大力招手打招呼，看到两人走来便示意道，“过来坐啊。”

两人走过去，星瞳问：“我家主子找你有事？”

“唐师说要拿东西给俺，让俺在这里等着。”牛大力说道，又咧着嘴笑道，“你们回来早了，还真是没口福，我们可是在村子里吃饱才回来的。”

闻言，星瞳浅浅地笑着，道：“李大娘的手艺很好，上回主子还夸过。”

“是，她做的东西还挺好吃的，不比城里酒楼的差。”牛大力说道，看着两人问，“你们的伤怎么样了？这样就不能修炼了吧？”

“过几天就好了，伤口恢复得很快。”星瞳说道。

“那就好。”牛大力点了点头，目光一转，咧着嘴笑了起来，问，“星瞳，到时学院放年假，你们是跟着唐师回家吗？还是留在学院里？”

一旁的寒知看了牛大力一眼，道：“我们听主子的安排。”

“嘿嘿，唐师的家在哪儿啊？离这里远不远？他家里有没有妹妹或者姐姐之类的？”牛大力一脸期待地看着两人问道。

听了这话，寒知和星瞳相视一眼，神情古怪地看着牛大力。

“你问这个干什么？”眼睛一眯，寒知道，“难道你对我家主子起了什么不好的心思？”

还打听主子有没有姐姐或者妹妹，牛大力想干什么？

“不不不，你们别误会，俺只是好奇，什么样的家族能养出唐师这样的少年来，而且唐师这么出色，他的族人怎么肯让他剃光了头当和尚呢？”

寒知听了牛大力的话，莫名地想到了临行前家主曾交代自己，一定要保护好主

子，不要让她掉一根头发、伤一根毫毛，可现在……唉！

寒知都不敢想象，要是哪一天家主看到顶着一颗光头的女儿，到底会是怎样一个场面。

还有那南宫凌云，心心念念都是主子，可他要是知道，他娇俏可人的小青梅剃了光头当了假和尚，还是天龙学院的导师，真不知他是否接受得了。

牛大力见寒知发呆，不由得挠了挠头，不好意思地笑了笑，道："嘿嘿，而且……而且俺也挺好奇，唐师就是剃了光头都这样好看，那他要是有姐姐或妹妹，是不是也像他一样好看？"

寒知看了牛大力一眼，道："你应该还没说，如果有的话，让他介绍给你认识吧？"

啪！牛大力一掌拍在大腿上，一脸兴奋地站了起来，道："对对对！"

"扑哧！"星瞳看着牛大力那滑稽的样子，忍不住笑了起来，道，"他们都说你憨，但我怎么觉得你是扮猪吃老虎，精明着呢！"

"嘿嘿，俺可没说俺憨，俺就是老实。"牛大力咧着嘴笑道，一脸憨厚。

比起三人在外面轻松地聊着，洞府里的唐宁则在画平安符。

在她看过的那本符箓方面的书籍之中，有疾风符、爆破符、遁地符等，却没有她所知道的平安符。

以她上一世百年隐世家族药门至尊的身份，所掌握的不仅是古武技，更有着一些外人所无法接触、也无法得知的隐秘东西。

上一世的她也会制符，却不是像现在这种注入灵力气息画成的灵符，而是以平安符居多。

她说要给牛大力一样东西，便是想着画一张平安符送他，让他拿给他娘亲当护身符。

只是来到石室，她按照以前的记忆开始画平安符，却发现以前随手就能画的平安符在符纸上根本画不出来。

"真是奇怪，这是怎么回事？"试了好几次也没画成，她不由得嘀咕起来。

她想到还让小牛在外面等着，心头一动，像是想到了什么，便到外面唤了一声："星瞳！"

听到主子唤自己，星瞳对两人道："主子唤我，我去看看。"说完，星瞳便往洞府里面走去。

"主子，有什么吩咐吗？"星瞳来到她身边问道。

"星瞳，我记得你前几天手里好像拿了个小玉葫芦？"唐宁笑眯眯地问道。

星瞳一怔，想了一下，道："主子等我一下。"说完，星瞳快步去了自己的房间。

翻找了一番，星瞳拿出三个指甲盖儿大小的小玉葫芦来。

“主子说的是这个吗？”星瞳将小玉葫芦递给她看。

“对对对。”唐宁接过看了看，笑眯眯地道，“这三个你有没有用？要是没急用就给我，回头我再买几个给你。”

闻言，星瞳道：“主子要用就拿去吧。我当时也是见挺好看的就买下来了。只是这虽说是玉的，但玉质很差，是路边小摊上的小玩意儿，主子拿这个又能干什么呢？要不我再去城里买几个玉质好一点儿的？”

唐宁笑着摆了摆手，道：“不用，这个就挺好。回头再跟你说。”话音落下，她便拿着那几个小玉葫芦回了石室。

星瞳见状，心下不解，那几个小玉葫芦玉质那么差，主子拿它们能干什么？

唐宁进了石室，翻找了一番，找到了一把刻刀，便凝聚灵力气息，同时分出一缕佛光圣力，在其中一个小玉葫芦上刻下一个平安符。

当符纹形成之时，只见一道光芒泛起，没入小玉葫芦之中。

“成了！果然这样可以！”她欣喜地笑了起来，拿着刻下了符纹的小玉葫芦看了看，越看越满意。

她又将另外两个小玉葫芦也刻上了平安符，同时注入一丝佛光圣力，这才拿着小玉葫芦往外走去。

外面的牛大力见唐师出来，便迎上前，咧着嘴笑道：“唐师，你要给俺什么好东西啊？”他可是满心期待呢！

唐宁笑眯眯地看了牛大力一眼，拿出其中一个小玉葫芦在手掌中摊开，道：“这个是给你娘的，是一道平安符，可保平安，回去后找根红绳系上，戴在身上就好了。”

一旁的星瞳见主子手心里那个指甲盖儿大的小玉葫芦就是自己买的地摊货，不由得微愕——这个怎么就成平安符了？

牛大力微怔，看着唐师掌心里那个指甲盖儿大的小玉葫芦，疑惑地问：“唐师，这个有什么特别之处吗？”

玉质很一般，小小的只有指甲盖儿大，看着也没什么出奇的地方，如果说有，那也只是上面刻着的符纹有些特别。

“只要戴上它，妖邪不敢近身，而且这一枚平安符可以抵挡灵师以下炼气期修士的一次攻击。”唐宁瞥了牛大力一眼，笑盈盈地问，“你要不要？不要我就收回了。”

“要！”一听唐宁的话，牛大力眼睛一亮，当即便将唐宁掌心里的那平安符抢了过来，宝贝似的捂在怀里，“要！唐师给的肯定是好东西！”

能让妖邪不敢近身，还能抵挡炼气期修士的一次攻击，那可就真的是保命的东西！这平安符戴在他娘身上，他就算出门在外，也不用担心他娘的安全了。

他拿出来看了看，忍不住又问道："唐师，符纹一般不是画在符纸上吗，怎么这个是刻上去的符纹？而且像这样的平安符，俺好像都没听说过。"

"符箓中也有辟邪符和防御符，但两种结合在一起的就没有，所以我这平安符独此一家，外面是找不到同款的。"唐宁眉眼间皆是笑意，言语中更是有着自信和骄傲。

而她也没说，凡人之地的符箓原本就不是很多，其中辟邪符和防御符皆有，但像她这样二合一还带着佛光圣力的就没有了。

所以，就算是这小玉葫芦原本只是地摊货不值钱，但经她的手刻下平安符注入佛光圣力之后，它便是无价的。

牛大力听了唐宁的话，心中越发欢喜，道："俺真是赚到了，他们得羡慕死俺。多谢唐师了，那俺先回去了。"话音一落，他当即背着包袱就准备回去炫耀。

唐宁一下就猜出他的心思，冲着他的背影喊道："你别到处嚷嚷！"她可没那么多工夫去刻平安符，更没那么多佛光圣力可以分出去。

"好！俺知道！"牛大力应道，头也不回地跑了。

看着他离开，唐宁这才看向星瞳和寒知，道："葫芦本身就有福禄的寓意，再加上这平安符上有佛光圣力加持，效果会大增。正好星瞳的小玉葫芦有三个，这两个你们一人一个戴在身上吧。说不定哪天就能用到。"

"多谢主子。"两人心中一喜，露出笑容来，接过那小玉葫芦后，爱不释手地把玩着。

"我去石室，不要让人打扰我。"唐宁说道。

"是。"两人应道。

看着她回了石室，两人又低头看了看自己手里的平安符。

"我去找红绳系上后戴在脖子上。你是要戴着，还是缝起来？"星瞳看着身边的寒知问道。

寒知想了下，道："我的用小布包缝起来，然后放在身上就好。"

"好，那我帮你缝吧。"星瞳说道。

星瞳先跑回房里取了东西来，坐在树下编了条红绳，将那个小玉葫芦系好戴在脖子上，然后藏到衣服里面，再取一块小布帮寒知缝了个小小的布包。

另一边，怀里揣着那平安符的牛大力脸上带着掩不住的欢喜与兴奋，恨不得跟其他人炫耀唐师送的这平安符，只不过他也知道学子那么多，要是一个个送，唐师也送不过来，所以只能按捺下炫耀的心思。

然而，他才走出一段路，就看到司徒南笙和叶飞白他们都在树下等他。他咧着嘴笑着走近，问："你们怎么没回去休息？在这里干什么？"

"牛哥，我们在这里等你啊。"司徒南笙走上前，伸手便搂住他的肩膀，一副哥俩儿好的样子，笑着说，"牛哥，唐师送了你什么东西？拿出来给我们瞧瞧啊。"

"嘿嘿，没……没什么东西。"

"牛哥，别这么小气，我们只是看看，又不抢你的。"尹千泽笑着说道，倚着树看着他，"再说，我们知道那是唐师送给你娘的，也就是看看，好奇而已，不会抢你的。"

他们就是有那个心，也不好下手啊！

"是啊！拿出来看一下，我们就看看，不拿你的。"宋一修也开口说道，实在是好奇唐师会给他什么。

高琛见此，也笑道："牛哥，唐师给你的反正也不是什么见不得人的东西，你就拿出来给大伙儿看看吧。就我们几个看看，其他人也不知道，你说是不是？"

"要是他觉得为难，就算了吧。"苏言卿温声说道，脸上带着让人如沐春风的笑意。

苏言卿这以退为进的态度，倒是让牛大力不好意思再藏着了，便对他们道："好吧好吧！俺告诉你们，不过你们知道就好，不要四处嚷嚷，唐师说不能四处嚷嚷的。"

"行，对其他人我们也不说，就我们几个知道。"司徒南笙拍着他的肩膀说道，往他怀里瞄了瞄，道，"该拿出来给我们看了吧？"

牛大力看了他们一眼，道："其实唐师给我娘的是一个平安符，看，就是这个。"他拿出怀里藏着的那平安符在手心里快速摊开，又迅速收起。

其他人看了，嘴角一抽。司徒南笙更是道："你收那么快做什么？我们都还没看清呢。"

"那是一块玉石吧？怎么说是平安符呢？你没弄错？"宋一修说道，挑着眉看着牛大力，以为他是随便拿出个东西来糊弄他们。

牛大力一听，当即道："怎么可能弄错？这个真的是平安符啊！不信你看，这上面还有符纹呢！"

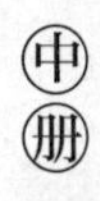

闻言，宋一修接过看了下，微讶，道："还真有符纹。不过这符纹似乎没见过，也不像是辟邪符啊。"

其他人听了，微怔，道："还真是平安符？怎么是这样一个灵符？这玩意儿还能当平安符？上面画的不是辟邪符又是什么？防御符？"

宋一修摇了摇头，道："我也不知道。"他在符箓一道上有些研究，但也看不出这个小玉葫芦上面刻着的符纹属于哪一种。

"嘿嘿，你们没见过吧？那是肯定的啊！这是唐师送的，是他亲手制的平安符，你们以为随处可见啊？"牛大力一脸得意，此时早已把唐宁让他不要到处嚷嚷的话抛到脑后了。

牛大力将那平安符拿回手中，这才得意地道："我告诉你们，这个平安符可以抵挡灵师以下修为的一次攻击，而且戴上这平安符，妖邪不敢近身，厉害不？"

听到这话，几人微怔，有的人更是低呼出声："不是吧？挡得住灵师以下修为的一次攻击？那就是炼气九阶巅峰的也挡得住了？这么厉害？"

"对，就是这么厉害！"牛大力说道，小心翼翼地准备将那平安符收起来，却被旁边的司徒南笙拦住了。

"等等，等等，我再看看，再看看。"司徒南笙说道，一下便夺了过去，拿着那指甲盖儿大的小玉葫芦，不可思议地道，"唐师既然这么说，那就一定是真的了，只是这么差的玉质，这葫芦的做工也这么粗糙，又这么小一点儿，居然能这么厉害？真的好想试一下……"

一听这话，牛大力一瞪眼，当即抢了回来。

"你别乱来啊！这可是唐师给俺娘的！"牛大力连忙将那平安符收了起来。

"哈哈哈哈，你别紧张，跟你闹着玩的。"司徒南笙哈哈大笑，拍着他的肩膀道，"唐师的这平安符适合你娘，但并不适合我，我都是灵师了，对炼气级别的攻击自然无惧，也用不上这样的平安符。"

"好啦好啦！既然东西都看过了，那也该各走各的了，这些天在外面你们不累啊？我可想回去好好休息一下。"叶飞白说道，摆了摆手便先走了。

其他人见状，也笑了笑，喊道："走走走，回去歇歇。"

见他们散去，牛大力这才拍了拍胸口，咧着嘴笑了笑，也跟着回学子宿舍了。

虽说年假快到了，但也还有一个多月，这段时间正好可以好好安排一下，再想到唐师说的带他们去游历，但必须达到灵师级别才可以去一事，一些还没能达到灵师级别的学子心中暗下决心努力修炼。

接下来的几天，唐宁往藏书楼中跑得最多。在她吸收藏书楼中古籍里的知识的同时，积分消耗得也很快，毕竟越是上面的楼层，每进一次的积分都要不少。

而在她专心吸收知识和研制药物时，她却不知，在天龙城沈家，沈家的人此时正头大呢！

沈家家主在厅中负手走来走去，不时地叹息道："你说这孩子，怎么就这么倔呢？这都已经关在房里多少天了？再这样下去可不行。”

“我是担心她这样下去会闷出病来。”旁边的沈夫人忧心地说道，“老爷，你就想想办法吧。”

一听这话，沈家家主转身道：“我能想什么办法？那一位是天龙导师，难道我还能把他请到家里来陪咱女儿不成？”

“那怎么办？你又不是不知道咱女儿，要是真的发病了，我担心到时候关都关不住啊。”沈夫人叹息道，心里乱成一团。

沈家家主顿时迟疑起来，不确定地道：“应该不会吧？玥儿都已经有两年多没犯病了，总不会为了这唐师犯病吧？还有就是，这唐师我觉得邪门儿了点儿，沈伯那天陪着玥儿出去，第二天居然就说不出话了，你说这事邪不邪门儿？”

“可不是几天过去就好了吗？也没什么事。”沈夫人说道，“倒是玥儿，你看她这些年来什么时候对一个人这么上心了？这孩子平时也没什么玩伴，难得有这么一个看得顺眼的，唉，要是那小和尚不是天龙导师就好了，可以把他请到家里来住啊。”

“不好了，老爷、夫人，小姐晕过去了！”一名婢女惊呼着朝这边跑来。

厅中的夫妇二人听了，不禁一惊，连忙往外走去。沈家家主喊道：“快，快去看看！把成大夫叫上！”

厢房中，沈星玥脸色苍白地躺在床上。一旁的沈家夫妇紧张地看着成大夫帮女儿把脉。

见成大夫收回手站了起来，沈家家主忙问道：“成大夫，玥儿怎么样？”

成大夫一边收拾药箱，一边道：“小姐应该是这几天没怎么吃东西才会晕过去，只是小姐心中有郁气，闷闷不乐，若是不排解出来，只怕……”

“只怕什么？”沈夫人忙问道。

成大夫看了两人一眼，道：“只怕小姐的病会发作。”见两人一人脸色凝重，一人眼眶泛红，成大夫道，“我先开些药让小姐喝着吧。但心病还须心药医。”说完，成大夫走了出去。

听了这话，沈夫人终是忍不住哭了出来，道：“我可怜的玥儿，要不是当年出了那事，也不会得了这怪病，现在又这样，我……我真恨不得代她受了。”

“好了，别哭了。”沈家家主将她拥入怀中，道，“我们还是想想办法吧。总不能让她一直这么下去。”

沈夫人拭了拭泪水，说道：“要不我们去天龙学院，请唐师来开导开导她？”

沈家家主摇了摇头，道：“你也说了，玥儿这些年没什么玩伴，这一次遇到一个她喜欢又待她好的人，自然是希望他能一直陪她一起玩。而且就算请唐师来开导，我

觉得也只是治标不治本。”

“那你有什么办法？”沈夫人问道。

沈家家主叹了一声，看着床上晕着的女儿，道：“我们玥儿今年也十岁了，她的病一直是我心头上的一块大石，她什么时候发病我们都不知道，更无法预料发病后的后果，所以我想……”他顿了一下，看向夫人，说：“这唐师我让人打听过了，很是有本事，而且又是佛门中人，所以我想将玥儿送到他身边去。”

“什么？将玥儿送到他身边去？这……这怎么能行？玥儿她才十岁，一直被我们保护着，单纯得就跟一张白纸一样，让她离开我身边，我怎么能放心？”

“你就别说什么能不能放心的事了，还是担心唐师愿不愿意收吧。”沈家家主摇了摇头，道，“这也是我三思后的决定，这些年也没见玥儿对什么人和什么事感兴趣，说不定唐师会是玥儿的转折。”

听他这么说，沈夫人不由得问：“那你想怎么做？唐师要是不收呢？”

“等过两天，玥儿的身体好转，我去求，我舍了老脸带着玥儿去求。”沈家家主说道。其实他也是在赌，只是到了这一步，他也没有其他办法了，只能这样赌一把。

此时唐宁正在洞府之中静坐潜修，还不知道自己已经被人惦记上了。

这几天除了去藏书楼，她也会抽出时间来静坐潜修，但也可能是因为她所学的东西比较杂，所以修为到了灵师五阶之后，任她再怎么修炼，也没有动静。

她睁开眼睛，轻叹一声，道：“看来还真被那墨烨说中了，学的东西太多，进展也会更为缓慢。”

她笑了笑，起身迈步往外面走去。她看着外面的天空伸了个懒腰，笑眯眯地道：“还好我向来是个顺其自然不强求的人。”

星瞳见她出来，便走上前，来到她身边道：“主子，司徒南笙先前来过一趟，说这一次半个月一次的挑战没有人报名了。”

闻言，唐宁笑了起来，道：“这也正常，毕竟那些积分不是谁都能轻易拿出来的，在没有十足把握之前，估计他们不会再轻易尝试了。”她活动了一下筋骨，道：“回头告诉司徒南笙一声，如果有人挑战让他去安排就好了，我就不过去了。”

“是。”星瞳应了一声。

“伤怎么样了？伤口还疼吗？”唐宁问道。

“已经好了。”星瞳转了转手臂，道，“在城里养了几天，在学院也养了好些天，已经没什么大碍了。”

唐宁点了点头，往前面的空地走去的同时，朝星瞳勾了勾手指，道：“既然没什么大碍了，那就过来练练。”

那边树下修炼的寒知一听主子的话，便也站了起来，问："主子，可需要我来？"以往都是他当星瞳的陪练的。

"不用，你在一旁待着。"唐宁摆了摆手，看向星瞳，道，"攻击我。"

"是。"星瞳应道，身影一闪便掠上前，握拳朝她袭去。因知道自己的身手伤不到她，所以星瞳也没有留后手，用的都是十分狠厉的招式。

实力品级的差别就在于，以她灵师的级别，看星瞳炼气期的攻击动作，速度真的很慢，自然能轻易地将星瞳的招式破解。

她与星瞳交手了几招，大概摸清了星瞳现在的身手和反应力之后，便道："我教你一套近身刀法和身法，你仔细看着。"

她看了星瞳一眼，便取出匕首握在手中，以匕首代刀，匕首在手中一转，如同有生命一般划了一个凌厉的弧度，然后她把匕首反握在手中，匕首柄紧贴着她的手，凌厉的刀法在步法的配合下显得天衣无缝。

星瞳看得眼睛微亮。

一旁的寒知见了，便知道这一套刀法和步法都是比较适合女子的，步法以轻盈灵动为主，刀法凌厉，出其不意，刀锋袭向之处皆是人体最致命的位置，两者若是熟练运用合而为一，威力不可小觑。

星瞳看得认真，在一旁跟着她家主子的步伐和手法比画，听着她家主子口中所念的口诀，将之牢记下来。

唐宁因担心星瞳记不住，还演示了两遍，最后问道："可记住了？"

星瞳点了点头，眼睛泛亮，道："记住了。"

闻言，她露出笑意来，走到石桌边坐下，示意道："嗯，自己练吧。"

寒知站在她身边，见她看着星瞳在那里练习，不由得想到牛大力问的话，便问："主子，到时候学院放年假主子可要回家去看看？"

"是得回去。"纵是她不太想回去，但还是得回去，毕竟她不仅是唐师，还是唐宁，唐家的少主。

"那主子到时候带属下和星瞳回去吗？"他有些忐忑地问出心中想问的话。

闻言，唐宁摸了摸脑袋，想了想，道："你们两个啊，你们两个就不要回去了，留在洞府这里修炼吧。反正我回去了也不会待很久就会回来，省得你们跑来跑去。再说你们两个这实力得抓紧提升才行，免得下回又弄得一身的伤。"

寒知原本还想着跟她一起回去，不过一听她说起他们的实力，到了嘴边的话不由得咽了回去。

确实，他们的实力真的太弱了，跟在主子身边不仅没有帮到她，反而经常给主子拖后腿。这天龙学院的洞府灵气充足，是个极好的修炼之地，若是主子不让他们回

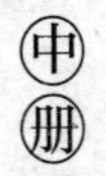

去，那他们就潜心在洞府里修炼吧。

又过了两天，这一天清晨，唐宁去竹林上了一节课之后，便往藏书楼走去，准备再去看看里面的书。然而，她还没到藏书楼就被人唤住了。

“唐师，唐师，学院大门那里有人找你。”一名学子跑来说道。

“有人找我？什么人啊？”唐宁微讶，问道。

“我不认识。”那名学子摇了摇头。

“那好，我过去看看。”她说道，往学院大门那里走去。

与此同时，学院大门那里，穿着一身漂亮衣裙的沈星玥拉着她爹爹的手，正眨着一双大眼睛新奇地看着面前这个气派的地方。

“爹，唐唐就在这里面吗？”沈星玥语气中带着兴奋和期待，问道，“他要是知道我来了，会不会很开心？”

沈家主无奈地一笑，道：“玥儿不是说他是一个很好的人吗？那他看到你应该会开心吧。”

唐师开不开心他不知道，他现在只担心，要是唐师拒绝了他的请求，那他该怎么办？

“爹爹，唐唐来了，来了。”沈星玥有些害羞、有些期待地躲到爹爹身后，揪着他的衣袍，微探出脑袋，偷偷地看那个朝这边走来的小和尚。

唐宁看到学院大门处的人时，不由得微愣了一下——沈星玥她是见过的，不过那中年男子她倒是没见过。

带着疑惑走上前，她打量了一眼那中年男子，心中已经暗暗猜测这极有可能是沈家的家主。心念一动，她双手合十行了个佛礼，直接问道：“阿弥陀佛，施主找小僧有事吗？”

在唐宁打量沈家家主时，沈家家主也在打量唐宁。他对这唐师的了解多数是打听来的消息，并未亲自见过，如今见到本人，一颗心微微放了下来。

“真是百闻不如一见，沈某人今日得见唐师，真是三生有幸。”沈家家主笑着说道，朝唐宁回了一礼。

唐宁眉眼带笑，神态平和，看了躲在后面的沈星玥一眼，便对面前的中年男子道：“原来是沈家主，只是不知沈家主特意上山来，所为何事？”

“唐唐。”躲在爹爹身后的沈星玥又探出脑袋来，小声唤了一声。

唐宁朝沈星玥看去，微微一笑，心下则在想：沈星玥怎么也来了？这父女俩是来干什么的？

沈家家主看着面前的小和尚，道：“唐师，今天我是为了我女儿而来的。”

听了这话，唐宁微愕，看了看那眨着的漂亮眼睛，带着几分羞涩、几分欢喜看着她的小女孩儿，问了一句："沈家主说的是什么意思？"她怎么没能理解呢？

"唐唐，我爹爹要把我送给你。"小女孩儿双眼亮晶晶地说道，言语间带着欢喜。

不说还好，沈星玥一说这话，唐宁的嘴角忍不住抽搐了一下。

"唐师，可否借一步说话？"沈家家主问道。

唐宁看了他一眼，便与他走到一旁，问："沈家主有什么话？请说吧。"

沈家家主看了蹲坐在学院大门处、正侧着头朝这边看来的女儿一眼，这才开口道："唐师，小女自初识唐师，便心生欢喜，这么多年来她是第一次这么喜欢一个人和听一个人的话。那日她与家中的管家遇见唐师，回去后一直闷闷不乐，最后还病了几天。我与夫人只有一女，对她是宠爱有加，所以看到她这样，我们也是心生不忍，所以想求唐师能够收下她，让她跟在唐师身边学些东西。"

似乎是担心唐宁会开口拒绝，未等唐宁说话，沈家家主又连忙说道："唐师，我这些年来也收藏了一些灵药，皆是市场上少见的年份极老的灵药。"说着，他从乾坤袋中取出了五个小方形盒子，将盒子打开，道，"唐师请看，就是这五株灵药，每一株都是万金难得的好东西，只要唐师愿意答应我的请求，让玥儿跟在唐师身边，这五株灵药我皆送给唐师。"

唐宁本也就是随意地看了一眼，因为心里压根儿就没想答应，那小女孩儿虽然长得讨喜，但岁数不大，她要是带在身边，还不知给自己添多少麻烦呢！更何况天龙学院又不是谁都能进来的，她纵是在这里当导师，也不可能随便就带人进来，这是不合规矩的。

哪知她随意地一瞥，却见这五株药材之中竟有两株是她一直在找的可以提升实力的灵药，还是两百年份的，若用来炼制提升实力药的话，那效果自然是不用多说的。

心中微动，朝沈家家主看去，她说道："想来沈家主在上山之前应该是做了不少的打听和调查吧？"

他旁的东西没送，直接送了灵药，可见在上山之前应该是调查过她的。

沈家家主苦笑，没想到唐师这般敏锐，忙拱手道："不敢，沈某并没有冒犯唐师的意思，沈某所做的一切皆是为了小女，沈某也知道这样突然送小女上山想让唐师收下并非易事，所以多方打听，得知唐师托了拍卖行寻药，又想到家中有这几株珍藏，所以才将东西带了过来，希望唐师可以收下。"

他家中原本只有其中三株，后又从朋友那里换来了两株，虽说用了不少代价，但若是唐师肯收下，倒也值得了。

唐宁看了，却是收回目光，摇了摇头，道："这些东西你还是带回去吧。"

一听唐宁的话，沈家家主一顿，问道："唐师可是担心天龙学院不让玥儿进去？如果是担心这个的话，我有办法。"

唐宁看了他一眼，双手合十，道："阿弥陀佛，这只是其一；其二，我虽是天龙导师，但也是一个和尚，你女儿跟在我身边多有不便；其三，我也抽不出精力和时间去帮你照顾和教导她，让她跟在我身边也只是耽误了她，更何况……"她看了一眼那边正冲着她露出笑容的小女孩儿，道，"她年纪还小，对很多人和事也只是一个新鲜劲，过段时间也就好了，你们不必太过较真，须知就算是宠爱孩子，也不能事事由着她，过分的宠爱只会害了她。"

"唐师所说我们都知道，只是玥儿与旁人不同。"沈家家主说道，看向托着下巴在那边坐着的女儿，眼中皆是悲痛，"在玥儿五岁那年的元宵花灯夜，她跟她娘亲被看花灯的人挤散，她被人贩子抱走了，我们动用了所有的势力，足足找了十天十夜，才在几百里外城中的一个乞丐窝里找到了她。"说到这儿，他深吸了口气，衣袖下的手紧紧地握成了拳，继续道，"那些人根本不是人，都是畜生！一个五岁的孩子，一个五岁的孩子啊！他们居然把她打得体无完肤，还将她的手生生扭断，就为了博取同情好去乞讨为他们赚钱！更残忍的是，他们居然用布紧紧地勒着她的两条腿，想要生生勒坏，从而让她永远无法走路！如果当时我们再晚去一会儿，她能不能活下来都不知道。"他眼睛泛红，仿佛又想起多年前那一幕，颤声道，"当我找到她时，她已经不会喊我爹爹了，只是看着我流泪，那一双眼中盛满了恐惧与无助。她那惶恐不安的神情到现在我还无法忘记。我带她回家，治好了她的伤，给她最好的东西，给她所有的宠爱，用了很长的时间让她忘记那一年发生的事情，可她还是在那一次的事情中落下了病。她一发病就如同变成另外一个人，就算是我们再怎么制止，依旧于事无补。这一次她不吃饭，还在家晕倒了，大夫说心病还须心药医，我们见她一直念叨你，所以才想着将她送到你身边来。"说完，他一提衣袍，竟是朝唐宁跪了下去。

"哎，沈家主……"正听得入神、心情沉重的唐宁见此连忙伸手去扶他。

沈家家主反手拦下唐宁试图拉他起来的手，恳求道："唐师，沈某也不是想为难你，只是请体谅一个父亲的爱女之心，请唐师答应吧？"

"爹爹！"那边坐着的沈星玥见爹爹居然跪下去了，连忙跑了过来，抱着他的手臂试图往上拽，"爹爹，你快起来啊。"

"玥儿，跪下。"沈家家主拉着沈星玥的手道，"快跪下。"

被爹爹拉着，沈星玥也不知是怎么回事，但也乖乖地跪了下去，眨着一双漂亮的眼睛迷茫地看着面前的唐师。

唐宁见他们父女俩这样，不由得叹了一声，道："沈家主，你们快起来吧。"

她所有拒绝的话，都在知道沈星玥所经历的事情，以及沈家家主为了女儿甚至不惜下跪相求之后而咽下。

“唐师……”沈家家主看向唐宁，不知唐宁是否答应。

唐宁无奈，道：“起来再说。”她伸手将他扶起来，看着他脸上露出欣喜，以及松了口气的神情，道，“我可以答应你，但你也知道，天龙学院有天龙学院的规矩，我纵是导师，也不能随便将外人带入学院，你可明白？”

“这个我知道，我会处理好的，定不叫唐师为难。”沈家家主露出笑容来，心中一直悬着的大石头总算放了下来。

他看向一旁的女儿，交代道：“玥儿，那你以后就跟在唐师身边，一定要听唐师的话，不能给唐师惹麻烦，知道吗？”

“嗯嗯，玥儿知道。”沈星玥欢喜地道，笑盈盈地看着面前精致好看的光头少年，心里很是高兴。

“唐师，我女儿就麻烦你了，沈某在此多谢了。”他感激地朝唐宁行了一礼，道，“我听说院长还在闭关中，不过院长当年允过的事情其他几位导师也是知道的，我现在就过去一趟。”

他将那几株灵药给了唐师，便往学院里面走去。在得到唐师的应允之前，他没有去找他们；现在唐师应允了，他再过去一趟跟他们说一下便好。

看着他往学院里面走去，唐宁收回目光，将那几株灵药收入圆竹空间里，这才看着面前一脸欢喜地看着她的沈星玥，问：“你跟在我身边就不能经常回家了，不会舍不得你爹娘吗？”

“不会，在家里很无聊的，我爹娘都不好玩。”沈星玥摇头说道，双眼亮晶晶地看着唐宁，“我喜欢唐唐，想跟在唐唐身边。”

唐宁一边往里面走，一边道：“我平时很忙的，没时间陪你玩，而且到了我这里，也不能整天想着玩。”

“嗯嗯，唐唐说什么就是什么，我会听话的！”沈星玥一副我很乖、我很听话的样子，那讨喜的模样还真叫人不知说什么好。

带着沈星玥往里面走去，唐宁则在想，多了这么一个小女孩儿，睡哪儿呢？她那洞府里面可没空房间了啊！

“唐唐，你平时都在这里面干什么？”跟在唐宁旁边的沈星玥好奇地问道，打量着周围的新环境。

“教导学子和修炼啊。”她漫不经心地说道。

路上遇见的学子都朝她行礼，口中唤着“唐师”。

也许是听说唐师又带了个小女孩儿进来，司徒南笙几人便往唐师的洞府走去，想去问问是怎么一回事，哪知还没到洞府，就见唐师带着那小女孩儿在前面走着。

“不是吧？还真的有个小女孩儿？”尹千泽说道，与其他人相视了一眼，便朝前面喊了一声：“唐师！”

听到身后的声音，唐宁回头看去，见是他们几个，便问：“是你们几个啊，找我有事？”

司徒南笙几人快步走上前，看了看那小女孩儿，将唐师拉到一旁，问道：“唐师，她是谁啊？你怎么将她带进来的？”

“她叫沈星玥，她爹把她送上来的。”唐宁无奈地说道。

“送上来你就收啊？你又不是不知道学院这里的规矩。”司徒南笙不赞同地说道，“其他导师知道了，肯定不会同意的。还有，院长闭关出来，也会让你将她送下山的。”

一旁的陈道听了，微愕地瞪了瞪眼，连忙问：“唐师，你说的这个沈星玥，应该不会就是那个沈星玥吧？”

“什么这个、那个的？”牛大力疑惑地看着他们。

苏言卿看向那个正看着这边的小女孩儿，道：“我想应该就是那个沈星玥了。”

唐宁看了他们一眼，道：“她家就在天龙城，她爹就是沈家的家主，就是你们上回说的那个沈星玥。”

闻言，他们都看着唐师，久久无言——他们真的不知该说唐师什么好了，都说那个沈星玥是有病的，唐师居然还将人带到学院里来了？

“呵呵呵，这也是唐师干得出来的事。”叶飞白笑了起来，完全是一副看好戏的神情，“这事旁人做不出来，不过既然是唐师嘛，倒也不意外。”

“唐师，你带她到这里来做什么？不会是想留下她吧？”高琛也忍不住问道。

一旁的洪远也一脸无法理解地看着唐师，不知唐师到底想干什么。

“嗯，我不是说了吗？她爹把她送上来给我的。”唐宁笑了笑，看他们一个个一脸错愕和无法理解的神情，眉眼一弯，带着几分狡黠与戏谑地道，“所以我就收下了，让她在身边当个使唤丫头也好。”

听了唐师这话，几人顿时不知该说什么好了。

“行了，你们该干吗就干吗去，我要带她去洞府看看，多一个人还不知该怎么住呢？”她摆了摆手，迈步朝前走去，带着沈星玥去了洞府。

寒知和星瞳是见过沈星玥的，所以看到沈星玥跟在主子身后走来，只是诧异了下，看向他们家主子。

“沈星玥，你们应该都见过。这是星瞳，还有寒知，认识一下。”唐宁说道，在一旁树下的石桌边坐下，道，“好好相处，以后她就在这儿住下了。”

寒知和星瞳听了，看了沈星玥一眼，便应道：“是。”

“瞳姐姐、寒大哥。”沈星玥一脸乖巧，唤了他们一声后，便笑盈盈地看着他们。

唐宁看了他们一眼，道：“星瞳，在你房里再放一张床，以后她跟你一起住。”

“好。”星瞳应道，对一旁的沈星玥露出一抹笑容来。

“那我现在就去帮她做一张床。”寒知说道，迈步往竹林走去，准备去那边砍些竹子，做一张竹床。

“你带她四处熟悉一下地方。”唐宁对星瞳道。

“是。”星瞳应道，便带着沈星玥先熟悉一下地方。

竹林那边，寒知砍了些竹子正做一张竹床，牛大力也在那里帮忙。星瞳不会做竹床，但也帮忙削一些细竹给他们用。

“星瞳，你们两个睡一个屋吗？再放这张竹床会不会太窄？”牛大力一边问，一边将两根圆竹接到一起。

“不会，洞府的石房很大。”星瞳说道，给他们递了一些小竹片，就听沈星玥的声音传来。

“瞳姐姐、寒大哥，我来帮忙啦！”沈星玥跑了过来，见竹床已经差不多做好了，不由得眼睛一亮，“你们真厉害，真的做出竹床了呢！”

牛大力瞧了沈星玥一眼，见她跟正常人一样，也不明白陈道为什么说这小女孩儿是有病的，这模样怎么看都不像是有病的，估计是误传吧？

“玥儿是吧？一会儿再给你做个床头柜子，给你平时放东西，怎么样？”牛大力咧着嘴笑道。

“好啊！”沈星玥微侧着头看了看牛大力，继而甜甜地一笑，“谢谢大哥哥。”

“嘿嘿，俺叫牛大力，你跟他们一样叫俺牛哥就好。”牛大力说道。

“好，牛哥，嘻嘻，你的名字真好玩，你是不是力气很大？”沈星玥好奇地问道。

“对，俺力气是很大的。”牛大力点了点头，将接起来的竹床拍了拍，见很稳固不会摇晃，这才道，“好了，这竹床可以了，再做个放东西的小柜子就行了。”牛大力站了起来，看了看地上剩下的一些竹子，道，“得再砍一根竹子才够用，我去挑一根。”说完，牛大力便往竹林较深处走去。

这边几人在做竹床和竹柜，另一边唐宁也去了几位导师那里，说了一下沈星玥留下的事情，在得知几位导师都知道了之后，这才往藏书楼走去。

到了傍晚时分，唐宁回到洞府，就见沈星玥朝她跑了过来。

“唐唐，可以吃饭啦！”沈星玥围在唐宁身边转着，兴奋地道，“寒大哥他们帮我做了竹床还有柜子，小小的，很好看。”

“我去看看。”唐宁说道，一边往洞府走去，一边对星瞳道：“她上山时也没见带东西，等会儿吃过饭，带她去领些被子和衣服。”

“主子，玥儿的东西备得很齐。”星瞳上前说道。

“哦？”唐宁微侧头，看了沈星玥一眼。

“嗯嗯，唐唐，东西我都带了，而且带了很多呢！”走在前面的沈星玥扯出脖子上的红绳，将藏在衣服里的东西拿了出来，“你看，这是我爹爹给我的，里面放了很多东西，我娘亲把被子、衣服都给我准备了，我不用再去领啦！”

唐宁眉头微扬，道：“乾坤袋？”

没想到沈家家主连乾坤袋都给女儿备上了，要知道，这东西在凡人之地可是稀罕之物，就是司徒南笙他们都没有。

沈星玥点了点头，漂亮的眼睛里盛满了对唐宁的信任，道：“嗯嗯，我爹爹说这是仙家的东西，不能让人看见，要不然别人会抢的，但是唐唐可以，唐唐不会抢我东西的。”

闻言，唐宁看了沈星玥一眼，笑道：“收起来吧。这个袋子你在外面不要轻易用，就是放东西和拿东西也不要让旁人看见。”

在凡人之地这是件宝贝，但也容易招来麻烦，尤其是像沈星玥这种实力不怎么样、岁数又小的小女孩儿，一个不小心乾坤袋被人拿走了都不知道。

“好。”沈星玥乖巧地应了一声，将那小袋子又塞回衣服里面。

交代好后，唐宁便去了洞府里面，有了沈家家主送上来的那两株主药，她觉得这一次应该可以将进阶的药液炼制成功。

这个世界炼制药物的手法她并没有学过，因此她用的还是上一世所用的手法，从药物中提取药液精华来配制灵液。

这一忙，她便是几天没有出过石室。

与此同时，远在皇城的墨烨这段时间都用忙碌来让自己暂时去忘掉那个小和尚。几乎可以说，从回来到现在，他每天都处于忙碌状态。

他的情况也让暗一和黑风有些担心。

“主子这样下去也不是办法啊。你看他整天埋头处理事情，照这样下去，我担心他的身体吃不消啊。”黑风担心地说道。

暗一沉默了一会儿，道：“这段时间大整顿，底下的人也是叫苦连天，昨天还有暗卫过来问我主子到底是怎么了。”

黑风迟疑了下，道：“你说，要是给主子安排两个女的过来侍候，会不会转移他的心思，让他不要总去想唐师？”

闻言，暗一看了黑风一眼，道：“你敢就去安排，反正我是不敢。”他要是敢那样做，估计会被主子调离。

“那怎么办？就让他一直这样下去？”黑风无奈地问道。

“也许再过一段时间主子就渐渐地忘了。”暗一说道，心中却不太确定。

第二十章　思之如狂

暗一和黑风以为他家主子在处理事务，而书房中的墨烨也确实提着毛笔，端坐在那里，神情专注，然而若是有人走到他身边就会看到，在他面前摆放的不是需要批阅处理的事务、账本，而是一张白纸，一个光头小和尚活灵活现地浮现在白纸上。

小和尚有着精致出色的五官，狡黠灵动的眼眸，浅笑挂在唇边，耳边一枚紫色的耳钉，青衣着身，一根圆竹斜挂在腰间，衣角处隐隐似有风拂动，带着一丝飘逸绝尘的气息，双手合十，目视前方，仿佛此时正浅笑着对他说：阿弥陀佛，施主，你与佛有缘。

他放下手中的笔，手指轻轻地抚过画中人的脸颊，哪怕到现在，他也不知道自己怎么会爱上这样一个人。

他原本以为对小和尚的喜爱仅仅是因为小和尚合他的眼缘，对小和尚也仅仅如同知己、朋友一般，却不知从什么时候开始竟悄然变了味。

原来爱上一个人，真的会有一日不见、如隔三秋的想念。

他以为距离可以让自己淡忘，却不知离得越远、想得越甚。

但他也知道，终此一生，他都只能将这份感情深埋在心底，永远不让小和尚察觉半分……

数天过去，另一边的天龙学院之中，闭关数天的唐宁看着面前提炼出来的灵液，在石室中大笑起来，笑声传开，就连在洞府外面的寒知三人都能听到。

“唐唐怎么笑得这么开心？他没事吧？”沈星玥忍不住问道，疑惑地看向那紧闭着的石室大门，“我已经好多天没见到他了，他都不用吃饭的吗？他不饿吗？”

闻言，星瞳笑道：“主子的圆竹空间里有食物，她要是饿了会吃点儿东西，不过很多时候她专注起来根本顾不上吃东西。”

“我想应该是主子闭关有所成了，所以才这么开心。”寒知也开口说道。

过了一会儿，石室的门被打开。他们看到唐宁走了出来，便迎了上去。

“唐唐，你头上长出头发来了！”沈星玥盯着唐宁头上长出来的一点点头发，不禁惊奇地喊道。

唐宁伸手摸了一下，确实不是以往熟悉的光滑脑袋，便笑道：“因为这几天我都没剃头啊。回头我剃干净之后抹些药上去，短时间内就不会长了。”省得她三天两头就得剃一次头。

“主子，我准备热水给你沐浴吧？玥儿，你去食堂给主子拿些吃的过来。”星瞳开口说道。

“好。”沈星玥应道，拔腿就跑，还喊道，“我去食堂拿饭过来给你吃，唐唐你先去洗澡，我一会儿就回来了。”

唐宁眉眼一弯，走到桌边坐下。

寒知给她端上了茶水，星瞳则去给她准备沐浴的热水。

司徒南笙等人知道这几天唐师皆在闭关，便也没过来打扰，这会儿看到欢快地往食堂走去的沈星玥，便喊道：“星玥，唐师出关没有啊？”

“出来了，刚出来的，我正要去食堂给他拿吃的呢！”沈星玥看了他们一眼，继续快步往食堂走去。

司徒南笙几人一听，不由得笑了起来，道：“走，去看看。”话音一落，几人便往唐宁的洞府走去。

洞府那里，唐宁刚进去沐浴，司徒南笙几人就到了。

“我们听说唐师出关了？唐师呢？”司徒南笙问道，四处看也不见人。

“主子在沐浴，你们要见她得等会儿。”寒知对几人说道。

“唐师闭关了几天，都在忙些什么？”叶飞白问道，来到桌边坐下。

寒知看了他们一眼，不答反问：“你们过来找主子是有什么事吗？”

“没事就不能过来看看吗？”司徒南笙笑了起来，道，“最近修炼上倒也没遇到什么难事，只是闲着也是闲着，也好几天没见到唐师了，便过来看看他这些天都忙些什么。”

几人在外面有一搭没一搭地聊着。没过多久，沈星玥提着东西也回来了，将食盒放在桌上，也在旁边等着。

沐浴后，唐宁神清气爽地走了出来。

“唐师。”几人朝唐宁行了一礼。

“唐唐，快来吃饭，我给你拿了好大一盘肉！”沈星玥说道，将食盒里的东西摆出来。

“你们怎么来啦？”唐宁看了他们一眼，走上前坐下。

叶飞白笑了笑，道：“唐师，你闭关这些日子，估计你还不知道，学院里最近有个事传得沸沸扬扬吧？”

“嗯？”唐宁看向叶飞白，问，“什么事？”一般与她无关的事情，她是很少去关注的，再加上寒知和星瞳也没跟她说，她自然是不知道的。

司徒南笙撇了撇嘴，双手环胸，道：“我知道，他要说的是那南宫凌云的事情。”

听到南宫凌云的名字，唐宁心头微动。自上次一起下山之后，这段时间她一直不曾见过南宫凌云，此时听他们提起，她便问：“他怎么了？”

“主子，学院里的人都在传，南宫凌云那次下山得了机缘，实力突飞猛进，直追学院导师的实力修为。”寒知上前说道。

因南宫凌云跟主子的关系，这事寒知也稍有打听，原想着等她清闲下来再告诉她，倒是司徒南笙几人先行提起。

“那小子也不知走了什么狗屎运，原本是刚入灵师级别的修为，现在却是灵师六阶的实力，短短不到一个月的时间，一连突破数阶，都能比肩学院的导师了。”司徒南笙口气微酸地说道。

闻言，唐宁目光微闪——那次见他身上气运涌动，她心下便猜测他应该会得到什么机缘，没想到来得这么快。

“这是好事。”她眉眼一弯，笑道，“如此一来，他声名鹊起，我们天龙学院自然也会跟着沾光。”

“听说这一次他下山是为了去帮他的小青梅寻医问药的，结果也不知怎的竟得了机缘。”司徒南笙说道，“不过倒是没看出来，这南宫凌云还是个痴情种，我可是听说，他的小青梅是个不能修炼的普通人。”

“哪里是普通人了？”一旁的尹千泽接过话道，“明明是说他的小青梅原本也是天之骄女，天赋很是出众，不过一夜之间一身修为尽散，再也无法修炼，才变成普通人的。”

“嘿嘿，俺听说他的小青梅长得很好看。”牛大力也跟着说道。

叶飞白摇着手中的扇子轻轻地扇着风，道：“好看又有什么用呢？我们虽在凡人之地，但好歹也是修行之人，修行之人又岂会娶一个没有修为不能修炼的平凡女人？时光易逝，红颜易老，若无法修炼，几十年后，再好看的女人都只是一个满脸皱纹的老妪而已。”

寒知听他们在那里说，他们却不知，他们口中所说的那个人此时正站在他们面前，笑眯眯地看着他们。

寒知不由得看了主子一眼，见她也没动怒，反而是一脸笑意，如同一个局外人一般听着八卦，一时间竟不知该说什么好。

“你们怎么连这些事都知道？”唐宁看着他们，戏谑地问，“这几天都没有修炼，就忙着打听八卦了？”

“他四处寻药，就算我们不打听也能知道他有那么一个小青梅。”司徒南笙说道，“虽然我不想承认，但也不得不承认，这南宫凌云的修炼天赋还真在我们之上。这样一个人将来前程自有无限可能，怎么就愿意将心思花在一个无法修炼的普通女子身上呢？”

“感情的事情，谁又说得清呢？”叶飞白笑了笑，看向唐师，难掩好奇地问：“唐师，你现在也还没佛前受戒，也不守清规戒律，所以你到底有没有想过还俗娶妻生子啊？”

闻言，唐宁愣了一下，继而扑哧一声笑了出来，道：“没有。”

娶妻生子？她能行吗？这完全是不可能的事情啊！

唐宁边吃着饭，边跟他们聊天。在他们离开后，她让沈星玥将桌上的东西收拾了，这才看向寒知和星瞳，问：“南宫凌云最近还在闭关？他要寻的药可寻到了？”

“自他回来后，很少有人看到他，他得了机缘实力突飞猛进的消息其实也是从严导师那里传出来的，严导师下了命令，让其他学子不能去打扰他闭关修炼，所以除了知道他的实力提升得很快，其他的并不知道。”寒知说道，目光落在他家主子身上，也不知她究竟是怎么想的。

闻言，唐宁点了点头，道：“我知道了。”声音一顿，她又问，“院长可出关了？”

“出关了，前两天出关的。”星瞳开口说道。

唐宁听了，站了起来，说了一声“过去一趟”后便离开了。

见四下也无别人，星瞳便问道：“寒知，你说主子跟南宫凌云以后会不会走到一起？”毕竟那南宫凌云那般痴情，主子到最后会不会被感动？

“不知道。”寒知说道，看了一眼周围，又道，“主子的身份不能泄露出去，以后他们两人的事最好不要提起。”

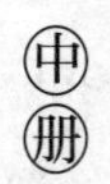

听了这话，星瞳应了一声：“嗯，我明白。”

比起南宫凌云，其实星瞳觉得那夜王更适合主子，只不过那夜王身上煞气太重，而且有着一缕死气，应该是活不久的人。还有一点就是，主子若是不恢复女儿装，而是一直用小和尚的装扮在外行走，也是断不可能与他们两人之中的任何一人扯上男女

关系的。

另一边，唐宁来到院长平时居住的院落时，就见他在里面悠闲地坐着喝茶，手里还拿着一本书在看。

“院长。”她上前唤了一声。

院长看了那依旧一袭青衣的小和尚一眼，和蔼地笑了，示意道：“坐。你怎么到我这里来了？是有什么事？”

“我听说院长出关了，便过来看看，顺便跟你说个事。”唐宁也不拘束，走上前便在桌边坐下，看着气色极好的院长，笑眯眯地道，“一段时间不见，院长气色更胜以往了。”

“呵呵呵，你啊，就别贫了，说吧，来找我有什么事？我想想，准没什么好事。”院长摇着头笑道，颇有些无奈地看着面前的小和尚。

唐宁不由得笑了起来，道：“不不不，这次绝对没有什么不好的事情，也不会给院长添麻烦。这次过来我是想说，再过一个月就是学院的年假了，我想提前下山去办点儿事。”

闻言，院长看了唐宁一眼，放下手中的书籍，笑道：“说起来，你到学院这么久，我都还不知你到底是什么来历？你家在哪儿？你的真名又是什么？”

“院长，不是说好了不问的吗？”她笑了起来，神神秘秘地道，“再说，就算我说了，你也不一定信啊！说不定等日后哪一天时机成熟了，不用我说，院长也知道我到底是什么人了。”

“哈哈哈哈，好，那我就拭目以待，等时机成熟那一日，看看我们学院里年纪最小的导师到底会是一个什么样的身份。”院长哈哈大笑起来，倒也没跟唐宁较真儿，只是道，“你既然想提前下山，那就去吧。天龙学院对导师没有那么多规矩和束缚。不过你可得记着，到年后开学你得给我回来，可不能就这样一去不返了。”

听了这话，唐宁笑眯眯地点了点头，道：“院长你就放心吧。我不会一去不返的，藏书楼里的书那么多，我还不知得看到什么时候呢？等事情办完了我自然会回来的。”

“嗯，你心中有数就好。”他抚着胡子笑了笑，道，“最近学院里传的事情你可知晓了？”

“院长说的是南宫凌云的事情？”她笑着问道。

“不错，此子偶得机缘，短短的时日里进步神速，实力直追学院的导师。我在想，他的天赋这般惊人，又得此机缘，估计在我们学院里待的时间不会很长了，而且极有可能会是我们学院这批学子中最先前往仙人之地的。”

听了这话，唐宁一笑，道：“出了这样一个人物，学院的声名也将大振。”

“哈哈哈，天龙学院在凡人之地已经是顶尖的存在了，也没有哪一所学院可以相比，但若是与仙人之地的宗门相比，却是不值一提的。”院长笑了笑，感慨地道，“仙凡有别，这当中岂止是一座大山的阻隔啊！在仙人之地，筑基修士遍地皆是，在凡人之地，筑基修士寥寥可数，一个家族中若出了一位筑基修士，便可振兴家族，这当中的差别你可想而知。”他站了起来，抚着胡子看着远方的天空，叹道，“仙人之地有着无上的功法，他们修炼的是真正的仙法，而我们凡人之地……”他摇了摇头，没再说下去。

唐宁听了，目光微闪，一时间没有说话，谁也不知她在想什么。

因得了院长的允许，唐宁便先回洞府，准备安排一下事情后便先行下山回家一趟。

她提炼出来的进阶灵液不多，所以她第一个便想到让她父亲试试效果，也只有他的实力变强了，才可以保护好他自己，保护好唐家，日后就算她前往仙人之地，也可以不必为他担忧。

回到洞府时，见沈星玥在那里无聊地坐着，她目光微闪——沈星玥来到她身边没多久，现在她要是走了，沈星玥除了跟寒知、星瞳他们待在洞府这里，也只有先回家一条路了。

“唐唐！”看到唐宁回来，沈星玥满脸欢喜地跑过去。

“星玥，有件事我要跟你说一下。”唐宁来到桌边坐下，示意沈星玥也坐下。

“哦，什么事？”沈星玥在旁边坐下后问道。

“我明天要下山去办事，估计得学院放完年假再回来，你看你是留在这里，还是先回家里？”说完，她又道，“寒知和星瞳会留在学院里修炼，不会跟我一起去。”

听了这话，沈星玥愣了一下，想了想，问：“你就打算自己去吗？不带我们一起去吗？”

“嗯，不能带。”唐宁说道。

见此，沈星玥垂下头想了想，道：“那我留在学院这里跟瞳姐姐他们做伴。”说完，沈星玥又忍不住问，“那过年时，我能带寒大哥和瞳姐姐一起去我家过年吗？”

“可以。”唐宁笑了起来，看向枝头的小黑，道，“小黑我也不准备带去，所以你在这里还可以跟它玩。”

“哑哑！唐唐，连我也不带着吗？”小黑一听，连忙飞了下来——它还以为她会带它一起回去呢！

“嗯，你就别跟着我回去了。”

就算带小黑回去了，她以女子身份出现时，它也是不能出现在人前的，既然如

此，倒不如让它就留在学院里。

小黑显然也想到了这点，这才应道：“好吧。”

“主子，那竹林学子那边呢？”寒知问了一声。

“让他们自己修炼，该教的我也都教了，他们自己勤加修炼就好。”唐宁笑了起来，说道，“不过我下山的事情先别跟他们说，明天我悄悄地下山，他们若没问起，你们就不要说，等问起了，你们就说我下山办事了，得来年开年才回来。”

闻言，三人相视一眼，不约而同地点了点头，道：“好。”

“我不在的日子里，你们也得勤加修炼，不可懈怠了。”唐宁又交代了一声。

“是。”

于是次日一早，天还没亮，唐宁便独自一人悄悄下了山，整个学院里，除了寒知他们三人外加一只乌鸦，也就只有院长和守山门的几名学子知道。

天色渐亮，一袭青衣、腰间斜挂着一根圆竹的唐宁脸上洋溢着愉悦的笑容。她是准备回家的，所以直接走山路。

她也不知去哪儿弄来了一顶斗笠戴着遮阳，迈着悠哉的脚步哼着小曲走在山道上。

这些日子她在半路上收获了一只草木灵，又救了一个被藤妖困在寒山寺受苦的和尚，可以说一下山事儿就特别多。自寒山寺离开后，这几天她走走停停，虽是一个人，没人说话，倒也轻松惬意。

她想着按这速度，估计还得小半个月才能走回家中。但若是等着放年假时就不一样了，学院里会有飞行小船送学子回家，这样一来，能省了他们来回的路程，而这也是天龙学子特有的待遇。

她一路走着也没看到有人家，只偶尔有一些驾着马车或骑着马的人从山道经过，溅起一阵尘烟。中午时分，出着大太阳，然而随着轻风的吹拂，天空中竟渐渐地笼罩了一层乌云，看着像是要下雨一般。

前不着村，后不见店，唐宁也只能加快步伐，想着看前面有没有什么可避雨、休息的地方。

未料她走了一段距离后，雷声响起，狂风伴着骤雨来临，豆珠大的雨水落下，打落在身上时还有些疼。

她头上戴着的斗笠被雨水打得噼里啪啦响，身上的衣衫倒因头上戴的斗笠遮了一些雨水而没有全部淋湿，只是靴子踩在泥水上溅起一片水迹，连带着衣角也湿了。

“驾！”后方传来赶车的声音。

走在道路边的唐宁听到有马车来，便再往外退了一些，哪知那马车经过时也不放慢速度，反而故意往路边的水洼处轧了过去。

已经避到道路最外边的唐宁被泥水溅了一身，身上原本只是微湿的衣衫因这一溅，泥水湿漉漉地粘在身上，浑身脏兮兮的，看起来十分狼狈。

“驾！驾！”赶车人喊着，挥鞭抽打着马，加快了速度，并没有理会被泥水溅到的人，而是用邀功般的语气问：“公子，那人被泥水溅了一头一脸，看起来是不是很狼狈？”

马车里的人微掀开车帘的一角，看了看那脏兮兮、一身狼狈的人，扯了扯嘴角，带着几分轻蔑、几分嘲弄放下了车帘。

“干得不错，回头赏你银子。”

“多谢公子！”车夫顿时喜上眉梢，笑了起来。

看着那马车从身边驶过，唐宁伸手抹了一把溅到脸上的泥水，喃喃地道：“现在的人啊！素质呢？都喂狗了吧？”

她低头看了看身上的泥水，心情有些不爽，深吸了一口气，一边走，一边喃喃地念道：“不生气，不生气，不生气……”

半晌，她停下了脚步，看着前方已经驶得很远的马车，眯了眯眼，露出一抹危险的笑容，如同孩子生闷气一般说道：“可我还是好想打人怎么办？”

雨水噼里啪啦地打落在她的斗笠上，她又深吸了一口气，加快了步伐，喃喃地道：“算了算了，我好歹也是半个佛门弟子，虽然好想将他们打一顿后按到地上喝泥水，但修心是必学之道，打人什么的有损我佛门弟子的形象。我堂堂天龙学院的导师，又怎么能跟那些人一般见识呢？！”

她心中憋着火，想打人，却又觉得真的不太好，不出这口气吧，被人这样故意溅一身泥水，又真的很不爽，所以她边走边开导自己，再加上这风、这雨又让身上有些冷，原本的一腔火气倒也渐渐地熄了。

她冒着风雨一路小跑，过了许久，才看到前面有一处废弃的破屋可暂时避雨。不过她到那破屋外时，见已经有几辆马车和几匹马停在那里，没有门可遮挡的破屋里似乎已经有不少人在避雨，而先前那溅了她一身泥水的那辆马车的主人也在里面。

她跑到屋檐下才轻呼出一口气来，取下头上的斗笠，又将衣服上的雨水拧干，甩了甩湿透的靴子，见身上没再滴水了，这才往里面走去，想到里面避避风雨。

“公子，是先前路上的那个人。”车夫压低声音对身边的锦衣公子说道。

锦衣公子瞥了一眼那一身狼狈、浑身脏兮兮的人，嗤笑一声，道：“竟是个小和尚，去，把他赶出去，没见这里面已经有这么多人了吗？一身脏兮兮的也想往里面凑？”

“是。”那车夫应道，上前便来到破屋门前，挡住了正准备迈步进来的小和尚，

道：“去去去，到外面待着去，没见里面已经有这么多人了吗？你这一身脏兮兮的会蹭脏了其他人。”

破屋里原本有十几人在避风雨，有几名腰间佩剑的汉子，还有一名五十岁上下的中年男子，带着一对怀里抱着一个一岁大小孩子的年轻夫妇，旁边还跟着七八名护卫和两名婢女。

几名佩剑的汉子坐在破屋的右边一角，似乎是一伙儿的，靠右边再里面一点儿的屋角坐着那锦衣公子，左边遮风较好的地方则坐着那中年男子一行人。

里面说大不大，说小也不小，虽看着没什么位置，但容纳她一个人还是可以的。

只是当她的目光不着痕迹地掠过里面的那些人时，微顿，她又仔细地看了一下，心头微动，想要离开吧，都已经到这儿了，现在离开似乎有点儿晚了。

她心下一叹，面上神色却不显，一只手拿着斗笠，道：“我就在门边避风雨，不会碰到其他人的。”

“可爷我看你不顺眼，不想让你进来避风雨，你说怎么办？”锦衣男子说道，一副纨绔子弟的霸道模样。

一旁的那几名佩剑的汉子事不关己，只是坐着看戏，倒是另一边的中年男子皱了皱眉，看了那锦衣男子一眼。

那对抱着孩子的年轻夫妇也相视了一眼。女子一边轻拍着怀里孩子的背，一边看向中年男子，轻声道：“父亲，不如请那位小师父过来我们这边休息吧？”

中年男子看了女子一眼，眉头一松，面上露出笑意来，微点了下头，这才看向那被拦着的小和尚，道：“小师父，过来我们这边休息吧。稍微腾一下位置还是坐得下的。”

闻言，唐宁眉眼一弯，将斗笠夹在手间，双手合十，朝他们行了个佛礼，道：“阿弥陀佛，多谢施主。”

车夫见那些人竟开口让这和尚过去休息，一时间也不敢拦着，回头有些忐忑地看了自家公子一眼。

唐宁迈步走了进去，自言自语般喃喃地道：“衣衫脏了，洗净就好，人心脏了，却怎么洗也洗不干净。”

听了这话，破屋中的众人神色各异，皆朝那一身脏兮兮、湿漉漉的小和尚看去。而那锦衣男子听了，脸色难看，拳头紧攥，却又忌惮于中年男子等人而忍下了想找小和尚麻烦的念头。

“小师父，坐这里吧。这里靠里一点儿，没什么风。”中年男子招手示意道，让唐宁到他旁边坐。

唐宁顿了一下，道：“多谢施主，只是我身上衣衫尽湿，又被溅了泥水，多有脏乱，还是坐门边好了。”

闻言，中年男子低笑道：“呵呵呵，无妨，小师父不是说了吗？衣衫脏了，洗净就好，你身上的衣衫都湿了，我看你也没带包袱，若不嫌弃，我让人拿件衣服给你换上，免得着凉生病了。”声音一顿，他对旁边的年轻男子道：“成知，把你的衣服拿一套给小师父换上吧。”

“好。”年轻男子应道，站了起来，取过放在一旁的包袱。

“施主，真的不用，我穿这身衣服就可以了。”唐宁连忙说道。

“没关系的，正好我们带的也有衣物。”中年男子笑着说道，看着小和尚那贴在身上的衣服，道，“赶紧把湿衣服换下来吧。”

年轻男子拿了一套衣服出来，温声说道：“小师父，这一套是新的，我没穿过，你换上吧。”

“小师父，换上吧，要不然披上也好。”年轻女子也柔声说道，看着小和尚脸上没擦干净的泥迹，抿唇笑道，“小师父脸上还有泥，一会儿可以用雨水洗一下。”

看着年轻男子托在她面前的衣服，再见他们一家子都面带笑容地看着她，她心下一叹，这才伸手接过，道：“阿弥陀佛，盛情难却，多谢几位施主了。”

这世间啊，就数人情债最不好还了。

接过衣服的她并没有将身上的湿衣换下，而是直接将那外衣披在身上，然后对他们歉意地笑了笑，道：“出家人不着华衣，所以我只能披着御寒了。”

那一家子见了，不由得一笑，却也没说什么。

唐宁走到外面，接了一捧雨水洗净了脸上先前被溅到没拭干净的泥迹，这才拭干水迹后走了进来。

当看到洗去脸上污泥的小和尚露出的精致眉眼时，寺庙中的众人不由得微讶。就连那中年男子都忍不住赞了一声：“小师父好相貌。”

先前这小和尚脸上有污泥，看不太清楚容貌，如今洗净，却看到生得极为出色，有着精致的眉眼、出色的五官，还有那耳垂处的一枚紫色耳钉，衬托之下竟透着一股灵动和几分神秘。

唐宁眉眼一弯，打趣般道：“多亏爹娘给了我这副好相貌，平日里化缘也化得比别的和尚要多。”

一听这话，几人一愣，忍不住笑了起来。

初见这小和尚，给人一种纯净又懵懂的感觉，他们原也见是一个小和尚，又淋得一身湿透了，又见那锦衣公子相欺，便出言让他到他们这边来避雨，不料这小和尚喃喃地说出衣衫脏了可以洗、人心脏了却洗不干净的话来，他们原还想着，定是个熟读经文、说起佛谒道理来一板一眼不会变通的小和尚，不料竟也会打趣。

破屋里的其他人见他们竟跟那个小和尚聊得笑声阵阵，不由得瞥了一眼，然后又别开视线——跟一个小和尚有什么好聊的？

随着时间的流逝，外面的风雨不见小，反而越来越大，一道闪电划过，一声惊雷轰隆一声响起，砰的一声巨响惊得那原本依偎在女子怀中熟睡的孩子哇的一声哭了起来。

女子连忙低声哄着，抱着孩子轻轻地摇着，想让孩子不要哭。

坐在旁边的年轻男子也一只手轻轻地在孩子的背上拍着，看了看外面的风雨，道："这雨越下越大，而且看这阵势，今晚我们都得在这里过夜了。"

中年男子起身看了外面的天色一眼，见狂风暴雨不停地呼啸着，这破屋又没有门挡风雨，风一刮，破屋里寒风阵阵，于是便对年轻男子道："这风刮得有点儿大，成知，给孩子多包件毯子，免得着凉了。"

"好。"年轻男子也担心孩子着凉，便让婢女从包袱中取出一件毛毯来将孩子包在里面，只露出一个小脸蛋儿。

"哇……哇呜……哇……"但孩子一直哭个不停，而且边哭边扭动着被包在毯子里的手脚，小脸因扯着嗓子一直哭涨得微红。

那对年轻夫妇看得又是心疼又是焦急。

"吵死了！"锦衣男子冷哼一声，带着几分烦躁地看了那边一眼。

至于那几个佩剑的汉子，倒没说什么，只是双手环胸，靠着墙角闭目养神。

唐宁看了那孩子一眼，目光微闪，伸出手在孩子身上轻轻地拍了拍，温声笑道："乖，别哭。"

那孩子竟眼泪汪汪地看了唐宁一眼，然后扁着小嘴一脸委屈地看着唐宁，前一刻还哭得歇斯底里，这一刻却真的停了下来没再哭，只是小嘴一抽一抽的。

那对年轻夫妇见了，不由得微讶。

而中年男子则笑道："没想到小师父哄了一句，我这孙儿居然就真不哭了，还真是听话。"他看向面带笑容、一身宁静的小和尚，道，"听说佛门中人身上的气息都较为宁静祥和，想来孩子更能感受到。"

见这小和尚一句话就能让孩子不哭，他觉得应该是小和尚身上的佛门气息宁静祥和，让孩子在被闪电、雷声惊哭后又安心下来。

唐宁愣了一下，应道："也许是吧。"她看向那小孩儿，微微一笑。

比起他们，这么小的孩子更能感受到死亡的靠近，孩子哭，不是因为那风雨雷电的声音太过吓人，而是因为死亡正在向他们逼近。

唐宁看了看外面，天色昏暗，远处的道路因风雨视线更是模糊，这时候还真不适合离开这破屋继续赶路。

“小师父，吃点儿东西垫垫肚子吧。”年轻男子取了干粮递了一些给唐宁。

其他人也围坐在一起分吃着干粮。

“好。”唐宁应道，伸手接过干粮，有一口没一口地咬着。

“这地方又没火又潮湿，吃点儿东西暖和暖和。我得先睡一会儿，这一天奔波下来，还真没休息好。”中年男子说道，吃了几口干粮后，用披风盖在身上取暖，便靠着墙角闭目休息。

天色渐暗，其他人吃了干粮后都闭目休息，就连那七八名护卫也开始轮换着守在年轻夫妇周围。

比起闭目休息的他们，唐宁则看着外面的天色，看着狂风暴雨以及闪电，听着雷声，心下则在盘算：这大风大雨的，估计她要是让他们离开这破屋再找一处避风雨的地方，会被当成傻子赶出去吧？

将手里的干粮吃了之后，她站了起来，走到破屋的门口，看着外面暴雨落在泥土上，已经隐隐有些积水的迹象。

下了这么久的雨，一直不见雨小一点儿，她心下微叹，回头看了一眼破屋里面的那些人。旁人看不见，但她从他们脸上看到印堂泛黑、死气弥漫。

不是一两个人脸上浮现死气，而是这破屋里的人皆是如此，随着夜色的降临，他们脸上的死气也越来越重。

从先前进这里避雨，看到他们一个个印堂泛黑、面浮死气时，她就知道，狂风暴雨，雷鸣阵阵，这些避雨的人可能会因为天灾而死。她本不应该掺和进来，但无奈当时已经进了这破屋之中。

若是那锦衣男子为难她时，那一家子没有出言相助，挤出位置给她避风雨，赠衣给她御寒，也许她大可说一句，是福不是祸，是祸躲不过，但偏偏，她欠下了人情。

她看了那一家子一眼，无奈地一叹：他们家是祖上积了多少德，才会在这里遇到她？

“小师父，你怎么不休息？”年轻男子看向那站在破屋门口吹着风的小和尚，笑道，“你站在那里吹风，不冷吗？”

唐宁拉了拉身上披着的外衣，走了回去，想了想，道：“我在想，这雨下得这么大，我们在这里安不安全？要不再往前去看看，再找个避风雨的地方？”

一听这话，年轻男子愣了一下，继而笑了起来，道：“你是担心这里不安全？放心吧。先前进来避雨时我父亲已经看过了，这破屋虽破，但墙还是坚固的，而且这破屋后面的山离这里有几十米远，周围也没什么大树会引来雷电劈击，所以在这里避风雨是很安全的。”说完，年轻男子又笑道：“更何况外面天色已暗，风雨又大，此时出

去哪里会有这里安全？你就放心吧，在这里不会出什么事的。”

“哧，真是贪生怕死之辈。”锦衣男子嗤笑一声，显然是听到了小和尚的话。

那几名佩剑的汉子听了，也扯了扯嘴角笑了起来，继续闭着眼睛休息。

唐宁连看都没看那锦衣男子一眼，只是看着那年轻男子，苦笑了一下，道：“是我多虑了。”她就知道，要让他们冒着风雨离开这里是不可能的。

如果她告诉他们，你们印堂发黑、死气沉沉，估计更会被说是疯了吧？

轰隆！天空中一道惊雷响起。

原本已经安静下来不哭的孩子，在看了唐宁一眼后，竟又扁着嘴扯开嗓子哭了起来。

孩子一哭，睡着的中年男子便也醒了过来。

护卫也都看向孩子，不知孩子怎么又哭了。

“乖，不哭，不哭啊，娘亲在这里。”年轻女子轻声哄道。

但孩子越哭越厉害。

“我来抱吧。”唐宁伸出手，看向那年轻女子。

年轻女子想到先前小和尚哄了一下孩子便不哭了，便将孩子递了过去，道：“麻烦小师父了。”

唐宁抱着孩子，微微一笑，道：“不麻烦。”话音一落，她却是抱着孩子转身就朝外面掠去。

看到那小和尚抱着孩子便往风雨中跑去，那一家子全都大惊。年轻女子更是惊呼出声：“不！我的孩子！”

年轻女子从惊慌中回过神来，脸色煞白，顾不得其他，追了出去，喊道：“把孩子还给我！把孩子还给我！”

“快追！”因这突如其来的变故，中年男子脸色大变，看到年轻女子冒着风雨追了出去，当即低喝一声，也追了出去。

“把孩子还回来！”年轻男子也因这突变惊得连声音都带着颤抖，几乎是想也没想便追了出去。

七八名护卫也迅速追出。那两名婢女也慌乱地背起包袱追了出去。

一时间，中年男子那一行人皆冒着风雨往外跑着，破屋里只剩下那锦衣男子和车夫，以及那边几名佩剑的汉子。

“哧，假好心，现在好了吧？孩子都被抢了。”锦衣男子嗤笑道，也跟着站了起来，看着那冒着风雨追出去的一行人，喃喃地说道，“没想到那小和尚胆子这么大，居然敢抢孩子？就他那手无缚鸡之力的软弱模样，被追上就是不被杀死也得被打残。”

“公子，你说那小和尚干吗要自寻死路？这大风大雨的，他抢了孩子就往风雨里跑，铁定被追上。”

“嫌命太长了呗！这年头什么人没有？所以说，这年头多管闲事都是没好下场的。”一名抱着剑的男子懒洋洋地说道，完全是事不关己、高高挂起的姿态。

外面，唐宁抱着孩子掠行，纵是风大雨大，但孩子身上包着厚毯子，而且被她护在怀里，用披在身上的外衣包着，倒也没淋湿，相反，原本哭得厉害的孩子被唐宁抱走之后，竟是乖乖的，也不哭闹了。

“把孩子放下！”实力最强的中年男子蕴含着灵力气息的声音惊怒交加地从身后传来。他追了出来，原以为三两下就能将人追到，哪知这小和尚竟是个深藏不露的高手，提气掠行的速度比他快了不知多少，一时间他竟无法将人追上。

“小师父，求求你把孩子还给我……把孩子还给我……你要什么我都可以给你，只要你把孩子还给我……”后面被雨水淋湿的年轻女子哭求道，边跑边喊，泪水混着雨水顺着脸颊滑落，在昏暗的夜色中一个不小心踢到石头，整个人失去平衡往前扑去，摔倒在地上后又哭着再度爬了起来，继续追。

对一个母亲来说，孩子就是她的命。

“玉儿！”年轻男子来到年轻女子身边扶着，却被年轻女子推开。

“成知，你别管我，快追，我们的孩子，快追啊！”年轻女子哭喊着往前跑，心中惊慌，“为什么孩子不哭了？为什么没听到孩子的哭声了？孩子是不是出事了？快，快追！”

就在他们追出很长一段路后，天空中一声轰隆的惊雷响起，砰的一声巨响传开，伴随着轰隆轰隆的声音，似有什么在滚动。

他们惊愕地回头，只见在闪电划过那一刻，倾泻的山洪一涌而下……

年轻夫妻惊恐地睁大了眼睛。年轻男子扶着身边的妻子，大喊道：“是……是山洪！快跑！”

那山洪倾泻而下，速度之快，气势之猛，激起骇浪千层！

在那闪电的光线之中，他们看到那处破屋猛地被倾泻而下的山洪吞噬，有两名佩剑的汉子在闪电之中惊恐地狂奔出来，却在轰隆的惊雷声和他们的惊呼声中被山洪吞噬，失去了踪影。

“快！快跑！”看到那汹涌咆哮着高达数十米的山洪冲断周围的大树，如同地狱里冒出的猛兽般朝他们这边冲来，年轻男子顾不得失神与惊恐，拉着已经被吓傻了的妻子在雨夜中狂奔。

中年男子在追前面的小和尚时，听到身后的声音，回头看去，心头一震，看到后面的几名护卫和两名婢女已经被汹涌的山洪吞噬失去了踪影，而儿子和儿媳狂奔

着，却又因体力不足和惊慌，儿媳摔在地上，半晌也站不起来。

“我……我不行了，你快跑，不要管我。”年轻女子推着年轻男子，让年轻男子快跑，自己则因从没遇到过这样的情况，筋疲力尽之余，也因受惊而双腿发软，无力站起。

“一起走！”年轻男子咬牙将年轻女子抱了起来，拔腿便往前奔去。

中年男子见儿子抱着儿媳跑着，速度慢了下来，而两人后面是山洪席卷而来，如同一头张开大口与利齿的猛兽追着他们，仿佛随时要将他们吞入腹中。他看得惊恐不已，顾不得危险朝他们跑去，喊道：“快跑！快！快啊！”

抱着孩子跑在最前面的唐宁听到身后的声音，回头一看，心头不由得一沉，只见倾泻的山洪汹涌高达数十米，席卷而来，疯狂地吞噬着周围的一切，别说是那破屋了，就是两人环抱的大树也因承受不住山洪的力道而被冲断，洪水一发不可收拾，就算是那已经跑出一段距离的年轻夫妇和中年男子，估计也跑不出洪水席卷的范围。

也许是感觉到父母正面临死亡的威胁，唐宁怀中的孩子扁着小嘴，哇的一声哭了起来。

唐宁低头看了怀里的孩子一眼，无奈地道：“行了行了，你快别哭了，救人救到底，送佛送到西，我不会让你爹娘他们就这样死的。”

那小孩儿仿佛听懂了唐宁的话一般，哭了两声之后就停了下来。

唐宁看了只好无奈地摇头。

她一只手取下腰间的圆竹，问：“圆竹，带着几个人飞行有没有问题？”

“主人，可能需要你用灵力助我。”圆竹的声音传入她的神识。

闻言，唐宁道：“好，我以灵力助你。走，救人去！”话音一落，她把圆竹一抛。

只见圆竹在空中变大飞了起来，唐宁跃上去，朝山洪的方向飞去。

此时中年男子帮着儿子一起扶着儿媳狂奔着，但纵是他们的速度快，也快不过那无情又汹涌的山洪。眼见山洪咆哮着朝他们倾泻下来，刹那间他们绝望地惊呼：“不！”

暗夜的风雨之中划过的一道闪电更是将那山洪汹涌的气势尽现在他们眼前，在强大的天灾面前，他们的力量显得那样渺小。

就在他们以为必死无疑、处于绝望之际，却听那小和尚的喊声蕴含着灵力气息传入他们耳中：“快上来！”

他们边跑边朝那风雨中的声音传来之处看去，当看到那先前抢了孩子就跑的小和尚抱着孩子，踩着一根大圆竹从半空中飞了过来的那一刹间，他们震惊之余更是惊喜不已，绝望中得见一丝生机的那种激动之情，根本无法用言语来表达。

“走！”中年男子提着身边的两人，灵力气息一运，身体往上跃起坐到了那圆竹之上。

年轻男子和年轻女子更是在坐下后紧紧地抱住了圆竹，生怕摔下去。

因他们跃了上来，圆竹晃动了一下，但很快又稳住了，往高处飞去。得以逃生的几人看着下方他们刚才所站的位置被山洪吞没，后面冲上来的树木更是撞上去那一幕，不由得一阵后怕，哪怕是逃过一劫，此时身体仍不由自主地微微颤抖着。

“救命……救……啊！”一声呼救从山洪中传来。

他们往下看去，只见在那山洪之中，那锦衣男子忽沉忽浮地伸着手、仰着头求救着，然而下一刻，伴随着汹涌倾泻的山洪而来的一棵大树猛地一撞，直接将那锦衣男子整个人撞进山洪之中，被山洪里面的乱石和树枝刺中而死。

看着山洪凶猛而无情地将生命吞噬，中年男子等三人只感觉背后发寒——如果不是刚才小和尚救了他们，只怕他们也逃不过一死的下场。

风雨中，唐宁也不敢在半空中停留，因为圆竹能带着他们飞起来还是她以灵力相助的，纵是如此，只怕也撑不了多久，当务之急还是寻一处安全的地方落下再说。

“你们扶稳了。”唐宁说道，见他们都紧紧地抱着圆竹，这才开始寻找较高的安全的地方。

山洪所覆盖的地方很广，他们冒着风雨在天空中寻了好一会儿，才找到一处较高的平地。圆竹落下，唐宁将他们放下来时，三人皆是站不住地跌坐在地。

他们看着远处如江河一般的山洪，听着山洪在夜色中发出骇人的咆哮，这时才深吸了一口气，缓缓地呼了出来。

中年男子先缓过来，起身朝抱着孩子的小和尚便深深地跪拜下去，道：“多谢小师父救命之恩，多谢小师父救命之恩！”

“多谢小师父救命之恩，多谢小师父救命之恩。”那年轻夫妇也是相扶着跪拜下去，恭恭敬敬，由衷地感激。

先前他们并不知道这跟他们聊得好好的小和尚为什么突然要抢走他们的孩子，直到山洪来临那一刻，才恍然大悟，原来竟是为了救他们。

如果不是有小和尚相救，只怕今日他们一家子全都得死在这里。

更让他们没想到的是，这小和尚竟是一位强者，还是一位拥有飞行法器的强者！先前他们竟是半点儿也没看出来小和尚身上有灵力波动，只是觉得这小和尚长得精致出色，与一般的和尚不太一样。

唐宁将圆竹别回腰间，一只手抱着孩子护在怀里，帮孩子挡去风雨，朝周围看了看，对他们道：“起来吧，都别跪着了。这风雨一时半会儿也不会停，找找看这周围有没有可以避雨的地方吧。”

“是。”他们应道，这才站了起来，跟着小和尚一同在周围寻找。

约莫半个小时，他们找到了一处并不大的石洞，几人进了石洞避风雨。

唐宁这才将怀里的孩子还给年轻女子，道：“孩子身上包着的毛毯湿了，但里面没有湿，得先将毛毯取下来，免得他着凉。”

年轻女子颤抖着接过孩子，紧紧地抱在怀里，掀开包着的毛毯，看到孩子半点儿雨也没淋到，身上的小衣服都还透着暖和的气息，还舞着小手、蹬着小脚，冲着自己咯咯笑着。

年轻女子的眼泪不由得无声地滴落下来——差一点儿……差一点儿他们就都死了……

中年男子和年轻男子看到孩子咯咯笑着，也不由得红了眼睛——他们可是在鬼门关里走了一遭啊！

想到这儿，他们再度朝小和尚拜了下去，道：“若非小师父，只怕我们都必死无疑，小师父大恩，我们江家必定永记在心！”

唐宁拧了拧身上的雨水，道：“你们虽然过了这一死劫，但往后三年还需要小心注意，多行善积德方能保平安，否则三年之内必定会再次遇险。”

拧干身上的雨水后，她催动体内的灵力气息，将一身湿衣烘干，看了他们一眼，心中有些无奈——他们这一死劫是过了，但她就惨了，这几人原本是死气缠绕的必死之人，如今因她插手相救，度过了这一死劫，而她还不知会有些什么样的天罚在等着呢？！

经此一事，三人深知小和尚是有大本事之人，因此牢牢地将小和尚的话记在心上，道：“我们定谨记小师父之言，日后定多行善积德，不负小师父今日相救之恩！”

唐宁点了点头，道：“先将身上的衣服拧干雨水，再以灵力烘干吧。”

“好。”他们应道，这才开始打理自身。

外面风雨声阵阵，惊雷之声也是不断，这一场暴雨足足下了一夜，直到次日清晨才停下来。

见风雨停了，他们便往外面走去，来到较高的平地处往远处看着，只见一片洪流将低洼处尽数淹没，黄泥水遍布，断树横布，四周一片荒凉，连个人影也没见到。

唐宁看向他们，双手合十，道：“阿弥陀佛，山洪已过，趁着天色放晴无雨，你们赶紧赶路吧。我也要走了。”说话间，她取下腰间的圆竹。

中年男子见此，连忙道：“小师父救了我们，恩同再造，但我们仍不知小师父的尊称，今日一别，也不知何时才能再见，请小师父告知尊称，好让我江家子孙后代谨记恩人的名讳。”

闻言，唐宁看了他们一眼，道：“我是天龙学院的导师，唐师。”话音一落，她的身影已经掠出，朝远方走去。

他们看着那青衣拂动、身影远去的小和尚，不由得怔了怔，道：“竟是天龙学院的导师……”

中年男子朝唐宁远去的身影拱手一拜，道：“唐师大恩，江家永不敢忘。”

“难怪有如此本事，原来竟是凡人之地最顶尖学院的导师，我原还以为他会是哪座寺庙的大师。”年轻男子感慨地说道。

天龙学院，凡人之地顶尖的修仙学院，哪怕他也出身富贵之家，却也无法触及那高度。

“我们走吧。一定要谨记唐师之言，这三年内也要小心注意才是。”中年男子看向两人说道。

“是，父亲。”夫妻两人点头应道。

三人带着一个孩子往前走去，顺着斜坡走下去，继续上路。

当他们走到那山道上时，看到断树横布，而在山沟处的泥水中，似乎还有一条断臂淹没在其中。

看着那一路的惨况，他们继续走着，除了偶尔看到尸体和断肢，还看到两匹死去的马，马身上刺着尖利的树木，沉在泥水中。

他们心情沉重，心知此次山洪灾难定会波及邻近的村庄、城镇，甚至会让村民今年颗粒无收。当下他们加快了脚步，只想尽快回到家中，再做打算。

唐宁顺着另一条路走着，所过之处也是一片被山洪摧毁后的景象。这场山洪波及的地方不小，这一带的村庄和小镇皆会受到影响，可以想象，今年这一带的百姓都不会很好过了。

她一路走着，到了中午时分，掌心忽感烫热，抬手一看，掌心中那个佛印隐隐发着光。她握着手，将手心向下，也不知这究竟是怎么一回事。

然而她走着走着，却是越走越累，额头上也渗出汗水，身体好像有些不太对劲。

她微微弯着身体，双手扶着膝盖喘了口气，感觉身体里的灵力气息渐渐地消失，那种感觉不是她隐藏起一身灵力气息的感觉，而是好像一身的灵力气息以及修为皆消失了。

“这是怎么回事？我的修为怎么又没了？”她微愕，喃喃地说道，再看手心，那佛印也已经消失，也没那种烫手的感觉了。

当初原身的修为在一夜之间消失，那是因为二房的人对原身动了手脚，但现在，她可以确定自己并没有中谁的手脚，也没有误吃什么东西，身体里原本也没有什么不对劲的地方，那现在到底为什么会这样？

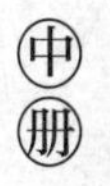

她深吸了口气，压下微微惊慌的心绪，脑海中飞快地转动着，一个想法隐隐浮现。

“难道是因为我救了那一家子，所以才对自身有损，有了实力暂失的情况？”她一只手探向自己的手腕，身体一切正常，只是一身实力消失得无影无踪，就好像不曾有过一样。

“现在就跟普通凡人一样。这实力到底只是暂失，还是真的就这样无缘无故地没了？”她忍不住喃喃自问，结果如何她自己也不清楚，更无法确定，毕竟她以前也帮人避过劫，但没出现过这种情况。

“唉！我不过就是回个家，怎么就这么多事呢？！”她无奈地轻叹道。

一身灵力尽失，她也只能靠双脚走路了。

她继续走，也没见有人家，好在虽一身修为皆不见了，但乾坤袋和万年观音竹皆是认了主之物，里面的东西倒也拿得出来。

走了一段距离，她终于看见前面有个老汉，只是那老汉坐在一片泥水里哭着。

她走了过去，站在路边，双手合十，道：“阿弥陀佛，施主，你这是怎么了？”

“没了，都没了，辛辛苦苦种出来的粮食，一场山洪下来全没了。”老汉哭喊着，指着面前的一大片地方道，“这里的粮食，再过半个月就可以收了，就这么没了。”

闻言，唐宁沉默了下，看着哭得伤心的老汉，道：“施主，人平安就好，庄稼没了可以再种。”比起命没了，这些庄稼没了只是小事。

见老汉还在那里哭，她也没有多做停留，继续往前走去。

她沿着路往前走，看到了一些妇人指着天在骂，有人像老汉一直在哭喊，也有人一言不发坐着发呆，更有人默默地在山泥中不知摸索着什么。

她最初在那破屋遇到那些人时，只看到他们一个个面带死气，到后来那破屋中的死气越来越重，她也只能先将那一家子引出破屋，远离那死气沉沉的地方。

就在他们跑出不久，山洪便倾泻而来，而在此之前，她并不知道这地方会发山洪，毕竟她也只是人，不是神，就算能预测吉凶，但有很多事情也是无能为力的，尤其是像这种天灾，比起人祸就更棘手了。

原本想着若是这里有人家，便在这里借宿休息，但看到这里的情况，她知道这里是不能落脚了，只能继续往前走。

到了傍晚时分，她来到了一座小镇。镇上的人多数面带愁容，而那些卖粮食等物品的商铺的人，却是坐地起价，一脸欢喜。

她寻了一家客栈，准备好好休息一下，但要进客栈时，竟被小二拦下。

“小和尚，你要住客栈吗？今天的房价可是比昨天贵了两倍。”小二看着双脚沾满泥水、一身青衣也脏兮兮的小和尚，一脸嫌弃。

“嗯，给我来间上房。”她取出一枚金币抛给小二，也没将小二嫌弃的神色放在眼里，道，“再给我准备沐浴的热水，以及一些吃的，要荤的。”

接过金币，小二眼睛一亮，当即眉开眼笑地将唐宁请了进去，态度马上大转变：“小师父请上二楼，我马上提热水上去，再让厨房给你准备饭菜。”

既然是个有钱的主，别说是吃荤的了，就是让小二找个丫头过来侍候，小二也能找来。

这一路也没好好休息，所以唐宁沐浴过后，换了身干净的衣服，又吃了饭后，便早早睡下了。

养足了精神，到了次日清晨醒来，她第一时间去感受身上的灵力气息，依旧没能感应到。她叹了一声，翻了个身继续睡，一直睡到中午才起床。

客栈的一楼，三五成群的人围坐在桌边议论着。

“听说了吗？昨夜镇上就来了不少人寻医，而且来找大夫的人越来越多，我听说那些病了的人症状好像都差不多，都是身体发热，身上出现红斑，很是吓人。”

“据说这个病会传染，已经有不少人被传染了，镇长还亲自带了人守着镇子的出入口，只准进不准出。镇里的大夫对这病似乎无从下手，从昨夜到现在据说死了好几个了。”

听了他们的话，唐宁微讶，问：“怎么病的啊？还症状都一样？大夫怎么说？难道没办法治吗？”

那些人一见是小和尚开口问的，打量了小和尚一眼，笑道：“原来是个小和尚。你应该是外地的吧？难怪不知道这镇上的事情。”

“山洪过后，也不知从哪里跑出来一群毒老鼠，见人就咬，那些发了病的都是被毒老鼠咬到的。现在镇里四处都放了鼠药，镇长也让大夫尽力救治，但我听说，要是真的控制不住、治不好，这些人是要被烧死的，说免得鼠疫传染开。”

闻言，唐宁吃了点儿东西之后便走出客栈，顺着大街走着，经过一处医馆时，见门前排了长长的看诊病人。

那些人脸色都较差，有的蔫蔫的，被身边的人扶着，有的则干脆坐在地上等着。看着这些人，她心头微沉，因为这些人身上皆沾染了一股妖邪之气。

这可不单单是被毒老鼠咬到会生出的问题，这种情况只代表有人在背后操控着一切。

想到这背后定有一个大阴谋，而且肯定有妖邪之物存在，她不由得摸了摸光秃秃的脑袋，喃喃低语：“我怎么感觉有点儿不妙呢？”

若是一身修为和掌心的佛印没消失还好，可偏偏这些保命的东西都消失了，还碰上这事，她怎么想都有种不太妙的感觉。

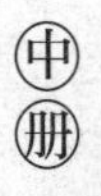

另一边，皇城那里，这一天，墨烨走出书房，看着守在门边的黑风和暗一交代道："底下的事情你们看着点儿，我要出去一趟。"

闻言，黑风和暗一连忙上前。黑风道："主子，你要去哪儿啊？带上属下吧？属下跟在你身边可以打点一切。"

"不必了，你们都留下吧。"墨烨低沉的声音传来，几乎是没给他们再开口的机会，脚尖一点，便凌空而起，御剑朝白云之上飞去。

看着离开的主子，黑风看向旁边的暗一，忍不住猜想道："你说主子是去哪儿？该不会是忘不了唐师，又跑到天龙学院去看唐师了吧？"

暗一摇了摇头，道："不清楚。不过我觉得主子就算去看唐师，应该也不会让唐师知道。"

主子这才回来多久？要是他又突然跑回天龙学院去看唐师，唐师岂不是会问他怎么又回来了？更何况主子这回又没将他们带上。所以就算主子真的跑回天龙学院去看唐师，暗一觉得很有可能也只是在暗处静静地看上一眼。

想到这儿，暗一叹了一声，道："我还是希望主子是去办其他事情了。"

希望是他们想多了吧！

然而他们还真没想多，他们那尊贵如天神般的主子，还真的就是去天龙学院找唐师了。

御剑在云端上飞行的墨烨负手而立，一身低调而奢华的黑色衣袍更是将他衬托得尊贵无比。他眺望着远方的天空，一颗心变得紧张而又期待起来。

有种感情，越是压抑，便越发疯长，他对那小家伙儿便是如此，明明想要忘却，却又偏偏舍不得，总是会想起。

他从不曾想过，自己竟会这般在意一个人，人生第一次体会到牵肠挂肚是一种什么样的滋味，也第一次尝到单相思的苦涩之味。

有时他真的想不明白，自己怎么会对那样一个小家伙儿动了不一般的心思？

正往天龙学院御剑飞行的墨烨并不知道，他心心念念的小家伙儿已经离开天龙学院，而是正在某座镇上发愁呢！

镇子的大街上走过的人都能看到，一个一袭简单青衣的小和尚蹲坐在街角，双手托着下巴在那里叹气。

有路过的好心人，见小和尚面前连个化缘的钵也没有，便拿出两枚铜板放在小和尚面前，说道："拿着去买点儿吃的吧。今年发了山洪，都不好过，你就是化缘估计也化不到什么东西。"

看着面前的两枚铜板，唐宁愣了一下，看着那已经走远的人，有些哭笑不得地捡了起来，拿在手里敲了敲，听着铜板发出清脆的声音。

“小师父，你怎么坐这儿啊？是不是饿了？来，拿着吃吧。”一名六十岁上下的老妇人手里提着一个篮子，拿出了两个包子还有两个鸡蛋塞到小和尚手中。

“阿弥陀佛，施主，小僧不饿。”她是刚吃过饭才出来的，这会儿还真不饿。

“唉！你就别骗我了，拿着吧。反正你不吃也没人吃了。”老妇人说道，抹着泪在小和尚旁边坐了下来。

唐宁听了一怔，看着面露悲伤的老妇人问：“老人家，你这是怎么了？可是庄稼也被山洪冲没了？”

“不是。”老妇人摆了摆手，拿着衣角擦着泪，道，“是我儿子还有我家老头子，昨夜送到医馆看诊，今早我在家做了包子、煮了鸡蛋给他们拿过来，哪知找不到人了，听他们说是被镇长的人带走了，关到一处大院子里面了，说是大夫说病情严重没法治了，不让人进去看。”

闻言，唐宁目光微闪，道：“他们也是被毒老鼠咬到的？”

“对，山洪过后，那老鼠这么大一只，眼睛还是红色的，怪吓人的。”老妇人比画着，脸上还带着惊惧之色。

她将手上的鸡蛋和包子塞回老妇人的篮子里，道：“老人家，你先回家吧。这些你留着自己吃，我是真不饿。”说完，她站了起来，道，“你也别担心，事情总会过去的。”她觉得既然在这里碰上了，也许可以帮这里的百姓做些事，要是能顺便赚点儿功德就更好了。

于是她往前走去，准备去找镇长谈谈。若是一个普通的小和尚，想见镇长几乎可以说是痴人说梦，所以她天龙导师的身份在这一刻就派上用场了。